ESCLAVE DE LA LIBERTÉ

DU MÊME AUTEUR

La Cathédrale de la mer, Robert Laffont, 2008 ; Pocket, 2009.

Les Révoltés de Cordoue, Robert Laffont, 2011 ; Pocket, 2012.

La Reine aux pieds nus, Robert Laffont, 2014 ; Pocket, 2019.

ILDEFONSO FALCONES

ESCLAVE DE LA LIBERTÉ

traduit de l'espagnol
par Alice Seelow

l'Archipel

Ce livre a été publié sous le titre
Esclava de la libertad
par Grijalbo, label éditorial de Penguin Random House Espagne.

Notre catalogue est consultable à l'adresse suivante :
www.editionsarchipel.com

Contact : info@lisez.com

Éditions de l'Archipel
92, avenue de France
75013 Paris

ISBN 978-2-8098-4898-4

À la mémoire de mon cher frère Angel

I

Cuba, plage de Jibacoa, 1856

Une foule dense et miséreuse s'entassait sur le sable. Sanglots et lamentations déferlaient sous les cris et le claquement des fouets des gardes. Il y avait là sept cents jeunes femmes, filles et fillettes d'origine africaine aux peaux couleur noir ébène ou chocolat, la plupart d'entre elles nues, d'autres en guenilles, toutes faméliques, chétives, nombre d'entre elles maladives. Elles avaient pleuré depuis que leur calvaire avait commencé, lors d'une des multiples guerres tribales qui sévissaient en Afrique, elles avaient pleuré durant leur longue marche jusqu'à la côte du Bénin, collier de fer au cou, enchaînées aux chevilles et aux poignets. Puis, au bout d'une attente incertaine, emprisonnées dans les entrepôts du littoral, elles s'étaient retrouvées entassées dans la cale d'un clipper après avoir été regroupées en un contingent où furent glissés des dizaines d'enfants. Après trois mois d'un voyage cauchemardesque, elles furent débarquées sur l'île de Cuba.

Plus d'une centaine avaient succombé en route. Les survivantes, témoins de ces morts, impuissantes à porter secours ou à délivrer la moindre parole d'espoir aux agonisantes, attendaient allongées dans leurs excréments qu'un membre de l'équipage ou que le médecin de bord repère les cadavres, les ramasse et les jette aux poissons.

Lorsqu'un marin ouvrait l'écoutille pour descendre dans la cale obscure, la jeune Kaweka, âgée de onze ans, recouvrait pour le cacher le corps de Daye, sa petite sœur. Elle lui avait promis de s'occuper d'elle. Elle lui avait donné sa parole le jour de leur capture et n'avait cessé de la réconforter, refoulant ses propres larmes chaque fois que la petite réclamait leur mère. L'enfant avait fini par s'effondrer dans ses bras pendant la traversée. Kaweka lui avait alors chanté doucement à l'oreille en la berçant, oubliant les chaînes qui les attachaient. Elle l'avait encouragée en lui parlant d'un paradis qu'elle savait illusoire. Mais la fillette s'était éteinte en quelques jours et avait cessé de répondre, de sangloter et de respirer… Peut-être n'était-elle pas morte, juste immobile, respirant doucement comme d'habitude, d'un souffle imperceptible ? Peut-être dormait-elle, tout simplement ? tentait de se rassurer Kaweka. Daye pouvait se réveiller à tout moment : sa mère et son grand-père le lui avaient affirmé, cela se produisait, parfois, au village, car les dieux étaient fantasques ! Mais maintenant, aucun d'eux n'était là pour guérir sa sœur. Alors elle avait recouvert le petit corps pour le cacher, espérant, attendant le miracle, jusqu'à ce que, deux jours plus tard, des filles plus âgées signalent le cadavre à l'équipage.

— Elle est morte ! lui crièrent les marins, obligés de la lui arracher des bras.

La fillette ne comprenait pas leur langue, mais devinait ce qu'ils disaient. Malgré sa faiblesse, elle se battit pour les empêcher de l'emporter. Que deviendrait son esprit si elle finissait dévorée par un monstre marin ?

C'est alors que, n'ayant plus à feindre l'espoir ni la force d'âme devant sa sœur cadette dont le corps profané venait de lui être enlevé, tandis que les vagues heurtaient la coque du voilier avec férocité, comme pour clamer le malheur de toutes ces sacrifiées, Kaweka s'abandonna à un cri désespéré, qui se prolongea jusqu'à la fin de la traversée.

— Reste tranquille ! Silence !

Les Bossales, selon le nom donné à Cuba aux esclaves capturés en Afrique, après avoir été transportées sur le rivage dans des barges, ne comprenaient pas les ordres que leur criaient depuis la plage une vingtaine d'hommes barbus en sueur, armés de machettes ou de pistolets. Mais elles devinaient ce qu'ils attendaient d'elles. Alors elles s'entassèrent au centre d'un cercle délimité par les coups de fouet cinglants des marchands d'esclaves, dont certains retenaient leurs chiens prêts à l'attaque.

La plupart espéraient laisser derrière elles la puanteur et les effluves nauséabonds qui s'exhalaient des cales du clipper pour respirer l'air pur et frais d'une nuit de fin d'hiver calme et étoilée, couronnée par une lune qui éclairait, dans une douloureuse splendeur, toute cette ignominie. Mais le collier de fer qu'on leur avait passé les empêchait de profiter de ces quelques instants de paix.

— Lève-toi ! ordonna un négrier à une fillette maigrichonne de l'âge de Daye, qui s'était effondrée sur le sable avant d'être à nouveau entravée.

L'enfant n'en fit rien. L'homme la poussa du bout de sa botte. Elle resta prostrée. Ses yeux, dont le blanc s'était agrandi dans son visage hagard, le suppliaient. L'homme la saisit par les cheveux, la souleva comme une poupée et la lança en l'air. Au moment où elle allait retomber sur le sable, Kaweka la recueillit.

— Silence ! ordonnèrent les négriers devant les cris, les gémissements et le concert de toux incontrôlables.

Les chiens, rodés à l'exercice, grognaient sans aboyer, dans une pénombre où l'on ne distinguait que des ombres sur lesquelles jouait la lune. Les négriers essayaient d'agir en toute discrétion. La traite des Noirs était interdite depuis près de quarante ans, et la marine britannique – garante de cette prohibition dans un traité avec l'Espagne – surveillait les mers et les côtes aux fins d'arrêter les trafiquants qui continuaient de se livrer au commerce des vies humaines. Or, si la Grande-Bretagne avait aboli l'esclavage, ce n'était pas le cas de l'Espagne dans ses colonies d'outre-mer et les esclaves continuaient d'arriver clandestinement sur l'île de Cuba, l'une des dernières possessions de l'ancien empire colonial espagnol, sous la protection de fonctionnaires corrompus et dévoués à l'ambition débridée des producteurs de canne à sucre.

Les jeunes filles que l'on enchaînait à nouveau étaient conscientes de leur sort. C'étaient des Yorubas originaires de Guinée, et l'esclavage n'était pas étranger à leur culture. Toutes connaissaient les sévices pratiqués sur les esclaves, et la signification des carcans autour de leur cou. Une grande partie de la population de leur continent était constituée d'esclaves, principale source de richesse des privilégiés et des chefs de tribus.

Un coup de fouet claqua.

La première colonne de filles s'ébranla. L'un des contremaîtres hurla :

— En avant, négresses !

La nuit était douce, pas d'Anglais à l'horizon. Le cortège se dirigeait vers l'intérieur de l'île, où il serait à l'abri. Épuisées, les Yorubas traînaient les pieds. Kaweka suivait la petite fille maigre, qui, dans sa faiblesse, lui rappelait Daye, s'attendant à la voir s'effondrer elle aussi. La sombre image d'une fillette triste et malade hantait sa mémoire : elle avait oublié les rires, la joie, les travaux de la ferme et les jeux qu'elle partageait avec sa sœur. Elle avait chassé de son esprit ces souvenirs heureux qui lui faisaient trop mal.

Aucune des captives ne savait où on les conduisait, mais beaucoup se torturaient l'esprit avec toutes sortes d'hypothèses terrifiantes. Dans leurs villages, les vieillards racontaient que les nègres captifs étaient déportés de l'autre côté d'une mer qu'ils ne voyaient qu'au moment d'être débarqués et conduits aux usines sucrières installées sur la côte.

Derrière Kaweka, la plage, et le clipper ancré là. Ce grand navire à voiles qui venait de se débarrasser de sa honteuse cargaison sur la plage de Jibacoa s'était illustré dans la traite des coolies chinois avant de se distinguer dans le trafic transatlantique d'esclaves noirs. Il naviguait sous pavillon américain, comme plus de quatre-vingt-dix pour cent des navires de contrebande d'êtres humains dans le monde. N'ayant signé aucune convention avec les Anglais, les Américains ne risquaient pas de se faire arrêter, ni leur flotte d'être inspectée. Ainsi purent-ils se rendre maîtres d'un négoce dont la destination principale était Cuba et les États-Unis, ainsi que d'autres pays comme le Brésil ou Porto Rico, qui tous, bien qu'opposés au commerce des êtres humains, continuaient d'accepter l'esclavage. La traite négrière se pratiquait à bord de ces grands voiliers légers et maniables, longs et étroits, dotés d'une proue effilée, d'une rapidité sans pareille, capables de déjouer et de dépasser n'importe quel autre bateau. Cette vélocité avait cependant un coût : leur capacité de chargement était inférieure à celle des navires classiques – un manque à gagner que certains marchands compensaient en entassant des cargaisons de jeunes filles dans les cales.

Dès que la côte fut hors de vue, alors que les femmes défilaient nues de la tête aux pieds sur les chemins qui les menaient vers la juridiction de Matanzas, les marchands d'esclaves laissèrent retomber la tension. Les chiens se mirent à aboyer. Les hommes se laissèrent aller à discuter bruyamment, de femmes, de jeux et d'alcool. Ils riaient, s'insultaient, se lançaient des défis et relevaient des paris. Cela sans se soucier du sort des créatures qui cheminaient avec eux, invisibles, inexistantes à leurs yeux, sauf lorsque l'une d'entre elles tombait, ralentissant le mouvement.

La petite fille vacilla, ses genoux fléchirent et elle s'effondra devant Kaweka. La file s'arrêta, et l'un des hommes s'avança vers la petite en jurant et en brandissant sa machette. Kaweka cria et s'interposa.

L'homme, stupéfait, se mit à grogner et la menaça de son arme, la sommant de s'éloigner. Elle refusa. (Le souvenir lui revint alors de son exode avec sa sœur vers la côte béninoise : un bandit du même acabit, coupe-coupe en main, avait décapité un captif sous leurs yeux, dont la tête était tombée à leurs pieds.) Kaweka s'accroupit et protégea de ses bras le corps de la fillette. Elle redoutait que l'homme n'en fasse autant à sa protégée. Cette pratique, les jeunes esclaves l'avaient souvent observée en Afrique. C'était la méthode appliquée par les marchands d'esclaves pour éliminer de manière expéditive les agonisants ou ceux qui ne réagissaient plus au châtiment, sans même prendre la peine de détacher leur collier de fer.

« Courage, continue », murmura-t-elle à l'oreille de la gamine en la secouant doucement, comme elle l'avait chuchoté à Daye tandis qu'elle fixait, incrédule, la tête détachée du tronc de l'agonisant : « Ne regarde pas ! »

Le négrier tenta de la repousser avec la lame de sa machette.

— Pousse-toi de là.

Kaweka résista. L'homme se pencha et lui flanqua une gifle retentissante. Kaweka fut projetée sur le côté. Sa chaîne la retint de rouler au loin.

— Sale négresse !

L'homme allait lui donner un coup de pied, lorsqu'un cri l'arrêta :

— T'avise pas de faire ça ! Tu veux défigurer cette fille ? T'es prêt à en payer le prix ?

L'homme à la machette bafouilla et cracha sur Kaweka.

— Lève-toi, lui ordonna le nouveau venu.

Quand elle fut debout, l'homme lui fit signe, ainsi qu'à la jeune femme qui précédait la fillette, de porter l'enfant.

Ils n'avaient pas tranché la tête de la fillette. Ils ne fouettèrent pas non plus les jeunes filles pour les faire avancer. Elles valaient en effet beaucoup d'argent, peut-être pas autant qu'un esclave fort et en bonne santé, mais assez pour ne pas endommager une marchandise de plus en plus recherchée par les sacarocrates – les aristocrates du sucre ainsi nommés dans l'île. En effet, les critères de tous ceux qui avaient bâti leur fortune sur l'exploitation impitoyable des hommes et des femmes avaient changé : jusqu'à récemment, les fabriques de sucre étaient peuplées en grande majorité d'hommes soumis à un régime carcéral et à un travail frénétique ; personne ne s'intéressait aux femmes ni aux enfants qu'elles pouvaient porter, et encore moins aux conflits que le désir sexuel provoquait chez les esclaves. Jusqu'alors, il était beaucoup plus coûteux de faire naître un futur petit esclave, que d'en acheter un qui soit déjà fonctionnel. L'interdiction de la traite négrière, l'abolition de l'esclavage dans la plupart des pays occidentaux, ajoutées aux perquisitions des Anglais, avaient fortement augmenté le prix des Bossales capturés en Afrique. La traite triangulaire étant devenue problématique, les marchands d'esclaves approvisionnaient les Caraïbes en jeunes femmes africaines destinées à donner naissance à de futurs esclaves, et ainsi à renouveler le « stock » des propriétaires terriens. Ainsi les très jeunes filles comme Kaweka, ou même cette enfant impubère, si faible fût-elle, avaient une certaine valeur.

L'aube réveilla les jeunes filles entassées dans le patio en terre battue d'un *ingenio** perdu au fin fond de la campagne de Matanzas, où les négriers les avaient cachées. Cette cour et les baraquements en bois qui l'entouraient tout en la clôturant s'étendaient d'une façon démesurée dans cette exploitation sucrière dont les installations et le matériel étaient sous-dimensionnés et obsolètes. Dans ce vaste espace, les jeunes esclaves, certaines assises à même le sol, d'autres couchées, quelques-unes debout, étaient blotties, pressées les unes contre les autres, toutes gardant un contact physique avec leurs compagnes dont elles cherchaient le réconfort.

En réalité, cette plantation de canne à sucre, avec son moulin à traction animale et ses équipements vétustes, n'était rien d'autre que la façade d'un centre de trafic d'esclaves. Sur la porte en bois donnant accès à cette prison, on pouvait lire l'inscription « San Nicolas ».

— Emmenez-les boire !

Le cri venait de l'homme qui, la veille, avait protégé Kaweka des coups de pied de son acolyte. Il était nonchalamment adossé au mur d'un des bâtiments, son fouet enroulé à sa ceinture. Aussitôt, plusieurs petits Créoles** de sept ou huit ans, esclaves eux aussi, se précipitèrent vers les filles blotties les unes contre les autres.

---

* Ce mot désigne, à Cuba, l'ensemble du domaine agricole, l'installation sucrière où se trouvent les champs de canne, le moulin à sucre, les baraquements ou bâtiments à esclaves, les bureaux, ainsi que la maison des maîtres. Il correspond en français au terme générique de plantation. *(Toutes les notes sont de la traductrice.)*

** Les *criollitos* sont les enfants d'esclaves africains nés sur le sol cubain. Un esclave est dit *criollo* (créole), lorsqu'il est né dans la colonie, à la différence des Bossales amenés d'Afrique.

— Venez, les encouragèrent-ils en leur prenant la main pour les entraîner avec eux.

Celles qui se trouvaient dans les premiers rangs hésitèrent et résistèrent jusqu'à ce que l'un des jeunes garçons leur désigne un autre enfant qui, debout devant un puits, les appelle en souriant, et verse par terre le contenu du seau qu'il venait de hisser. Le bruit de l'eau suffit à réveiller en elles la soif qu'elles n'avaient pas étanchée depuis la dernière ration reçue dans la cale du clipper.

— En rang ! hurla le négrier dès qu'il vit les jeunes filles se mettre en mouvement.

— En rang ! leur répétèrent les petits Créoles en les replaçant en file.

Elles obéirent. Comme elles le feraient plus tard, lorsque, après avoir bu dans les gamelles prévues à cet effet, elles seraient alignées dans la cour par rangées de cinquante ; quatorze files de pauvres créatures décharnées, sales, en haillons, pour la plupart entièrement nues.

— Tu les trouves comment, Florencio ? demanda un négrier qui venait de rejoindre l'autre, toujours adossé au mur.

— Pas trop mal, répondit-il en tchipant*. J'ai vu des Bossales en pire état qui s'en sont sorties. Dans quelques semaines, trois au plus, bien soignées et bien nourries, on aura un beau cheptel. À cet âge, la nature réagit vite. Qu'on les emmène au ruisseau, en rangs, pour qu'elles se lavent ! J'imagine la saleté et la vermine qu'elles doivent trimbaler. Ensuite, qu'on les habille ! Par ce temps, une tunique fera l'affaire. Ajoutez une couverture pour qu'elles n'attrapent pas la crève la nuit, elles ne seraient plus bonnes à rien. Les nègres souffrent plus que nous du froid et de l'humidité. Pour le reste, leurs nouveaux maîtres s'en chargeront. Allez, ouste ! Et si un seul d'entre vous touche à l'une de ces négresses, je le castre !

* Mode d'expression typiquement africain ou antillais, le tchip est l'émission d'un bruit de succion émis avec la langue en serrant les dents, qui exprime indignation et dédain.

Les Créoles et quelques négriers accompagnèrent une rangée de filles vers le ruisseau qui coulait à la périphérie de la plantation. Elles croisèrent celles qui revenaient, nues et ruisselantes. Au bord de l'eau, celles qui portaient encore des haillons les enlevèrent. Kaweka vit la lubricité dans les yeux des cerbères qui les regardaient, tandis que les enfants créoles riaient bêtement et, comme les autres, prenaient le sable de la berge dans leurs mains pour se débarrasser de leur crasse. Kaweka frotta la petite fille, puis elles entrèrent dans le ruisseau.

L'espace de quelques secondes, elle ferma les yeux, et la fraîcheur de l'eau la transporta dans son pays natal.

La peau noire d'une cinquantaine de jeunes filles malingres, pour la plupart déjà pubères, les seins naissants, d'autres déjà formés, se mit à briller sous le soleil des Caraïbes. L'eau miroitait sur leur chair. Le regard des hommes allait sans relâche de l'une à l'autre ; ils les pointaient du doigt comme pour se les approprier. Aucun ne les toucha, mais l'un d'eux baissa son pantalon pour se masturber pendant qu'un autre l'encourageait en applaudissant. Elles connaissaient la nature masculine, et la sexualité des hommes et des animaux. La seule chose qui les étonna fut la couleur blanche du sexe de l'homme.

Les injonctions des négriers rappelèrent les filles à la réalité, et lorsqu'elles revinrent, propres, à la plantation, elles reçurent une tunique de toile grossière et rêche avant d'être reconduites dans la cour autour de laquelle se trouvaient les baraques des esclaves et la cuisine. Plusieurs hommes en sortirent une grande marmite remplie de *funche*, une pâte épaisse à base de farine de maïs et de plantain, ainsi que des plateaux de morue salée qu'ils déposèrent à grand fracas sur une table dressée au centre de la cour.

Les petits Créoles tendirent des gamelles cabossées aux jeunes esclaves, leur indiquant d'aller vers la table chercher leur ration. Tandis que la file avançait, le chef des négriers, Florencio Ribas, les arrêtait l'une après l'autre devant le médecin du centre, un vieillard à la barbe hirsute et en habits blancs défraîchis, qui en dressait l'inventaire :

— Celle-ci est saine, celle-là aussi, celle-là, ça va, celle-là non, elle a un ulcère à la jambe.

Alors que ses compagnes avançaient dans la cour éclairée par un soleil implacable, cherchant une place où se réfugier avec leur nourriture, la jeune malade fut aussitôt sortie de la file et conduite dans l'une des baraques où l'accueillit une vieille esclave.

— La suivante ! appelait le Dr Vasquez d'un geste las, sans se retourner vers les jeunes femmes qui attendaient, la plupart enfonçant leurs doigts avec avidité dans les écuelles pour fourrer la nourriture dans leur bouche.

Kaweka poussa la fillette qui serrait sa gamelle entre ses mains, au bord de l'épuisement. Le docteur, de même que Florencio Ribas, froncèrent les sourcils :

— Géophagie ? interrogea l'un des négriers qui les accompagnait.

Vasquez ne répondit rien avant d'avoir fini l'examen du corps décharné de la petite fille, qui avait aussi la langue tachetée, le blanc des yeux livide et des tuméfactions.

— Elles souffrent toutes de nostalgie, du mal du pays, répondit-il enfin. Qui n'en souffre pas ? ajouta-t-il pensif, se demandant si la fillette qui se tenait devant lui, épuisée et accablée de chagrin, devait faire l'objet d'un traitement particulier.

Il hésita. La nostalgie et la géophagie, la « maladie de ceux qui mangent de la terre », comme on l'appelle à Cuba, étaient fréquentes chez les Bossales, mais il était impossible de les conduire toutes à l'infirmerie ; les moyens étaient insuffisants et le personnel rare, limité à la vieille infirmière et à quelques aides. De plus, cela entraînait une augmentation des dépenses en raison des soins spéciaux requis par ces malades : viande, vin, liqueur, sucre... Vasquez ressentait la pression que faisait peser sur lui le chef des négriers. Il jeta un coup d'œil dans la cour. Les filles étaient trop nombreuses pour pouvoir être toutes auscultées. Il faudrait aussi plus de places à l'infirmerie. Il observa à nouveau les tuméfactions du corps de la petite esclave et déclara :

— Saine.

Florencio Ribas inspira bruyamment quand le claquement des fouets résonna. Plusieurs esclaves cessèrent de manger et levèrent la tête, montrant le premier signe d'intérêt depuis leur arrivée. De l'une des baraques, précédés par les chasseurs d'esclaves fugitifs, plusieurs hommes commencèrent à sortir, pieds et poings liés par des chaînes, et se dirigèrent vers la table d'où ils dégagèrent les filles qui se tenaient devant.

Florencio Ribas porta la main au pistolet qui pendait à sa ceinture et leva les yeux vers le toit des baraques : quatre de ses sbires y étaient postés, fusil en main. Plus d'une cinquantaine d'hommes, certains torse nu, le dos zébré de cicatrices, traversaient l'espace entre les bâtiments et la table, les yeux rivés sur les sept cents filles réparties dans la cour.

— Ne les regardez pas, je ne veux pas vous entendre moufter ! hurla l'un des négriers qui surveillait les hommes, prêt à surprendre le moindre geste ou une parole lubrique de leur part.

Contrairement à ce qui s'était passé avec les filles, le coup de fouet dont il accompagna son ordre s'abattit cette fois sur la jambe de l'un d'entre eux, y faisant couler un filet de sang. Les esclaves obéirent, ce qui n'empêcha pas leurs geôliers de continuer à les fouetter.

— Vous commencez à avoir trop de nègres marrons*, commenta le Dr Vasquez au chef des négriers.

— Oui, reconnut ce dernier, j'avais l'intention de les remettre aux autorités, mais l'arrivée des nouvelles recrues m'en a empêché, je ne pouvais pas risquer de me retrouver à court d'hommes.

— « Les remettre aux autorités » ? releva ironiquement le médecin.

En effet, le montant de la récompense en échange de la restitution de ces esclaves fugitifs à leurs propriétaires légitimes était infime, comparé aux profits que Ribas était susceptible de réaliser en se gardant de le faire. Le docteur savait que les

* Marrons : appellation des esclaves fugitifs.

marrons étaient vendus aux possesseurs de toute plantation dont un esclave mourait, et les morts étaient nombreux. Dès qu'un nègre succombait, le propriétaire l'enterrait sans l'inscrire dans ses livres, avec la complicité du prêtre de service; les papiers de l'esclave mort serviraient pour le marron qu'il achèterait à Ribas, ou à l'une des nombreuses patrouilles de *rancheadores*, ces chasseurs d'esclaves fugitifs payés à la prise, dont le nom signifie « rabatteurs de bétail ». Tant que Ribas ne les aurait pas vendus, il les louerait pour la période de la récolte de la canne à sucre. Cet usage était plus courant dans les villes, mais il se pratiquait aussi dans les campagnes, de sorte que de nombreuses plantations louaient des esclaves pour toute la période de la récolte.

Il en irait de même pour les nouvelles recrues qui ne seraient pas achetées après leur rétablissement. Vasquez en avait déjà soigné plusieurs à San Nicolas. Quoi qu'il en soit, ces nouvelles esclaves ne pourraient être achetées que si elles étaient en bonne forme physique. Il s'agissait donc de les nourrir pour qu'elles reprennent poids et vigueur, de soigner les malades et les blessées, et de les vacciner toutes contre la variole, contrainte à laquelle on ne pouvait échapper, car tout acheteur, si peu expérimenté fût-il, pouvait vérifier la marque indélébile que le vaccin laissait sur le bras. « Lorsqu'un esclave meurt, c'est un capital qui périt », disaient les propriétaires d'haciendas, se souvint Vasquez. Et une fortune s'accumulait ici, conclut-il pour lui-même en regardant autour de lui les centaines de gamines blotties dans la cour de la pseudo-fabrique sucrière de San Nicolas, tandis qu'il faisait signe à Kaweka et à la petite fille d'aller les rejoindre.

Ces esclaves seraient bientôt mises sur le marché « l'âme au bord des lèvres et les os dans le sac », autrement dit prêtes à rendre leur dernier soupir.

Près d'une semaine s'était écoulée depuis l'arrivée des esclaves, et Kaweka connaissait désormais le nom de la fillette, Awala. Elle l'avait bercée dans ses bras lorsque, trois jours plus tôt, elle était sortie de son état de choc et pleurait les larmes que trop de douleur et d'épuisement avait retenues. Leurs histoires se ressemblaient. Une attaque soudaine s'était produite. Des cris, des coups de feu, des fuites. Puis la capture. Awala ne savait rien, pas plus que Kaweka, de ce qui était arrivé à sa famille. Sa mère recroquevillée par terre, enveloppant de son corps et de ses bras, telle une chrysalide, son plus jeune frère pour le protéger, était la dernière vision qu'elle avait eue d'elle. Ensuite ce fut le chaos, la confusion et les morts. Enfin, l'ignorance et la douleur de l'absence.

Les jeunes captives attendaient leur repas lorsque trois hommes à cheval, dont deux armés de fusils, et un esclave à pied, firent irruption dans la cour de la plantation.

Plusieurs hommes blancs étaient déjà venus les regarder, formulant des commentaires, demandant qu'on leur en montre certaines pour les inspecter en détail. Aucune n'avait encore été achetée. Le bruit s'était répandu parmi les filles que leurs ravisseurs avaient l'intention de les nourrir convenablement avant de les vendre, afin d'en tirer le meilleur prix. Elles connaissaient toutes leur destin : travailler dans les plantations ou servir dans les maisons des riches, comme en Afrique. Certaines étaient résignées, d'autres parlaient de s'enfuir. Mais où iraient-elles ? Kaweka tendait l'oreille à leurs conversations. C'étaient de pauvres gamines arrachées à leurs villages, désormais captives au pays des Blancs, par-delà les mers, surveillées par des hommes violents et menaçants. Résignées ou rebelles, elles étaient toutes conscientes de la noirceur de leur avenir, et mêlaient leurs pleurs. Le soir, quand le silence régnait, leurs rêves étaient terrifiants, et leurs tremblements, leurs hurlements de désespoir montaient dans la nuit.

Kaweka avait été, il n'y avait pas si longtemps, une enfant heureuse et aimée. Son grand-père était le chaman du village et tous le respectaient, tout comme sa mère. Elle et ses frères et sœurs travaillaient, jouaient et riaient comme la plupart des enfants du village ; encore aujourd'hui, si elle fermait les yeux et fouillait dans sa mémoire, elle pouvait ressentir les caresses de sa mère et les baisers de ses jeunes frères et sœurs. Tout cela avait soudain disparu, elle n'était plus qu'un maillon anonyme de cette cohorte de jeunes filles, paniquées et désespérées.

Ce jour-là, lorsque les cavaliers étaient entrés dans la cour, Kaweka s'était aperçue qu'il ne s'agissait pas de simples visiteurs venus les examiner. Elle le comprit car certains négriers se découvraient la tête en signe de respect, tandis que d'autres s'approchaient des nouveaux venus avec solennité, et qu'un dernier avait couru avertir Florencio Ribas, qui profitait d'une sieste à la fraîche.

— Patron, cria l'homme en passant frileusement la tête sur le seuil de la baraque où dormait son maître, vous avez un visiteur !

— Pourquoi tu me déranges ? Qu'il attende !

L'homme ne bougea pas.

— Qui est-ce ? demanda Ribas, interloqué par l'insistance de son domestique. Bon, j'arrive !

Ribas sortit en marmonnant, puis se tut d'un coup : don Juan José de Santadoma, marquis de Santadoma, l'attendait sur un superbe cheval alezan dont la robe fauve brillait au soleil. L'aristocrate portait des bottes de cuir et de longs éperons, une culotte de cheval, une chemise blanche sans fioritures et un chapeau à larges bords. Ses hommes le suivaient.

De loin, Kaweka perçut la peur que Florencio Ribas exsudait en s'approchant du nouvel arrivant, auquel il s'adressa après s'être éclairci la gorge.

— Bonjour, monsieur le marquis, quel bon vent vous amène en ces lieux ?

— Rien de bon, Ribas, rétorqua don Juan José d'un ton sec.

Kaweka ne comprenait pas la conversation, mais elle vit Florencio Ribas baisser la tête.

Le marquis, l'une des plus grandes fortunes de l'île, ne le quittait pas des yeux. Les Santadoma possédaient plusieurs plantations sucrières, ainsi que des mines de cuivre et de multiples intérêts dans d'autres entreprises. L'aristocrate en imposait. Sa présence rayonnait et véhiculait la noblesse, la puissance et l'élégance.

— Si Votre Seigneurie veut bien me rejoindre à l'intérieur, l'invita le négrier, je suis sûr que nous pourrons régler ces problèmes qui…

— Certainement pas, l'interrompit le marquis qui continuait de toiser en silence son interlocuteur, lequel se tenait à quelques pas de son cheval.

Le négrier agita les mains, comme pour demander une explication qu'il n'osait exiger.

— Tes hommes m'ont volé un esclave. Je suis las de tes rapines.

Ribas avait donné des instructions précises à ses comparses : il ne voulait pas d'ennuis avec les Santadoma, ni avec aucun autre de ses pairs. Il savait que ses propres hommes de main ne manquaient jamais une occasion d'enlever un esclave. Le négrier les payait pour cela et en tirait un bénéfice substantiel. Cependant le marquis pouvait le ruiner d'un seul ordre donné : Ribas le soupçonnait de faire partie du groupe qui finançait ses achats, et le fait qu'il se soit rendu lui-même dans ces lieux plutôt que de lui envoyer son intendant ou son commandeur* n'augurait rien de bon.

— C'est… impossible, tenta-t-il de s'excuser.

— C'est la vérité ! rétorqua le marquis en faisant claquer son fouet.

Ribas recula précipitamment.

— Non, Votre Seigneurie, insista-t-il en trébuchant, manquant de tomber aux pieds de l'animal. Veuillez vérifier, Votre Seigneurie.

— C'est pour cela que je suis venu ! Et au cas où je trouverais mon esclave…

— Dans ce cas, ajouta Ribas d'une voix chancelante en réussissant à se rapprocher du cheval, si une telle erreur avait eu lieu, le marquis conviendra qu'il ne s'agit que d'une méprise, et je serais prêt à me racheter ! J'ai un lot

* Titre du commandeur en chef qui surveille les esclaves, dans une plantation cubaine.

de nouvelles esclaves parmi lesquelles vous pourriez faire votre choix...

Mais don Juan José avait déjà pris le chemin du quartier des esclaves, et Florencio Ribas fut obligé de courir à sa suite tout en jetant des coups d'œil à ses hommes, qui lui répondaient par des gestes d'ignorance.

Le marquis observa quelques instants les jeunes filles qui se déployaient en cercle dans la cour, terrorisées.

— Où sont les fugitifs ?

Florencio Ribas fit signe à l'un de ses hommes. La porte de l'une des baraques s'ouvrit, et les esclaves commencèrent à en sortir.

— En rang devant moi ! ordonna le marquis.

Tandis que les négriers poussaient les nègres marrons, leur patron marmonnait des excuses, la sueur dégoulinant sur ses tempes.

— Ce ne peut être qu'une erreur ! Comment aurais-je pu voler un esclave aux Santadoma ? Je tuerai celui qui l'a fait. Si c'est le cas... et alors... je vous dédommagerai...

Le marquis se contenta de lui jeter un regard et, lorsque les fugitifs furent prêts, s'adressant à son propre esclave :

— Vérifie, Domingo !

L'homme n'hésita pas une seconde. Il s'approcha de la deuxième rangée de marrons et désigna un mulâtre. Le marquis lui fit signe de le séparer du groupe, et se retourna vers Ribas qui balbutia, cherchant des excuses :

— Je... Voici mes esclaves, faites votre choix !

Sans un mot, le marquis commença à avancer sur son cheval parmi les centaines de créatures aux peaux couleur chocolat qui, dans leur effroi, se bousculaient. À l'exception de la petite Awala qui resta figée sur place, fascinée par les mouvements de l'animal, aveuglée par les éclairs roux qu'il émettait sur son passage. À l'approche du marquis, plusieurs filles, dans leur mouvement de recul pour lui échapper, firent tomber l'enfant par terre. Kaweka resta immobile, faisant rempart avec son corps pour éviter qu'elle se fasse piétiner. Elle se retrouva ainsi isolée des autres, debout aux pieds du cheval.

Le marquis dut s'arrêter pour ne pas l'écraser. Leurs regards se croisèrent. Kaweka ne détourna pas les yeux.

— Celle-là ! indiqua-t-il à l'esclave qui le suivait. Apprends-lui les bonnes manières.

Kaweka ne comprit pas le sens exact de ces mots, mais perçut la dureté qu'ils véhiculaient. Elle n'eut pas le temps de s'éloigner. Domingo la saisit par le bras et lui flanqua une paire de gifles.

— Ne regarde pas les Blancs ! cria-t-il en la secouant.

Kaweka ne comprenait toujours pas. Alors l'esclave la souleva par les aisselles, et elle se débattit en envoyant des coups de pied dans le vide.

— Ribas, cria le marquis pour se faire bien entendre dans toute la cour, la prochaine fois, c'est toi qui me suivras, attaché au cheval de l'un de mes hommes !

Là-dessus, il fit demi-tour sans attendre la réponse du négrier, qu'il força à s'écarter de son chemin avant de cravacher son alezan. L'animal, affolé, freiné par un mors à branches longues, répondit par un appui sur ses antérieurs et décocha une ruade énergique qui faillit arracher la tête de Ribas. Le marquis esquissa un sourire, tandis que les deux hommes armés qui le suivaient éclatèrent de rire. Ils traînaient derrière eux le marron récupéré qui titubait, attaché par une longue corde à la selle d'un cheval, et Domingo tirait le bras de Kaweka qui se démenait, grognant comme un animal, la tête tournée vers Awala qui, à genoux et en pleurs, invoquait le ciel.

Kaweka sentit qu'ils étaient arrivés à destination, car le ton du marquis avait changé du tout au tout :

— Mordaz, mon beau, que fais-tu ici ?

Il s'adressait à un chien qui venait à leur rencontre sur la route, et qui se glissa sous les jambes du cheval.

— Grapo, mon tout beau, dit-il à un autre chien qui arrivait à la suite du premier. Attention à ne pas te faire piétiner.

Ces prévenances semblaient grotesques dans la bouche d'un homme qui n'avait jamais employé avec ses subalternes un ton autre que dur et autoritaire.

— Allez, allez, courez, retournez surveiller les nègres, lança-t-il à ses chiens sur le même ton affectueux.

Les chants des esclaves que Kaweka avait entendus pendant leur trajet le long des champs de canne s'étaient amplifiés. À ces airs monotones s'étaient associés le claquement des fouets, les ordres hurlés et le bruit répétitif des machettes qui tranchaient les cannes à sucre. La route avait été longue. L'esclave fugitif récupéré sur la plantation de Ribas était tombé plusieurs fois, incapable de suivre le cheval qui le tirait. Alors que le malheureux se relevait chaque fois plus laborieusement, la poitrine en sang, les cavaliers attendaient que Kaweka et Domingo les rattrapent, comme s'il s'agissait d'un jeu macabre. La première fois, la jeune fille avait interrogé le marquis du regard. L'esclave qui la conduisait l'avait frappée.

— Baisse les yeux ! lui avait-il ordonné.

Devant sa réticence, il l'avait obligée à obéir et à baisser la tête.

— Ne regarde pas les Blancs !

La jeune fille ne comprenait toujours pas un mot de ce qu'il disait, mais la deuxième fois que l'esclave tituba et qu'elle fixa encore son regard sur le marquis, voyant la main de Domingo se lever à nouveau sur elle, elle parvint à temps à baisser les yeux au sol pour échapper à la punition.

Cette soumission à l'homme blanc, aux maîtres, s'accentua dès qu'ils atteignirent la ligne de démarcation du champ de canne. C'était le même paysage uniforme que celui qu'elle avait vu sur le chemin de la plantation du marquis : des étendues de terre entourées de larges barrières de sécurité parfaitement délimitées, et des rangées de platanes s'élevant vers le ciel le long des clôtures. Dès que le marquis apparut sur son domaine, les chants cessèrent. Les cris et les coups de fouet aussi. Des Noirs et des mulâtres par centaines, les uns debout, machette à la main, les autres circulant entre les coupeurs et les charrettes à deux roues tirées par des bœufs, des enfants, des vieillards, des Blancs armés, avec ou sans chiens, tous cessèrent leurs activités, et un silence lourd s'installa. Kaweka et Domingo se joignirent à cette pause, qui se rompit peu à peu lorsque les esclaves s'agenouillèrent sur place, les yeux baissés.

— Votre bénédiction, maître ! implora l'un d'eux.

— Bénissez-nous, bénissez-nous, maître !

Les supplications se multipliaient dans la bouche des esclaves. Domingo enfonça son genou dans le sol et tira Kaweka par le bras pour qu'elle en fasse autant. Du coin de l'œil, la jeune fille vit le marquis étendre sa main au-dessus des têtes.

— Je vous bénis. Puis, reprenant sa voix puissante et autoritaire : Que Notre Seigneur soit avec vous et vous donne la paix !

— Que Sa Seigneurie soit remerciée, bénie soit-elle ! Longue vie au marquis !

La gratitude jaillissait de dizaines de gorges, mais Kaweka vit que la majorité des visages restaient tendus, les bouches closes, les dents serrées.

— Bénie soit Sa Seigneurie ! s'écria Domingo à genoux, et son cri fit sursauter la jeune fille.

Ils étaient encore prosternés, lorsque le marquis hurla :

— Au travail !

— Tous ! insista le commandeur.

— Fin de la pause ! cria un autre Blanc.

Les esclaves se redressèrent.

— Qu'ils chantent, monsieur Narvaez, ajouta le marquis en s'adressant au commandeur. Tant qu'ils chantent, ils ne pensent pas… lui rappela-t-il.

« Concluez donc votre laïus, marquis », pensa l'homme avant que son maître ait fini de prononcer sa formule habituelle.

— Car s'ils pensent, ils ne travaillent pas, monsieur Narvaez !

— Chantez, nègres !

L'ordre fut répété par le commandeur et ses aides, accompagné de plusieurs claquements de fouet. Le bruit sec des machettes, le bruissement des cannes et des bourgeons retentirent dans le champ en même temps que s'éleva un chant de deuil qui fit frissonner Kaweka. Le chanteur déplorait le peu de nourriture qu'on lui donnait et la dureté de son travail. Le marquis, qui galopait déjà vers sa demeure, grimaça au son de ces doléances. Et bientôt, les voix de centaines d'esclaves se levèrent, s'associant aux plaintes du soliste, puis s'estompèrent derrière le dos du cavalier.

— Antonia, cria Domingo à une esclave qui transportait un fagot de canne à sucre en direction d'un chariot. Cette fille ne connaît pas l'espagnol. Elle est de ton pays, c'est une Lucumi, comme toi... Explique-lui ce qu'elle doit faire.

— T'es une Yoruba ? demanda la femme à Kaweka tout en déchargeant son fardeau dans le chariot.

Entendre sa langue maternelle, le lucumi, sortir des lèvres d'une femme mûre transporta Kaweka dans son pays natal. Lui revinrent, avec ces sons, le souvenir de Daye, dont le cadavre avait dû être dévoré par les requins, et celui de sa mère protégeant le plus jeune de ses frères, et les jeux, les rires...

— On n'a pas le droit de perdre du temps, ici, lui dit Antonia en la secouant. Alors, t'es une Yoruba ?

— Oui.

— Encore une ! Sur cette île, on appelle les esclaves yorubas des Lucumis, n'oublie pas. Il faut que tu ailles là où on coupe la canne : attends ton tour dans une des files, et puis tu transporteras les tiges ici. Il faut aussi cueillir les bourgeons et les charger sur les carrioles. Si tu traînes, tu seras punie. À la fin de la journée, toutes les femmes, sauf celles qui sont enceintes, doivent en apporter un bon paquet jusqu'au moulin à sucre.

Et sur ces recommandations, Antonia joignit sa voix aux chants qui s'élevaient.

— Chante, dit-elle à Kaweka tout en l'entraînant vers une file.

— Je sais pas chanter.

— Chante !

Et la jeune fille finit par fredonner le refrain à l'unisson avec les autres. Elle remarqua que les esclaves, hommes et femmes par groupes de trois, taillaient les tiges en biais avec des machettes, d'un seul coup sec et précis au niveau du pied. Tout était réglé comme une machine.

Le coupeur, un Noir costaud, le torse nu et luisant de sueur, soulevait la canne puis la tenait à l'horizontale pour que ses compagnons, de chaque côté, coupent le bourgeon à la tête de la plante et la dépouille de ses feuilles. Kaweka les regarda diviser les longues feuilles en deux ou trois morceaux, les jeter d'un côté et le bourgeon de l'autre, sans jamais les mélanger. Le processus était répété par toutes les équipes qui se déplaçaient en avançant le long du champ à chaque coup de machette. Les chariots repartaient une fois pleins, aussitôt remplacés par des vides. Afin de ne pas laisser d'ornières et de ne pas endommager la terre cultivée, chacun suivait un chemin différent jusqu'à la barrière de sécurité, pour se diriger ensuite vers le moulin à sucre. Des vieillards invalides et de tout jeunes enfants de cinq à huit ans se déplaçaient entre le champ et les carrioles pour ramasser les déchets.

— Avance, la pressa d'une bourrade l'esclave qui la suivait dans la file.

Kaweka se hâta d'aller ramasser plusieurs cannes dans le tas, comme elle l'avait vu faire, les chargea sur son épaule et retourna vers le chariot vide placé contre le front de coupe. Ce faisant, elle marcha sur l'extrémité d'une canne fraîchement coupée pointant hors de terre, qui lui transperça la plante du pied. Elle poussa un cri, tomba, et les cannes s'éparpillèrent. Un garde s'approcha et fit claquer son fouet qui frôla son corps étendu sur le sol.

— Debout !

Elle en fut incapable. Elle saignait. Le visage contracté par la douleur, elle serrait les dents pour ne pas éclater en sanglots.

Les chants continuaient. Les esclaves défilaient à côté d'elle, cannes sur les épaules, évitant de la regarder.

Nouveau coup de fouet.

— Qu'est-ce qui se passe ? s'enquit le commandeur.

— Celle-là ! la désigna l'homme de son fouet.

— C'est la nouvelle, la reconnut Narvaez, hochant la tête à la vue du sang qui coulait entre les orteils de la jeune fille. Le marquis l'a choisie. Putain ! Dès le premier jour, elle déconne ! Ça va énerver le patron. Qu'on l'emmène à l'infirmerie !

Antonia soutint Kaweka qui se retenait de crier de douleur à chaque pas posé par terre. Elles marchèrent ainsi jusqu'au domaine, vite rattrapées par les carrioles chargées de monceaux de cannes, mais Narvaez ne permit pas que Kaweka y ajoute le poids de ses maigres kilos.

Le domaine de La Merced, propriété du marquis de Santadoma, brillait de toute sa splendeur dans la vallée de la Magdalena, à Matanzas, cette zone géographique de l'île de Cuba aussi vaste que fertile, qui s'étendait jusqu'à la mer et abritait une multitude de champs de canne à sucre. Kaweka, le pied ensanglanté, fut emmenée à l'infirmerie, composée de deux salles pleines de malades et d'invalides, d'une autre pour les malades contagieux, et d'une salle d'opération. La jeune esclave fut prise en main par l'un de ces chirurgiens *romancistas*, soignants ambulants sans diplômes médicaux, qui pouvaient attester qu'ils avaient travaillé cinq ans comme assistants d'un vrai médecin. Il s'appelait Cirilo. C'était un Blanc d'âge moyen, sans instruction, mais quelle importance, il ne s'agissait que de guérir des esclaves. On emmena Kaweka, accompagnée d'Antonia qui servait d'interprète, dans la salle d'opération où l'homme nettoya sa plaie avec de l'arnica diluée, avant d'appliquer un emplâtre de Saint-André de la Croix à base de résines, d'essence de térébenthine et d'huile de laurier, censé réparer les tissus incisés.

Kaweka endura la douleur en silence, fixant les poutres en bois du plafond, au milieu des gémissements et des cris qui retentissaient dans l'infirmerie.

— Elle est forte ! reconnut le chirurgien en soignant sa blessure.

Depuis que le marquis l'avait repérée à l'usine de Ribas, la jeune fille n'avait pas eu le temps de réfléchir. Ce fut une succession vertigineuse d'événements. Tout lui était inconnu, incompréhensible, violent. Tout l'oppressait. Là, malgré la douleur intense causée par les mains inexpérimentées de l'homme, elle trouva assez de sérénité pour chercher le refuge que son jeune esprit réclamait. « Peut-être que ce ne sera pas toujours comme ça », se réconfortait-elle. Au cours du voyage, et à l'instar de ses camarades, elle avait constaté que le lien avec ses origines, qui avait commencé à se rompre après la mort de Daye, se fissurait de plus en plus. Aujourd'hui, après son passage au moulin de Ribas, il lui semblait qu'elle avait atteint sa destination finale. Instinctivement, elle regarda Antonia, debout près d'elle, cherchant de l'affection auprès de cette femme qui appartenait à sa communauté. Elle se serait contentée d'un sourire, d'une caresse, de quelques mots d'encouragement murmurés à son oreille, mais Antonia était occupée au maniement des fioles et des produits médicinaux, et le chirurgien, irrité peut-être par le courage de cette enfant fraîchement débarquée d'Afrique, appuya fortement sur sa plaie, lui provoquant un hurlement de douleur.

— Je n'ai pas de lits disponibles dans la salle des femmes, dit-il en finissant de lui bander le pied. C'est que la récolte a été dure, cette année ! La gamine est jeune, elle n'a pas besoin d'un lit. Laissez-la quelques jours à la nurserie, elle donnera un coup de main à mama Ambrosia.

Antonia emmena Kaweka dans une salle adjacente où s'entassaient une vingtaine d'enfants. Certains étaient des nouveau-nés couchés sur de la paille à même le sol de la pièce, tandis que les autres, entre un et cinq ans – âge où ils étaient envoyés au travail –, rampaient ou gambadaient nus dans un patio clôturé. Deux mères ayant récemment accouché les surveillaient.

— M'aider, moi ? se plaignit, à la vue de Kaweka, mama Ambrosia, femme d'un certain âge aux seins généreux, responsable, sage-femme et nounou de la pouponnière. Ces nouvelles Bossales ne savent rien faire, et en plus, celle-là est blessée.

— Je peux avoir du riz ? lui demanda Antonia en guise de réponse, lui indiquant du menton les placards où étaient stockés les aliments réservés aux mères et aux enfants.

— Une gamelle de riz, et en échange tu chercheras les chiques sous les pieds des trente-cinq enfants. D'où elle vient, la Bossale ?

— C'est une Lucumi, répondit Antonia en se dirigeant déjà vers la cour des enfants.

— C'est bien ce que je pensais, murmura la nurse, affichant pour la première fois un sourire un peu édenté. Ils m'ont aussi déportée de là-bas, dit-elle à Kaweka en langue lucumi. Tout comme elle, ajouta-t-elle en désignant Antonia, qui avait déjà attrapé une fillette et inspectait la plante de ses pieds à la recherche de ces puces de terre qui pénètrent dans la peau où elles nichent et se reproduisent.

Kaweka comprit que sa présence faisait voyager la femme dans le temps. L'espace d'un instant, les yeux de mama Ambrosia brillèrent, puis elle secoua la tête pour chasser les souvenirs heureux qui n'avaient pas leur place ici dans la plantation du marquis, et revint à la réalité.

— Viens, ma petite, lui dit-elle en la prenant avec douceur par l'épaule, assieds-toi avec les enfants, et repose-toi. Et maintenant, je vais te donner quelque chose de bon à manger.

Kaweka apprécia le contact chaleureux de cette femme, plus encore que le biscuit qu'elle lui offrit. Elle en savoura le goût tout en contemplant les enfants. Le concert de leurs pleurs faisait partie du décor, personne n'y prêtait attention.

— Tous ces bébés, lui expliqua la nurse en montrant les plus petits, attendent que leurs mères reviennent des champs pour téter. Les aînés, ceux dont Antonia essuie les pieds...

Elle se tut. Le regard de Kaweka s'était arrêté sur un nouveau-né à l'écart des autres, qui bougeait lentement et pleurnichait faiblement dans la paille.

Mama Ambrosia s'accroupit à côté d'elle et tchipa pour exprimer sa désapprobation :

— C'est Jacinto, le fils de Maria de la Luz. Il a le tétanos. Les Espagnols appellent ça « la maladie des sept jours ». Il va mourir. On attend... Ils sont nombreux à être emportés par ce mal. S'ils passent les sept premiers jours après leur naissance, ils peuvent s'en sortir, sinon...

Kaweka n'écoutait plus le discours de mama Ambrosia. Elle avait déjà vu plusieurs bébés malades dans son pays. Après les soins aux plantes médicinales et l'invocation des dieux pour qu'ils guérissent, ils restaient dans la case familiale, et leur mère lui permettait de les bercer. « Olorún décide de la vie et de la mort », lui disait son grand-père. « Et qu'arrive-t-il aux bébés s'ils ne sont pas sauvés ? », lui demandait-elle. « Ceux qui meurent nous quittent, ils deviennent alors des esprits errant entre deux mondes, que nous devons vénérer pour apaiser leur colère comme s'ils étaient des dieux, et pour qu'ils deviennent nos alliés. »

Kaweka avança à quatre pattes jusqu'à Jacinto. Le nombril du bébé, contrairement aux nouveau-nés en bonne santé, était infecté. Elle pointa l'index sur la plaie tuméfiée malgré les huiles.

— C'est pour ça qu'ils meurent, entendit-elle mama Ambrosia murmurer derrière elle. On les soigne avec des toiles d'araignée et on noue le cordon avec une mèche de bougie. Beaucoup ne le supportent pas...

Sans demander la permission, Kaweka prit l'enfant et le pressa contre son ventre comme elle avait vu faire sa mère, dans un mouvement de va-et-vient, tout en fredonnant cet air qui lui vint à l'esprit avec la même intensité que si elle se trouvait à cet instant en Afrique, entourée des siens.

— Il n'a pas tété depuis deux jours, ma petite, lui dit la nurse en s'accroupissant à côté d'elle et en lui caressant les cheveux. Sa mâchoire est toute raide. Tu vois bien qu'il n'ouvre même pas la bouche. Il n'y a plus rien à faire qu'à attendre...

Mais Kaweka continuait à se balancer et à fredonner, comme envoûtée, indifférente aux paroles de la femme, aux trottinements des autres enfants et aux bruits des machines. Elle n'était plus là, elle était loin, dans son pays, avec sa mère et son grand-père, avec Daye... Mama Ambrosia la regarda avec un intérêt mêlé de perplexité. Puis elle retourna à sa tâche, prépara le repas des enfants, fit leur toilette. Arrivèrent ensuite de la récolte, avant les autres esclaves, les jeunes mères qui prirent aussitôt leurs petits dans les bras. L'une d'elles interrogea la nurse du regard lorsqu'elle s'aperçut que le bébé que berçait la fille au pied bandé était le sien.

— Laisse-le-lui, Maria de la Luz, la pria Ambrosia. Elle ne fait de mal à personne. La journée a été dure, pour elle. Elle vient d'arriver, elle est triste et un peu perdue.

La toute fin de soirée fut scandée par le changement des équipes, celle de nuit débutant à minuit. Le moulin était éclairé par des torches et des feux. La canne devait être moulue aussitôt après avoir été coupée, à défaut de quoi elle perdait ses propriétés, et le sucre sa bonne qualité. Les cloches sonnaient pour appeler les esclaves à se rendre au moulin, à la chaufferie ou à la maison de purge. Canne, petit bois pour le feu, bagasse (les résidus de fibres de canne) et vesou (le jus de la canne à sucre), tout était transporté d'un endroit à l'autre. Le travail était épuisant. Les esclaves étaient obligés de chanter dans le hurlement des ordres et le claquement des fouets. Certains s'écroulaient, terrassés par le sommeil et l'épuisement. Le mouvement des machines était incessant, et une nuit noire semblait emprisonner ces hommes et ces femmes courbés sous le poids de leur labeur, comme sous celui d'une lourde malédiction.

Indifférents au tumulte, mères et enfants dormaient dans la nurserie, tous à même le sol. Seules mama Ambrosia et Kaweka restaient éveillées, la première d'un œil vigilant, la seconde berçant toujours le bébé Jacinto, de plus en plus doucement, lentement, au bord de l'évanouissement. Mais au petit matin, alors que mama Ambrosia pensait que la fillette avait perdu connaissance, elle la vit secouée de tremblements. La lumière vacillante des torches enveloppait son corps tordu de violentes convulsions. Elle semblait suffoquer, jusqu'au moment où elle rejeta la tête en arrière et laissa échapper un gémissement guttural qui se fondit dans le bruit ambiant. Mama Ambrosia se signa. Kaweka serra l'enfant contre elle, puis le souleva vers le ciel pour l'offrir aux ténèbres, avant de tomber en syncope.

À l'aube, lorsque les cloches sonnèrent l'Ave Maria pour marquer le début des travaux dans les champs, Kaweka se leva et montra l'enfant vivant à mama Ambrosia.

— Tiens, prends ton enfant, dit-elle à sa mère, une jeune Noire d'une vingtaine d'années, alors que celle-ci s'approchait, surprise.

L'infection du cordon ombilical n'avait pas disparu, mais le bébé ouvrait la bouche, ses mâchoires n'étaient plus rigides. Il pouvait téter, il le voulait, le demandait. La mère et la nurse se regardèrent avec étonnement : aucun enfant dans l'état de Jacinto n'avait jamais survécu jusqu'ici !

Puis la mère, après un moment d'incrédulité, se fâcha contre Kaweka :

— Qui es-tu pour l'avoir guéri ? lui reprocha-t-elle en espagnol, lui frappant la poitrine de sa main libre. Jacinto allait mourir, tu comprends ? Il allait être libre ! Personne n'aurait pu l'exploiter. De quel droit t'as fait ça ?

Kaweka recula, les yeux écarquillés d'incompréhension devant l'attitude agressive de la jeune femme, qui s'apprêtait à la frapper de nouveau. La nurse l'en empêcha.

— Il serait devenu un pur esprit loin des fouets des Blancs, poursuivit la jeune mère, désespérée, la voix brisée. Mieux vaut mourir que de vivre ici un jour, un seul jour ! Mon enfant avait le droit de mourir !

2

Madrid, mai 2017 (cent soixante-et-un ans plus tard)

À huit heures moins dix, Lita Blasco entra dans le bâtiment du siège de la banque Santadoma, situé dans le luxueux quartier de Salamanca à Madrid.

— Bonjour, mademoiselle, la salua un vigile.

Lita n'était pas sûre que cette journée lui serait propice. Aussi radieux que fût le soleil, l'atmosphère s'assombrissait parfois, dès que Maria Regla Blasco – Reglita dans son enfance, dite Lita – franchissait le tourniquet de l'entrée de l'immeuble. Malgré son ancienneté, certains la regardaient encore bizarrement. Était-ce par aversion ou simple curiosité ? Elle avait du mal à savoir si le rejet dont elle se sentait souvent victime était dû à sa couleur de peau. « Chocolat au lait », entendait-elle depuis vingt-huit ans qu'elle vivait à Madrid, « chocolat », parfois « caramel », ou encore « café au lait ». « Mulâtre, bordel ! » étaient alors les mots qui lui venaient à la bouche, comme pour défendre ses origines, fière de revendiquer sa couleur.

Mais Lita s'interrogeait toujours quand le regard d'un employé ou d'un cadre de la banque s'attardait une seconde de trop. Ce n'était peut-être pas du racisme, simplement la surprise qu'elle soit une employée de la banque ? Ils avaient en effet des raisons d'être surpris. Sa mère, Concepción, avait servi chez les Santadoma dès qu'elle avait pu se tenir debout sur ses petites jambes, une serviette pliée sur le bras. Il en avait été de même pour sa grand-mère, son arrière-grand-mère, et pour elle-même, ponctuellement.

Elle gardait le souvenir des dîners d'apparat donnés chez eux. Une domestique récupérait les manteaux des invités pendant que l'ancien marquis de Santadoma les recevait. Elle, Reglita, vêtue de l'uniforme de son école religieuse, s'approchait de chaque dame à son arrivée en lui tendant un cadeau : parfois une simple fleur, ou une boîte contenant un médaillon. « Oh, quelle mignonne petite fille ! » était la réaction habituelle. Mais lorsqu'elle ne fut plus une mignonne petite fille, et en âge de sortir seule, elle fut chargée des courses de la maison : elle devait aller chercher, porter, acheter ceci, cela, ici et là... Tous les employés de la maison faisaient appel à elle.

Adolescente, alors qu'elle partageait avec sa mère une minuscule chambre aveugle dans la demeure patricienne des Santadoma, non loin de la banque, elle lui avait demandé :

— L'un de nos ancêtres a-t-il été leur esclave ?

— Tu ne trouveras pas un Cubain de couleur qui n'ait la moindre trace de sang d'esclave dans les veines, avait été la réponse de sa mère.

L'ombre de cet esclavagisme hantait les pensées de Lita. Elle avait lu des ouvrages sur le sujet et, tout en s'indignant de la cruauté avec laquelle ces êtres humains avaient été traités, elle idéalisait la vie de ses ancêtres, tout en éprouvant un chagrin qui la rongeait.

Pour autant, elle était espagnole, européenne, élevée dans la culture occidentale d'un État-providence, dans l'abondance, si bien que l'esclavage lui semblait remonter à un passé reculé. Mais la condition sociale de sa mère la plongeait dans un sentiment d'humiliation qu'elle ne parvenait pas à surmonter. « Eh oui, je suis la fille de la bonne des marquis ! » rêvait-elle d'asséner fièrement à ces blancs-becs, dans le même état d'esprit que lorsqu'elle réagissait aux stupides allusions à sa couleur de peau. L'évocation même du statut de sa mère par ces cadres de banque aux regards désobligeants, aux sourires hypocrites, capables du pire pour gravir les échelons, la faisait courir pour s'enfermer aux toilettes où elle versait des larmes de rage, avant de se traiter de fille ingrate pour n'avoir pas osé défendre publiquement sa mère à qui elle devait tout, jusqu'à son emploi dans cette banque, deux ans auparavant. Elle avait en effet échoué dans toutes ses tentatives de voler de ses propres ailes à la fin de ses études universitaires, malgré un master en commerce international, son anglais « courant » et son allemand « avancé ». Toutes ces connaissances s'étaient révélées vaines lorsqu'elle avait dû livrer des pizzas à vélo d'un bout à l'autre de Madrid, servir des boissons derrière un bar, réapprovisionner les rayons d'un supermarché, ou se faire exploiter comme stagiaire avec la promesse d'une embauche comme seul salaire.

Elle était alors tombée en dépression. Sa mère l'avait reprise avec elle dans la chambre sans fenêtre des Santadoma.

Lita, en meilleure forme après quelques jours, se promenait dans les pièces de service de la maison, certaine que doña Pilar de Santadoma ne s'y rendait jamais, du moins pas sans s'annoncer au préalable. Deux insupportables yorkshires pourris gâtés avaient pris possession de ces lieux, et faisaient leurs besoins dans des bacs à litière installés dans la cuisine. « Doña Pilar dit que, dehors, ils se salissent et attrapent des maladies », lui expliqua sa mère. Lita essaya de se lier d'amitié avec les animaux, mais cela lui valut plusieurs morsures traîtresses.

— Ce sont bien les chiens de la famille Santadoma ! fulminait-elle.

Lita s'arrangeait pour éloigner les toutous en frappant des pieds dès qu'elle les voyait arriver. Ils grognaient et aboyaient de loin.

— Madame va nous recevoir après le petit déjeuner, lui annonça un matin Concepción. Elle le fait en toute bienveillance, ma fille, précisa-t-elle devant le rictus de rejet avec lequel Lita reçut cette invitation de doña Pilar.

« Aucun Santadoma n'a jamais fait preuve de bienveillance », brûlait-elle d'envie de répondre.

Elle s'était toujours opposée aux propositions de sa mère. « Je refuse de travailler pour le marquis, maman. Je ne suis pas intéressée. Ils t'ont exploitée toute ta vie ! » disait-elle en souhaitant que cesse la relation servile que sa mère entretenait avec les marquis. Il lui semblait que, même si elle ne les servait pas, la proximité de ces nobles lui serait toujours insupportable. Pour ne pas peiner sa mère, elle lui cachait la tristesse qu'elle ressentait les soirs où les marquis donnaient une réception pendant laquelle Concepción veillait à ce que rien ne manque, puis se couchait à l'aube après avoir nettoyé et débarrassé les restes de la fête. Parfois, elle n'avait même pas le temps de dormir.

Devant le silence de Lita, qui voulait objecter, Concepción s'empressa d'ajouter :

— Je suis sûre qu'elle a de bonnes nouvelles pour nous. Allons-y avant l'arrivée du curé !

— Madame...

Concepción se racla la gorge afin d'attirer l'attention de la vieille dame qui fixait pensivement, le dos droit, le menton haut, les fenêtres donnant sur la rue. Elle venait de prendre son petit déjeuner à une table dressée d'une nappe en lin fin, sur laquelle étaient disposés un service en porcelaine et des couverts en argent. Comme toujours, quelle que soit l'heure, la veuve, âgée de plus de quatre-vingts ans, était impeccablement vêtue, parfumée et discrètement maquillée, ses cheveux gris soigneusement coiffés, prête à recevoir toute visite, y compris celle du prêtre qui venait chaque matin lui donner la communion avant de l'offrir à sa servante.

Concepción poussa discrètement Lita en avant, comme dans le passé. La jeune femme obéit et se rendit compte qu'elle avait sans y penser joint les mains devant elle dans une attitude humble et respectueuse, comme elle le faisait lorsqu'elle était enfant. Elle les laissa retomber et, l'espace d'un instant, se sentit mal à l'aise comme si elle avait enfreint une règle.

Doña Pilar perçut ce geste rebelle, mais son attention se concentra sur ses deux yorkshires qui s'étaient mis à aboyer hystériquement à l'arrivée de la jeune fille – cette fois sans s'approcher de ses chevilles.

— Je t'avais prévenue que ta fille ne s'en sortirait pas, Concepción, rappela alors doña Pilar à celle-ci, passant du ton affectueux avec lequel elle s'était adressée à ses deux chiens à un timbre de voix plus sec et énergique, qui fit baisser les yeux à la servante. Quant à toi, Maria Regla, tu n'étais pas faite pour affronter la vie toute seule… Ta mère me dit que tu souhaiterais travailler à la banque ?

— Oui, madame, répondit Lita après un temps, bouillant intérieurement.

Mais… souhaitait-elle vraiment ce travail, en avait-elle besoin ? L'odeur âcre de la nourriture qu'elle transportait à Madrid dans la caisse de livraison d'un vélo d'emprunt, cet emploi misérable dont elle avait été renvoyée après avoir consommé le repas qu'elle devait livrer, lui rappela la situation dans laquelle elle se trouvait. Ce jour-là, elle avait eu faim, comme cela ne lui était jamais arrivé auparavant ; elle s'était arrêtée à un coin de rue, avait garé le vélo, s'était assise par terre, adossée contre un mur, et avait dégusté les sushis *maki* et *nigiri*, comme il était indiqué sur le ticket de caisse. Elle n'avait pu ni justifier la livraison, ni payer la facture auprès de son employeur qui, fou de rage, l'avait insultée : « Sale négresse ! » Oui, il fallait absolument qu'elle trouve un emploi à la hauteur des études qu'elle avait durement menées. Et là, cette chance lui était proposée. Elle croisa et serra ses mains si fort derrière elle qu'elle en ressentit de la douleur, pour contenir sa colère au lieu de la décharger sur doña Pilar.

— Tu nous as beaucoup déçus, continua la vieille dame, le jour où tu as quitté cette maison, pleine d'arrogance, sans même nous dire au revoir ni nous remercier pour tout ce que notre famille a fait pour toi, comme si nous étions des étrangers à qui tu ne devais rien ! Mon père, le marquis, que Dieu ait son âme, avait coutume de dire qu'il ne fallait pas donner aux ingrats une seconde occasion de nous jeter leur mépris à la figure.

Lita se retenait d'exploser. Oui, elle était partie en claquant la porte, elle avait même, dans l'impétuosité de sa jeunesse, invectivé sa propre mère. Maintenant, elle avait envie de cracher sur doña Pilar pour mettre fin à toute cette humiliation. Concepción dut le sentir, car elle releva la tête et, à la surprise de sa fille, intervint pour la défendre :

— Elle était très jeune, madame.

La femme ignora sa remarque.

— Tu ne mérites pas notre aide, Maria Regla. Cependant, il se trouve que les services que ta famille a rendus à cette maison pendant tant d'années, avec une loyauté et une gratitude que toi, tu as entachées, m'amènent à contredire la décision que mon père aurait prise... Nous, les femmes, péchons par faiblesse ! soupira-t-elle – phrase que Lita considéra d'un cynisme éhonté. Demain, tu te présenteras à la banque.

Doña Pilar se tut, les yeux toujours fixés sur la jeune fille, attendant sa réponse.

— Merci, madame, merci beaucoup, dit Concepción d'un ton reconnaissant.

— Merci... répéta Lita à contrecœur.

— J'espère que, comme ce fut le cas pour tes ancêtres, ton père et ta grand-mère, et comme ta mère aujourd'hui, tu te montreras digne de travailler pour les Santadoma, et reconnaissante de la faveur que nous t'accordons, énonça la vieille dame en guise de conclusion, tapotant ses lèvres du coin de sa serviette.

La mère et la fille s'en allèrent. Concepción, souriante, rayonnait de joie, tandis qu'un tourbillon de pensées contraires et furieuses poursuivait Lita au rythme des aboiements des yorkshires couchés aux pieds de leur maîtresse.

« Me *montrer digne* ! » Profiter de l'offre qui lui était faite, et cacher son animosité envers les Santadoma sous une obéissance feinte et intéressée, était-ce « digne », ça ? Mais, ce travail qu'elle ne pourrait obtenir par son seul mérite lui était nécessaire ! Elle le voulait, ce job, mais tout en l'admettant, elle se sentait affreusement hypocrite.

— Maman... voulut-elle lui avouer.

— Silence, mon enfant, l'interrompit Concepción en poussant la porte battante qui menait aux pièces de service. C'est grâce à nos maîtres que tu as pu faire des études, ils nous ont donné un toit, des vêtements et de la nourriture, ils m'ont versé un salaire et ont même payé tes frais scolaires. N'oublie jamais cela. Tu es la première de la famille à n'avoir pas servi chez les Santadoma. Tu feras ton chemin dans une banque ! Profites-en, travaille dur et, comme le dit doña Pilar, sois reconnaissante. Les Santadoma nous ont toujours bien traitées !

Mais le toit, les vêtements, la nourriture et le salaire, Concepción les avait gagnés à la force de ses bras, pensa Lita. Et l'école religieuse pour jeunes filles riches, conservatrice et réactionnaire, elle, la petite Reglita, s'en serait bien passée, préférant l'école publique, avec des enfants de sa classe sociale, dont certains étaient noirs...

— Tu as raison, murmura-t-elle. Merci, maman.

Et deux ans plus tard, comme chaque jour depuis lors, Lita s'asseyait à la table des négociations de la banque Santadoma, prête à faire ses preuves, ignorant le regard des autres, faisant fi des préjugés.

3

Cuba, plantation de La Merced, avril 1862

C'était la sixième récolte de La Merced à laquelle participait la jeune Kaweka. Elle allait avoir dix-sept ans, bien que ses papiers en indiquaient vingt-trois – l'âge de l'esclave décédée qu'elle avait remplacée, et dont le nom, Maria Regla, lui avait également été attribué, ainsi qu'une couleur de peau plus brune que la sienne. Grâce à cette manœuvre, le marquis avait régularisé une esclave introduite clandestinement dans l'île, moyennant une augmentation de quelques pesos des émoluments de don Julián – le prêtre qui venait au domaine les quelques jours de l'année réservés à la messe, et qui, un jour de Noël, avait insisté sur la nécessité de baptiser pour la deuxième fois l'esclave nommée Maria Regla.

— Je ne juge pas leurs pratiques administratives, expliqua le prêtre à Narvaez, commandeur de La Merced, mais Dieu n'est pas aussi naïf ni aussi laxiste que les autorités espagnoles, et Il sait fort bien que cette nouvelle Maria Regla n'a pas les papiers nécessaires pour pouvoir entrer au royaume des cieux.

Au fil des ans, les grandes fabriques sucrières avaient réussi à se débarrasser d'une bonne partie de leurs obligations envers l'Église, qu'il s'agisse des messes hebdomadaires, de l'abstinence, du jeûne ou de la dîme. Les sucreries étaient des exploitations commerciales. L'ingérence des prêtres et la perte de temps qu'elle entraînait n'étaient plus tolérables.

Cependant, l'évangélisation des esclaves, le salut et la rédemption de l'âme de ces êtres humains, bien que sauvages et inférieurs, constituaient les arguments principaux sur lesquels les Blancs s'appuyaient pour légitimer leur commerce, soulager leur conscience et valoriser leur image. C'est ainsi que les sacarocrates firent du dimanche une parodie du jour saint pour les esclaves : le commandeur, faisant office d'aumônier, lisait un mystère, quelques pages de catéchisme, et apprenait à faire le signe de croix et quelques prières de base à un groupe d'esclaves, pendant qu'un autre groupe était employé durant ces quelques heures au nettoyage des machines et autres installations qui se dégradaient pendant la saison des récoltes – ce afin d'empêcher la fermentation qui risquait de gâter la qualité du sucre. D'une pierre deux coups : la spiritualité des riches propriétaires se délayait ainsi dans ce qui n'était que la nécessité dominicale d'un arrêt de nature technique.

À la plantation de La Merced, les dimanches se célébraient une semaine sur deux, comme l'avait décidé le marquis : un jour de congé tous les quinze jours. Ce jour férié ne devait pas coïncider avec ceux des sucreries voisines, afin d'éviter que trop d'esclaves ne se rassemblent et ne fomentent des révoltes. En ce jour d'avril 1862, après les sermons de Narvaez, Kaweka et mama Ambrosia se rendirent à la taverne installée sur le chemin limitrophe du domaine. Elles y rencontraient d'autres esclaves, des hommes libres des villages environnants, des travailleurs chinois sous contrat en semi-esclavage, et des affranchis salariés – tous dépendants du marquis de Santadoma. La taverne était un entrepôt, un bâtiment rudimentaire de plain-pied, en bois et au toit recouvert de feuilles de palmier, où l'on trouvait de tout, du rhum, de l'aguardiente, et même des souliers, que certains esclaves achetaient en vendant leur corps, pour les arborer aux fêtes dominicales.

Kaweka se faufila dans la foule qui se pressait à l'intérieur, précédée de mama Ambrosia qui bousculait tout le monde au mépris des protestations qu'elle suscitait ; la vieille infirmière se savait respectée. Esclaves et employés buvaient et criaient, d'autres jouaient aux cartes ou pariaient à tous les jeux qui leur permettaient de mettre des pesos sur la table ou des pièces frappées par le marquis – jetons de métal avec lesquels il payait ses gens afin qu'ils consomment dans son domaine et ne sortent pas dépenser leur argent ailleurs. Ces jetons, qui n'avaient aucune valeur hors du domaine, étaient une pratique courante dans les grandes plantations. Beaucoup d'esclaves aimaient les jeux de hasard, dans lesquels ils perdaient l'argent que leur rapportait l'exploitation de leurs *conucos* – ces petits lopins de terre que le marquis leur offrait pour les cultiver ou y élever des cochons et des poules. Ces parcelles, disposées stratégiquement autour des exploitations, garantissaient aux maîtres que leurs bénéficiaires n'y mettraient pas le feu, sauf à se nuire à eux-mêmes.

Kaweka et mama Ambrosia cherchaient Gabino, un esclave affranchi et colporteur, qui parcourait les chemins en tirant une mule chargée d'une énorme armature de bois menaçant de faire s'effondrer l'animal, composée de mille cases qui exposaient toutes sortes de produits : vêtements, bibelots, denrées alimentaires que le marchand ambulant vendait à grands cris dans les villages et les sucreries. Les deux femmes finirent par le repérer au milieu d'un groupe qui commençait à crier et à lancer des paris, se montrant du doigt et se défiant. Un grand cercle d'hommes, tous noirs et esclaves, s'était formé autour de deux longues tables poussées l'une contre l'autre, au bord desquelles était posée une série de grosses galettes dures comme le fer. Les autres clients de la taverne accueillirent avec enthousiasme le début de la partie. Ce n'était pas la première fois que Kaweka et Ambrosia assistaient à une telle compétition, elles échangèrent un sourire complice.

Les hommes debout devant les tables se mirent à baisser leurs pantalons, certains se dénudèrent même entièrement. Le tavernier leva alors un bras et les concurrents saisirent chacun leur membre à sa base. Les cris se calmèrent pendant quelques instants, un silence se fit, jusqu'à ce que l'arbitre abaisse son bras et que les esclaves se mettent à frapper les galettes de leur pénis, s'en servant comme d'un maillet. Le vainqueur serait celui qui briserait le premier la galette dure comme le fer. Tous encourageaient l'un ou l'autre de leurs cris, ne quittant pas des yeux les galettes en train de s'effriter. Cette fois, ce fut un esclave doté d'un long pénis, qu'il agita devant la foule en signe de triomphe. Kaweka et la nurse se joignirent aux applaudissements pour célébrer sa victoire. Pendant que les hommes se rhabillaient, que d'autres consommaient les galettes et que les jetons changeaient de main, elles s'approchèrent du colporteur, et tous trois se retirèrent dans un coin. Gabino fouilla dans son cabas pour en sortir des colliers qu'il leur montra.

— Dans cinq nuits, à partir de celle-ci... leur chuchota-t-il pendant qu'elles examinaient les colliers.

— T'as besoin de quoi ? lui demanda Kaweka tout en soulevant un collier doré, feignant de demander son prix.

— Armes, poudre à canon, viande, sel... Alors, tu l'achètes, ce collier ? dit-il tout haut.

Le métal doré, travaillé au repoussé et décoré de filigranes, ressortait sur la peau noire de la jeune fille, qui en était déjà parée. Elle n'avait jamais possédé un tel bijou.

— Il est très beau. Je te le vends pour un bon prix.

— Combien ?

— Quatre jetons.

Elle avait l'argent. Elle contempla à nouveau le collier avec envie.

— Trois jetons !

— Non, non, non, décida-t-elle en le rendant au colporteur, puis elle chuchota : Dans cinq nuits, à partir de ce soir, nous y serons.

Les jetons qu'elle gagnait allaient servir un objectif plus grand que la possession d'une babiole qui ne ferait que satisfaire sa vanité. Elle se distinguait de la majorité des femmes de la plantation, qui se paraient et s'habillaient le dimanche pour festoyer avec les hommes après s'être baignées et lavées dans le ruisseau – spectacle dont beaucoup d'hommes profitaient, qui se terminait, au demeurant, par des fornications dans les rigoles. Après quoi commençaient les danses au son des tambours, grâce auxquelles l'esprit des esclaves revenait à leur terre natale, leurs coutumes et leurs dieux. Les maîtres et les curés admettaient ces divertissements.

Les deux femmes retournèrent ensuite aux quartiers des esclaves. La fête s'était étendue jusque dans le grand patio. Les tambours battaient, accompagnés du son des congas et des maracas. Les esclaves chantaient et dansaient pour distraire et honorer les dieux. Certains danseurs, devenus médiateurs entre l'humain et le divin, étaient en transe depuis le matin. L'une des nombreuses divinités descendait sur terre, dansait sur la tête ou chevauchait* le corps des esclaves, qui entraient alors en convulsion, changeaient de voix, lançaient des avertissements à la foule, menaçaient, diagnostiquaient les maladies, prescrivaient des remèdes. L'esprit qui s'installait à l'intérieur des élus entrait en possession de toute sa personne. Si une divinité guerrière descendait sur une femme, celle-ci enlevait ses jupes, car il n'était pas convenable qu'un soldat restât ainsi vêtu ; il y avait aussi ceux qui riaient, ceux qui mordaient les chiens, ceux qui mangeaient les cafards...

Chaque divinité africaine qui avait accompagné un esclave dans sa captivité était associée à celle que les Blancs lui avaient imposée. Le même esclave vénérait à la fois un saint chrétien et un dieu yoruba, évitant de ce fait que les maîtres et les prêtres n'interdisent, sur les terres vouées au Christ, les festivités vouées aux orishas, nom des divinités yorubas. Malgré les tentatives des esclavagistes de convertir les Noirs à leur croyance, ceux-ci n'oublièrent jamais la leur. Ainsi la Vierge de Regla, prénom dont Kaweka avait hérité, fusionnait-elle avec Yemaya, la déesse des eaux. La jeune fille faisait partie des élues sur lesquelles les orishas « descendaient » spontanément, comme ici dans la fièvre des tambours, des chants et des danses rituelles, ou dans d'autres circonstances.

* Terme sacré exprimant la possession du corps des fidèles par les dieux de la santería. La santería est la religion afro-cubaine apportée à Cuba par les esclaves yorubas, issue d'un syncrétisme culturel et religieux qui s'enracina au sein de la religion chrétienne.

Depuis son arrivée à la plantation, Kaweka avait manifesté une relation particulière avec les orishas : la guérison du bébé, six ans plus tôt, en avait été le premier signe. À plusieurs reprises, la fillette avait été secouée de tremblements, comme possédée par une présence divine, mais ce ne fut qu'à l'âge de quatorze ans qu'une déesse décida de prendre possession de son esprit alors que la jeune fille portait sur l'épaule un fagot de feuilles de canne fraîchement coupées. Avant d'atteindre le chariot, elle jeta son fardeau, se plaça devant l'un des gardes et commença à le narguer avec des grimaces grotesques : reniflement, grognement, tchips. Surpris, l'homme lui flanqua une gifle qui la jeta au sol. « Espèce de folle ! », lui cria-t-il tout en lui administrant des coups de pied dans le ventre. Les provocations de l'orisha s'intensifièrent, jusqu'au moment où il rendit son identité à la jeune fille, qui reprit conscience quand le fouet claqua sur ses jambes, tandis que les esclaves continuaient à couper la canne en chantant, comme si rien ne s'était passé.

— Debout, négresse ! lui ordonna le garde sans cesser de la fouetter.

Il la flagella jusqu'au moment où la cloche sonna, quand le soleil couchant commence à rougir le ciel. Narvaez apprit ce qui s'était passé. Hommes et femmes furent appelés dans la cour de la caserne et disposés en cercle. Un garde plaça Kaweka au centre, où le maître l'attendait.

— Déshabille-la, ordonna-t-il à une esclave.

Kaweka laissa tomber les tiges de canne à sucre qu'elle tenait dans ses bras. La femme arracha le haillon qui lui ceignait la taille. Il glissa sur le sol. Des larmes coulèrent sur ses joues. Elle se tenait debout, paralysée, tremblante, les bras ballants le long du corps, la peau hérissée par la peur.

Mama Ambrosia tressaillit devant la concupiscence qu'elle perçut dans les regards fixés sur ce corps innocent à peine sorti de l'enfance, au pubis parsemé d'un duvet noir naissant, aux jeunes seins déjà formés, aux hanches dessinées. Mama Ambrosia comprit, elle qui avait pris Kaweka sous sa protection et s'en occupait comme une mère, que ce moment ne se terminerait pas seulement à la fin du châtiment, mais qu'il signifierait aussi le dépassement d'une étape dans sa vie.

En cette fin de journée, la carapace qui protégeait jusqu'ici la jeune fille explosa : elle se sentit comme offerte, sa pudeur mise à nu, une marchandise exposée à l'appétit de tous, livrée à la débauche de ces esclaves assoiffés de plaisir. Comprenant ce qui allait se passer, la femme et Kaweka se regardèrent, les yeux noyés de larmes.

— Couche-toi, lui ordonna Narvaez.

Quatre esclaves mirent alors Kaweka à plat ventre sur une vieille porte déposée sur le sol, les quatre membres attachés à chaque coin.

— Quinze ! ordonna le commandeur à un garde.

C'étaient dix coups de fouet de moins que le maximum quotidien autorisé par la loi.

Kaweka ne put retenir un cri de douleur lorsque le choc des fines lanières de peau de lamantin entrelacées entailla sa chair. Elle se débattit, essayant de se libérer des liens. Elle hurla et gémit sous les coups de fouet qui suivirent, jusqu'à ce que, à la dixième lacération, avant que les suivantes ne creusent davantage ses blessures, la raison des railleries de l'orisha, de son comportement extravagant dans le champ de canne lui apparût alors clairement : son but était d'engendrer en elle une haine envers l'homme blanc qui l'asservissait et la maltraitait, une haine qui coulait maintenant dans son sang et s'y mêlait, faisant corps avec sa douleur. Elle ravala ses larmes, et mama Ambrosia la vit cesser de résister et s'écrouler sur la planche, le dos relâché, offert au fouet, comme par défi.

Ressentant cela comme une provocation et une offense à son autorité, Narvaez, d'un geste impérieux, ordonna au garde d'intensifier le châtiment.

Alors la colère de Kaweka grandit à la mesure de la cruauté de son bourreau, et cette colère outrepassa sa douleur, le chagrin qu'elle ressentait au souvenir de sa terre natale, et son désespoir devant la terrible soumission des esclaves.

Car la grande majorité d'entre eux ne se battait pas. Certes, on parlait de révoltes et d'incendies, dont elle n'avait qu'entendu des rumeurs amplifiées ici et là, lesquelles, au cours de ces six années de captivité, ne s'étaient jamais concrétisées. La rébellion s'illustrait surtout par des évasions, des suicides, des fausses couches provoquées, et le sabotage de petites installations. L'opposition au maître s'exprimait avant tout dans la lenteur avec laquelle ils exécutaient leur travail : attitude qui déconcertait les surveillants, les obligeant à utiliser le fouet. Cette indolence routinière, due autant à la fatigue qu'à une volonté farouche, était devenue le réconfort spirituel d'hommes et de femmes exploités plus cruellement que des animaux.

C'est ainsi que les tortures que Kaweka endurait, pieds et mains attachés sur cette porte, lui montrèrent la voie inéluctable que les divinités avaient tracée pour elle : la lutte contre les Blancs et contre l'esclavagisme. La conquête de la liberté. Chaque coup de fouet qui la secouait la réveillait de la torpeur dans laquelle était plongée sa race.

Elle leva les yeux vers les esclaves en cercle autour d'elle, obligés d'assister à son châtiment.

Il y avait Jacinto, l'enfant qu'elle avait condamné, en le sauvant, à une vie d'asservissement, et sa mère squelettique qui tenait un nouveau-né dans les bras. La plupart avaient le visage tendu, certains tremblaient, d'autres tendaient les bras pour implorer la pitié. Mais aucun signe de révolte. Kaweka essayait de sourire afin de les encourager à la rejoindre dans sa lutte, mais sa tentative se figea en une grimace grotesque quand le fouet siffla dans l'air et retomba à nouveau sur son corps nu.

C'est ainsi qu'elle eut le triste honneur d'être la première fille de son âge à subir le supplice du fouet. Cirilo la soigna sous la surveillance de mama Ambrosia, qui exigea du commandeur qu'il dispense sa protégée du travail de la récolte. La nurse exerçait en effet une certaine influence sur Narvaez qui, conformément aux nouveaux critères qui régissaient les conditions de vie des esclaves, recevait une augmentation de salaire pour chaque naissance d'un bébé qui devait être nourri et élevé dans le but de rejoindre plus tard la *negrada** de la plantation et de participer ainsi au travail forcé – toutes choses qui dépendaient de la bonne volonté de la responsable de la pouponnière.

Pendant quelques jours, Kaweka resta en convalescence à l'infirmerie-nurserie où seules les visites de ses compagnes, qui s'échappaient entre deux corvées pour se glisser parmi les enfants aux heures des repas, lui permettaient d'oublier la brûlure de ses blessures et de sa peau qui se détachait en lambeaux. Les filles qui regardaient son dos ne pouvaient s'empêcher d'exprimer leur effroi. Elles avaient déjà vu les blessures que de tels châtiments provoquaient, parfois même sur leurs propres parents ou un membre de leur famille, mais sur une fille de leur âge, c'était insoutenable.

— Pourquoi tu as défié Narvaez ? lui demandaient-elles après l'avoir réconfortée. Ma mère dit que si je suis punie, je dois me montrer soumise, sinon, leur colère redouble !

— On doit se battre ! répétait Kaweka afin de partager avec elles le message envoyé par les orishas lorsqu'elle subissait les coups de fouet.

Mais ses amies ne la comprenaient pas.

— Se battre ? Contre quoi, et comment ? Nous ne sommes que des négresses, des esclaves, des filles ! Même les hommes, ils se battent pas ! Et si on s'enfuyait dans les montagnes, comme les marrons, on serait fouettées, comme toi !

Kaweka était alors incapable de leur opposer de meilleurs arguments. Elle-même doutait : elle incarnait la déesse qui insultait les Blancs par le truchement de sa voix et de son corps, mais c'était elle, Kaweka, qui recevait le châtiment, elle qui souffrait, qui se retrouvait le dos couvert de plaies, et tout cela pour avoir osé défier le commandeur.

— Ne les encourage pas à la révolte, lui conseilla mama Ambrosia, alors qu'elles se reposaient sur le sol, entourées

* Est ainsi nommé l'ensemble des esclaves noirs constituant la réserve d'une plantation sucrière à Cuba.

des enfants et de leurs mères endormis, loin du brouhaha de la fabrique.

— Je ne sais plus quoi penser, reconnut la jeune fille, tu as sans doute raison. Je ne me comprends pas moi-même. Sous le fouet, il me semblait que les dieux me poussaient à me battre, mais maintenant, je me demande si c'était réel, si je n'ai pas rêvé, si ce n'est pas la douleur qui a provoqué ces idées. La seule chose réelle dont je me souviens, maintenant, c'est du fouet, j'entends encore son sifflement, la morsure de ses lanières... ! À quoi bon me battre ? Comme disent mes compagnes, je n'y gagne rien.

— Les orishas te montreront le chemin, la consola la nurse en lui caressant la joue.

Et, en effet, depuis le jour de son premier châtiment, les orishas continuèrent à tourmenter Kaweka. Ils la chevauchaient, utilisaient sa voix pour se faire entendre, lui volaient sa liberté : elle s'évanouissait, transgressait les règles, multipliait les excentricités et les provocations. Ce qui lui valut d'être considérée par Narvaez et ses hommes comme démente. Et l'hystérie des danses dominicales rituelles sous l'effet des débauches catalysées par l'aguardiente, le sexe, le tabac et le rythme infernal des tambours pendant les fêtes africaines n'expliquait pas pourquoi une jeune fille saine d'esprit et de corps, qui travaillait sous le soleil des Caraïbes au rythme des chants tristes et monotones de ses compagnons de travail, avait soudain perdu la raison.

Cependant, avant que le commandeur ne se pose ces questions, ses tentatives pour la soumettre furent nombreuses, châtiments auxquels, au désespoir de Kaweka, il associa certaines de ses camarades, comme Francisca, à qui un garde donna un coup de fouet sur les fesses tandis que plusieurs jeunes esclaves passaient devant lui pour se rendre à leurs baraques.

— Pourquoi ? cria Kaweka en faisant face à l'homme.

— Ne... murmura Francisca en la saisissant par le bras pour la faire reculer.

Un autre coup de fouet, cette fois sur la tête de Kaweka, étouffa l'avertissement de son amie.

Puis, pour servir de leçon à tous les esclaves, toutes deux furent mises trois jours au cachot, exposées au supplice du cep, les chevilles enserrées dans une poutre de bois. Le temps qu'elles restèrent là, par terre, Francisca ne voulut pas connaître les raisons de Kaweka. Une fois leur peine purgée, la jeune fille évita sa compagnie.

Pourtant, elles s'entendaient bien avant cela. Francisca était l'une de ses meilleures amies ; elles avaient connu ensemble, rieuses et cachées dans le champ de canne, leur premier baiser avec un garçon.

Il se passa la même chose avec Faustino de qui Kaweka était éprise. Ils flirtaient ensemble depuis des mois : ils se souriaient, discutaient. Ils cherchaient à se retrouver seuls, elle lui permettait de l'embrasser et de la caresser. Mama Ambrosia l'avait mise en garde contre les conséquences d'un flirt trop poussé. Mais chaque fois que Kaweka pensait à Faustino, à ses lèvres et à ses mains, elle sentait des papillons envahir son ventre et son sexe s'humidifiait.

Un matin, à l'aube, elle accompagnait, avec d'autres jeunes filles, des carrioles tirées par des bœufs, depuis le champ où on laissait sécher la canne jusqu'à la chaufferie. Elle remplit un panier de bagasse écrasée et séchée au soleil et le porta jusqu'au bas d'un talus d'où des fours débouchaient. Plus haut, dans la chaufferie, se trouvaient les grandes cuves dans lesquelles chauffait le vesou. C'était comme descendre aux enfers, la chaleur y était suffocante, on aurait dit qu'elle était habitée par des démons qui alimentaient eux-mêmes les feux. Somnolente de fatigue, elle déchargea la bagasse sur le tas existant et remonta le talus pour aller chercher un nouveau chargement. C'est à son troisième voyage qu'elle le vit en train d'enfourner la bagasse avec une fourche. Elle se réveilla d'un coup. Le corps luisant de sueur de Faustino et son torse qui brillait à la lueur des flammes l'éblouirent, elle posa alors directement son panier à l'endroit où se trouvait le jeune homme.

— Comme ça, tu n'auras pas à aller le chercher dans le tas, lui dit-elle en déversant la bagasse à ses pieds.

— Et tu vas m'en apporter beaucoup ? s'amusa-t-il.

Elle rit bêtement, et ne put se retenir de passer le bout de ses doigts sur son torse humide et brûlant. Ils se regardèrent avec fièvre et s'embrassèrent.

— Hé, tu fais quoi, là ? Tu dois pas t'arrêter de surveiller le feu ! cria le Chinois qui était de garde.

Ses cris attirèrent le vigile qui accompagnait les carrioles :

— Le sucre pourrait être gâché ! Fous le camp de là, putain ! hurla-t-il en accompagnant son ordre d'un coup de pied qu'il assena à Kaweka.

Cinq jours de cachot, du pain et de l'eau : telle fut la peine infligée à Faustino pour une faute aussi grave que l'absence de surveillance du four et du contrôle de la cuisson du vesou.

Kaweka, elle, ne fut pas punie. Le dédain de Narvaez, ainsi que les regards suspicieux de certains esclaves face à cette incompréhensible impunité lui valurent une mortification injustifiée.

— Ne t'approche plus de mon fils ! Que je ne t'y reprenne pas ! l'avertit le père de Faustino, un esclave protégé par la main-d'œuvre blanche.

— On se détourne de moi, sanglotait-elle.

La gorge serrée, la nurse entendait la tristesse de Kaweka, et tenta d'inverser la situation en sa faveur.

— Ne nous demande pas ça, Ambrosia, objecta le vieil esclave à qui elle adressa sa requête, ta protégée est un nid à problèmes. Certains Noirs sont plus susceptibles que d'autres d'incarner les divinités, mais ils le font sans insulter le commandeur et ne se posent pas en sauveurs !

— Les dieux t'ont élue toi pour que tu te battes pour les esclaves, tenta de la consoler mama Ambrosia après son échange infructueux avec le vieillard.

Mais Kaweka ne souhaitait pas être l'élue des dieux. Elle voulait pouvoir s'asseoir et manger dans la cour avec les autres ; or, elle se retrouvait désormais seule au milieu des adultes. Elle désirait pouvoir parler des garçons le soir dans le dortoir des filles ; elle les entendait chuchoter de loin, dans leurs lits, puis éclater de rire ou s'exclamer. Elle rêvait de se souvenir de son pays avec les autres Bossales. Elle voulait pouvoir partager la douleur de l'esclavage et pleurer avec ses camarades, réconforter une amie en larmes.

Elle se réveillait la nuit, oppressée. La plantation tout entière, les baraques, les installations, les Blancs et leurs fouets, tout cela lui pesait sur la poitrine.

Peu après, grâce à son influence, mama Ambrosia demanda au commandeur que Kaweka puisse travailler en partie à la récolte et à l'infirmerie-nurserie avec elle. Narvaez en informa le marquis, et argua que si la jeune esclave perdait parfois connaissance en plein travail de récolte, il valait mieux ne plus lui faire subir de punitions qui risquaient de l'abîmer. En effet, son savoir-faire avec les enfants, les femmes enceintes et les malades – talent dont les autres esclaves étaient dépourvues – était précieux. Elle avait appris à préparer des remèdes à base de plantes et d'herbes, et l'infirmerie comme la pouponnière avaient grand besoin de ses compétences et de son aide. Elle n'était donc pas un investissement que l'on pouvait se permettre de perdre, conclut le commandeur.

La situation s'étant ainsi arrangée au fil du temps, Kaweka décida de retrouver Faustino. Ils se pardonnèrent et s'aimèrent à nouveau. Mais quelqu'un en alerta un jour le père, qui les surprit cachés derrière des monticules de bagasse.

— T'aimes ça, les baisers ? demanda-t-il interrompant ainsi le flirt du couple.

Surpris, Faustino hésita, mais il ne réagit pas lorsque le vieil homme saisit Kaweka, la serra violemment contre lui et se mit à l'embrasser en lui mordant les lèvres.

— Faustino ! supplia-t-elle, essayant de se dégager de l'homme.

— Père... !

L'homme gifla violemment la jeune fille.

— Je t'avais dit de ne pas t'approcher de mon fils ! Et, se tournant vers le garçon : Apprends ! C'est la seule chose à quoi elle peut servir, cette femelle ! Tu l'as vue nue, hein, fouettée dans la cour ? Y en a un paquet qui doivent se branler en pensant à elle ! C'est un cadeau des dieux !

— Faustino ! supplia Kaweka.

Mais le jeune homme resta comme paralysé. Horrifié, incapable d'intervenir tandis que son père la renversait, la chevauchait en lui couvrant la bouche d'une main pour étouffer ses cris et, après avoir remonté sa tunique, enfonçant son autre main entre ses cuisses. Kaweka se débattit, lui frappa de ses poings le dos et les épaules, mais l'homme coinça ses jambes entre les siennes. La dernière vision qu'elle eut de Faustino, floue entre ses larmes, fut sa silhouette de dos, qui se détournait du viol – image qui se déchira aussi douloureusement que l'intérieur de son ventre au passage du membre en érection de son père.

— Aucun orisha n'est venu à mon secours, se plaindra-t-elle plus tard à mama Ambrosia qui la soignait. Ils n'ont pas levé le petit doigt pour moi !

Kaweka avait pourtant invoqué la présence divine à chaque assaut bestial de l'homme sur elle. Elle avait fermé les yeux, vaincue, en proie à la douleur, les suppliant de venir la sauver. Et il en fut ainsi jusqu'à la montée en puissance du halètement bestial du violeur qui se transforma en rugissement, avant qu'il s'effondre sur elle.

— Maintenant c'est ton tour, Faustino, haleta-t-il en se relevant péniblement.

Kaweka tremblait, sanglotait, les yeux encore fermés, allongée nue à partir de la taille, les jambes écartées en offrande, attendant de recevoir ce nouveau poids sur son corps, mais les secondes passèrent sans que rien ne se produise. Elle revint à la réalité et se retrouva seule au milieu des piles de cannes concassées.

Entre le jour où, à quatorze ans, elle reçut le supplice du fouet, allongée nue au sol sur une porte, et celui où, à dix-sept ans, elle renonça à l'achat du collier doré qu'elle convoitait, Kaweka disposa d'assez de temps et d'expérience pour s'arranger avec les orishas. Jacinto, à présent âgé de six ans, était l'incarnation vivante de son propre état d'esprit : parfois, quand elle le voyait transporter des cannes à sucre, faire le ménage ou aider à servir la nourriture, l'air triste et abattu, elle se reprochait de l'avoir guéri ; mais d'autres fois, quand elle le voyait rire ou jouer avec un autre enfant, elle se félicitait d'avoir fait le bon choix.

Le soir du cinquième jour fixé par Gabino dans la taverne de la plantation, les gardes et les chefs d'équipes surveillaient le travail de nuit exécuté par les esclaves, en contrôlaient la qualité, exigeant d'eux des efforts qui, à ce stade de la récolte, au mois d'avril, ne faisaient que faiblir en raison de leur extrême fatigue. Les Blancs les insultaient, les traitaient de fainéants, incapables de comprendre que la fatigue enracinée dans le corps de ces hommes avait eu raison d'eux, et que le temps était arrivé où ni le sommeil ni le repos ne pouvaient plus réparer les ravages subis.

Quelques jours avant, la jeune Camila, dont le lit était proche de celui de Kaweka, s'était endormie en passant devant une carriole à bœufs chargée de cannes qui rentrait au moulin. Le charretier, qui somnolait, tête branlante, ne l'avait pas vue tomber... ou peut-être si, mais sans doute n'avait-il pas eu la force de faire quoi que ce soit pour empêcher l'accident. Les bœufs la piétinèrent, et une roue lui fracassa la tête. Lors de son enterrement précipité dans le cimetière de l'exploitation sucrière, Kaweka ignora les mots de condoléances hypocrites du commandeur, et esquissa un sourire en pensant que Camila était libre, maintenant. Beaucoup d'autres n'avaient pas eu cette chance. L'infirmerie, sous la responsabilité de Cirilo, débordait d'esclaves victimes d'accidents eux aussi qui n'étaient dus qu'à l'épuisement : des membres blessés ou amputés, des fractures, des brûlures.

Nombreux étaient ceux qui préféraient mourir, et Kaweka avait appris à respecter ce souhait en les aidant. Il y avait ceux qui, au contraire, choisissaient la vie, et elle les respectait également. Elle les avait compris en ayant observé les deux états contraires qui rythmaient la vie de Jacinto.

La fabrique fonctionnait à plein régime jour et nuit durant les mois de la récolte. La canne à sucre était broyée dans le moulin à sucre qui extrayait le jus, transporté ensuite à la chaufferie, où il était clarifié et évaporé sous vide dans des machines de concentration actionnées principalement par des ouvriers chinois. Le sirop ainsi obtenu était centrifugé selon la technologie la plus moderne en vigueur à Cuba, afin de précipiter le miel des cannes. Une fois cristallisé et séché, le sucre était conditionné et vendu. Cuba était le plus grand producteur de sucre de canne mondial, et pour continuer à exceller dans ce commerce lucratif, les propriétaires terriens astreignaient les esclaves à des jours et des nuits de travail allant jusqu'à dix-huit heures pendant cinq ou six mois selon les pluies.

La nuit du rendez-vous avec Gabino, Kaweka était restée éveillée, allongée sur une paillasse du dortoir réservé aux femmes célibataires. L'aube se lèverait dans quatre heures, quand les coups de cloches de l'Ave Maria retentiraient, marquant le début du travail dans les champs. La jeune fille se leva de son grabat et quitta le bâtiment des femmes à peine éclairé par les deux torches qui scintillaient au-dehors dans la nuit sans lune.

Au bout d'un moment apparut Mauricio, un Bossale un peu plus jeune que Kaweka.

— Allons-y, le pressa la jeune fille d'un geste.

Ils s'éloignèrent des baraquements. Ce bâtiment rectangulaire en maçonnerie recouvert d'un toit à deux pentes, qui entourait la cour, présentait un portique majestueux et deux longues rangées d'immenses fenêtres en arc, dont l'aspect extérieur prétendait cacher la misère entassée de l'autre côté de ses murs. À l'intérieur, outre les dortoirs des esclaves et des Chinois, se trouvaient l'infirmerie-nurserie, la cuisine, le cachot, et les chambres des employés blancs. Autour des baraques étaient éparpillées des maisonnettes occupées par les ouvriers qualifiés : le commandeur et les « maîtres du sucre », techniciens des machines modernes. Les lumières du moulin qui fonctionnait à plein rendement irradiaient l'espace entre ces constructions.

Suivie de près par Mauricio, Kaweka inspecta les lieux. Aucun gardien. Dans l'ombre, elle se faufila le long de la façade, en direction de la pouponnière. Elle s'arrêta un instant près de la clôture qui délimitait la cour et écouta le rythme triste de la vie de cette masse humaine qui se déplaçait, indifférente, dans cet espace voué aux esclaves, en dépit des châtiments qu'ils subissaient de la part des sbires du marquis de Santadoma. Leurs chants étaient sourds et monotones ; on eût dit qu'ils rampaient, n'ayant pas la force de lever la tête vers le ciel nocturne.

Mama Ambrosia les attendait tous deux derrière la clôture pour leur remettre des cartouches de fusil – au cas où ils devraient s'en servir –, un paquet de vêtements, un sac de sucre, de la viande séchée qu'elle avait volée à l'occasion d'une de ses nombreuses visites aux cuisines quand elle venait chercher la nourriture des enfants. Une bouteille d'aguardiente à moitié pleine... et ce qu'elle avait gardé et caché sous une lame du parquet de la nurserie : deux grandes machettes neuves, solides et légères, que Kaweka avait dérobées à l'infirmerie alors qu'elle soignait deux coupeurs blessés.

Ces machettes devaient être rendues à la fin des travaux des champs pour être mises sous clé, mais les esclaves étaient arrivés à l'infirmerie en milieu de journée, et ne reprendraient pas le travail avant la guérison de leurs blessures. Deux Noirs ne présentant aucun risque de rébellion, avec des machettes, personne ne penserait qu'elles puissent devenir des armes... Sauf le jour où l'on découvrit leur disparition. Les deux hommes, les mains vides, secouèrent négativement la tête et haussèrent les épaules, les yeux fixés au sol, face aux insultes et aux cris du commandeur. Ce soir-là, Kaweka les regarda subir le fouet. Chaque coup cinglant lui faisait mal, à chaque sifflement des lanières, elle sentait ses propres cicatrices se déchirer. Elle était coupable d'avoir volé ces armes, mais avait-elle eu le choix ? Debout dans la cour, confondue au milieu des esclaves, Kaweka invoquait les orishas, les saints et tous les morts, et implorait qu'on lui permette d'absorber un peu de la douleur dont témoignaient les dos ensanglantés, les muscles raidis et les visages crispés de ces hommes qu'on attacha des quatre membres, l'un après l'autre, sur la vieille porte des châtiments.

Les blessures des deux esclaves n'étaient pas encore guéries, pensa Kaweka en laissant glisser ses doigts sur le tranchant d'une des machettes volées. Oui, ce vol avait été cher payé, mais tel était le destin exigé par les divinités et ses ancêtres morts : soutenir la cause de ceux qui se rebellaient contre les Blancs, même au prix de la souffrance des leurs.

— On y va ! encouragea-t-elle Mauricio.

Ils contournèrent l'arrière du baraquement qui donnait sur les champs, et marchèrent en direction du moulin et de la taverne, mais trois dogues surgirent de l'obscurité. Leurs grognements étouffèrent les bruits des machines, des chants et des cris. Kaweka réussit à retenir Mauricio, terrorisé, qui tenta de s'enfuir en abandonnant les paquets.

— Ils ne te feront rien, lui dit Kaweka pour le rassurer tout en le secouant.

Mauricio n'en était pas si sûr ; il les connaissait, ces molosses qui accompagnaient les contremaîtres des champs de canne : c'étaient des dogues de Cuba, issus du croisement de chiens de chasse et de féroces bouledogues espagnols, spécialement introduits et élevés sur l'île pour capturer les esclaves fugitifs et surveiller les haciendas.

Kaweka s'adressa alors aux molosses d'une voix ferme qui fit cesser leurs grognements. L'un d'entre eux s'approcha même de la jeune fille, en quête d'une caresse qui ne vint pas.

— Ramasse les sacs, ordonna-t-elle à Mauricio.

Il obéit, tout en gardant un œil sur les molosses qui tournaient calmement autour d'eux, puis reprirent leur marche vers la taverne.

— Pas bouger ! somma Kaweka en s'adressant aux chiens qui s'apprêtaient à les suivre.

— Comment tu fais ? s'étonna le jeune homme en tournant la tête pour s'assurer que les mastiffs restaient immobiles.

— Rien. Ce sont les orishas qui nous protègent.

Aux abords de la taverne, quatre hommes s'approchèrent d'eux : trois jeunes Noirs et un mulâtre. Trois vêtus de haillons, l'autre d'un pagne. L'un portait une machette suspendue à un cordon autour de la taille, les autres étaient armés de bâtons sur lesquels étaient attachées des lames de fer d'outils agricoles.

— Qui est-ce ? demanda le mulâtre armé d'un fusil.

— Il s'appelle Mauricio, et il part avec vous, répondit-elle.

Elle prononça ces mots avec fierté. Les nègres marrons incarnaient la combativité et la liberté, et fuir dans les montagnes était la décision la plus importante qu'un esclave pouvait prendre. Kaweka admirait ces hommes qui s'enfuyaient au péril de leur vie pour se libérer de leurs chaînes. À l'opposé, il y avait ceux qui travaillaient jusqu'à un âge avancé, économisant chaque pièce que leur rapportait la culture de leur petit lopin de terre, renonçant à la taverne et aux jeux, aux perles et aux vêtements du dimanche pour acheter leur liberté ou celle de leurs enfants, voire pour honorer le premier paiement de leur émancipation – le reste leur étant versé en plusieurs fois, au prorata de leur travail. Pour Kaweka, la conception de ces deux groupes divergeait. Tous deux détestaient les Blancs, certes, mais si les uns se soumettaient aux règles dictées par eux, les autres les récusaient par leurs actions ; les uns produisaient pour les maîtres, les autres détruisaient leur œuvre. Mama Ambrosia et Kaweka aidaient ces derniers, au point de renoncer à porter les colliers que Gabino essayait de leur vendre afin de pouvoir fournir quelques sacs de nourriture aux fugitifs. Elles volaient ce qu'elles pouvaient, vendaient des remèdes et achetaient le nécessaire pour les marrons. Elles déposaient de modestes offrandes aux dieux devant un autel installé dans la nurserie par mama Ambrosia, où elles priaient les divinités de faire taire les chiens et de les aider dans leurs expéditions nocturnes. À l'aube, lorsque les esclaves se rassembleraient dans la cour et qu'on remarquerait l'absence de ceux qui s'étaient sauvés, la rumeur circulerait, et nombreux seraient ceux qui envieraient leur audace. Il y aurait aussi les pessimistes qui rappelleraient aux autres la cruauté avec laquelle les marrons étaient traités quand ils se faisaient capturer par les chasseurs d'esclaves, et ramenés dans les plantations auxquelles ils appartenaient. Cette triste fin arriverait tôt ou tard, prédisaient-ils. « Lâches ! » s'emportait Kaweka devant une telle résignation. « Il faut les comprendre, tentait de les excuser mama Ambrosia. Tous n'ont pas le cran de s'évader dans les montagnes. »

— Nous ne serons jamais assez nombreux, déclara le chef des fugitifs en guise de bienvenue à Mauricio. Toi aussi, tu devrais venir, ajouta-t-il à l'attention de Kaweka.

— Et qui volerait les machettes ? objecta-t-elle en montrant l'arme qu'elle venait de lui donner.

Un silence se fit, ils purent entendre les cris et les gémissements en provenance de l'exploitation. Dans la nuit, le contraste entre la nature à perte de vue, pleine de promesses et d'espoir, et la férocité de l'esclavage leur fit froid dans le dos.

L'un des marrons prit la parole :

— On aurait besoin de plus de nourriture.

— On avait pensé à un porc, qu'on pourrait voler dans un enclos, dit un autre. Ce serait facile de...

— Non, l'interrompit Kaweka.

— Comment ça, non ? s'offusqua Malaw. Un cochon, un seul ! On a des malades dans notre palenque*, et les animaux qu'on trouve dans la sierra ne suffisent pas.

Au moulin, la jeune fille inspirait soit l'admiration, soit la peur : on la respectait ou on l'évitait. Si bien qu'elle restait seule. Sans amour et sans amitié. Elle reniait alors les divinités qui l'avaient privée du lien magique qui la liait à Faustino, et des rires et de sa complicité avec Francisca. Et donc non, cette nuit-là, il lui était impossible de voler le moindre cochon aux esclaves pour les fugitifs, puisqu'elle ne pouvait plus compter ni sur Faustino, ni sur son amie.

— Non, persista-t-elle, si vous voulez de la viande, volez un bœuf, une vache ou un cheval. Ils fournissent plus de viande qu'un porc, et le préjudice n'est que pour le maître.

* Refuge lointain et difficile d'accès où des esclaves fugitifs ont formé une communauté.

— Il est dangereux de s'approcher de la zone d'élevage, persista Malaw.

Il y avait en effet des gardes de nuit dans toute la plantation. Kaweka leva les yeux vers le moulin à sucre qui formait une grande tache rougeoyante dans la nuit.

— Si vous ne voulez pas courir le risque de vous faire prendre, attendez-moi sur la route derrière la taverne. Si je suis en retard, n'hésitez pas à partir.

Sur ces mots, elle siffla les chiens qui arrivèrent aussitôt de nulle part. Les marrons saisirent leurs machettes et les lances qu'ils avaient fabriquées. Mauricio s'immobilisa.

— Ils ne vous mordront pas, les rassura-t-elle.

Elle se dirigea vers La Merced, talonnée par les dogues. L'enclos, en bordure du domaine, et devant lequel somnolait un gardien, était une grande étendue de terrain clôturée abritant plus de trois cents bœufs, des vaches, des chevaux et des mules tous affaiblis et mal nourris. Mais chacun de ces bœufs, songea-t-elle, était mieux traité qu'un esclave, même si le transport constant et pesant de la canne des champs jusqu'au moulin, des caisses de sucre et des tonneaux de mélasse vers le chemin de fer représentait de mauvais traitements générant un taux de mortalité élevé. Il était cependant interdit de battre les bœufs, sous peine de punition, quand bien même les esclaves, eux, étaient frappés et fouettés à volonté.

Elle s'accroupit, ramassa une pierre, la frotta entre ses cuisses et la donna à renifler aux chiens. Elle la lança ensuite aussi loin qu'elle le put. Les bêtes s'élancèrent dans la nuit. Les deux mastiffs qui accompagnaient le gardien se mirent à les poursuivre. L'homme se réveilla brusquement, entendit les aboiements, chargea son fusil et cria: « Qu'est-ce qui se passe ici, qui est là ? », avant de s'enfoncer à son tour dans l'obscurité.

Kaweka se dirigea vers la barrière du *conuco*, saisit une corde accrochée à la clôture du lopin de terre, l'enroula autour du cou d'un bœuf et tira. L'animal la suivit docilement, tandis que les molosses aboyaient rageusement et que le gardien continuait à crier, cherchant la raison de ce tapage.

À l'écart du moulin, entre les palmiers, les marrons tuèrent le bœuf et le mirent hâtivement en pièces à l'aide de leurs machettes, tout en surveillant les alentours à la lueur d'une lanterne. Ils chargèrent autant de viande qu'ils le purent et adressèrent des adieux reconnaissants à la jeune fille.

— Tiens-toi prête à recevoir les instructions, lui dit le chef de la bande. Gabino sera notre messager.

Kaweka les regarda partir, et Mauricio se retourna pour lui sourire.

— Bonne chance, murmura Kaweka.

Un de plus qui échappait au maître. La tension qu'elle avait ressentie jusque-là se transforma en un sentiment de plénitude. Mauricio était libre, les chaînes de l'homme blanc qui l'avaient asservi jusqu'alors étaient derrière lui. Qu'un jour ou l'autre ils l'arrêtent était sans importance. Maintenant il n'était plus asservi, et elle avait participé à cette victoire. « Protège-les », pria-t-elle son orisha.

Elle sentit alors les chiens la frôler, ils étaient revenus et tournaient autour de ses jambes, l'un d'eux tenait une pierre dans la gueule. Elle les chassa, et se souvint de la question de Mauricio : que ferait-elle si les divinités n'arrêtaient pas la course de ces molosses ? Elle ne pourrait que pleurer.

Elle avait déjà vécu ce drame. Une nuit, les orishas ne l'avaient pas aidée. Un dogue l'avait attaquée, ainsi que l'esclave Lucia qui était avec elle. Les dieux devaient être distraits, ou faire la fête, ou encore ne voulaient-ils pas leur porter secours ? Kaweka et l'esclave coururent aussi vite qu'elles le purent. C'est sur Lucia qu'ils s'acharnèrent : la jeune fille n'échappa pas à leurs mâchoires. Ces robustes cerbères, courts sur pattes, étaient dressés pour sauter au cou des esclaves. Ils ne lâchaient leur proie qu'une fois les ordres de leur maître donnés : mordre, ou relâcher.

Kaweka regarda le moulin : les chants, les feux, le travail ; toute cette cruauté. Dans deux heures le jour se lèverait, les cloches sonneraient, et le commandeur rassemblerait les rangs pour contrôler les présences. Une grande fatigue l'assaillit soudain, à la perspective d'une nouvelle et interminable journée de travail acharné. On ne donnait pas de petit déjeuner aux esclaves. À la place, ils recevaient un verre d'eau-de-vie de canne à sucre, destiné à les revigorer et à les faire sortir de leur état d'épuisement.

4

Madrid, octobre 2017

Lita porta son attention sur le monument funéraire devant lequel les proches qui avaient accompagné le marquis et sa famille depuis l'église de Los Jeronimos, où venaient de se dérouler les funérailles de doña Pilar de Santadoma, se recueillaient. C'était un édifice classique au style dépouillé, avec un portique à colonnes et un fronton où étaient gravés le nom et les armoiries des propriétaires. La seule concession ornementale que le vieux marquis avait autorisée, au lieu des majestueux groupes d'anges, de vierges et de saints qui décoraient les tombes voisines, était une frise à motifs sculptés de la vie dans une plantation sucrière – copie de celle de l'ancien mausolée que la famille possédait à La Havane, dans le cimetière de Colomb. Une croix couronnait le monument, lui-même ceint d'une clôture.

Concepción, les yeux rougis par les pleurs, avait tenu à se joindre avec sa fille au cortège funèbre qui se rendait au cimetière de San Isidro pour assister à l'enterrement. À leur grande humiliation, le vieux taxi qui les y emmenait se retrouva coincé parmi la file des limousines et la majestueuse Bentley du marquis.

À présent, en cette journée morose, la mère et la fille se tenaient à quelques pas derrière la famille Santadoma et ses amis. Lita surprit des regards posés sur elle : était-ce de la curiosité, de la pitié, ou du mépris ? La plupart des gens présents les connaissaient ; sinon elle, sa mère, Concepción, la servante mulâtre de la famille depuis toujours. Lita endura tant bien que mal la cérémonie, prenant sa mère dans ses bras, lui caressant tendrement le dos et l'épaule. Concepción sanglotait en silence pour ne pas déranger. Le moment était venu, pensait Lita, de se libérer de cette famille qui exerçait sa domination jusque dans l'expression des larmes de sa mère.

Au fil des décès, sa mère était passée d'un Santadoma à l'autre. Cela avait commencé par le vieux marquis en Espagne, à son retour de Cuba, et se terminait maintenant avec la mort de Pilar, la fille de celui-ci – la dernière de la génération qui avait suivi celle du vieux marquis. De cette branche ne restait que doña Claudia, la belle-sœur de la défunte, octogénaire, qui arborait un deuil strict, au bras de son fils Enrique. Ce n'était pas une pure Santadoma, mais la veuve du fils aîné, Eusebio, le seul garçon né du marquis et mort prématurément à Miami. La vieille femme régnait dans la famille en sa qualité de mère de l'actuel marquis.

Lita lui jeta un regard noir. Il était en effet impensable que Concepción passe au service de doña Claudia. Les Santadoma, encore très ancrés dans le passé, nostalgiques de l'esprit colonial grâce auquel ils avaient prospéré, traitaient sa mère comme n'importe quelle autre servante. Et pour une raison inconnue, doña Claudia s'acharnait sur Concepción lors des fêtes familiales. Se plaignant d'elle, la méprisant et l'insultant devant un public qui retenait son souffle pour ne pas contrarier cette femme dont la sénilité n'excusait ni l'arrogance ni la cruauté.

Concepción ne servirait ni doña Claudia, ni aucun membre de la dernière génération. Le marquis actuel, ses frères ou ses cousins ne seraient nullement disposés à prendre à leur service une mulâtresse d'âge mûr qui les connaissait depuis toujours et qui ne correspondait certainement pas à l'image qu'ils souhaitaient renvoyer.

Sa mère devait prendre sa retraite ; c'était le bon moment. Elle méritait plus que quiconque de prendre un peu de repos. Elle avait soixante ans et travaillait depuis l'âge de six ou sept ans. Toutes ses économies, fruit d'une vie entière de sacrifices, étaient passées dans les frais universitaires de sa fille. Elle s'était saignée pour lui permettre de passer son master, de partir en séjour à l'étranger, et l'avait aidée plus d'une fois quand Lita était sans ressource, à la recherche d'un emploi. Concepción recevait une maigre pension de veuve, quelque deux cents euros par mois : le père de Lita, chauffeur des Santadoma, avait perdu la vie dans un accident peu après sa naissance. Elle toucherait également une pension de retraite. Maintenant, c'était à son tour d'aider sa mère. Elle souhaitait qu'elle soit heureuse. Peut-être s'ennuierait-elle un peu au début, mais elle avait des amis, elle était en bonne santé, elle pouvait désormais profiter des années devant elle.

Les lamentations et embrassades des endeuillés détournèrent Lita de ses pensées. Lorsqu'il ne resta plus que quelques membres de la famille devant la sépulture, le marquis de Santadoma, don Enrique, s'approcha d'elles. C'était un homme de grande taille, d'une cinquantaine d'années, qui arborait avec panache un ventre proéminent ; ses cheveux étaient grisonnants, ses traits bien dessinés. Il se déplaçait lentement, de toute sa hauteur, comme si le monde était à ses pieds.

— Merci de votre présence, leur déclara-t-il sans leur tendre la main. Merci, Concepción, merci à toi également, Regla. Je sais que doña Pilar t'aimait bien.

Concepción balbutia une formule de condoléances, et Lita dit simplement :

— Nous sommes désolées, don Enrique.

— Je sais, je sais...

— Que dois-je faire maintenant, don Enrique ?

La question sortie sans transition de la bouche de sa mère surprit Lita.

— Concepción, commença l'homme en se courbant légèrement dans une attitude paternaliste, tu sais que nous comptons sur toi. Tu as toujours été très attentionnée avec mes parents, ma tante, la famille tout entière. Tout comme tes parents et ta grand-mère avant toi... Nous ne voulons pas que tu nous quittes.

— Mais qui vais-je servir ?

— Eh bien, tu t'occuperais de la maison. De plus, il faut bien que quelqu'un veille sur ses chiens. Doña Pilar se retournerait dans sa tombe si nous ne traitions pas ses animaux avec la même affection qu'elle leur portait.

— Bien sûr...

Lita n'en croyait pas ses oreilles. Comment ce misérable osait-il proposer à sa mère de travailler pour des chiens ? Des chiens ! Elle avait oublié de les inclure parmi les membres de la famille ! Oui, en effet, sa mère allait changer de maître : doña Pilar contre ses deux yorkshires !

— Écoutez, don Enrique... intervint-elle sèchement.

— Oui, dis-moi ? l'invita-t-il en redressant les épaules, sur un ton différent de celui employé avec Concepción.

— Non, rien... Cela n'a pas d'importance.

— Je crois que si, du moins cela en a-t-il pour toi. Je t'en prie.

Alors elle se lança :

— Je ne pense pas que cet emploi soit approprié...

— Lita ! s'indigna sa mère.

— Bien sûr, s'inclina le marquis. Je n'ai pas l'intention de laisser ta mère s'occuper de deux chiens, insupportables de surcroît, ajouta-t-il avec un sourire qui se voulait complice. C'est une solution transitoire, que je crois bonne pour tout le monde. Regla, je t'explique : tante Pilar adorait tellement ses deux compagnons à quatre pattes qu'elle les a inclus dans son testament, et dans ce testament, elle exige... Certes, un testament en faveur de chiens ne vaut rien, mais nous devons suivre ses recommandations, du moins moralement. Nous respecterons donc son souhait.

— Elle les aimait beaucoup, c'est vrai, confirma Concepción.

Lita resta silencieuse.

— Ne sois pas offensée, Lita. La maison a besoin d'être entretenue. Nous ne sommes pas des marchands... Nous, les Santadoma, achetons, mais ne vendons jamais, encore moins quand il s'agit de résidences familiales qui font partie de notre histoire, de notre mémoire. Regla, nous possédons des terres où nous ne nous rendons qu'à l'occasion d'une chasse ou du séjour d'amis qui y résident. Nous employons du personnel dont la seule mission est de s'occuper de ces propriétés et des animaux qui s'y trouvent. C'est exactement ce que fera ta mère. Elle travaillera tranquillement et à son rythme. Nous lui devons bien cela. Avec le temps, nous déciderons quel sera l'avenir de ce bien. Il n'y a pas d'urgence. Nous ne cherchons pas à obtenir des bénéfices avec nos propriétés familiales ! En attendant, nous devons nous occuper des chiens de tante Pilar. Alors, ne sois pas fâchée !

Et sur ces mots, il mit fin à la plus longue conversation qu'il ait jamais eue avec la fille de la servante de sa famille.

La mort de doña Pilar entraînait ainsi des changements non seulement pour Concepción, qui s'occupait désormais de deux toutous et d'une maison vide, mais aussi pour la banque Santadoma qui, du jour au lendemain, était engagée dans un processus de vente avant même que l'on referme le tombeau de la dernière descendante directe de l'ancien marquis de Santadoma.

Ainsi, Lita vécut simultanément deux événements : elle s'occupa de sa mère et du personnel d'une prestigieuse société de conseil internationale, Speth & Markus, arrivée en toute discrétion dans les locaux de la banque. Cadres et employés, dont Lita, furent sélectionnés et formés pour s'occuper des gestionnaires dans le plus grand secret. Cependant, les conversations lors des différentes pauses eurent tôt fait de violer cet engagement de confidentialité. Chacun, en effet, donnait son avis et discutait à tout-va.

— Il est clair que la famille veut vendre la banque.

— Mais la vieille dame ne l'a jamais voulu.

— Doña Pilar contrôlait une grande partie des actions de la famille.

Lita savait que cela était faux, mais elle préférait ne pas le révéler. Les filles du vieux marquis n'avaient hérité que de leur part légitime, à une époque où la banque n'était pas la plus importante et la plus fructueuse des affaires de la famille, si bien qu'à la succession du père elles avaient opté pour d'autres biens. Doña Pilar possédait, elle, des actions qu'elle n'avait jamais voulu vendre.

— Il paraît que le testament du grand-père de don Enrique était d'une grande complexité. Il avait désigné ses petits-enfants comme héritiers.

— Oui, car le fils du marquis, Eusebio, le père de don Enrique, est mort à Miami d'une crise cardiaque quelques années après avoir échappé à la révolution de Fidel Castro. L'homme s'était pourtant accroché pendant les premières années du castrisme, mais avait fini par s'enfuir quand le communisme avait durci en lui faisant perdre tous les biens qu'il possédait sur l'île. À sa mort, son père ne voulut pas laisser le patrimoine entre les mains de ses filles et de ses gendres. Il décida que la majorité des actions reviendrait à ses petits-enfants par le biais d'une clause fiduciaire compliquée, dont se servent les familles nobles et riches. En bref, son testament indiquait que tout devait être conservé en l'état jusqu'à la mort de la dernière de ses filles, puis passer aux petits-enfants, aux descendants des trois lignées. Ce qui vient de se produire avec le décès de doña Pilar.

— Ça expliquerait pourquoi le patrimoine n'a pas été mis en vente jusqu'à présent. Mais la mort de doña Pilar ouvre maintenant cette voie.

— Et les autres actionnaires ?

Les Santadoma détenaient la plupart des actions de la banque, une institution financière de taille moyenne opérant dans toute l'Espagne et dans un certain nombre d'autres pays, principalement hispaniques, par le biais de filiales ou d'établissements associés. L'entreprise était solvable, dynamique et rentable. Ils avaient réussi à surmonter la crise de la première décennie du siècle grâce aux capitaux nord-américains, ceux de grands investisseurs. Leurs intérêts rejoignaient historiquement ceux des Santadoma avec lesquels ils avaient entretenu des relations commerciales dans la Cuba prérévolutionnaire : banques, hôtels, mines, sucre, compagnies maritimes... Les investisseurs présents, du groupe américain EleCorp, aussi réactionnaires que les Santadoma, ennemis acharnés du régime castriste et de tout ce qui pouvait être considéré comme de gauche et proche du communisme, détenaient depuis 2007 des parts dans la banque.

— Alors, ils vont vendre ? demanda quelqu'un.

— Doña Claudia aussi ? nargua un autre.

— Cette vieille femme est capable de mettre le bazar, d'insulter les acheteurs et de partir sans signer.

— Elle est complètement folle…

— Elle vendra. Son fils parviendra à la convaincre, quitte à la priver de ses moyens d'action. Quant aux autres actionnaires, don Enrique ne franchirait pas cette étape s'il ne s'était pas déjà mis d'accord avec tous. Pour les petits actionnaires, les mécanismes d'acquisition sont clairs.

Ce travail absorbait totalement Lita. Ce jour-là, comme chacun depuis la mort subite de doña Pilar, elle arriva tôt à la banque. Elle s'installa dans l'une des grandes salles de réunion avec une pile de documents devant elle. La matinée fut consacrée à vérifier la situation juridique, comptable et financière des clients et des opérations significatives de la banque. Dossier après dossier. Questions. Données. Documents glissés de main à main. Décisions complexes, réponses rapides. Les actionnaires exigeaient l'assurance que les actifs pour lesquels ils payaient soient réels et n'aient pas été dépréciés.

À 2 heures de l'après-midi, après cinq heures de travail ininterrompu, tout le monde s'accorda une pause déjeuner. Lita consulta son téléphone : trois appels manqués de sa mère. Elle avait le temps de passer la voir, elle n'était qu'à quelques pâtés de maisons. Elle s'excusa – oui, bien sûr, elle serait de retour dans une heure.

Aussitôt sortie de la banque, elle lui téléphona.

— Ma fille… attends, je te rappelle, réussit à faire entendre Concepción, dont la voix était couverte par les aboiements et glapissements hystériques des yorkshires.

Lita s'était renseignée sur Internet : cette race pouvait vivre jusqu'à seize ans. Quel âge avaient-ils ? Sept, huit ans ? Il était peu probable qu'ils meurent avant l'âge de la retraite de sa mère. Ce qui était sûr, c'est que personne n'en voulait. Ni les enfants, ni les petits-enfants, ni les neveux et nièces n'étaient disposés à adopter deux clebs antipathiques, mais aucun n'osait exprimer une décision qui aurait pu être interprétée comme une offense aux dernières volontés de tante Pilar. Du moins pas avant que ne se soit écoulé un temps suffisamment décent pour ne pas paraître trop ingrat. La solution opportune aurait été d'envoyer les chiens dans l'une des propriétés de la famille, mais doña Pilar n'y avait jamais consenti de son vivant. « Ce ne sont pas des chiens rustiques ! s'indignait-elle lorsqu'une visite était prévue. Il y a des dogues et des chiens de chasse, dans ces domaines ! Ils mangeraient mes petits choux ! » De toute façon les Santadoma avaient trouvé une domestique qui s'occuperait d'eux pour un coût insignifiant, et qui de plus entretiendrait la maison où elle avait vécu toute sa vie. Ils n'allaient pas la renvoyer, tout de même ! Alors que doña Claudia évoquait la possibilité de se débarrasser d'elle, don Enrique avait tranché : « Concepción reste ici ! »

Sur le palier, Lita entendait déjà les yorkshires aboyer de l'autre côté de la porte de l'appartement de doña Pilar.

— Ma fille, excuse-moi... Les chiens...

Ils s'élancèrent sur Lita, mais avant de pouvoir l'atteindre, ils s'arrêtèrent brusquement et cessèrent d'aboyer, s'approchant docilement de ses jambes pour se rouler à ses pieds, les pattes en l'air. Lita entra alors dans la maison et de curieux fourmillements la parcoururent. Elle travaillait trop... Trop de stress, pensa-t-elle en cherchant un appui sur la table de la cuisine avant de s'effondrer sur une chaise.

5

Cuba, sucrerie de La Merced, juin 1863

La récolte venait de se terminer à La Merced. On ne coupait plus de canne à sucre. Il pleuvait trop pour la saison, l'air était lourd, l'humidité collait à la peau des esclaves. Seuls ceux du marquis de Santadoma et les coolies chinois étaient restés à la sucrerie. Les esclaves loués ainsi que les journaliers, les Noirs comme les Blancs, avaient été renvoyés. La plupart des bœufs étaient partis pour de lointains pâturages et, pendant quelques semaines, l'activité était ralentie. Les journées de travail n'excédaient pas dix heures, tandis que la production de sucre s'achevait peu à peu.

Le marquis et le commandeur, tout comme les grands propriétaires des exploitations sucrières de Cuba, reconnaissaient toujours, après cette période, la nécessité de donner quelque répit aux hommes et aux femmes épuisés par de longs mois d'exploitation implacable : ils se déplacent comme des spectres, traînent leurs blessures, leur malheur et leur fatigue comme un lourd boulet à leurs chevilles. Les fouets ne déchirent plus l'air, mais la pluie résonne sur les flaques d'eau et sur les toits – une pluie qui ne fait que propager la dysenterie au sein d'une population d'esclaves qui afflue en masse à l'infirmerie.

Kaweka se souvient aujourd'hui de la fin tragique de certaines récoltes : les décès dans les plantations quand les esclaves, épuisés de fatigue, finissent par s'abandonner à la mort. Pour y pallier et afin de sauver son capital, le marquis n'hésite pas à mettre les moyens nécessaires pour guérir les esclaves dont le prix atteint des sommes considérables. Il leur fournit des repas spéciaux, des médicaments, un personnel dédié qui s'occupe de l'hygiène.

Kaweka travaille sous les ordres de Cirilo, le chirurgien sans diplôme. Jour et nuit, elle passe d'une pièce à l'autre de l'infirmerie, sans relâche, au rythme des appels, des plaintes et des pleurs des patients : chétives créatures et corps affamés allongés sur les lits parfois occupés par deux malades.

Après lui avoir fait avaler un verre de mercure dissous dans de l'eau, elle applique un linge frais et humide sur le front brûlant d'un homme fiévreux depuis deux jours. Il ne se souvient plus de son nom. Ce doit être Juan, il lui semble l'avoir croisé au moulin. Oui, c'est un solide gaillard, un coupeur de cannes qui travaillait dur, et qui maintenant, affaibli, n'est plus qu'un corps frêle qui se tord sous l'effet des douleurs qui lui ravagent l'abdomen. C'est alors qu'il pousse un long gémissement sous l'assaut des spasmes intenses qui lui vrillent le ventre. Kaweka appuie le linge frais sur son front, et ferme les yeux, consciente de son impuissance.

Voir tous ces malades payer de leur santé, parfois de leur vie, l'abondance et la richesse de leurs maîtres blancs la désespère. Juan a cessé de gémir, ses spasmes s'interrompent, il respire profondément. Kaweka sait ce qu'elle va trouver : le lit souillé par la diarrhée. Elle se penche sur le lit pour examiner la selle liquide, et sourit après avoir vérifié qu'il n'y a pas de sang. Elle passe au patient suivant, et alerte Cirilo sur la présence de sang dans le lit. Le chirurgien arrive au bout d'un moment, regarde et hoche la tête.

— Tu sais ce qu'il te reste à faire.

Elle se dirige vers l'armoire à pharmacie pour y trouver les bocaux remplis d'eau où nagent des sangsues. Elle s'approche du lit de Laura, la malade, avec l'un d'eux et un sachet de sucre.

— Tu vas guérir, lui murmure-t-elle pour la rassurer.

Elle la place sur le côté en croisant l'une de ses jambes afin que son anus soit exposé et commence la toilette. Elle sucre l'eau avant de l'étaler sur la zone. Elle ouvre le bocal, prend huit sangsues l'une après l'autre, et les applique près du sphincter. Le sucre attire les sangsues qui commencent à téter ; Kaweka respire.

— Reste dans cette position, ça va t'aider, lui dit-elle.

Elle passe au malade suivant. Elle sait que ceux qui saignent sont les candidats choisis par les orishas pour qu'ils fassent don de leur corps à la terre nourricière.

Plusieurs années se sont écoulées depuis qu'elle a été rejetée par ses amis et amants du fait de son alliance avec les divinités. Son entourage n'est pas sourd à ses étranges pouvoirs, mais peut-être sont-ils dangereux, voire maléfiques ? Aujourd'hui, devant ces lits, personne ne pense à cela, personne ne se méfie d'elle. Dans ce lieu où la mort est présente, au cœur de la douleur, des pleurs et des gémissements, tous peuvent sentir les esprits errer : certains miséricordieux et indulgents, d'autres cruels et vengeurs, tous inconstants et capricieux. Kaweka est leur messagère. Sur cette scène tragique, ils la possèdent. Les esclaves le savent.

— Aide-moi ! Aide-moi ! la supplia Laura le lendemain en lui attrapant la main.

Les sangsues, gorgées de sang, avaient été enlevées, mais il n'y avait aucune amélioration.

Kaweka hésita. Elle pouvait l'aider, intercéder en sa faveur auprès des dieux, les appeler et implorer le salut de cette femme qui avait une si grande envie de vivre. Mais pourquoi ? Elle serait encore fouettée, exploitée, et ses enfants lui seraient arrachés. Était-ce cette vie-là qu'elle désirait ? Kaweka pressa sa main frêle et tremblante dans la sienne, elle sentit chez elle une profonde envie de guérir. Tous ne le souhaitaient pas, certains s'abandonnaient à la mort, la précipitant même, surtout les hommes. Le souvenir du bébé Jacinto qui allait mourir, et que sa mère lui avait reproché d'avoir sauvé, guidait sa conscience : elle avait ainsi appris qu'elle ne pouvait influencer la volonté de ceux qui cherchaient leur libération dans la mort.

Elle pensa aussi aux trois esclaves venus la voir peu avant la fin de la récolte. Tous trois étaient des Lucumis comme elle – les esclaves les plus enclins au suicide – et ils voulaient savoir si leurs esprits retourneraient dans leurs foyers, si le sacrifice de leur vie serait accepté par les orishas, ou bien si ce qu'ils entendaient dire était vrai : que le maître les poursuivrait, qu'une autre plantation les attendait dans l'au-delà, et qu'ils continueraient d'être d'éternels esclaves.

Elle leur parla, et leur dit : « Ne vous en faites pas, il n'y a pas de plantations dans l'au-delà. C'est une invention des maîtres pour que nous ne nous suicidions pas et que notre mort ne représente pas une perte d'argent pour eux. C'est vous qui allez torturer l'âme du marquis. Vos esprits resteront ici dans la sierra, les forêts et les champs de canne à sucre pour tourmenter les maîtres et leurs hommes de main. »

Cette nuit-là, ils s'échappèrent du quartier des esclaves. Elle calma les chiens et les accompagna jusqu'aux champs de canne. Le lendemain matin, esclaves et journaliers blancs découvrirent le spectacle : ces désespérés avaient été pendus aux palmiers qui bordaient la clôture. Trois pantins grotesques, têtes outragées, langue pendante, bras et jambes raides. On avait mis du temps pour les descendre, personne ne voulait s'en occuper, personne n'osait les toucher. Les gardiens avaient dû les encourager à coups de fouet, mais Kaweka savait que, aux oreilles de ces esclaves, chaque claquement était l'écho de leur terre, la voix des leurs, les chuchotements des mères.

Contrairement à ces Lucumis, Laura, elle, voulait vivre, c'était son choix. Kaweka s'accroupit près du lit, caressa la joue de la femme.

— Tu guériras, la rassura-t-elle.

Les dieux en décidèrent. L'un d'eux, elle ne put dire lequel, manifesta sa volonté. Elle ferma les yeux. Elle le sentit envahir son corps, ses propres organes, son être. Accroupie, elle chantonnait et se balançait d'avant en arrière en se laissant porter par la grande force de la possession. Au moment où la présence divine passa dans la main de la malade, elle sut que les orishas avaient pris leur décision : Laura vivrait... et continuerait à souffrir dans la plantation.

Jour après jour, la jeune fille se débattait, en proie à des sentiments contradictoires. La plupart des esclaves avaient surmonté leur mal. Leurs sourires, souvent incrédules au moment de la guérison, ne faisaient que préfigurer le malheur qui les attendait au moulin.

Quelques jours plus tard, Kaweka fut libérée de son travail à l'infirmerie. Les malades avaient été sauvés, ou emportés par le mal. La situation sanitaire s'était normalisée, et la jeune fille retrouva sa tâche routinière et sa paillasse dans le dortoir. Entre deux saisons, les esclaves étaient occupés à préparer les champs de canne, réparer les charrettes, tresser des cordes, élever des murs de pierre, à moins qu'ils n'aient été affectés à des tâches vaines et abrutissantes, afin qu'ils ne restent pas oisifs, comme l'observaient Kaweka et mama Ambrosia depuis la pouponnière. Une matinée entière, un groupe d'hommes avait ainsi déplacé des grabats dans la cour intérieure, d'une aile à l'autre du baraquement, puis l'après-midi, ils durent faire le chemin inverse pour revenir à leur baraque respective – trajet inutile qu'ils accomplissaient avec lassitude et ennui toute la journée. « Quand ils ne sont pas à l'œuvre, ils pensent, señor Narvaez », répétait souvent le marquis à son commandeur.

Sous le soleil, le chant des esclaves, monotone, étouffé, emplissait l'atmosphère. Les sbires traînaient.

— On n'épuise pas les bœufs inutilement, fulminait Kaweka, à côté du jardin d'enfants d'où les petits regardaient les hommes transporter sans s'arrêter les grabats.

Toutefois, ces mois de torpeur et d'absence de travail de production entraînant un trop-plein de main-d'œuvre, ils trouvaient une contrepartie à la taverne du moulin, comme Kaweka et mama Ambrosia eurent l'occasion de le constater le premier dimanche où elles s'y rendirent. La tension et la violence qui y régnaient étaient plus fortes.

À Cuba, le système esclavagiste était en train de changer. Le coût des esclaves était si élevé que les propriétaires terriens s'étaient mis à chercher des alternatives. Au milieu du siècle, les négriers explorèrent de nouveaux marchés où s'approvisionner. Depuis l'Espagne, ils importèrent des Catalans, des Canariens et des Galiciens, tous soumis à des contrats abusifs. Mais ils firent chou blanc, et les colons retournèrent sur le continent ou se dispersèrent sur l'île. Les Chinois arrivèrent par milliers, eux aussi embauchés dans des conditions proches de celles des esclaves. Travailleurs qualifiés, ils se retrouvèrent à des postes plus techniques que les Noirs. Certaines tentatives furent menées avec des Turcs et des Indiens asservis dans le Yucatán, mais elles n'aboutirent pas : peu de natures supportaient aussi bien que les Noirs les seize ou dix-huit heures de labeur épuisant qu'imposaient les moissons.

C'est ainsi que les sucreries se mirent à embaucher des travailleurs salariés, y compris des Blancs, lesquels restaient inactifs après la récolte, dans l'attente de la saison de la cueillette du café en septembre. Tous traînaient, s'enivraient, se battaient et jouaient leur argent ou le peu qu'ils possédaient dans les tavernes des bords de route.

Kaweka les observait, et son cœur se serrait à l'idée du sort réservé aux Noirs qui avaient accédé à la liberté : une vie de misère. Les maîtres, en effet, étaient obligés de s'occuper des vieux esclaves ou des handicapés par accident. Dans ce dernier cas, ils rejoignaient le groupe des éclopés dans la maison principale, ou ils gardaient la terre dans des cases isolées, ou encore effectuaient des tâches subalternes dans les plantations de sucre ou de café. Ceux-là ne manquaient pas d'abri, ni de vêtements et ils avaient toujours quelque chose à se mettre sous la dent.

Là, en revanche, aux portes de la taverne, mendiaient des vieillards et des estropiés qui n'avaient plus de maître.

— Dieu te bénisse, la remercia l'un d'eux à qui elle venait de donner un biscuit.

La voix faible du vieil homme contrastait avec le tumulte qui régnait à l'intérieur. « Allez, viens dehors avec moi », proposaient les hommes à la jeune fille chaque fois qu'elle y entrait. Elle dut comme d'habitude résister aux demandes et repousser les peloteurs. Un grand mulâtre essaya de se frotter contre elle. Mama

Ambrosia l'écarta d'un geste las de la main. Quelques femmes consentantes sortaient accompagnées, et revenaient au bout d'un moment, rayonnantes.

Elles attendirent l'arrivée du camelot et son message de la part des fugitifs. Dans la foule amassée autour d'un vieux de jeu de cartes, elles applaudirent à la réussite de l'un des joueurs, qui les invita à boire de l'aguardiente, et tirèrent quelques bouffées des cigarettes partagées qu'on se passait de main à main. Grisées par l'alcool et le tabac, elles riaient, plaisantaient et chantaient avec le groupe. Elles refusèrent des propositions qui, l'ivresse aidant, se formulèrent même à l'attention de la vieille nurse, si bien qu'elles finirent par chercher un coin plus tranquille, où des hommes venus de Matanzas ou de La Havane se contentaient de raconter des histoires.

— Le vieux ne pourrait pas me satisfaire, et le jeune me démolirait, se moqua mama Ambrosia.

— Il y en a peut-être un qui a l'âge requis ?

— Non, il n'y en a pas. Ma fille, seuls des vieillards désespérés ou de jeunes vicieux pourraient avoir envie de coucher avec moi ! Quant aux autres, ils préféreraient se baiser entre eux !

Leur échange s'arrêta quand elles rejoignirent un groupe en train de discuter ; le tavernier était parmi eux, mais pas l'ombre d'un Gabino. Un Noir habillé comme un Blanc, mais dans de vieux vêtements, parlait de l'Amérique. Kaweka et mama Ambrosia avaient déjà entendu le nom de ce pays voisin, un pays grand et puissant, en guerre depuis longtemps.

— Le président Lincoln vient d'abolir l'esclavage, annonça le Noir vêtu comme un Blanc.

Entendre le mot « abolition » était magique pour Kaweka et pour tous.

— Il faudra d'abord qu'il gagne la guerre pour que l'abolition ait réellement lieu, modéra un autre. Les Sudistes ne l'accepteront jamais.

— Mais il l'a promulguée. C'est un pas en avant, affirma un vieil homme.

Il y eut des murmures de confirmation. Kaweka acquiesça : c'était certainement un pas. Le simple fait de prononcer ce mot était important.

— Je sais pas si l'abolition se fera aux États-Unis, intervint l'aubergiste d'une voix forte, en tout cas en Espagne, c'est l'inverse qui s'est produit ! Leur Parlement a déclaré que l'esclavage ne serait pas supprimé dans leurs colonies ! Et à Cuba, il n'y aura pas d'abolition, c'est écrit là, dit-il en brandissant un journal.

Faute d'avoir trouvé Gabino, elles retournèrent au moulin alors que les tambours de la fête battaient toujours dans le quartier des esclaves. Kaweka s'assit par terre et joua avec les bambins laissés dans la nurserie pendant que leurs mères s'amusaient et dansaient. Les enfants se jetaient sur elle, elle les repoussait doucement, ils revenaient encore et encore vers elle en se bousculant et en poussant des cris de joie, jusqu'au moment où la jeune fille se laissait tomber sur le sol et où tout finissait dans une mêlée de têtes, de jambes et de bras. C'était toujours la même chose. Elle pleurait de joie, et à la fois de tristesse : tous ces enfants étaient des Jacinto, promis à une vie de malheur. Pourtant ils respiraient l'insouciance et le bonheur de vivre, inconscients de leur destin.

Ce jour-là, le jeu fut interrompu avant la fin.

— Attention, ma fille ! l'avertit mama Ambrosia en voyant le commandeur et l'un de ses sbires se diriger vers elles.

Kaweka se leva et repoussa les enfants qui s'éparpillèrent en silence à l'arrivée des hommes blancs. Le commandeur et son homme de main étaient accompagnés d'un jeune esclave, grand et musclé.

— Sorcière, cria Narvaez avec un sourire goguenard à Kaweka, voici Santiago, ton étalon. Le maître a décidé de l'accoupler avec toi. Dès ce soir. Vous allez nous donner un petit créole !

Les deux femmes redoutaient ce moment depuis longtemps. Kaweka avait été épargnée l'année précédente, alors que ses camarades du même âge avaient été choisies pour la reproduction. C'était une année difficile, une récolte éprouvante, et le maître, selon mama Ambrosia, avait sans doute recommandé qu'elle ne soit pas fécondée pour ne pas nuire à son travail à l'infirmerie. Sans exclure que Narvaez et les Blancs ne voulaient pas risquer qu'elle mette au monde une autre petite sorcière.

Ces dernières années, de jeunes esclaves étaient venues chercher auprès de Kaweka des potions pour déclencher des fausses couches, alors qu'elle prodiguait des soins contre la dysenterie qui sévissait. C'étaient des boissons à base de papaye, de bourgeons, de graines d'avocat, de racines de palmier royal, ou des décoctions d'écorce d'arbre de vie ou de noix de ben. Kaweka se procurait les plantes, les racines et les écorces auprès des vieux esclaves handicapés qui habitaient les alentours, qu'elle remerciait d'un sourire et d'un brin de conversation. « Continue, l'encourageaient-ils. Apprends-leur à se battre. Ne permets pas la naissance d'autres esclaves. Regarde-nous : si nous survivons aux champs de canne, nous mourons ici, seuls, éclopés et sans défense. »

— Qu'est-ce qui t'arrive, négro ? Elle te plaît pas, la sorcière ?

Le cri de Narvaez ramena les pensées de Kaweka à la sucrerie. Elle connaissait ce garçon. Elle l'avait vu se battre et se disputer, jouer, frimer et courir les filles, et maintenant, tandis que le commandeur le poussait vers elle, elle lisait la peur dans ses yeux. « C'est donc toi qui vas m'engrosser pour livrer un autre esclave à ces planteurs ? » lui chuchota la jeune fille en le fixant dans les yeux.

Narvaez réagit à ces mots en lui donnant un coup de fouet sur le bras ; Kaweka lui jeta son habituel regard de défi.

— Regarde-la bien ! s'esclaffa le commandeur, elle est faite comme toutes les autres. Tu en vois, des démons, là ? dit-il en soulevant la tunique de Kaweka jusqu'à son ventre.

Il joua du bout tressé de sa cravache sur la toison noire et bouclée du pubis de la jeune fille, puis, dans un éclat de rire, fit glisser sa cravache le long de sa vulve.

Fasciné, Santiago gardait les yeux fixés sur la cravache qui allait et venait entre les cuisses de Kaweka, tandis que celle-ci supportait l'humiliation en réprimant sa colère, sous la bonne garde de mama Ambrosia, qui lui pinçait le dos pour lui rappeler les conséquences d'une éventuelle rébellion.

— Tu mènes un autre combat, mon enfant, réussit-elle à murmurer lorsque le commandeur cessa ses attouchements lubriques.

Puis il ordonna d'attribuer au couple une chambre au premier étage de la baraque, là où étaient logés les couples mariés.

Santiago était juste derrière elle. Elle entendait sa respiration. Elle se moquait de ce qu'il allait lui faire, mais elle ne donnerait jamais la vie à un enfant sur l'ordre du marquis de Santadoma, comme une truie d'élevage. Toutes sortes de relations sexuelles avaient lieu dans le moulin : forcées ou volontaires, hétérosexuelles ou homosexuelles, consenties ou pas, sadiques ou masochistes, les deux à la fois, un seul homme avec plusieurs femmes ou, souvent, une femme avec plusieurs hommes.

Depuis que le père de Faustino l'avait violée, Kaweka s'était éloignée un temps de toute sexualité, mais la nature avait fini par reprendre le dessus. Les dimanches, elle choisissait, comme ses compagnes d'infortune, parmi les hommes ivres d'alcool, de tabac et de danse, celui avec lequel elle avait envie de s'échapper pour faire l'amour. Mama Ambrosia lui conseillait le coït anal pour éviter une grossesse : « Il arrive que les breuvages abortifs échouent. »

Après avoir bu quelques verres d'aguardiente pour s'enivrer, elle pratiqua pour la première fois la sodomie avec un grand Noir du nom d'Aparicio. Tandis que les tambours, les cris et les chants résonnaient au loin, nue, adossée contre un arbre, offrant son derrière, elle hurla de douleur lorsque l'homme trop bien membré la pénétra. Il poussait fort et avait du mal à entrer profondément. Chaque poussée était une brûlure, une lente déchirure.

— Arrête ! supplia-t-elle.

Mais Aparicio avait continué comme s'il voulait renverser l'arbre contre lequel ils étaient appuyés. Ses assauts avaient cessé quand il explosa en lui griffant le dos avant de s'effondrer sur elle. Un deuxième esclave se tenait derrière eux, pantalon baissé, pénis en érection, attendant déjà son tour. Elle rassembla alors ses vêtements et, nue, s'éloigna à toutes jambes. En se retournant, elle vit Aparicio appuyé contre l'arbre et l'autre le prenant par-derrière, le frappant, le griffant, le mordant. Un instant, elle resta envoûtée par la violence avec laquelle les deux hommes se sodomisaient.

Le dimanche suivant, un homme exigea de la pénétrer de la façon naturelle. Elle eut un retard de règles, et n'hésita pas, pour la première fois et non la dernière, à recourir au breuvage abortif.

Un jour de fête dominicale, elle se confia à Piedad, une mulâtresse qui en était à son troisième enfant :

— Les hommes se déchargent, ils explosent, et puis ils s'effondrent, et je reste insatisfaite. Alors que les tambours, eux, ils battent comme un cœur, dans un rythme envoûtant, et n'explosent jamais.

— Je comprends ce que tu veux dire, Regla, sourit la femme. Maintenant, viens, écoutons les tambours, lui proposa-t-elle en l'entraînant dans la salle d'accouchement attenante à l'infirmerie déserte.

Piedad passa sa main sous la tunique de Kaweka et la glissa jusqu'à son pubis. « Laisse-toi aller », lui dit-elle en remarquant qu'elle se crispait. Elle plongea ses doigts dans sa vulve et fouilla ses lèvres, entre les plis, cherchant son clitoris qu'elle caressa de la pulpe de son index. Le bouton du plaisir grossit, la jeune fille haleta fort, étouffa ses cris et atteignit l'orgasme en quelques minutes.

À la suite de cette expérience excitante, Kaweka se joignit aux conversations des femmes qui venaient à la nurserie pour accoucher ou allaiter leurs enfants et qui, célibataires et jeunes, l'interrogeaient et, entre rires et plaisanteries chuchotées, lui proposaient de vivre des moments voluptueux.

Kaweka était surprise de découvrir que, lors de ces échanges, elles se délestaient de leur statut d'esclave, oubliaient, ne serait-ce que quelques instants, leur misérable vie, et parvenaient même à éprouver du plaisir – tout comme les enfants à la pouponnière, et les hommes à la taverne avec l'alcool, les cartes et les paris. Le sexe était l'un des rares divertissements dont pouvaient jouir ceux qui subissaient le joug de l'esclavage. L'amour non charnel, prêché par le prêtre qui mariait les couples une fois par an, leur était totalement étranger.

Kaweka demanda à ses amants d'être moins brusques : « Doucement, pas si fort, doucement », et suivit les conseils de ses camarades : « Embrasse-le, caresse-le, suce-le. »

Mais à présent, conformément au destin auquel l'avait condamnée le marquis, Kaweka venait d'entrer dans une chambre au premier étage du baraquement. La pièce n'avait pas de porte. Un tissu en lambeaux tentait en vain de préserver l'intimité de cette pièce meublée d'une paillasse malodorante. Le garde, lâchant un rire impertinent, les y poussa. Des voix, des cris, des trottinements d'enfants dans le couloir, des pleurs y résonnaient. Santiago était toujours derrière elle, et la jeune femme, se disant qu'elle ne devait pas s'en faire un ennemi, n'y réfléchit pas à deux fois : elle se pencha sur le lit, souleva sa tunique, appuya ses avant-bras sur la paillasse et lui tendit son derrière. Le souffle du jeune homme s'accéléra, et il s'enfonça en elle.

Le soir même, après le dîner, Santiago la sollicita à nouveau. Cette fois, il ne se contenta pas de la sodomiser. Kaweka voulut s'y opposer. En vain. Résister ne ferait qu'embraser la bête et déclencher les applaudissements de leurs voisins de chambre. Quelques-uns passèrent même la tête à travers le rideau déchiqueté lorsqu'il la pénétra, couché sur elle, maintenant ses deux mains dans les siennes pour éviter ses coups et ses griffes.

— Pourquoi me battre pour les esclaves s'ils permettent à un nègre dominant de faire de moi ce qu'il veut ? s'insurgea-t-elle le lendemain devant mama Ambrosia. Maintenant, j'ai deux maîtres ! Un Blanc, et un Noir !

— Mais quel mal il y a à ce qu'un gaillard comme Santiago te baise ? lui répliqua la nurse. Beaucoup aimeraient être à ta place ! Fais-toi plaisir, ma fille !

C'est ainsi que l'homme commença à s'abandonner. Il la laissait lécher son torse, sucer son pénis, caresser ses testicules et explorer son anus avec ses doigts, ses lèvres, sa langue. Pendant le rapport, des soupirs et des gémissements de plaisir lui échappaient, son corps se mouvait de manière autonome, de concert avec celui de son partenaire, mais alors qu'elle était au bord de la jouissance, il la pressait, la manœuvrait jusqu'à l'explosion, hurlant, secoué de convulsions, puis l'oubliait, faisant ainsi retomber toute la magie du moment.

— T'es enceinte ?

Seule chose qui intéressait Santiago.

— Pas encore !

— Qu'est-ce qui se passe, t'es stérile ou quoi ?

Sans doute était-il harcelé par le commandeur impatient d'obtenir les fruits de leurs accouplements, et de se féliciter de l'accroissement de son petit cheptel de nègres, pensait Kaweka.

Non, elle n'était pas enceinte. Pas plus que les nombreuses autres femmes noires avec lesquelles elle se rendait à l'autel de mama Ambrosia pour prier les dieux avant de recevoir le breuvage abortif dès l'arrêt de leur cycle menstruel.

— T'es pas assez viril ! lança-t-elle à Santiago lorsqu'il lui posa à nouveau la question.

Il s'appelait Modesto, approchait les trente ans, avait un long corps élancé, une peau noir de jais, des cheveux crépus et un sourire avenant. Kaweka avait succombé à son charme et s'était souvent surprise à rire avec lui. Le rire de Modesto était unique. À l'inverse de celui des esclaves de La Merced, dont les rires étaient sourds et furtifs, le sien était éclatant. Depuis quelques jours, tous deux se croisaient à l'infirmerie. Le marquis de Santadoma avait engagé un médecin de La Havane, don Agustín Rivaviejo, « une éminence », attaché à des coutumes et des procédures obsolètes, pour tenter d'élucider les raisons pour lesquelles le nombre de bébés conçus à l'usine était inférieur de moitié à celui des autres sacarocrates de la côte occidentale de l'île. Modesto était un affranchi au service de ce médecin depuis quinze ans.

— Méfie-toi de lui, reste prudente, l'avertit mama Ambrosia.

La nurse pouvait avoir raison : les intentions du maître étaient claires, et si l'origine des avortements finissait par être connue, elle en subirait les conséquences. Mais elle se rassura en se disant qu'il n'y avait aucune raison qu'on la lui attribue : les avortements des femmes noires étaient chose courante dans les plantations.

Kaweka se soumit à l'interrogatoire du médecin havanais avec une indifférence teintée d'arrogance. Il commença à lui poser des questions sur sa vie, son travail, ses relations avec Santiago. Elle y répondit tout en observant les réactions de Modesto qui se déplaçait dans la salle d'accouchement pour préparer les instruments, ses sandales en feuilles de palmier claquant à chaque pas contre son talon.

— Combien de fois par jour tu couches avec ton homme ? lui demanda Rivaviejo.

Ce n'est pas mon homme ! se retint de lui rétorquer Kaweka, offusquée.

— Réponds !

— Une, deux, trois fois... ça dépend de mon envie, lui répondit-elle, le regard fixé sur Modesto.

Le médecin lui demanda si elle avait déjà fait une fausse couche ou pratiqué un avortement.

— Non ! se défendit-elle. L'étalon qu'on m'a attribué est nul !

Le médecin ignora sa réponse et continua son interrogatoire. À la fin de celui-ci, il la fit s'allonger sur la table d'accouchement pour explorer ses parties intimes. Elle tourna son visage vers le mur pour éviter le regard de Modesto, et ressentit les doigts de Rivaviejo comme la chose la plus répugnante qui lui soit jamais entrée dans le ventre. Elle ferma les yeux. C'était une sensation qu'elle n'avait jamais éprouvée : un mélange de pudeur et d'envie, de désir et de honte. Puis elle entendit le médecin et Modesto parler entre eux, sans comprendre ce qu'ils disaient. Une fois l'examen terminé, l'homme flanqua une paire de gifles à Modesto.

Kaweka le vit lui sourire, d'un sourire qui sous-entendait qu'elle s'était bel et bien fait avorter. Il devait la comprendre, il était esclave lui aussi, et maltraité, même s'il portait des sandales comme les esclaves des villes, contrairement aux autres qui marchaient pieds nus.

— Beaucoup de femmes ont des descentes d'utérus dues à leurs avortements, lui dit-il dès que le médecin fut parti et qu'ils se retrouvèrent seuls. Entre ça, le travail et la fatigue, c'est logique, mais il n'est pas normal qu'il y en ait plus que dans les autres plantations. Rien n'explique cette différence, tu crois pas ? Tu es jeune, en bonne santé et tu n'as pas de descente de...

— Alors je vais avoir besoin de quelques avortements pour obtenir un utérus aussi flasque que les autres, l'interrompit-elle, essayant de le prendre au dépourvu. Tu viens de dire que rien n'expliquait cette différence, non ?

— Tu ne devrais pas dire ça, lui reprocha le jeune homme. Ton maître veut que tu aies des enfants. Tu lui appartiens...

Kaweka devina qu'il ne disait pas ce qu'il pensait.

— Je ne ferai pas naître un futur petit esclave, ni moi, ni aucune de ces autres femmes. Nous préférons tuer nos bébés plutôt que de les donner au maître pour qu'il les asservisse !

— Tais-toi ! Et toi, emmène-la ! ordonna-t-il à mama Ambrosia qui, après avoir raccompagné le médecin, avait écouté de loin leurs échanges.

— Tu es inconsciente, reprocha la nurse à la jeune femme quand elles furent seules.

— Il est de notre côté !

— Tu peux te pendre à une branche de ceiba* si tu veux, mais n'y pends pas les autres.

Fromager, arbre sacré des Caraïbes.

— Il ne dira rien, insista Kaweka. C'est un esclave, lui aussi.

— Un autre genre d'esclave, rectifia la femme.

En effet, Modesto faisait partie d'un groupe de Noirs dont le statut juridique était indéterminé, on les désignait sous le terme d'« *emancipados* ». Ces pseudo-affranchis étaient des esclaves qui, en vertu du traité avec la Grande-Bretagne qui interdisait la traite négrière, avaient bénéficié d'une intervention des autorités lors de leur débarquement à Cuba ou à bord des navires qui les transportaient, avant de se retrouver assimilés aux esclaves des villes et des plantations. Ils étaient considérés comme des hommes libres, à ceci près que la liberté ne leur était pas accordée. Le gouvernement et les fonctionnaires avaient rapidement compris les avantages que pouvaient leur apporter ces esclaves sans maître. Ils les employèrent aux travaux publics, ou les confièrent à des particuliers. C'est ainsi que les épouses et les veuves de militaires et de fonctionnaires se virent confier les services d'un *emancipado*. Hôpitaux, couvents, écoles, institutions charitables, nombreuses étaient les organisations à profiter de cette main-d'œuvre bon marché qui, selon la loi, aurait dû être affranchie, mais dont la situation de servitude se prolongeait indéfiniment.

Modesto ne trahit pas Kaweka. Son sourire, qui s'élargissait lorsqu'il passait devant elle à l'infirmerie, la dynamisait. Il lui plaisait beaucoup, et la proximité de Santiago la dégoûta d'autant plus ; son contact, son odeur, ses mains rugueuses, son haleine de tabac et d'eau-de-vie la répugnaient. Mais elle ne pouvait échapper à cette chambre où il la possédait dans le seul but de l'engrosser. C'était la seule relation qu'ils avaient : il la saisissait violemment et la pénétrait tout en la menaçant et en l'insultant, tandis qu'elle regardait, plantés effrontément sur le seuil de la porte, les enfants rire et danser au rythme des coups de butoir de Santiago. Elle ne ressentait rien, mais grâce à Piedad, elle connaissait le plaisir solitaire.

Des centaines d'hommes et de femmes esclaves, Chinois et travailleurs salariés, blancs, noirs et mulâtres, se tenaient en rang devant le moulin de La Merced. Ils attendaient là depuis près d'une heure. Des chariots à bœufs à deux roues pour la bagasse, d'autres à quatre roues pour le transport des cannes fraîchement coupées étaient alignés à côté.

— Je vous veux tous propres comme des sous neufs ! aboya le commandeur ce matin-là.

Ainsi, ils avaient tous été dispensés de travail. C'était l'aube du 14 décembre, une journée qui s'annonçait comme une fête. Une matinée ensoleillée, pure et chaude, que les Blancs saluaient comme les maîtres du monde qu'ils croyaient être, satisfaits de la faveur que leur accordait leur dieu en ce jour de la cérémonie du « broyage des cannes », qui lançait officiellement la récolte de cette année 1863.

Mama Ambrosia et Kaweka se préparaient pour aller à la taverne. Elles savaient que Gabino était dans les environs, elles avaient aperçu sa mule et son panier branlant, débordant de marchandises.

C'était le bon moment pour vendre. Beaucoup allaient de plantation en plantation, à la recherche de travail pour renforcer celui des Chinois et de la réserve d'esclaves noirs du domaine. On rentrait les bœufs dans les enclos. Ce n'était que précipitation, urgence, préparatifs de dernière minute : chariots, machines, outils, machettes... La vie revenait en force dans la vallée de la Magdalena, à Matanzas.

Comme d'habitude, les deux femmes refusèrent les colliers et les perles du colporteur, et prirent rendez-vous avec les esclaves fugitifs. Elles avaient peu de choses à leur donner, l'arrivée de Rivaviejo avait en effet bouleversé leurs habitudes. Après avoir examiné toutes les esclaves, il avait laissé à Modesto le soin de recueillir les données nécessaires pour compléter le rapport demandé par le marquis.

« Ne t'inquiète pas », avait-il rassuré Kaweka.

Elle s'était ouverte à l'amour au moment même où elle s'était confiée à Modesto, en lui avouant avoir avorté. Comme si l'accord de leur esprit appelait celui de leur corps.

— Oui, je l'ai fait plusieurs fois, comme beaucoup de femmes. Nous nous servons du pouvoir des plantes que nous offre la montagne pour empêcher la naissance de nouveaux esclaves, et nous implorons la bienveillance des dieux.

Il n'avait pas répondu.

— Et nous recommencerons, avait-elle insisté devant son silence, pour le pousser à prendre position.

En guise de réponse, il l'avait embrassée.

Suivirent de torrides ébats sur un lit de l'infirmerie. Impressionnée par le désir dévorant que Modesto manifestait, la jeune fille eut peur de subir les mêmes assauts que ceux de Santiago. Mais quand ils se touchèrent, elle eut envie de l'embrasser et de le lécher sans retenue. Étendue sous lui, Kaweka enroula ses jambes autour de son buste, cambra le dos, contracta son bas-ventre et s'offrit totalement, brûlant de se fondre en lui. Tout se tut autour d'elle, sauf le grondement constant et assourdissant des trois tambours des cérémonies sacrées* qui s'étaient mis à résonner dans tout son corps, rythmant son plaisir, l'accompagnant jusqu'à la jouissance. Elle pleura.

Modesto baisa ses paupières et lécha ses larmes.

— Avec toi, je sens notre terre, lui murmura-t-il. Tu me ramènes à mon enfance. Tu me redonnes la vie, le désir, et l'espoir.

Rivaviejo ne détestait pas seulement les Noirs, qu'il qualifiait de dépravés, de vicieux, de paresseux et d'ivrognes, c'était aussi un personnage sournois qui avait réussi à grimper dans l'échelle sociale de La Havane. Il s'était volontiers rendu aux arguments de son assistant lequel, connaissant les idées du toubib sur les esclaves noirs, avait fait semblant de les épouser.

— Sans doute y a-t-il eu des fausses couches provoquées, expliqua Rivaviejo au marquis lors de la remise du rapport, comme cela arrive dans toutes les plantations. Suicides et

* La communication avec les orishas lors des cérémonies se fait grâce aux trois tambours sacrés (chaque dieu a son propre rythme) donnant lieu à des phénomènes de transe et de possession où l'orisha chevauche l'initié.

avortements sont monnaie courante, typiques des natures faibles et craintives des Créoles et des Bossales. Le problème à La Merced, c'est qu'il n'existe aucun contrôle, aucun suivi sanitaire des filles qui sont données aux hommes. La grossesse et, le cas échéant, l'aboutissement ou pas de la gestation sont devenus des phénomènes anarchiques, inattendus. (Don Juan José de Santadoma fronçait les sourcils en l'écoutant.) Votre Seigneurie, vous possédez une exploitation modèle, mais en ce qui concerne la production de négrillons, ici, on s'occupe davantage de la reproduction des juments et des cochons que de celle de vos esclaves.

Kaweka, en attendant d'être envoyée dans les champs de canne avec tous les esclaves noirs du domaine pour le début de la récolte, jouissait d'une certaine permissivité dans le cadre des tâches qui lui étaient confiées. Mais la jalousie de Santiago s'éveilla quand il eut vent de sa relation avec Modesto, impossible à cacher dans un environnement aussi confiné. Santiago devint alors violent ; Modesto soignait les blessures et les hématomes infligés à Kaweka par un Santiago ivre d'alcool et de dépit.

— Je vais essayer d'arranger les choses, lui promit-il.

Il se plaignit à Narvaez : sa mission ne consistait-elle pas à veiller sur la santé des futures mamans ?

— Tu parles de la sorcière ? ricana le commandeur avant d'éclater de rire et de tapoter la joue de l'affranchi. C'est parce que tu la veux pour toi tout seul, hein ? Écoute-moi bien, nègre, je me fiche de savoir lequel l'engrossera le premier : baise-la autant que tu veux, parce que quand la récolte viendra tu n'auras plus le temps, ni l'envie, d'ailleurs.

Mama Ambrosia persuada Kaweka d'empêcher Modesto d'aller affronter Santiago, comme il s'apprêtait à le faire :

— Ça ne fera que nous nuire à nous, et aux marrons !

— Je fais quoi, alors ? Je renonce à Modesto ?

— Tu n'es pas obligée de renoncer à qui que ce soit, beaucoup d'hommes couchent avec la même esclave, les femmes sont moins nombreuses. Tiens bon. Ils finiront par surmonter tous les deux leur colère et apprendront à te partager. Un jour ou l'autre, ton amoureux partira, ma fille.

Dès que sa mission sera terminée, il emportera son amour avec lui.

Ambrosia prit dans ses bras la jeune femme qui se retenait de pleurer.

— Nous, les esclaves, on ne peut pas se permettre de tomber amoureuses des hommes de cette plantation. L'amour fait plus mal que le fouet.

Modesto partirait. Kaweka le savait, mais refusait d'y penser. Elle l'avait entendu de la bouche de Cirilo, qui se plaignait du contrôle « heureusement provisoire » que le pseudo-affranchi exerçait dans son propre domaine. Et Modesto détournait le regard dès qu'elle lui rappelait que le temps leur était compté. Elle enfouit alors cette réalité au plus profond de son esprit, et se donna totalement à l'homme dont le seul souffle la faisait trembler. Ils s'aimaient à chaque instant, saisissaient la moindre occasion, ne serait-ce que pour se sourire. Kaweka utilisa toutes les pratiques érotiques apprises avec les autres hommes qui faisaient soupirer Modesto de plaisir.

Le commandeur provoqua alors Santiago :

— Tu vas te laisser humilier par cet infirmier, tu vas le laisser te voler ta femme ? Tu les imagines en train de baiser... ?

— Je le tuerai !

À cela, Narvaez lui envoya une gifle. Il le bouscula, le menaça, lui cracha des insultes au visage.

— Tu lui feras rien, je t'écorcherai vif si tu le touches ! Qu'est-ce que tu attends pour prouver la virilité des nègres du marquis ? Que tout le cheptel de La Merced se moque de toi, imbécile !

Ainsi Kaweka riait ici et pleurait là, dissimulant son bonheur à l'un pour ne pas le faire redoubler de rage, cachant sa douleur et ses blessures à l'autre pour ne pas troubler leurs extases. Elle s'agenouillait devant l'autel de mama Ambrosia et sous le ceiba, implorant l'aide divine, mais les orishas, comme d'habitude, ne se souciaient pas de ses amours. Un soir, elle but le breuvage abortif.

À l'approche du départ de Modesto, elle le désira encore plus passionnément. Elle avait eu la chance de connaître le plaisir grâce à cet homme qui lui parlait d'une voix douce, qui contrastait avec les demandes brutales de Santiago et les ordres du commandeur. Il lui disait qu'il l'aimait, ce que personne ne lui avait jamais exprimé, et à son contact, les tambours sacrés résonnaient en elle.

Le jour du début de la récolte qui lançait le rituel du broyage des tiges de canne, Kaweka attendait, en rang avec les esclaves, devant le moulin. Elle ne voyait pas Santiago, mais aperçut Modesto qui la cherchait des yeux sur la plateforme, parmi les chefs et les administrateurs tous vêtus de leurs plus beaux habits, le commandeur et ses gardes, les cuisiniers, les comptables, le maître sucrier et le maître charpentier, les gestionnaires qui rédigeaient les certificats, et les Chinois qui faisaient tourner les machines.

Le silence se fit lorsque le marquis apparut en costume de lin, chapeau de paille fine et chaussures de cuir. Il pointa certains détails du bout de sa canne à pommeau d'argent à l'attention de son héritier, un jeune homme de vingt-quatre ans déjà impliqué dans la gestion de la plantation et de ses autres activités, tout de lin vêtu comme son père. Les dames, en tenues plus décontractées, loin des codes vestimentaires des bals et des réceptions, arboraient des robes de soie ou de mousseline au décolleté généreux pour les plus jeunes, garnies de rubans et de broderies pour les plus âgées.

Modesto et les autres s'écartèrent pour que le groupe complet de personnes présentes puisse s'installer sur l'estrade du moulin. Ils célébreraient tous ensemble plus tard les festivités et danseraient dans l'édifice principal, tandis que les esclaves abattraient les champs de canne à sucre à grands coups de machette.

— Bénissez-nous, maître !

De nombreuses voix répétèrent cette prière, et don Juan José de Santadoma leva la main au-dessus des esclaves pour les bénir, tel un dieu tout-puissant.

— Que Dieu notre Seigneur vous protège et vous accueille en son sein ! proclama le marquis.

Kaweka, tête et yeux baissés, sourit en entendant le maître invoquer la grâce de son dieu chrétien. Ainsi donc, le dieu des Blancs lui accorderait sa grâce en lui permettant d'accéder à la liberté ! Son sourire s'élargit, ses yeux fixant toujours le sol et ses pieds nus, car elle allait être libre ! Elle épouserait Modesto qui lui avait fait sa demande !

Peu de temps auparavant, en effet, Modesto l'avait suppliée : « Reste tranquille jusqu'à ce que le marquis accepte mon arrangement. » Conscient du calvaire qu'endurait la jeune esclave, il avait trouvé une solution, celle de la demander en mariage, ce qu'il n'avait pas voulu lui faire savoir avant d'obtenir le consentement et les garanties de Rivaviejo.

— J'ai de l'argent, lui avait-il confié. Il y a dix ans, la liberté des affranchis a été prononcée par décret, et un salaire fixe nous a été attribué. Cette liberté ne nous a jamais été accordée par le gouvernement, mais Rivaviejo a choisi de me verser mon salaire, soit parce que ça l'arrangeait, soit pour sa satisfaction personnelle. Ainsi, je pourrais t'acheter...

— Qu'est-ce que tu racontes ?

— Oui, je ne peux pas acheter ma propre liberté. C'est paradoxal. L'État espagnol ne peut pas nous vendre, nous les *emancipados*, ce serait reconnaître qu'il ne nous a pas accordé la liberté. Mais légalement, je suis libre et mon argent ne me sert à rien. Alors que toi, ils peuvent te vendre. Je peux donc t'acheter, même si mes économies ne suffiront pas à payer ton prix, mais je trouverai un arrangement pour le payer en plusieurs fois. Et Rivaviejo te donnera du travail. Tu connais bien les herbes, tu es une bonne infirmière...

— T'es devenu fou ?

— Un jour ou l'autre, les Espagnols me rendront ma liberté. Alors nous serons libres tous les deux !

— Et si le marquis refuse ?

— Ce ne sera pas le cas. Il apprécie Rivaviejo. Et si je paie ton prix...

Ainsi Kaweka avait-elle vu se présenter à elle la possibilité d'être libre.

— Accepte sans hésiter ! lui avait conseillé mama Ambrosia. Mais qu'est-ce qui ne va pas ? se tordait-elle de rire devant l'expression inquiète de sa protégée. Tu penses que tu ne pourras plus défendre la cause des esclaves quand tu seras libre et que tu vivras en ville ? C'est le contraire ! Là-bas beaucoup de Noirs sont actifs, ils agissent bien plus et mieux qu'ici dans cette sucrerie, où on ne peut que fournir quelques misérables sacs de riz aux marrons et voler des machettes que nos camarades paient ensuite de centaines de coups de fouet ! Vous vous aimez, Modesto est un homme bon, alors sois libre, marie-toi et continue à te battre pour les esclaves !

Sur ces mots, elle se tut, pas vraiment convaincue par le discours qu'elle venait de prononcer dans le seul but de calmer l'esprit de sa protégée, qui pouvait enfin accéder à la liberté, mais dont la véritable mission était la libération des nègres des plantations, exploités, maltraités, sans éducation, considérés comme de simples animaux. En ville, et d'autant plus à La Havane, il y avait les *cabildos de nación*, des groupes d'esclaves qui se réunissaient par ethnies, formant des autorités locales à caractère culturel et religieux, et qui comprenaient des gardiens de sanctuaires et des guérisseuses. Certaines de ces guérisseuses étaient possédées par les orishas, et elles se jetteraient sur Kaweka dès qu'elles verraient leur autorité menacée par la jeune femme qui n'avait jamais mis les pieds dans une grande ville.

Cependant le sourire de Kaweka, l'enthousiasme et la vitalité qui émanaient d'elle la firent changer d'avis, et eurent raison de ses doutes :

— Si c'est le cas, reprit-elle, si les orishas m'ont vraiment élue, pourquoi ne me disent-ils rien ? Et toi ? Que deviendras-tu ?

— Moi, la vieille nounou ? Fais ton chemin pour qu'un jour, quand on me chassera d'ici, tu puisses m'accueillir. Mais dépêche-toi, plaisanta-t-elle d'une voix tendue et brisée.

Et lorsque Kaweka, dans les bras de Modesto, lui annonça son accord, il lui dit, avec son irrésistible sourire :

— Nous nous marierons, et nous vivrons à La Havane.

— Je me moque de savoir où nous vivrons.

— Ce sera forcément à La Havane. Les riches vivent dans la capitale, et ils paient cher nos services. Tu iras loin, là-bas. Nos enfants recevront une bonne éducation et auront une belle vie. Les Noirs occupent déjà des postes importants. On aura une maison, avec un jardin et des animaux.

— Mais les dieux m'ont élue pour que je lutte pour la liberté des esclaves !

Il lui caressa le visage.

— Je suis d'accord avec eux… J'aime ton esprit, ton audace ! À La Havane, tu ne manqueras pas de Noirs à défendre ni de Blancs à qui t'en prendre !

Grâce aux récits enthousiastes de Modesto, Kaweka apprit tout sur La Havane et ses habitants, et sur la vie qu'elle vivrait, libre auprès de l'homme qu'elle aimait.

Le sifflement de la vapeur qui s'échappait des chaudières rompit le silence qui suivit la bénédiction du marquis. Kaweka revint au moment présent et chercha des yeux Modesto dans le groupe qui entourait les invités. Ils se virent et se sourirent. La machine se mit en marche. Quelques esclaves transportaient les cannes dans des chariots jusqu'au moulin de broyage où ils les y jetaient. Le vesou était ainsi extrait et chauffé jusqu'à ébullition, processus à la fin duquel étaient récupérés le sucre cristallisé d'un côté, la mélasse de l'autre. Le bruit assourdissant des pilons qui broyaient les tiges explosait douloureusement dans le crâne et la mémoire des esclaves. Ce vacarme auquel trinquaient les Blancs, entre les rires, les félicitations réciproques et les embrassades, les poursuivait pendant des mois, jour et nuit sans relâche, les broyant comme les masses des moulins à sucre pour extraire leur sang et leurs larmes. Beaucoup allaient mourir. Cela faisait sept ans que Kaweka subissait les dures épreuves de la récolte. Mais Modesto était en train de lui sourire. Pour elle, seuls cet homme noir et sa silhouette élancée se détachaient de cette scène de malheur.

Le lendemain des festivités du broyage des cannes, des gardes allèrent chercher Kaweka dans les champs pour l'emmener à la pouponnière.

— Le maître a accepté ton rachat, lui annonça mama Ambrosia.

— Comment tu le sais ? Tu es sûre ?

— Modesto est venu me le dire avant de partir pour La Havane.

Ce même matin, le marquis s'était entretenu avec Rivaviejo qui lui avait proposé d'acheter Maria Regla. Don Juan José avait demandé son avis à Narvaez.

— Ce n'est qu'une folle, une sorcière, une perturbatrice, stérile en plus, qui va finir par vous créer des problèmes, argumenta le commandeur. Vendez-la, monsieur, on a assez de bras comme ça.

— Alors soigne-la bien, décida le marquis. Pas question qu'elle ait un accident ou de la déglinguer avant que le toubib m'en paye le prix.

Ainsi fut-elle arrachée au travail de la récolte, en même temps qu'à Santiago, et affectée à temps plein à l'infirmerie-nurserie avec mama Ambrosia.

— T'as même pas réussi à l'engrosser, ricana le garde à l'adresse de Santiago, quand il escorta le couple jusqu'à leur chambre pour qu'ils récupèrent leurs affaires. T'es même pas foutu de monter une femme !

Dans un éclat de rire, il envoya un coup de pied dans une casserole qui traînait au sol. Kaweka regarda Santiago, qui serrait les mâchoires. « Allez, vas-y ! l'encouragea-t-elle à voix basse, rebelle-toi ! » Il n'en fit rien et baissa les yeux. C'est un esclave-né, pensa-t-elle. Elle le regarda s'accroupir pour ramasser la casserole. La même force qui avait abusé d'elle était à présent humiliée devant celui qui venait de l'insulter, et qui s'amusait à repousser l'ustensile du bout de son pied afin que l'esclave ne puisse l'attraper. Kaweka oublia alors la violence et les insultes de Santiago, et se baissa pour ramasser la casserole qu'elle lui tendit. Ils échangèrent un regard. « On est tous les deux des esclaves », lui chuchota-t-elle avec désolation.

Puis, chargée de ses maigres effets, elle se dirigea vers la nurserie. Derrière elle, le jeune homme se traînait, vaincu, vers le dortoir des célibataires au premier étage. Il ne se retourna pas pour dire au revoir à la jeune femme. « J'aurais aimé qu'il le fasse », regretta-t-elle.

Mama Ambrosia l'accueillit, tenant un petit enfant dans les bras :

— Le mois prochain, quand ton homme et le médecin reviendront inspecter l'infirmerie, ils apporteront l'argent et t'emmèneront.

Kaweka soupira tristement. Elle était rongée par la culpabilité d'être rachetée et d'ainsi s'éloigner de celle qui l'aimait et la protégeait comme une mère. La nurse, qui sentait tout, tenta d'apaiser l'esprit de sa protégée, et posa sa main décharnée sur son bras :

— Mon destin était décidé par les dieux bien avant ma naissance, avant que tu rencontres cet affranchi et que tu puisses prendre ta liberté. Ta destinée n'a rien à voir avec la mienne, mon enfant.

En attendant le jour où Modesto reviendrait la chercher, Kaweka aida à la nurserie et à l'infirmerie. C'était le début de la récolte, et la plupart des lits étaient encore vides.

— Va chercher les herbes pour la préparation des remèdes, lui demanda Cirilo. Je veux pouvoir faire face à la situation quand cette salle sera pleine.

Depuis quelques jours, Kaweka partait dans la brousse et y passait la journée. Elle cueillait des herbes et des fleurs, priait les orishas, déposait des offrandes, regardait le ciel et s'endormait en imaginant la vie qui l'attendait. Ce matin-là, elle se dirigea vers la cabane du vieux Teofilo, l'un de ces esclaves handicapés de la plantation relégués dans les montagnes, qui lui fournissait des herbes.

— Teofilo ? l'appela-t-elle.

Trois Noirs surgirent de derrière la case du vieil infirme. Aucun d'entre eux n'était Teofilo.

Elle reconnut Mauricio, bien que près de deux ans de fuite dans les montagnes l'aient beaucoup transformé.

— Tu m'as fait peur !

— Je suis désolé, s'excusa le jeune homme.

Le marron qui accompagnait Mauricio était armé d'une machette, et le troisième était un vieillard à la barbe fine et aux cheveux gris. Il était vêtu de guenilles et portait un collier de perles bleues et blanches.

— On nous a prévenus que tu te promenais dans les parages.

Le vieillard parlait d'une voix grave. Comme sous emprise, Kaweka ne put le quitter des yeux, elle ressentit sa force et comprit ce qu'il voulait lui dire avant même qu'il poursuive :

— Viens avec nous. Ton destin est ici, dans la sierra, avec ton peuple, avec nous, les marrons. C'est là que vivent ceux qui luttent pour la liberté, qui se battent contre les Blancs. Tu les as encouragés à fuir ! lui dit-il en désignant Mauricio. Maintenant, tu dois leur apporter leurs remèdes... Moi je suis vieux et fatigué. C'est ton destin, insista-t-il.

Mais Kaweka ne l'écoutait plus. L'image de Modesto, la liberté qu'il lui avait promise, les enfants qu'ils rêvaient d'avoir un jour, le visage de mama Ambrosia, tout ce qu'elle avait osé souhaiter ces derniers temps s'écroulait devant ces mots qui l'incitaient à fuir dans les montagnes pour devenir une marronne. Comment pourrait-elle abandonner Modesto ? Elle lui était dévouée corps et âme. Elle avait découvert le bonheur avec lui, elle était prête à quitter les chaînes et le fouet du moulin pour jouir enfin de sa liberté. Et maintenant, ce vieillard la poussait à tout abandonner pour vivre dans la sierra !

— Non, je...

Une douleur aiguë, pareille à un coup de hache, lui parcourut soudain le corps, l'empêchant de poursuivre. Ses jambes tremblaient, mais elle parvint à se calmer et à articuler :

— Mon compagnon m'attend...

— *Tes* orishas t'attendent !

Ces mêmes divinités qui avaient assisté, impassibles, cruelles, ou même amusées, aux épreuves et aux châtiments que Kaweka avait endurés, exigeaient maintenant ce qu'elle considérait comme un prix injustifié.

— Non. Ils n'ont aucun droit sur moi. Je peux tout aussi bien les servir à La Havane.

— C'est vrai, mais tu dois d'abord apprendre notre religion avec des anciens comme moi. Tu n'es pas encore prête.

Kaweka s'écroula soudain à terre et lança des coups de pied frénétiques en se tenant la tête pour empêcher les orishas de la dominer.

— Tu cherches à les affronter ?

— Oui, ils me harcèlent ! Vous ne pouvez pas me demander ce sacrifice !

Un rugissement sortit alors des profondeurs de sa gorge. Puis, sur une dernière convulsion, haletante, elle se calma.

— Ils peuvent exiger tous les sacrifices qu'ils souhaitent. Nous dépendons de leur volonté, lui dit le vieillard en la relevant.

— Les dieux ne peuvent pas me refuser le bonheur...

— Ils t'ont élue, toi. Les Blancs nous ont réduits en esclavage, et notre devoir est de les empêcher d'asservir et d'enchaîner nos dieux. Ton bonheur, tu le trouveras en luttant pour la cause des esclaves. Tu dois venir avec moi et apprendre.

Kaweka éclata en sanglots.

— Si son amour est vrai, il te reviendra tôt ou tard, lui chuchota le vieil homme.

Mauricio et le vieux marron la soutinrent tout au long du chemin. Kaweka ordonnait à ses jambes de s'arrêter, mais elles ne lui obéissaient pas, avançant sous l'impulsion des orishas, et à chaque pas qu'elle faisait, ses désirs et ses espoirs s'évanouissaient, comme les rêves dont elle s'était bercée, et la perspective de la liberté à laquelle elle venait à peine de goûter. Puis, à travers ses larmes, le visage de Modesto commença à s'effacer, à disparaître progressivement. Que va-t-il devenir ? Allait-il croire qu'elle le quittait de son plein gré ?

— Et Modesto ? parvint-elle à demander.

— Nous nous occuperons de lui, la rassura le vieillard.

— Vous occuper de lui ? de sa douleur ? Le chagrin le brisera.

Le sourire franc de Modesto qui captivait tous ceux qui le regardaient lui apparut maintenant fragile, vulnérable ; et imaginer ce sourire se transformer en une expression de douleur lui déchira le cœur.

6

Madrid, décembre 2017

La banque vivait un véritable bouleversement. Les journées étaient interminables et épuisantes. La tension était telle qu'un jour, lors d'une pause, elle accepta de partager un joint avec quelques collègues, dans la rue pour se détendre et s'aérer. Il lui arrivait de fumer de l'herbe avec ses colocataires et dans les soirées, et elle n'était pas contre une petite ligne de coke de temps à autre, mais jamais ceci ne s'était produit sur son lieu de travail. Ce jour-là, elle dérogea à son souhait de ne pas montrer cette facette à ses collègues.

Le joint pincé entre ses deux doigts, elle tira une grande bouffée et retint la fumée dans ses poumons sans tousser. D'autres crachotèrent, trahissant ainsi leur manque d'expérience, comme Gloria, la directrice des risques, qui se vantait de tout savoir, et regardait Lita avec un certain mépris du fait de sa position supérieure dans la boîte. Lita sourit en la voyant se cacher derrière une collègue alors qu'elle s'étouffait. En fait, elle avait accepté l'invitation à fumer d'un consultant externe de Speth & Markus uniquement pour défier cette vaniteuse. C'était Pablo qui lui avait passé le joint, et elle avait apprécié ce geste. L'homme, séduisant, avait la trentaine, quelques années de plus qu'elle. C'était un vrai professionnel, un expert qui savait prendre des décisions. Des qualités associées à une certaine négligence de sa personne, style prof un peu lunaire : il portait de vieux vêtements, sa barbe était clairsemée, il avait les cheveux en bataille. Jusque-là, pendant les séances de travail en salle de réunion, Lita avait remarqué que la directrice des risques faisait tout pour gêner leurs échanges : elle intervenait, lui coupait la parole. Cette femme, grande, blonde, exubérante, était verte de jalousie devant la mulâtresse fière de sa beauté exotique, plus petite qu'elle, mais dont la couleur et l'éclat de la peau exaltaient le désir des hommes.

— T'as l'habitude de te défoncer quand tu fais de l'audit ? lui lança Lita en retournant au bureau.

— C'est ce qu'on devrait toujours faire, lui répondit Pablo. Les mathématiques régissent les phénomènes de la nature. Pense aux nombres irrationnels : ils sont incommensurables, inintelligibles. L'homme rationnel n'est pas capable de les comprendre...

— Ce serait donc la raison pour laquelle il faudrait se défoncer ?

— Oui, pourquoi pas, on se débarrasserait ainsi du pragmatisme qui nous contraint, et on se rapprocherait davantage des nombres. C'est le meilleur procédé comptable pour que les chiffres tombent juste, tu ne trouves pas ? On les regarde, on les laisse danser et ils s'installent d'eux-mêmes. Ne le dis à personne, lui chuchota-t-il en la tenant par le bras : Dieu est un grand mathématicien.

Lita abandonna ces théories platoniciennes, et une fois qu'elle fut à nouveau confrontée aux nombres, divins ou pas, rationnels ou irrationnels, elle comprit que dans cette salle le seul dieu réel était Pablo, qui contrôlait la situation financière de la banque Santadoma. Il dirigeait mieux que quiconque la petite musique sur laquelle dansaient les nombres et les chiffres. Pendant quelques jours, ils flirtèrent discrètement pour éviter d'être découverts.

Lita occupait son temps entre le travail et le divertissement, jusqu'à ce que le responsable des ressources humaines, qu'elle avait contacté au sujet de la retraite de sa mère, lui envoie ce SMS : « Désolé. Votre mère n'a jamais cotisé à la sécurité sociale, elle n'apparaît pas en tant qu'employée. Elle ne peut donc prétendre à la retraite. Elle est répertoriée dans la fonction publique en tant que veuve et perçoit déjà une pension à ce titre. Appelez-moi si vous voulez de plus amples informations. »

Bien sûr qu'elle en voulait, des informations ! La banque Santadoma avait toujours géré les affaires de sa mère qui avait même un compte d'épargne sur lequel elle recevait son salaire.

— Je suis désolé, Maria Regla. Lorsque je suis arrivé dans cette banque, la situation de votre mère était déjà ce qu'elle est aujourd'hui, l'informa l'homme. Dans le passé, les travailleurs domestiques n'étaient pas déclarés, ils étaient couverts par une assurance ou quelque chose de similaire. Mais après la mort de votre père, comme la pension de veuve de votre mère comprenait une couverture santé pour elle et pour vous, personne ne s'est soucié de régulariser sa situation. Son salaire était versé sur son compte. Ses impôts étaient déclarés, les retenues légales effectuées. Tout cela a été fait correctement. Son épargne a été investie, et attestée. Pour tout vous dire, je trouve cela incroyable.

Lita sortit du bureau en se reprochant de ne pas s'être occupée plus tôt des intérêts de sa mère. Elle s'effondra dans un fauteuil. Elle connaissait la maigre pension de veuve que Concepción avait reçue après la mort de son mari – chauffeur des Santadoma qui avait été tué dans un accident de la route alors qu'il était en course pour le marquis. Cette pension était dérisoire, et n'aurait en aucun cas dû empêcher sa mère de cotiser pendant toutes les années de sa vie où elle avait travaillé pour cette famille. Quel serait son avenir ? Sur quels revenus pourrait-elle compter le jour où elle ne pourrait plus travailler ? C'était sans doute pour cela qu'elle n'avait pas été congédiée après la mort de doña Pilar et qu'on lui avait refilé la garde de ces cabots, sans quoi, le fait qu'ils n'aient jamais cotisé pour elle aurait été découvert. Don Enrique était-il au courant ? Qu'il l'eût été ou non, il le fut cet après-midi-là, lorsqu'il apparut dans la salle de réunion où employés et consultants externes étaient penchés sur des centaines de dossiers. Il était accompagné de deux cadres d'une cinquantaine d'années, l'un blanc, l'autre noir.

— Messieurs, intervint le marquis en anglais, permettez-moi d'interrompre vos activités quelques minutes. Je vous présente MM. Meyerfeld et Stewart, directeurs de la banque EleCorp des États-Unis. Comme vous le savez, ces messieurs, qui ont acquis une part du capital de la banque durant la crise, souhaitent en reprendre l'ensemble pour en faire la tête de pont de leur expansion européenne.

Sur ces mots, don Enrique de Santadoma et les Américains firent le tour de la longue table, distribuant sourires et salutations.

— Maria Regla Blasco, annonça le marquis. Une grande professionnelle, ajouta-t-il, tandis que Lita serrait la main des Américains. Nous sommes fiers de compter Mlle Blasco parmi nos collaborateurs !

Lita remarqua que Stewart, un homme noir séduisant, élégant, au sourire éclatant, garda sa main dans la sienne plus longtemps que nécessaire. Ils étaient les deux seules personnes de couleur dans la salle. Le marquis sembla apprécier la circonstance.

— Sa famille a des origines cubaines, expliqua-t-il au jeune cadre, tout comme les Santadoma...

Lita retint une moue ironique, que méritait la comparaison. Elle discuta quelques instants de Cuba avec Stewart – non, quel dommage, elle ne connaissait pas l'île.

Le marquis de Santadoma se pencha vers elle et, baissant la voix :

— Erreur regrettable à propos de la cotisation de ta mère... Mais tu le sais, Concepción ne manquera jamais de rien chez les Santadoma. Rassure-la. Vous n'avez aucun souci à vous faire.

Et, sur une légère pression qu'il exerça sur son épaule – que Lita interpréta comme affectueuse –, le marquis mit fin à sa piètre justification.

« Et si elle ne voulait pas rester au service des Santadoma ? » avait-elle envie de crier dans le dos de son patron, qui était en train de vanter les qualités d'un autre de ses employés. Elle leva les yeux et croisa le regard de Pablo qui lui adressa un sourire d'encouragement qu'elle lui rendit, constatant qu'ils se comprenaient. Cet aveu silencieux brisa la réserve qu'elle avait gardée jusqu'alors.

— On dîne ensemble ? lui demanda-t-il sur le chemin du métro.

Ils avaient quitté la banque tard, après 22 heures.

— Je n'ai pas faim.

— Un verre, alors ?

— Un joint comme l'autre jour ? proposa Lita.

— J'aimerais bien, mais je n'en ai plus.

— Tu fais encore des études ? le taquina-t-elle.

Il hocha ironiquement la tête, comme s'il avait été pris en faute.

— Professeur ? conclut Lita.

— Je l'ai été, répondit-il sans prendre le temps de s'expliquer.

Ils hélèrent un taxi et se rendirent chez lui, un petit appartement de la rue Ibiza, près du parc du Retiro, aussi désordonné qu'accueillant, garni de meubles dépareillés. Musique, gin tonic, chips, snacks et bol de pistaches. Un pot sur la table avec de l'herbe. Ils parlèrent de la banque, du travail, du marquis, de Cuba.

— Qu'est-ce qui t'est arrivé, cet après-midi ?

— Ce n'est pas important.

Pablo savait-il que sa mère était la domestique des Santadoma ? On lui en avait vaguement parlé, avoua-t-il lorsqu'elle aborda le sujet.

— Gloria ?

Il le confirma avec une moue.

— Quelle garce ! fulmina Lita.

— Elle l'est, reconnut-il, mais pas pour cette raison. Ta mère mérite tout mon respect et toi aussi, bien sûr. Gloria est vindicative, et même si tu étais la fille du marquis, elle serait tout aussi chienne avec toi.

Ils fumèrent et mirent la musique à fond. Ce fut alors un grand moment de détente exalté par l'alcool et le cannabis, après la pression et la fatigue d'un travail intensif. Recroquevillée sur le canapé, la tête sur les genoux de Pablo qui lui murmurait des mots inintelligibles en la caressant, elle fermait les yeux pour que rien ne la distraie de ces mains expertes qui parcouraient son corps. Elle ressentait de légers courants électriques sur ses cuisses, des éclairs lorsqu'elles passaient entre ses jambes, sur ses seins, ses mamelons. Elle remarqua à quel point ses sens étaient en éveil, ses sensations exacerbées, embrasées par ce souffle qui effleurait sa nuque, les battements déchaînés de son cœur.

Grisée par l'alcool et la drogue, elle se sentit transportée jusqu'au lit, déshabillée, embrassée dans ses recoins les plus intimes. À son tour, il se dévêtit, et se laissa regarder, caresser. Il s'allongea sur elle. Inondée de désir, Lita l'attendait. Elle ressentit alors sa force, immense, au fond d'elle. Elle n'entendait pas les mots qu'il murmurait. Ses yeux toujours clos, elle savourait et s'abandonnait sans réserve à son plaisir.

Alors vint un premier battement de tambour. Un deuxième. Derrière eux, dans la pièce, la musique s'était adoucie, presque réduite au silence. Lita eut un moment d'hésitation, mais qui s'évanouit devant les assauts impétueux qui lui arrachèrent un cri. Elle lutta pour se souder à son amant lorsqu'elle entendit le son d'autres tambours. Ces bruits étaient bien réels. Les tambours suivaient le rythme de l'homme qui la pénétrait, un rythme qui monta jusqu'à ce qu'il explose en elle. Et elle perdit conscience dans un orgasme d'une intensité éblouissante, à la limite de la douleur. Puis elle revint à la réalité. Au silence. À la sueur de leurs corps. À la musique feutrée du salon.

— J'ai entendu des tambours, lui avoua-t-elle alors qu'il était toujours en elle.

— Désolé, s'excusa Pablo.

— Au contraire ! C'était magnifique !

— Pas vraiment génial que tu n'aies entendu que des tambours. Tu méritais tout un orchestre : pianos, violons, hautbois, flûtes et violoncelles. Tu imagines un violoncelle ici avec nous ?

Lita essaya en vain de rire. Elle avait du mal à respirer.

— Enlève-toi, le pria-t-elle en repoussant son torse.

Il ne bougea pas.

— Laisse-moi ! Je ne peux plus respirer.

Pablo s'appuya sur les coudes et relâcha sa pression.

— Pythagore a fait le lien entre les nombres et la musique...

— Ah, et quel est le chiffre préféré de Pythagore ?

— Le cinq peut-être, celui du pentagramme, ou celui du nombre d'or, qui est la somme du premier nombre féminin, deux, et du premier nombre masculin, trois...

— OK, l'interrompit-elle, mais tu es resté bloqué sur le chiffre un. Je ne sais pas ce qu'en penserait Pythagore, mais pour moi, c'est trop peu.

— Qu'est-ce que tu veux dire ?

— Qu'il te reste à me faire l'amour quatre fois pour répondre aux attentes de ton génie des mathématiques.

Elle rit. Il l'embrassa doucement et longuement.

— Et si on trouvait un saxophone ? dit-il en descendant jusqu'à ses mamelons, qu'il lécha et mordilla avec délicatesse. Les instruments à vent se jouent sous l'influence du souffle et des lèvres de l'instrumentiste, et certaines combinaisons de doigté...

Il descendit entre ses cuisses. Elle se détendit, écarta les jambes le plus possible, et soupira lorsque le premier coup de langue de Pablo effleura son clitoris.

Comme presque tous les jours depuis quelques semaines, Gloria la flairait, physiquement, d'une manière sauvage et animale. Lita était consciente que son bonheur et son air épanoui crevaient les yeux de cette femme jalouse, la faisant enrager.

Lita portait l'une de ses plus séduisantes tenues : une veste de tailleur beige très clair sur un chemisier blanc au col et aux manches à volants, des bas ambrés et des souliers rouges à petits talons. Sa peau noire était lumineuse, et, depuis quelques jours, caressée et désirée, vivante comme elle ne l'avait jamais été, elle rayonnait.

Le marquis entra dans la salle de réunion avec les futurs acquéreurs américains. Les plus importants se placèrent autour de la table, les autres cadres, dont Lita, au deuxième rang le long des murs.

Tous se saluèrent, échangèrent quelques impressions avant de s'asseoir. Lita observait la scène avec plus de fascination que d'intérêt. Elle n'interviendrait pas. Pablo, quant à lui, devait présenter les conclusions provisoires de l'audit favorables au rachat. La jeune femme ne se berçait pas d'illusions sur sa position dans la banque, même si elle faisait partie des cadres supérieurs influents. Elle soupçonnait que sa présence autour de la table était due au quota de gens de couleur que don Enrique avait imposé en raison de la présence de Stewart. Sans elle, il aurait été le seul Noir. Elle en avait fait la remarque à Pablo la veille au soir.

— Pourquoi ne changes-tu pas de travail ? lui avait demandé Pablo. Tu es excellente, dans ta fonction.

— C'est difficile...

— Je pourrais t'aider, j'ai des contacts.

Elle aurait voulu lui dire « merci, mon chéri », ou « merci, mon amour » ou encore « j'aimerais que tous les hommes soient comme toi », mais n'en fit rien et le laissa sur un « merci » un peu sec, qu'elle adoucit d'un contact de sa main sur la sienne. Elle aurait pu continuer à le caresser jusqu'à ce que la pulpe de ses doigts se fissure, parce que cet homme avait fait entrer tout un orchestre dans sa vie, une musique mélodieuse, sans autre percussion que les changements de rythme qui la menaient à l'extase et à l'apaisement.

Pablo avait su très vite apporter une réelle harmonie dans sa vie. Elle l'aimait de tout son cœur sans oser le lui avouer. Exit les relations épisodiques qu'elle avait entretenues avec des hommes timorés ou arrogants, pressés et frustrants.

— Tu ne crois pas ce que je dis ?

— Le problème, lui répondit-elle, interrompant ses pensées, c'est que je ne peux pas dévoiler mes ambitions. Les Santadoma sont rancuniers, ils l'ont été avec certains de mes collègues qu'ils ont empêchés de réussir dans d'autres entreprises. S'ils apprennent que je cherche un autre job... Je ne peux pas me permettre de perdre ce travail.

Parce que ce serait le pire moment, songeait-elle le lendemain, installée dans la grande salle du conseil d'administration de la banque. Sa mère sans pension et elle sans travail ; la situation serait très compliquée. Elle n'avait pas encore pris de décision. Que pouvait-elle faire, dénoncer la famille du marquis ? De plus, Concepción ne l'aidait guère : « Que ferai-je à ma retraite ? Où vivrai-je ? Avec toi ? Quel homme voudrait de moi ? »

Le marquis se leva pour prendre la parole, l'arrachant à ses pensées. Sans prêter attention à son discours, elle observa la composition de la table : à la droite de don Enrique étaient installés les Américains. À sa gauche se trouvaient les membres du conseil d'administration de la banque, avec à leur tête la mère de son président, doña Claudia, octogénaire et hiératique comme l'était sa défunte belle-sœur doña Pilar. Tous devaient penser qu'il aurait mieux valu qu'elle ne participe pas à la réunion, mais la dame naviguait sur cette frontière subtile qui sépare la pleine capacité mentale de la sénilité. Et lorsqu'elle exigeait quelque chose, il était préférable de le lui accorder : en tant que vénérable et riche Cubaine blanche, despotique et fantasque, elle était habituée à ce qu'on cède à tous ses désirs.

Lita regardait Pablo. Il avait fait un effort, était vêtu d'une façon plus soignée, et portait une cravate qui épousait cette fois son cou, au lieu d'y pendre comme un ruban défraîchi. Il écoutait le discours ferme et autoritaire, en anglais, du marquis.

Soudain, doña Claudia tira son fils par le coude, interrompant son discours. Don Enrique de Santadoma se pencha vers sa mère qui lui montrait Lita du doigt. La mère et le fils échangèrent quelques chuchotements. L'attente grandit, une certaine perplexité envahit la salle. Doña Claudia gesticulait de plus en plus, élevant la voix alors que le marquis tentait de la calmer.

— Mais que fait ici la fille de la domestique ? s'écria la vieille dame.

La phrase résonna dans toute sa clarté. Des regards interrogatifs furent échangés. Lita sentit un vertige la saisir. Le marquis secouait négativement la tête, cherchait à faire taire sa mère qui ne l'écoutait pas et qui essaya même de se lever de table.

— Une métisse ! s'étrangla-t-elle.

— Mulâtre, bordel !

Ces mots sortirent spontanément de la bouche de Lita, comme si elle les avait prononcés dans un bar ou au milieu d'un parc. Soudain, elle se retrouva face à doña Claudia qui se leva d'un bond :

— Pour qui se prend-elle, cette gamine ? Élever la voix contre moi ! Une mulâtresse ! La petite-fille de nos domestiques. La fille de notre bonne !

Le marquis essaya de calmer sa mère, qui refusa même qu'il la touche.

— Je ne suis pas prête à signer quoi que ce soit qui ait à voir avec cette effrontée !

Les regards étonnés se transformèrent en expressions et murmures gênés devant la menace que doña Claudia ne fasse échouer l'opération.

— Vous leur donnez tout, éducation, maison, travail, poursuivit la vieille dame en désignant Lita, et c'est ainsi qu'ils vous le rendent ! Ingrats ! Retournez tous travailler à la plantation, retournez donc couper les cannes !

La secrétaire personnelle du marquis se précipita vers Lita, et le marquis se jeta presque sur sa mère pour l'empêcher de poursuivre. Il l'obligea à se rasseoir. Lita sentait sur elle le regard des gens qui attendaient sa réaction. Elle tremblait :

— Nous asservir à nouveau, c'est ça ? C'est ce que vous souhaitez ?

— Laissez tomber, Regla, lui conseilla la secrétaire.

— Mais vous avez entendu ce que cette femme a dit ?

— Nous l'avons tous entendu. (La secrétaire la saisit par le bras et la dirigea vers la porte.) Ne faites pas attention à elle, elle est sénile, la tempéra-t-elle.

Mais Lita, ignorant son conseil, proféra alors :

— Oui, je suis une mulâtre, et à coup sûr descendante des esclaves de la plantation du marquis qui coupaient les cannes à sucre. Et ce qui est en train de se vendre à cette table n'est autre que le produit de leur sang, de leur vie ! Probablement la vie de l'un de mes ancêtres, mort sous le fouet des Santadoma ! Eh bien, oui, ma mère est au service du marquis depuis sa naissance, et il n'empêche que peu de personnes dans cette salle lui arrivent à la cheville !

Certains s'étaient déjà levés.

— Laisse tomber, Regla, lui conseilla un collègue.

— Sors, lui conseilla un autre. N'en rajoute pas.

Lita se laissa entraîner par la secrétaire du marquis. Elle ne put lire dans les yeux de celle-ci le moindre sentiment de culpabilité, tout au plus de la contrariété. Le regard de doña Claudia, en revanche, était menaçant et empli de colère.

7

Cuba, Sierra del Rosario, printemps 1864

Le murmure de l'eau qui coulait en aval, le gazouillis des oiseaux et le bruissement de la végétation au passage des animaux en fuite, tous ces sons accompagnaient Kaweka assise sur un rocher, en train de contempler le paysage infini qui s'offrait devant elle, éblouissant sous le soleil couchant. C'était la même teinte rouge sang qui embrasait le ciel du moulin quand les esclaves revenaient des champs de canne : cette couleur planait sur eux, purificatrice, annonçant le silence de la nuit. La forêt dense et profonde, en haut de la Sierra del Rosario, à plusieurs jours de voyage de La Merced, protégeait la jeune fille des regards.

Elle inspira fort, comme pour abreuver de liberté l'enfant qu'elle portait dans son ventre. Cela faisait trois mois qu'elle s'était pliée à la volonté du vieil Eluma et qu'elle avait fui la plantation, sans pour autant cesser de penser à son amant et à sa mère protectrice. Elle les avait abandonnés tous deux sans explication, sans même leur dire au revoir.

— J'allais devenir libre ! avait-elle imploré Eluma.

— Aucun Noir, aucun Blanc, pas même le marquis, ne peut acheter celle qui appartient aux dieux !

— Mais on a le droit d'aimer, non ? Est-ce que les dieux nous interdisent ça aussi ?

— Les dieux ne t'ont pas interdit d'être enceinte, fit valoir le babalao*. Tu ne l'as révélé à personne, mais moi je

* Prêtre, en langage yoruba, qui personnifie la sagesse.

sais que tu l'es, et tu es ici pour apprendre à pénétrer l'âme des gens comme je le fais.

— Tu m'as dit que Modesto viendrait dans les montagnes, qu'il me rejoindrait et me suivrait...

— S'il t'aime, rien ne pourra l'en empêcher.

— Il m'aime.

— Alors il te rejoindra.

« Et s'il se sentait trahi ? » pensa-t-elle sans oser l'exprimer. Ne lui avait-il pas proposé une nouvelle vie, ne s'était-il pas entièrement donné à elle ? Après un tel abandon de sa part sans explication, ne cesserait-il pas de l'aimer ?

Le prêtre devina ses doutes et voulut les dissiper, tout en sachant que Modesto ne reviendrait pas :

— Un peu de patience, Gabino va mettre du temps avant d'arriver à La Merced.

Le colporteur exerçait son commerce dans les tavernes, les sucreries, les plantations de café et dans les enclos de la vallée et de la sierra. Il attendait que les marrons viennent à lui pour procéder aux trocs : miel, cire sauvage, marchandises, fruits et produits volés dans les fermes voisines et échangés à bas prix contre du sel, des armes, des marmites ou des outils. Les esclaves fugitifs ne pouvaient vendre leurs productions qu'à des gens de confiance qui profitaient de leurs besoins. Gabino était l'un de ceux avec qui ils échangeaient le peu qu'ils avaient, contre ce qui était nécessaire à leur survie dans le palenque.

Dès qu'il apparut, le babalao se rendit auprès de lui et lui demanda d'adresser à son retour le message suivant à Modesto : « Qu'il oublie Kaweka, car la jeune femme a trouvé ici une liberté que son amant ne pourra jamais lui offrir, car comment rivaliser avec les orishas ? Kaweka est l'élue de ces dieux, et aucun homme ne doit se mettre en travers de son chemin et de son apprentissage. »

Gabino grimaça en écoutant le message. Le colporteur respectait le vieux babalao, qui bénéficiait de l'estime de toute la communauté. Il l'avait vu guérir des malades, parler aux divinités comme un vrai prêtre, loin de ces charlatans qu'il rencontrait sur les routes. Après une brève hésitation, il avait accepté de transmettre le message tout en se signant, comme si le seul fait d'avoir hésité était une insulte aux dieux, et s'était juré de garder le secret.

Kaweka luttait contre le remords. Elle vivait entre le mirage de ses futures éventuelles retrouvailles avec Modesto, et sa maternité naissante et cachée. Elle souhaitait que l'enfant soit de lui. Quel qu'il soit, il naîtrait libre, et sa joie n'était assombrie que par l'idée que mama Ambrosia, qu'elle avait abandonnée, ne le connaîtrait pas. Le babalao tenta de la rassurer quand elle lui confia, en pleurs, combien elle se sentait coupable.

— Ambrosia sera heureuse de ta décision, la raisonna le prêtre. Toute sa vie, elle s'est battue pour la liberté des esclaves. Tu l'as aidée. Savoir que toi, qu'elle a protégée et éduquée, tu perpétueras la mémoire de nos dieux et de nos croyances au lieu de rester cantonnée à La Havane comme une affranchie parmi les autres, lui permettra de se présenter aux orishas avec cette offrande exceptionnelle. Elle vous garantira toutes deux de leur bienveillance, et d'une renaissance dans une nouvelle vie pleine de joies et de bienfaits.

Eluma instruisait Kaweka selon la religion des Yorubas. Quelques jours après leur arrivée dans la montagne, après les rites accomplis grâce aux maigres moyens dont ils disposaient, les seize marrons du palenque se réunirent autour d'un grand ceiba, au pied duquel le babalao initia officiellement Kaweka à la Regla de Ocha, la religion de la santería. Les chants s'élevèrent et résonnèrent grâce à ce qui avait pu être substitué aux tambours sacrés : des troncs creux, des bâtons... Et Kaweka se déhancha dans une danse inédite et endiablée.

Les marrons criaient, l'encourageaient. Certains la rejoignaient à tour de rôle, jusqu'au moment où Yemaya, déesse de la mer, représentante de la fertilité et de l'amour maternel incarnée dans la Vierge de Regla, la chevaucha. Kaweka entra alors dans une transe longue et profonde. Sous les traits de la jeune fille, la divinité riait bruyamment, s'éventait, dansait en simulant le mouvement de déferlement des vagues dans la tempête, se convulsait. L'extase et l'enchantement ambiant, la multitude d'esprits qui se manifestèrent dans toute la montagne furent tels que tous comprirent la raison qui avait poussé Eluma à arracher à La Merced une femme qu'ils allaient désormais admirer, craindre et respecter.

Dès son initiation, le babalao avait révélé à Kaweka les secrets des herbes et des plantes de la brousse, lieu sacré qu'il lui apprit à déchiffrer et à respecter.

— C'est notre église à nous. La forêt est le temple des dieux et des esprits bénéfiques ou maléfiques.

— Mais pourquoi on continue à adorer les dieux chrétiens ? s'enquit-elle. Si nos frères vivent ici, est-ce qu'il ne vaudrait pas mieux revenir à nos racines, loin de l'influence des Blancs ?

— Parce que les Noirs cubains ont déjà assimilé le brassage de ces religions et ne comprendraient pas. Ne sous-estime pas le pouvoir de ces saints, car ils en ont.

Le soir, Kaweka écoutait avec tous les nègres marrons réunis dans le palenque les récits sacrés de la santería.

Le babalao lui apprit le rituel des offrandes et des sacrifices pratiqués par les fidèles, et supervisa son apprentissage du métier de guérisseuse :

— Tu as des mains de guérisseuse, une vertu que les dieux n'accordent qu'aux élus. Tu as le pouvoir de guérir les malades sous l'effet d'un maléfice ou d'une punition de leur part. Ta mission consiste à les apaiser et à les convaincre. La magie est en toi. Parfois tu y arriveras, parfois non.

Kaweka se souvint des malades qui la retenaient et s'accrochaient à elle à l'infirmerie. Alors qu'elle se contentait d'attendre passivement la décision divine, aujourd'hui elle comprenait, après avoir entendu les paroles d'Eluma, qu'il fallait susciter la volonté des dieux, jusqu'à les faire changer d'avis.

Ce soir-là, elle aidait les deux autres femmes qui faisaient partie du groupe des esclaves fugitifs à préparer le dîner : du *funche* à base de farine de banane, de sucre et de viande salée. Ils avaient établi le palenque près du sommet d'une falaise boisée de la Sierra del Rosario, autour d'une des nombreuses grottes s'ouvrant sur une clairière, et à l'entrée de laquelle brûlait un feu couvant qui ne devait pas attirer l'attention des chasseurs d'esclaves. L'endroit était peu accessible. Il n'y avait pas de sentier, et les marrons évitaient de frayer un chemin avec leurs pieds, même s'ils avaient, par mesure de précaution, parsemé les environs de pièges faits de pieux aiguisés cachés dans les fossés et les trous, disposés de manière à transpercer les pieds et les jambes de ceux qui y tomberaient.

Les marrons étaient à l'aise dans cet environnement. Ils cultivaient même de petites parcelles de terre qui leur fournissaient du blé. Malgré leurs précautions, ils savaient qu'un jour ou l'autre ils devraient quitter leur refuge.

Même Mauricio, l'un des plus jeunes, en était déjà à son troisième palenque. Lorsque les chasseurs les découvraient, quelques marrons résistaient pour les distraire afin que les autres puissent s'enfuir. Ensuite ils se retrouvaient ou pas, et partaient alors seuls ou ensemble à la recherche d'un autre groupe de fugitifs. Parfois, certains erraient seuls dans les montagnes et dans les marécages.

Ils prenaient leur repas du soir, assis sur des rochers, des chaises ou des tabourets branlants, d'autres par terre près du feu :

— Ton homme ne viendra pas !

La phrase sortit brusquement des lèvres de Felipe qui avait pris la tête du groupe des marrons : un Noir costaud, taiseux et ombrageux. Il revenait d'une incursion dans la vallée de Mariel, où quelques fabriques sucrières s'étendaient sur des terres sauvages et s'enfonçaient jusqu'à la mer.

La jeune femme leva la tête, tandis qu'Eluma restait concentré sur son bol de *funche* : il connaissait déjà la nouvelle, pour avoir lui-même donné ses instructions à Gabino. Mama Ambrosia avait averti Modesto, alors qu'il s'apprêtait à partir retrouver Kaweka : « Oublie-la. Tu ne la retrouveras jamais. Si tu la reprenais, elle serait déshonorée, et les esprits qui la protègent aujourd'hui la tourmenteraient alors sans pitié. Tu ne voudrais pas lui faire de mal ? Cette fille appartient à tous les Noirs, pas seulement à toi ! » Puis, comme Modesto insistait, elle avait enfoncé le clou : « Depuis qu'elle est arrivée dans cette île, elle n'a cessé de lutter pour la cause des esclaves noirs. J'ignore ce que lui feraient les dieux, mais si tu osais la perturber, eh bien, moi, Ambrosia, je te jure que je lâcherais sur toi tous ceux qui me sont reconnaissants de leur avoir sauvé la vie. » « Voilà ce qui s'est passé », conclut Eluma.

— Tu mens, l'accusa Kaweka.

Elle se méfiait de lui. Le chef des marrons la respectait tout autant que les autres, mais la jeune femme avait souvent dû soutenir son regard pour chasser le désir qui se lisait dans le sien. Les hommes du palenque n'osaient pas la convoiter, même s'ils étaient treize ne cohabitant qu'avec trois femmes. Les pulsions, incontrôlables, provoquaient des tensions continues. Certains couchaient avec les deux autres femmes, ce qui donnait lieu à des bagarres. Les autres trouvaient à se satisfaire lors de leurs visites aux sucreries et aux plantations de tabac, tandis qu'un petit nombre goûtait cette satisfaction entre eux.

— Gabino nous a apporté des nouvelles de la part de ta mère, poursuivit Felipe. Ambrosia lui a dit que ton affranchi avait choisi de rester en ville avec le médecin, au service des Blancs. C'est un lâche.

Kaweka sursauta, puis interrogea du regard Mauricio qui avait accompagné Felipe dans son voyage à La Merced. Le jeune homme confirma d'un mouvement de lèvres les propos de son chef.

— Peut-être qu'il n'a pas pu venir, hasarda la jeune femme.

— Non, je suis sûr qu'il ne serait pas venu de toute façon, lui rétorqua le chef. Il ne se soucie guère de toi. Tu veux qu'on lui envoie un autre message pour lui dire que t'es enceinte ?

Kaweka ne fut pas étonnée. Sa grossesse n'échappait plus, depuis un certain temps, aux regards. Les hommes évitaient le sujet, y compris Eluma.

— Qui t'a dit qu'il était le père ? répliqua Kaweka. Je vivais avec un autre homme, au moulin.

— Ça te fait plaisir de faire souffrir les hommes, c'est ça ? repartit le babalao, qui ne supportait pas qu'elle puisse désirer un autre homme que lui. Mais ce type, lança-t-il en battant l'air de la main comme s'il chassait un insecte, est incapable de souffrir. Ambrosia a dit qu'il n'avait pas voulu prendre le risque de partir de La Merced.

Kaweka regarda alors Eluma d'un air dubitatif. Il lui répondit en haussant les épaules et en ouvrant les paumes, comme s'il ne lui appartenait pas d'inciter Modesto à la rejoindre.

Kaweka se sentit humiliée, là, devant Felipe qui se réjouissait de son désespoir.

— Ton homme n'a pas eu le cran de te rejoindre, jubilait-il. Il s'est adapté à la vie des Blancs, son travail est reconnu, il est habité par l'espoir de retrouver sa liberté, ce droit inaccessible aux autres. Pourquoi se donner la peine de venir dans la sierra pour vivre dans la crasse et la clandestinité, toujours à l'affût des *rancheadores* ? C'est un lâche !

La Havane, La Havane, La Havane : Kaweka pensa aux milliers de fois où Modesto avait prononcé le nom de cette ville. Leur paradis, leur terre promise, là où vivaient les riches et où tous deux allaient être heureux, acheter une maison et élever leurs enfants. « Quelle naïve je suis », pensa-t-elle. Si son destin était de combattre les Blancs, celui de Modesto était de conquérir La Havane. Comment avait-elle pu imaginer qu'il allait renoncer à un tel avenir, pour une femme qui l'avait abandonné sans explication ?

Son rêve venait de se briser. Les larmes lui montèrent aux yeux, elle ne fit rien pour les empêcher de couler. Elle regarda Eluma : c'était un homme bon, mais dont l'objectif premier était de préserver le dessein des dieux. Il ne pouvait donc comprendre son âme de femme et de future mère. Kaweka posa son bol, se leva et s'enfonça dans le fourré qui entourait le palenque.

— Si tu t'es donnée à tant d'hommes à La Merced, tous ces esclaves pleutres et soumis, entendit-elle Felipe vitupérer dans son dos, pourquoi cette chasteté, maintenant avec nous qui avons défié les Blancs ?

Kaweka, qui s'était éloignée, s'arrêta parmi les arbres, accusant les reproches du chef.

— Toi, la combattante de la liberté ! Tu as amené Mauricio ici et tu en as encouragé tant d'autres à fuir ! Et maintenant, tu nous traites comme des pestiférés ! C'est ça, que les dieux te conseillent ?

Il avait raison. La déception engendrée en elle par la décision de Modesto céda le pas à un déferlement d'images, de souvenirs d'une vie consacrée au but qui avait illuminé ses journées depuis qu'elle avait débarqué sur cette île maudite. Elle avait accompagné des suicides, provoqué des avortements, aidé à des évasions et même souhaité la mort de malades. L'image des dos ensanglantés des deux esclaves à qui elle avait volé les machettes lui revint et la révulsa. Elle avait abandonné tous ces combats pour le rêve naïf et fantasque d'un avenir avec un affranchi qui ne l'aimait pas assez pour tout quitter et la rejoindre. Pour autant elle ne pouvait pas lui en faire grief : c'était elle qui était partie dans les montagnes. Et maintenant, elle se retrouvait plongée dans une tout autre réalité : celle des hommes qui abandonnaient leur refuge pour partir troquer de la cire contre des armes destinées à obtenir leur liberté, ou de la nourriture pour leur communauté. Une vie simple et dangereuse.

Elle devait oublier Modesto. Elle était Kaweka, l'élue des dieux, appelée à se battre pour libérer les esclaves. Elle sortit du fourré et se plaça au centre du palenque. Tous arrêtèrent de manger puis de parler, et la regardèrent avec surprise.

— Tu as raison, mais ce n'est pas toi qui profiteras de moi. Ici, aucun maître, aucun commandeur ne pourra m'imposer un homme.

— Ça suffit ! tonna le babalao devant la réaction immédiate de Felipe qui se leva, une main portée à sa machette.

Le chef et le prêtre se jaugèrent du regard.

— Elle est libre comme ceux qui ont fui, continua Eluma d'un ton menaçant, et c'est grâce à elle qu'ils ont pu le faire. Tu veux que les dieux détruisent notre palenque ?

Le murmure avec lequel les marrons accueillirent cet avertissement acheva de faire reculer Felipe.

Le babalao retrouva Kaweka sur les flancs boisés de la montagne, en train de cueillir des herbes abortives.

— Yemaya est la gardienne de la maternité, la semonça le vieil homme quand elle lui eut avoué son désarroi devant sa grossesse. La déesse ne verrait pas d'un bon œil que tu n'accouches pas, elle serait furieuse ! Ici, on n'est pas au moulin, ton enfant ne naîtra pas esclave.

— Je ne désire pas ce bébé.

Elle n'en voulait pas, en effet. Car Santiago en était peut-être le père, ce Noir violent qui se comportait mal avec les femmes, comme tous les hommes. Elle ne lui en voulait pas, il n'était pas pire que les autres, mais il n'était plus pour elle qu'un souvenir fugace, tout comme Faustino et son père, tout comme Aparicio et tant d'autres qui avaient été les témoins d'une vie qu'elle cherchait à oublier. Néanmoins, de temps à autre, ces fantômes apparaissaient et la harcelaient avant de disparaître dans l'air pur de la sierra, le ruissellement de l'eau et la symphonie des bruits de la nature.

En revanche, la possibilité que Modesto l'ait mise enceinte provoquait en elle un sentiment différent. Cet homme qui, en entrant dans sa vie, avait transformé sa misère en beauté, la plongeait maintenant dans la désolation en la délaissant.

Les femmes esclaves ne devaient pas éprouver de sentiments ni se laisser aller à leurs émotions, Kaweka le savait, or elle avait commis cette erreur. Combien de fois mama Ambrosia l'avait-elle mise en garde ? Modesto lui avait offert une lueur d'espoir. Elle entendait le battement des tambours lors de leurs étreintes. Elle avait cru l'aimer et en être aimée.

Eluma la menaça de l'abandonner si elle tuait le bébé qu'elle portait. La jeune femme, entourée de ces sommets boisés foisonnant de vie, loin du claquement des fouets, se trouva alors plongée dans un conflit intérieur aigu : parfois, quand elle sentait le fœtus bouger en elle, une sensation de plénitude l'envahissait, d'autres fois, il était comme un fardeau que Santiago ou Modesto lui avait imposé.

C'est au cœur de ces contradictions que survint la naissance, le matin du troisième jour de pluies torrentielles qui semblaient vouloir dénuder les falaises et déraciner les arbres les plus robustes de la montagne.

Elle se réfugia à l'intérieur d'une grotte où les deux autres femmes avaient fabriqué une chaise d'accouchement, débarrassée de son siège et sous laquelle était posée une bassine garnie d'une couverture destinée à recueillir l'enfant. Eluma ceignit le ventre de Kaweka d'un tissu bleu, la couleur de Yemaya, et plaça à côté de la chaise une statuette de San Ramón Nonato devant laquelle elles allumèrent une bougie pour la prière. Elles invoquèrent l'aide de la déesse et firent boire à Kaweka des infusions de quinquina et de pois doux. Elles priaient, mais le travail s'éternisait entre souffrances et contractions. De temps à autre, l'un des marrons s'arrêtait au seuil de la grotte pour jeter un coup d'œil vers la jeune femme assise sur la chaise trouée, en sueur dans l'atmosphère humide, les traits crispés, la mâchoire serrée sous l'assaut des contractions. Certains posaient des questions, d'autres offraient vainement leur aide, puis repartaient.

Quant à Felipe, il se souciait peu de l'état de Kaweka. Il alla même jusqu'à refuser d'apporter une deuxième bougie quand la première fut consumée après des heures de prière au saint patron des parturientes.

— On ne peut pas manquer de bougies à cause d'une naissance que les dieux ne favorisent pas, objecta-t-il.

Au fil des heures, Kaweka, épuisée, terrifiée, redoutant une nouvelle contraction, remarqua que les prières autour d'elle se réduisaient à une litanie monotone. La grotte résonnait du bruit d'un déluge qui présageait le pire. Eluma tenta de réconforter la jeune femme en lui annonçant une aurore que l'on percevait à travers la couche de nuages gris et l'écran de pluie qui obstruaient la lumière. Kaweka, la tête penchée sur la poitrine, était incapable d'exprimer le moindre mot.

— Lutte ! l'exhortait le babalao. Si tu meurs, tu deviendras un esprit errant, une âme en peine !

Kaweka réussit à lever la tête et à regarder le vieil homme de ses yeux vitreux. Il la saisit par les épaules et la secoua :

— Reprends tes esprits ! Invoque ta déesse ! Dis-lui que tu aimes cet enfant, demande-lui de t'aider !

Kaweka ébaucha un geste las pour qu'il s'approche d'elle. Eluma pencha son oreille tout près de ses lèvres :

— Il me portera malheur, lui souffla Kaweka.

— Laisse les dieux décider du sort de cette créature ! Fais-le pour toi, pour moi, pour tous les esclaves… Pour mama Ambrosia !

En entendant le nom de la nounou, les yeux congestionnés de la jeune femme semblèrent s'illuminer.

— Elle ne te le permettrait pas, argumenta le babalao, profitant de la réaction de Kaweka.

La mention de mama Ambrosia lui avait rappelé la nurserie, et les bambins qui se jetaient dans ses bras. « Laisse les dieux décider de leur sort », lui avait-elle dit un jour, attendrie par toute cette joie.

Ce fut une petite fille, qu'on appela Yesa. Dès qu'elle la prit dans ses bras, Kaweka n'eut alors plus le moindre doute sur l'identité du père, Modesto. Elle attribua cette certitude à la sensation qui monta en elle, celle d'un nouveau monde et d'un lien qui, au simple contact du bébé qu'elle embrassa sur son front encore visqueux, fit jaillir d'elle un cri libérateur et purificateur suivi d'un rire joyeux.

Kaweka l'allaitait. Lorsqu'elle sortait du palenque pour apprendre les vertus des herbes dans la forêt, ou pour accompagner Eluma et apporter des soins à un malade, c'est aux deux autres femmes que revenait la garde de sa fille. Les chasseurs d'esclaves ne les découvrirent pas. Kaweka se consacra à l'apprentissage de la santería auprès du babalao, en même temps qu'au soin des esclaves dans les sucreries, les plantations de café et les enclos des environs.

La petite Yesa grandissait et devenait le centre d'attention des membres de la communauté. Kaweka, impatiente de profiter d'elle à son retour, le soir, avait du mal à la leur arracher. Elle la tenait alors longtemps dans ses bras, et se réfugiait ainsi dans ses rêves. Seuls Felipe et ses inconditionnels méprisaient l'enfant, se plaignaient de ses cris, exigeaient qu'elle se taise et qu'on l'enferme dans une grotte.

L'arrivée de Yesa avait libéré l'esprit de Kaweka. Si Modesto restait présent dans sa mémoire, son visage s'estompait, tout comme ceux de sa mère et de Daye, sa petite sœur jetée à la mer. Parfois cependant, ce qu'elle avait partagé avec le jeune affranchi lui revenait avec force. Alors, en proie à l'angoisse et à la douleur, elle allait tantôt se réfugier auprès de son bébé, tantôt invoquer les divinités.

Deux marrons d'un autre palenque ramenèrent un jour un blessé pour le faire soigner par Eluma. Sa poitrine et son bras droit étaient rongés d'ulcères. Il était tombé et avait dévalé la montagne plusieurs mois auparavant, les arbres et les rochers lui avaient causé de multiples blessures. Certaines avaient cicatrisé, et d'autres s'étaient infectées et restaient ouvertes et purulentes malgré les soins prodigués. Le babalao prescrivit un cataplasme de menthe poivrée macéré dans du rhum, que Kaweka appliqua sur les plaies.

L'homme, entouré de ses deux accompagnateurs qui lui maintenaient les pieds et les mains, fut allongé dans une grotte sur un lit de feuilles sèches. Eluma surveillait l'équipe :

— Tenez-le bien... Oui, comme ça.

Kaweka enduisit plusieurs fois les plaies de l'homme, qui hurlait sous l'effet de la brûlure du cataplasme. Deux jours durant, tous prièrent et implorèrent les saints, ce qui n'empêcha pas les blessures de s'aggraver. Eluma changea de traitement et expérimenta un exsudat d'écorce de guaguasi mélangé à une poudre des feuilles du même arbre.

Rien n'y fit : l'infection progressa, la fièvre monta. Felipe échangeait des regards en coin avec ses acolytes ; il avait du mal à cacher sa satisfaction devant l'échec de Kaweka.

Les gémissements du malade, les chants de quelques Noirs et les prières d'Eluma envahissaient la grotte, résonnant sur la pierre. Les sanglots du malade, les mélopées étouffées de quelques hommes et les prières du babalao retentissaient contre les parois. Kaweka, assise par terre, les yeux clos, se mit soudain à chanter et, sans se lever, les bras écartés, secoua ses épaules et son buste dans une danse infernale. Sa voix changea : la déesse parlait à travers elle... Elle continua ainsi, chantant et dansant, les bras tendus au-dessus du malade.

Soudain elle sembla se vider, ruisselante de sueur, son épuisement contrastant avec la violence de ses mouvements, qui s'interrompirent. Le silence envahit les lieux, même le malade se tut. Quelques instants passèrent sans que personne ne bouge, puis elle se mit à quatre pattes et, tel un chien, lécha les plaies purulentes de l'homme. Les marrons détournèrent les yeux et certains reculèrent, réprimant des haut-le-cœur.

Kaweka poursuivit son rituel jusqu'à passer sa langue sur tous les ulcères. Après avoir repris conscience, elle parcourut la foule d'un regard qui se fixa un instant, furieux, sur Felipe, puis elle s'écroula.

Le malade recouvra la santé. Ainsi Kaweka s'affirma-t-elle dans sa position de guérisseuse et, après son apprentissage auprès d'Eluma, elle devint une prêtresse de la santería reconnue dans ce palenque et les autres refuges de la chaîne montagneuse de Guaniguanico. Elle soigna d'autres blessés, sans pouvoir les sauver tous, mais le bruit de ses guérisons et de son contact magique et profond avec les orishas se répandait. Le besoin de croire au divin, aux orishas et à leur pouvoir d'aider les esclaves, magnifiait celui attribué à Kaweka dans l'esprit d'hommes et de femmes simples, sans éducation. Leur religion leur permettait de s'affirmer, de résister, de faire face à une vie qui perdait son sens sous le pouvoir des maîtres qui ne les considéraient que comme un investissement, égal à celui d'un cheval ou d'une machine. Kaweka représentait cet esprit, incarnait cette lutte, maintenait vivant le lien entre les Noirs et leurs racines. Le respect dont elle jouissait jusque-là se transforma en dévotion.

Les Noirs libres ou émancipés qui vivaient de leurs petits emplois faisaient parfois appel à elle, ainsi que les fabriques sucrières, les plantations de tabac et de café qui subsistaient encore dans la région, plus que modestes en comparaison des exploitations comme La Merced. Dans certaines d'entre elles, des pactes de non-agression avaient été conclus entre les propriétaires et les marrons : les Blancs consentaient à leur présence et leur donnaient même des biens en guise de tribut. Il y avait peu de médecins, pas davantage de chirurgiens *romancistas*, comme Cirilo, qui n'avaient pas étudié la médecine à l'université, et dont le savoir se limitait à l'application de quelques techniques. Les infirmiers, eux, manquaient de formation et de connaissances. Une plantation artisanale de café, cachée dans la partie la plus escarpée des montagnes, et qui comptait une douzaine d'esclaves noirs, avait fait appel à leur groupe. L'une des esclaves souffrait d'un excès de bile : le blanc de ses yeux avait viré au jaune, ce qui ne présageait rien de bon.

— Elle est simplement vieille, expliqua le babalao à Kaweka devant ses vains efforts.

— Enfuis-toi dans la sierra, souffla Kaweka à un jeune homme qui l'observait, fasciné, après le spectacle d'une de ses transes auprès d'une malade. Fuyez ! Révoltez-vous ! suggérait-elle chaque fois aux esclaves.

Car elle ne se satisfaisait pas de son rôle de prêtresse et de guérisseuse.

— À quoi servent les dieux, et la guérison des esclaves, s'ils sont toujours enchaînés ? Pour qu'ils travaillent plus dur pour leurs maîtres ? Ce n'est pas moi qui les y aiderai ! dit-elle un jour à Eluma.

C'est ainsi qu'elle reprit, à travers ses visites dans les plantations, son combat pour la liberté des esclaves. Parfois, elle réussissait, mais souvent, ils hésitaient à s'enfuir dans un palenque dirigé par un chef aussi dur que Felipe et son groupe.

— Ils boivent, justifiaient-ils, ils traitent les femmes avec mépris, ils sont arrogants, et ils se sentent supérieurs à nous parce qu'ils se sont enfuis ! En plus, ils jouent et perdent aux tables des tavernes le peu d'argent qu'ils obtiennent de leur tribut et de leur troc.

— Profitant ainsi du travail des autres marrons ! les dénonça Kaweka à Eluma.

— On ne peut pas vraiment en être sûr, soupira le vieil homme.

— Moi, je peux m'en assurer.

— Ne cherche pas davantage d'ennuis avec Felipe, Kaweka. Ça ne ferait que nuire à notre cohabitation, et la sécurité du palenque dépend de notre entente.

En effet, la tension entre elle et le chef du groupe ne cessait d'augmenter.

— Ça suffit ! lui cria Felipe en se ruant sur elle, le jour où elle arriva avec un petit mulâtre. Y a plus de place, chez nous ! On n'a rien à manger, et on va finir par attirer les *rancheadores* !

— La montagne ne t'appartient pas, protesta Kaweka. Si t'as peur, tu peux partir. D'autres te suivront, ajouta-t-elle en jetant un regard courroucé aux hommes qui l'escortaient.

— Tu romps les accords qu'on a conclus avec les planteurs. Ce gamin, maugréa Felipe en désignant le mulâtre, appartient à Jaime Ruiz...

Ils s'interrompirent devant d'autres marrons venus assister au conflit.

— Aucun Noir n'appartient à aucun Blanc !

— Jaime nous donne du sucre et des bananes pour qu'on ne l'embête pas. C'est grâce à cet accord qu'on arrive à manger !

— Non, c'est grâce à ça que tu joues dans les tavernes, c'est avec ça que tu te paies des femmes !

— Menteuse ! se défendit Felipe en poussant violemment Kaweka la faisant tomber.

Eluma s'interposa, quelques marrons essayèrent de jouer les médiateurs.

— Voleur ! l'accusait Kaweka, encore au sol.

L'un des comparses de Felipe dégaina alors sa machette. Eluma lui saisit le bras et le plaqua par terre.

Kaweka essaya de se relever, mais Felipe la repoussa de son pied. Elle roula sur elle-même et lui mordit le mollet. Un autre la frappa à la tête à plusieurs reprises. Mauricio bondit sur le duo. Plusieurs marrons l'imitèrent, tout en affrontant les acolytes de Felipe. Eluma maintenait toujours le porteur de machette au sol, d'autres faisaient de même avec le meneur quand certains parvinrent à faire lâcher à Kaweka le mollet de leur chef.

La plupart tentaient de rétablir la paix. Felipe, toujours retenu par ses acolytes qui l'empêchaient de s'approcher de Kaweka, lui cria :

— Tu veux diriger un palenque ? Les dieux t'ont élue pour être leur médiatrice et pour soigner les gens, d'accord, mais pas pour être à la tête d'une bande, alors que t'as même pas le temps de t'occuper de ta fille, termina-t-il en désignant du menton la petite Yesa, qui rampait nue entre les pieds des marrons.

— Ne mêle pas ma fille à tout ça. Elle n'a rien à voir avec les dieux non plus. Ils se moquent bien de qui contrôle ce palenque, et j'ai aucune envie de te remplacer. Mais le chef de ce refuge doit être honnête. Il ne peut pas voler de l'argent pour jouer avec !

— Voler ! répéta Felipe, prêt à se jeter sur elle.

Il finit par se calmer, se dégagea des bras de ceux qui le retenaient, et, se tournant vers les autres :

— Qui ici n'a pas détourné quelques pièces de ce qu'il gagne dans nos plantations alliées, pour le jouer ou s'envoyer un verre d'aguardiente ou de rhum dans les tavernes ? Qui n'a pas donné un peu de grain, de miel ou quelques bananes à une femme pour pouvoir la baiser ?

Il regarda les marrons, les encourageant de la main à répondre et, à la grande surprise de Kaweka, ceux-ci restèrent silencieux. Elle ignorait que, lorsqu'ils descendaient dans les vallées, les hommes se distrayaient dans les tavernes et cherchaient le plaisir auprès des femmes esclaves, qui espéraient toujours un petit cadeau.

Un sourire cynique se dessina sur les lèvres de Felipe. Les autres commencèrent à se retirer, penauds, pensant avoir déçu Kaweka. L'une des femmes prit Yesa dans ses bras et la tendit à Kaweka qui la serra fort contre elle. Felipe n'avait pas tout à fait tort : s'occuper des malades et être au service des dieux l'obligeait à s'absenter souvent plusieurs jours d'affilée. Elle embrassa sa fille sur le front et s'accusa d'avoir renoncé à la voir grandir. Elle n'avait même pas assisté à ses premiers pas. Un jour, en revenant au palenque, elle l'avait aperçue courir nue dans la montagne.

— Tu as gagné, accorda-t-elle à Felipe. Continue à veiller sur ce palenque.

— Je ne peux le faire que si tu arrêtes d'encourager la fuite des hommes qui appartiennent à ceux qui nous aident. Les esclaves sont rares, et chers. Si les propriétaires en perdent trop, ils s'en prendront à nous.

— Alors prépare-toi, parce que je continuerai.

— Écoute-moi bien, Kaweka, ça fait des années que j'échappe aux *rancheadores*. Je les connais. Ils sont cruels et tuent les marrons sans pitié. Je leur échapperai encore, c'est sûr, mais si tu continues comme ça, un jour viendra où tu trouveras ceux que tu as amenés ici morts ou captifs, y compris ta fille. Personne ne peut s'enfuir dans la sierra, courir avec une gosse dans les pattes pour échapper aux crocs des molosses, la menaça-t-il en désignant Yesa. Tous ceux qui l'aiment tant aujourd'hui l'abandonneront sans hésiter. Penses-y.

Kaweka réfléchit aux avertissements de l'homme et, malgré son aversion pour lui, elle comprit qu'il avait raison. Le nombre de nègres marrons avait augmenté de dix dans le palenque depuis qu'elle avait commencé à encourager les esclaves à prendre leur liberté. La nourriture devenait rare. Les nouveaux ne savaient ni chasser ni pêcher. Elle devait aussi veiller à sa propre sécurité et à celle de Yesa.

Elle se rendait dans les plantations, accompagnée d'Eluma et d'un ou plusieurs marrons prêts à troquer ou, tout simplement, à voler de la marchandise. Les voyages étaient longs et pénibles, et surtout dangereux, avec une si petite fille. Elle était obligée de la laisser au palenque.

Un jour, sur le chemin retour d'une mission dans une modeste sucrerie située près de la rivière San Claudio, à moins de deux jours de route, Eluma lui fit un aveu alors qu'ils marchaient en silence dans les fourrés, lentement, au rythme du pas du babalao. Cette petite fabrique sucrière comptait une vingtaine d'esclaves, épaulés par quelques Noirs libres sous contrat. Pas de main-d'œuvre chinoise ou blanche, et les machines tout autant que les locaux étaient vétustes.

— Je ne peux pas profiter des femmes parce que je suis prêtre, osa lui confier Eluma, alors un cadeau… est toujours le bienvenu.

Kaweka ne répondit pas.

— Je suis un homme, insista-t-il.

Le lien harmonieux qui les unissait s'était peu à peu rompu. La jeune femme lui témoignait toujours le respect qui était dû à son statut de prêtre de la communauté – les femmes ne pouvant pas dépasser le rang d'iyalochas, un grade inférieur à celui du babalao dans la hiérarchie de la Regla de Ocha –, mais leur relation s'était détériorée.

Pendant plusieurs mois, Kaweka n'encouragea plus aucun esclave à s'enfuir. « C'est une bonne décision », l'encouragea Eluma, mais elle n'était pas de cet avis. Rester passive face à l'injustice de l'esclavage la mettait en rage. Pour autant, chaque fois qu'elle se séparait de sa fille âgée maintenant de deux ans, elle appréhendait de ne pas la retrouver à son retour, et la crainte que les chasseurs d'esclaves n'aient dévasté les lieux en son absence ne la quittait pas.

La matinée s'achevait, c'était une journée paisible et ensoleillée. Elle revenait, souriante, dans la clairière qui s'ouvrait devant les grottes. Les marrons flânaient ou vaquaient à leurs occupations, pourtant elle sentit que quelque chose n'allait pas. Ils ne la regardaient pas en face, détournant même leur regard. Elle chercha sa fille des yeux. Elle devait être en train de jouer quelque part, peut-être s'était-elle éloignée dans la forêt… L'une des femmes apparut à l'entrée d'une grotte, la regarda sans parler.

— Qu'est-ce qu'il y a ? demanda Kaweka, la gorge nouée.

— Yesa…

La fillette avait de la fièvre. Eluma était en train de l'examiner. « Prie ! » fut le seul conseil du prêtre à Kaweka.

Tous hésitaient entre les poussées dentaires et les vers, ou les deux à la fois. Kaweka sanglotait, sachant qu'il s'agissait des deux principales causes de décès chez les enfants noirs. Yesa avait la diarrhée, son ventre avait commencé à gonfler. Les femmes ne quittèrent plus la petite malade et se relayèrent pour lui préparer des remèdes. Les offrandes aux dieux se succédèrent pour conjurer le mal : fruits, poulet, noix de coco. Mais l'état de la petite empirait, malgré les envoûtements réguliers de Kaweka sous l'emprise de la déesse Yemaya. Le ventre de l'enfant était dur comme un roc, et sa diarrhée sanglante. La petite malade passa une grande partie de la journée inconsciente, enchaînant les crises de délire qui la faisaient hurler à faire trembler les parois de la grotte. Les marrons entraient, pleuraient, priaient devant l'autel de fortune, tandis qu'Eluma et Kaweka restaient immobiles, abattus.

À l'aube, le prêtre annonça que l'enfant agonisait.

— Je sais pourquoi les orishas ne m'entendent pas : ils sont en colère, murmura Kaweka. J'ai quitté le chemin auquel ils m'avaient destinée. Les dieux ne m'ont pas élue pour rester cachée dans les hauteurs et guérir trois ou quatre esclaves qui continueront alors à travailler et à enrichir les Blancs. Ni pour soigner les propriétaires terriens et leurs proches. Yemaya est furieuse, et tous les orishas également. C'est cela leur réponse, dit-elle en montrant Yesa.

Eluma regarda la petite fille. Un fil de vie se manifestait par un sifflement moribond, qui s'arrêtait par à-coups, jusqu'à ce que l'enfant reprenne le maigre petit souffle qui la reliait encore au monde.

Eluma savait que Yesa allait mourir ; il se tut lorsque Kaweka s'accroupit et embrassa la fillette sur le front.

— Soigne-la, lui demanda le vieil homme.

Sur ces mots il retira son collier de perles bleues et blanches, et le lui passa autour du cou. La jeune femme sentit ces petits morceaux de bois peint lui brûler la poitrine, comme s'ils voulaient se fondre dans sa chair. Elle respira profondément, et la brûlure devint insupportable. Elle regarda à nouveau sa fille, cette fois avec une lueur d'espoir dans les yeux, et inspira très fort, comme pour ingérer la douleur de l'enfant. Yemaya répondit à son désir et transféra dans son corps les souffrances que la petite fille avait endurées ces derniers jours. Kaweka souriait tandis que ses muscles, ses organes et ses viscères la torturaient comme s'ils allaient imploser en elle. Et Yesa se mit à bouger avec une vigueur particulière. Kaweka comprit alors que la décision qu'elle venait de prendre était la bonne.

— Elle va vivre, annonça-t-elle à Eluma.

Maintenant, il n'y avait plus qu'elle et Yemaya. Yesa était dehors, innocente, à l'abri de la vengeance des dieux. Kaweka voulut continuer à parler, mais sa voix se brisa. Elle marcha vers la sortie de la grotte, où les marrons étaient rassemblés, conscients qu'ils vivaient la fin d'une aventure. Elle passa entre eux, sans sa fille, et commença à descendre le flanc de la montagne. Cela faisait des années qu'elle avait été capturée, que sa terre et sa famille lui manquaient. Sa petite sœur avait perdu la vie. Elle avait abandonné mama Ambrosia et Modesto, et maintenant c'était sa fille qu'elle laissait derrière elle. Prenant conscience de la portée de sa décision, elle s'arrêta, mais ne se retourna pas vers le palenque. La douleur qu'elle avait arrachée à Yesa s'emparait encore de son corps et de ses mouvements, lui rappelant qu'à tout moment elle pouvait retourner vers sa fille. Elle leva les yeux vers les arbres où se reposaient les divinités, elle les insulta et pleura. Elle descendit le versant de la montagne en larmes jusqu'à la vallée, tout en murmurant le nom de son enfant. Elle lui demandait pardon. La reverrait-elle un jour ? L'enfant comprendrait-elle ? Ne haïrait-elle pas sa mère ?

Arrivée au pied de la sierra, elle hésita sur la direction à prendre. Elle se souvint alors des paroles de mama Ambrosia : « Quand tu seras libre, tu pourras continuer à te battre pour les esclaves, à La Havane, où vivent ceux qui dirigent. Bien mieux que dans cette plantation perdue dans les champs où l'on ne peut fournir aux fugitifs que quelques misérables sacs de riz et voler quelques machettes que les esclaves paient de centaines de coups de fouet. »

Ce ne serait donc pas en tant qu'affranchie, mais comme fugitive qu'elle se battrait pour les esclaves : La Havane l'attendait.

8

La Havane, février 2018

Lita parcourait du regard l'aéroport José-Martí tandis que l'avion préparait son atterrissage. Elena, sur le siège voisin côté allée, se penchait au-dessus d'elle, le buste déjeté vers le hublot. Sara était assise entre elles, fredonnant, ses écouteurs sur les oreilles, indifférente à ce qui l'entourait.

Aucune des deux jeunes femmes n'avait jamais voyagé en première classe ; elles connaissaient seulement les compagnies low cost, où trouver un minimum de place pour ses bagages et pour ses genoux était difficile. Durant ce vol, entre rires et bavardages, assises dans leurs sièges inclinés, elles avaient envié la richesse et la position sociale des autres passagers qui jouissaient de façon coutumière de ces privilèges, et, l'espace de quelques heures, elles avaient rêvé d'être comme eux, d'appartenir à leur monde.

Un chauffeur les attendait à l'aéroport. Il les conduisit, silencieux, jusqu'à La Havane dans un monospace aux sièges de cuir noir et aux vitres teintées. L'hôtel était un cinq-étoiles où trois suites junior les attendaient, le luxe. Deux pièces, une chambre et un salon, situées à un étage élevé avec une vue imprenable sur la ville. Sourires, politesses et prévenances en abondance. Lita ouvrit le minibar et prit une bière et un sachet de fruits secs. « *Full credit* », leur avait rappelé la réceptionniste. Tout est pris en charge, mesdames, expliqua-t-elle devant l'expression dubitative d'Elena.

Lita s'installa sur la terrasse et respira l'odeur de la mer des Caraïbes, qui s'étendait jusqu'à l'horizon. Il lui semblait étrange d'être là avec Sara et Elena, plutôt qu'avec sa mère ou Pablo, qui, au reste, l'avait contactée après la désastreuse réunion à la banque et son altercation avec doña Claudia. Elle ne lui avait répondu qu'après un énième appel, après avoir longtemps pleuré et essayé d'oublier les regards agressifs et moqueurs qui l'avaient suivie jusqu'à la porte de la salle de réunion. Convaincue enfin que Pablo n'y était pour rien, elle avait fini par prendre la communication. Il avait tenté de la consoler, en vain. Elle s'en souvenait : ils étaient restés silencieux quelques instants. Elle attendait qu'il lui avoue son amour. Leurs nuits étaient si merveilleuses, parfois torrides, rythmées par des instruments dont elle ne soupçonnait même pas l'existence ! Bien sûr, de belles nuits, ça ne suffisait pas ! Mais elle était prête à courir le risque de poursuivre leur histoire.

Il lui proposa de sortir. Ils déjeunèrent dans un restaurant tendance, du genre où la clientèle branchée se dévisage et se fait servir de minuscules portions de plats hors de prix aux noms abracadabrantesques. Cela tombait bien pour Lita : se sentir observée l'empêcherait de pleurer. Et elle y parvint. Pablo l'aimait, à mots couverts. Ils étaient dans une bulle, isolés de la mondanité du lieu. Lita lui sourit, ils se prirent la main par-dessus la table.

Son téléphone sonna, elle répondit : Stewart lui proposait une rencontre l'après-midi même.

— Il a été secoué par ce qui s'est passé, l'encouragea Pablo. Accepte !

C'est ainsi que Lita et l'Américain se retrouvèrent au bar du grand hôtel où il séjournait à Madrid. Il se confondit en excuses et lui exprima sa solidarité : ce qui s'était passé lors de la réunion était inacceptable. Oui, bien sûr, elle pouvait les dénoncer, aller en justice, et elle gagnerait. Discrimination. Racisme. C'était évident. Il serait le premier à la soutenir si elle décidait de s'engager dans cette voie, mais il la supplia de reconsidérer sa décision. Ils comptaient en effet sur ses services lorsque l'opération avec la banque Santadoma serait bouclée.

— Un poste de direction au sein du conseil, lui proposa l'Américain.

— Pour un salaire de négresse ? lâcha Lita, qui regretta aussitôt son impertinence.

— *Mulâtresse*, bordel ! s'amusa Stewart contre toute attente.

— Bah ! fit-elle d'un geste las de la main. Cette vieille sorcière ne vaut pas la peine qu'on parle d'elle. Ma mère, elle, est une femme merveilleuse !

— Alors que celle du marquis incarne le genre qu'on reléguerait bien à une autre époque et en d'autres lieux, dit-il comme s'il pensait à d'autres cas. Puis, revenant au moment présent : Cela vous intéresserait-il de continuer avec nous, les Américains ?

— Pourquoi moi ?

— Speth & Markus, nos consultants, ont procédé à une évaluation du personnel de la banque Santadoma. Savoir qui est qualifié et en qui nous pouvons avoir confiance est aussi important pour nous que la solvabilité des prêts. Vous avez obtenu l'une des meilleures notes. (« Merci Pablo », se dit intérieurement Lita. Il ne le lui avait pas encore avoué, mais elle venait d'avoir la preuve de son amour.) Et sachez que votre discours nous a fortement ébranlés, Meyerfeld et moi. Nous ne pouvons imaginer que ce qui a été vendu sur cette table soit le produit du sang des esclaves. Songez qu'il n'y a pas si longtemps nous avons aidé la banque Santadoma en achetant un bon nombre de leurs actions. J'ai participé à cette transaction, et aucun de nos conseillers ne nous a avertis que cette entreprise s'était bâtie sur l'exploitation humaine. Nous ne l'aurions pas achetée, malgré les bonnes relations entre nos actionnaires et les Santadoma. Aujourd'hui, tout cela, le racisme, l'esclavagisme, le colonialisme, sont des sujets brûlants dans notre pays, raison pour laquelle nous avons été surpris par votre discours, face à cet incroyable mépris exprimé lors de la réunion. J'aime les gens capables de défendre leurs principes, et vous avez risqué votre poste pour soutenir votre mère.

Lita évita de lui dire qu'elle n'avait guère d'autres options, qu'elle ne voulait pas se remettre à livrer des pizzas, même si maintenant, après plus de deux ans d'expérience professionnelle dans la banque, sa situation était différente.

Attirée par le défi que lui proposait l'Américain, elle restait néanmoins méfiante à l'égard des Santadoma. Ils ne dirigeraient plus la banque, la rassura Stewart. Ils parlèrent de tout, y compris de Concepción et des problèmes liés à sa pension. Don Enrique devrait faire le nécessaire, sans aucun doute. Se sentant soutenue, Lita accepta. Mais oui, elle retournerait à la banque tout de suite, s'il le fallait. En fait, cette réunion avait donné un coup de fouet à sa carrière, et elle se rendait compte, grâce aux propos que lui tenait Stewart, qu'un tournant s'était opéré dans sa vie. Comme tant d'autres, elle souffrait du racisme, celui qui s'affiche, obscène, et celui qui se cache, sournois, le micro-racisme tel qu'on l'appelle maintenant. Mais aujourd'hui, elle avait revendiqué sa race et sa couleur jusque dans le saint des saints de la banque, devant doña Claudia, le marquis et tous ses collaborateurs. Elle avait pris la parole et défendu publiquement sa mère. Bien sûr, elle avait pleuré, catharsis nécessaire pour se purifier des complexes et des angoisses qui se nichaient encore en elle, étape indispensable, préalable à sa renaissance.

— Demain, je retournerai à la banque, assura-t-elle à Stewart.

— Non, surtout pas, répondit-il contre toute attente. Santadoma se doit de reconnaître l'erreur de sa mère, il n'a pas le choix, vous connaissez son orgueil. Non, ne le rencontrez pas pour l'instant, et surtout pas sa mère. Cette dame ne fait que nous importuner, elle se croit indispensable. Les négociations vont durer une semaine ou deux. Après quoi, une fois qu'ils auront signé, que vous vous brouilliez ou non avec le marquis, sa mère et toute la famille, n'aura aucune importance. Mais il serait imprudent que vous les recroisiez avant.

— Alors, qu'est-ce que je dois faire ? Rester chez moi ?

— Et si vous preniez des vacances ? Aux frais du marquis, bien sûr.

— Cela pourrait être interprété comme une démission, comme l'acceptation d'une indemnité, objecta Lita après quelques instants de réflexion, soupçonnant que cela pouvait être un piège pour l'empêcher de faire obstacle à l'achat de la banque Santadoma.

Stewart réfléchit, puis acquiesça.

— Vous avez raison. Nous signerons ce qui vous conviendra.

— Le marquis devra m'accorder ce congé.

— Vous l'accorder… et vous le payer, Regla. Je ne sais pas s'il regrette l'erreur de sa mère, j'en doute. Les temps ne sont pas propices aux arguments racistes, et encore moins si les gens auxquels vous comptez vendre votre banque sont américains, n'est-ce pas ? sourit-il malicieusement. Il acceptera, et il paiera ! Il est trop arrogant pour remettre en cause l'intervention de sa mère, mais assez intelligent pour savoir qu'il faut régler ce problème par tous les moyens possibles. J'ai carte blanche : Santadoma ne discutera pas. Nous avancerons les frais depuis notre société aux États-Unis, car nous sommes généreux, n'est-ce pas, mais ce coût lui sera répercuté, et il le couvrira. Cela ne fait aucun doute.

Lita réfléchit. Finalement, pourquoi pas ? Que ce salaud paye ! Quelle plus grande satisfaction que de prendre des vacances aux frais du marquis et de sa sorcière de mère !

— Alors d'accord !

— Vous ne le regretterez pas… Vous m'avez dit que vous ne connaissiez pas Cuba, suggéra Stewart en changeant de ton. Là-bas, malgré nos politiques contradictoires, nous avons de bons contacts.

— C'est un voyage très cher. Êtes-vous en train de m'acheter ?

— Oui, bien sûr, la surprit l'Américain. Je viens de vous dire que nous signerons tout ce qui sera nécessaire pour que vous ne perdiez pas vos droits. Que feriez-vous, en attendant à Madrid, sinon parler de ce qui s'est passé autour de vous ? Regla, je ne peux pas retourner à Miami et informer mon conseil d'administration que l'opération a été embrouillée ou ruinée parce qu'une vieille dame arrogante et raciste a insulté une employée de banque mulâtre et sa mère. D'autant que vous l'avez dénoncée, que les syndicats ont pris parti, que les journaux ont publié la nouvelle, et qu'il s'avère que les actions que nous avons achetées il y a quelques années proviennent d'une banque construite sur des fonds issus de l'esclavagisme. Bref, des problèmes à n'en plus finir. Tout cela doit être géré avec discrétion et professionnalisme. Nous achetons une banque ! Et pour répondre à votre question, bien sûr que je vous achète ! Je veux que vous vous distrayiez, que vous vous amusiez, et quand vous reviendrez, nous réglerons ce qui doit l'être. Faites-moi confiance. Je vous garantis que vous allez aimer Cuba. Votre compagnon aimerait peut-être se joindre à vous... ?

Stewart laissa la suggestion en suspens. Lita pesa d'abord la sincérité de ses paroles et accepta ses arguments, qui lui semblaient logiques. Puis elle pensa à Pablo et exclut sa compagnie. Ce n'était pas le bon moment : il était absorbé par cette opération, il y était dévoué, il semblait s'y épanouir professionnellement, et peut-être ne voulait-il pas que leur liaison soit connue. Après tout, il était son superviseur, la personne qui contrôlait le travail qu'elle effectuait jusqu'à présent.

— Non, nous ne sommes pas en couple, répondit-elle. Mais peut-être que ma mère aimerait se joindre à moi...

Mais Concepción refusa catégoriquement :

— Et les chiens ? lui rappela-t-elle.

— Le marquis s'en occupera, décida Lita.

— Ne dis pas de bêtises, mon enfant. J'ai soixante ans et je n'ai jamais quitté Madrid, sauf pour accompagner, en tant que domestique, ces messieurs en vacances sur la côte. Et maintenant, tu veux que je prenne l'avion ? Je refuse de monter dans un de ces engins.

— Maman...

— J'ai dit non.

— Je t'en prie. On s'amuserait bien. Toi et moi. Nous n'avons jamais eu l'occasion de nous divertir, de faire des choses ensemble. Tu connaîtrais enfin le pays où toi et tes parents êtes nés ?

Cet argument faillit faire fléchir Concepción, mais ce moment d'hésitation se dissipa :

— N'insiste pas. Vas-y. Amuse-toi. Tu ne prendrais pas autant de bon temps avec moi. Tu es jeune, tu vas sortir, danser, faire des connaissances... Attention, tu connais la renommée des Cubains ? Je me réjouirai davantage en pensant que je ne suis pas une gêne pour toi.

— Maman...

— Non.

Plus tard, Lita laissa entendre à Stewart :

— Ma mère n'ose pas faire ce voyage, mais j'ai deux amies avec lesquelles je cohabite...

Une semaine de vacances. La secrétaire de Stewart, depuis Miami, s'était occupée de tout avec autant de soin qu'elle aurait mis pour le séjour d'un grand investisseur bancaire afin de lui donner toute satisfaction. Elles disposaient à titre permanent du monospace, et de Pedro, le chauffeur.

Elles demandèrent à la réception qu'on leur recommande quelques lieux où manger et s'amuser « à des prix abordables », précisa Lita.

— Mesdames, répondit le concierge de l'hôtel, la voix grave et le sourcil haut, tout ce que nous commandons et réservons ici sera débité sur le même compte, comme pour un voyage forfaitaire. Vous n'avez à vous inquiéter d'aucun coût.

Ce soir-là, elles dînèrent dans un restaurant de Varadero. La nuit était douce et elles apprécièrent, installées sur la terrasse qui surplombait la mer, les musiciens et la nourriture : langouste, ceviche de poulpe et poisson frais.

— Ça me gêne, tout ça, avoua Elena.

— Après ce qu'ils t'ont fait, Lita ! Qu'ils paient, c'est le minimum ! répliqua Sara.

— Qu'on oublie ce foutu marquis ! Je vous ai dit que je ne voulais plus penser à cette famille jusqu'à mon retour. Amusons-nous, les filles ! se réjouit Lita en levant son verre de vin.

Elles vivaient ensemble depuis plusieurs années dans un appartement de la calle de la Cava Baja, dans le barrio de La Latina, un quartier traditionnel propre et restauré, enraciné dans l'histoire de la capitale, labyrinthique, multiethnique, toujours animé. L'offre culturelle, gastronomique et festive très diversifiée en faisait l'une des principales attractions de la vie madrilène nocturne. Après le toast porté, Lita regarda ses amies qui se souriaient l'une l'autre. Elles étaient très proches. Elena collaborait en tant qu'avocate avec des ONG et des associations locales, en échange d'une immense gratitude et de très peu d'argent. Sara était assistante sociale, mais son principal revenu provenait du loyer qu'elle percevait en tant que propriétaire du logement qu'elle avait hérité de ses parents. Ce n'est qu'en rêve qu'elles auraient pu concevoir un tel voyage.

— Je plaisantais ! s'était-il immédiatement repris devant la réaction bredouillante de Lita. J'ai beaucoup de travail, tu le sais. Ce ne serait pas le moment idéal, je ne serais pas le bon compagnon. Mais une autre fois, peut-être ?

Quant à sa mère... Voulait-elle qu'elle passe un message à quelqu'un ? lui avait-elle demandé. Concepción était née à La Havane et avait émigré en Espagne à l'âge d'un an avec sa mère et le vieux marquis, peu avant le triomphe de la révolution castriste. Aucun souvenir ne lui restait. Certes elle avait des parents, mais n'avait jamais communiqué avec eux. « Là-bas, ils sont communistes, ici, c'est le franquisme ! Ne t'inquiète pas pour moi, et surtout, profite de ce voyage. »

Pedro les conduisit d'un bar à l'autre. Elles chantèrent en chœur avec la foule, rirent, crièrent... La nuit était chaude. Au début, le chauffeur se bornait aux établissements qui figuraient dans les guides touristiques, jusqu'à ce qu'il se laisse convaincre de leur faire découvrir la véritable atmosphère de l'île.

— Je ne sais pas si je devrais… tenta de se défiler l'homme.

— Hé oh ! Nous sommes majeures !

Leur suggestion qu'il pouvait soit les accompagner, soit les laisser s'y aventurer seules, avait fini par décider le chauffeur.

Il les conduisit loin de la vieille ville, dans les banlieues et les villages environnants où les maisons basses, instables, à un ou deux étages, semblaient réclamer les couleurs vives qui habillaient jadis leurs murs et leurs boiseries. On jouait de la musique dans les rues, aux portes d'humbles tavernes. Les gens étaient joyeux. Depuis son arrivée dans ce pays, Lita éprouvait une émotion qui dépassait la simple satisfaction. Elle sentait que la terre, l'air et les parfums l'absorbaient, comme si elle communiait avec cet environnement. Elle avait voyagé dans de grandes villes comme Londres ou Berlin, des métropoles où régnait une grande diversité de races, mais à La Havane, ses sourires lui étaient rendus de manière naturelle et affectueuse.

Elles regagnèrent leur hôtel peu après le lever du soleil.

Le deuxième soir, elles dînèrent en ville et Pedro les emmena à Regla, où il habitait, à l'autre bout de la baie.

— Oui, Regla, tout à fait, confirma l'homme quand les jeunes femmes s'étonnèrent de la coïncidence du nom de cette ville avec celui de Lita, l'ancienne petite Reglita. Il y a là le sanctuaire de la Vierge de Regla. Vous devez le connaître.

— Est-ce qu'on boit, est-ce qu'on danse, dans cette église ? le taquina Sara.

Elles perçurent alors l'agacement que cette plaisanterie provoqua chez Pedro.

— On est désolées, s'excusa Lita.

— Pas de problème, répondit-il, retrouvant, dans le plus grand silence, son détachement professionnel que les filles avaient réussi à ébranler.

— Je m'excuse, insista Sara, se penchant vers le siège du conducteur.

— Je vous en prie.

— Nous ne voulions pas vous heurter.

Et elles le supplièrent jusqu'à lui arracher un sourire.

— Ne vous inquiétez pas, répéta-t-il en reprenant son ton amical et sincère, mais vous n'avez pas tout à fait tort, mademoiselle Sara. En vérité, il y a bien une fête dans cette église, mais sans boisson ni danse disco. Ce qu'il y a dans cette église, ce sont des danses rituelles afro-cubaines en l'honneur de la déesse Yemaya...

— Une déesse ? l'interrompit Sara.

— N'est-ce pas un sacrilège, dans une église catholique ? s'étonna Elena.

— Non. Pas ici à Cuba, leur expliqua Lita. Ici, il y a la santería, une religion qui marie les Blancs et les Noirs, en réunissant les dieux africains et les saints catholiques.

— Oui, confirma Pedro, la Vierge catholique de Regla est aussi la déesse africaine Yemaya.

— Comment cela ?

— Eh bien, voilà, ici, tout se réunit, dit l'homme en riant. C'est Yemaya qui danse. Vous aimeriez ces danses dynamiques, envoûtantes, érotiques. Bien loin de la salsa d'hier soir !

Elles s'y rendraient, promirent-elles, attirées par ce qui se présentait comme une expérience unique.

Au petit matin, Lita et Elena montèrent à bord d'un vieux ferry, *La Lanchita de Regla*. C'était une petite barge plate et branlante d'un seul niveau, sans sièges et avec des barres en hauteur pour se tenir, comme dans un bus. Les filles avaient encore veillé tard la nuit précédente, elles avaient la migraine et la gueule de bois. Mais elles se devaient de retourner à Regla non seulement parce qu'elles l'avaient promis à Pedro, mais également parce que Sara n'était pas rentrée à l'hôtel : elle était tombée sous le charme d'un beau et sympathique mulâtre qui l'avait séduite, et elle avait disparu dans la nuit après avoir convenu avec elles de se retrouver le lendemain dans les environs du sanctuaire de la Virgen de Regla.

Le pittoresque petit bateau les débarqua sur un ponton dont l'état de conservation délabré contrastait avec celui de l'église. Petite, à nef unique, d'un blanc immaculé, au portique néoclassique encadré de deux colonnes soutenant un fronton triangulaire au-dessus duquel s'élevait le clocher. Dressée sur une langue de terre presque entièrement envahie par des hangars et des installations portuaires, elle était l'un des rares sites touristiques d'un village comme Regla qui, fascinant la nuit, apparaissait défraîchi à la lumière du jour. Telle une oasis, l'église était entourée d'un jardin où, au milieu des vendeurs ambulants et des prêtres de la santería s'apprêtant à jeter des sorts et des sortilèges, se promenaient les touristes arrivés par la petite navette.

Il y avait surtout des Cubains, elles reconnurent certaines jeunes femmes qu'elles avaient vues en boîte la nuit précédente. Elles portaient toutes des robes bleu marine et blanches avec ou sans ceintures, des chemises à rayures, des jupes à motifs et à galons, et des foulards bleus sur la tête. Le soleil des Caraïbes illuminait toutes ces teintes. Effusions, salutations, rires et embrassades submergèrent Lita. Depuis qu'elle s'était approchée de l'église, elle avait l'impression de flotter. Elle reconnut Pedro dans la foule, coiffé d'un chapeau blanc. Puis Sara, venue au rendez-vous, qui se jeta dans ses bras. Lita ne parvenait pas à fixer son regard ni son attention.

— Entrons dans la chapelle, entendit-elle parmi la foule.

Lita s'y laissa entraîner.

— Tu as mauvaise mine, lui dit un membre du groupe en lui tendant une bouteille en plastique. Voilà pour toi. Ça te fera du bien.

Elle but une tisane dont elle ne reconnut pas le goût, qui certes la rafraîchit, mais ne fit pas grand-chose contre la sensation de vertige qui s'était emparée d'elle. L'intérieur de l'église était simple, avec ses murs blancs, son plafond à caissons et ses deux rangées de bancs de part et d'autre de l'allée centrale. Au fond de la nef, sur l'autel, se trouvait une petite Vierge noire, enveloppée dans un manteau bleu brodé, et entourée de fleurs de la même couleur. Lita s'assit sur un banc. Les visages, les corps, le décor, tout était flou autour d'elle. L'angoisse l'étreignit : elle sentit qu'elle n'était pas en possession de tous ses moyens. Quelqu'un lui chuchota quelque chose d'inintelligible à l'oreille. Elle essaya de bouger, en vain. Elle secoua la tête. C'était comme une grande ivresse, un agréable vertige, à ceci près qu'elle n'avait ni bu ni fumé. Elle se força à respirer calmement, alors la Vierge noire prit de l'ampleur et apparut, lumineuse, devant elle.

Lita se détendit : plus personne ne pouvait la gêner. Ni les prières ni les chants ne perturbaient le lien qu'elle venait d'établir avec cette statue qui l'envoûtait. Une vieille femme s'approcha d'elle et lui couvrit la tête d'un turban bleu dont les pans retombaient sur ses épaules. Lita suivit la femme hors de l'église dans un patio ouvert sur un côté. Là, une jeune mulâtresse vêtue d'un chemisier blanc et d'une jupe bleue ample et fluide, la tête couverte d'un foulard de la même couleur, se mit à danser au rythme des tambours, des maracas et d'autres percussions. Elle tournait sur elle-même, tenant les extrémités de sa jupe qui se mit à onduler comme les vagues de la mer. La musique, le grondement des tambours, les chants, les mouvements à la fois houleux et harmonieux rassemblèrent en cercle la foule envoûtée par le spectacle.

Lita sentit les tambours résonner au fond d'elle. Elle sut alors que la Vierge noire, la Vierge de Regla, la Yemaya africaine qu'on célébrait ici l'appelait, l'absorbait, et la magie qui l'avait saisie dans l'église jaillit de son corps. La jeune fille à la jupe bleue s'arrêta de danser et s'écarta, les musiciens et les chanteurs restèrent silencieux avant de constater la transe dans laquelle était entrée Lita, devenant ainsi le centre de la fête. Ils reprirent alors leurs interprétations avec plus de vigueur, sous les cris et les applaudissements.

Lita dansait, emportée par une force incontrôlable, alternant les rythmes frénétiques et mélodieux. Elle sentit la mer proche d'elle, les vagues clapotaient dans sa tête, et elle se mit à chanter d'une voix étrangère à la sienne. Elle harcelait sensuellement un homme, et le rejetait lorsqu'il s'approchait d'elle. Elle jouait avec les jeunes gens et les jeunes filles. Elle invita un vieillard handicapé à se joindre à sa danse jusqu'à ce qu'un halo enveloppe le vieillard, le secoue et le fasse trembler. Elle admonestait les gens dans la foule, les montrait du doigt : « Noire infidèle, lave-toi, et retourne auprès de ton mari. » Ou elle les mettait en garde : « Fais attention, tes jambes ne tarderont pas à te faire souffrir. » Ou les flattait : « Beau gosse ! »

Ce soir-là, allongée sur son lit d'hôtel, encore groggy, elle n'en revenait pas des images que ses amies avaient enregistrées sur leurs téléphones et qui, postées par d'autres spectateurs, circulaient déjà sur la Toile. Elle se mit à pleurer, ne comprenant pas ce qu'elle voyait. Le foulard bleu qui lui couvrait la tête et dont les pans flottaient librement ne permettait pas de l'identifier, mais c'était bien elle. Elle se vit en train de gronder un homme qui acceptait sa leçon avec humilité et soumission. Elle dansait avec sensualité, comme elle ne l'avait jamais fait auparavant.

Sara et Elena avaient décidé de garder pour elles les explications de Pedro et de ses amis : selon eux, la déesse Yemaya avait chevauché Lita. Les filles espéraient seulement que le calmant prescrit par le médecin de l'hôtel ferait effet sur leur amie, qu'un nouveau jour se lèverait et qu'avec lui, peut-être, viendrait l'oubli.

9

La Havane, 1866

Après s'être fait arrêter sur la route de La Havane par un marchand de peaux qui conduisait une charrette, elle avait été enfermée dans l'entrepôt de marrons du barrio du Cerro, un quartier de la ville où palais et bâtiments modestes se côtoyaient. Son voyage avait duré trois nuits depuis la Sierra del Rosario. Elle savait que, si elle se faisait prendre et remettre aux autorités, elle serait mise aux ceps pendant dix jours sur la place principale de la ville la plus proche, afin de donner à son maître, ou à quiconque se prétendrait l'être, l'occasion de la réclamer. Elle craignait qu'on la reconnaisse, s'étant rendue dans tant de plantations de sucre et de café et d'enclos de la région, que quelqu'un la relie au palenque, redoutant qu'on s'en prenne aux esclaves marrons et à Yesa. Pour autant, elle était persuadée que sa fille allait guérir, et cela l'encourageait à continuer à marcher au clair de lune. Elle en était convaincue : sa place était auprès des esclaves, pour les accompagner dans leur malheur, souffrir et conquérir avec eux leur liberté perdue. Elle s'était détournée un temps de son chemin, avait joui de sa propre liberté et des hauteurs boisées, de l'eau, et du foyer qu'était devenu pour elle le palenque.

Elle n'avait pas été à la hauteur du pouvoir qu'elle détenait, des enseignements qu'elle avait reçus, de ses dons de guérison qu'elle avait réservés aux terres montagneuses – infime partie de l'île, arrosée du sang des esclaves noirs. Et cela au mépris de la volonté des dieux qui le lui avaient rappelé en frappant son enfant de maladie. Mais elle avait compris la leçon à temps, reconnaissait-elle en marchant avec une force nouvelle jusqu'à La Havane. Aux abords de la ville, elle se cacha en lisière d'un chemin, et y dormit d'un sommeil agité.

Kaweka somnolait, fébrile. Elle s'apprêtait à se soumettre à nouveau, s'humilier devant les Blancs, donner son corps, ses forces à l'ambition effrénée d'êtres méprisables qui la considéraient comme inférieure aux animaux. Ce qui troublait le plus son sommeil était la proximité d'une ville qui l'avait vaincue. Blottie entre les racines tordues d'un grand arbre, elle se réveilla en sursaut : le sourire de Modesto illuminait la nuit, déclenchant le rire des esprits errants. Il balançait doucement les bras et les hanches, et oscillait légèrement sur ses jambes pour esquiver la brise nocturne.

À l'aube, elle se leva, étourdie, chassant les souvenirs de son esprit, et reprit la route. Parmi les carrioles qui y circulaient, elle choisit celle d'un marchand de peaux, parce qu'à côté du siège du cocher un gamin blond parlait en gesticulant. Sa vivacité la mit en confiance. L'homme arrêta sa charrette pour ne pas l'écraser, elle tituba et s'accrocha aux mules pour ne pas tomber. Comme elle l'avait supposé, le gamin l'aida à monter.

— T'es malade ? lui demanda-t-il.

La suite arriva naturellement. Le marchand de peaux l'interrogea. Elle ne lui répondit pas. Il lui demanda ses papiers. Pas de papiers. Elle était pieds nus, sa jupe et son chemisier étaient sales. Elle avait ôté son collier de perles et caché les petits morceaux de bois dans les coutures de ses vêtements. Aucun esclave noir ne pouvait se déplacer sans papiers et sans la permission de son maître, et n'importe quel citoyen était en droit de l'arrêter. L'homme blanc, après qu'elle fut montée dans la charrette, poursuivit sa route en direction de l'entrepôt du Cerro, hors les murs, à trois kilomètres du centre-ville : il aurait droit à une récompense financière en échange de la fugitive.

L'entrepôt ressemblait aux baraquements des sucreries. On y enfermait les marrons capturés quand leur maître n'était pas venu les récupérer. S'y retrouvaient également les esclaves émancipés qui n'avaient pas été rattachés à des maisons privées ou à des institutions ; puis, les esclaves sans papiers. Certains finissaient par être rendus à leurs propriétaires, d'autres étaient laissés pour morts, loués ou vendus avec de nouveaux papiers. Au palenque, ils avaient parlé de l'entrepôt de marrons du Cerro et de son fonctionnement qui représentait une grosse affaire pour les fonctionnaires et les concessionnaires. C'était donc là que Kaweka avait préféré aller. Il n'était pas question pour elle de retourner à La Merced, d'y retrouver le marquis, Narvaez, Santiago, ni même Modesto. Seule mama Ambrosia aurait pu l'y faire revenir, mais elle était convaincue que la vieille nurse était fière de la décision qu'elle avait prise.

— Comment tu t'appelles ? l'interrogea un employé, debout derrière un pupitre.

— Maria.

— Maria comment ?

— Maria.

— Tu n'as pas de nom africain ?

— Non.

— Où es-tu née ?

— Ici.

— Où, précisément ?

— Je sais pas.

Son maître était un camelot qui parcourait les routes, mentit-elle. Il s'appelait José, elle ne connaissait pas son nom de famille, et il était mort sur le chemin de Guanajay, tué par des voleurs qui lui avaient tout pris. Elle était parvenue à s'échapper pendant que les bandits se battaient pour récupérer le butin, supposant qu'ils allaient la tuer elle aussi.

— Non. Ils étaient blancs, corrigea-t-elle le fonctionnaire qui imputait le crime aux Noirs.

— Ton maître, il avait une famille ? qui vivait où ?

Kaweka éluda la question et d'autres encore en haussant les épaules. L'homme termina son interrogatoire en consignant sa description physique.

— Personne ne la réclamera. Ce n'est probablement qu'une putain qui a été exploitée par son propriétaire, dit-il au responsable d'un ton dégoûté.

— Elle dit la vérité ? l'interrogea le supérieur.

Cette fois, ce fut l'employé qui haussa les épaules.

Le soir même, l'un des gardiens proposa Kaweka à Porfirio, un esclave noir qui dirigeait une équipe de travail sur les chantiers du port de La Havane. Il y avait peu de femmes dans l'entrepôt des marrons, moins de dix pour cent par rapport au total des hommes. Elles étaient louées ou vendues à des particuliers pour les tâches domestiques quand une bonne partie des hommes était destinée aux chantiers ferroviaires, loin de la ville, tandis que les autres, affectés aux travaux d'entretien urbains, revenaient tous les soirs à l'entrepôt.

— Je ne suis pas intéressé, dit Porfirio, la voyant nue dans le hangar des esclaves de sexe féminin. C'est un sac d'os. Il y en a de bien plus intéressantes sur le port, et de moins chères. Ce serait comme baiser une vioc.

Kaweka s'observa : ses côtes ressortaient, ses seins, autrefois rebondis, pendaient. Son ventre était gonflé. Elle mangeait mal dans le palenque, et la maladie de Yesa lui avait laissé des traces. De plus, durant son périple, elle avait bu l'eau des torrents. Ses jambes n'étaient plus que deux bâtons qui soutenaient un corps flétri, et elle n'avait pas vu le reflet de son visage dans un miroir depuis trop longtemps.

— Rhabille-toi ! lui ordonna le garde, furieux, voyant l'argent qu'il pensait avoir gagné partir en fumée.

Porfirio s'en allait déjà lorsque Kaweka l'arrêta.

— Tu ne le regretteras pas, lui assura-t-elle, convaincue qu'elle devait obtenir les faveurs de cet homme noir qui était respecté par un Blanc.

— Ah, et comment ça, pauvre négresse ? T'es plus sèche qu'une branche morte ! éclata-t-il de rire.

Kaweka se sentit outragée. Dépossédée de sa beauté, elle n'était pas en mesure de le séduire. Elle ne récolterait que son rejet, son mépris et ses coups alors qu'elle cherchait sa protection. Mais, pour séduire un homme, elle en avait été témoin dans la plantation et le palenque, il y avait d'autres armes que la beauté. L'homme noir fit un geste pour partir. Kaweka lui cracha dessus.

— Qu'est-ce que tu fais, petite garce ?

Elle se rappela qu'elle-même avait été sauvagement abusée, sodomisée, et comment la violence et la douleur enflammaient la passion des hommes et des femmes dans les champs de canne. Alors elle gifla Porfirio, qui tenta de lui rendre la pareille, mais elle s'agenouilla, baissa son pantalon et saisit son membre, qui gonfla aussitôt.

— Je te le couperai d'un seul coup de dents.

Et elle mordit son pénis, avec acharnement.

L'homme se tordit, laissa échapper un grognement, puis poussant un cri entre le gémissement et la jouissance, la laissa faire. Elle lui enfonça les ongles dans l'anus tout en continuant à le mordre, le frappa, le fit saigner. Porfirio appréciait la douleur. Kaweka s'empara d'un bâton et le sodomisa tout en grattant de sa main libre ses anciennes cicatrices qui sillonnaient son dos. La jeune femme réussit à le faire jouir plusieurs fois, sans qu'il ait besoin de la pénétrer.

Le lendemain, à l'aube, elle fut sortie de l'entrepôt en même temps que le groupe d'esclaves. Les fonctionnaires avaient décidé de la louer à une taverne tenue par un Catalan (cette communauté contrôlait de multiples commerces à La Havane). Le groupe descendit vers la ville par un chemin de terre bordé de cabanes et de maisons basses aux façades délabrées, pour éviter d'être vu sur la Calzada del Cerro où s'élevaient les majestueuses villas des nobles et riches Havanais. Ils s'arrêtèrent devant la porte d'une bâtisse en bois recouverte de feuilles de palmier, au milieu de cabanes et de tas de fumier. L'intérieur était spacieux, mais une forte puanteur s'en dégageait, celle d'un air chargé de graisse, de la décomposition des chorizos, des viandes fraîches et séchées qui pendaient aux poutres du plafond, mêlée à celle de quelques clients matinaux rassemblés autour de tables, et assis sur des sacs.

Le garde détacha Kaweka du groupe et la remit à Joan, dit le Catalan, haut comme trois pommes, trapu et l'air sévère. Pendant que les deux hommes discutaient, une femme dont le rictus amer laissait présager le pire des caractères la poussa vers les cuisines en se présentant comme l'épouse du propriétaire des lieux. Osvaldo, un esclave mulâtre, y travaillait avec sa femme et ses deux jeunes enfants. Kaweka était chargée de les aider au ménage : débarrasser les tables, nettoyer le sol, les bols en fer-blanc, les casseroles et les poêles avec du sable de l'arrière-cour.

— Ne touche pas à la nourriture, ne parle pas aux clients et ne te mêle surtout pas de servir ! l'avertit la femme. Si tu fais tomber un verre ou une assiette et que tu gâches le vin ou la nourriture, tu finiras dans le puits, t'entends ?

— Ici, en ville, lui expliqua le cuisinier après le départ de la Catalane, les maîtres ne fouettent pas les esclaves face contre terre, ils ne les mettent pas aux ceps, pas de manille, pas de carcan, ni de collier de fer. Quand ils veulent châtier l'un d'entre nous, ils l'emmènent dans les douves, à côté des anciennes murailles, ils l'informent de la punition qui l'attend, et ils paient les fonctionnaires chargés de l'exécuter. Des gens passent aussi des annonces dans les journaux pour nous infliger eux-mêmes le châtiment. Ça coûte plus cher, mais ils se déplacent eux-mêmes dans les maisons des maîtres.

Ce serait la première des nombreuses tribulations que Kaweka allait vivre en ville.

La taverne fut vite bondée, sa proximité avec l'abattoir attirait du monde. Les Blancs comme les Noirs, esclaves et affranchis s'y pressaient pour s'enivrer, trousser les femmes, jouer et se battre. Exactement comme dans la taverne de la plantation du marquis ou celles qui entouraient la Sierra del Rosario. La différence, que Kaweka remarqua, résidait dans le mélange des Noirs et des mulâtres. Visuellement, c'était la diversité des couleurs qui l'impressionnait le plus. Alors que les vêtements des esclaves de la campagne étaient sales, délavés, tous dans les tons ocre, les esclaves des villes étaient chaussés de sandales, vêtus de chemises rouges ou jaunes et de pantalons à rayures bleues et blanches ; les femmes portaient, elles, des jupes à motifs, et étaient coiffées de foulards bleus.

— Bouge-toi ! la houspilla la Catalane en lui flanquant une gifle – ce que certains saluèrent par des rires et des moqueries. Si je te vois encore à rien faire, tu seras privée de nourriture.

Au fil des jours, elle découvrit également les mariages d'esclaves, et apprit que parfois l'un des époux était asservi tandis que l'autre était libre – c'est ce qui aurait été leur cas, avec Modesto. Il y avait des pères affranchis d'enfants esclaves, et à l'inverse, des enfants affranchis de pères toujours esclaves. Elle fut choquée de découvrir que certains Noirs possédaient des esclaves, eux-mêmes membres de leur propre famille ou de leur clan. Il arrivait qu'un frère soit le propriétaire de l'autre ! L'identité des esclaves dans la réserve d'une plantation était, en ville, brouillée. Elle avait vu des esclaves maltraités, et d'autres jouir d'une grande autonomie. Certains, qui travaillaient et vivaient dans leurs propres maisons sous la licence de leur maître, se considéraient comme libres. Les Noirs des villes, dont faisait maintenant partie Kaweka, s'étaient adaptés en créant des familles différentes, plus étendues, qui se reproduisaient non seulement entre amis et parents proches, mais aussi entre *cabildos de nación*, où les prêtres étaient des guides spirituels qui remplaçaient la dépendance des esclaves à l'égard des maîtres.

Elle avait entendu parler de l'existence de lieux de rencontre entre Noirs où l'on dansait et priait, comme le dimanche au moulin, mais le Catalan ne lui avait pas encore permis de s'y rendre. Dans cette taverne, elle se sentait joyeuse, même si elle travaillait jour et nuit, harcelée par la Catalane, et qu'elle dormait à même le sol dans la cour. Dans un autre coin de la même cour vivaient le cuisinier et sa famille, entassés sous un toit de tôle. Il lui arrivait de se heurter à des esclaves peu enclins à se révolter, même s'ils désiraient tous être libres. Leurs parcours étaient différents du sien et de ses compagnons d'infortune à la sucrerie...

En ville, la possibilité de s'affranchir par la mort n'existait pas. Les esclaves résignés aspiraient à acheter leur liberté en travaillant, et confiaient leur avenir au destin. Un grand nombre d'entre eux jouaient à la loterie clandestine dans les tavernes et dans les épiceries, rêvant de s'enrichir. Même les chefs des *cabildos de nación* collectaient de l'argent auprès de leurs membres, esclaves libres ou non, pour le miser à la loterie et si la chance leur souriait, ils utilisaient les gains pour acheter la liberté de quelques-uns.

Mais contrairement à tous ces esclaves incapables de franchir la frontière qui les aurait libérés de leur servitude, elle en rencontrait beaucoup d'autres qui en avaient le courage. Ils s'échappaient vers La Havane et se perdaient dans les faubourgs, se mêlaient à la foule et cherchaient l'aide d'autres marrons ou affranchis qui vivaient en ville, lesquels risquaient de lourdes peines pour cacher chez eux des fugitifs ou pour les aider à obtenir de faux permis leur permettant de circuler en ville. Et ce n'était pas seulement les hommes jeunes qui s'enfuyaient, mais des familles entières, des mères avec leurs bambins.

Un soir, dans la cour, le cuisinier Osvaldo lui présenta l'une d'entre elles. Une mulâtresse du nom de Licinia. Le jour, elle vendait des fruits dans la rue, et la nuit, elle mendiait de la nourriture pour ses deux enfants qui se cachaient derrière ses jupes. Tandis qu'Osvaldo parlait à voix basse à la mère et lui tendait quelques pesos, Kaweka offrit aux enfants le *funche* qui lui restait de la journée. Le Catalan n'offrait que deux maigres repas : un à midi et un le soir. Pas de petit déjeuner, pas même le verre d'eau-de-vie que les esclaves se partageaient toujours à la plantation. Kaweka sourit en regardant les petits dévorer les restes de son bol. Elle voyait Yesa en chacune des fillettes qui couraient dans les rues. Son enfant lui manquait. Mais, si elle vivait maintenant à La Havane, essayait-elle en vain de se consoler, c'était pour éviter à celle-ci une vie d'esclave. Malgré cela, une profonde tristesse l'habitait.

— Un jour ou l'autre, ils l'arrêteront, dit Osvaldo en pointant son menton vers Licinia.

— Peu importe, lui chuchota-t-elle. Je suis sûre qu'elle s'enfuira encore. Le plus important, c'est que la graine de la liberté ait déjà germé chez ses enfants : rien ne les arrêtera plus. Regarde-les bien, c'est dans leurs yeux qu'on lit la défaite des Blancs. Ils ne se laisseront pas faire aussi facilement que leurs parents.

— Parfois, on n'a pas d'autre choix, se justifia le cuisinier après le discours de Kaweka, qu'il regarda alors avec un certain respect, tandis que les fugitifs s'éloignaient dans la nuit.

— Ne te fais pas de reproches, aujourd'hui tu as aidé une marronne et ses enfants, lui dit-elle. C'est ça qui compte. Peut-être que tu es à ta place, ici. Peut-être que ton destin à toi et à ta famille, c'est d'être ici pour nourrir et réconforter ceux qui se battent.

— Il s'agit pas de la guerre de quelques esclaves qui se cachent dans les montagnes ou dans les rues des villes, acquiesça Osvaldo. C'est la nôtre, celle de nous tous, les Noirs. Et on ne la gagnera qu'en nous entraidant.

Cette nuit-là, recroquevillée dans son coin, Kaweka regrettait Yesa et les moments où, au palenque, serrée contre elle la nuit, elle ressentait sa chaleur et sa respiration. Elle repensait à son arrivée à La Havane. Elle avait tout de suite réalisé, en marchant dans les rues, au milieu de la foule pittoresque et animée, entourée de toutes ces couleurs et de ces parfums enivrants, que cette ville lui était étrangère, peut-être même hostile, et avait décidé que, tant qu'elle ne la connaîtrait pas parfaitement, elle tairait son statut de prêtresse et de guérisseuse.

Ce qu'elle découvrit au bout de quelques semaines lui plut. Un vent de liberté flottait dans les rues, on en parlait sans crainte, on y aspirait et, plus important encore, il existait entre les Noirs de la capitale et la communauté métisse libre une solidarité : ils s'entraidaient, se stimulaient les uns et les autres. Un état d'esprit qu'elle n'avait jamais ressenti dans la plantation ni au palenque. Dans le chaos de la grande ville et grâce à cette énergie, l'objectif a priori utopique de gagner sa liberté devenait palpable.

À l'aube, Osvaldo la surprit en lui apportant son petit déjeuner : du lait frais que ses deux fils venaient de traire à une vache de l'un des nombreux troupeaux qui passaient chaque jour devant les portes, un verre d'aguardiente et une belle portion de *ropa vieja* – le ragoût de viande traditionnel, réservé au Catalan et à sa femme, le bon, pas l'autre qu'ils servaient aux clients et qui contenait les bas morceaux que le tavernier achetait à bas prix à l'abattoir (poumons, tripes, foies et abats) qu'il lavait ensuite avec du citron ou de l'orange amère pour masquer les mauvaises odeurs avant de les faire bouillir, de les effilocher (d'où le nom du plat : « vieille corde »). Le tout mijotait longtemps dans du saindoux avec de la farine, de l'ail, de la tomate, de l'oignon haché et du piment. Voilà ce que les Noirs, mais aussi beaucoup de Blancs, dégustaient à la taverne du Catalan et qu'ils considéraient tous comme l'une des meilleures *ropa vieja* de la ville.

Osvaldo regardait Kaweka manger, hésitant, tournant constamment la tête vers la cuisine où s'activait sa femme, qui le surveillait.

— Tu veux quelque chose ? lui demanda Kaweka.

— C'est à propos d'hier soir...

— T'inquiète pas. Tout va bien.

— Nos enfants... intervint alors l'épouse. Si les maîtres découvraient qu'on aide des marrons, ils pourraient en subir les conséquences.

La bouche pleine de ragoût, Kaweka promena son regard de l'un à l'autre, réfléchissant à sa réponse :

— Vous pouvez être rassurés. Je suis une marronne aussi, avoua-t-elle. J'ai fui la plantation du marquis de Santadoma. Mon vrai nom est...

— Tais-toi ! l'arrêta Osvaldo. On n'a pas besoin de savoir.

Kaweka se tut même si elle aurait aimé leur parler franchement. Elle sentait que le moment était venu de se révéler telle qu'elle était, prêtresse et guérisseuse, une élue des dieux. Après avoir appris que même le pingre cuisinier aidait une fugitive, elle avait passé en revue toutes les informations qu'elle avait recueillies depuis son arrivée à la taverne, où les esclaves, furieux, discouraient et se disputaient bruyamment. Ainsi elle savait qu'aux États-Unis la guerre avait été gagnée par les Nordistes. L'esclavage y était définitivement aboli, même si les propriétaires terriens, les nobles, les Cubains riches et privilégiés qui avaient un temps envisagé la possibilité de se libérer de l'Espagne et de se rallier aux Américains, avaient maintenant, après cette victoire, complètement abandonné cette idée.

À Cuba, les autorités, effrayées par la montée des soulèvements et des revendications des esclaves et de leurs partisans, inspirés par les révoltes sanglantes de Haïti, avaient cherché à étouffer dans l'œuf les mouvements en faveur de l'abolition de l'esclavage. Elles avaient même fomenté des complots, des conspirations comme celle de l'Escalera*.

Madrid continuait ainsi à maintenir l'esclavage à Cuba. Et alors que la liberté s'imposait aux États-Unis, l'usage du fouet persévérait légalement sur l'île.

Si Kaweka et son peuple marchaient à contre-courant de l'histoire, elle continuait à assumer son rôle, celui que mama Ambrosia avait entrevu dans la pouponnière lorsque, fraîchement débarquée d'Afrique, elle avait sauvé la vie d'un enfant. Ainsi, lorsqu'un malade arriva de l'abattoir en boitant, la cuisse profondément entaillée par la corne d'un bœuf, Kaweka estima qu'il était temps pour elle de montrer enfin ses pouvoirs.

— Y aura encore plus de gens qui viendront dans ta taverne, fit valoir Osvaldo au Catalan qui tentait de l'empêcher de dispenser ses soins.

La femme d'Osvaldo alla chercher les herbes nécessaires au remède. Kaweka referma la plaie, et l'homme guérit. L'après-midi même, deux autres malades du quartier vinrent se faire soigner. L'afflux ne faiblit pas les jours suivants. Le Catalan les conduisait dans la cour, et les faisait payer. La taverne attirait de plus en plus de monde, et Osvaldo ne parvenait plus

* En référence à l'échelle de bois sur laquelle des milliers de Noirs, accusés sans fondement de préparer une mutinerie, furent attachés en 1844 et fouettés jusqu'à l'aveu ou la mort.

à cuisiner assez de *ropa vieja*. La Catalane dut commander plus d'eau-de-vie. Le bouche-à-oreille faisant son œuvre, les malades et les blessés se virent rejoints par des guérisseurs et des prêtres de la santería intrigués par l'arrivée de cette étrangère sur leur territoire. Kaweka, sûre de ses pouvoirs, de la faveur des orishas et de son savoir transmis par Eluma, dédaigna leurs conseils. Elle était maintenant, grâce à la nourriture de la taverne, en pleine possession de ses forces physiques et mentales. Quand l'un des guérisseurs proposa une décoction de feuilles de yagruma pour soigner plus efficacement une hémorragie, Kaweka ne lui jeta pas un regard et continua son travail, insensible à ses critiques, parlant aux esclaves tout en les soignant, leur posant des questions, s'inquiétant pour eux et leurs familles, et les incitant à fuir.

Des semaines passèrent, jusqu'au jour où une prêtresse ridée et décrépite de la santería apparut pour disqualifier Kaweka qui avait guéri une fillette de ses crampes chroniques, en transmettant la maladie à un chien qui gémissait maintenant en se roulant dans la poussière.

— Elle n'est qu'un imposteur ! l'invectiva la vieille prêtresse. L'enfant aurait guéri, et cette femme a empoisonné le chien ! Je l'ai vue !

Une petite foule se rassembla dans la cour aux cris de la prêtresse, bien connue dans la région. Kaweka se planta devant elle pour la défier.

— Sorcière ! hurla la vieille femme.

Alors Kaweka se mit à trembler jusqu'à tomber en convulsion. Son corps parut s'enflammer. Un rugissement jaillit de sa bouche béante, telle une bouffée de feu. La prêtresse tenta de reculer mais en vain, captive de ce rugissement empli de fureur qui devint des mots :

— Je suis Yemaya, déesse de la mer, épouse d'Ogun et mère de tous les dieux !

Le sol et les murs de la taverne se mirent à vibrer. Les personnes présentes, aussi étonnées qu'effrayées, se rapprochèrent les unes des autres.

— Une vieille menteuse ne peut pas douter de mon pouvoir ! Tu vas payer pour ton audace, sale affabulatrice !

À ce moment, le chien rampa jusqu'aux pieds de la vieille femme.

— Cet animal mérite plus que toi ma bienveillance. Pour tes insultes, pour ton effronterie, prends le mal de cette fillette ! Je m'en occupe !

Le riche collier composé de nombreuses rangées de perles que la prêtresse portait sur la poitrine explosa comme s'il avait été furieusement arraché. Les perles volaient encore dans les airs lorsque Kaweka tomba d'un coup par terre, vidée, violemment abandonnée par Yemaya. Le chien se précipita hors de la cour, et la prêtresse se recroquevilla sur elle-même, en proie aux premiers élans de la douleur.

Kaweka continua, avec Osvaldo, à aider un petit groupe de femmes qui voulaient devenir des marronnes urbaines. Jusqu'au jour où, à l'aube, des groupes d'esclaves fugitifs sans propriétaire passant par là pour se rendre aux travaux publics de la ville frappèrent à la porte de la taverne. Kaweka se retrouva nez à nez avec Porfirio :

— Je voudrais te demander une faveur. Dimanche prochain, il faut que tu m'accompagnes au *cabildo de nación* des Lucumis. Un de leurs babalaos me l'a demandé. Il paraît que tu as mis une de ses amies prêtresses dans un sale état.

— Je veux bien aller dans ce *cabildo*, mais ce foutu Catalan ne me donne pas congé le dimanche.

Porfirio se débrouillait très bien dans les entrepôts du port. Il négociait, embauchait les équipages pour des travaux privés, et gagnait de l'argent. Les travaux portuaires prenaient du retard, mais il n'en réussissait pas moins à satisfaire son monde, les responsables et les vigiles.

— T'as entendu ça, Manuel ? fit-il à la grande surprise de Kaweka.

— Tous les esclaves ont le droit de prendre leur dimanche, déclara le garde.

— Alors c'est bon, conclut Porfirio. Dimanche prochain, je t'introduirai au *cabildo*, on dansera, et tu me planteras tes ongles là où tu sais.

— D'accord, lui promit Kaweka en regardant la file d'esclaves qui défilaient devant elle.

Certains soutinrent son regard, mais la plupart l'évitèrent, comme si le fait d'avoir eu cette conversation amicale avec Porfirio lui accordait une sorte de privilège.

La vérité, pensa Kaweka, était que le chef de l'équipe de travail commandait aussi les surveillants. De temps en temps, il apparaissait dans la taverne du Catalan comme s'il était un Noir libre. « Service contre service », conclut-elle.

La présence de Kaweka au *cabildo de nación* des Lucumis, situé dans le quartier Jesús del Monte, limitrophe de celui du Cerro, était très attendue. Outre sa récente renommée de guérisseuse, elle était connue en sa qualité d'iyalocha. Plusieurs babalaos parmi les plus prestigieux de La Havane avaient tenté de soigner la vieille prêtresse dont l'état s'aggravait, mais sans parvenir à faire plier le châtiment infligé par Kaweka sous le pouvoir de Yemaya.

Aussi, le dimanche matin, un gardien du dépôt des marrons alla chercher Kaweka à la taverne. Porfirio s'était arrangé pour que la jeune femme puisse assister à la fête des tambours, le Catalan lui ayant donné satisfaction. « Tous les esclaves ont le droit de profiter de leur dimanche », avait répété le gardien.

— Et si elle s'échappe ?

— Qu'est-ce que ça peut te faire ? Cette esclave ne t'appartient pas. Mais t'inquiète pas, on la retrouvera, et si c'est pas elle, ce sera une autre.

Kaweka et le garde prirent le chemin de l'entrepôt, laissant le Catalan à la porte de sa taverne, absorbé à calculer les pertes que son commerce risquait de subir en cas d'échange de Kaweka contre une autre esclave.

— Porfirio y sera ? demanda Kaweka au gardien.

— Oui, Porfirio et tous les marrons, même ceux qui travaillent sur la voie ferrée. Il y aura d'abord l'exposition du stock des esclaves dans le dépôt. Ce ne sera pas long. Ensuite, tu pourras aller danser et baiser avec les tiens.

Kaweka comprit vite ce que le garde entendait par le mot « exposition ». Sur l'esplanade qui s'étendait devant le hangar, deux rangées de centaines d'esclaves étaient alignées, et non loin d'eux, des personnes richement vêtues, hommes en costume, femmes avec ombrelles, Noirs et mulâtres affranchis, essayaient de reconnaître le nègre marron qui leur appartenait.

Un garde, remarquant la réticence de Kaweka à s'approcher de l'esplanade, la poussa vers un groupe d'esclaves destinées à être, comme elle, louées à des commerces ou à des maisons particulières de La Havane.

Elle pressentait qu'un malheur était sur le point d'arriver. Craignait-elle de tomber sur le marquis ou sur Narvaez ? Non, car cela, elle l'aurait su. Des démons comme eux s'annonçaient, elle avait appris à les distinguer, comme les esprits malins qui se glissent entre les branches d'un ceiba dans la brousse, qui donnent la chair de poule et serrent la gorge. Elle regarda autour d'elle. Une femme examinait un esclave marron sous toutes les coutures, tandis que son mari secouait négativement la tête, essayant patiemment de la convaincre que cet homme ne leur appartenait pas. Et si Modesto était là ? Elle pensait souvent à lui et avait cru le reconnaître, en croisant parfois des esclaves citadins dotés de la même élégance que lui. Il y avait en effet beaucoup de Modesto à La Havane. Soudain, elle aperçut Porfirio. Il se tenait debout d'un air hautain, et personne ne s'approchait de lui.

Il lui sourit. Le soleil se couchait à l'horizon. Kaweka reconnut deux babalaos vêtus comme des affranchis. Ils avaient voulu aider la vieille prêtresse, et officiaient dans le *cabildo de nación* des Lucumis de Jesús del Monte. Peut-être étaient-ils la cause de cette agitation ? Elle se souvint alors des conseils de mama Ambrosia : il valait mieux ne pas mettre en défaut l'autorité des prêtres, ne pas rivaliser avec eux. Deux attitudes qu'elle méprisait depuis qu'elle avait décidé de montrer ses pouvoirs.

Les babalaos la reconnurent également. Elle lut la peur dans leurs yeux. Pourquoi accepteraient-ils, au sein de leur *cabildo*, une femme qui ne pourrait jamais atteindre leur statut, mais capable de remettre leur autorité en cause ?

— Cette négresse !

Le cri résonna sur l'esplanade. Kaweka recula comme si on allait la frapper. Les babalaos se retournèrent, et les personnes les plus proches la regardèrent avec curiosité. Porfirio sortit de la file, et deux gardes s'approchèrent.

C'était le Dr Rivaviejo, accompagné d'une dame luxueusement vêtue, qui l'avait reconnue. Il pointa Kaweka du doigt.

— Cette négresse ! répéta-t-il. Cette négresse est la propriété du marquis de Santadoma !

Ce furent les vingt-cinq coups de fouet les plus cruels jamais administrés à La Merced. Le marquis et son fils aîné, maître Ernesto, regardèrent les lanières de lamantin frapper et écorcher le dos déjà marqué de Kaweka, jusqu'à la mettre dans un état proche de la mort. Elle subit ensuite le châtiment du cep, une cheville enserrée dans une poutre, exposée à la vue de tous, au pain et à l'eau et sous surveillance constante.

Les esclaves faisaient cercle autour du lieu de son châtiment et lui jetaient des regards respectueux. Personne n'avait le droit de l'approcher, pas même mama Ambrosia que les gardes chassaient à coups de fouet quand elle s'y risquait.

— Je t'aime ! lui criait la nurse chaque fois qu'elle s'approchait d'elle.

Mais sa protégée, presque inconsciente, ne semblait pas l'entendre.

Le prestige de Kaweka, en revanche, avait été perçu par les hommes qui avaient accompagné Narvaez au dépôt des marrons du Cerro. Là, ils avaient entendu l'histoire de la vieille prêtresse envieuse, et celles des nombreux autres esclaves qu'elle avait soignés. Ils en avaient fait grand cas à leur retour : cette esclave était décidément l'élue des dieux.

— Où sont donc vos divinités censées la protéger ? se moquaient Narvaez ou l'un de ses sbires lorsqu'ils constataient la vénération dont elle était l'objet.

« Dans son silence, dans sa force, dans son pouvoir, son obstination et sa combativité », auraient-ils tous voulu répondre.

Puis le commandeur se rendit compte que l'exposition de l'esclave était contre-productive. Le caractère exemplaire qu'ils recherchaient à travers cette punition se retournait contre eux, il en avertit le marquis :

— En général, les suppliciés gémissent, pleurent, supplient, faisant ainsi craindre le cep aux autres esclaves. Mais cette salope tient bon, monsieur. Elle ne fait que boire, mange à peine, ne demande aucune aide et défie les gardiens du regard.

— Quelques coups de fouet de plus face contre terre la feraient peut-être plier ? proposa don Juan José dans la bibliothèque de son domaine, en compagnie de son fils et du commandeur, verres de rhum et cigares à la main.

— Ça risquerait de la tuer, on en ferait une martyre, objecta son fils aîné.

— Elle pourrait mourir sous les coups, et c'est une esclave connue, maintenant, approuva le commandeur. Ces histoires de déesse, de prêtresse... Vous, gens importants et fortunés, faites toujours des envieux. Une plainte anonyme, et les commissaires qui défendent les esclaves pourraient bien venir nous faire des histoires.

— Un commissaire ? Le marquis se mit à rire : Les Santadoma ne se laissent pas intimider, même par le capitaine général de l'île !

— Narvaez, intervint le fils aussi hautain que son père, si ce châtiment ne fait pas plier cette esclave, peut-être pourrait-il avoir un effet sur quelqu'un d'autre ?

Le commandeur plissa les yeux, réfléchit un instant avant de hocher lentement la tête, les traits de son visage méchamment tordus.

Plus tard dans l'après-midi, les sbires de Narvaez arrivèrent en traînant mama Ambrosia dans la cour du baraquement.

— Cette femme a avoué avoir aidé l'esclave Regla à s'échapper du domaine, mentit l'un des gardes, comme s'il avait besoin d'une excuse pour exposer la vieille femme au supplice du cep...

Kaweka serrait les paupières de plus en plus fort à mesure que le fouet lacérait le dos de la nurse dans un silence rompu par la seule respiration des esclaves et des gardiens, le sifflement des lanières et les gémissements étouffés de la vieille femme qui n'avait plus la force de hurler. Ensuite, elle fut emmenée jusqu'à l'autre cep où l'on entrava sa cheville déjà enflée entre les deux poutres, elles-mêmes sécurisées par un cadenas. Kaweka ouvrit les yeux et vit que mama Ambrosia était tombée en arrière après avoir cherché à s'appuyer sur ses maigres avant-bras. Son gémissement se confondit alors avec les sanglots sourds de Kaweka, allongée non loin d'elle, le pied également emprisonné.

— Mama, l'appela Kaweka.

Mama Ambrosia ne répondit pas. Kaweka l'appela en vain à plusieurs reprises. Elle essaya, en s'étirant sur le sol, de se rapprocher d'elle, de tendre le bras pour caresser son visage dont les yeux troubles la regardaient sans la voir. La vieille femme était en train de s'abandonner à la mort. Elle ne parlait pas, ne mangeait pas, ne buvait pas. Ses blessures ensanglantées n'avaient pas été soignées.

— Je sais que tu m'entends, lui chuchota Kaweka. Je sais que tu es là et que tu me comprends. Réponds-moi, je t'en supplie.

Elle était convaincue que mama Ambrosia feignait cet état de délire et d'inconscience et se laissait mourir pour faire porter sur elle toute la responsabilité de la fuite de sa protégée. Kaweka tenait bon, ne se laissait pas aller aux pleurs et à la douleur : elle lui raconta tout, sa fuite, le palenque, Yesa, elle l'appelait, chantonnait, lui disait qu'elle l'aimait, parvenait à toucher, en tendant le bras de toutes ses forces, le bout de ses vieux doigts ridés. Mais la vieille nurse ne réagissait pas.

Les chants des esclaves relayaient la désolation qui régnait dans le moulin. Tous se cachèrent les yeux pour ne pas voir les deux suppliciées. Au bout de quelques jours, les gardes firent de même. Seuls Narvaez et le fils du marquis s'arrêtaient chaque jour devant elles en traversant la cour.

— Quel mal a-t-elle fait ? leur reprocha un jour Kaweka. Elle ne m'a pas aidée à m'enfuir ! Que voulez-vous que je fasse ?

— Dis à Sa Seigneurie : « Libérez-la, et je ferai ce que vous voudrez », lui conseilla Narvaez.

— Que pourrait faire cette malheureuse pour nous ? Laissez-les souffrir, répondit à cela le marquis, qui prenait son repas. Je n'ai que faire de cette sorcière qui se croit favorisée par le panthéon de tous ces dieux païens inexistants ! Que tous les esclaves les voient souffrir ! Que ce supplice serve d'exemple si l'un d'eux s'avise de s'échapper comme elle l'a fait, ou si on ose seulement me provoquer. Apprends, mon fils, qu'ils doivent nous craindre !

— Soyez maudits ! cria Kaweka à la nouvelle visite des deux hommes. Eschu transformera votre sang en eau putride, vos organes en excréments !

— Tais-toi ! lui ordonna Narvaez.

— Que les mauvais esprits de ceux que vous avez punis vous tourmentent jour et nuit !

Le commandeur ordonna à un surveillant de la frapper jusqu'à ce qu'elle se taise. L'homme hésita, et Kaweka, poussant un rugissement devant le visage apeuré du gardechiourme, lui lança :

— Ton âme errera en peine pour l'éternité, et rampera parmi tous ceux que tu as asservis !

Le fouet qu'elle reçut en pleine figure fut la réponse du fils du marquis.

— Tais-toi, salope ! hurla-t-il en avançant vers l'homme de Narvaez qui était comme paralysé.

Kaweka se tordait de tout son corps, la jambe toujours attachée à la planche, et cracha du sang en direction de Santadoma, qui ne fit pas un geste pour se détourner.

— Tu mourras étouffé sous les crachats de tes esclaves noirs !

Maître Ernesto éclata de rire devant cette menace :

— La sorcellerie, c'est pour vous, idiots de nègres !

Et, levant sa cravache, il frappa la vieille femme, plusieurs fois, redoublant de hargne à chaque coup, hystérique, hurlant des phrases incompréhensibles, déversant sur elle toute sa haine et son mépris hérités d'une génération d'esclavagistes.

Pour la première fois depuis qu'elle était attachée aux ceps, Kaweka crut voir un sourire se dessiner sur les lèvres de la vieille femme avant qu'elle ne tombe dans l'inconscience. « Tu es l'élue des dieux ! » La voix de la nurse, envoûtante, s'empara de son esprit, la libéra et l'emmena vers la forêt, vers Yesa, vers le ceiba, loin des coups de fouet que le jeune Santadoma, aveugle de rage, continuait à asséner à ce corps presque mort. Lorsque le sang qui coulait du nez de la suppliciée forma une flaque sur le sol, alors le commandeur osa retenir le bras du noble pour qu'il mette fin au châtiment.

Kaweka était toujours prisonnière du cep quand mama Ambrosia fut enterrée cette nuit-là au cimetière des esclaves noirs de La Merced, simple champ clôturé et planté de quelques croix de bois dans la terre. Ce dernier asile des esclaves avait été une autre guerre gagnée par les sacarocrates contre l'Église, dans le conflit entre l'évangélisation des Noirs et la question de leur rendement. En effet, lorsqu'un esclave mourait dans la sucrerie, il fallait le transporter à la paroisse la plus proche, ce qui impliquait la perte d'une journée de travail pour ceux qui portaient le corps, ainsi que le versement du denier à l'église et au prêtre. Dix pour cent des décès dans une *negrada* de cinq cents hommes signifiaient cinquante morts, plus quatre esclaves qui transportaient le cadavre jusqu'au lieu sacré, ce qui représentait deux cents journées complètes de travail. Beaucoup de sucre perdu pour enterrer des esclaves... Et comme beaucoup de planteurs l'avançaient, si le défunt était une femme, comment pouvaient-ils s'assurer que son corps soit respecté ? C'est ainsi que les sacarocrates firent construire des cimetières dédiés aux esclaves pour maximiser leur rendement, économiser les frais d'enterrement, ne pas payer d'impôts, et surtout pour contrôler leurs propres défunts en les spoliant administrativement et en les remplaçant par des esclaves volés ou sans papiers. Mama Ambrosia fut enterrée dans ce cimetière, sans cercueil, sans linceul, à même la terre et en secret, compte tenu des circonstances violentes de sa mort. Mais ils n'atteignirent pas leur but pervers. Les hommes, et surtout les femmes et les jeunes, se souvinrent d'elle comme d'une femme de bien. Kaweka sentait que leurs prières accompagnaient l'esprit désormais libre de la vieille nurse, elles planaient sur le moulin, les champs de canne, les montagnes… et même dans le ciel chrétien.

Mais la vie continuait et les cannes à sucre des champs arrivaient toujours à La Merced. Le moulin et la chaufferie tournaient à plein régime, jour et nuit, comme les esclaves qui travaillaient en chantant pour ne plus penser. Kaweka les rejoignit le lendemain matin, des anneaux rivés à ses chevilles. Elle se déplaçait à travers le moulin et les champs avec lenteur, mécaniquement, sans même réagir lorsque le fouet s'abattait sur son dos.

Elle avait essayé d'aider mama Ambrosia, mais les dieux ne s'étaient pas approchés du cep. Après la douleur dans laquelle l'avait plongée sa mort, elle se sentait vide et abandonnée. Elle n'arrivait plus à comprendre le chemin parcouru depuis qu'elle avait accepté de s'enfuir dans les montagnes. Avant cela, elle avait connu l'amour, un sentiment nouveau qu'elle avait détruit en rejoignant le palenque. Quand Modesto lui avait promis de l'acheter, était-il sincère ? Au refuge, on lui avait rapporté que le jeune homme faisait en réalité partie de ces nègres serviles qui collaboraient au système esclavagiste. Elle n'avait pas voulu le croire. C'était elle qui avait fui et non lui qui l'avait abandonnée. Pour autant, il n'était pas venu la chercher au palenque. Après, elle avait abandonné sa fille pour retourner se battre pour les esclaves, et avait pris le risque de se faire capturer à La Havane et renvoyer à La Merced. Et aujourd'hui, elle coupait à nouveau les cannes, enchaînée, et les orishas ne lui soufflaient pas le moindre mot à l'oreille.

Le contact avec les autres esclaves lui était impossible : les pieds enchaînés toute la journée, elle était surveillée en permanence par le commandeur et ses hommes. À quoi bon avoir renoncé à l'amour et à sa fille, à quoi bon ce calvaire si elle ne pouvait poursuivre sa lutte pour les esclaves ? Les dieux la délaissaient parce qu'elle ne leur servait plus à rien.

À cette inquiétude se mêlait sa peur pour Yesa. Elle priait pour elle, et pour que s'accomplisse la malédiction qu'elle avait jetée sur le fils du marquis, le meurtrier de sa mère. Après cela, vous pourrez me tuer, priait-elle les divinités, trouvez quelqu'un d'autre pour me remplacer, quelqu'un de plus fort que moi, mais prenez soin de mon enfant et punissez le maître !

Elle était épuisée, faible et malade. Même les tambours de la fête dominicale ne lui redonnaient pas le moral. Le marquis avait obtenu ce qu'il voulait : sa fin, son aveulissement public, son humiliation devant les autres esclaves.

Lorsque Modesto apparut, peu de jours s'étaient écoulés depuis qu'elle se laissait aller à la fatalité et au mépris des orishas. Elle l'aperçut devant l'infirmerie, à côté de Cirilo le chirurgien *romancista*, alors qu'elle faisait la queue pour le repas du soir dans la cour du quartier des esclaves. Il était vêtu de blanc, et simplement : pantalon et chemise, sandales en cuir – signe de sa prospérité –, et chapeau de paille. Il bavardait distraitement avec son maître, agitant les mains, le sourire radieux, puis les cris des surveillants et le cliquetis des chaînes du peloton des esclaves punis attirèrent son attention.

Son regard parcourut la file, arriva au niveau de Kaweka, la dépassa, mais quelques secondes plus tard, s'arrêta et revint en arrière. Sidéré, il tentait de reconnaître en cette femme noire émaciée, blessée, triste et sale, la jeune fille à laquelle il avait proposé le mariage.

Kaweka fut envahie de sentiments confus. Elle avait enfoui au plus profond d'elle l'espoir et le désir inavouables que le jour où elle retrouverait Modesto, elle apprendrait que Gabino lui avait menti. Une lueur de bonheur renaîtrait alors, et projetterait sa lumière sur sa vie d'esclave.

Modesto tenta de s'approcher d'elle, mais Cirilo l'en empêcha en lui empoignant le bras. Il connaissait bien Kaweka.

— Si tu ne veux pas avoir d'ennuis avec Sa Seigneurie, ne t'approche pas de Regla. (Le chirurgien avait parlé assez fort pour que la jeune femme l'entende.) Le marquis a interdit à quiconque de lui parler. On a déjà eu assez d'ennuis quand elle s'est enfuie dans la sierra.

Modesto se dégagea de la poigne de Cirilo, et marcha vers Kaweka qui baissa les yeux et regarda ses belles sandales de cuir. Elle se vit alors telle qu'il devait la voir : sale, enchaînée, douloureuse, le corps couvert de croûtes…

L'un des sbires s'interposa devant l'affranchi.

— Il est interdit de lui parler !

— Juste un instant…

Alors ce timide espoir depuis longtemps ancré au plus profond de ses entrailles se ralluma, alors qu'elle n'était plus qu'une femme vaincue, repoussante et sans défense. Pourquoi le destin s'acharnait-il ainsi contre elle ? Que penserait Modesto, en la voyant dans cet état et cette situation ? Les promesses qu'il lui avait faites étaient loin, le palenque aussi, mama Ambrosia était morte, et elle n'était plus à présent qu'une esclave enchaînée.

Elle finit par relever les yeux lorsqu'il fut près d'elle. « Pourquoi n'es-tu pas venu avec moi ? Pourquoi ne m'as-tu pas suivie jusqu'au palenque ? Tout aurait été différent », lui murmura-t-elle. Oui, c'était elle qui l'avait abandonné, qui s'était enfuie sans le lui dire, mais Yemaya l'y avait forcée. « Que reste-t-il de l'amour que tu m'avais avoué… ? Était-il sincère ? »

— Regla…

Le garde se précipita sur lui.

— Le marquis ne permet à personne de lui parler. Toi et ton maître, vous êtes là pour soigner don Ernesto, pas pour chercher des ennuis. Va retrouver Rivaviejo !

Kaweka releva la tête en apprenant que le fils du marquis était malade. Oubliant toute prudence, elle interrogea Modesto du regard.

— Oui, lui répondit-il en essayant de se libérer du garde, don Ernesto souffre d'une maladie…

Le garde se rua sur Modesto.

— Il va mourir, déclara Kaweka en souriant pour la première fois depuis longtemps.

Un sourire cruel qui fit frissonner le jeune homme avant qu'on ne l'écarte violemment pour le pousser sans ménagement à l'intérieur de l'infirmerie.

Elle le vit trébucher, il faillit tomber. Les quelques mots qu'ils avaient échangés à mi-voix résonnaient encore. Modesto avait défié les gardes pour pouvoir l'approcher. Que voulait-il lui dire ? Elle regarda ses pieds sales, ses chevilles blessées par les chaînes, ses croûtes de sang, et se souvint des sandales grossières en feuilles de palmier qu'il portait lorsqu'elle l'avait rencontré pour la première fois. Depuis, il avait prospéré, il ne devait qu'éprouver de la pitié pour elle. Ces impressions ne la quittèrent pas de la journée. Le soir, couchée à même le sol, elle se concentra pour entendre les commentaires qui circulaient :

— Le fils du marquis est malade.

— Lequel ?

— L'aîné.

— Ce salaud !

— Ils pensaient que c'était rien, juste de la fièvre, mais ça n'a pas l'air de s'arranger...

— Ils disent que ça fait des jours que ça dure.

— Qu'il crève ! Qu'il crève !

— Le marquis a fait venir plusieurs médecins.

Les spéculations et les souhaits d'une maladie mortelle se multiplièrent dans le dortoir jusqu'à ce que le surveillant réclame le silence. Une colère s'était levée dans l'esprit de Kaweka, encore choquée par la présence de Modesto, une colère qui avait appelé le souvenir de mama Ambrosia et de la mort barbare et cruelle que le fils du marquis lui avait infligée.

— Yemaya, tu es revenue ! souffla-t-elle.

Le lendemain matin, une heure plus tôt que d'habitude, les neuf cloches de l'Ave Maria qui réveillaient les esclaves pour les travaux des champs de canne se transformèrent en une succession insistante de tintements, si bien que ceux qui assuraient le travail de nuit pour la récolte eurent à peine le temps de s'allonger sur leur grabat.

— Il doit être mort, dit une femme.

— On n'aura pas cette chance, lui répondit une autre.

En effet, elles ne l'eurent pas, mais on leur donna l'occasion de prier pour sa guérison. Devant les cuisines, où les tables étaient installées pour distribuer la nourriture, un autel avait été dressé, comme à Noël ou lors des rares occasions où le marquis acceptait que les fêtes religieuses empiètent sur le temps du travail. Les esclaves furent ainsi contraints de se mettre en rangs pour prendre part à la liturgie.

À côté de la *negrada*, les employés du moulin se rangèrent à côté des Blancs. Modesto n'était pas parmi eux. Il devait travailler dans la maison des maîtres. Aucun membre de la famille n'était présent non plus. Les Noirs firent leurs prières, et don Julián, le prêtre du domaine, leur donna la communion. Puis ils récitèrent sur commande de nouvelles prières pour que la santé du fils du marquis s'améliore, alors qu'en leur for intérieur nombreux étaient ceux qui priaient pour sa mort et lui souhaitaient la plus douloureuse des agonies. Sur ce, ils reçurent leur ration d'aguardiente et furent envoyés à la récolte.

Les jours suivants, la belle demeure des maîtres qui, perchée sur une petite colline, dominait la plantation, resta illuminée en permanence, ainsi que ses jardins et ses chemins d'accès. Les chants des esclaves en plein travail étaient maintenant strictement dédiés au rétablissement du maître Ernesto.

— Que les maîtres vous entendent ! leur ordonnaient les gardes en faisant claquer leurs fouets.

Alors un soliste élevait la voix pour implorer la guérison, jusqu'à ce que les autres, en chœur, lui répondent en invoquant les saints chrétiens.

— Que vos prières réconfortent don Ernesto, il faut qu'il vous entende !

La maison était loin, et les cris s'intensifiaient. Kaweka chantait avec eux.

— Faites-le mourir ! criait-elle au milieu des clameurs.

Il y eut d'autres messes, d'autres prières, de multiples allées et venues vers la demeure des maîtres. Voitures et chevaux arrivaient et repartaient. La tension était palpable sur les visages invariablement crispés des surveillants, des gardes, des cuisiniers. Aucun ne voulait imaginer la réaction du marquis au cas où son héritier ne surmonterait pas le mal, et la peur se traduisait par des vociférations et des coups de fouet sur le dos des esclaves.

Un jour, après l'une de ces messes, Narvaez saisit le bras de Kaweka et l'entraîna à l'écart des autres :

— Tu as maudit le maître !

Il n'avait pas osé en parler au marquis : don Ernesto s'était en effet moqué de la possibilité que Kaweka lui jette un sort pour avoir fouetté à mort mama Ambrosia, et avait expressément interdit au commandeur d'y faire la moindre allusion en présence de son père. « La vieille femme est morte pour servir d'exemple. N'est-ce pas ce que mon père voulait ? Ces histoires de sorcellerie sont absurdes ! Comment pourrions-nous accorder, nous les catholiques, le moindre crédit aux croyances de ces sauvages, ces êtres inférieurs, ignorants, insolents et stupides ? »

La santé de don Ernesto se dégradait, et les mauvais augures de l'esclave rongeaient le commandeur qui ne cessait de se demander s'il ne devait pas tout avouer au marquis, car peut-être y avait-il une part de vérité dans ces croyances ? Narvaez ne pouvait nier qu'une certaine magie régnait autour des pratiques ésotériques des esclaves noirs, comme de celles des ouvriers chinois, même si ceux-ci ne révélaient pas leurs méthodes et leurs prétendus savoirs, étant d'une nature plus discrète. Car si les Blancs ne connaissaient le monde sacré des Africains que de loin, comme le maître, ce n'était pas le cas de Narvaez, qui avait travaillé toute sa vie avec les esclaves noirs, tout comme son père et son grand-père.

Au fil des ans, la vérité est qu'il avait été témoin de situations auxquelles il n'avait pu trouver d'explication rationnelle. La magie était étrangère aux croyances chrétiennes, mais en matière de guérison, que ce soit à la campagne, dans les sucreries ou dans les villes, beaucoup de Blancs associaient les connaissances des médecins traditionnels aux pratiques africaines. Lui-même, ses hommes et leurs familles s'étaient parfois tournés vers les prêtres et les guérisseuses pour obtenir de l'aide.

— Don Ernesto... souffre-t-il de ta malédiction ? se décida-t-il à demander à Kaweka. Réponds ! s'énerva-t-il devant son silence, en la secouant.

Le collier de perles bleues et blanches qu'elle cachait sous sa tunique faillit se détacher ; seul son mince cordon élimé était visible autour de son cou, et quelques perles se rassemblaient au creux de ses seins. Elle les avait renfilées après avoir appris la maladie du fils du marquis et avait eu la satisfaction de constater qu'elle n'avait perdu que deux perles blanches, qu'elle comptait remplacer. La chaleur du collier sur sa poitrine lui dicta sa réponse au commandeur :

— L'âme d'Ambrosia réclame la vie de votre maître, et son âme le persécute... Je ferai la même chose avec la tienne. Et vous serez tous deux plongés pour l'éternité dans les marécages putrides et nauséabonds de cette île. Jamais plus vous ne respirerez un souffle d'air pur et frais.

C'était un palais rectangulaire à deux étages, construit dans le style Renaissance italienne, agrémenté de vastes terrasses étagées et paysagées. Les intérieurs étaient luxueux, faits de marbres et de bois précieux, avec de grandes fenêtres que la lumière des Caraïbes inondait en temps normal. Mais aujourd'hui, tout était plongé dans la pénombre, comme la petite pièce attenante aux cuisines où Narvaez avait fait enfermer Kaweka.

Dans la demeure planait la mort imminente du fils aîné. Au pied du lit, dans sa chambre, des chandeliers éclairaient la pièce. La voix du père Julián résonnait fort au-dessus de celles d'un jeune prêtre et de deux enfants de chœur qui, debout à côté du lit, priaient pour accompagner le mourant. Devant eux, en larmes, les femmes de la maison répondaient à leurs litanies, se signaient et égrenaient leur chapelet : doña Presentación, la mère d'Ernesto, la sœur cadette d'Ernesto ainsi que deux vieilles tantes et quelques amies de la famille. Toutes étaient en habits de deuil. L'atmosphère était oppressante et ténébreuse, viciée par la puanteur qui émanait du malade et l'odeur de la cire aromatique des bougies et des herbes qui se consumaient.

Dans un coin de la pièce se tenaient en silence, comme ayant renoncé à leur fonction et s'étant résignés à l'inévitable, le Dr Rivaviejo et d'autres médecins venus de La Havane et de Matanzas.

Le marquis de Santadoma et ses deux autres fils allaient et venaient dans la pièce, hagards et toujours élégamment vêtus, s'efforçant de garder leurs bonnes manières jusque dans cette situation tragique. Dehors, dans le couloir, et sur le palier du grand escalier qui descendait au rez-de-chaussée, dans les salons, la bibliothèque et les cuisines, les amis et voisins étaient réunis, chuchotant dans l'attente de l'issue fatale, tandis que les esclaves de la maison se glissaient silencieusement parmi l'assistance pour offrir des boissons, et que quelques servantes noires pleuraient à chaudes larmes.

Le commandeur se glissa à travers la foule jusque dans le couloir, entra dans la chambre et s'approcha du marquis.

— Je ne suis pas d'humeur à m'inquiéter de futilités, Narvaez, l'avertit Santadoma.

— Il se peut que ce ne soit pas le cas, Votre Seigneurie, l'avisa Narvaez sans oser croiser le regard de son maître, tandis que les cris de don Julián retentissaient dans toute la demeure.

— C'est une hérésie ! Ernesto mourra dans le péché !

— Ernesto ne peut pas pécher, mon Père, fulmina le marquis en montrant la porte au prêtre pour l'inviter à sortir. Il est mourant, privé de toute volonté !

— Je vous en prie, Juan José, l'implora son épouse.

— Ah bon ? Tu te contentes de regarder ton fils mourir ?

— Notre Seigneur en a décidé ainsi, gémit-elle.

— C'est la volonté de Dieu ! renchérit le prêtre.

— Mais pas la mienne ! riposta le marquis.

— Blasphème ! s'étrangla don Julián.

Doña Presentación se signa brusquement, puis cacha son visage dans ses mains. Une grande gêne avait saisi l'assemblée des présents : Kaweka se tenait sur le seuil de la porte, à côté de Modesto que Rivaviejo avait fait venir. Le marquis avait en effet annoncé au prêtre et aux personnes présentes que l'esclave, prêtresse de la Regla de Ocha, pouvait conjurer la malédiction qui poursuivait Ernesto et le conduisait à la mort.

Dans le couloir, on essayait qui de jeter un coup d'œil dans la chambre, qui de monter à l'étage, et dans tout l'escalier on posait des questions. Les femmes présentes dans la chambre du fils étaient toutes pâles, horrifiées par cette querelle, tandis que les médecins devisaient entre eux.

— Oui, mon Père, concéda don Juan José, je suis un blasphémateur et j'assume mon péché, ainsi que tous les péchés que je commettrai désormais ! Priez tous pour que je ne meure pas avant de m'en être repenti !

— Mais ce sont des rites nègres, et des dieux païens ! s'étouffa don Julián.

— Des dieux que vous permettez à tous les nègres de vénérer ! Des dieux qu'ils mettent sur un même pied d'égalité que nos saints, au vu et au su des serviteurs de l'Église !

— Pas tout à fait, tenta de l'interrompre le prêtre.

— Taisez-vous ! lui ordonna le marquis. Ils les adorent dans les églises, dans la vôtre ! Et vous le niez ?

Don Julián resta coi, et le noble profita de ce moment d'hésitation pour lui enjoindre de quitter la chambre :

— Sortez ! Ne vous mêlez plus de cela !

— De toute façon, risqua le plus ancien des docteurs, la médecine des nègres n'est pas assez avancée pour...

Le marquis balaya son propos d'un revers de main :

— Voulez-vous encore essayer ? Que suggérez-vous, de nouvelles saignées, de nouvelles drogues ? Ou d'autres tortures ? Hier, vous l'avez condamné à mort, vous avez déclaré que la science ne pouvait plus rien pour lui.

— Dieu seul en a le pouvoir... bredouilla don Julián qui se montrait décidément rétif à sortir de la pièce.

— C'est possible, mon Père, concéda don Juan José, mais je ne pense pas que Notre Seigneur attache la moindre importance au fait que vous soyez ou non présent aux côtés de mon fils pour accomplir ce miracle. Laissez-moi avec lui, et descendez prier à la chapelle, conclut-il en lui indiquant à nouveau la porte. Je vous paierai, don Julián. Je vous paierai mille fois plus que d'habitude pour chaque prière que vous direz pour mon fils. Je vous ferai construire une nouvelle église, avec un tabernacle en or. Et vous tous, conclut-il à l'adresse de sa femme et de tous les présents, allez avec le Père vous agenouiller et prier pour Ernesto !

Sur ces mots, il fit un signe à Narvaez, qui saisit le bras du religieux lequel, se sentant bafoué dans sa dignité, se dégagea violemment, se redressa et sortit seul.

— Vous avez tort, reprocha la marquise de Santadoma à son époux. Votre fils mérite de mourir dans le réconfort de Dieu.

— Vous ne comprenez pas, ma femme. Mon fils ne mérite pas de mourir ! fulmina le marquis à deux doigts de son visage. À quoi ont servi vos prières et vos messes quotidiennes ? Votre soumission, votre humilité et vos actes pieux ? Où est-il, maintenant, votre Jésus-Christ ? Aucun Dieu d'aucun univers n'a le droit de m'enlever mon fils, et si pour éviter cela je dois renoncer à Lui et croire en d'autres dieux noirs ou chinois, et même au Diable s'il le faut, vous pouvez tous être sûrs que je le ferai ! Et maintenant, sortez ! Vous aussi ! cria-t-il aux médecins, qui s'empressèrent d'obéir et de suivre les femmes et les deux fils cadets du marquis.

Tandis que tout ce monde sortait, Narvaez poussa Kaweka à l'intérieur de la pièce. Don Julián et la marquise se signèrent en passant devant elle. Le commandeur entra, suivi de trois de ses hommes. Puis quelques femmes en foulards, un vieillard aux cheveux grisonnants et trois enfants, tous noirs. Modesto suivit discrètement le groupe.

— Et maintenant, prions vos dieux, déclara don Juan José.

Il ne restait dans la chambre que le marquis et ses hommes, le malade, et les esclaves noirs.

— Toi, demanda-t-il alors à Kaweka, est-il vrai que tu as jeté une malédiction sur mon fils ? Narvaez m'a dit...

— Oui, admit Kaweka à la grande surprise du noble, convaincu qu'elle nierait cette accusation. Et contre lui aussi, ajouta-t-elle en désignant Narvaez.

Maître et esclave se jaugèrent. Don Juan José de Santadoma reconnut alors dans ce corps meurtri un esprit difficile à briser, et décida qu'il était inutile de chercher à en connaître les raisons ou les motivations.

— Tu peux le guérir ?

— Ça dépendra des dieux.

— Sont-ils plus puissants que le Dieu chrétien ?

La jeune femme haussa les épaules avant de répondre :

— Est-ce qu'Il a pu le guérir ?

— Si tu parviens à guérir mon fils, je t'accorderai la liberté, à toi et à ta famille, ainsi qu'à dix autres esclaves de ton choix, et je vous rendrai suffisamment riches pour que vous ne rencontriez jamais plus le moindre problème. Tous les autres esclaves qui sont ici seront également libérés avec leurs familles.

Kaweka se dirigea vers la tête du lit. Gisait là, maigre, squelettique, la respiration sifflante, les yeux enfoncés dans leurs orbites, les lèvres craquelées, le jeune homme hautain et vaniteux qui, peu de temps auparavant, avait fouetté à mort mama Ambrosia. Kaweka sentit les mauvais esprits qui hantaient l'espace la frôler.

Elle tourna son regard vers les esclaves rassemblés dans un coin de la chambre et aperçut Modesto. Elle lui adressa un sourire imperceptible, étrange, empreint d'une certaine cruauté. L'affranchi comprit le message véhiculé par ce sourire : Ernesto de Santadoma allait mourir. Elle vit alors l'affranchi hésiter, vaciller sur ses jambes. Elle se demanda s'il avait l'intention de se servir de ses connaissances médicales pour sauver le malade et, peut-être, de gagner de cette façon la liberté promise par le marquis, la sienne et celle de beaucoup d'autres esclaves et de leurs familles. Il s'agissait d'un grand nombre d'hommes et de femmes en échange de la vie d'un scélérat qui la perdrait sûrement un peu plus tard, probablement ivre, dans une stupide affaire d'honneur, ou bien pour une histoire d'amour, ou d'argent... La déesse pourrait peut-être différer cette mort un certain temps, au profit de la liberté de tous ces esclaves noirs ?

Le marquis, interprétant son silence comme une hésitation, reprit la parole :

— Mais si tu ne parviens pas à le guérir, tu mourras. Et eux aussi, ajouta-t-il en désignant le groupe d'esclaves du doigt.

Et comme pour prouver la véracité de sa menace, il fit un signe à Narvaez, qui tira aussitôt un poignard de sa ceinture et trancha d'un coup la gorge de l'une des femmes. L'esclave s'effondra sur un tapis précieux qui absorba le torrent de sang qui gicla de son cou. Les autres esclaves hurlèrent et tentèrent de s'enfuir, mais Narvaez et ses sbires les frappèrent de leurs armes pour les maîtriser. À l'extérieur, on frappait à la porte, on demandait ce que signifiaient ces cris.

— Ne t'étonne pas, lança le marquis à Kaweka devant le regard haineux qu'elle lui lança, après avoir compris qu'elle ne pouvait pas faire grand-chose pour empêcher que la femme se vide de son sang. C'est toi qui as apporté la mort, c'est toi qui l'as appelée. Tu es la seule responsable de ce qui va se passer.

— Non, se contenta-t-elle de répondre pour éviter tout affrontement.

Ce qui se déroulait dans cette pièce était le résultat d'années de violence, d'injustice et d'oppression. Elle reporta son attention sur le jeune homme moribond, dont elle agrippa brusquement la poitrine. Le marquis, ses hommes et les esclaves se penchèrent pour voir ce qu'elle faisait : contre toute attente, elle arracha deux petits boutons de nacre blanche à la chemise du malade. Puis, elle enleva son collier de perles bleues et blanches, en dénoua la ficelle dont elle retira les boules de bois, avant de les disposer à nouveau délicatement en y ajoutant les boutons de nacre, jusqu'à ce qu'il y en ait sept de chaque couleur. Elle éleva le bijou vers le plafond, ressentit sa puissance, sa chaleur, et le reposa sur la poitrine du malade.

Le fils du marquis émit un gémissement, une plainte sonore, signe de vie qui amena le père au pied du lit.

Kaweka cherchait la présence de la déesse.

— Chantez, demanda-t-elle aux esclaves.

Aucun n'y parvint.

— Chantez ! cria le marquis.

Un murmure effrayé s'éleva de leurs gorges. Kaweka ne voulait pas offrir l'occasion au marquis d'intervenir une deuxième fois pour donner des ordres aux esclaves : sa cérémonie ne lui appartenait pas ! Cependant les esprits flottaient, elle les sentait troublés, perdus, et Yemaya semblait loin. Il fallait en faire plus. Elle s'empara alors de la statuette d'une vierge en bois, de la taille de sa main, qui, sur la table de chevet, n'avait pas eu le pouvoir de protéger le malade, et la frappa, en rythme, sur la tête de lit en bois. Une esclave l'accompagna en tapant dans ses mains. Le marquis prit de son côté deux petites boîtes en bois sculptées, qu'il entrechoqua. Le rythme s'accéléra. Les chants n'étaient pas ceux, serviles et répétitifs, entonnés en espagnol par les esclaves dans les champs de canne ; c'étaient les chants fiévreux, effrénés, en langue lucumi, qui accompagnaient les fêtes des tambours et invoquaient les dieux, imploraient leur présence, le premier d'entre eux s'adressant à Eleggua, l'orisha du destin, le gardien des portes et des chemins. La chambre vibrait. On continuait à frapper à la porte depuis le couloir. Kaweka, maigre, sale, les cheveux emmêlés, vêtue d'une tunique déchirée, les chevilles couvertes d'ulcères, ensanglantées par le port des entraves qu'on lui avait enlevées pour la présenter dans la demeure du maître, semblait à présent grandir, se dilater. Le marquis, en sueur, voyant son fils trembler, s'agrippait au pied du lit.

Kaweka chantait au rythme de la résonance des coups qu'elle portait sur le bois. Elle ressentait alors en elle la présence de la déesse, qui lui accordait pleinement un pouvoir de vie et de mort sur cet homme. L'un des petits esclaves, de ceux qui, chaque nuit, dormaient recroquevillés au seuil de la porte de leur maîtresse attitrée, s'était mis à danser, il hurlait, possédé, se tordait jusqu'à des limites extrêmes. Kaweka sourit : les orishas étaient avec eux. Les autres esclaves chantèrent à leur tour, battirent des mains. Narvaez et ses hommes ne savaient plus où regarder. Modesto restait immobile dans un coin de la chambre. Yemaya meurtrissait violemment sa poitrine, son ventre, sa tête, la questionnant, et Kaweka n'avait qu'une réponse : la mort ! Chaque fois que la déesse la frappait intérieurement, lui reposant sa question avec une virulence inhabituelle, Kaweka lui répondait avec la même détermination. La force de cette confrontation pénétra l'esprit du fils du marquis qui, aux portes de l'enfer, prit conscience qu'une misérable esclave noire était en train de décider de son sort. Il se redressa alors dans son lit, fixa son père de ses yeux grands ouverts, les bras tendus vers lui, implorant son aide.

Le marquis poussa un cri et porta les mains à son visage. L'un des hommes de Narvaez tomba à genoux, se signa plusieurs fois et pria. L'agitation frénétique des esclaves ne faiblissait pas. La porte commençait à vaciller sur ses gonds. Kaweka sourit à la déesse, qui accepta sa décision et se répandit dans son corps, occupant les moindres recoins de son être. Puis l'esclave cracha au visage d'Ernesto de Santadoma, qui se mit à convulser.

À ce moment-là, la porte de la chambre fut forcée, et une foule de personnes, conduite par le prêtre et doña Presentación, se précipita à temps pour assister aux derniers soubresauts du malade avant qu'il ne succombe. La mère et le prêtre se ruèrent vers le jeune homme. Don Julián traça dans l'air un signe de croix. Doña Presentación se pencha sur son fils pour l'embrasser, l'appeler et secouer sa tête dans la vaine intention de le ranimer. Dans son trouble, elle remarqua le collier de perles qui reposait encore sur la poitrine du cadavre et, le prenant dans sa main, elle se jeta, en larmes, sur Kaweka qu'elle insulta, griffa, frappa. L'esclave, encore en transe, ne chercha pas à esquiver ses coups.

— Tu es satisfait ? hurla doña Presentación, reportant sa colère sur son mari.

Le marquis était à genoux au pied du lit, pâle et prostré.

— Mon fils est mort dans le péché, loin de Dieu. Loin de sa mère. Sans la consolation de...

Le marquis ne prêtait pas attention à sa femme qui éclatait en récriminations.

— Tue la sorcière, ordonna-t-il à Narvaez d'une voix désespérée. Tue-les tous !

— D'autres morts ? lui opposa don Julián en montrant la femme noire qui gisait dans une mare de sang.

Le prêtre regretta un instant sa réplique, conscient que le marquis n'était pas homme à accepter les reproches. Celui-ci réagit aux paroles du prêtre et se leva. Le noble et le religieux échangèrent un regard. Le jeune maître, que don Julián avait baptisé de ses propres mains, venait de mourir à côté d'une sorcière, et cela lui était insupportable. Il ne permettait pas que le marquis persiste dans son orgueil blasphématoire.

— Avez-vous l'intention de donner à la mort de votre fils des allures de boucherie ? Est-ce ainsi que Votre Seigneurie souhaite que l'on se souvienne de lui ? C'est avec ce sang qu'il entrera dans l'éternité ! Voulez-vous le rendre responsable de ces morts devant Dieu ?

Le marquis baissa les yeux. Don Julián comprit alors qu'il avait gagné la partie, et baissa le ton :

— Jésus-Christ ne veut plus de douleur. Le péché ne se combat pas par la violence, mais par la vérité, et la Vérité, c'est Lui. La raison de Ssa Seigneurie a été obscurcie par la maladie de son fils. Nous en avons tous été témoins. C'est humain, personne ne le lui reprochera, surtout pas Notre Seigneur, qui a connu la douleur de la crucifixion de son propre fils. Repentez-vous, don Juan José. Dieu est miséricordieux envers ceux qui suivent son chemin, y compris dans leurs égarements. Repentons-nous et prions pour l'âme d'Ernesto… C'est ce que Dieu attend de nous.

Et, sur un geste du prêtre, les esclaves présents dans la chambre se précipitèrent vers la porte. Kaweka, quant à elle, resta immobile à la tête du lit, sonnée, encore sous l'emprise de l'envoûtement. Narvaez s'approcha d'elle. Doña Presentación la frappa et l'insulta à nouveau. Maître et commandeur échangèrent un regard. Un regard qui condamnait l'esclave à la mort.

La nuit était déjà tombée. Les chants funèbres des esclaves au travail résonnaient de nouveau dans la sucrerie.

Narvaez entraîna Kaweka, toujours possédée, jusqu'au cimetière noir de La Merced, où il la força à s'arrêter et à s'agenouiller. Puis il pointa son pistolet sur sa tempe.

Une voix s'éleva, claire et puissante, au-dessus du grondement des machines du moulin :

— Vous croyez que c'est comme ça que vous échapperez à sa malédiction ?

Modesto les avait suivis, ayant été témoin du regard éloquent que le marquis et son fidèle commandeur avaient échangé. Narvaez, son pistolet toujours pointé sur Kaweka, lui répondit :

— Qu'est-ce que tu fais là, toi ? Tu veux mourir aussi ?

— Non. Je veux seulement vous aider.

— Ne t'approche pas ! lui ordonna Narvaez, pointant à présent son arme vers lui.

Modesto recula de quelques pas.

Le commandeur s'apprêtait à viser de nouveau Kaweka, mais la voix de l'affranchi l'en empêcha :

— Avez-vous l'intention de tuer une déesse noire ? Vous ne comprenez pas que la fille est encore possédée ? Vous aussi, vous êtes maudit, elle l'a dit. Vous avez vu la mort terrible qu'elle a infligée à maître Ernesto. La tuer ne ferait qu'attiser la colère des dieux.

— Tais-toi !

Modesto savait qu'il ne devait rien en faire. Il poursuivit :

— Écoutez, les aristocrates ne croient pas en ces puissances divines, ils s'en moquent, mais vous, vous avez pu, au contact des esclaves, constater leur manifestation. Vous savez le bien et le mal qu'ils sont capables de faire. Vous venez d'assister à un énième phénomène troublant du monde de la magie noire, et vous doutez encore du pouvoir de cette esclave. Si vous la tuez, personne ne pourra lever la malédiction qui pèse sur vous.

— Certains babalaos en sont capables.

— Est-ce qu'un homme frappé par la malédiction a déjà assassiné une prêtresse habitée par la déesse ? L'affranchi émit un rire sarcastique : Oubliez. Vous et les vôtres souffrirez largement plus que le commun des mortels.

La lune éclairait le cimetière. Entre les croix et les monticules cernés de pierres, Kaweka se tenait immobile, absente, et le commandeur, qui avait baissé son arme, pesait les mots de l'affranchi, indécis, les muscles noués par la peur.

Modesto prit conscience de la situation de l'homme, et de la nécessité de lui offrir une porte de sortie.

— Personne ne le saura jamais, lui assura-t-il. Je creuserai une tombe pour que tout le monde croie que vous avez accompli votre mission. J'emmènerai Regla. Elle changera de nom...

— Qu'elle brise d'abord la malédiction !

— Pour qu'ensuite vous la tuiez ?

Narvaez changea à nouveau de position et, faisant face à Modesto :

— Mais quelle garantie ai-je qu'elle brise sa malédiction si je la laisse en vie ?

— Celle des dieux, mentit Modesto. Les siens. Les miens. Vous me connaissez, je viens souvent à la plantation. Vous pouvez facilement me retrouver à La Havane, et donner l'ordre de me tuer si vous commencez à remarquer le moindre symptôme de sa malédiction.

— Que la sorcière me le jure, exigea le commandeur en faisant face à Kaweka. Qu'elle mette fin à la malédiction, qu'elle fasse ce qu'il faut...

Brusquement Modesto s'approcha, au moment même où Kaweka se mit à haleter. Son halètement se transforma en un grognement sourd et bestial, puis le sol du cimetière gronda. Modesto et Narvaez cherchèrent dans la nuit l'origine de ce bruit, et en un instant ils furent entourés de plusieurs dogues rugissant, mâchoires ouvertes, canines blanches luisant dans l'obscurité.

— D'accord, approuva précipitamment le commandeur.

10

La Havane, février 2018

— Ils m'ont droguée, ils m'ont fait boire ! se défendit Lita.

— Ça, c'est sûr ! confirma Sara.

— Ils parlaient de santería, de magie et de ce genre de choses, s'étonna Elena.

Elles petit-déjeunaient sur la terrasse de l'hôtel, la mer en toile de fond. Lita avait dormi toute la journée sous l'effet des calmants, et s'était réveillée de bonne humeur avec un appétit qu'elle assouvissait sans modération. Ses deux amies avaient pensé qu'elles ne pouvaient pas plus longtemps lui cacher les causes auxquelles Pedro et ses amis avaient attribué son étrange comportement dans l'église de la Virgen de Regla, mais, à leur grand soulagement, la réponse de Lita dissipa leurs craintes :

— De la magie ? Mais non ! Ils étaient tous défoncés, ivres morts !

La joie était de retour. Pedro les attendait près de la voiture. Il ne mentionna pas l'événement, et pour peu qu'il en ait eu l'intention, les regards et les gestes d'Elena et de Sara furent assez expressifs pour le faire taire durant le trajet jusqu'à la plage. Elles prirent un bain de soleil, se baignèrent et se régalèrent d'un plat de poisson dans une paillote qui était loin de rivaliser avec les restaurants des plages espagnoles. Toujours est-il qu'elles prirent assez de verres pour avoir envie de faire une sieste, histoire d'être en forme pour une nouvelle nuit festive.

De retour à l'hôtel, dans l'ascenseur qui les emmenait à leurs chambres, elles convinrent de l'heure à laquelle elles se retrouveraient pour dîner.

— À notre tour, ce soir, de faire des folies ! protesta malicieusement Elena en regardant Sara d'un air moqueur.

— Je peux vous présenter le mec, leur dit Sara.

— Ah bon, tu nous le laisses ? s'amusa Elena.

— Eh bien, oui, je vous le refile ! J'ai eu ma dose, j'arrête là. Et puis, on est venues ici pour s'amuser, pas pour s'éclater. Pour ça, pas besoin de sortir de Madrid.

— Sauf si l'occasion se présente ? avança Elena.

— Sara a raison ! trancha Lita.

— Oui, d'autant plus qu'elle, elle en a bien profité, commenta Elena.

— D'accord, mais je me suis trompée. Les filles, il faut profiter de notre chance d'être là ! *Full credit !* (Cette expression avec laquelle le concierge de l'hôtel les avait accueillies le premier jour était devenue un mot d'ordre pour les trois amies.) C'est un rêve ! On est là pour s'éclater entre nanas, pas pour draguer.

Dans cette humeur joyeuse, elles regagnèrent leurs chambres respectives.

Ce soir-là, elles voulurent se rattraper de la soirée précédente où leur dîner s'était réduit à un sandwich arrosé d'une bière dans leur chambre, tandis qu'elles veillaient sur le sommeil de Lita. Elles choisirent un restaurant réputé de La Havane : « Dans la vieille ville, immeuble colonial restauré, façade en maçonnerie dans les tons ocre, balcons en fer forgé. Cuisine ouverte, intérieurs modernes et lumineux, vastes fenêtres donnant sur la rue. Personnel aimable et attentif. » Elles goûtèrent à la cuisine cubaine : haricots noirs, *ajiaco* et *ropa vieja.* Le tout arrosé de plusieurs verres de vin pour faire passer et digérer ces consistants ragoûts populaires et traditionnels.

Elles riaient et discutaient lorsque s'approcha de leur table un élégant mulâtre d'un certain âge, vêtu d'un pantalon blanc et d'une chemise beige de la même teinte que le cuir de ses chaussures, et coiffé d'un panama qu'il faisait tourner lentement dans ses mains.

— Je peux m'asseoir ?

Il avait un sourire charmeur, comme beaucoup de gens d'ici, pensa Lita en cherchant Pedro du regard, qui gardait toujours un œil sur les personnes qui les abordaient. Le chauffeur lui fit un signe de tête approbateur.

— Pedro est un bon ami, expliqua le nouveau venu.

— Dans ce cas, je vous en prie, l'invita Elena en lui montrant la chaise vide à leur table.

Raúl, tel était le nom de l'homme, refusa le gâteau au chocolat que les filles étaient en train de se partager, mais accepta un verre de rhum qu'un garçon lui servit sans qu'il l'ait demandé.

— On connaît vos goûts, ici, s'amusa Lita.

— Effectivement, sourit Raúl. C'est étrange que trois jolies femmes comme vous se contentent de la compagnie d'un vieil homme comme moi. Et cela encore, parce que je me suis approché ! ajouta-t-il au milieu de leurs rires. La jeunesse de ce pays est un peu... écervelée.

Il continua à les complimenter, à les flatter. Il s'intéressa à elles, attira leur attention sur quelques curiosités de l'endroit avant de les embarquer dans une conversation animée portant sur la ville, ses fêtes, ses habitants, ses avantages et ses inconvénients. Elles intervinrent, posèrent des questions et furent surprises par certaines histoires qu'il leur raconta. Puis la conversation cessa.

Raúl continua sur un Havana Club de sept ans d'âge. De leur côté, elles préférèrent rajouter un peu de ce rhum dans leurs mojitos. Entre chaque gorgée s'étendaient de longs moments de silence. La nuit havanaise et sa chaleur enivrante s'insinuaient progressivement dans l'établissement au rythme des voix, de la musique des rues. Au bout d'un moment, Elena se pencha au-dessus de la table, face à l'homme, et ouvrit les paumes en signe d'interrogation, comme pour lui demander des explications.

— Tu veux que je lise les lignes de la main ? fit-il en la tutoyant.

— Vous nous draguez ? lui demanda carrément Lita.

— L'idée m'a un instant traversé l'esprit, sourit l'autre, mais je n'oserais pas ! Je ne saurais que faire de tant de jeunesse et de beauté.

— Alors donc ?

— Vous voulez nous vendre quelque chose, ou nous emmener quelque part ? lui demanda Sara, mi-sérieuse, mi-amusée.

— Il essaie peut-être de nous kidnapper, plaisanta Elena.

— Bien. Allons-y pas à pas. Il est vrai que je veux vous vendre quelque chose : La Havane, ses fêtes, ses habitants, et si vous voulez, je vous recommanderai quelques endroits qui, d'après ce que Pedro m'a dit, vous plairont, où vous pourrez vous amuser. Je suis trop vieux pour vous accompagner. Mais je veux aussi vous enlever, enfin, seulement l'une d'entre vous. Toi ! fit-il en regardant Lita.

— Ce n'est pas la plus belle, plaisanta Sara.

— Vous ne préférez pas les filles blanches comme nous ? le provoqua Elena. Il y a plein de métisses, ici.

— Oui, mais nous manquons de prêtresses, répliqua l'homme avec un sérieux inédit.

— Ah non, réagit Lita, non !

— Attends, je ne t'oblige à rien, la rassura Raúl.

— Il ne manquerait plus que ça !

— Écoute, essaya de l'apaiser l'homme d'un ton très calme, ce qui s'est passé hier à l'église, on ne l'avait pas vu depuis longtemps : une *bajada** du saint, avec cette force, cette puissance, cette présence !

— Elle était droguée, avança Elena pour défendre son amie.

— En effet, par le pouvoir de Yemaya, il n'y a pas de drogue plus puissante.

— Ça suffit ! s'énerva Lita.

---

* La *bajada* est une cérémonie religieuse où le ou les saints d'une église sont descendus de leur niche avant qu'une procession ait lieu au milieu des fidèles.

— Ne vous fâchez pas, intervint Pedro qui s'était approché de la table. Nous ne vous demandons rien, mais le fait est qu'hier la déesse s'est manifestée comme seuls les anciens s'en souviennent. Et je vous assure que vous n'avez pas été droguée.

— J'ai bu ce breuvage à base de plantes...

— Pourquoi te droguerait-on ? intervint Raúl. Vous êtes des filles bien. Trois jeunes, jolies et gentilles Espagnoles venues découvrir notre pays et les Cubains. Nous vous aimons bien. Quant à ce qui s'est passé hier... Voyez-vous, beaucoup de touristes vont à Regla pour s'y promener, certains pour s'y amuser, d'autres sont intéressés par le sujet, d'autres encore croient sincèrement à la santería. Mais la plupart n'abordent ces rites qu'avec une curiosité qui disparaîtra sitôt dans l'avion qui les ramènera chez eux. Ils se vanteront d'avoir vécu des messes noires et vu des coqs décapités. Ils parleront de vaudou. La seule chose que Pedro et ses amis voulaient en vous invitant à l'église de Regla, c'était que vous passiez un bon moment et que vous appreniez à connaître nos coutumes. Le scepticisme ne nous dérange pas, on ne veut convertir personne. Qui t'aurait droguée, et dans quel but ?

— Tu nous as surpris, reprit Pedro après quelques instants de silence. En bref, tout ce que j'ai envie de dire, c'est que tu nous as vraiment impressionnés. Et aucun de ceux qui ont vécu physiquement la cérémonie, ni aucun des babalaos qui l'ont vue sur Internet, y compris lui, ajouta-t-il en désignant Raúl, ne doute que Yemaya t'a élue toi, et t'a chevauchée...

— Moi ? C'est impossible !

— Écoute, dit le babalao, pour nous, ce qui t'est arrivé est une bénédiction. Cela signifie que tu as des pouvoirs et des vertus qui ne sont pas à la portée de tout le monde. Comme Pedro l'a déjà dit, on ne te veut rien. On ne veut pas que tu aies peur, ni que tu t'inquiètes, ni que tu fasses quoi que ce soit, ni que tu sois notre reine, ni la déesse suprême. On se débrouille très bien sans toi, mais je tiens à t'exprimer la fierté que j'éprouve de t'avoir devant moi.

(Raul lui serra la main.) Ce qui s'est passé à l'église ne devrait pas se reproduire, mais tu seras sans doute d'accord avec moi pour penser que, si c'était le cas, il vaudrait mieux que tu en connaisses la raison.

— Donc vous ne la croyez pas folle, ni droguée ? le taquina Elena.

— Personne ne considère le pape comme un fou, pas plus que les imams musulmans, les rabbins, les lamas, répondit Raúl. Notre religion, enracinée en Afrique noire, est plus ancienne que les cultes monothéistes. Pour nous, il n'y a rien de fou dans ce qui est arrivé hier à votre amie, rien d'autre que la présence d'une déesse, comme cela arrive tous les dimanches quand, au moment de la communion, les chrétiens croient se trouver devant le corps du Christ. Et sur cette foi, ils le consomment. Nous aussi, nous communions ensemble dans les églises.

Tous les cinq restèrent silencieux quelques instants.

— Garçon ! appela soudain Lita. Un autre rhum et encore trois mojitos ! Et vous ? demanda-t-elle à Pedro.

Le chauffeur fit non de la tête.

— Je voulais juste te rencontrer, lui avoua Raúl. Au fait, tu as de la famille, à Cuba ? Est-ce que tu sais si l'un d'entre eux...

— Est aussi fou que moi ? termina Lita.

Ils sourirent. Non, elle n'en savait rien. Elle supposait que des membres de sa famille devaient vivre ici, mais même sa mère ne s'en souvenait pas. Ils burent et trinquèrent, puis Raúl les quitta. Il leur donna son nom complet, qu'elles notèrent sur leur portable, ainsi que son adresse et un numéro à appeler si elles avaient quelque chose à lui demander.

— Ce fut un grand plaisir de te rencontrer, Lita. Vous deux également, bien entendu. Je suis sûr que nous nous reverrons.

L'homme hésitait. Elles l'aidèrent : ils s'étreignirent et s'embrassèrent pour se dire au revoir. Ce soir-là, sur la suggestion de Raúl, qui connaissait le gérant, ils finirent par aller danser dans un club noir de monde, comme elles auraient pu le faire dans n'importe quelle discothèque madrilène.

Lita pensait ne pas pouvoir y arriver, pourtant elle n'eut aucun mal à se lever à 7 heures du matin après deux petites heures et demie de sommeil. Elle prit soin de ne pas faire trop de bruit dans la salle de bains pour ne pas réveiller ses amies. Après avoir avalé son petit déjeuner, elle quitta l'hôtel en direction du quai où était amarré le bateau pour Regla. À cette heure matinale, seuls quelques touristes un peu désorientés se distinguaient parmi les ouvriers cubains ensommeillés qui s'apprêtaient à traverser la baie.

Il fallait qu'elle sache. Elle l'avait décidé le soir même, sur la musique d'un synthétiseur, alors que les aigus lui fracassaient les tympans et que les lumières l'aveuglaient, écrasée par la foule qui dansait bras levés, marionnette de cette musique agressive, battant l'air opaque et vicié, réclamant plus de puissance, plus de force, plus d'agitation sensorielle. Entre deux flashs réguliers, Lita observait les instantanés des visages de ceux qui l'entouraient : crispés, égarés, hystériques.

Elle ne voulait pas s'éloigner des propos qui l'avaient convaincue de relever ce défi. Il était difficile de regarder en face le fait qu'une déesse, un être étranger à elle, se soit emparée de son corps et de sa volonté, et de comparer ce phénomène aux effets de la musique, aussi violente soit-elle, qui finissait elle aussi par prendre possession des esprits enfiévrés de la jeunesse. Il n'en était pas moins vrai que nuit après nuit, dans une sorte de pèlerinage pseudo-religieux, des milliers de jeunes gens et de jeunes filles confiaient leur stabilité émotionnelle à des DJ qui se livraient à des expériences en stimulant leurs réflexes primitifs dans des décors irréels créés pour exacerber leurs sensations.

Il s'agit tout simplement d'une autre religion, pensait-elle alors que la navette glissait sur les eaux calmes de la baie. Lors de ces orgies festives, les jeunes cherchent à s'abandonner corps et âme, à lever leurs inhibitions, à exalter leurs émotions ; ils boivent, fument, se droguent, s'immergent ainsi dans une musique stridente qui altère leur conscience et les empêche de penser. Les yeux fixés sur le quai de la Regla que la barge abordait prudemment, elle souriait, et quelques hommes autour d'elle parurent sensibles à ce sourire. Cuba illuminait le monde par ses sourires.

Raúl avait évoqué les autres religions, mais avait oublié celle qu'une jeunesse professait en extase devant ce qui pouvait remplacer une église : un lieu de béton abritant le guide spirituel, le prêtre, le DJ ouvrant les portes de l'enfer à des centaines de jeunes gens subjugués par le rituel des lumières, des cris, des danses, du sexe, de l'alcool, des drogues, pour communier dans une transe collective.

Lita avait pensé qu'un jour elle pourrait regretter de ne pas avoir vérifié si la réaction de son corps dans l'église de Regla, cette danse sauvage et ensorcelante, sa voix et son comportement étranges étaient dus à une drogue ou si, comme le soutenaient Raúl, Pedro et leurs amis, elle avait été possédée par une déesse africaine, « chevauchée » comme ils disaient ! Quelle absurdité !

Lorsqu'elle débarqua du petit bateau pour se trouver devant l'église, elle fut frappée par cette même sensation de légèreté : elle flottait, son corps ne pesait plus sur ses jambes. Elle entra dans le lieu sacré et s'assit sur un banc. Il faisait un peu plus frais qu'à l'extérieur, et la lumière était feutrée. Une vieille femme priait quelques bancs plus loin. Lita fixa son regard sur la statue noire drapée dans un manteau bleu. Elle était censée représenter à la fois la Vierge de Regla des chrétiens et Yemaya, la déesse des mers. Et ce fut cette dernière qui se manifesta alors à elle : leurs esprits s'unirent, et une joie immense s'empara de Lita. Plus de place pour la peur ou les réticences. Elle était née pour ce moment-là. Sa vie n'avait d'autre sens que de se retrouver là, en communion intime avec cette petite Vierge, ses sens en rythme avec l'agitation des mers dominées par la déesse. Elle entendait le fracas des vagues dans la tempête, prise dans un tourbillon qu'elle dominait, elle sentait le vent et les embruns sur sa peau qui, pourtant, restait sèche.

Rentrée bien avant le réveil de Sara et d'Elena, elle s'installa sur la terrasse où elle petit-déjeuna. Elle venait de vivre une expérience magique, calme, tellement paisible. Elle n'aurait su comment l'expliquer, cependant il était clair pour elle que la petite Vierge s'était glissée en elle, avait touché ses mains et vu à travers ses yeux.

— J'aimerais retrouver ma famille cubaine, avoua-t-elle à ses amies lorsque celles-ci la rejoignirent.

Mais elle se garda de leur parler de son escapade matinale à Regla.

— C'est plutôt logique, l'encouragea l'une d'elles d'un ton distrait.

Elles se promenèrent toute la matinée dans la vieille ville. Elles visitèrent le marché artisanal, où elles découvrirent une myriade de produits. Elles achetèrent quelques t-shirts et un tableau représentant des voitures cubaines typiques, dont une immense Chevrolet jaune canari de style décadent, et décidèrent que cette œuvre ornerait la cuisine de leur appartement de Madrid. Lita hésita entre plusieurs cadeaux et choisit finalement pour sa mère un éventail orné de motifs floraux « peints à la main », lui avait précisé le vendeur. Le choix d'un autre cadeau pour Pablo fut plus compliqué. Ils s'étaient parlé deux ou trois fois au téléphone, et elle s'était sentie aussi troublée qu'une adolescente. « Idiote ! » s'insulta-t-elle ensuite. Ils n'abordèrent pas le sujet des Santadoma ni de la banque. Lita essayait de ne pas y penser, même si l'humiliation que lui avait fait subir la mère du marquis la rattrapait de temps en temps. Enfin, elle trouva le cadeau idéal : un très ancien livre scolaire sur la géométrie, se référençant à Pythagore, agrémenté des annotations des nombreux élèves qui s'en étaient servis au long des générations successives. L'exemplaire, publié après la révolution, était vendu sur un étal de la Plaza de Armas à un prix dérisoire.

— L'important, c'est que ça lui plaise, tenta de la rassurer Sara.

— Je devrais peut-être en ajouter un autre sur les instruments d'orchestre, fit-elle remarquer, provoquant une grimace d'étonnement chez son amie. Il aime… la musique, précisa-t-elle.

— Je l'ignorais, lui répondit son amie en haussant les épaules, avant de détourner son attention.

À midi, Lita téléphona en Espagne. Durant la tonalité d'attente, elle imagina sa mère en train de s'éventer par une journée de chaleur. Elle aimerait ce cadeau, à coup sûr. Elle entendit enfin décrocher, mais personne ne parla.

— Maman ?

Les aboiements des chiens réveillèrent le souvenir de sa mère en train de se démener avec eux.

— Maman ?

Rien. Aboiements. Tapes.

« Sales clebs ! » marmonna-t-elle en imaginant sa mère épuisée.

— Bonjour ?

— Maman ?

— Ma fille !

L'agitation retomba : elle avait dû enfermer les deux yorkshires hystériques dans une autre pièce. Lita eut néanmoins le plus grand mal à obtenir les informations qu'elle souhaitait.

— Des parents ? s'étonna sa mère.

Alors que Concepción voulait surtout savoir comment allait sa fille, qu'elle lui raconte ce qu'elle faisait, comment elle trouvait le pays, comment étaient l'hôtel, les habitants… Est-ce qu'elle s'amusait, mangeait-elle bien ? Lita lui répondait patiemment, mais sans cesser de l'interroger sur cette famille dont sa mère ne se souvenait pas.

— Je te l'ai dit, à Madrid…

— Je sais, je sais. Tu n'as pas de lettres, certains étaient franquistes et d'autres communistes, mais ta propre mère a bien dû te dire quelque chose, un détail, n'importe quoi ?

— Oui… sans doute, ma fille. Bien sûr qu'elle l'a fait, mais c'était il y a si longtemps, je n'y ai guère pensé depuis. Nous n'avions aucun contact avec ceux qui étaient restés à Cuba… À cette époque, le téléphone et la poste n'étaient pas ce qu'ils sont aujourd'hui, ma chérie. Bon, enfin... lorsqu'elle écoutait de la musique, elle se vantait toujours que son frère jouait très bien des maracas. Il travaillait à d'autres choses, hasarda-t-elle, j'ai du mal à me souvenir des détails, en tout cas il gagnait de l'argent supplémentaire avec les maracas, dans les fêtes, les concerts, avec les orchestres et les fanfares.

En effet, cela était revenu à l'esprit de Concepción : sa mère en train de danser dans la cuisine au son de maracas imaginaires qu'elle secouait dans ses mains, imitant le son des cailloux qui s'entrechoquaient. Tchik, tchik, tchak ! chantait-elle joyeusement, comme transportée dans son enfance auprès de sa mère et dansant avec elle au son de la radio dans la cuisine.

— ... Et ses souvenirs se sont arrêtés là, finit de raconter Lita, en train de déjeuner avec ses deux amies dans un restaurant du port.

— Et on sait comment s'appelait le frère de sa mère ?

— Antonio. Elle s'est souvenue de son prénom et de son nom de famille, celui de ma grand-mère : Gomez.

— Antonio Gomez, un nom et un prénom très répandus.

— Hé, fais attention à ce que tu dis, mon deuxième nom est Gomez, fit Sara.

— On est peut-être de la même famille alors ? la taquina Lita.

— Il vivait à La Havane ?

— Je suppose.

— Et ta famille du côté de ton père ? On pourrait aussi aller dans cette direction, suggéra Elena.

— Non, répondit Lita après un profond soupir, c'est une histoire un peu bizarre. Enfin... je crois que ma grand-mère a fait un faux pas. Ma mère ne me l'a jamais avoué aussi clairement, mais... il n'y a pas d'autre interprétation, c'est pour ça que je n'ai jamais insisté. Il semblerait que le marquis, le vieux marquis, ait obligé son amant à reconnaître la paternité de l'enfant qui est devenue ma mère, et qu'il l'ait ensuite menacé de le tuer s'il le revoyait dans les parages. Ce devait être un bon vivant, un parasite, un Blanc comme vous, sans profession ni argent, qui a profité de la naïveté d'une servante noire. Hermoso...

— Quoi ?

— Il s'appelait Hermoso. José Hermoso. Le marquis se serait engagé à s'occuper de ma grand-mère et de ma mère, et l'autre a disparu.

— Alors, un joueur de maracas appelé Antonio Gomez, qui, s'il vit toujours, aurait entre quatre-vingts et quatre-vingt-dix ans : c'est tout ce qu'on a.

— Ici, on vit vieux, insista Elena.

— Mais il peut tout aussi bien habiter de l'autre côté de l'île...

— Pedro !

Sara leva la main pour attirer l'attention du chauffeur.

— Il ne peut pas nous aider, dit Lita en devinant les intentions de son amie.

— Ça ne nous coûte rien d'essayer !

Cuba chante et danse. L'île se déplace même sur la carte, et ses habitants s'évadent du dessin au rythme du son et du mambo, du boléro et de la rumba *guaguancó*. Les anciens se souviennent encore avec fierté de ses musiciens et ses compositeurs : Piñeiro, Matamoros, Sanchez, Barroso, Garay, Simóns, Grenet, Lecuona, Moré, Rodríguez. Et des chansons : « El manisero », « Guantanamera », « Mama Inés », « Aquellos ojos verdes ». Tous ont contribué, à La Havane, à la vie trépidante des casinos et du jeu, de Sinatra à Lucky Luciano : c'était la ville dorée, la ville des nuits magiques ! Certains jouaient et chantaient dans de grands groupes et orchestres, d'autres dans de petits ensembles. Leur passion pour la musique les amena à rappeler d'autres figures, peut-être moins brillantes, mais qui, issues du peuple, des quartiers, contribuèrent à enraciner le rythme dans l'esprit de la musique cubaine.

Pedro posa la question, Raúl à sa suite et, tous deux commencèrent à faire passer le message : « Quelqu'un connaîtrait-il un ancien joueur de maracas nommé Antonio Gomez ? »

Pendant ce temps, les trois amies se divertissaient dans les lieux de la ville où le chauffeur les emmenait, elles ne parlèrent plus jamais de vierges africaines ni de santería. Et la semaine de vacances toucha à sa fin.

Elles trouvèrent celui qu'elles cherchaient avant de partir.

— Il ne s'appelait pas Gomez, commença Pedro.

— Si, corrigea Lita. C'était son nom de famille.

— C'est possible, señorita, mais je veux dire qu'il se faisait appeler « El Jardinero ». Apparemment, c'était son métier. Ceux qui l'ont entendu disent qu'il était un grand virtuose des maracas. Il jouait dans les fêtes et dans les orchestres.

— Il est encore en vie ?

Le chauffeur tourna la tête pour la regarder depuis le siège avant de la voiture.

— Oui, il l'est.

— Et on sait où se trouve sa maison ?

— Nous nous y dirigeons.

Les filles accueillirent sa réponse en silence. Quelques instants plus tard, la berline s'arrêtait devant une vieille bâtisse délabrée de trois étages.

— C'est ici ? demanda Sara en regardant la façade et les balustrades décrépites.

Pedro descendit de la voiture et alla consulter un groupe de vieillards assis dans la rue.

— C'est bien là qu'habite Antonio Gomez, confirma-t-il en ouvrant la porte coulissante du véhicule. C'était un joueur de maracas, un très bon, ça ne peut être que lui. Il habite au premier étage. Vous voulez que je vous accompagne ?

— Non, ça ira, le remercia Lita.

— Tout ira bien, j'en suis sûr. Ici il n'y a que des gens bien. On est en plein jour, le soleil brille, et Cuba est merveilleuse ! les rassura-t-il.

Elles passèrent toutes les trois dans un couloir humide et délabré, montèrent un escalier brinquebalant jusqu'au palier du premier étage, et s'arrêtèrent devant un couloir qui distribuait quatre logements privés avec pour seules portes des rideaux. Elles hésitèrent, se regardèrent l'une l'autre. Lita prit une grande inspiration et écarta légèrement un premier rideau :

— Antonio Gomez ?

Un homme de dos, en train de regarder la télévision, leur désigna de l'index le logement voisin. Elles le remercièrent. Le bruit des téléviseurs se mêlait à celui des conversations, l'air était moite et s'en dégageait une odeur de misère.

— Allez ! les encouragea Elena, voyant ses amies un peu rebutées. Antonio Gomez ? demanda-t-elle en écartant un deuxième rideau et en frappant sur le mur.

— Entrez ! fit une voix de l'intérieur.

Il y avait une télévision, un canapé, et une imposante femme mulâtre d'une quarantaine d'années qui s'agitait dans ce qui avait dû être une très grande pièce haute de plafond, aménagée, divisée et subdivisée par des panneaux de carton et de bois encadrant des sortes de box.

Lita et ses amis firent quelques pas dans ce qui ressemblait à un entrelacs d'étals de marché aux puces, mais sans aucune marchandise.

— Qu'est-ce que vous lui voulez, au grand-père ? demanda la femme en désignant le canapé devant la télévision.

— Je pense qu'il est le frère de ma grand-mère, répondit Lita.

La mulâtresse la regarda de la tête aux pieds. Sara filmait déjà la scène avec son téléphone portable.

— La fameuse Margarita ? Celle qui est partie en Espagne avec le marquis ? (Lita hocha affirmativement la tête.) Grand-père parle beaucoup d'elle.

La femme se dirigea vers le poste de télévision, pour l'éteindre et les invita à s'asseoir. Et, s'appuyant sur le rebord d'une fenêtre aux vitres fêlées :

— Grand-père, vous avez de la visite !

Les jeunes filles se retrouvèrent face à un homme âgé, mal rasé, vêtu d'un pantalon de survêtement et d'un débardeur blanc, chaussé de tongs.

— Ainsi c'est toi, la petite-fille de Margarita ? Vous autres, il vous serait difficile de l'être, plaisanta-t-il à l'adresse de Sara et d'Elena.

Elles s'attendaient à rencontrer un vieillard sénile, alors elles marquèrent un petit temps pour réagir à sa boutade.

— Il est un peu faible sur ses jambes, précisa la femme, mais pour un homme de quatre-vingt-dix ans, son esprit fonctionne très bien, peut-être un peu trop, pour supporter de rester assis là toute la journée.

— Il ne sort pas ?

Au même moment, une jeune fille apparut, sortie de l'une des nombreuses minuscules pièces qui divisaient l'espace. Elle portait un bébé, et sa robe était tachée avec du lait à l'endroit de ses seins.

— Ana, ma fille ! dit la femme en prenant le bébé dans ses bras. C'est la petite-fille de Margarita, chérie.

— De Margarita ? s'exclama la jeune fille.

— Bonjour, je m'appelle Lita.

— Je suis donc de votre famille ? Une cousine, peut-être ? Au fait, si vous avez quelques dollars à dépenser...

— Ana ! la gronda sa mère.

— J'y vais, lança la jeune fille en guise d'excuse.

Les trois amies suivirent Ana des yeux, puis leur regard fit le tour de la pièce.

— Ce n'est pas ce que Fidel nous avait promis, soupira le grand-père. C'est comme ça qu'on vit, et on peut s'estimer heureux que la maison tienne encore debout ! Beaucoup d'entre elles s'écroulent. Ici trois familles de trois générations vivent... plutôt quatre, à présent, corrigea-t-il en désignant le bébé du menton. Si vous étiez venues à la nuit tombée, vous n'auriez pas trouvé de place pour vous asseoir. Pourtant, on continue à croire en la révolution.

Et pour souligner son propos, il leva le poing.

— Ma grand-mère a émigré avant la révolution, n'est-ce pas ? l'interrogea Lita pour encourager la conversation, même si elle connaissait déjà la réponse.

— Oui, en effet. Le marquis a été malin, il a vendu une partie de ses biens avant de filer à temps.

Lita continua de poser des questions auxquelles le vieil homme n'eut aucun mal à répondre.

— Comment était Margarita ? Eh bien, elle était candide et douce. Une belle mulâtresse, comme toi, ajouta-t-il, histoire de la complimenter au passage. Le marquis l'a toujours bien traitée.

« Bien sûr que je connaissais le marquis », répondit-il à la jeune femme, intriguée par la façon familière dont il nommait cet homme. Lui aussi avait travaillé pour les Santadoma : « J'étais son jardinier », précisa-t-il. Tous les membres de sa famille étaient employés chez les Santadoma et ce jusqu'à ce que le vieil homme parte en Espagne et que son fils file à Miami après la révolution de Fidel et la nationalisation de tout ce qu'il leur restait sur l'île.

— Certaines de ces maisons leur appartenaient, c'est sûr ! Ils étaient très riches. J'aurais pu le suivre, lui ou son fils, à Miami, se rappela-t-il avec nostalgie – un discours qu'il avait dû répéter trop souvent, car la femme du bébé tchipa et secoua la tête. Mais j'ai été arrêté et considéré comme un opposant au régime. Le marquis n'a rien fait pour moi…

— Ils sont encore comme ça, déplora Lita à voix haute.

— J'imagine. Nobles, riches et fiers de l'être. Ça me faisait mal de travailler pour eux… Et aussi de jouer des maracas dans les orchestres des grands hôtels. Parce que j'en jouais très bien, des maracas. Bref, les casinos et les hôtels, c'était contraire à l'esprit de la révolution. C'est ce qu'on m'a toujours fait comprendre, et au bout de quelques années, je me suis retrouvé dans une ferme de réinsertion à couper de la canne à sucre.

— Y a-t-il un *santero* dans la famille, un prêtre de la santería ?

Par sa question Lita surprit la femme qui s'occupait du bébé.

— Non, répondit le grand-père. Pas plus que dans n'importe quelle autre famille cubaine. Nous oscillons entre l'athéisme communiste et la foi dans les orishas et les saints.

La rumeur dit que même El Comandante consultait les *santeros*, mais personne dans la famille à ma connaissance n'a jamais eu affaire à eux.

— Et... ne vous fâchez pas, le prévint Lita – ce qui provoqua l'étonnement de la petite-fille, ainsi que de Sara et Elena qui échangèrent un regard curieux –, c'est quelque chose dont on ne parle peut-être pas ici, mais à Madrid, oui ! Quelqu'un de la famille aurait-il été un esclave des Santadoma ?

— Oui, bien sûr, répondit-il en riant. Ma propre grand-mère ! Alfonsa, elle s'appelait. Je l'ai connue libre, mais elle avait été l'esclave des marquis et, après l'abolition, elle a continué à les servir. Beaucoup d'esclaves, après avoir retrouvé leur liberté, sont morts de faim.

Un silence se fit, puis Lita insista :

— Et elle n'était pas une prêtresse de la santería ?

— Non, pas du tout. Chez nous, il fallait être un bon catholique, pas de sorcellerie, rien de la sorte. Quand le marquis, ou pire la marquise, apprenait qu'il y avait des *cabildos*, des danses, des saints et tout le bataclan, ils entraient dans une colère noire et on ne mangeait plus pendant des jours. En plus, ma grand-mère était très pieuse. Pourquoi tant d'intérêt pour cette santería ?

— Je ne sais pas... Curiosité, ignorance, répondit-elle d'un ton évasif.

— Eh bien, moi aussi, je suis curieux. Parle-moi de toi et de ta mère. Concepción, c'est ça ?

— Oui...

— C'est à cause d'elle que le marquis ne m'a pas aidé quand j'ai été arrêté.

— Je vous demande pardon ?

— Eh bien... (Lita attendit une explication que le vieil homme semblait considérer comme évidente.) Doña Claudia, sa femme, ne voulait plus rien avoir à faire avec notre famille depuis qu'elle avait découvert l'existence de sa maîtresse.

— Sa maîtresse ? Quel est le lien entre ma mère et la maîtresse du marquis ?

— C'est que, ma petite, ta mère est la fille du marquis !

Lita faillit tomber de sa chaise, mais la main opportune d'Elena l'en empêcha. Sara filmait avec excitation, comme le ferait un correspondant de guerre.

— C'est la raison pour laquelle le vieux marquis a emmené Margarita et Concepción en Espagne, continua Antonio, parce que doña Claudia et sa famille l'avaient exigé sous la menace de rompre les fiançailles. C'était une chose normale à l'époque, à Cuba : un jeune homme de bonne famille couchait avec une servante, et ensuite arrivait ce qui arrivait. Mais doña Claudia n'avait jamais supporté cette situation. Elle détestait ta grand-mère qui était douce et jolie : la vipère avait des raisons d'être jalouse, et bien sûr elle détestait ta mère. Aussi dès que le marquis annonça son départ pour l'Espagne, elle vit là l'occasion de se débarrasser de la chérie de son mari en même temps que de sa fille.

— Vous êtes sûr ? balbutia Lita.

— Comment ne pas l'être ! dit-il vexé. Margarita, ma sœur, m'a tout raconté même si ce n'était pas nécessaire, vu que toute La Havane était au courant. Le marquis ne le cachait pas, il aimait bien ta grand-mère et la traitait bien. Si tu veux, je peux... Mais bon, ils doivent tous être très vieux, et je ne sais même pas s'ils sont encore en vie.

— Alors, et ce José Hermoso censé être mon grand-père ?

— Une fable ! C'est un employé du marquis qui a accepté de se déclarer comme le père. C'est comme ça qu'on réglait ce genre de choses, à l'époque.

11

La Havane, 1868

Kaweka était revenue à La Havane et avait trouvé refuge chez Rogelia, une sage-femme noire qui vivait dans une petite maison en retrait de la route d'El Monte et du carrefour du Cerro, d'El Horcón et de Jesús del Monte. Modesto avait conduit Kaweka sur une mule, après avoir creusé une tombe qu'il avait recouverte de pierres. Un jour, quelqu'un d'autre que moi la remplira, pensa-t-elle. Kaweka n'avait jamais chevauché aucune monture jusque-là, mais elle ne se plaignit pas et se cramponna des deux mains à la maigre crinière de l'animal. Elle continuait à divaguer. L'expérience vécue dans la chambre du fils du marquis l'avait anéantie. L'âme du maudit s'était lâchement accrochée à elle, effrayée par son destin, et avait réussi à lui arracher un morceau de son esprit pour l'emmener dans l'au-delà. C'est ainsi que la violence et les blessures qu'elle avait subies depuis son retour à La Merced refirent surface, exigeant leur tribut, comme si elles avaient sommeillé et qu'elles attendaient de trouver le moment propice pour l'assaillir.

La jeune femme n'avait que la peau sur les os, ses cheveux étaient rares et crasseux, et une mosaïque de blessures et de cicatrices défigurait le haut de son corps ; ses jambes maigres et ses chevilles, blessées à vif par les chaînes qui les avaient entravées pendant des mois, pendaient sur les flancs de la mule. Grâce à cette pitoyable apparence, ils avaient pu poursuivre leur route après s'être fait arrêter deux fois en chemin. Modesto bénéficiait de papiers lui permettant de se déplacer librement pour aller soigner les patients que lui confiait Rivaviejo.

— Et la négresse ? lui demandait-on.

— Elle est presque morte, répondait-il en montrant Kaweka comme si la chose était évidente. Mon maître, le docteur, veut faire une dernière tentative pour la sauver.

Elle ne vivrait pas, tel fut le verdict de Rogelia, quand Modesto eut placé la jeune esclave sur une paillasse, dans une petite pièce qui servait de cabinet de consultation à la sage-femme, éclairée par une petite fenêtre et garnie d'une table qui était en fait une caisse à sucre retournée. La femme, plutôt méfiante, fut surprise par l'attention et la douceur avec lesquelles le jeune affranchi traitait la nouvelle venue.

— Qui est-ce ? demanda-t-elle sans cacher sa désapprobation.

Modesto perçut sa crainte. Il avait réfléchi : il la savait jalouse, mais il n'avait pas jugé bon de confier Kaweka à l'un des autres esclaves ou affranchis qui lui étaient redevables. En tant que sage-femme, Rogelia avait une certaine maîtrise des soins, elle pourrait ainsi s'occuper de Kaweka en son absence.

— Une personne importante pour moi, répondit-il d'un ton encore plus sec que celui de la femme.

Il ne s'agissait pas d'une faveur, mais d'une exigence, et il lui semblait impératif d'imposer sa volonté.

Modesto avait des relations épisodiques avec Rogelia, ce qui avait éveillé chez la femme des sentiments qui n'étaient pas réciproques. Cela dit, la sage-femme devait à l'affranchi et au prestigieux médecin pour lequel elle travaillait bon nombre de patients, ainsi que des recommandations qui lui avaient permis d'acquérir une certaine stabilité financière. Cette maison en témoignait qui, bien que modeste, dépassait de loin les aspirations des affranchis qui luttaient pour survivre en ville. Rogelia avait connu l'esclavage, la soumission, la perte de son mari et de ses deux enfants emportés par la fièvre, et maintenant, bien nourrie comme le prouvaient ses formes généreuses, elle jouissait d'une certaine aisance. Aussi ne pouvait-elle risquer de perdre les faveurs de Modesto.

Elle s'abstint donc de demander plus d'explications et se concentra sur l'aide à apporter à son homme pour laver et nettoyer ce corps affreusement sale et martyrisé. Ensemble, ils pansèrent les nombreuses blessures de la jeune femme, en particulier celles de ses chevilles, et remplacèrent ses guenilles par des vêtements usés mais propres. Ensuite Rogelia, rongée par la jalousie, regarda cet homme qu'elle désirait désaltérer et nourrir patiemment la malade de purée de fruits, et demeura à ses côtés le reste de l'après-midi et une nuit qu'elle aurait préféré passer avec lui. Modesto veilla Kaweka, attentif à son état, à sa respiration, à ses mouvements, et à la fièvre qui la tenaillait.

À l'aube, ce fut Kaweka qui tira Modesto de son demi-sommeil.

— On est où ? Je dois partir... dit-elle en jetant des regards inquiets autour d'elle et en essayant de se lever.

Modesto n'eut pas à fournir de grands efforts pour la retenir car, en se redressant, elle fut prise de vertiges, et dut fermer les yeux, incapable de bouger.

Il toucha son front brûlant.

— Tu as beaucoup de fièvre.

— Je dois y aller, insista-t-elle d'une voix faible.

Elle fit un effort qui se solda par plusieurs régurgitations de bile, et se laissa retomber sur le lit.

— Tu ne peux aller nulle part, insista-t-il. Tu ne pourras pas faire deux pas, tu t'effondrerais dans la rue et tu te ferais encore arrêter. Qu'y a-t-il de si important pour que tu veuilles partir d'ici ?

Kaweka, les yeux toujours fermés, inspira. Son cœur, que la fièvre et sa tentative de mouvement avaient accéléré, battait au niveau de ses tempes et de ses oreilles. L'espace d'un instant, elle ressentit son intense palpitation comme le grondement des tambours qui l'avaient assourdie lorsque, pour la première fois de sa vie, elle avait atteint la jouissance avec cet homme qui lui avait fait découvrir la puissance de l'amour.

— Je pars à la recherche de ma fille, s'entendit-elle dire.

Un long silence inonda la pièce.

— Tu as une fille ? Où est-elle ? Qui est le… ? Il ne termina pas sa question, qu'il remplaça aussitôt par un nouvel avertissement : Tu n'es pas en capacité de bouger. Je suppose que cette petite fille se trouve dans le palenque où tu as vécu pendant ton marronnage ?

Kaweka acquiesça.

— Tu n'arriverais jamais jusqu'à ces montagnes, tu ne t'en rends pas compte ?

— Je dois aller à…

— Non.

Elle ne sortirait même pas de la ville, pensa l'affranchi. Les esclaves en fuite circulaient librement, fondus dans la foule et l'agitation, prêts à se sauver si quelqu'un les reconnaissait et à repartir quelques rues plus loin. Kaweka ne pourrait faire ni l'un ni l'autre. Elle serait arrêtée dès qu'elle mettrait un pied dehors. Et si on la renvoyait à la plantation du marquis, elle ne reverrait jamais sa fille, la prévint-il. Elle était malade. Elle ne pouvait plus bouger. Ses chevilles lacérées, qui saignaient encore, attireraient l'attention. En fait, tout en elle attirait l'attention.

— Comment s'appelle ta fille ? Où se trouve exactement le palenque ?

Rogelia, cachée derrière le rideau de l'autre pièce, se raidit en entendant les questions de l'homme, pressentant ce qui allait suivre. Cette voix, ce ton… Bien des fois, elle avait été bercée par cette mélodie. Elle n'ignorait pas qu'il y avait d'autres femmes, mais elle n'avait jamais imaginé en être témoin. Elle entendit la voix faible et étouffée de Kaweka qui, entre deux toux et étouffements, parla de Yesa et du palenque de la Sierra del Rosario, de la façon de s'y rendre, d'Eluma et de Felipe, des autres fugitifs.

Quand avait-elle accouché de l'enfant ? Qui était le père ? insistait Modesto.

— Tu sais comment sont les palenques, lui répondit Kaweka, comprenant bien qu'il se demandait s'il était le père. Trop d'hommes et pas assez de femmes dans la promiscuité forcée de ces lieux, trop de pères possibles. Je suis tombée enceinte peu après mon arrivée.

Ainsi s'acheva une conversation qui l'avait épuisée, et au cours de laquelle elle évita de lui dire qu'elle avait espéré longtemps qu'il la rejoigne au palenque.

Modesto, de son côté, ne lui avoua pas que la nurse, celle qu'elle avait prise pour une mère, celle qui était morte depuis peu sous le fouet de maître Ernesto, lui avait défendu de la suivre. Il doutait que Kaweka puisse le croire : pourquoi mama Ambrosia lui aurait-elle refusé ce bonheur, se serait-elle demandé. Il écarta donc l'idée de révéler cette trahison, pensant que Kaweka n'était pas en état de supporter un tel choc. D'autres moments se présenteraient pour lui parler, lui demander pourquoi elle l'avait abandonné, lui, alors qu'il avait déposé le monde à ses pieds, et la liberté à laquelle lui-même n'avait même pas accès, et le bonheur, l'amour... Il avait sombré dans le désespoir lorsqu'il avait appris sa fuite. Il avait envisagé mille possibilités pour lesquelles il lui trouvait des excuses parce qu'il l'aimait, et parfois, il se sentait bafoué et éprouvait du ressentiment. Mama Ambrosia lui avait alors ouvert les yeux le jour où elle lui avait interdit de la rejoindre : « Kaweka a été appelée par les dieux, cette jeune fille appartient à tous les Noirs, pas seulement à toi ! » Il avait compris que quelque chose de bien plus important s'opposait à son amour. Aujourd'hui, alors qu'elle était étendue sur ce grabat, gravement blessée, il choisit le silence. Rogelia, quant à elle, s'enfonçait les ongles dans les paumes tandis que son homme endormait la malade, lui parlant à voix basse, la caressant de sa voix, lui murmurant qu'elle devait guérir, car la maladie pouvait faire des ravages sur un corps aussi faible et martyrisé que le sien. Puis, pour la rassurer complètement, il lui murmura :

— Je vais aller chercher la petite et je te la ramènerai.

Kaweka voulut remercier Modesto, mais elle était épuisée et fut prise de frissons qui se transformèrent en tremblements.

— Ta fièvre monte, crut-elle entendre Modesto lui dire. Rogelia, apporte-moi...

Kaweka n'entendit pas la fin de sa phrase, elle s'évanouit, dans le souvenir du sourire de Yesa.

Il prévint Rogelia de ce qui pourrait arriver :

— S'ils l'arrêtent, ils nous arrêteront tous les deux.

Modesto lui demanda de s'occuper de Kaweka et de la soigner, et lui révéla le minimum pour ne pas se compromettre :

— La seule chose que tu dois savoir, c'est que je l'ai aidée à s'échapper de la plantation. Tu connais les peines encourues. Punitions, travail forcé... S'il arrive quelque chose à cette femme ou si elle est arrêtée... Si le marquis la découvre, je serai mis en pièces, et tu paieras aussi pour l'avoir recueillie.

D'une main levée, sûr de son influence sur elle, il fit taire la sage-femme qui se plaignait de la menace qui pesait maintenant sur eux. La présence de Kaweka, son contact, le fait qu'il l'ait aidée à s'enfuir, le sentiment que son devoir était de la cacher, de la défendre, et de lui rendre sa fille perdue et tant désirée, son héroïsme angélique l'avaient aliéné au point qu'il était incapable de percevoir ce que pouvait ressentir Rogelia, son envie, sa jalousie, sa colère, ses craintes. Elle insista :

— Tu t'exposes au danger en partant dans les montagnes. Rivaviejo ne te servira pas d'excuse si des *rancheadores* t'arrêtent.

Il savait que Rogelia avait raison. De plus, après le fiasco de son projet de rachat de Kaweka, le marquis avait tenu le médecin pour responsable, et celui-ci, à son tour, avait retourné sa colère contre son assistant. Il le châtierait sévèrement, mais aujourd'hui il était question de Regla, cette jeune femme qu'il aimait, qui faisait bouillir son sang et parcourir sa peau de frissons chaque fois qu'il portait son regard sur elle ou l'entendait parler. Cette femme qu'il avait enfin retrouvée, qui avait tué un homme, qu'il avait vue poursuivre son but en provoquant la mort du fils du marquis sans rien faire pour le sauver. Cette femme sous l'emprise de sa déesse, comment pourrait-il ne pas s'exposer pour elle ? Il le ferait même si Rivaviejo le menaçait fusil en main.

— Tais-toi, femme, répondit-il à Rogelia, laquelle se plia à l'injonction.

Elle ne voulait pas porter préjudice à Modesto, mais elle ne comprenait pas l'intérêt qu'il portait à cette esclave, et encore moins le plaisir qu'il en éprouvait. Elle n'était guère attirante avec toutes ses blessures et ses cicatrices qu'elle avait pu voir lors des soins qu'elle lui prodiguait. Rogelia connaissait le tempérament passionné au lit de l'affranchi. Elle ne pouvait pas l'imaginer en train de posséder ce corps brisé. Plus tard, quand il fut parti en direction de la sierra, après avoir fait croire à Rivaviejo qu'une plantation à Quiebra Hacha avait sollicité son aide auprès d'un malade sous la promesse d'une coquette somme d'argent, elle rejeta définitivement l'idée de dénoncer le fugitif.

Car cette nuit-là, alors que la jeune femme haletait dans la pièce voisine, elle envisagea de la supprimer. « Elle est morte », se contenterait-elle de dire. Cette possibilité prenait peu à peu forme : l'esclave en fuite était malade et blessée, Modesto pourrait sans doute la soupçonner de l'avoir assassinée, mais il n'en aurait que le doute, jamais la preuve. Alors elle le convaincrait, et ils se réconcilieraient. Tuer Kaweka devint l'issue la plus simple à ses problèmes.

Elle se leva. La bougie qu'elle portait éclaira le lit où dormait Kaweka, elle la posa sur la caisse renversée et se pencha sur la malade, encore fiévreuse et agitée. Puis elle porta ses mains à son cou, pensant que la mort viendrait à l'instant même. Elle serra, mais les muscles de la jeune femme réagirent avec force. Surprise qu'une telle chose soit possible, elle resserra son emprise, mais le résultat fut le même : ses doigts ne parvenaient pas à s'enfoncer dans la chair, inexplicablement. Les yeux de Kaweka étaient toujours clos, sa respiration de plus en plus stridente.

— Mais… que se passe…

Son cri fut alors interrompu par un rugissement soudain qui jaillit des lèvres desséchées de l'esclave. Rogelia lui lâcha le cou et regarda le corps inerte de Kaweka, comateuse, inconsciente, dont la respiration était en train de se transformer en d'étranges rugissements. La sage-femme, terrifiée, se hâta de reprendre sa bougie et courut se réfugier dans sa chambre.

Le matin, elle lui apporta son petit déjeuner : de l'eau, un morceau de banane et un quartier de mangue. Après sa tentative manquée de la veille, tout lui semblait étrange, comme si elle n'était plus chez elle : la chambre, la caisse renversée, le lit, la malade qui y gisait, encore fiévreuse. Rogelia la rafraîchit et la força à manger. Elle crut un instant que Kaweka ignorait ce qui s'était passé cette nuit-là, mais le regard vitreux de l'esclave pénétra en elle, s'insinuant dans ses entrailles comme un parasite. Terrifiée, elle la soigna toute la journée, puis la suivante, et encore la suivante.

Un matin, alors que Kaweka se réveillait, quelque peu rétablie, Rogelia lui tendit la main et la pressa de se lever.

— Allez, je veux plus m'occuper de toi. Fous le camp d'ici. C'est ma maison, je veux plus t'y voir ! En plus, quand ils t'arrêteront, c'est toi qui seras responsable de la dénonciation de Modesto. C'est pas moi qui aurai décidé de son sort.

— Je n'ai pas l'intention de te l'enlever, lui dit Kaweka tout en se levant.

Elle se demanda alors si les paroles de la sage-femme étaient fondées. Même si elle ne pouvait pas lui en vouloir, le fait que Modesto ne l'ait pas suivie dans le palenque la contrariait encore... Mais il venait de lui sauver la vie, il l'avait protégée, il était parti à la recherche de sa fille, et peut-être reviendrait-il avec elle ? Et alors, que ferait-elle, le quitterait-elle à nouveau ? Elle ne se sentait nullement prête à résoudre cet écheveau de sentiments contradictoires. Les moments vécus avec Modesto, malgré ses espoirs déçus, l'incitaient à se laisser à nouveau porter par ses rêves, redoutant quand même de vivre d'autres déceptions. Les orishas exerçaient toujours leur empire sur elle, et elle acceptait leur dessein. Elle avait renoncé à sa fille pour mener à bien sa lutte, et Modesto était venu la chercher à La Merced... Elle se détendit et chassa toutes ses émotions et ses sentiments qui s'emparaient de son esprit : Yemaya déciderait pour elle.

— Il ne s'agit pas de toi, dit Rogelia après le silence de Kaweka. La question est de savoir ce qu'un homme veut, pas le contraire. Si un homme a envie de quelque chose, c'est parce que cette chose est devant ses yeux, et si tu la lui enlèves, eh bien, il l'oubliera.

Sur ces mots, la sage-femme proposa son aide à Kaweka, qui l'accepta malgré la douleur qu'elle ressentait au moindre mouvement. Elles marchèrent lentement jusqu'à la porte qui ouvrait sur la rue.

— Comment saurai-je si Modesto est revenu avec ma fille ? demanda Kaweka, éblouie, après tous ces jours passés dans l'obscurité, face au soleil qui éclairait la ville en pleine animation.

Elle avait accepté de se laisser conduire dehors. Elle n'était pas prête à quitter son lit pour se retrouver en milieu hostile, elle souffrait encore des conséquences des sévices subis à la plantation. Cependant, elle savait que cette femme était capable de lui faire du mal, elle avait déjà essayé de la tuer, elle pouvait recommencer, et peut-être qu'alors, les dieux, en train de festoyer, seraient incapables de la protéger ?

— Je lui dirai que tu t'es échappée, déclara la sage-femme.

— Il n'y croira pas.

— Je lui expliquerai que quand je suis rentrée du travail, tu n'étais plus là. Il ne pourra que le croire. Regarde autour de toi, tu n'arriveras même pas à traverser la rue ! Pourquoi te soucier de ta fille, vu que tu seras déjà mise aux ceps, à La Merced ? Il vaudrait mieux que tu reviennes pas !

Kaweka se mit à rugir, comme l'autre nuit.

— D'accord, céda alors la sage-femme, le jour où Modesto amènera ta fille, je mettrai un drap rouge à la fenêtre de la chambre où tu dormais.

Lorsqu'elles furent arrivées à quelques mètres de la Calzada del Monte, Rogelia l'avertit non sans éprouver une certaine crainte :

— Je ne veux plus te revoir. T'as fait entrer les esprits dans ma maison, et maintenant je vais devoir la nettoyer. Il y a quelque chose de mauvais en toi.

Kaweka répondit par une petite moue lasse avant de lui tourner le dos et de courir s'enfoncer dans le tumulte de la ville. Elle se retrouva dans l'une des artères principales, au milieu d'une foule de gens qui allaient et venaient, à pied, tirant charrettes et chariots, à dos de mule ou à cheval, en calèche... Il y avait des animaux, et des marchands ambulants qui vendaient de tout : du tabac, des fruits, des friandises, des légumes, des volailles, des œufs, du miel. Tous rivalisaient pour attirer l'attention des passants, vantant bruyamment la qualité de leur marchandise. Boutiques et ateliers s'alignaient le long des rues. Les cris, le mouvement, l'agitation et l'excitation ambiante accusaient sa faiblesse, la renvoyant à son impuissance face à une réalité prête à l'engloutir. Elle chercha refuge contre une façade, où les passants n'auraient pas à l'éviter. Si cela apaisa son angoisse, cela l'exposa aussi à la curiosité des autres : une femme noire adossée à un mur, qui ne faisait rien, ne vendait rien, ne parlait à personne ? Certains s'arrêtèrent pour l'observer. Elle baissa les yeux au passage d'une femme blanche, une boulangère avec un panier sur la tête, qui la regarda avec dédain. Elle se força à réprimer son attitude d'esclave soumise et releva les yeux à temps pour s'apercevoir que la femme regardait ses pieds. Modesto l'avait prévenue, les plaies non cicatrisées autour de ses chevilles, marque indélébile des entraves qui avaient si longtemps limité ses pas, susciteraient l'intérêt et dénonceraient sa condition.

— Négresse... ! commença la boulangère.

Kaweka tenta de la distancer et glissa le long du mur. Sa hâte lui donna le vertige.

— Hé, toi !

La femme tenta de l'arrêter maladroitement, le panier qu'elle portait sur la tête limitant ses gestes. Ses cris attirèrent l'attention d'autres passants dont la plupart l'ignorèrent, mais certains curieux s'approchèrent. Dos au mur, Kaweka se retrouva encerclée.

— C'est une fugitive, entendit-elle dire.

— Appelez les gardes !

— Arrêtez-la !

On se rua sur elle, on l'empoigna. Kaweka se rendit à l'évidence : elle s'était fait arrêter une nouvelle fois.

— Je t'avais dit de ne pas sortir ! résonna une voix d'homme.

Elle ne comprit pas. Les gens se pressaient autour d'elle, puis elle le vit : un jeune homme noir, âgé d'environ quinze ans, la tirait avec force et détermination. Kaweka chancela et réussit à ne pas tomber.

— C'est une esclave en fuite ! dit quelqu'un.

— Pas du tout !

La réplique vint des deux autres jeunes Noirs apparus aussi subitement que le premier, qui s'interposèrent entre Kaweka et le groupe.

— Elle ne s'est échappée de nulle part, dit l'un d'eux.

— Nous avons acheté sa liberté.

Tous deux éloignèrent Kaweka de quelques mètres de la foule.

— Les documents ! demanda un autre.

— Tout de suite, monsieur, répondit l'un des garçons.

Protégée par les trois hommes, elle se laissa emporter loin de là, laissant derrière elle les commentaires des Blancs havanais, eux-mêmes d'ailleurs peu disposés à poursuivre ou à s'occuper d'une esclave.

Osvaldo la cacha dans l'arrière-cour de la taverne, au milieu des couvertures, sous le toit de tôle où il dormait avec sa famille.

— Ne bouge pas, la pria-t-il.

Lorsqu'ils avaient arrêté leur course après le pont de Chavez, Kaweka avait demandé aux garçons de l'emmener à la taverne du Catalan.

— Presque toutes les tavernes de la ville sont tenues par des Catalans, se plaignit l'un d'eux.

— Elle se trouve près de l'abattoir.

— Oh, je sais de quel abattoir tu parles ! Eh bien, il est juste ici...

Ils avaient tout de suite compris qu'elle était une esclave en fuite, lui dirent-ils en chemin, c'est pourquoi ils l'avaient aidée.

— Et aussi pour emmerder les Blancs, ajouta le plus jeune.

Kaweka s'efforça de se joindre à leurs rires. L'un d'entre eux était libre, les deux autres ne l'étaient pas. Elle retrouva, à travers leur comportement, le même esprit que le sien lors de son précédent séjour en ville. Les esclaves partageaient le même objectif de liberté, et beaucoup s'entraidaient pour y parvenir. Kaweka se souvint de la nuit où elle avait découvert qu'Osvaldo aidait Licinia, la marronne et ses deux enfants. Alors, malgré les douleurs et les vertiges intensifiés après une telle course, un sentiment d'espoir la gagna. Elle respira à fond l'air frais du début du mois d'octobre. Elle devait continuer à travailler, et elle le ferait en savourant la compagnie de Yesa... peut-être aussi celle de Modesto. La première fois, elle avait dû laisser son enfant à cause de la maladie dont l'avait frappée Yemaya. Maintenant, ce ne serait plus nécessaire, elle connaissait sa voie et n'en dévierait pas. Et cette voie, elle pourrait la suivre avec sa fille, la voir grandir, elle pourrait dormir à ses côtés, la dorloter. Quant à Modesto, comme il était facile pour lui de se laisser aller au gré des circonstances...

— Pourquoi tu pleures ? lui demanda l'un des garçons.

— Pour vous tous, répondit-elle en retenant d'autres larmes.

Au fond de la taverne, elle alla leur faire ses adieux, montrant ses mains vides : elle n'avait rien pour les remercier. Sa surprise fut grande lorsque l'un des garçons s'approcha et déposa un bouton de nacre dans le creux de sa main.

— De la part de la boulangère, lui dit-il avec un clin d'œil.

Kaweka serra fort le bouton en les regardant s'éloigner, heureux et insouciants. Des larmes coulèrent à nouveau sur ses joues. Tu as trop pleuré ces derniers temps, négresse, se reprocha-t-elle, tu as l'air d'une vieille femme ! Puis elle regarda le bouton. Il ne lui en restait plus que six blancs et sept bleus, elle pourrait ainsi reconstituer le collier de perles de Yemaya qui était resté sur le cadavre du fils du marquis, le collier que sa mère étreignait pendant que les sbires du marquis la frappaient.

Ce soir-là, lorsque le Catalan eut fermé boutique et qu'Osvaldo eut estimé qu'ils étaient hors de danger, Kaweka, plus détendue après avoir passé la journée à somnoler sous les couvertures, se régala avec eux d'un grand bol de *ropa vieja*. Si les repas à la plantation n'étaient devenus pour elle qu'un besoin, elle savourait celui-ci avec plaisir, comme s'il pouvait à lui seul la régénérer. Elle retrouvait sur son palais ce goût d'ail et d'oignon, d'orange amère et d'épices puissantes qui enveloppaient la *ropa vieja*. Ces saveurs lui rappelaient ce temps heureux auquel Rivaviejo avait mis fin le jour où il l'avait reconnue dans l'entrepôt des marrons.

— Le peuple a pris les armes ! lui annonça soudain Osvaldo tandis qu'elle avalait sa dernière bouchée, comme s'il avait attendu cet instant pour la laisser savourer son plaisir jusqu'au bout. À l'est de l'île.

Kaweka tourna lentement la tête vers lui, étonnée. Cela faisait longtemps qu'elle n'avait pas entendu parler de soulèvements.

— Les esclaves ?

— Les maîtres et les esclaves ensemble.

— Ensemble ? Comment les maîtres et les esclaves, les Noirs et les Blancs, peuvent-ils être du même côté ?

— Parce qu'ils veulent tous se libérer de la dépendance de l'Espagne. Le bruit court que les propriétaires terriens ont libéré leurs esclaves, et qu'ils rejoignent ensemble les rangs de l'armée révolutionnaire.

— Mais en quoi cette guerre nous concerne ?

— Ils ont besoin de nous comme soldats, pour obtenir l'indépendance. C'est pour ça qu'ils nous libèrent ! En plus, comme ils ont également besoin de l'aide d'autres pays, ils ne l'obtiendront que s'ils renoncent à l'esclavage.

— Alors, ils libèrent tous les esclaves ?

— On n'en sait rien. Ça fait que deux ou trois jours que ça a commencé, mais la nouvelle s'est vite répandue. Un certain Céspedes est devenu général, et a pris la tête de la rébellion. À La Havane ou à Matanzas, dans toute la partie ouest de l'île, il s'est encore rien passé. Ici, les propriétaires terriens et les militaires n'ont pas rejoint la révolution, mais là-bas, oui. La vigilance a été renforcée, mais des esclaves se sont déjà enfuis dans le département oriental.

Les deux hommes restèrent silencieux quelques instants.

— Qu'est-ce que tu comptes faire ? demanda Osvaldo.

— Me battre avec eux, lui répondit Kaweka, les yeux brillants. Mais je dois d'abord attendre qu'on me ramène ma fille. Ça ne sera pas long.

Elle se mit à calculer mentalement le nombre de jours qui avaient dû s'écouler depuis le départ de Modesto, sans certitude aucune, car si l'affranchi lui avait confirmé que Rivaviejo travaillait dans la région, il l'avait prévenue qu'il devrait soigneusement préparer le voyage pour ne pas éveiller les soupçons du médecin.

Une guerre où les maîtres libéraient leurs esclaves pour qu'ils se battent à leurs côtés ! se réjouit Kaweka. C'était une nouvelle occasion que les dieux lui offraient de défendre ses camarades, et cette fois-ci, peut-être sa fille serait-elle avec elle ? Et peut-être aussi était-ce l'occasion de partir avec Modesto, si elle parvenait à le convaincre d'oublier La Havane, cette ville qui le retenait en otage. Elle imagina la mine désabusée de Rogelia si l'affranchi choisissait de la suivre. « Je n'ai pas l'intention de te l'enlever », lui avait-elle dit. C'était un mensonge : Kaweka rêvait de reconstruire sa vie avec lui, elle ne voulait renoncer ni à la lutte ni à l'amour. Cependant les jours passaient, et aucun drap rouge n'apparaissait à la fenêtre de la sage-femme. Osvaldo envoyait régulièrement ses enfants le vérifier. Un jour, il se présenta avec une femme malade dans la cour de la taverne. Il s'en excusa avec une expression de désespoir sur le visage. Kaweka céda, et le supplia de faire preuve de discrétion, laquelle s'avéra impossible : d'autres Noirs malades ne tardèrent pas à arriver, et aucun drap rouge n'avait été accroché à la fenêtre. Le Catalan ayant fini par apprendre la présence de Kaweka,

Osvaldo le supplia. « Dans quelques jours, je la dénoncerai », fut la réponse de Joan – sans qu'il mît sa menace à exécution, vu qu'il pouvait profiter de l'occasion pour faire payer tous les mal en point qui affluaient pour voir la guérisseuse.

Un soir, alors que le groupe des esclaves qui travaillaient au port passait devant la taverne du Catalan pour rejoindre l'entrepôt des marrons, Porfirio, le chef d'équipe, le Noir qui avait profité du plaisir douloureux que Kaweka lui avait procuré lors de la première nuit, saisit le bras d'un esclave et l'emmena avec lui à l'écart du groupe.

— Ne le laisse pas s'échapper, l'avertit le garde-chiourme en désignant l'esclave.

— T'en fais pas, chef. On rentrera à la maison, promit-il en rigolant.

Ils entrèrent alors dans l'établissement, il commanda un rhum et, suivi de l'esclave, traversa la cour.

— J'ai appris que tu étais de retour, Kaweka.

— Pour pas longtemps. Dès que j'aurai ma fille...

Elle regarda derrière Porfirio, essayant d'apercevoir l'homme noir qui s'y cachait.

— Eh oui, c'est un homme de ton palenque, l'informa le chef d'équipe.

— Tu te souviens de moi ? Je suis Jesús, se présenta l'esclave marron en avançant de quelques pas.

Malgré son état et les haillons qu'il portait, Kaweka le reconnut comme l'un des hommes de main de Felipe. Un frisson la parcourut.

— Raconte-lui, ordonna Porfirio à l'esclave.

L'homme serra les lèvres et secoua tristement la tête avant de commencer son récit. Quelques mois après le départ de Kaweka, les chasseurs d'esclaves avaient trouvé et rasé le palenque de la Sierra del Rosario. Quelques marrons avaient réussi à semer les chiens et à s'échapper, mais beaucoup furent tués et d'autres, comme lui, capturés. Kaweka pensa à sa fille. L'angoisse lui noua l'estomac et elle attendit que Jesús poursuive, mais il n'en fit rien.

— Et ma fille ? demanda-t-elle d'une voix tremblante.

— Je ne sais pas. Elle n'était pas dans le groupe qui a été emmené dans le dépôt de marrons où je suis. On a parlé du sort de chacun, de ce qui était arrivé à tel ou tel autre, mais personne ne savait rien de ta fille. Elle a peut-être pu s'échapper. Ou elle a été arrêtée plus tard, livrée ou vendue dans la région. Une enfant sans papiers... Les chiens cherchent toujours.

Jesús n'évoqua pas la dernière possibilité, celle qu'Osvaldo, sa femme et Porfirio envisageaient : que la petite fille soit morte, qu'elle ait été abandonnée dans la fuite ou dévorée par l'un des dogues.

Ce ne fut pas violent comme la plupart des fois où la déesse la chevauchait ou communiquait avec elle : cette fois-ci, elle se glissa délicatement à l'intérieur de Kaweka, démêlant doucement les nœuds qui s'y étaient formés et la tenaillaient dans l'incertitude du sort de sa fille.

— Elle est vivante ! assura-t-elle.

Les autres l'écoutèrent. Puis, pour changer de sujet, Porfirio lui demanda si elle avait entendu parler du soulèvement d'Oriente, la région est de l'île :

— Ce soir, on part rejoindre les rebelles. Tu viens avec nous ?

— Pourquoi cette proposition ?

Porfirio ne put réprimer un sourire lubrique.

— On aura besoin d'une guérisseuse comme toi, précisa-t-il cependant.

Kaweka écarta cette possibilité. Elle ne discutait pas le fait que les chasseurs aient attaqué le palenque, car Jesús n'avait aucune raison de lui mentir. Il était avec Porfirio, et elle lui faisait confiance, mais peut-être la fillette avait-elle été sauvée et se trouvait-elle dans un autre refuge, ou dans l'une des multiples sucreries, plantations de tabac ou de café, ou même dans un *conuco* appartenant à un esclave de la région. Elle devait partir à sa recherche.

— Tu n'y arriveras pas, lui dit Porfirio en devinant ce qui lui passait par la tête.

— Je dois essayer !

— Tu sais bien, Kaweka, intervint Osvaldo, que les esclaves peuvent se cacher partout, dans les montagnes, à l'endroit même où les *rancheadores* vont les chercher pour les capturer. Et tu sais parfaitement qu'en dehors des grandes villes, personne ne parvient à circuler sans se faire prendre. On ne peut pas partir à la recherche de ta petite.

Le cuisinier avait raison.

— Et Eluma ? demanda-t-elle à Jesús, comme si elle pensait encore pouvoir résoudre son dilemme.

L'homme baissa la tête.

— Il a été parmi les premiers à tomber.

Kaweka se souvint du vieux babalao et inspira fortement, comme pour avaler un peu de cette âme qui errait. Il protégerait Yesa. Le souvenir du vieux prêtre l'apaisa : il était inutile de partir sur les routes à la recherche de la fillette, surtout maintenant, alors que la vigilance serait accrue du fait de l'entrée en guerre d'une partie de l'île. Si Yesa n'était pas morte, ce qu'elle croyait fortement, puisque les orishas le lui avaient fait savoir, peut-être avait-elle été vendue pour apprendre à servir dans une maison ? Elle pouvait alors se trouver n'importe où, dans n'importe quel village. Kaweka n'avait donc nulle part où commencer ses recherches.

— Il se pourrait même qu'elle soit dans la région d'Oriente où est née la révolte, voulut l'encourager Porfirio, voyant qu'elle était encore en train de réfléchir, anxieuse, au sort qu'avait pu connaître sa fille. Si tes dieux veulent que vous soyez réunies toutes les deux, ils s'en chargeront.

— Mais je dois me battre pour la retrouver...

Elle laissa la phrase en suspens. « Me battre », avait-elle dit. Elle ne pouvait plus se tromper. Elle livrait la même guerre que celle des Noirs dans la région est de l'île. Elle ne savait pas où était Yesa... Et si les dieux l'avaient envoyée là où l'on se battait ?

— Alors, qu'est-ce que tu décides ? Tu te joins à nous, ou pas ? la pressa Porfirio.

Kaweka, perdue dans ses pensées, ne l'entendit même pas. Modesto devait être dans la région, il le lui avait promis, et il en savait peut-être plus sur la situation. Il était probable que Jesús ne soit pas au courant du sort qui avait été réservé aux autres, et qu'il n'avait pas dû avoir le temps de se soucier de Yesa : qui l'aurait fait au milieu de la razzia des chasseurs d'esclaves et de leurs chiens, chacun occupé à sauver sa peau ? Mais Modesto, lui, avait peut-être des nouvelles de Yesa, et peut-être même l'avait-il retrouvée ? Or si elle décidait de partir avec Porfirio, l'affranchi pourrait bientôt revenir avec sa fille ?

— Kaweka !

— Oui ?

— Tu te joins à nous ?

— Vous partez quand ?

— À minuit.

— Si je ne suis pas devant le dépôt à cette heure-là, ne m'attends pas.

À la tombée de la nuit, Kaweka demanda à Osvaldo de l'accompagner chez Rogelia. Ils marchèrent, cachés dans l'ombre, à peine éclairés par la lumière qui filtrait de l'embrasure de quelques portes, jusqu'à la petite maison de la Calzada del Monte, où nul tissu rouge n'était exposé.

— Mes enfants te l'avaient dit, lui souffla le cuisinier, confus de se trouver hors de la taverne à cette heure tardive et sans permission. Allez, on y va !

Kaweka soupira. Elle allait repartir lorsque des rires rompirent le silence de la ruelle.

— On s'en va ! protesta encore le cuisinier.

— Et si cette garce m'avait trahie ?

Osvaldo ne sut que répondre et regarda, accroupi, la jeune femme s'approcher de la porte de la maison. La faible lueur d'une lampe se répandait à l'intérieur de la pièce. Kaweka s'approcha de la fenêtre. Osvaldo, derrière elle, jetait des coups d'œil inquiets à droite et à gauche. À travers les murs, elle percevait les bruits d'une conversation. Puis, par une fente du volet, Kaweka pu observer la scène : Modesto, assis à une table, buvait du rhum, tandis que la sage-femme nettoyait ses outils professionnels dans une bassine, comme si elle venait d'assister un accouchement.

Kaweka ouvrit la porte. Modesto sursauta en la voyant, et Rogelia, dans un claquement de langue impertinent, s'éloigna de la bassine pour sortir de la pièce.

— Qu'est-ce que tu fais là ? s'étonna l'affranchi d'une voix pâteuse.

Kaweka regarda la bouteille de rhum devant lui : elle était presque vide.

— Qu'est-ce que tu veux dire par : qu'est-ce que je fais là ? J'attends que tu me dises quelque chose à propos de ma fille !

— Rogelia m'a dit... que... que tu étais partie !

— C'est ce qu'elle m'a dit, dit la sage-femme sans même se retourner. Elle m'a dit qu'elle partait.

— Parce que tu crois que je serais partie sans rien savoir sur ma fille ? s'enflamma Kaweka.

Modesto vida son verre d'une traite avant de répondre.

— Je sais pas. Ce serait pas la première fois que tu disparais sans crier gare, même après avoir reçu une bienveillante proposition, lui lança-t-il en se resservant.

Kaweka se figea. Elle voulut argumenter. Elle balbutia quelques mots, puis laissa tomber. Elle n'était pas là pour cela.

— Tu as appris quelque chose à propos de ma fille ?

— Non. Personne ne sait rien. Les *rancheadores* ont attaqué le refuge...

— Tu es arrivé jusque-là ? insista-t-elle.

— Non, je n'ai pas pu. Tu le sais, il y a beaucoup de palenques et de marrons solitaires dans cette région...

Modesto resta silencieux un moment, comme s'il avait la bouche sèche.

— Je suis arrivé à la Sierra del Rosario, et là je n'ai trouvé personne pour m'accompagner jusqu'au palenque, personne ne savait vraiment où il se trouvait. En tout cas, tout le monde était d'accord : les chasseurs avaient fait main basse sur votre palenque, et personne ne savait rien d'une petite fille.

— S'il y a tant de refuges dans cette montagne, comment sais-tu que c'est le mien qui a été attaqué ?

— Parce que beaucoup à qui j'ai posé la question se souvenaient de toi, la guérisseuse.

— Et tu n'as pas cherché d'autres nègres marrons qui auraient pu t'en dire plus ? Dans ces montagnes, il y a plusieurs plantations de café et de modestes fabriques de sucre. Peut-être que ma fille s'y trouvait.

— J'ai même recherché des *rancheadores*, mais ce sont eux qui ont fini par m'interroger au lieu de répondre à mes questions. J'ai dû fuir pour me cacher.

— Te cacher ?

— Hé, ça suffit ! (Rogelia se planta de toute sa hauteur face à Kaweka.) Laisse-le tranquille. Pourquoi son père ne va pas la chercher, ta fille ? La logique aurait voulu qu'il l'emmène. Il était là ? Cherche-le, lui et la fille, si elle n'est pas morte.

— Assez ! fit Modesto en donnant un coup de poing sur la table.

À quoi servirait-il de révéler maintenant la paternité de Modesto ? Rogelia se moquerait probablement d'elle, elle dirait qu'il s'agit d'une justification opportuniste. Modesto était ivre, sans doute, mais pas au point de ne pas comprendre. Sauf que ce rhum devait appartenir à Rogelia, et que c'était aussi sa maison, sa table, et son verre... Kaweka ne se sentait pas du tout à sa place. Aussi réaffirma-t-elle la décision qu'elle avait prise il y a des années de ne pas révéler sa grossesse à Modesto.

— Cet homme a suffisamment fait pour toi, reprit Rogelia en profitant du trouble de Kaweka et en désignant Modesto. Non seulement il t'a offert la liberté à ses frais, mais il t'a aussi sauvé la vie au moulin. Laisse-le tranquille ! Prends seule le risque de retrouver ou pas ta petite marronne. Parcours toi-même la sierra en posant des questions, en t'exposant à être dénoncée ou arrêtée par n'importe quel Blanc pour quelques pesos... Espèce de lâche !

Kaweka se rua sur la sage-femme :

— Pour qui tu te prends ?

Modesto s'interposa entre elles. Osvaldo, qui était entré dans les lieux pour ne pas se trouver exposé à d'éventuelles patrouilles nocturnes, accourut à son tour pour calmer le jeu.

— Laisse-le tranquille ! Qu'est-ce que tu veux de plus ? hurlait Rogelia.

Kaweka interrogea Modesto du regard, qui répondit par un haussement d'épaules, comme s'il était d'accord avec la sage-femme.

— Ne t'inquiète pas, lui dit alors Kaweka, tu n'entendras plus parler de moi. Merci pour tout ce que tu as fait pour moi, ajouta-t-elle en marchant vers la porte.

— Attends, Regla ! s'écria l'affranchi alors que les deux autres avaient déjà franchi le seuil.

— Accompagne-moi à l'entrepôt des marrons, demanda Kaweka à Osvaldo tandis qu'ils s'enfonçaient dans l'obscurité des rues de La Havane.

Kaweka ne se retourna pas pour voir Modesto tenter de la suivre, et Rogelia l'en empêcher en lui faisant une barrière de son corps, obstacle infranchissable pour l'homme ivre et titubant qu'il était cette nuit-là.

Ils attendirent minuit, cachés devant le hangar de la foire aux esclaves où Rivaviejo l'avait débusquée. Kaweka passa en revue les événements de la journée : la nouvelle de la guerre, les libérations d'esclaves, la proposition de Porfirio, les mauvaises nouvelles du palenque. Ses adieux à Modesto... Pouvait-il savoir qu'elle se rendait dans le département oriental pour rejoindre l'armée rebelle ? Elle ne lui en avait rien dit. Elle avait même averti Osvaldo de ne pas le faire si l'affranchi se rendait à la taverne du Catalan, même s'il ignorait qu'elle y vivait, mais peut-être le lui avait-elle dit, lorsqu'elle était fiévreuse... Elle en doutait. Les jours où Rogelia l'avait soignée, elle avait remis sa relation amoureuse avec Modesto entre les mains des dieux ; et voilà qu'elle l'avait retrouvé ivre dans la maison de cette femme.

Un frisson la parcourut. Une fois de plus, elle le quittait sans rien lui dire, et cela, il le lui avait fait savoir jusque dans son ivresse : ce ne serait pas la première fois qu'elle disparaîtrait. Sauf que cette fois c'était différent, et elle en tremblait de rage. Il avait accordé plus de crédit aux mensonges de cette matrone jalouse qu'à ses sentiments. Comment puis-je partir, pensait-elle, sans rien savoir de mon enfant ?

Yemaya en avait décidé ainsi, elle en était convaincue une fois de plus. Elle lui murmurait que son enfant était en vie, tout en lui transmettant une détresse qui lui nouait les entrailles. Elle ne retrouverait pas sa fille, elle le savait. Elle pouvait courir jusqu'à la Sierra del Rosario et faire ce qu'elle venait de reprocher à Modesto de ne pas avoir fait : demander, chercher, parcourir les plantations de café et les enclos des esclaves, elle ne la trouverait pas. Son destin était la guerre, la lutte pour l'abolition de l'esclavage. Yemaya protégerait son enfant. Quant à Modesto, il avait peut-être été bon avec elle, mais il n'avait pas réussi à retrouver Yesa, et après cette dispute qui s'était élevée entre eux, il avait tracé son destin avec sa bouteille de rhum et sa maîtresse.

Kaweka respira profondément l'air de la nuit. Mama Ambrosia, qu'elle adorait, était morte pour elle. Son amour pour l'affranchi, qui avait subtilement rejailli en elle, et maintenant il avait choisi de se noyer dans une bouteille de rhum. Jacinto, le petit garçon qu'elle avait soigné, était asservi, et les deux esclaves à qui elle avait volé les machettes ne vivaient plus. Elle avait pratiqué des avortements et aidé ses frères d'infortune à se suicider. Les corps des esclaves noirs pendus aux palmiers semblaient illuminer la nuit. Qu'est-ce que cela pouvait bien lui faire d'oublier un Noir qui, en marchant, avait l'air de flotter au-dessus du sol ? Sa lutte et son seul objectif, c'était la liberté des siens. Seulement alors, Yemaya lui rendrait sa fille.

Ses pensées s'interrompirent lorsque la porte de l'entrepôt s'ouvrit. Porfirio apparut, accompagné de Jesús et d'un autre esclave qu'elle ne reconnut pas.

— Et les gardes ? demanda-t-elle à Osvaldo.

— Soudoyés, comme toujours.

À tel point que ce fut l'un des surveillants qui dit au revoir aux fugitifs en les regardant partir pour La Havane.

— On n'allait pas vers l'est ? s'étonna Kaweka en les rejoignant.

— Oui, à Bayamo, murmura Porfirio. Une grande ville de Cuba. Les rebelles l'ont reprise aux Espagnols et y ont établi la capitale de la nouvelle république. Le problème, c'est qu'elle se trouve à près de cinq cents kilomètres d'ici. Il faudrait des semaines de marche. On n'y arrivera pas. On se fera arrêter en chemin.

— Et alors ?

— La seule solution, c'est le bateau.

Ce fut un vieux brick chargé de marchandises de contrebande dans la cale duquel on les cacha la nuit même. Aucun membre de l'équipage du bateau ne manifesta d'intérêt pour ce transport de nègres, et le lendemain matin, les opérations d'arrimage achevées, le navire mit le cap sur le port de Santiago de Cuba. Il leur fallut dix jours pour y arriver, après avoir fait escale à Nuevitas et à Baracoa, autant de jours durant lesquels Kaweka vécut dans une permanente contradiction. Elle n'avait fait qu'une traversée maritime : celle qui l'avait conduite à Cuba sur le clipper, après avoir été réduite en esclavage en Afrique. Sur le brigantin, ils mangeaient et buvaient de l'eau, avaient une certaine liberté, bien que limitée à la cale, mais surtout, ils n'étaient pas obligés, comme elle l'avait été lors de la traversée jusqu'à Cuba, de partager l'odeur pestilentielle de leurs camarades de voyage qui mouraient comme des bêtes.

Pendant la journée, Kaweka obligeait Jesús à lui parler de Yesa ; elle voulait savoir comment la petite fille avait vécu le fait de ne plus voir sa mère, sans savoir qu'elle était partie du palenque pour répondre à la demande de la déesse. Elle entendait, à travers les récits du marron, les rires de la petite fille, et pouvait presque la sentir et la câliner. Mais la nuit, alors qu'elle respirait au rythme du souvenir du souffle de Yesa, comme pour ne faire qu'une avec elle, le balancement du voilier et le craquement du bois, le battement des vagues et l'odeur âcre du salpêtre, le manque d'air et l'obscurité, chassaient Yesa de sa mémoire, se substituant à une autre fillette : sa sœur, qu'à son grand désespoir tous ces bruits faisaient mourir avec le même réalisme que celui qui avait fait revivre sa fille à ses côtés.

La mort. Les quelques jours pendant lesquels elle avait attendu le réveil de Daye l'avaient habitée avec une force qu'à l'époque, par innocence et naïveté, elle avait ignorée. Le froid du cadavre, à présent perceptible, s'installait à côté d'elle pendant ces nuits de navigation. Les souvenirs de sa mère, de sa famille, de sa terre et de son bonheur la faisaient trembler. Elle pleurait de nostalgie et de chagrin. Elle pleurait son enfant, sa sœur, et toute une vie d'esclavage.

Dans cette atmosphère épuisante sur le plan émotionnel, Porfirio, le seul à maintenir une certaine communication avec le capitaine du navire, un sympathisant de la révolte, leur dit que les choses semblaient bien se passer pour les rebelles.

Il y avait eu quelques escarmouches préliminaires aux résultats défavorables, mais l'esclave confirmait que les insurgés avaient réussi à prendre la ville de Bayamo où ils s'étaient renforcés, alors que les autorités espagnoles dédaignaient le mouvement insurrectionnel, et que l'armée n'était pas capable d'y répondre de manière efficace.

Cependant, après un premier moment d'euphorie partagé par les quatre fugitifs face à ces bonnes nouvelles, Kaweka fut déçue par la déclaration de la Junta Revolucionaria, dirigée par le capitaine général des rebelles, Céspedes, qui s'était tenue dans une ferme dont il était propriétaire, La Demajagua, au sujet des esclaves. La junte, composée initialement de trente-sept propriétaires terriens ruraux, avait déclaré l'indépendance de Cuba, mais sans abolir l'esclavage.

— Ils déclarent souhaiter l'émancipation progressive des esclaves, précisa Porfirio devant les réticences de Kaweka, répétant les paroles du capitaine qu'il avait apprises par cœur.

— Mais tu as aussi dit qu'ils indemniseraient les propriétaires, se plaignit Jesús.

Le quatrième fugitif, un jeune homme du nom de Pedro José, silencieux, l'air timide, les regardait tour à tour.

Kaweka n'avait entendu de sa part que quelques phrases isolées depuis leur voyage.

— L'État ne fait que souhaiter notre liberté, déplora-t-elle. Il nous achète, il paie pour nous. L'esclavage n'est pas aboli. Nous sommes toujours de simples marchandises pour les propriétaires terriens.

— C'est vrai, reconnut Porfirio, mais beaucoup de propriétaires terriens émancipent de leur plein gré leurs esclaves et se battent avec eux au sein de l'armée des rebelles. Ils partent tous ensemble à la guerre, comme un seul peuple : Blancs et Noirs, sans distinction entre maîtres et esclaves. L'abolition viendra, c'est sûr.

Kaweka essayait de se l'imaginer : les nègres qui n'étaient pas autorisés à regarder le visage des Blancs se battaient avec eux... La guerre, c'était cela. Elle se souvint vaguement des combats entre les tribus africaines, dont celle qui les avait réduits en esclavage. Or ici, à Cuba, c'était différent : les Blancs avaient des fusils et des revolvers, comme les gardiens de la plantation, des chevaux, des canons et d'énormes pièces d'artillerie. Ce fut la réponse de Porfirio à sa question, un soir où l'homme s'était approché d'elle en quête de plaisir. Elle avait apaisé son désir, sans pour autant parvenir à lui faire apaiser le sien. Il ne savait en effet pas grand-chose de l'amour, il en était de même de la guerre, dont il ne savait rien en dehors de ce qu'il avait entendu dire, ou vu sur des gravures ou un tableau : des chevaux au galop, des sabres et des armées, une multitude de soldats qui s'affrontaient et s'entretuaient. Kaweka essayait quant à elle de s'en faire une idée, et ces images l'accompagnèrent et l'encouragèrent tout au long du voyage, tandis que le vieux brick la ramenait à son enfance africaine tout en l'éloignant de plus en plus de sa fille. Elle cherchait à se motiver en pensant à son devoir de se battre pour la liberté, pour les millions de Noirs volés à l'Afrique, et finalement, pour ce jour désiré où mère et fille se retrouveraient libres.

Si ce voyage mettait son moral à l'épreuve, la faisant osciller entre tristesse et espoir, elle avait au moins dormi et mangé, et ces quelques jours de récupération l'avaient sortie de l'état de délabrement physique dans lequel elle avait quitté La Havane. Avec elle, Porfirio et Jesús débarquèrent clandestinement à la nuit tombée dans le port de Santiago de Cuba. Quant à Pedro José, il fut retenu par des marins qui le ramenèrent dans la soute. Même lorsqu'ils se saisirent de lui, le jeune homme craintif ne se plaignit pas.

— Qu'est-ce que vous faites ? protesta Kaweka.

— Ne pose pas de question. Partons avant qu'ils changent d'avis sur nous aussi.

Porfirio entraîna Kaweka :

— On reviendra le chercher.

Jesús les avait devancés et était déjà sur le pont.

— Non ! s'insurgea-t-elle, on ne peut pas partir se battre pour la liberté des esclaves en laissant un de nos compagnons derrière nous. On ne peut pas !

Porfirio la saisit par les épaules et la secoua pour la faire taire. Plusieurs marins les regardaient.

— Le capitaine a augmenté le prix du voyage, lui murmura-t-il à l'oreille, alors j'ai dû lui vendre Pedro José.

— T'es complètement fou ?

— Tu veux qu'on t'échange avec lui ?

— Oui.

Kaweka se débattit pour se dégager de la poigne de Porfirio. Les marins se rapprochèrent.

— Ils vont tous nous arrêter, tenta-t-il de la calmer, mais trop brutalement pour parvenir à la rassurer. Demain, ils nous vendront au marché de Santiago et, avec l'argent qu'ils obtiendront pour nous, ils se feront des putes dans le port et se saouleront en se moquant des trois esclaves naïfs qui leur ont fait bêtement confiance. Ils se fichent de nous, Kaweka. Pour eux, on n'est rien d'autre que des nègres incultes, des hommes inférieurs.

Sur ces mots, il la hissa comme un paquet sur son épaule et descendit la passerelle de débarquement jusqu'au quai où Jesús les attendait. Ils filèrent en silence parmi les docks et les entrepôts et, après avoir longé une partie de la baie de Santiago, ils arrivèrent en vue des contreforts de la Sierra Maestra qui se découpaient sur un ciel de clair de lune.

— Par là, on rejoint la ville d'El Cobre, les mines et le sanctuaire de la Virgen de la Caridad del Cobre, indiqua le capitaine à Porfirio. Attention, Santiago de Cuba n'a pas rejoint la rébellion, elle reste fidèle à l'Espagne et il y a des patrouilles un peu partout. Ne vous montrez pas avant d'atteindre le plus profond de la forêt. Vous y trouverez forcément assez de rebelles qui vous aideront à rejoindre Bayamo.

Il leur fallut encore cinq jours pour parcourir la distance entre Santiago et Bayamo. La colère de Kaweka ne s'éteignit pas tout de suite. Elle n'acceptait pas le sort réservé à Pedro José et doutait de l'explication de Porfirio, selon laquelle le capitaine aurait augmenté le prix. Elle n'avait en effet jamais compris ce qu'était venu faire ce jeune esclave craintif aux côtés de ces deux solides et impérieux marrons, si ce n'est pour servir à payer le prix convenu avant leur départ de La Havane.

Pour autant, la nécessité de survivre dans cet environnement et le désir de rejoindre la rébellion lui firent oublier un temps le sort réservé au jeune homme. Tous trois avaient vécu le marronnage, tous trois étaient familiers de la forêt, bien que celle-ci soit beaucoup plus dense que celle de l'ouest de l'île. Porfirio et Jesús avaient emporté des machettes volées dans l'entrepôt des marrons. Kaweka se frayait un chemin dans la jungle avec le coupe-coupe de Pedro José, dont ils lui avaient donné les affaires : un sac à dos, quelques vêtements (d'homme), de la viande séchée. Ses mains tremblaient en fouillant le contenu du sac : elle n'avait jamais eu d'autres biens que les quelques vêtements qu'on lui avait remis à son arrivée à la plantation, et le collier de perles qu'elle avait laissé dans la chambre du fils du marquis. Maintenant, elle possédait le bouton blanc que lui avaient remis les garçons qui l'avaient sauvée dans la rue, et tout ce qui avait appartenu au jeune homme livré en échange du paiement de son voyage.

— Le capitaine ne le maltraitera pas, et il retrouvera bientôt sa liberté, tenta de la rassurer Porfirio qui ressentait sa compassion.

Ils avancèrent péniblement vers le nord-ouest, dans une végétation luxuriante et sous une pluie battante, profitant de la protection que leur offrait la montagne. Comme l'avait prédit le marin, ils rencontrèrent des hommes et des femmes qui, comme eux, rejoignaient les troupes rebelles. Aux cris de « *Viva Cuba libre !* », ils entrèrent dans Bayamo à la tombée de la nuit, le dernier jour d'octobre 1868, soit deux semaines après que les bataillons de Carlos Manuel de Céspedes eurent contraint la garnison espagnole à capituler. Elle était composée d'une centaine de fantassins et de vingt-cinq cavaliers qui, au mépris de toute fierté patriotique, ne résistèrent même pas.

La ville était l'une des plus importantes de l'île. Peuplée d'environ sept mille habitants, dont un tiers de Blancs, elle comptait neuf églises et deux couvents, la mairie et une prison, un théâtre et une philharmonie, deux hôpitaux et deux casernes qui se distribuaient le long de ses deux rivières. Tandis que le groupe de Kaweka se rapprochait de la ville, elle constatait le travail accompli par les Noirs sur les chemins d'accès : transport de pierres volumineuses, abattage d'arbres, coupe et affûtage de leur cime en guise de pieux pour les palissades destinées, comme dans les palenques, sinon à empêcher, du moins à entraver le passage de l'adversaire. Kaweka n'entendait pas de coups de fouet, mais des ordres hurlés par les contremaîtres et les sous-maîtres blancs. Les pieds enfoncés dans la boue des chemins, elle s'arrêta pour observer ce qui l'entourait et en fut affligée : elle perçut dans ces cris, sur la route de Bayamo, la même volonté de domination que celle des commandeurs des sucreries. Elle regarda Porfirio qui saisit sa pensée. Il eut une expression d'ignorance et fit un geste en direction de la ville, comme pour leur faire comprendre ce qui se passait.

Le groupe s'était agrandi en récupérant des marrons dans les montagnes, notamment deux femmes, une vieille et une jeune, qui semblaient proches. La plus âgée rappelait mama

Ambrosia à Kaweka, et elle-même se reconnaissait dans la plus jeune. Au sein d'une bande d'hommes qui luttait pour sa survie dans une jungle exubérante, les trois femmes s'entraidaient. Cecilia et Sabina étaient nées esclaves dans une plantation de café au cœur de la sierra, d'où elles s'étaient évadées. La ferme était située près d'une rivière. D'après leur description, elle ressemblait à de nombreuses petites exploitations que Kaweka avait connues au cours de ses marronnages. Cecilia avait l'expérience d'années d'assujettissement et une vision sereine et patiente de la vie. Quant à Sabina, son désir de lutte et de liberté s'était embrasé depuis qu'elle était loin de ses maîtres et contremaîtres. Elles étaient complémentaires et se soutenaient mutuellement. Leur aventure était ainsi moins difficile à deux.

À l'entrée de la ville, un soldat blanc armé interpella Porfirio et ses hommes. Il les interrogea, puis les conduisit au centre de recrutement de la caserne d'infanterie.

— À cette heure-ci, vous ne serez pas servis, leur annonça-t-il en levant les yeux vers le ciel qui s'assombrissait. Sans doute pas demain non plus. Aujourd'hui, c'est la veille de la Toussaint, et après-demain, le Jour des morts. Ce sont des jours fériés, mais dans la situation actuelle…

Il s'interrompit, semblant hésiter à continuer à s'entretenir avec cette bande d'esclaves noirs et déguenillés. Après avoir craché, il ajouta pour se faire clairement comprendre :

— On ne fait pas la fête chez les soldats !

N'ayant pas d'autre endroit où aller, la petite bande décida de rester aux alentours de la caserne d'infanterie. Ils s'installeraient à proximité et feraient honneur aux quelques provisions qui leur restaient, en attendant le lever du jour.

— Je suis certain qu'ils vont s'occuper de nous, leur assura Porfirio tout en avançant. Ils ont besoin de soldats.

Soudain il se tut, hurla et fit un bond en arrière sous l'effet de la surprise, renversant ceux qui le suivaient. Kaweka, à ses côtés, réagit et poussa à son tour un cri de terreur.

Trois personnages vêtus de manteaux noirs, le visage caché par des masques tête de mort, venaient de surgir de derrière une porte, tels des morts-vivants, hurlant, agitant les bras, leurs doigts recourbés comme des griffes. L'un d'eux portait un crâne sur la tête en guise de lanterne. L'incident ne dura que quelques secondes, le temps de terrifier la petite compagnie tandis que les lugubres silhouettes, dont les hurlements s'étaient transformés en rires, s'éloignaient dans la rue à la recherche d'autres victimes.

— Avant, ils faisaient ça pour faire peur aux enfants, mais cette année, ils profitent de votre ignorance pour s'amuser à vos dépens, leur expliqua un passant alors qu'ils s'approchaient des portes de la caserne devant les murs de laquelle ils s'installèrent.

Tandis que d'autres sombres silhouettes passaient par intervalles près du bâtiment, hurlant de rire, les crânes surmontés de lampes en tête de mort qui éclairaient la nuit, le promeneur, en guise d'excuses pour le comportement de la jeunesse de Bayamo, les invita à déguster des galettes de *maíz finado* spécialement cuisinées pour ces fêtes – certaines salées et assaisonnées d'ail et d'oignon, d'autres sucrées et parfumées de graines d'anis.

Le lendemain matin, bien que le jour soit férié, on les fit entrer dans la caserne. Un créole mulâtre en uniforme blanc, assis derrière une table, contrôla leur affiliation et leur donna leur destination en s'adressant à eux sur un ton autoritaire.

— Et elles ? demanda Porfirio en désignant les trois femmes.

Sa question attira l'attention du soldat qui semblait avoir terminé son travail. Comme venant de remarquer leur présence, il les regarda de la tête aux pieds et, sans se départir de son arrogance :

— Les femmes ne font pas partie de l'armée.

— Mais elles peuvent être utiles ? C'est une bonne soignante, fit valoir Porfirio en désignant Kaweka. Quant aux autres...

— Vous deux, qu'est-ce que vous savez faire ? demanda le mulâtre à Cecilia et à Sabina.

Rien, exprimèrent-elles en secouant négativement la tête.

— Toi, ordonna le greffier à Kaweka, présente-toi à l'hôpital de San Roque. Tu y trouveras le pharmacien de la ville, el señor Mateo. Il est chargé de l'organisation du service de santé de l'armée, c'est donc lui qui décidera. Vous deux, retournez chercher les autres femmes et restez avec elles et les enfants.

Ils quittèrent la caserne et demandèrent à la sentinelle postée devant la porte des informations sur l'hôpital San Roque et l'église San Francisco où les hommes devaient se rendre, car c'était là, derrière l'église, dans un champ ouvert entre la ville et la rivière, que les troupes d'esclaves étaient cantonnées.

— Et où doivent aller les femmes qui n'ont rien à faire ? interrogea l'un des hommes du groupe.

Le soldat allait répondre, mais Kaweka, qui n'avait pas l'intention de se séparer de ses amies, le devança en faisant signe à Cecilia et Sabina de sortir du groupe des hommes, et de la rejoindre :

— Pas de problème, elles viennent avec moi à l'hôpital. Vous, les hommes, on a contrôlé vos papiers, mais les femmes, ils s'en fichent complètement, ils n'en ont rien à faire.

— Et si elles ne connaissent rien aux maladies ? protesta l'un des hommes.

— Moi, je m'y connais, trancha-t-elle.

La veille, en chemin vers la caserne, et avant de rencontrer les morts-vivants, ils avaient traversé des rues boueuses peuplées de cavaliers, de citoyens et de soldats, des Blancs, des Noirs et des Chinois. Kaweka y avait croisé de nombreuses femmes noires accompagnées de leurs enfants, qui erraient, oisives, exclues, inconscientes de ce qui se passait. Elle imagina alors le sort qui pourrait les attendre dans le contexte de guerre qu'elle-même avait connu sur les routes, et elle redoutait que celles qu'elle avait rencontrées dans la Sierra Maestra ne se trouvent livrées au bon plaisir de soldats échauffés et libres depuis peu.

Elle avait déjà visité une ville, La Havane, mais jamais avec cette liberté de se déplacer à sa guise comme maintenant, si bien qu'elle fut impressionnée par Bayamo. Les deux autres femmes, en revanche, ne connaissaient rien d'autre que les confins de la Sierra Maestra et leur misérable village de quatre cases. La jeune Sabina, subjuguée par cette première ville où elle mettait les pieds, n'avait ni entendu ni prêté attention à la décision de Kaweka ; Cecilia, quant à elle, d'un âge certain, endurcie par la vie, l'avait bien entendue et comprise, et elle la remercia.

Ils se séparèrent à la sortie de la caserne : les hommes allèrent d'un côté, vers le fleuve Bayamo, les femmes dans la direction opposée. Elles se perdirent dans le centre-ville et durent redemander le chemin de l'hôpital, émerveillées devant les majestueuses demeures seigneuriales et les magnifiques maisons en pierre ou en maçonnerie, aux toits de tuiles et aux façades ornées de balcons aux balustres ouvragés.

Bayamo avait connu une histoire riche et mouvementée. Fondée en 1513 par les Espagnols sur une enclave indienne, elle devint la deuxième ville la plus importante de l'île après Baracoa. Le sol fertile de la région par ailleurs vallonnée permit le développement d'une trentaine de moulins à sucre dans les environs, ainsi que celui d'une importante industrie de tuiles.

Kaweka demanda leur chemin à un officier blanc en uniforme blanc également, dont la veste était ornée de broderies dorées. Il tenait son sabre le long de sa cuisse. Le soldat était très jeune, et détourna le visage en entendant sa question. Sabina s'approcha tout près de lui et scruta effrontément son visage.

— Qu'est-ce que tu regardes, négresse ? On t'a pas appris à respecter les Blancs ?

Il leva la main pour la gifler. Cecilia recula, Sabina se protégea la tête de ses avant-bras. Mais le coup ne vint pas. La jeune fille, osant lever les yeux, découvrit que la main de l'officier était maintenue en l'air par celle de Kaweka qui lui avait saisi le poignet. L'homme émit un grognement de colère, mais elle résista.

— C'est avec ça qu'ils veulent qu'on se batte ? se moqua-t-elle.

Le jeune homme se dégagea violemment et, recouvrant sa fierté ébranlée, tourna le dos et continua son chemin d'un pas plein d'arrogance.

— Au moins, il n'a pas pu nous punir ! commenta Cecilia.

— Il aurait bien voulu, soupçonna Kaweka, mais il était trop jeune, à peine plus âgé qu'un enfant, il n'a pas osé. Ce sont donc ces gamins qui vont diriger les soldats ?

— Tout de même, tu n'es pas obligée d'être aussi insolente ! reprocha la plus âgée à Sabina.

Alors comme ça, nous sommes toujours censés accepter les humiliations des Blancs ? s'indignait Kaweka en son for intérieur. Eux et les affranchis disaient combattre ensemble pour abolir l'esclavage et obtenir un respect mutuel… Nous resterons donc toujours leurs inférieurs ? Elle s'apprêtait à exprimer ces pensées, quand elle entendit un civil mulâtre indiquer le chemin de l'hôpital à Cecilia.

— C'est là, dit-il en montrant une église au coin de la rue. Là c'est l'église de la Virgen de Regla, et la rue qui la croise, c'est San Roque. C'est là que se trouve l'hôpital.

Elles s'y dirigèrent.

— Tu crois qu'ils vont nous permettre d'y entrer ? demanda la femme mûre à Kaweka, qui ne répondit pas.

Elle se sentait en effet attirée par l'église, comme aspirée par elle. Un agréable vertige la saisit, comme si une partie de sa conscience lui échappait pour pénétrer dans l'édifice. Elle y percevait la présence de Yemaya, la Vierge de Regla. C'était le nom qui lui avait été donné à La Merced, celui d'une jeune esclave morte, et elle avait vécu des années sous cette identité. Puis Modesto avait tué à nouveau cette Regla qui n'était pas elle, laquelle avait été enterrée dans un tombeau vide à La Merced. Devait-elle s'appeler encore ainsi ?

— Regla.

Elle se présenta néanmoins sous ce prénom chrétien, différent de celui qu'on lui avait donné à sa naissance. Sans doute parce que cette femme blanche d'un certain âge aux cheveux gris soigneusement peignés portait une croix autour du cou. Sa sérénité, sa blouse d'un blanc immaculé se démarquaient de cette ville en guerre.

— Voici votre église, Notre Dame de Regla, lui précisa la femme.

Elles se retrouvèrent dans le hall d'entrée d'un bâtiment en pierre de deux étages, simple, modeste, avec un grand patio et une capacité de quatorze lits dans deux chambres séparées : l'une pour les hommes et l'autre pour les femmes.

— Que mettriez-vous sur une plaie ? lui demanda la señora Gertrudis - ainsi se présenta-t-elle - après que Kaweka lui eut annoncé qu'elle avait été envoyée par la caserne, sans oublier de mentionner Cecilia et Sabina.

— Je connais mal les médicaments des Blancs, s'excusa-t-elle auprès d'une hygiéniste, qui n'avait pas grand-chose à voir avec les infirmières et les chirurgiens catholiques travaillant dans les fabriques sucrières.

— C'est mieux comme ça, lui répondit l'hygiéniste de manière inattendue. Je doute que nous ayons assez de réserves pour soigner tout le monde quand les Espagnols se battront. Nous allons devoir nous contenter de ce que la nature nous offre.

— De la cire et du miel, répondit Kaweka en demandant l'assentiment de Cecilia, persuadée que la vieille femme connaissait aussi les remèdes.

— Une toile d'araignée, ajouta celle-ci.

— Et pour arrêter l'hémorragie ?

— Une décoction de yamagua.

Gertrudis continua à les interroger, et Kaweka pallia les doutes de Cecilia et l'ignorance de Sabina. Puis la femme les emmena à la pharmacie et leur fit reconnaître des herbes. Elles réussirent le test.

— Et elle ? demanda l'infirmière en désignant Sabina.

— Elle nous accompagne, déclara Kaweka comme pour régler la question.

La Blanche et la Noire se regardèrent et, après quelques instants, la première acquiesça, se rangeant à l'avis de Kaweka. Cette guérisseuse l'intéressait.

— Quand elle ne sera pas avec vous, elle pourra aider à la cuisine et à la blanchisserie, lui suggéra Gertrudis.

Sur ce, elle leur fit visiter l'hôpital et les salles destinées aux malades, dans lesquelles elles ne distinguèrent aucun Bossale, homme ou femme. Le genre de patients dont elles s'occupaient étaient des affranchis blancs et mulâtres.

Gertrudis devina leurs pensées.

— C'est l'hôpital civil de la ville. C'est d'ici que nous organisons les soins de toute l'armée. Les hôpitaux de campagne sont déjà installés à l'extérieur de la ville. Vous n'imaginiez pas que nous allions nous occuper seules de milliers de soldats dans un hôpital de quatorze lits ?

Elles se rendirent dans la cuisine. La faim les tenaillait, et l'endroit avait l'air bien approvisionné.

Une femme noire, Tomasa, manipulait deux grandes casseroles dont le contenu bouillait sur des feux de charbon de bois. Elles mangèrent assises par terre dans la cour : un bouillon de poule avec des pois chiches, du lard et des oignons. Pendant la sieste de Cecilia et de Sabina, Kaweka sortit dans la rue et parcourut les quelques mètres qui la séparaient de l'église de Regla.

À l'approche de l'édifice, elle ressentit à nouveau l'attirance qui l'avait saisie lorsqu'elle était passée devant sa façade. Elle fut prise d'un agréable vertige qui lui donna l'impression de flotter, comme si elle était en apesanteur. Elle se sentait à la fois comblée et comme immatérielle, aérienne. Elle franchit avec détermination le portail de bois, comme répondant à l'appel du lieu, et se retrouva dans la pénombre. Elle respira profondément les odeurs exhalées par les fidèles, y reconnut des douleurs et des joies, des doutes et des certitudes. Elle descendit l'allée centrale, le regard fixé sur une petite statue éclairée par des bougies qui se détachait dans le retable, derrière l'autel.

C'était la première fois qu'elle entrait dans une église.

— Vous êtes une fidèle de la Vierge ?

La voix l'arrêta au pied de l'autel. Elle se retourna : c'était un prêtre.

— Oui. Je m'appelle Regla.

— Soyez la bienvenue. Vous voulez prier avec moi ?

Kaweka ne répondit pas, ne quittant pas des yeux la statue enveloppée d'une robe bleue. Yemaya et la Vierge de Regla habitaient alors son cœur en parfaite harmonie.

— Vous avez un problème ? lui demanda le prêtre après l'avoir laissée quelques instants dans un recueillement troublé par une respiration de plus en plus stridente.

Après une légère transe, Kaweka revint à la réalité. Elle regarda de nouveau la Vierge et, sans se tourner vers le prêtre, la désigna d'un doigt tremblant.

— Elle est noire ! s'exclama-t-elle.

Kaweka avait autrefois vu des images de la Vierge, et même une petite statue dans la plantation, mais elles étaient toujours blanches.

— Oui, sourit le prêtre. Cette vierge vient d'Afrique, comme toi. C'est saint Augustin qui l'a fait tailler à Cadix, puis de là elle s'est retrouvée à Cuba, d'abord à La Havane, ensuite à Regla, et dans d'autres églises comme celle-ci.

— Mais... Il y a des vierges, en Afrique ?

— Bien sûr ! Dieu règne dans le monde entier. La Vierge de Regla est la patronne des marins, elle les protège des tempêtes.

Kaweka cessa d'écouter, car elle se sentit alors comme prise dans une tempête. Yemaya la prenait par la main, et toutes deux affrontaient une mer déchaînée, plongées dans les grandes profondeurs, et en ressortaient, ruisselantes, apaisées. Elle était là, comme changée en eau.

12

Madrid, février 2018

Il faisait froid à Madrid, et Concepción ne cessait de s'éventer. « Maman ! » lui lança Lita, agacée. Et elle s'arrêtait… pour recommencer quelques instants plus tard, machinalement, inconsciemment, sous la simple impulsion de l'éventail qu'elle tenait dans la main. Lita la regardait alors tendrement et se demandait encore une fois si elle devait lui parler. Après la nouvelle inattendue de la filiation de Concepción, les trois amies ne cessaient d'en parler au restaurant, à l'hôtel, dans les aéroports et dans l'avion. Le sujet était devenu récurrent, mais aucune conclusion n'en avait été tirée.

Car parler à sa mère, oui, il allait falloir le faire, mais elle se ravisa à la pensée que ce n'était peut-être pas le bon moment… Car si ce n'était pas vrai, si ce n'était que des ragots de la part de quelques Noirs cubains de condition modeste ? Mais c'était également tout à fait possible, se disaient entre elles les trois amies. Alors l'une d'elles regarda pour la énième fois son téléphone portable pour vérifier la vidéo enregistrée par Sara qui les montrait en train de gravir les escaliers boiteux de l'immeuble où vivait le parent de Lita. Elles se rappelaient le couloir et ses rideaux en guise de portes, la salle divisée en pièces par des cartons, et les personnages hauts en couleur qui y vivaient, la conversation avec le vieil homme et, enfin, l'étonnement sur le visage de son amie après la nouvelle que sa mère était la demi-sœur de don Enrique de Santadoma, marquis de Santadoma, président de la banque Santadoma.

Concepción recommença à s'éventer, souriant à sa fille. Les chiens sommeillaient dans un coin de la cuisine.

Incrédule et obstinée, Lita avait fini par provoquer la colère du joueur de maracas, et la dernière réponse de celui-ci, sèche et sans détour, lui était restée en mémoire: « Je suis peut-être vieux et pauvre, ma fille, mais ne me traite pas comme un menteur ou un imbécile. »

Elle avait raconté cette visite à sa mère sans pourtant se décider à lui faire part des révélations de son grand-oncle Antonio. Concepción, qui ne cachait pas un certain ressentiment vis-à-vis de son père disparu après la grossesse de Margarita, avait toujours parlé de ce José Hermoso sans exprimer le moindre doute sur sa paternité. Lita n'osait ni ne savait comment lui dire la vérité.

— Tu ne te souviens de rien d'autre sur ta mère ? C'est dommage. Antonio m'a parlé d'elle.

— Bien sûr que je me souviens de beaucoup de choses sur ma mère, comment pourrais-je ne pas me souvenir d'elle, mon enfant !

Et elle lui parla, le visage illuminé, de son caractère enjoué, de leurs promenades dans Madrid et de leurs sorties avec ses amies dans les parcs, celui du Buen Retiro le plus souvent, elle évoqua sa façon de danser, sa beauté : « Tu as vu sa photo ! »

— Mais... Tu es sûre qu'elle ne t'a laissé aucun objet lui ayant appartenu ? Aucun souvenir ?

Lita connaissait la médaille de la Vierge suspendue au cou de sa mère. Mais si, sa mère lui avait laissé d'autres choses, soupira Concepción : une vieille radio, qu'elle avait jetée il y a longtemps, quand elle avait dû remplacer l'ancienne, avant que la señora lui fasse installer la télévision dans sa chambre, et une bible, qu'elle gardait sur sa table de chevet, bien qu'elle ait du mal à la lire. Des bracelets, un collier également. Lita les avait déjà vus, elle les avait même portés à l'occasion.

— Nous avions peu de choses, ma fille.

— Et des effets personnels ? insista Lita, essayant de ne pas paraître trop intéressée.

— Comme quoi ?

— Des vêtements... ? des lettres ?

— Des lettres ? Ta grand-mère ne savait pas lire. Non, je ne pense pas qu'il y en ait eu, je te l'ai dit, Franco n'autorisait pas les relations avec Cuba. Et si c'est le cas, je l'ignore. Quant aux vêtements... oui, bien sûr, j'avais des vêtements, mon enfant, enfin, pas beaucoup, mais quand même...

— Tu les as jetés ?

— Eh bien, oui, je suppose... Attends ! Nous avions une valise. Je m'en souviens. En toile dure. Je l'ai vue dans notre chambre après la mort de maman, sur son lit sans draps ni oreiller, une simple paillasse, dit-elle tristement, l'image de ce voyage ancrée dans sa mémoire.

— Et qu'est-elle devenue ? demanda Lita en réprimant son excitation pour ne pas heurter sa mère plongée dans ces tristes souvenirs.

— Je ne sais pas.

— Tu l'as jetée ?

— Non, la surprit-elle encore, pourquoi l'aurais-je fait ? On n'a jamais rien jeté dans cette maison. Le marquis n'a jamais permis que quoi que ce soit ayant un rapport avec lui puisse se retrouver entre les mains d'étrangers, et encore moins dans les poubelles ! J'ai moi-même descendu au sous-sol des affaires des servantes qui étaient parties. J'avais oublié la valise de ma mère, se désola-t-elle d'une voix tremblante comme si une partie de sa vie était tombée dans l'oubli. Elle a dû finir au garde-meuble, sûrement, c'est là qu'on rangeait les choses inutiles, une autre bonne a dû l'y descendre, parce que je n'étais pas en mesure de décider de quoi que ce soit, à ce moment-là...

— J'ai besoin... j'aimerais la voir, dit Lita en essayant de ne laisser paraître aucune émotion dans sa voix.

— Moi aussi j'aimerais bien, approuva Concepción.

Elles discutèrent de l'opportunité d'attendre la nuit pour y aller, lorsque Zenón, le concierge de l'immeuble, aurait terminé sa journée et ne pourrait pas dénoncer Concepción en accomplissant son travail d'espionne pour le compte des Santadoma.

— Mais nous ne faisons rien de mal ! Qu'est-ce que j'en ai à faire de ce qu'il dirait à ces messieurs ?

— Je suis persuadée que Zenón pensera à mal, dit Lita, qui se souvenait de la malice et de la méfiance innées du gardien. Et aussi que dès qu'il parlera à ces... *messieurs*, articula-t-elle ironiquement, il inventera n'importe quoi qui puisse nous mettre dans l'embarras.

Après avoir réussi à convaincre sa mère, Lita partit se promener dans le quartier pour gagner du temps, tout en évitant de s'approcher de la banque. Un rendez-vous était prévu avec Stewart, dont elle avait reçu un message WhatsApp dès son arrivée à Madrid, comme l'aurait fait un amoureux impatient de retrouver sa petite amie. Elle avait aussi un message vocal poli et affectueux de la secrétaire personnelle du président de la banque Santadoma – celle-là même qui l'avait escortée bras dessus, bras dessous hors de la salle de réunion le jour où doña Claudia l'avait humiliée – et lui faisait savoir que don Enrique souhaitait lui parler. Deux engagements qu'elle avait remis au lendemain.

Ce fut Pablo qu'elle rencontra dès son retour à Madrid. Il les attendait à l'aéroport. Sara et Elena ne le connaissaient pas. Lita craignit qu'elles ne l'assaillent de questions, mais elles restèrent discrètes et se limitèrent à lui offrir un verre dans l'appartement de La Latina. Non, ils ne voulaient rien boire, ils s'excusèrent et prirent un taxi pour se rendre chez Pablo.

— On dit que les Cubains sont très fougueux, lui lança-t-il sur le trajet du taxi.

— C'est vrai, répondit Lita en l'embrassant sur les lèvres. Tu vas devoir faire des efforts !

Pablo effleura alors son entrecuisse, guettant le regard du chauffeur de taxi dans le rétroviseur. Ce fut un contact par-dessus son pantalon, léger, doux, superficiel, mais elle trembla comme si elle avait subi une décharge électrique. Ils n'attendirent pas d'être dans l'appartement de la rue Ibiza, ils s'embrassèrent, se sentirent, se savourèrent dans l'ascenseur, faisant cogner la valise contre les parois.

Il enleva sa veste dès l'entrée, son pull dans le couloir et les boutons de son chemisier dans le salon.

— J'ai... dit-elle en tentant de se libérer, des heures de voyage derrière moi.

— Ah, et qu'est-ce que ça peut faire ?

— Il faut que j'aille dans la salle de bains.

Il réussit à faire passer son chemisier par-dessus sa tête et la serra dans ses bras.

— Ça attendra, murmura-t-il.

— Je suis en sueur, je suis sale.

Il s'agenouilla, déboutonna son pantalon et le baissa suffisamment pour pouvoir embrasser sa chatte par-dessus son slip, ses mains pressant ses fesses.

— Pablo, supplia-t-elle. Je suis...

Il continua à l'embrasser jusqu'à ce que ses gémissements se transforment en râles et qu'elle lui prenne la tête entre ses mains. Alors il baissa sa petite culotte et glissa sa langue entre ses lèvres jusqu'à l'entrée de son vagin. Puis elle se laissa entraîner vers le canapé, à petits pas, son pantalon aux chevilles, lui à genoux contre elle, jusqu'à ce qu'elle s'y laisse tomber jambes ouvertes.

La langue de Pablo sur son clitoris et ses doigts caressant son anus la rendirent folle de plaisir, et lui procurèrent un orgasme qui explosa lorsqu'elle serra fort sa tête entre ses cuisses tout en la pressant de ses mains contre sa vulve.

Puis, lorsqu'elle put parler et bouger, elle le tira par les cheveux, le déshabilla et l'entraîna dans la chambre à coucher.

— Les hommes, là-bas, sont bien plus chauds, lui lança-t-elle en le chevauchant.

— Ha !

Pablo ne lui permit pas cette position. Il la prit dans ses bras et la força à se retourner jusqu'à la placer sous lui, puis il la pénétra.

— Ils font comme ça ? demanda-t-il.

— Beaucoup plus !

Et elle leva les deux jambes en l'air, s'offrant tout entière.

Il poussa violemment.

— Plus fort !

Pablo rugit, rivalisant avec l'image idéalisée de ces Noirs en feu.

— Comme ça ! l'encouragea-t-elle. Plus fort !

Ce fut sauvage. Pablo éjacula. Ils restèrent alors tous les deux allongés, en sueur : lui épuisé, elle brisée.

— Tu dois avoir un parent noir, lança Lita dans un éclat de rire.

— Tu as eu tant d'expériences que ça avec eux ?

— Non, idiot, le rassura-t-elle, je ne répète que ce qui se dit là-bas. J'ai été fidèle.

— Vraiment ? Tu ne me caches rien de ton voyage avec tes deux copines complètement délirantes ?

Bien sûr, elle lui avait caché des choses, beaucoup de choses. Pablo était très intéressé par ce voyage, car il n'était jamais allé à Cuba. Alors, le Malecón ? La musique des rues ? La situation était-elle vraiment aussi dramatique qu'on le disait ? Les Cubains, que disaient-ils, étaient-ils heureux, désespérés ? Lita partagea avec lui son expérience passionnée, euphorisante, combien elle s'était amusée, comment elles avaient été traitées comme des reines, mais elle ne dit rien de l'oncle Antonio et de la possible filiation de sa mère avec Enrique de Santadoma. Elle resta également silencieuse sur l'envoûtement dont elle avait été l'objet dans la chapelle de la Vierge de Regla, de même que sur les propositions de Raúl, le babalao, au restaurant. Elle n'avait pas la moindre intention de lui raconter tout cela.

Elle était heureuse, au comble du bonheur. Tous deux étaient rassasiés, mais Pablo continuait à la caresser, à effleurer ses seins, délicatement, comme s'il ne voulait plus la quitter, sans autre but que de la toucher, de rester uni à elle, et ce faisant, il imaginait retourner à Cuba avec elle, juste tous les deux, et Lita acquiesçait en promettant de tout lui montrer... Quoique non, pas tout. Elle ne voulait pas dissiper cet enchantement en lui révélant qu'elle était une chamane, une sorcière. Le lui dirait-elle même un jour ?

Elle aimait cet homme, elle le sentait ; et aucune déesse africaine, aucune vierge cubaine, noire ou blanche, ne pourrait lui faire rompre le sortilège amoureux dont elle était, à ce moment précis, la proie.

Avait-elle d'ailleurs grand-chose à lui révéler ? se disait-elle tout en marchant, alors que la nuit n'était pas encore tombée. Son aventure mystique était loin, un océan entier l'en séparait. Oui, elle était retournée en cachette à la chapelle et avait ressenti à nouveau cette inquiétante étrangeté, mais les souvenirs qui reliaient toutes ces expériences ésotériques à la réalité s'estompaient avec la distance, le temps qui passe, le retour à la normalité et à la routine de Madrid. Cuba, la chapelle, la déesse et cette danse frénétique ne se matérialisaient aujourd'hui plus que dans le poster de la Chevrolet jaune, posé contre l'un des murs de la cuisine, attendant que quelqu'un l'accroche, et dans le livre sur Pythagore qu'elle avait offert à Pablo, qui l'avait d'ailleurs apprécié et feuilleté comme s'il s'agissait d'un incunable.

Quant à sa mère... Lita soupira en se demandant ce que contenait cette valise. Tant qu'elle l'ignorait, elle préférait ne pas se faire d'illusions. Cette mallette renfermait-elle un indice prouvant la filiation de Concepción avec le marquis ? Elena, avocate débutante qui exerçait pour une association de quartier, avait su retrouver sur Internet quelques notions juridiques qu'elle exposa aux deux autres :

— Depuis l'entrée en vigueur de la Constitution, qui remonte à pas mal d'années, la loi a posé une stricte égalité de droits successoraux entre tous les enfants, légitimes, naturels ou illégitimes. Je ne sais pas si ta mère pourrait toucher l'héritage de son père, je ne peux pas dire ce qui se passerait puisqu'il est mort depuis longtemps et avant la promulgation de cette loi dont j'ignore si elle est rétroactive. Permettrait-elle de réclamer un héritage distribué il y a de nombreuses années, à la mort d'Eusebio ? Je ne pense pas, mais la question nécessite qu'on l'examine calmement.

— Pas d'inquiétude, conclut Lita pour éviter de faire dériver la conversation. À moins d'être sûres que cette loi soit bien rétroactive, et que l'on puisse prouver que ma mère est la fille d'un Santadoma, on ne va pas commencer à spéculer sur l'argent d'un héritage.

— Et les tests de paternité, les tests ADN ? intervint Sara. Ils sont fiables.

— Mais quels échantillons pourraient-ils prélever ? Ceux du grand-père ? Parce que le père, il faudrait aller le chercher à Miami, où il est mort, et d'ailleurs, est-ce qu'il y est enterré ? demanda Elena.

Lita haussa les épaules en signe d'ignorance.

— De toute façon, poursuivit son amie, ce serait compliqué ! Avant de pouvoir autoriser un test ADN, il faudrait déjà apporter la preuve d'un lien de filiation paternelle. Aucun juge n'accordera ce test sur la simple parole d'un enfant présumé, il faudrait apporter des preuves conséquentes, sinon, tout le monde demanderait des tests de paternité !

— Quel savoir ! plaisanta Sara.

— Tu as le droit de ne pas me croire. C'est vrai que j'ai raté cette UV à la fac. Tout ce que je sais de la question, je le tiens des magazines et des émissions de télé !

De nouveaux rires suivirent cet aveu. Ce que Lita ne voulait pas dire à ses amies, c'est que l'héritage qui venait d'être ouvert était précisément celui du vieux marquis qui avait émigré de Cuba, et non celui du fils décédé à Miami, avant son père. En effet, à la mort d'Eusebio son fils unique, le marquis de Santadoma, déjà établi en Espagne, avait pris conscience que sa succession n'était composée que de femmes : Claudia, la veuve d'Eusebio, et ses deux filles. Or il ne souhaitait pas que sa fortune soit contrôlée par des gendres en qui il n'avait pas confiance. Parmi ses petits-enfants, il y avait déjà des garçons et d'autres naîtraient certainement. Il lui suffisait de sauter une génération, qu'il récompensait par ailleurs généreusement, et de laisser l'héritage en suspens pour que tous ces petits-enfants, garçons ou filles, puissent en hériter après la mort de ses deux filles. La loi le lui permettait, et c'est ce qu'il décida, de sorte qu'à la mort de doña Pilar, la dernière des filles, la succession du vieux marquis de Santadoma était désormais ouverte.

À ce moment-là, les petits-enfants, légitimes ou non selon la promulgation de la Constitution espagnole, héritiers désignés par le marquis, avaient accès à l'héritage – petits-enfants parmi lesquels Concepción devait être incluse, dans la mesure où elle avait été conçue par Eusebio de Santadoma.

La nuit tombait. Lita regarda l'heure et supposa que le gardien avait quitté l'immeuble. Elle retourna donc chez sa mère. Le vieux marquis de Santadoma, songeait-elle en marchant, n'aurait jamais pu imaginer qu'une bâtarde comme Concepción pût avoir accès à son héritage au même titre que ses petits-enfants légitimes. En effet, comme Lita l'avait vérifié sur le site de la banque, son fondateur, celui qui avait émigré de Cuba, était mort peu après la promulgation de la Constitution espagnole sans avoir eu connaissance, ou même le temps, de modifier le testament ancien et alambiqué qu'il avait rédigé.

Lita ne doutait pas que, si sa paternité était réelle, l'aristocrate en avait connaissance – raison pour laquelle il avait emmené une servante avec sa fille à peine née en Espagne, dans le seul but de libérer son fils aîné de cette contrainte. C'est ce que lui avait dit l'oncle Antonio à La Havane, et cela expliquait aussi, sans doute, l'hostilité manifestée par doña Claudia envers sa mère et elle-même... Et sans doute, son attitude n'était-elle que l'effet de son ressentiment à l'égard de la fille bâtarde de son mari tant aimé et tant regretté.

Le sous-sol ressemblait à un souk où s'entassaient des meubles, des vêtements, des livres, des malles, des matelas, des jouets, des miroirs, des tableaux et toutes sortes d'objets ayant appartenu aux nombreux Santadoma qui avaient vécu dans cet immeuble, avant de migrer vers les luxueux quartiers de la capitale. Lita se rappelait avoir entendu parler de ce sous-sol lorsqu'elle était adolescente, à l'époque où elle vivait dans la maison, mais il ne lui était pas venu à l'esprit que ce bazar puisse encore exister. N'importe quel autre propriétaire du quartier de Salamanca aurait transformé cet endroit en local commercial ou en parking, deux activités très demandées et appréciées dans le quartier, mais les Santadoma, qui possédaient tout l'immeuble, avaient préféré garder le sous-sol pour leur usage personnel, comme débarras de luxe, entreposant leurs voitures dans l'ancienne cour de calèches située au centre de l'immeuble.

Concepción alluma les lumières avant que Lita ne l'en empêche.

— Pourquoi restons-nous dans le noir, ma fille ? Serait-on en train de faire quelque chose de mal ? Parce que si c'est le cas, je vais en parler à...

— Non, maman. Le fait est que je suis trop prudente. Ne t'inquiète pas.

Le sous-sol était éclairé par deux rangées de tubes fluorescents qui donnaient suffisamment de lumière pour se déplacer parmi tout ce bric-à-brac, et la quantité de choses accumulées était énorme. Comment y trouver une valise ? se demanda-t-elle, désespérée. Tous les meubles et ustensiles culinaires, tous les objets qui appartenaient aux domestiques sont dans ce coin, répondit sa mère comme si c'était la chose la plus normale du monde. Ils n'allaient pas mettre les affaires des servantes à côté de celles du marquis et de sa famille ! Tu vois, lui montra sa mère en avançant dans un couloir encombré de meubles et d'objets, tout cela appartenait au vieux marquis.

Lita remarqua un grand bureau en bois massif sculpté qui laissait entrevoir des reflets acajou sous la couche de poussière qui le recouvrait. À côté étaient entreposés plusieurs coffres, ainsi que la tête et le pied d'un lit et ses traverses : le mobilier d'une vie d'homme.

Elle essaya de se souvenir de certains de ces meubles. Elle en reconnaissait beaucoup : des jouets, des pupitres, des lampes...

— Tu te souviens de ça ?

Sa mère lui fit remonter le temps : c'était une trancheuse manuelle pour la découpe de la charcuterie, dans laquelle elle avait failli laisser quelques doigts lorsqu'elle était enfant.

— Oui, reconnut-elle en tripotant la manivelle.

— Là derrière, ce sont les affaires des domestiques, indiqua Concepción en entrant dans une niche.

Lita l'entendit déplacer des paquets et des valises.

— Tu veux que je t'aide ?

— Comment la reconnaître... ? Mais... Oui... ! Celle-là ! C'est celle-là !

Elle était posée sur une armoire recouverte d'un drap. Les mains de Lita tremblèrent lorsqu'elle manipula les charnières de sécurité. La poussière la fit tousser, elle dut se couvrir le nez et la bouche pour respirer. Ce qu'elle allait découvrir à l'intérieur était susceptible de changer radicalement leur vie.

La première chose qu'elle vit fut des vêtements qui sentaient le renfermé. Elle les repoussa avec une hâte qu'elle dut refréner devant les soupirs de sa mère. Ce qu'elle fouillait négligemment, Concepción le caressait, le tenait avec amour, le sentait. Lita, elle, cherchait des papiers, des lettres, des documents. Quelques timbres qu'elle supposa avoir appartenu à sa grand-mère et l'image d'un saint apparurent, mais elle n'y prêta pas attention. Et déjà, il n'y avait plus rien. Elle comprit que les papiers qu'elle cherchait n'y étaient pas. Sur le point de renoncer, elle aperçut une pochette en plastique qui craqua dans ses mains tant elle était sèche et délabrée. Elle l'ouvrit lentement, craignant que le contenu n'ait collé aux rabats. Elle sépara soigneusement les papiers collés entre eux et sur la doublure de la valise, et réussit à les en sortir : un certificat de mariage délivré à Cuba entre Margarita Gomez et José Hermoso. Un autre certificat, également cubain, qui était l'acte de naissance de Concepción Hermoso, des timbres et quelques reçus que le temps avait rendus illisibles. La carte d'identité de Margarita et d'autres documents officiels, espagnols et cubains. Trois photos sépia de personnes non identifiables, un homme et un couple, et ce qui semblait être une fête sur les deux autres. Pas de dates ni de références au dos. Rien qui puisse prouver cette paternité que le joueur de maracas lui avait assurée à La Havane.

Elle examina à nouveau les papiers. Ils ne contenaient aucune lettre.

— Ma mère adorait cette robe, soupira Concepción.

Lita fit semblant de regarder et hocha la tête. Sa grand-mère était analphabète. Sa mère avait appris à lire et à écrire à l'école primaire, ainsi que les bases du calcul, et bien sûr le catéchisme et les prières nécessaires pour attester l'enseignement du christianisme prôné par le régime franquiste de l'époque. Cela avant de se consacrer entièrement, à l'âge de seize ans, au service domestique des marquis.

— Elle portait cette robe le jeudi, quand elle sortait l'après-midi, poursuivit Concepción avec nostalgie. Je me souviens d'elle comme si c'était hier.

« Et si je lui disais tout de suite : Tu es la fille du jeune maître Eusebio », pensa Lita. Se souviendrait-elle alors de quelque chose ? Impossible. Ce souvenir pourrait lui causer de l'embarras, la déranger, la contrarier. Elle préféra se taire. « Ma fille, quelle absurdité tu racontes, objecterait-elle avec colère, moi, une servante mulâtre, fille de maître Eusebio ? » Et elle pousserait un rire qui mettrait fin à la conversation ne laissant place à aucune question ; il n'y aurait pas moyen de la convaincre, vu que la totalité des vestiges de son passé, selon elle, se trouvaient dans cette valise. À moins qu'Eusebio n'apparaisse sur l'une de ces photos jaunies ? Sa grand-mère n'avait semble-t-il rien gardé de l'aristocrate qui l'avait soi-disant séduite... ou peut-être violée ? En effet qu'importait, à l'époque, ce qu'un jeune noble faisait subir à sa servante de couleur ? Elle a été forcée, j'en suis sûre, d'autant plus quand on connaît le caractère des Santadoma, pensa Lita. L'éventualité que sa grand-mère ait pu flirter et se donner volontairement, voire passionnément, au père de don Enrique, lui donnait des haut-le-cœur. En dernier lieu, et à supposer qu'elle ait possédé des preuves de cette relation, il n'en était pas moins certain qu'à la mort de Margarita les Santadoma avaient eu accès au contenu de la valise et que tous les documents compromettants avaient été détruits.

— Eh bien, nous l'avons trouvée, ma fille ! s'exclama Concepción avec plus de joie qu'elle n'en aurait ressentie si elle avait trouvé un trésor. On la prend et on la monte ?

Stewart lui proposa de faire partie du groupe de travail qui représentait la banque américaine dans l'opération d'achat – il le ferait au nom des Santadoma, mais dans sa structure.

— Comme s'il s'agissait d'une succursale, vous travaillerez dans nos bureaux, loin des Santadoma, avec le même contrat que celui que vous avez eu jusqu'à présent, vous êtes d'accord ?

Lita hocha la tête.

— Avez-vous apprécié votre séjour à Cuba ? lui demanda l'Américain, changeant de sujet comme s'il tenait déjà pour acquise la réponse de Lita.

— Beaucoup ! Mais vous avez été trop généreux.

— Non, fit-il en minimisant l'importance de son propos. Je vous prédis un grand avenir chez nous ! Vous saurez alors ce qu'est la vraie générosité.

Lita travaillerait avec les Américains, puis retournerait à la banque Santadoma lorsque le marquis, qui avait finalement accepté cette entente, n'aurait plus d'influence. Elle ne perdrait pas son emploi, et Stewart lui promettait un avenir qui ne dépendrait plus de son statut de fille de domestique.

Tout ce qui concernait le lien de parenté de sa mère avec les Santadoma avait été anéanti, la valise ne contenant aucune preuve. Elles l'avaient ensuite transportée à l'étage où les yorkshires les attendaient, silencieux et obéissants.

— Je ne comprends toujours pas pourquoi tu fais cet effet-là sur ces animaux, s'étonna de nouveau Concepción en caressant les chiens, tandis que Lita posait la valise sur son lit.

Elle l'ouvrit une nouvelle fois, sans aucun espoir. Tout ce qu'elle possédait, c'était l'enregistrement vidéo des paroles d'un vieillard édenté qui portait des tongs, un short de sport et un débardeur blanc, et qui devisait sur un canapé branlant – image peu convaincante au demeurant.

Elle aurait pu poser la question directement au marquis quand, après sa conversation avec Stewart, elle avait répondu à son appel. « Mon cher oncle », aurait-elle pu commencer par dire, car s'il s'avérait que sa mère était la fille d'Eusebio de Santadoma, don Enrique était bien son oncle maternel. Elle qui n'avait jamais eu qu'un seul parent dans sa vie, sa mère, imaginait alors la famille élargie qui pourrait l'entourer : oncles, cousins…

Mais elle n'en fit rien, ne lui demanda rien. Pour autant, le marquis perçut dans la voix de Lita l'ironie inhérente à l'absurdité de cette perspective.

— Vous avez l'air heureuse, Regla, dit-il après les salutations d'usage, se méprenant sur le ton de sa voix.

— C'est le fait de vous entendre, don Enrique, répondit-elle spontanément.

Un silence s'installa sur la ligne. Elle hésita. Une sueur froide l'envahit.

— Je ne me savais pas capable de susciter de telles réactions chez vous !

Le marquis n'était pas du genre à se laisser dominer par une employée. Lita se ressaisit et, d'une voix ferme, reconnut qu'elle avait accepté l'offre de Stewart, tout en restant consciente que son employeur était toujours la banque Santadoma.

— Je tiens à te rappeler que ta place est chez nous, Regla, insista le marquis.

— Cela ne me semble pas opportun, don Enrique, reprit-elle, vous comprenez qu'il s'agit d'une situation… (Elle envisagea plusieurs qualificatifs possibles : inconfortable, difficile, humiliante.) Inacceptable ! lança-t-elle, comme pour l'interpeller à distance.

Stewart l'avait prévenue que le marquis lui proposerait de réintégrer la banque, même s'il supposait qu'elle refuserait ; ils en avaient déjà discuté entre eux. « Mais pourquoi le ferait-il ? » s'était étonnée Lita. « C'est un truc propre aux aristocrates, lui avait répondu l'Américain avec un sourire. Ça s'appelle la vanité. »

Lita, dépitée que la valise ne lui ait fourni aucune preuve, était toujours aussi convaincue ce même jour où, après avoir parlé à ses deux employeurs, elle se présenta à l'improviste pour déjeuner chez sa mère, avec la sensation absurde de lui avoir fait faux bond dans une affaire qu'elle ne lui avait même pas avouée.

Assise à la table de la cuisine, les chiens docilement couchés à ses pieds, elle la regarda préparer un repas frugal, comme d'habitude. Avant de servir le dessert, une orange coupée en tranches, Concepción fouilla dans la poche de son tablier et en sortit une image pieuse qu'elle posa sur la table devant sa fille.

— C'est la Vierge de Regla. L'une des images de sainte de ta grand-mère. Je sais que tu ne crois pas beaucoup en ces choses-là, mais j'aimerais que tu la gardes. C'est la Vierge dont tu portes le nom.

Lita baissa lentement son regard vers la table, attentive, dans l'expectative, attendant de voir s'il lui arriverait la même chose qu'à Cuba, ou si cela resterait une expérience mystérieuse attribuable à la fois à la chaleur, à la distance, à l'alcool et aux danses endiablées – ou peut-être à un certain magnétisme tectonique : ne se trouvaient-elles pas alors à proximité du fameux triangle des Bermudes ? Elle joignit les mains sous la table et se détendit en comprenant qu'elle n'était pas assaillie par des sensations occultes. Elle souhaitait oublier cet épisode qu'elle ne comprenait pas. Puis elle regarda l'image pieuse et revit celle de la Vierge noire tout de bleu vêtue qu'elle avait vue dans la chapelle de Regla. Un courant d'air étrangement tiède la caressa. Elle tchipa, claqua la langue de dépit. Sa mère la regarda, surprise, mais Lita avait oublié sa présence. Elle se sentait flotter au-dessus de la terre, comme cela lui était arrivé à l'autre bout du monde. Elle était pleine et légère à la fois, et son angoisse se mua en une agréable acceptation. Elle respira profondément et pressentit ce qui allait lui arriver : une énorme vague la submergea. Elle haletait. Les chiens se mirent à hurler. Yemaya lui parlait de quelqu'un, d'une femme, mais elle ne comprenait pas ce qu'elle voulait lui dire. La déesse explosa dans sa tête. Les chiens, affolés, se mirent à courir d'un côté à l'autre en grognant.

13

Cuba, Bayamo, décembre 1868

La révolution, menée par un groupe d'idéalistes composé d'une bonne centaine de rêveurs partis de la plantation sucrière de La Demajagua pour conquérir l'île, avait été rapidement ralliée par des milliers de personnes, principalement des Noirs, des esclaves et des Chinois, qui formaient une grande armée sans armes, sans ressources et sans entraînement militaire. Les rebelles du département oriental, avec son relief montagneux, sa végétation boisée et ses puissants fleuves comme Cauto et Bayamo, furent bientôt rejoints par les habitants des provinces du département central : Camagüey, Santa Clara et Puerto Principe.

Dans le département occidental, riche, plat et fertile, dont La Havane et Matanzas étaient les villes les plus représentatives, la rébellion ne dépassa pas le stade des conseils politiques qui furent rapidement réprimés avec une dureté inhabituelle, et la situation dégénéra en subversion clandestine. Dans le reste de l'île, en revanche, les idées indépendantistes et abolitionnistes se répandirent dans les villes et les bourgs où les habitants hissèrent les drapeaux, profitant de la réaction tardive et condescendante des autorités espagnoles. Celles-ci contrôlaient néanmoins les grandes capitales, soutenues par une population souvent d'origine française et exilée d'Haïti, qui craignait des bains de sang comme ceux qui s'étaient produits dans l'île voisine à la suite de la révolte des esclaves.

Kaweka prouva rapidement son utilité en tant que guérisseuse. Gertrudis continuait de s'occuper des quatorze lits de l'hôpital civil de Bayamo, sous le contrôle de quelques femmes blanches et pieuses de la ville. Elles y venaient pour soulager leur conscience et collaborer à la révolution, accompagnées de leurs esclaves qui s'acquittaient des tâches les plus ingrates.

Regla, comme on appelait ici Kaweka, fut affectée aux camps de la périphérie où les Noirs, encore esclaves ou récemment libérés, étaient entassés avec les Chinois, lesquels étaient soignés exclusivement par des médecins de leur pays, qu'on disait possesseurs de connaissances et de remèdes magiques qu'ils gardaient secrets. Kaweka traversait la ville en compagnie de Cecilia et de Sabina, qui avait été affectée aux cuisines de l'hôpital, et qu'elle avait récupérée sans ménagement :

— La señora Gertrudis m'a chargée de soigner les Noirs, et j'ai besoin de la jeune fille, avait-elle répondu face à l'opposition de la cuisinière peu disposée à perdre son aide inespérée.

La femme se plaignit à l'infirmière, mais celle-ci ignora l'insolence et l'indiscipline de Kaweka quand elle apprit le jour même, par le médecin affecté aux Noirs, que Kaweka avait pris avec succès la direction de l'une des infirmeries : un bâtiment ouvert aux quatre vents, couvert de feuilles de palmier et soutenu par des rondins, situé à l'intérieur d'un grand champ. À l'exception de ceux qui avaient réussi à se procurer une bâche pour s'abriter sous une tente, la plupart des Noirs y dormaient à la belle étoile, privés de toute forme de protection ou de confort.

Aux blessés de la construction des tranchées et des palissades s'ajoutèrent ceux des champs de bataille des alentours de Bayamo : Jiguaní, Baire, Holguín, Las Tunas, El Cobre, où l'armée libératrice se battait avec plus ou moins de succès.

— Nous sommes toujours des esclaves, confia à Kaweka un homme qui avait reçu une balle dans la cuisse.

— Et ils nous traitent encore plus mal maintenant ! se plaignit un autre, allongé sur une litière de feuilles.

De sa position privilégiée, Kaweka put se rendre compte du désarroi de ses frères d'armes. Assurément, certains avaient été libérés, mais ils restaient toujours sous les ordres de leurs anciens contremaîtres devenus des sous-officiers dans leurs propres compagnies. Il y avait aussi des groupes entiers de Noirs venus des plantations sucrières, qui se retrouvaient dans l'armée en tant qu'esclaves, contribuant ainsi à la cause révolutionnaire par le biais de leurs maîtres, lesquels se pavanaient maintenant dans les rues de Bayamo en arborant leurs tenues d'officiers.

Les Noirs travaillaient à couper les arbres sur les routes d'accès à la ville pour défendre la capitale proclamée de la nouvelle république, et ceux qui n'étaient pas affectés à ces tâches rendaient des services complémentaires : l'armée libératrice était dirigée par des chefs, des officiers et des sous-officiers blancs, ou des mulâtres libres jugés plus cultivés que les esclaves noirs, presque tous analphabètes, employés dans les secteurs de la canne à sucre, du tabac, de l'élevage ou des travaux domestiques.

La discrimination la plus importante avait lieu sur le champ de bataille : les Noirs, armés de simples machettes, de gourdins et de lances en bois de jiqui, certains peut-être d'un vieux fusil avec lequel ils pouvaient espérer tirer une balle, étaient jetés devant la cavalerie de l'armée *mambí*, du nom donné aux rebelles, aux guérilleros, qui désignait un bandit ou un criminel.

Cependant, ces hommes, maltraités par leurs supérieurs, se battaient pour une cause qui leur était propre, différente de l'indépendance politique recherchée par les Blancs et les Créoles. Le cri de « *Viva Cuba libre !* », avec lequel ils attaquaient leurs ennemis, avait une signification infiniment supérieure pour eux, car il impliquait leur liberté, et c'est avec leurs seules machettes qu'ils affrontaient les troupes espagnoles les mieux armées.

— C'était à Baire, dans un lieu connu sous le nom de Tienda del Pino.

Kaweka, appuyée contre l'un des rondins de bois qui supportaient le toit de l'infirmerie, entendit cette phrase prononcée par un homme assis au centre d'un important groupe de soldats qui se reposaient à l'extérieur. L'après-midi déclinait, et les lieux étaient bondés de milliers de Noirs. Kaweka n'avait jamais vu autant de monde rassemblé, bien au-delà des centaines d'esclaves qui constituaient la *negrada* de La Merced. Aussi observait-elle avec une certaine appréhension cette concentration humaine qui bouillonnait dans le périmètre délimité.

— Ils sont armés de machettes, informa un soldat qui se tenait debout.

À partir de là, les récits des uns et des autres s'enchaînèrent. Selon Kaweka et ce qu'elle avait entendu, l'avant-garde ennemie avait été surprise par une avalanche de rebelles armés de simples machettes. De nombreux Espagnols étaient tombés, et les autres s'étaient vus contraints de se replier sur Baire, d'où ils avaient réussi à s'enfuir au petit matin à la faveur d'un épais brouillard.

— C'est eux qui nous ont appris à nous en servir ! hurla l'un des hommes en levant sa machette vers le ciel.

Kaweka vit scintiller une myriade de lames au-dessus des têtes noires au milieu des acclamations et des cris de « *Cuba libre !* ». Peut-être l'une de ces machettes avait-elle été volée par elle à La Merced, et donnée à un esclave fugitif pour la défense de sa liberté. Et même si ce n'était pas le cas, le symbole était là ! songea-t-elle la gorge serrée. Autrefois, dans les fabriques sucrières, les esclaves étaient dépouillés de leurs machettes dès qu'ils revenaient des champs de canne, mais aujourd'hui, ils pouvaient les garder. Et Kaweka les regardait en affûter et polir les lames avec patience et même amour. Ces hommes qui s'étaient autrefois soumis aux Blancs et s'étaient agenouillés devant leur maître pour recevoir sa bénédiction, réclamaient aujourd'hui le sang de leurs oppresseurs. Elle oublia les plaintes qu'elle avait entendues à l'infirmerie, probablement vraies, et se sentit traversée par l'esprit de rébellion qu'elle voyait enfin naître au sein de son propre peuple.

— *Viva Cuba libre !*

Kaweka leva le poing vers le ciel et cria aussi fort que ceux qui brandissaient les machettes. Ce cri de guerre, qui était né dans le petit village de Yara au début de la révolution, unissait tous ces hommes noirs dans un rugissement que les Espagnols durent entendre jusqu'à Santiago de Cuba, à des jours de distance.

Cependant, alors que les ardeurs s'apaisaient et que des souvenirs se dessinaient dans les ombres de la nuit, Kaweka se mit à pleurer.

— Tu penses à ta fille ? lui demanda Cecilia allongée à ses côtés.

— Oui, je me demande ce qu'elle est en train de faire.

La femme connaissait l'existence de Yesa, et les nombreuses infortunes qui avaient jalonné la vie de la petite fille. Kaweka lui avait parlé d'elle mille fois, en lui affirmant toujours qu'elle était vivante, que Yemaya le lui avait dit, mais elle avait aussi cherché le réconfort de cette femme mûre dans ses moments de désespoir. Elle lui avait même parlé de Modesto quand celle-ci avait insisté sur le fait qu'elle doutait fort qu'il y ait jamais eu un homme important dans sa vie.

— Maintenant, ils sont tous importants. Je dois me battre pour eux, répondit Kaweka, en lutte aussi contre ses propres souvenirs.

— Oui, et nous gagnerons. Et toi-même, tu délivreras ta fille. La déesse t'a demandé de te battre, de la satisfaire, de l'enchanter, et elle ne te laissera pas tomber. Tu le sais.

Kaweka n'avait jamais été à ce point en communion avec Yemaya : la déesse semblait heureuse dans cette atmosphère de révolte. Là, à Bayamo, entourée de milliers de Noirs, la jeune femme ne se cachait pas. Si peu de temps lui avait suffi pour être reconnue comme guérisseuse, cela avait été très rapide pour qu'elle ose révéler publiquement sa relation avec Yemaya, en se livrant avec fièvre aux danses rythmées par les tambours qui avaient toujours lieu le dimanche, tandis que les cloches des églises de Bayamo lançaient l'appel à la grand-messe.

Les dimanches devinrent les jours où cette armée, qui continuait à maltraiter les Noirs, cessait de ressembler aux contremaîtres et petits chefs des plantations d'où on les avait fait partir. Dans le même champ, à ciel ouvert, les tambours résonnaient au point que le sol tremblait et que la poussière s'élevait de la terre desséchée. Hommes et femmes chantaient et dansaient jusqu'à en perdre la voix et tomber en transes. La discipline et la chasteté que les officiers blancs et mulâtres tentaient d'imposer, souvent en vain durant les jours d'instruction, disparaissaient alors complètement, et la débauche régnait dans le campement. Dans les sucreries, la seule raison d'être des hommes était d'être soumis à des cadences infernales. Désormais, la célébration de ces réunions, où se mêlaient sexe, ripaille et sorcellerie, avait été acceptée même par l'Église : on ne pouvait s'attendre à plus de rigorisme, dès lors que les esclaves étaient devenus la substantifique moelle de l'armée rebelle.

Kaweka négligea toutes les précautions que lui indiquait mama Ambrosia à La Merced avant les festivités du dimanche, et se départit même de son statut d'iyalocha, renonçant au rôle d'élue des dieux dont l'avait investie Eluma au palenque. Elle avait besoin de se sentir femme, une simple femme noire comme celles qui allaient chercher leurs amants dans le baraquement, quand les chefs oubliaient les esclaves pour se rendre à l'église et au casino.

Yemaya était reconnaissante. Elle la chevauchait joyeusement, tout comme d'autres saints le faisaient avec homme ou femme lors des nombreuses fêtes de tambour dans l'enceinte, comme si les Noirs avaient déplacé à la périphérie de Bayamo les *cabildos de nación* qu'ils fréquentaient avant dans les villes. L'aguardiente et le rhum de canne à sucre, butin des raids menés dans les sucreries et les villages, circulaient à bouche que veux-tu. Kaweka en prit quelques gorgées après une longue danse endiablée qui l'avait épuisée. Elle trinqua avec Cecilia et Sabina, en nage comme elle. Beaucoup chantaient et dansaient encore au rythme effréné et continu des tambours. Plusieurs hommes les encerclèrent : les yeux pétillants, le souffle chargé d'alcool, la convoitise exsudant de tous les pores de leur peau. Ils les pelotaient. Elles se débattaient pour se dégager, mais sans déployer trop d'efforts. Yemaya continuait à bouillonner à l'intérieur de Kaweka, et le faisait avec une force accrue à mesure que les corps se frottaient les uns contre les autres. La déesse était réceptive à la volupté du moment, à l'atmosphère envoûtante du baraquement.

Cecilia rabroua même un homme noir encore plus âgé qu'elle, qui la harcelait :

— Mais qu'est-ce que tu veux faire avec une vieille femme sèche comme moi ?

Kaweka souriait devant cette scène, quand elle s'aperçut que Sabina était poursuivie par plusieurs hommes excités, brûlants de désir. Elle se débarrassa des importuns qui l'entouraient et courut au secours de la jeune fille. Malgré le jeune âge de celle-ci, Kaweka supposait qu'elle avait déjà eu des relations charnelles à la Sierra Maestra et, si ce n'était pas le cas, il était clair et incontestable que ce soir elle serait initiée. Déjà, des hommes se défiaient et se menaçaient : c'était à qui la posséderait. La bagarre n'allait pas tarder à éclater. Les esclaves mâles étaient déjà plus nombreux que les femmes dans les fabriques sucrières, les plantations de café et les enclos. Tous n'avaient pas suivi les autres à la bataille, si bien que le fossé entre les sexes s'était creusé : c'étaient des milliers de soldats hors d'eux, excités, pour un petit nombre de femmes.

Ils allaient abîmer la jeune fille.

— Elle a un mari ! hurla Kaweka, écartant les hommes qui l'entouraient. Il vous tuera si vous la touchez !

— Qu'il la partage ! proposa l'un d'eux.

— Et toi ? demanda un autre en prenant Kaweka par la taille.

— Elle est mariée elle aussi, intervint Cecilia, prête à défendre les filles.

— Qui veut de toi, vieille femme ? s'esclaffa un grand Noir.

À six ou sept, ils entreprirent d'éloigner les trois femmes du lieu des danses et des tambours. Alors que deux hommes l'entraînaient, Kaweka se retourna vers le spectacle auquel elle venait de participer : personne ne les entendrait, et même si c'était le cas, personne ne les aiderait. Pourquoi le feraient-ils ? Ils étaient tous devenus fous. Elle essaya de repérer Porfirio dans la foule, mais elle ne l'avait pas encore vu, ce dimanche ; il devait être parti en expédition avec un groupe. Elle ne put trouver Jesús non plus. Le groupe arriva près de la rivière, où les halètements, les rires et les gémissements de plaisir des autres couples, triades ou parties fines remplaçaient le battement des tambours. Les hommes allongeaient les jeunes femmes sur les lits de canne à sucre qui poussaient sur la berge.

Kaweka mit peu de temps à réaliser son erreur : ces bêtes en rut ne se souciaient guère de la jeunesse de Sabina, de l'âge avancé de Cecilia, ou de sa propre maigreur. Ils voulaient juste forniquer, les sauter, jouir en elles, et recommencer avec l'une des deux autres ou avec la même, par-devant, par-derrière, ou avec un troisième étalon. Ils étaient fous, ivres d'alcool, de luxure et de liberté. Entre les roseaux, elle put apercevoir Sabina, allongée sous l'un des hommes qui la pilonnait tandis qu'un autre se masturbait compulsivement, debout devant eux. Kaweka voulut transmettre un message d'encouragement à la jeune fille, lui transférer une part du désir lubrique de la déesse qu'elle sentait en elle, mais elle s'aperçut que les yeux humides et convulsés de la jeune fille regardaient au-delà.

— Régale-toi ! lui cria-t-elle tandis qu'un petit mulâtre essayait de la prendre, rampant sur son ventre comme s'il craignait qu'elle ne s'échappe.

— Fais-moi mal ! entendit-elle crier Cecilia, étendue un peu plus loin. C'est tout ce que tu es capable de faire ? (Ses halètements augmentèrent.) Plus fort ! se moqua la vieille femme.

Kaweka éclata de rire. Autour d'elle tous furent choqués de l'entendre, et encore plus quand elle rugit lorsque le mulâtre parvint à la pénétrer. L'homme s'immobilisa.

— Vas-y, continue ! exigea Kaweka en attrapant violemment l'homme par les cheveux pour accompagner de façon obscène son va-et-vient. Tu baises une déesse ! Montre-lui quel homme tu es ! Sabina, cria-t-elle en direction de la jeune fille, les déesses sont avec nous, avec toi, à l'intérieur de toi, elles partagent ton corps ! Donne-leur le plaisir qu'elles désirent ! Sens-les !

Elle avait compris que la jeune fille avait été visitée par la divinité, qui s'était répandue sur elles trois comme une tornade de feu. Toutes les trois criaient, riaient, hurlaient. La voix de Cecilia était ferme, jeune même, et les soupirs de Sabina résonnaient au-dessus de la rivière comme les plus sensuels qu'une femme ait jamais poussés. Ensemble, elles réclamaient une satisfaction que les mortels ne pouvaient pas leur procurer. L'un d'entre eux s'enfuit et les autres battirent en retraite, sidérés, tandis que leurs forces déclinaient et que leur vigueur s'éteignait.

Finalement, elles restèrent seules, stupéfaites de ce qu'elles venaient de vivre. Les tambours grondaient encore sous leurs pieds. Elles eurent du mal à soulever et à relever Cecilia, qu'elles retrouvèrent effondrée entre les cannes. Elles la soutinrent le temps qu'elle reprenne ses esprits et se rende compte qu'elle était encore en vie.

— Je n'ai jamais... haleta la vieille femme, jamais ressenti ça ! Dommage que cela m'arrive à ce stade de ma vie !

Sabina sourit. Mais satisfaire pleinement les déesses et rassasier leurs ardeurs avait un coût qu'elles découvrirent après quelques secondes : vêtements déchiquetés, morsures et égratignures sur toute la surface de leurs corps. Sur le chemin de l'hôpital de Bayamo, la douleur les assaillit. Kaweka n'avait pas voulu aller à l'infirmerie du moulin, où elles risquaient de se faire enlever par d'autres hommes : entre-temps, le bouche-à-oreille avait dû se répandre à leur sujet.

— Ta déesse ne peut pas faire disparaître nos douleurs ? demanda Cecilia, qui boitait ostensiblement. Après tout, c'est à cause d'elle que...

— Les déesses se soucient peu de nos souffrances, l'interrompit Kaweka. Elles se sont amusées, aujourd'hui, elles sont heureuses et détendues, ce n'est pas le moment de les contrarier ni d'éveiller leur colère. On le leur rappellera une autre fois.

Elles se soignèrent du mieux qu'elles purent et, sans même souper, se blottirent dans une remise que Gertrudis leur avait montrée le jour de leur venue. Cecilia ne tarda pas à sombrer dans un état de profonde et bruyante catalepsie, couchée à même le sol. Sabina et Kaweka, à côté d'elle, assises adossées au mur, se perdirent quelques instants dans cette respiration laborieuse, jusqu'à ce que la jeune fille laisse tomber sa tête sur les genoux de son amie, qui lui caressa tendrement les cheveux et le flanc, fredonnant, essayant de lui faire oublier la violence subie l'après-midi même.

Puis, comme Sabina sombrait dans le sommeil, des larmes coulèrent sur les joues de Kaweka : c'est Yesa qui aurait dû être là, auprès d'elle, à recevoir son affection.

Après Noël 1868, les nouvelles de la réaction des Cubains restés fidèles à l'Espagne se mirent à parvenir dans la ville à une fréquence élevée : le comte de Valmaseda, commandant général des troupes espagnoles, faisait route vers Bayamo pour reconquérir la capitale à la tête d'une armée bien équipée – un avantage qui faisait défaut aux rebelles. Mais ces derniers comptaient sur leurs effectifs plus nombreux et sur leur esprit patriotique qui s'était révélé capable de compenser cette carence.

Face à l'avancée espagnole, Céspedes fit de nouveau appel aux Noirs et, le 27 décembre, il promulgua un décret réaffirmant la liberté des esclaves présentés à l'armée par leurs propriétaires. Dès lors, tous ces affranchis furent obligatoirement affectés au service de la patrie, et les propriétaires qui s'en étaient défaits se virent garantir une future compensation. En revanche, la possibilité pour les maîtres de fournir leurs esclaves à l'armée sans pour autant les affranchir fut maintenue, tandis qu'un autre article, incompréhensible, probablement issu d'un sentiment de caste et d'ascendance partagé même avec l'ennemi, prévoyait le maintien de la propriété des esclaves des Cubains restés fidèles aux Espagnols.

Kaweka ne comprenait pas le langage juridique, mais elle entrevoyait la possibilité de l'abolition du côté de ces insurgés, ce qu'elle n'aurait jamais cru possible sous la souveraineté de gens comme le marquis de Santadoma et ses amis planteurs de la partie occidentale de Cuba.

— Qu'est-ce que ça peut vous faire de devoir vous battre comme des soldats ? La liberté se conquiert, disait-elle à l'infirmerie face aux plaintes de quelques esclaves.

Cependant, les désertions étaient constantes. Nombreux étaient les affranchis qui préféraient se rendre aux autorités espagnoles plutôt que de continuer à se plier à la discipline militaire des révolutionnaires, et qui s'enfuyaient vers Santiago de Cuba ou tout autre lieu resté sous la domination des forces conservatrices.

— « Ils préfèrent rester esclaves », les excusaient les soldats face au discours véhément de Kaweka.

— Et retourner travailler dans les moulins ? Mieux vaut mourir !

C'est donc avec l'idée qu'il valait mieux mourir libre que vivre en esclave que les Noirs faisant partie des troupes insurgées partirent à la rencontre de l'armée du capitaine général Valmaseda, dont les stratèges rebelles avaient prévu de bloquer l'avance sur les rives du puissant fleuve Cauto, au lieu-dit Cauto del Paso.

Kaweka, Cecilia et Sabina marchaient avec eux, toutes trois chargées de bandages, de potions, de médicaments et des instruments nécessaires à leur tâche, se faisant aider par de jeunes garçons qu'elles avaient recrutés au cours de leurs marches avec les soldats.

« Avec nous, vous pourrez manger ! » Avec cet argument, elles n'eurent aucun mal à les convaincre.

Les troupes qui partirent de Bayamo furent rejointes par les hommes du général Donato Marmol, qui avait été chargé par Céspedes d'affronter l'ennemi. Ensemble, ils formèrent une armée d'environ sept mille hommes, dont seulement un millier possédait des armes à feu.

Kaweka mêla son chant à celui des esclaves et des affranchis, ces derniers armés de machettes, de lances, de fourches ou de simples bâtons, mais encouragés par la disproportion des forces que leur avaient signalée les observateurs.

Ils étaient deux fois plus nombreux que les Espagnols, lesquels comptaient trois mille hommes et trois canons. De plus, ils bénéficiaient de la protection naturelle du fleuve Cauto, que Valmaseda et ses hommes devaient traverser sous les tirs s'ils voulaient libérer Bayamo. Il s'agissait d'une bataille capitale pour la révolution patriotique cubaine : c'était la première fois que les deux armées s'affrontaient sur un champ de bataille.

« On va gagner », s'encourageaient-ils les uns les autres. La chance de se battre pour être libre leur était offerte, ils n'allaient pas la laisser passer. Kaweka emplissait ses poumons du souffle des milliers d'hommes courageux qui l'entouraient. Cela faisait douze ans qu'elle avait été débarquée d'un clipper sur la plage de Jibacoa, et malgré tous ses actes de rébellion, elle n'avait jamais imaginé se retrouver un jour à marcher et à chanter au milieu d'une armée de Noirs qui se révoltaient. Les esclaves se soulevaient !

Elle essaya d'imaginer la bataille. Porfirio lui avait commenté certains tableaux de guerre, et les hommes du camp lui avaient raconté d'innombrables histoires de combats : les fusils, les canons, les chevaux, la charge à la machette ! Ses cheveux se dressèrent sur sa tête lorsqu'elle imagina tous ces soldats se lançant torse nu à l'assaut des Espagnols.

Ainsi, après avoir rejoint les troupes du général Marmol, les rebelles atteignirent la zone de conflit où ils comptaient arrêter l'avancée de Valmaseda, aux confins du Cauto, ce fleuve divaguant en méandres et en affluents, difficile à traverser à gué, sauf aux endroits déjà aménagés et faciles à défendre. Les troupes rebelles manœuvrèrent en fonction des rapports que leurs espions leur rapportaient sur les mouvements de l'armée espagnole. Deux généraux se faisaient face sur le champ de bataille. D'un côté, Blas Diego de Villate, le comte de Valmaseda, quarante-quatre ans, fort des études militaires auxquelles il avait consacré sa vie, de son expérience des insurrections en Espagne et des guerres qu'il avait menées au Maroc. Face à lui, Donato Marmol, vingt-cinq ans, fils d'une famille aisée possédant des terres à Bayamo et qui avait, avant de prendre en charge l'administration de la ferme de Santa Teresa à la mort de son père, voyagé en France et en Espagne. Partisan des idées révolutionnaires, il fut l'un des propriétaires terriens qui se joignirent à Céspedes lors du soulèvement contre la tyrannie espagnole. Son ami le nomma général.

Valmaseda surprit Marmol par une manœuvre de diversion et traversa la rivière Salado, un affluent du Cauto. Les armées se retrouvèrent face à face, dans une plaine entre deux forêts. Les Noirs désarmés qui formaient l'avant-garde des troupes cubaines étaient totalement à découvert. Les Espagnols étaient moins nombreux, mais dès que Kaweka les vit en ordre de bataille, vêtus de leurs uniformes blancs à rayures bleues, armés de fusils et de canons, ils lui semblèrent beaucoup plus imposants que la petite bande de déguenillés qui marchait nonchalamment avec elle.

— *Viva Cuba libre !*

Le cri résonna dans les rangs des rebelles.

— Sus aux *patones** !

Les machettes, les lances et les fourches se levèrent ensemble, avec des centaines de mains noires, vides de toute arme.

Kaweka trembla.

Les officiers blancs et mulâtres prirent position derrière les rangs, à l'abri des tirs, et ordonnèrent à leurs anciens esclaves noirs et à ceux qui l'étaient encore de charger les Espagnols.

Les tirs ennemis retentirent dans la plaine. Kaweka vit les Noirs hésiter. Un petit nombre recula, d'autres s'enfuirent sans se cacher des officiers qui tentaient de les arrêter, mais la plupart, animés par la haine de décennies de servitude et d'humiliation, se jetèrent contre les fusils et les canons espagnols, machettes à la main, comme si l'outil avec lequel ils avaient coupé les cannes à sucre avait le pouvoir de se transformer en porte-bonheur pour protéger leur vie.

---

* Terme péjoratif qui signifie « grands pieds », « mauvais danseurs », « dindons », utilisé par les insurgés cubains pour désigner les Espagnols.

Sabina étreignit Kaweka. Cecilia baissa la tête, pour éviter de voir le massacre qui s'annonçait avec les premières balles. Elles n'avaient pas pu retenir ces gamins qui les accompagnaient. Puis vinrent les coups de canon. Les Noirs tombaient par dizaines. La colère, la passion, les cris, le vacarme, le chaos les empêchaient de prendre la mesure de la situation. Ils attaquaient en groupe, troupeau fou, inconscient, incontrôlé, et les Espagnols tiraient dans le tas, sans même prendre la peine de viser.

Kaweka sentit des larmes couler sur ses joues. Elle se traita intérieurement de naïve et se demanda comment elle avait pu espérer une victoire pour son peuple. Elle chercha sa déesse, qui brillait par son absence. Elle l'appela, la supplia : « Yemaya, protège-les ! », mais la déesse ne vint pas.

— Putain ! l'injuria-t-elle alors, les poings serrés, les ongles enfoncés dans ses paumes.

Entre-temps, les Noirs commençaient à comprendre la supercherie, et alors qu'ils durent enjamber leurs camarades blessés ou morts, ils arrêtèrent leur avancée.

— En avant ! entendait-on hurler les officiers en retrait, planqués. Allez-y ! À l'attaque !

— Revenez sur vos pas ! leur cria Kaweka.

La plupart l'écoutèrent et tournèrent les talons. Les Espagnols tirèrent sur les combattants jusqu'à la fin de leur retraite, et jusqu'à être suffisamment loin pour ne pas pouvoir être atteints par les balles. Le terrain était jonché de cadavres et de blessés. Valmaseda ordonna aussitôt à son armée, qui n'avait subi que quelques pertes, de se regrouper et de se diriger vers le fleuve Cauto.

Le général Donato Marmol donna les mêmes instructions aux rebelles. Pour empêcher la reprise de Bayamo, il était indispensable de stopper Valmaseda dans son passage du Cauto. Lorsque les deux armées se remirent en marche, Kaweka et ses deux compagnes, ainsi que d'autres soignants et de nombreuses femmes qui avaient suivi l'armée, reculèrent et frémirent devant le spectacle des blessés. Leurs cris, leurs pleurs et leurs lamentations remplaçaient maintenant les ordres, les slogans et les coups de feu du champ de bataille. C'est dans cet univers de douleur et de tragédie que Kaweka s'engouffrait maintenant d'un pas hésitant.

Les cadavres gisaient sur le champ de bataille : certains pleurés par leurs femmes, la plupart seuls, abandonnés. Kaweka et ses compagnons faisaient tout leur possible pour soigner les blessés par balle ou ceux dont la chair avait fondu sous l'effet des éclats de canon. Quelques vieux esclaves, ceux qui n'avaient pas même un fusil, les assistèrent, ainsi que d'autres infirmiers qui étendaient les blessés sur des charrettes à bœufs que Marmol avait prévues pour leur transport jusqu'à Bayamo.

— Toi, tu fais le premier voyage, ordonna un caporal mulâtre à Kaweka. On aura besoin de toi à l'infirmerie au fur et à mesure de l'arrivée des blessés.

Elle obéit et accompagna une charrette à bœufs, comme lorsqu'elle revenait des champs, au moulin, mais cette fois-ci, au lieu de cannes à sucre, c'étaient de braves soldats qu'on transportait... Ou des fous qui s'étaient portés volontaires pour risquer leur vie, pensa-t-elle. Ceux encore valides rampaient derrière la charrette, s'aidant les uns les autres. Sabina soutenait Manuel, un des gamins qui les avaient aidées à transporter le matériel médical. Il avait été retrouvé avec une jambe et une côte cassées après être tombé et avoir été piétiné pendant la débandade.

Le comte de Valmaseda et Donato Marmol continuaient de jouer au chat et à la souris autour de la rivière Cauto, ce qui permit aux chariots et aux blessés de passer librement à Bayamo. Gertrudis arriva de l'hôpital, accompagnée de nombreuses infirmières blanches, mais les blessés étaient si nombreux qu'elles furent rapidement confrontées à une pénurie de main-d'œuvre qualifiée, et de remèdes.

Après quelques escarmouches, le général espagnol dupa encore une fois les Cubains en simulant une attaque, et finit par traverser le fleuve sous le feu restreint de l'ennemi. Les rebelles se replièrent alors sur Bayamo sous la pression de l'avancée des troupes de Valmaseda et de trois autres troupes ennemies venues tour à tour de

Holguín, Santiago de Cuba et Manzanillo. Face à la supériorité des forces adverses, quatre jours après la bataille de Salado, Céspedes et son état-major jugèrent impossible de défendre ce qui avait été la première capitale de la république cubaine indépendante, et en ordonnèrent l'évacuation.

À la périphérie de la ville, où se trouvait le camp des esclaves noirs, Kaweka apprit cette décision stratégique de la bouche des hommes qui désertaient les lieux : certains en bon ordre, avec leurs officiers, d'autres en désespoir de cause, dans la peur.

— Et les blessés ? demanda-t-elle à Gertrudis.

Beaucoup, parmi ceux qui pouvaient marcher, s'étaient joints à l'exode, quelques-uns avaient réussi à monter sur les chariots chargés de vivres grâce à la complaisance du bouvier et d'un sous-officier mulâtre, mais il en restait encore plus de deux cents, étendus autour de l'infirmerie sur des couvertures ou à même le sol, dont Kaweka et ses aides, débordés, ne pouvaient pas s'occuper.

— Nous allons devoir les laisser ici, lui répondit la femme en rassemblant ses bagages.

Ce jour-là, elle n'était plus accompagnée de son armée de dames blanches coopératives.

— Mais... les Espagnols... balbutia Kaweka.

— Le comte de Valmaseda a promis sa clémence à ceux qui se rendraient, répondit Gertrudis.

— Mais ils redeviendront des esclaves ! déplora Kaweka, alors que l'infirmière entamait sa marche vers la ville.

L'autre la regarda de haut en bas avec dédain, puis détourna la tête et s'en alla, imperturbable, à la manière des maîtres blancs. Cecilia et Sabina, ainsi que quelques dizaines de femmes noires restées là pour aider les blessés au lieu d'aller se mettre sous la protection de l'armée de Marmol, interrogèrent Kaweka à l'unisson, lui conférant ainsi une autorité à laquelle elle n'aspirait pas.

— On reste ! déclara-t-elle fermement.

Beaucoup sourirent. Cecilia, la plus proche d'elle, ne la quittait pas des yeux, exigeant davantage.

— On décidera de ce qu'on fait quand les *patones* arriveront. Tous les Bayamais sont passés du côté des rebelles, ils ont trahi les Espagnols et sont restés. Je suppose qu'ils croient eux aussi au pardon, tenta-t-elle de la rassurer.

Kaweka supposait mal. En effet, l'armée certes battait en retraite, mais les Bayamais décidèrent de la suivre et l'annoncèrent dans la nuit : la lueur rouge d'un brasier ardent s'étendit dans le ciel obscur par-dessus la ligne des toits de la ville.

Tous regardèrent la scène avec stupéfaction. Yemaya, dansant au rythme de cette langue de feu, choisit ce moment pour s'approcher de Kaweka, qui sentit tout son être s'embraser à l'instant où la déesse la chevaucha. Le feu qui brûlait à l'intérieur de son corps lui assécha la bouche et la gorge, l'empêchant de se joindre à la clameur générale lorsque de nouvelles flammes s'élevèrent. L'incendie rugit tout au long de la nuit. Le ciel était en sang. Les flammes assaillaient l'infirmerie, et l'église de San Francisco s'embrasa. La ville entière brûlait ! Maisons, palais, églises, casernes, hôpitaux... Les Bayamais ne comptaient pas laisser Valmaseda et ses troupes profiter d'un seul bâtiment de leur ville qu'ils préféraient immoler.

— Le général espagnol sera sans pitié après cet incendie, prédit Cecilia.

À l'aube, Bayamo brûlait encore, et ses milliers d'habitants la fuyaient, chargés de leurs biens.

— Les Espagnols s'occuperont des blessés, assura l'une des femmes, toutes réunies autour de Kaweka.

— Ça ne sert à rien de rester ici. Ils nous réduiront encore en esclavage, ils nous puniront, et ça n'aidera pas les hommes à se rétablir, ajouta une autre. S'ils veulent s'occuper d'eux, ils le feront, avec ou sans nous. Et si au contraire ils veulent les laisser mourir, ils le feront de toute façon, même si nous nous y opposons.

— Nous devons fuir ! supplia une troisième.

— On ne gagne rien à rester, soutint une autre.

L'abandon de tous ces hommes qui s'étaient jetés contre les fusils de l'ennemi pour la liberté, pour elles et leurs enfants, provoqua un silence rompu seulement par le rugissement des incendies.

— Fuyez ! fit un blessé depuis son lit.

— Partez ! souffla une voix depuis un autre lit.

En un instant, le dilemme qui tenaillait Kaweka et les autres se transmit parmi les hommes encore conscients.

— *Viva Cuba libre !* cria l'un d'entre eux.

— Vive la liberté !

— On a besoin de vous !

— Luttez pour nous !

Chacune de ces exhortations, pour la plupart venues de voix faibles et sourdes, attisait le feu intérieur de Kaweka et ravivait sa combativité quelque peu émoussée depuis le massacre à Salado. Sa déesse était toujours là, spectatrice, et Kaweka la sentait frémir au son des voix douloureuses qui s'élevaient. Chaque soupir la déchirait dans sa chair. Les officiers blancs rebelles, dans leur guerre particulière d'indépendance contre l'Espagne, avaient précipité tous ces hommes vers une mort certaine, ils s'étaient joués de leur vie en opposant des lances de bois à des canons, ils les avaient manipulés sans pitié, comme dans les usines à sucre et les plantations de café. Et pourtant ces mêmes hommes sacrifiés étaient là, les encourageant à être libres, à poursuivre cette chimère que tout esclave abritait en lui. À nouveau Kaweka se vit défiée par les autres femmes, et Yemaya explosa au-dedans d'elle. Elles avaient raison : il ne servait à rien de rester. Les Espagnols ne leur permettraient probablement pas de s'occuper des leurs, ils les renverraient dans les moulins ou les exploiteraient chez eux comme domestiques. Aucun autre choix n'était possible : elles devaient continuer à se battre. Pour autant, cette décision était difficile à prendre.

— Pense à Yesa, lui chuchota Cecilia devant son hésitation.

— On y va ! ordonna-t-elle fermement.

— Prenez nos machettes, emportez-les, leur conseilla l'un des blessés, elles ne nous seront plus d'aucune utilité...

Ainsi les habitants de Bayamo continuèrent à fuir, laissant derrière eux une ville en cendres. Kaweka, Sabina, Cecilia et

Manuel, qui boitait une attelle à la jambe, quelques jeunes garçons, et la douzaine de femmes qui étaient restées auprès des blessés rejoignirent les rangs des fugitifs, tous chargés d'une machette et d'un cabas. Kaweka emporta dans son sac le bouton blanc que lui avaient donné les gamins de La Havane, et quelques perles colorées qui dataient de son débarquement à Santiago de Cuba, pas encore assez nombreuses pour former un nouveau collier pour Yemaya.

— Allez, porte ce sac, négresse !

Kaweka se tourna vers l'endroit d'où venait la voix. Un homme blanc exigeait de Clotilde, l'une de ses esclaves, qu'elle porte un gros sac empli d'objets. La femme noire hésita, mais finit par baisser les yeux face à l'autorité de l'homme blanc.

La machette se ficha alors dans la poitrine de l'homme. Kaweka resta plantée devant lui, le bras tendu, la pointe de l'arme enfoncée fermement dans sa chair.

— Qu'est-ce que tu as fait ? aboya l'agressé.

— Porte-le toi-même ! lui lança Kaweka en crispant sa main sur le manche.

— Comment tu oses ?

Kaweka soutint le regard de l'homme aussi fort qu'elle serrait la poignée de la machette : le corps tendu, la nuque droite, elle l'enveloppait de tout son corps, essayant d'opposer sa petite stature à celle de l'autre.

Certains Bayamais s'arrêtèrent autour d'elle, incrédules et surpris par la scène. Kaweka se douta que ce qui l'animait à cet instant allait bientôt se transformer en fureur. Les Blancs étaient nombreux et elles n'étaient guère plus qu'une dizaine de femmes noires, une poignée d'esclaves face à des êtres qui n'avaient pas eu le temps d'assumer la liberté que Céspedes leur avait accordée pour les utiliser comme chair à canon. Elle sentit aussi la peur chez Clotilde et les autres. Elles allaient être anéanties.

— J'ose, parce que nous sommes libres ! cria-t-elle, et cette fois elle plongea la pointe de la machette jusqu'à la sentir heurter les côtes de l'homme qui tressaillit, chancela et tomba à terre.

Le sac qu'il destinait à Clotilde était resté ouvert, et ses objets s'éparpillèrent. Kaweka en profita pour les regarder : elles ne pouvaient pas continuer à se comporter comme des esclaves ! Quelques citoyens vinrent au secours de l'homme blanc, proférant des insultes. Kaweka s'apprêtait à les affronter à son tour lorsqu'une machette fendit l'air en décrivant un demi-cercle horizontal, obligeant les agresseurs à faire un bond en arrière.

Kaweka et Sabina se sourirent.

— On ne s'attendait pas à devoir se battre aussi contre les rebelles, commenta Cecilia.

Un homme sortit un revolver. Kaweka le menaça, cette fois au niveau du cou. Sabina avança en fendant l'air avec sa machette face aux Bayamais de plus en plus nombreux, qui s'arrêtèrent.

— On ne vous a rien fait, déclara Kaweka à l'homme au revolver. Laissez-nous partir.

— Beaucoup des nôtres sont morts pour vous défendre, argumenta Cecilia.

L'homme refusait toujours de baisser son arme.

— Les Espagnols approchent sur plusieurs fronts. Valmaseda sera bientôt aux portes de la ville ! annonça un jeune homme qui dépassa le groupe sans s'arrêter, tirant une mule lourdement chargée.

La plupart des badauds reprirent aussitôt leur marche.

— Laissez-les, conseilla l'un d'eux à l'homme au pistolet, qui hésita.

Kaweka poussa un soupir de soulagement au départ du groupe, lorsqu'un coup de feu retentit. Cecilia s'effondra dans son dos. Elle n'avait pas encore touché le sol que la machette sortit du champ de l'homme à terre pour voler vers celui qui venait de tirer. La tranche toucha le ventre de ce dernier, le tailladant de haut en bas avant de replonger dans l'abdomen, fouillant rageusement ses entrailles.

Personne ne sembla le voir. Personne ne voulut le voir. Tout le monde fuyait Valmaseda.

Kaweka se laissa tomber, ensanglantée, à côté de Sabina qui, à genoux, en pleurs, tenait la tête de Cecilia entre ses mains, en approchant son oreille des lèvres de l'agonisante pour entendre ses paroles.

Les habitants de Bayamo se retournèrent pour ne pas voir la scène : un homme encore mourant, le ventre ouvert, deux femmes noires pleurant une vieille femme gisant dans leurs bras, un groupe d'esclaves ahuries, et quelqu'un à quatre pattes qui ramassait des chandeliers et des couverts en argent pour les fourrer dans un sac.

— Partez ! cria Kaweka aux femmes qui l'accompagnaient. Fuyez ! répéta-t-elle devant leur hésitation.

Les deux amies restèrent là, tentant d'extraire la balle de la poitrine de Cecilia, tandis que les Bayamais et le reste de l'armée rebelle s'éloignaient de la ville en flammes.

14

Madrid, mars 2018

Lita regardait par une fenêtre de l'appartement du trente-neuvième étage que la banque de Stewart avait loué, dans un gratte-ciel récemment construit au bout du Paseo de la Castellana de Madrid. La vue splendide sur la ville dont on aurait pu jouir depuis cette position privilégiée se recouvrait de jour en jour d'une pellicule de pollution.

Sur cette impression désagréable, elle se tourna vers le grand espace moderne, ouvert, lumineux, mais où elle se sentit seule, vu que les rares employés présents n'étaient que les subalternes de ceux qui travaillaient au siège de la banque Santadoma. Cependant, Stewart et ses collaborateurs souhaitaient disposer de leur propre espace où ils pourraient tenir leurs réunions, loin de l'influence du marquis et de son staff.

Elle poussa un profond soupir de satisfaction. Un jour, la pollution disparaîtrait ; les autorités étaient déterminées, et la société le réclamait. Mais pour l'heure, elle était satisfaite de son sort : elle travaillait à nouveau, loin de don Enrique, de sa famille et de ses acolytes. Stewart avait augmenté son salaire, de peu (« ça viendra », lui avait-il promis), et elle bénéficiait, pour elle seule, d'un bureau vitré avec une vue sur la ville, au mobilier fonctionnel et de qualité, comme il sied à une cadre supérieure. Lita avait également une secrétaire particulière, Inés, une jeune fille attentive et compétente.

Tout cela, elle l'avait raconté, euphorique, à sa mère, en lui pressant la main, tentant de lui faire comprendre qu'elle, sa fille, s'était libérée des Santadoma, et qu'elle avait réussi sans l'aide de cette famille. Elle ne sous-estimait pas le coup de pouce reçu quand Concepción avait parlé à doña Pilar. Mais elle tenait absolument à ce que sa mère comprenne que les Santadoma ne lui étaient pas indispensables pour tracer son chemin dans la vie. Concepción l'avait compris au simple débit exalté de sa fille.

— Je suis fière de toi, lui dit-elle. Très fière !

Lita éprouvait ce même sentiment de fierté lorsqu'elle donnait l'ordre à sa secrétaire d'appeler Pablo.

Il était son interlocuteur direct avec le cabinet d'audit. Depuis que Lita avait rejoint les bureaux américains, ils travaillaient en étroite collaboration sur l'examen final de tous les documents financiers et juridiques qui devaient étayer la conclusion imminente de l'achat des actions de la famille Santadoma, et Lita ne manquait jamais une occasion de passer par Inés pour l'appeler. Elle se sentait ainsi en position de force, sachant que, lorsque sa secrétaire lui passerait l'appel, Pablo, qui n'avait pas d'assistante personnelle, attendrait déjà à l'autre bout de la ligne.

Une fois, pour l'agacer, elle l'avait même fait patienter une petite minute.

— Ça va coûter cher, tu dormiras sur le canapé ce soir ! la réprimanda-t-il lorsqu'elle prit enfin son appel.

Ces derniers temps, elle vivait plus souvent dans l'appartement de Pablo que chez elle, avec ses amies.

— C'est toi que ça dérangera le plus, répartit Lita du tac au tac.

Pablo soupira, lent à la réplique, comme s'il réfléchissait à une peine de substitution, moment dont elle profita pour l'enfoncer en se moquant de lui :

— C'est pour ça que certains ont une secrétaire et d'autres pas... Pour leur sens de la repartie, et leur capacité d'improvisation...

— Tu n'auras rien à dîner ! Je t'enfermerai dans la salle de bains ! Tu dormiras seule sur le canapé, et tu me supplieras de te laisser entrer dans la chambre !

Sur sa réussite qui était en train de se dessiner, elle plaisantait aussi avec ses colocataires :

— Je n'ai jamais eu d'amie qui ait une secrétaire pour elle toute seule !

— Pourquoi ne pas l'amener ici ? Elle pourrait nous aider à tenir la maison ? s'amusèrent ses amies.

— Tu as réussi ! la félicita Elena.

Lita acquiesça tandis qu'un frisson lui parcourait le corps. Oui, elle s'épanouissait dans son travail grâce notamment à la considération qu'on lui témoignait. Et sa relation avec Pablo était de plus en plus satisfaisante. Ils s'aimaient. Ils se l'étaient dit, pas dans un restaurant chic, ni lors d'une promenade main dans la main dans les rues de Madrid, ni même au lit. Ce fut dans un moment futile qu'ils surmontèrent cette barrière invisible : en se croisant dans le couloir qui menait à la salle de bains, où ils faillirent se rentrer dedans. Il sortait fraîchement douché, la serviette enroulée autour de la taille ; elle, ensommeillée, sa chemise de nuit froissée et ses cheveux bouclés en désordre, allait faire sa toilette. En se cédant mutuellement le passage, ils s'étaient heurtés l'un à l'autre.

— Je t'aime, lui avait alors avoué Pablo, tous deux face à face.

— Pas autant que moi, lui avait-elle répondu en se glissant hâtivement entre lui et le mur pour s'enfermer dans la salle de bains, et appuyer son front contre la porte pour pleurer silencieusement.

Ils conclurent la cession des actions de la banque Santadoma détenues par la famille, sous réserve de la vente du reste du capital de l'établissement. Lita n'assista pas à la séance de signature, au cours de laquelle doña Claudia se distingua dans le rôle de marquise favorite à la cour du Roi-Soleil, lui raconta Pablo.

Une fois la première partie de l'opération terminée, Stewart retourna à Miami.

— Je rentre ce soir, s'excusa-t-il, je regrette de ne pas pouvoir travailler exclusivement sur ce projet, mais j'ai hâte de retrouver ma famille.

Lita eut l'impression d'être abandonnée par son défenseur.

— Vous reviendrez ?

— Bien sûr. Le dossier est loin d'être bouclé, sourit-il. Vous avez accès à toute la documentation du processus d'achat des Santadoma, sur papier et sous forme numérique, continua-t-il en lui indiquant des piles de chemises, ainsi que l'ordinateur sur la table. Maintenant il est temps de négocier avec les autres propriétaires et de procéder à l'introduction en Bourse. Vous devrez travailler avec les représentants de la banque et les consultants de Speth & Markus, Pablo et son équipe, mais surtout, vous devez garder à l'esprit que le marquis a déjà vendu, même si c'est à titre privé, et que vous travaillez maintenant pour nous.

Cependant, si professionnellement tout allait bien pour elle, elle se sentait de plus en plus angoissée. Elle s'était à nouveau confrontée à l'image de la Vierge que lui avait donnée sa mère. À plusieurs reprises, rien ne s'était passé, et elle pensait s'accrocher à une hypothèse impossible. « Tu n'es qu'une idiote », se disait-elle alors. Mais il était arrivé qu'elle tremble en regardant cette image en carton un peu froissé. Alors elle rayonnait, inspirait l'air de la pièce et voyait les murs vaciller. Elle consulta Internet, mais la quantité d'informations – ésotériques, contradictoires, parfois incompréhensibles – l'effraya. Le monde de la sorcellerie, souvent charlatanesque, avait-il un rapport avec ce qui lui arrivait ? Devait-elle se faire aider ? Elle sourit, puis glissa l'image entre les pages d'un long et fastidieux traité d'économie internationale datant de son master. Ce n'est pas l'image d'une simple Vierge noire qui l'aiderait à résoudre le vrai problème qui l'accablait : celui de sa mère, sans pension de retraite malgré toutes les promesses qui lui avaient été faites, qui s'occupait toujours d'une maison vide et de deux toutous capricieux. En effet la question de la filiation de Concepción avait été quelque peu reléguée au second plan après la découverte de la valise qui ne contenait aucune preuve. Elle avait, depuis, le sentiment d'être dans une impasse, sans compter l'accablement qu'elle ressentait, seule, dans son nouveau bureau devant la pile de documents confiée par Stewart, avant qu'il ne s'envole pour les États-Unis. Elle prit l'un des dossiers, à l'aspect ancien. Il contenait des actes et des documents ancestraux appartenant au vieux marquis, le grand-père. Il y avait une copie de son testament qu'elle connaissait par cœur, des documents commerciaux, des rapports, des comptes rendus... Également une partie de la vie du marquis retracée sur papier. Elle prit une note manuscrite qui attira son attention par sa calligraphie élégante. Elle la lut : il s'agissait d'un mot de son fils Eusebio envoyé de Miami, peu de temps avant sa mort. Elle avait déjà vu quelques écrits de ce genre...

Sous le choc, elle se leva brusquement de sa chaise pivotante, qui alla cogner contre la vitre. À quelques mètres de là, Inés tenta de cacher sa surprise.

— Vous partez ? lui demanda la jeune femme tandis que Lita passait devant elle, son sac et sa veste à la main.

— Oui.

— Je vous transmets les appels sur votre portable ?

Elle marmonna de façon incompréhensible.

— Serez-vous de retour avant la fermeture ?

Mais Lita était déjà sortie du bureau.

Elle héla un taxi, lui donna l'adresse de la maison de sa mère. Elle oublia les raisons qui l'avaient poussée à quitter le bureau si rapidement alors que, dans la circulation intense de l'après-midi sur le Paseo de la Castellana, la voiture tentait de se frayer un chemin. En temps normal, il suffisait de dix minutes pour parcourir les six kilomètres de cette artère jusqu'au quartier de Salamanca, mais ce jour-là ils roulaient au pas dans les bouchons.

— Ce taxi a mis une éternité, et il m'a coûté une fortune ! dit-elle à sa mère en arrivant.

— Mais pourquoi n'es-tu pas venue en métro ?

Lita hésita. Elle ne voulait pas lui donner la raison de sa hâte. Concepción soutint sa question d'un regard scrutateur.

— Je ne sais pas. J'étais fatiguée… Tu as raison, j'aurais dû venir en métro.

— Évidemment !

Les chiens les suivirent dans la cuisine, seul endroit éclairé de la maison ; les autres pièces restaient dans la pénombre, les meubles recouverts de draps tels des fantômes. Lita se servit un verre de l'excellent vin rouge de la réserve des Santadoma, que personne ne demandait jamais d'après sa mère, et que celle-ci se permit en conséquence de déboucher à son attention.

— C'est parce que j'avais envie de te voir, lui mentit-elle.

Devant le sourire qui illumina le visage de Concepción, Lita se sentit coupable. Lui mentait-elle vraiment ?

— J'avais vraiment hâte de te voir, répéta-t-elle en l'embrassant sur la joue.

C'était un baiser tendre et chaleureux qui combla Lita. Elle ne voulait pas décevoir sa mère. La vie avait-elle vraiment fait d'elle une hypocrite incapable d'exprimer ses vrais sentiments ? Dans le monde où elle évoluait, les réponses devaient être rapides, logiques, percutantes. Elle ne pouvait pas reproduire ces mêmes comportements avec sa mère. Elle l'embrassa à nouveau.

— Ma fille !

Concepción se dégagea, comme gênée.

Après être sortie du taxi, Lita avait acheté de la charcuterie et du fromage chez le charcutier historique des Santadoma, situé dans ce quartier huppé – autre dépense exceptionnelle qu'elle évita de mentionner à Concepción, le magasin facturant les tranches de jambon à prix d'or. Elles dînèrent, bavardèrent et, à la nuit tombée, après avoir promené ensemble les chiens tout en se gelant, Lita salua Concepción et redescendit les escaliers. Elle chercha dans son sac les clés du garde-meuble où les Santadoma conservaient les traces de leur existence. Elle les avait prises dans le placard où elles étaient toujours accrochées, sous prétexte d'aller à la salle de bains. Le silence régnait dans l'immeuble, et Zenón devait être rentré chez lui depuis des heures. Elle patienta quelques minutes afin de s'assurer que rien ni personne ne puisse l'empêcher d'accéder au sous-sol. Sa main tremblait lorsqu'elle introduisit la clé dans la serrure, et elle dut respirer un bon coup avant de la tourner.

Des éclats de lumière rayaient encore l'acajou poussiéreux du secrétaire que lui avait montré sa mère. Lita regarda ce meuble lourd et imposant, sculpté par un maître ébéniste de haut vol, symbole parfait du banquier aristocrate, sur lequel avaient dû se négocier la fortune ou la misère d'innombrables clients. Elle imaginait un homme imbu de sa personne, pareil à don Enrique, manipulant les rêves des gens avec la même arrogance et le même mépris que ceux que sa belle-fille, doña Claudia, avait manifestés à son égard. Et sans doute, autour de cette table, avait été également décidé le sort de plusieurs esclaves.

Lita essaya d'ouvrir le tiroir du milieu qui était fermé à clé. Peut-être que cet ou cette esclave était son ancêtre, celui dont l'oncle Antonio lui avait parlé à La Havane ? Elle tira fort, mais le tiroir résista. Elle tira avec colère. Il résistait. « Espèces d'enfoirés de négriers ! » Ses veines charriaient le sang de cette esclave : Alfonsa, l'avait appelée l'oncle Antonio. Son stigmate !

Sur cette table, l'achat de cette femme avait peut-être été signé, et l'argent qu'ils avaient versé pour elle compté.

— Fils de pute ! pesta-t-elle.

La colère se mêla à une douleur sourde qui contracta tout son corps et lui arracha des sanglots. Elle essaya à nouveau, les deux mains sur la poignée, poussa un cri de rage, et la serrure céda. Le bruit résonna dans le sous-sol, il semblait ne pas vouloir cesser. Elle resta immobile et regarda autour d'elle. Ne voyant personne arriver, elle ouvrit le tiroir. À l'intérieur se trouvaient des accessoires de bureau, ceux qui auraient dû se trouver sur l'abattant : coupe-papier, couverts, écritoire en argent, stylos et encriers, loupe, crayons… Elle n'y prêta pas attention et fouilla jusqu'à trouver une clé qui lui permit d'ouvrir les autres tiroirs, deux de chaque côté. Parmi les dossiers et les papiers, elle trouva ce qu'elle cherchait : plusieurs liasses de lettres attachées par une ficelle qu'elle n'eut pas besoin de dénouer pour pouvoir lire l'adresse de retour sur l'une des enveloppes : « Eusebio Santadoma », était-il écrit au-dessus d'une adresse de Miami.

Contrairement à aujourd'hui, où l'on archive tout dans le cloud ou sur des disques durs, la vie entière de ces personnes était consignée sur papier : lettres, rapports, reçus. Et une grande partie de ces documents se trouvait sous ses yeux ! Lita chercha de quoi les transporter. Elle choisit un magnifique sac de voyage en cuir qui lui parut vide, carrément vintage, sourit-elle en ouvrant les languettes latérales du fermoir. Elle y introduisit l'ensemble des documents trouvés dans les tiroirs du secrétaire. Le sac était plein à craquer. Elle referma les tiroirs, et au moment où elle s'apprêtait à verrouiller celui du milieu, elle remarqua une petite boîte oblongue, ancienne, en étain, qui n'avait pas attiré son attention jusque-là, mais qui se distinguait maintenant : elle ne « cadrait » pas avec le reste. Elle eut soudain l'impression qu'elle était restée longtemps au sous-sol, et maintenant qu'elle avait trouvé les papiers qu'elle était venue chercher, une angoisse la saisit, la pressa de partir au plus vite : quelqu'un pourrait surgir, un voisin alerté par la lumière, et qui pourrait la prendre pour une voleuse. Elle voulut refermer le tiroir, en vain. Peut-être était-il coincé… Elle essaya encore, le secoua dans tous les sens. Situation absurde : avant il n'y avait pas moyen de l'ouvrir, maintenant elle n'arrivait pas à le fermer. Elle soupira, essaya de se calmer. Enfin elle attrapa la boîte, la sortit et la posa sur la table.

À l'intérieur, elle découvrit un objet qui ressemblait à un collier : de petites boules de bois classées par couleur, une blanche et une bleue, sept de chaque, dont deux blanches, remplacées à l'évidence par des boutons de nacre, étaient enfilées sur un cordon effiloché. Ce collier la fascina. Elle ne put le quitter des yeux et le fit osciller devant elle. C'était un colifichet, une simple babiole, mais qui l'émerveillait. Elle le plaça dans la paume de sa main avec un soin inhabituel. Les perles lui brûlèrent la peau, mais sans lui faire mal. Elle oublia les papiers, les lettres et le sac. Toutes ses craintes s'envolèrent. Elle accrocha solennellement le collier autour de son cou. Un vertige s'empara d'elle. Des images troubles et confuses défilèrent devant ses yeux : un homme mourant dans des convulsions, ce même collier posé sur sa poitrine ; une femme noire qui riait, qui pleurait, qui saignait.

Quelque chose la poussa à sortir l'image d'entre les pages du livre d'économie. Une vierge noire et un collier de perles. Elle se rappela avoir lu un article à ce sujet sur Internet et le consulta à nouveau. Elle était là, la Vierge de Regla, Yemaya. Et son collier. Sept perles blanches et sept perles bleues. Il y avait sans doute d'autres explications, mais la plus probable était celle-là.

Elle cacha son visage dans ses mains. C'était réel... à moins qu'elle soit devenue folle ? Ou les deux. Les saints chrétiens et les dieux païens la possédaient, il n'y avait pas de remède à cela. Elle rejeta l'idée de consulter un psychiatre, sans pouvoir s'empêcher de chercher à nouveau sur la Toile. Elle saisit « santería, possession, psychiatrie, maladie », jeta un coup d'œil aux premières entrées, et cliqua sur la suivante. Parmi des dizaines de publicités de prêtres et de prêtresses offrant toutes sortes de traitements, de malédictions et de sorcelleries, elle trouva quelques études qui lui semblèrent sérieuses, et qui mentionnaient des effets similaires aux siens. Selon ces informations, personne n'était mort ni n'avait commis d'acte de folie notable, mais ce phénomène était comparé à une sorte d'ivresse : on perdait le contrôle de soi. Elle étira les bras devant elle et regarda ses doigts, tendus, fermes. « Ils ne tremblent pas », se dit-elle. C'est quelque chose qui va et qui vient, et qu'elle devra contrôler. Quoi qu'il en soit, je dois m'occuper des lettres du marquis. Sur ces pensées, elle cacha l'image et la boîte avec le collier dans le tiroir de sa table de nuit qu'elle referma d'un coup sec, presque violent.

Sara et Elena regardaient la télévision dans le salon quand Lita rentra. Toutes deux la virent, étonnées, se diriger directement vers sa chambre avec un sac en cuir vintage bien rempli après s'être excusée de ne pas pouvoir s'asseoir avec elles pour partager une bière. Elle avait agi de la même façon avec Pablo : en allumant son portable, elle avait constaté qu'elle avait eu trois appels de lui. Un quatrième appel avait retenti tandis qu'elle marchait fébrilement dans la rue avec le sac gonflé de lettres, comme poursuivie par les regards de dizaines de vigiles imaginaires. Elle avait volé des documents aux Santadoma, qui eux-mêmes avaient volé la vie d'Alfonsa, cette parente certes lointaine, mais qui ne faisait pas moins partie de son arbre généalogique. Cette pensée l'apaisa, et la supposée suspicion des gens qu'elle croisait s'évanouit comme par magie. Elle ne répondit pas à l'appel de Pablo et n'écouta pas son message. Puis elle reçut des messages sur WhatsApp qu'elle lut. Il s'inquiétait de son silence.

« Je ne me sens pas bien, mon chéri, pianota-t-elle sur son portable. Je rentre dormir, je t'aime. »

Elle s'assit sur son lit et défit le nœud de l'un des paquets de lettres. La belle qualité du papier, d'un grammage exceptionnel, permettait encore de manipuler les lettres sans craindre qu'il ne se fende ou ne s'effrite entre ses doigts après toutes ces années. Elle déplia la première lettre. Une couronne armoriée et gaufrée dans la marge supérieure gauche indiquait la lignée de l'expéditeur. Elle était datée du mois de novembre 1961, près de soixante ans plus tôt, et intitulée : « Cher père »...

Quelques heures plus tard, elle appela Pablo.

— Je n'arrive pas à dormir.

La voix du jeune homme, rauque et difficilement compréhensive, témoignait que lui dormait bien, du moins jusqu'à son appel. Il était 2 heures du matin. Lita venait de ranger la énième lettre d'Eusebio Santadoma à son père.

Elle ne lui permit pas d'ajouter d'autres mots et lui dit doucement :

— Si tu m'embrassais...

— Imagine un rectangle d'or aux proportions divines, chérie. Ça calme, ça aide à s'endormir.

— Je ne veux pas dormir. Je veux t'embrasser jusqu'à en perdre la raison.

Pablo mit quelques secondes à réagir.

— Je viens te chercher.

Lita applaudit de joie.

— Moi, je viens ! Ce sera plus rapide.

Deux soirs plus tard, Lita s'asseyait entre ses deux amies sur le canapé du salon de leur appartement commun. Elle prit la télécommande de la main d'Elena, éteignit la télévision puis étala avec soin ses précieuses lettres sur la table.

— Enfin, il était temps ! On pensait que tu ne nous raconterais jamais rien, la sermonna Sara.

— Qu'est-ce que vous en saviez ? sourit Lita.

— Rien, mais on te connaît, on se doutait que tu préparais quelque chose d'important.

— On mourait d'envie de fouiner dans ta chambre, mais on a su se retenir, lui avoua Elena.

Lita ferma les yeux et prit une profonde inspiration avant de poursuivre. La vérité était qu'elle avait besoin de leur parler, de confronter ses doutes pour y voir plus clair.

— Ce sont les lettres que le fils du marquis, annonça-t-elle en en prenant une, l'ancien, celui qui est retourné en Espagne, a envoyées à son père. Pour résumer, je crois qu'on peut déduire grâce au contenu de plusieurs d'entre elles que ma mère est la fille de…

— Comment tu les as eues ? l'interrompit Elena.

— Ça n'a plus d'importance.

— Tu peux me la montrer ? Je peux la voir ? demanda l'avocate.

— Tu me laisses continuer ? la coupa Lita, qui leur en lut un extrait : « Je suis heureux d'apprendre que vous avez des nouvelles de la santé de Margarita et de l'enfant. Prenez soin d'elles. »

Puis elle leur montra, comme s'il s'agissait d'un trophée, les quelques pages qui composaient la lettre.

— Et tu conclus, à partir de cette phrase, qu'il est le père de l'enfant ?

— Il y a plus.

— Mais ça ne dit rien de précis !

— En fait, les filles, dans aucune des lettres qui se trouvent dans ma chambre n'est mentionné le nom d'Eusebio…

— Ton grand-père.

Lita fut obligée d'acquiescer.

— Un fils de pute ! ajouta-t-elle. Dans aucune des lettres, ce type ne reconnaît explicitement qu'il est le père de ma mère. Il ne demande pas « Comment va ma fille ? » Non, surtout pas ! Il serait absurde que le fils d'un marquis se préoccupe d'une servante et de sa fille dans une lettre qu'il adresse à son père, n'est-ce pas ? Ici, dans cette lettre, ce salaud aborde des sujets importants, il parle de Fidel, de la révolution cubaine, des intérêts économiques, de la situation des entreprises et des fermes qu'ils possédaient encore à Cuba, et tout d'un coup, il s'intéresse à la santé d'une servante et de sa fille ? Il est heureux qu'elles aillent bien ? Un Santadoma ! Il trahit son secret !

— En effet, c'est un peu bizarre, estima Elena.

— Oui, c'est suspect, confirma Sara. Mais soyons honnêtes : toi comme nous, on a envie que... Ça nous intéresse que ce mec soit ton grand-père, n'est-ce pas ? Alors peut-être ne sommes-nous pas objectives ?

La phrase de son amie interrogea une fois de plus Lita sur son désir de voir cette situation se concrétiser. Ses contradictions durent s'inscrire sur son visage, car Sara les devina :

— C'est beaucoup d'argent, ce serait une belle revanche !

— Une revanche ? releva Lita.

— Que ta mère soit la demi-sœur du marquis ? Une vengeance divine !

« Divine » ? Le mot fit écho. Et si tout était lié ? Yemaya, la Vierge de Regla, sa mère, et les Santadoma ?

— Qu'est-ce qu'il y a d'autre, dans ces lettres ? demanda Elena.

Elle leur résuma le résultat de ses lectures. Il s'agissait de phrases comparables à la première qu'elle avait citée. Il y avait plus de vingt missives où il parlait de Margarita et, plus particulièrement de la mère de Lita, que don Eusebio appelait par son nom, Concepción. Il se préoccupait de sa santé, il précisait qu'il avait été très inquiet lorsque la fillette avait eu la varicelle et il avait même téléphoné à Madrid pour cette raison.

— Le fils du marquis qui appelle de Miami pour s'enquérir de la varicelle de la fille d'une domestique ! s'esclaffa Lita.

— Impossible ! Jamais personne n'y croira, reconnut Elena.

— Ce qui est dommage, c'est que nous n'ayons pas les lettres du marquis à son fils, regretta Sara.

Elles convinrent que les attitudes de l'un comme de l'autre n'étaient pas normales, et qu'il était évident que les réponses d'Eusebio se référaient aux commentaires et aux nouvelles que son père lui donnait au sujet de Margarita et de Concepción.

— Elles pourraient être des preuves supplémentaires de la filiation de ma mère, fit valoir Lita à Elena. Peut-être qu'elles suffiraient, pour ce procès dont nous parlions.

— Oui, elles le pourraient, si tu ne les avais pas volées, glissa l'avocate.

Le silence s'installa dans la pièce.

— Parce que tu les as volées, n'est-ce pas ?

— Tout à fait. Tu croyais qu'on me les avait données ?

— Dans ce cas, il s'agit d'une preuve illicite. Irrecevable pour un juge.

15

Cuba, province d'Oriente, août 1872

— Vous savez ce qui vous attend, chez les Espagnols ? demanda Kaweka.

Les quelques Noirs, une douzaine, qui avaient déserté le régiment venaient de faire halte. C'était l'aube, et la lumière peinait à poindre sous une bruine persistante, présage d'une averse estivale. Accompagnée comme toujours de Sabina, Kaweka avait surgi de derrière un arbre. Elle avait entendu parler de cette désertion par un jeune homme qui, assailli de doutes, était venu lui demander conseil. Quand j'étais à la plantation, avait-elle expliqué à Sabina en attendant que passe le groupe des déserteurs, j'aidais nos compagnons à fuir ; maintenant, j'essaie de les en empêcher. C'est étrange.

— On sait très bien ce qui nous attend si on reste ici, lui répondit celui qui semblait être le meneur du groupe.

— Ils vous asserviront à nouveau !

Les hommes respectaient Kaweka. Inquiets, ils s'arrêtèrent pour écouter son avertissement : leurs yeux allaient et venaient entre les deux jeunes femmes et le campement.

— Quand on était esclaves, au moins, on mangeait, estima le meneur, mais ici, que dalle ! On se contente de noix de coco et de racines de manioc. Y a rien d'autre.

Kaweka se garda de lui donner raison, mais c'était vrai : la nourriture était rare, le bétail avait été sacrifié depuis longtemps, et les hommes vivaient de racines et des rares fruits qui restaient après le pillage par la population des ressources naturelles.

— Quand on était esclaves, reprit le chef, on s'occupait de nous parce que notre travail les intéressait. Aujourd'hui, ils se fichent de nos vies.

— Mais vous êtes libres !

— À quoi bon la liberté si on nous tue comme des chiens ? observa un autre.

— Laisse-nous passer, Kaweka, la pria un troisième.

Ils lui demandaient la permission ! Elle se demanda ce qu'ils feraient si elle refusait, et voulut s'en assurer :

— Non, dit-elle. Nous nous battons pour notre liberté, pour celle de tous, pour celle de nos enfants, et s'il nous faut mourir...

— Les Espagnols parlent déjà de nous rendre notre liberté.

— Ils ne le feront pas. Ce ne sont que promesses en l'air.

Elle essayait de les convaincre, mais l'anxiété avait gagné les hommes dont deux d'entre eux étaient déjà partis. Cette discussion, ils l'avaient menée des dizaines de fois avant de déserter. Ceux qui restaient, au lieu de l'écouter, concentraient leur attention sur les mouvements qui se produisaient au sein du campement.

— Tu es une belle personne et les dieux te protègent, Kaweka, lui dit le meneur en se remettant en marche et en la dépassant. Pas nous.

« Les dieux sont inconstants, parfois ils vous favorisent et parfois vous maltraitent », voulut argumenter Kaweka, mais au lieu de cela, elle serra les lèvres et, se détournant d'eux :

— Bonne chance, leur souhaita-t-elle de mauvaise grâce, nous nous battrons pour vous.

Le groupe défila devant elle sous une pluie battante. Kaweka et Sabina les regardèrent marcher tristement, tous en haillons, certains complètement nus, désarmés. Plus de trois ans s'étaient écoulés depuis le début du soulèvement contre les Espagnols, et les désertions dans les rangs républicains étaient constantes.

La guerre s'était enlisée, et le comte de Valmaseda avait profité de la situation pour accorder son pardon à tous ceux qui trahiraient les révolutionnaires. Après la défaite et le massacre de Bayamo, les chefs rebelles avaient repensé leur stratégie et changé de tactique : harceler les armées espagnoles sans combattre à découvert, en recourant à la guérilla, et anéantir toutes les ressources par la pratique de la terre brûlée afin d'empêcher l'ennemi d'en bénéficier. Il n'y eut pas un champ de canne à sucre, un pâturage ou une plantation de café qui ne fut réduit en cendres par les forces révolutionnaires.

La politique esclavagiste connaissait également des conflits. L'abolition de l'esclavage dans la République de Cuba en Armes prit effet en 1870, après la ratification, un an plus tôt, de la Constitution de Guáimaro par Céspedes. La même année, l'Espagne réagit en promulguant la « loi du ventre libre », qui instaurait la liberté des enfants nés d'esclaves à partir de cette date tout en les maintenant sous tutelle jusqu'à l'âge de vingt-deux ans. Peu après fut déclarée la liberté des esclaves âgés de plus de soixante ans.

— Ils ont accordé la liberté aux enfants et aux vieillards. Ils libèrent comme par hasard ceux qui ne sont pas capables de travailler, ceux qui ne sont pas assez productifs dans les usines à sucre, rapportait Kaweka des réunions de camp auxquelles elle assistait. Comme ça, ils n'ont même pas besoin de les nourrir !

— Ils se moquent de nous !

— Ils nous humilient !

Ainsi les Noirs fulminaient-ils et juraient-ils de se venger de tous les Espagnols – satisfaction qu'ils déployaient sur le champ de bataille, et qui dégénérait en bains de sang qui ne faisaient qu'accroître les haines mutuelles, les passions aveugles, malsaines et incontrôlables.

C'est ce que Kaweka prévoyait en ce même jour de pluie où, les déserteurs étant déjà loin, elle retrouva, avec Sabina, l'escouade des mambises sous les ordres du capitaine Arango, composée de deux cents fantassins – une majorité de Noirs et quelques Chinois – et de cinquante cavaliers, des Blancs et des mulâtres libres. Kaweka et Sabina les accompagnaient en tant que soignantes sous les ordres du médecin lieutenant Juan Perez, qui, comme beaucoup de médecins volontaires, avait rejoint les rangs des rebelles. Ils se trouvaient dans les environs de Manzanillo, une ville côtière où l'armée espagnole s'approvisionnait en vivres.

Les rebelles avaient appris par le biais de leurs espions l'arrivée d'un navire transportant des vivres destinés aux Espagnols. Kaweka et ses combattants marchèrent sans relâche pendant deux jours sous une pluie battante, pour rejoindre le convoi de ravitaillement à temps et l'intercepter. Ils parvinrent à dépasser le village où avait été lancé le « Cri de Yara », l'appel à la révolution, et les éclaireurs revinrent leur signaler que le convoi était bloqué par des bœufs et des chariots enlisés dans la boue.

Dans l'est de l'île, presque toutes les routes se limitaient à de simples sentiers creusés dans la forêt tropicale, qui, à la saison des pluies, se transformaient en bourbiers impraticables. Une colonie comme Cuba – qui avait été pionnière dans la construction des lignes de chemin de fer nécessaires au transport du sucre – ne disposait pas de véritables routes. Les convois s'enlisaient, et le voyage durait si longtemps que parfois les vivres, consommés par les soldats qui les transportaient, n'arrivaient pas à destination.

C'était sans doute le cas de cette colonne bloquée dans un sentier forestier. Kaweka, Sabina et le médecin lieutenant Perez, cachés dans la végétation pour soigner les blessés, aperçurent les troupes espagnoles qui peinaient à poursuivre leur marche, fouettant rageusement les bœufs, dont les sabots s'enfonçaient dans la boue. Les bêtes tiraient des chariots trop lourdement chargés dont les roues de deux mètres de diamètre tournaient avec une lenteur désespérante, avançant millimètre par millimètre. Ainsi Kaweka ne put-elle se faire une idée juste de l'importance des forces ennemies qui lui semblaient supérieures, car la plus grande partie était enlisée, inconsciente du danger que représentaient les révolutionnaires cachés dans la végétation luxuriante – en nombre inférieur, certes, mais embusqués. Elle sentait bien rôder dans l'air l'odeur de l'anxiété que même la pluie ne parvenait pas à dissiper. Sabina se rapprocha d'elle, les hommes étaient prêts, et elles savaient toutes les deux ce qui allait se passer.

— *Viva Cuba libre !*

Peu de rebelles étaient armés, et les chargeurs des quelques fusils n'étaient munis que de rares cartouches. Une salve jaillit des fourrés, et les premiers hommes tombèrent. Les Espagnols furent longs à réagir et ouvrirent le feu dans la forêt, conscients de l'inefficacité de leurs tirs sur les arbres. Une deuxième salve des rebelles retentit, puis... moment d'attente magique : Maintenant ! Ils arrivaient ! Les Espagnols comprirent ce qui se passait, et Kaweka lut la panique sur le visage de beaucoup d'entre eux, blancs, jeunes, inexpérimentés, recrutés à la hâte en Espagne pour participer à cette guerre. Dans cet état d'exaltation, Kaweka et Sabina joignirent leurs voix aux hurlements des quelque deux cents Noirs qui surgirent des lieux les plus improbables et se ruèrent sur leurs ennemis, machettes levées.

Kaweka devint folle de joie devant la clameur, l'élan, la passion, l'excitation des combattants. Elle prit Sabina par les épaules et la serra contre elle, lui transmettant ainsi cette fierté qui la bouleversait devant la fureur de ceux qui, quelques années plus tôt, n'étaient que des esclaves humiliés, des êtres dépouillés du pouvoir que désormais ils revendiquaient.

La plupart des Espagnols s'enfuirent à grand-peine, luttant davantage contre la boue et l'eau que contre leurs adversaires, eux aussi piégés dans la gadoue. Noirs et Blancs tombèrent. Les rangs ennemis ordonnèrent la retraite et abandonnèrent leurs chariots, leurs bœufs et leurs vivres. Kaweka se précipita pour prodiguer des soins aux blessés, tandis qu'une partie de la troupe dételait les bœufs, y chargeait les réserves, et faisait de même avec les chevaux, cela avant de repartir avec les bêtes dans les profondeurs de la forêt.

Plusieurs Noirs parcouraient le champ de bataille pour achever les blessés, ignorant leurs supplications et leurs cris. Ils ne faisaient pas de prisonniers. Ils les tuaient, s'emparaient de leurs armes et de leurs affaires, les éventraient à la machette comme des animaux et répandaient leurs entrailles. Kaweka les regardait rire et hurler de rage, danser dans le sang qui se diluait sous la pluie. Elle les félicitait et les encourageait depuis son poste auprès des blessés. Face à ce spectacle, Yemaya riait et chantait au fond d'elle. Ces soldats éventrés, viscères exhibés, semaient maintenant la panique dans les rangs espagnols. Ils représentaient des siècles de flagellations, de perversité, d'humiliations et de cruauté qu'ils rendaient aujourd'hui. Sabina, excitée, hurlait et oubliait même ses tâches pour se joindre à la danse macabre. Kaweka l'observait : elle criait vengeance et menaçait le ciel de l'homme blanc.

Elles retournèrent au camp principal proche de Yarayabo, chargées de provisions et accompagnées des blessés qu'elles soignaient. Kaweka avait remplacé Cecilia dans le cœur de Sabina, après la mort de la vieille femme dans ses bras lors de la retraite de Bayamo. Leur amitié se renforça, et par la suite Sabina affronta la vie en toute indépendance, comme la plupart des Noirs qui passaient de l'esclavage à la liberté, une liberté limitée par les nécessités de la guerre.

— Il faut continuer à faire la guerre pour libérer les autres esclaves de l'île, martelait Kaweka. Nous devons la gagner, et sauver nos frères des grands moulins à sucre de la région occidentale, des villes comme La Havane et Matanzas. C'est là qu'ils vivent, c'est là qu'ils souffrent, c'est là que la majorité des esclaves sont encore soumis à des contraintes inhumaines. Notre combat n'est pas fini !

Il y avait ceux qui, devant les privations et la dureté de cette vie, baissaient les bras et désertaient, et les autres qui assumaient fièrement la nécessité de tels sacrifices pour atteindre leurs objectifs : gagner l'indépendance vis-à-vis de l'Espagne coloniale pour faire reconnaître le statut juridique des esclaves blancs et des mulâtres libres. Cependant, le passage au nouveau statut chez les soldats livrés à la mort par leurs officiers ne se fit pas sans mal : certains, qui avaient travaillé dans des exploitations agricoles perdues dans les montagnes, n'avaient même pas appris à parler la langue et utilisaient entre eux un jargon inintelligible, et la plupart avaient atteint un haut degré d'insensibilité au malheur et à l'injustice. Réveillés à la liberté, désorientés, déconcertés, ils ignoraient comment se comporter. Le vol, la violence, l'alcoolisme et la promiscuité s'installèrent alors dans les camps de l'armée rebelle et générèrent des bandes de brigands qui sillonnaient le pays en semant la panique.

La jeune fille qui marchait devant Kaweka sous la pluie en tirant une mule chargée d'un homme blessé connaissait déjà ce phénomène complexe de conversion, elle semblait l'affronter avec la passion d'une jeune femme devant laquelle le monde s'ouvrait. La révolution l'avait fait évoluer mentalement et physiquement. Si Kaweka, elle, continuait à être de petite taille, excessivement maigre et musclée, le corps de Sabina semblait avoir grandi et s'être modelé pour satisfaire le désir exacerbé de ces hommes sans femmes : peu d'entre elles avaient, en effet, suivi l'armée, la plupart étaient restées à l'abri des Espagnols dans des campements de montagne, comme des marronnes. Depuis la reprise de Bayamo, le général Valmaseda avait ordonné que chaque homme trouvé hors de la plantation où il travaillait soit passé par les armes, et que les femmes soient rassemblées dans les villages de Jiguaní ou de Bayamo. Ainsi, les femmes disparurent, et les rares qui restaient étaient harcelées par les soldats. Malgré cette pénurie, Kaweka réussit à se faire respecter. Guérisseuse et élue des dieux, comme elle le démontrait à tous tant par ses soins qui sauvaient de nombreux blessés de la mort que par ses transes extraordinaires lors des danses qui n'étaient plus limitées au dimanche. Elle s'adonnait ainsi à volonté au sexe, privilège qu'elle partageait avec Sabina pour éviter que tous ces hommes ne lui passent dessus.

Yemaya continuait d'habiter Kaweka, elle lui parlait de Yesa, la réconfortait tout en se coulant doucement en elle. La jeune femme était alors partagée entre la sécurité que lui apportait l'orisha et la tristesse qui l'envahissait de ne pouvoir tenir sa fille dans ses bras. Outre les transes pendant les danses des tambours sacrés, Yemaya prenait possession de son corps au hasard, sans qu'elle s'y attende, comme lors de ses années d'esclavage à La Merced...

Et comme cela se produisait maintenant sur le chemin de Yarayabo. Ce n'était pas le moment... La troupe était pressée, elle traversait un territoire ennemi.

— Sabina ! appela-t-elle.

La jeune fille tendit le licou de la mule à un soldat, et attendit que Kaweka la rattrape.

— Ne me laisse pas à la traîne ! Ne m'oblige pas à crier ! supplia-t-elle, et elle la serra fort dans ses bras.

Le clapotis incessant de la pluie sous ses pieds brouillait le bruit de la colonne en marche. Kaweka essaya de s'opposer à la déesse, de la chasser, comme elle y parvenait parfois. Sabina la soutenait, accompagnait sa démarche chancelante. Kaweka tremblait. Elle serrait les mâchoires pour empêcher l'orisha de prendre sa voix. La colère de Yemaya éclata alors comme l'éclair, dura l'espace de quelques secondes, puis quitta son corps.

— Dis au médecin lieutenant Perez que je dois parler au capitaine, demanda Kaweka à Sabina en se dégageant de ses bras, soudain apaisée.

Perez n'hésita pas à satisfaire Kaweka en envoyant un soldat transmettre sa demande. La jeune femme avait attiré son attention. Il l'avait vue guérir un homme considéré comme perdu : elle avait psalmodié, invoqué ses divinités africaines et promené ses mains sur sa blessure.

Le soldat revint rapporter la réponse du capitaine : « Pour quelle raison ? »

— « Pour quelle raison » ? s'agaça-t-elle. Un bataillon ennemi s'approche de nous ! Ils sont nombreux et bien armés. Nous devons nous arrêter, le temps qu'ils passent.

La pluie qui ruisselait sur le visage de l'officier ne cacha pas son inquiétude :

— Les éclaireurs nous précèdent. Ils n'ont signalé aucun danger.

— Ils viennent sur nous !

— T'en es sûre ?

Elle ne répondit pas. À présent plusieurs Noirs les entouraient. La colonne s'était arrêtée.

— Continuez d'avancer ! ordonna un sergent à cheval en les croisant.

Les soldats ne bronchèrent pas. Ils murmuraient, gesticulaient, et Perez comprit la difficulté de la situation : les Noirs obéiraient à Kaweka, ils avaient entendu son avertissement.

— Attendez ici, sergent, ordonna-t-il à l'homme, en tant qu'officier supérieur, avant de courir à l'avant-garde parler au capitaine général Arango. Les nègres croient cette femme, capitaine, lui dit-il, laissant entendre la possibilité d'une rébellion. Pour eux, elle est comme une...

— Je ne porte aucun intérêt à la sorcellerie, l'interrompit Arango d'un geste dédaigneux.

Néanmoins, sous le regard attentif et expectatif des officiers, il hésita et réfléchit à ses paroles. Il ordonna à la colonne de s'arrêter, et aux hommes de se cacher avec les animaux dans l'épaisseur de la jungle. Les éclaireurs reçurent d'autres instructions et revinrent avec des nouvelles : c'était vrai, une compagnie espagnole trois fois plus nombreuse et bien armée approchait. Les rebelles du capitaine Arango attendirent alors sous la pluie que l'ennemi s'éloigne.

La compagnie de Kaweka rejoignit le quatrième bataillon du lieutenant-colonel Maceo après son arrivée au camp de Yarayabo. Ce bataillon appartenait au premier corps de l'armée de l'Est, alors commandé par le général Calixto Garcia, qui contrôlait les opérations dans la région de Guantanamo dont la capitale était une ville de peu d'importance, habitée par des Espagnols et de nombreux Français ayant fui la révolte des esclaves dans l'île voisine de Haïti. Cependant, cette ville dominait une grande baie naturelle devenue un port stratégique pour les intérêts des mambises – intérêts qui périclitaient depuis la perte de Bayamo, la défaite de Las Villas et la situation critique de Camagüey. Dans cette région, le général Calixto Garcia assurait appui et soutien à la république cubaine et à l'élan révolutionnaire en employant les nouvelles tactiques de la guérilla.

Le ravitaillement fut accueilli par des acclamations toutefois moins enthousiastes que celles qui furent réservées à Kaweka, dont la prémonition avait permis d'éviter un massacre. La nouvelle se répandit rapidement, et nombreux furent les soldats qui vinrent la féliciter. Les abords de l'infirmerie, encore boueux à cause de la pluie persistante, devinrent le théâtre d'une fête improvisée. Alcool, tabac, chants, tambours et danses contrariées par la boue attirèrent tellement de Noirs que les officiers blancs et mulâtres n'osèrent pas interdire la célébration. Kaweka, telle une déesse, était le centre de l'attention. Elle dansa seule, pieds nus, encouragée, scandée par des dizaines, des centaines de voix, au milieu de l'un des nombreux cercles de danse qui se formaient. Sa fine et légère silhouette semblait léviter au-dessus de la fange.

Elle cherchait à atteindre l'extase. Elle avait besoin d'oublier les plaies et les plaintes des blessés. Sa chemise et sa jupe d'un tissu grossier, détrempées, pesaient lourd et lui collaient à la peau, l'empêchant de bouger aussi librement qu'elle en aurait eu besoin pour s'abandonner totalement et oublier les souffrances engendrées par la guerre. Alors sans cesser de danser, elle se dévêtit. L'eau ruisselait sur son corps, sur son dos zébré des cicatrices laissées par les coups de fouet répétés.

Elle resta la dernière à danser, en pleine transe. Nue, ne portant que le collier de perles de Yemaya. Ses cicatrices, tels des rubans scintillants sous la pluie, fascinaient le cercle silencieux des anciens esclaves qui se souvenaient des châtiments qu'ils avaient eux-mêmes subis.

Elle finit par s'écrouler dans la boue. Sabina se précipita pour la recouvrir d'un tissu et l'embrasser. Les Noirs reculèrent respectueusement, détournant le regard. Kaweka les regarda se disperser et leva la tête, encore étourdie par sa danse. Et ce fut comme une bouffée d'air : ces jambes, ce corps qui glissait gauchement, mais avec cette harmonie magique qui l'avait tant séduite à La Merced... Elle le chercha du regard, crut distinguer son dos, mais il disparut, caché au milieu de centaines de Noirs. Modesto était là.

Le lendemain, Kaweka pria quelques soldats de trouver un homme noir qu'elle pensait avoir vu, dont le nom était Modesto. Avant que des nouvelles lui arrivent, un sergent mulâtre la convoqua au quartier général établi dans l'ancien manoir délabré d'un enclos en friche où campait l'armée.

S'il était inhabituel de convoquer un soldat noir, cela l'était d'autant plus qu'il s'agissait d'une femme. Au cours de ses années de guerre, Kaweka n'avait jamais parlé qu'au lieutenant médecin Perez.

— Ils veulent sûrement te féliciter à propos des Espagnols, s'enthousiasma Sabina.

— Peut-être qu'ils vont te nommer caporale ? espéra l'un de ses malades.

— Ils vont te décorer ! ironisa le sergent venu la chercher. Allez, allez, dépêche-toi !

Ignorant son injonction, Kaweka resta penchée sur son patient. Le mulâtre insista sur l'urgence de l'ordre, puis se ravisa, se contentant d'attendre, s'agitant nerveusement non sans cacher son mécontentement.

Parler à un officier blanc, c'était passer d'un monde à l'autre : de celui des Noirs, soldats malgré eux, auxiliaires et responsables de tous les travaux pénibles du camp, à celui des Blancs, Noirs et mulâtres libres, autorisés à vivre aux côtés des premiers au milieu des horreurs de la guerre, mais dans un contexte plus agréable.

Pourtant, quelque chose avait changé. Kaweka et Sabina avaient abandonné leurs guenilles et leurs machettes, et se retrouvaient maintenant entourées d'uniformes blancs, de sabres et de pistolets portés à la ceinture, de chapeaux de paille, de galons et de décorations. Kaweka avait entendu parler du colonel de son propre bataillon, Antonio Maceo, un mulâtre d'à peine trente ans, qui avait rejoint l'armée révolutionnaire en tant que simple soldat et qui, grâce à sa bravoure, son dévouement et son intelligence, s'était progressivement élevé au rang qu'il occupait aujourd'hui.

Maceo, le « Titan de bronze », comme on le surnommait, était un exemple pour les mulâtres et les Noirs, un miroir dans lequel ils voyaient leur reflet.

Mais, elle ne le vit pas. Ni lui, ni le général Garcia, ni aucun officier supérieur. Seul le capitaine Arango la reçut, assis derrière une table dans une petite pièce confinée, si humide que la sueur ruisselait sur ses tempes. Kaweka se tenait devant lui, les pieds nus pleins de boue. Sabina, à qui personne n'avait prêté la moindre attention, comme si elle n'était qu'un vulgaire prolongement de sa compagne, s'était postée quelques pas en arrière, le plus loin possible que lui permettait le lieu.

— Regla, prononça l'officier du bout des lèvres, en regardant une feuille de papier.

Kaweka n'avait jamais imaginé que les Blancs pourraient un jour la féliciter de quoi que ce soit, elle pensait plutôt avoir été appelée pour la guérison de l'un d'entre eux. À présent, il lui sembla évident que quelque chose de sérieux se préparait. « Maria Regla Fernandez », lut le capitaine à voix haute.

Kaweka hésita avant de se rappeler que c'était le nom qu'elle avait donné à l'hôpital civil de Bayamo pour éviter que Gertrudis, comme il était d'usage pour les esclaves émancipées, ne la désigne par le nom de son ancien maître, le marquis de Santadoma. Elle garda le silence.

— À partir d'aujourd'hui, reprit le capitaine, tu es affectée au refuge des femmes et des enfants de la Sierra Maestra. Ils ont besoin d'une infirmière... Pendant que nous mènerons et gagnerons cette guerre de libération, termina-t-il à toute vitesse.

Kaweka mit quelques secondes à comprendre qu'on la bannissait. Elle resta coite, se mit à trembler de colère. Puis elle essaya d'argumenter, mais ne sut comment s'y prendre. Elle n'avait jamais discuté avec un Blanc. Elle essaya de se plaindre, mais elle balbutia des mots inintelligibles. Elle était consciente que cet ordre l'éloignait du combat, des siens, de tout ce pour quoi elle s'était sacrifiée, pour quoi elle avait donné sa vie.

Elle soutint le regard de l'homme blanc lorsqu'il leva les yeux vers elle avec dégoût, à l'évidence convaincu que cette femme aurait déjà dû quitter son bureau.

— Qu'est-ce que tu regardes, négresse ! Sergent ! aboya Arango. Emmenez-les et préparez leur transfert dans la sierra, ordonna-t-il avant même que le sergent en question n'ait eu le temps d'entrer.

Kaweka s'apprêtait à bondir sur le bureau de l'officier, mais le sergent l'entraîna hors de la pièce, puis de la bâtisse, et les poussa, elle et Sabina, vers le lieu où l'on gardait les chevaux, en plein air, attachés à de longues cordes.

— Menottez-les, ordonna-t-il aux palefreniers.

— Et nos affaires ? osa demander Sabina.

— Quelles affaires ? ricana l'homme. Vous n'avez rien ! Et si c'est le cas, elles ont sûrement été volées.

On ne leur permettait même pas de retourner à l'infirmerie. Combien de fois mama Ambrosia ne l'avait-elle pas mise en garde ? Le souvenir de la responsable de l'infirmerie-nurserie la troubla, la rendit nostalgique et sentimentale, alors qu'elle bouillait de rage intérieurement. Les conseils que la femme lui avait prodigués prenaient tout leur sens à présent : plus elle manifesterait ses pouvoirs, plus elle serait détestée par ceux qui verraient son autorité menacée. Et c'était bien cela qui venait de se passer avec le capitaine : il n'avait pas su de lui-même mettre son bataillon à l'abri de la débâcle certaine qu'un affrontement avec les Espagnols aurait entraînée, mais une sorcière noire y était parvenue, et ses frères d'armes le savaient. Kaweka avait mis à mal la valeur militaire de l'officier, dont la voix avait vacillé lorsqu'il avait rapporté l'incident à ses supérieurs :

— Ce n'était qu'une pure coïncidence ! s'était écrié un colonel, interrompant le discours hésitant de son subalterne qui venait d'affirmer que Kaweka était une sorte de prêtresse des Noirs. L'armée de la République de Cuba libre ne peut pas dépendre des hallucinations d'une négresse dérangée ! Même si ces prétendues visions se vérifient ! Demain, elle pourrait inventer n'importe quelle autre menace... et les hommes la croiront plutôt que de se fier à la clairvoyance de leurs supérieurs. Messieurs, nous avons affaire à un groupe d'illettrés et de dupes qui n'hésiteraient pas à se rebeller. Nous avons suffisamment à accomplir pour combattre l'ennemi sans nous préoccuper d'une sorcière noire, qu'elle ait raison ou tort, qu'elle soit « prêtresse », comme on le dit, ou non... Envoyez-la loin d'ici ! Elle ne peut continuer à influencer le moral et le dévouement des troupes. Débarrassez-vous d'elle !

Le sergent obéit sur-le-champ, et ordonna d'attacher les femmes à la corde, comme les animaux.

— Cette fille n'a pas besoin d'être attachée, protesta Kaweka en désignant Sabina. Le capitaine n'a rien dit contre elle.

— Je n'ai pas l'intention d'aller vérifier. Arango n'a pas l'air de bonne humeur.

Le sous-officier sourit bêtement :

— C'est bien toi qui l'as amenée ? Alors la négresse suivra ton sort, décida-t-il à l'adresse de Kaweka, avant d'ordonner aux hommes de maintenir Sabina entravée. Vous n'aurez pas longtemps à attendre, un convoi part aujourd'hui pour la sierra. Surveillez-les !

Les palefreniers étaient noirs comme elles. Des esclaves libérés auxquels on avait substitué la garde des vaches d'un pâturage appartenant à des Blancs par celle des chevaux d'autres Blancs. Kaweka n'eut même pas à leur demander de les désentraver. Elle n'avait qu'à les regarder pour qu'ils le fassent. Ils la connaissaient, la respectaient, l'aimaient. Personne ne donnerait d'explications, tout comme les esclaves de La Merced à qui elle volait les machettes. Tous nieraient avoir vu quoi que ce soit, y compris s'être trouvés sur les lieux. C'était facile à dire : « Non. » « Je ne sais pas. » « Je n'étais pas là. » Ceux qui avaient vécu les constants interrogatoires des maîtres et des contremaîtres savaient comment s'y prendre. Ils seraient sans aucun doute interrogés, pensa Kaweka en se dirigeant vers l'infirmerie, sous la pluie qui tombait à nouveau. À moins que le sergent n'ait pas le cran de le dire au capitaine ? Bien sûr, elles étaient parties avec le convoi, soutiendrait-il, c'est ce que ses hommes lui avaient assuré, il le jurait devant qui voulait l'entendre, il attraperait même un nègre par la peau du cou et le secouerait pour lui faire confirmer ses dires. Et le nègre obéirait.

Elles arrivèrent à l'infirmerie et se rendirent dans la tente où s'alignaient les lits des blessés ; c'était là qu'elles dormiraient, leurs affaires s'y trouvaient.

— Ils n'ont pas voulu me promouvoir caporal, plaisanta Kaweka en guise de salut au soldat qui avait évoqué cette possibilité et qui, allongé sur le lit, l'interrogeait du regard.

— Dommage, hein ? fit-il.

— Eh bien, moi, je l'aurais fait, lança quelqu'un dans le dos de Kaweka.

C'était sa voix. Dans la nuit, elle avait pensé à lui, en chassant les émotions de son esprit – Modesto n'entrait pas dans ses plans. Elle écarta les nombreuses questions qui lui venaient à l'esprit chaque fois qu'elle pensait à leur relation, ce passé n'ayant plus d'importance. La guerre et la liberté occupaient à présent toutes ses pensées. Malgré tout, la curiosité la poussa à s'adresser à lui avec une froideur feinte :

— Qu'est-ce que tu fais ici ?

— Je suis venu me battre. Comme eux, ajouta-t-il en désignant les autres.

— Maintenant ? Alors que la guerre a commencé il y a quatre ans ? Et pourquoi à Guantanamo ? On se bat partout, dans l'Est.

— J'ai appris que tu étais ici. Je suis venu te chercher.

— Ça fait des années que j'attends cela, lui reprocha-t-elle. Depuis le palenque, précisa-t-elle devant le sourire étonné de Modesto.

— J'étais prêt à le faire, bien que tu m'aies abandonné. Regla, mama Ambrosia m'avait interdit de partir à ta recherche, elle m'avait dit que tu appartenais aux dieux.

Au tour de Kaweka de s'étonner :

— Qu'est-ce que tu racontes ? Des bêtises...

Ce disant, elle vit apparaître devant elle la figure d'Eluma. Le babalao y était peut-être pour quelque chose ?

— C'est pourtant la vérité, insista l'affranchi. Elle m'a dit de t'oublier, que tu appartenais à tous les hommes, pas seulement à moi.

Kaweka lut la vérité dans son regard, et ne douta alors pas que la femme ait pu être capable d'une telle attitude. Pourquoi Modesto lui mentirait-il maintenant ?

— Pourquoi tu ne m'as rien dit à La Havane ?

— Tu étais malade. Je ne voulais pas te peiner en faisant porter le chapeau de ma décision à Ambrosia. Et la fois suivante, quand nous nous sommes rencontrés...

— Et que tu étais ivre, Kaweka précisa-t-elle.

Il hocha la tête, sachant ce qu'elle devait penser. Il était possible qu'il se soit trompé en croyant Rogelia. Il était tombé amoureux d'elle, il était prêt à acheter sa liberté, mais elle avait disparu, elle lui avait brisé le cœur et toutes ses illusions. Ce qu'il lui avait révélé au sujet d'Ambrosia était vrai, elle devait le croire. Et il lui avait aussi sauvé la vie à La Merced, avant de partir à la recherche de sa fille. Ne lui avait-il pas donné assez de preuves de son amour ? Modesto la regarda et se dit qu'il avait peut-être devant lui une femme différente de celle qu'il avait connue. Kaweka s'était toujours battue, oui, mais maintenant, la guerre l'avait endurcie... Peut-être au point de la rendre incapable d'aimer.

Elle perçut ce doute en lui, et en profita pour mettre fin à la conversation.

— Allons-nous-en, ordonna-t-elle à Sabina.

Elle ne voulait plus penser à ce passé, mais revenir à la réalité, à la guerre, à l'injustice qu'elle venait de subir de la part des officiers blancs.

Elle saisit son baluchon. Le manche de sa machette dépassait. C'était celle que Porfirio lui avait donnée après avoir vendu Pedro José au capitaine du brigantin. Elle ne savait toujours rien de ce Noir masochiste, ses perversions avaient disparu de sa mémoire. Elle n'avait pas non plus de nouvelles de Jesús, tous deux étaient probablement avec d'autres unités rebelles, en supposant qu'ils soient encore en vie. Elle se dépêcha. Elle devait quitter cette armée qui l'avait reniée – si elle tombait sur le sergent, les conséquences seraient terribles. Elle prit une grande inspiration, essayant de se ressaisir, jeta son sac sur son épaule et sortit de la tente.

— Bonne chance ! lui souhaita le blessé.

Kaweka se rendit alors compte que tous les patients conscients et capables de bouger l'observaient, lui souriaient, la saluaient d'un signe de tête. Même le lieutenant Perez, au courant de la décision de ses chefs, se tenait au fond de l'hôpital et lui adressait un léger signe de tête, les lèvres serrées, en hommage silencieux à son travail.

À cet instant, enveloppée de toute cette affection, elle se sentit partie prenante d'une société en devenir, composée d'une multitude d'hommes et de femmes désireux de tourner le dos à l'Histoire que les Blancs avaient forgée pour eux, pour construire la leur. Le sang, son odeur, celui qu'elle avait arrêté ou celui qui avait coulé en emportant la vie de ses patients, n'était que le pilier sur lequel son nouveau monde allait se bâtir.

— *Viva Cuba libre*, réussit-elle à énoncer en guise d'adieu d'une voix troublée par l'immense gratitude qu'elle ressentait de la part de tous ces combattants.

Elle quitta cet hôpital de fortune la gorge serrée, le menton tremblant et les larmes au bord des yeux. Sabina la suivait, ainsi que Modesto. Des cris éclatèrent à l'intérieur de la tente, et ce tumulte attira l'attention des Noirs à l'extérieur. Les bagages des femmes ne laissaient aucune place au doute : Kaweka partait.

Beaucoup d'entre eux s'approchèrent. Elle marchait machinalement, le regard perdu dans le lointain.

— Où tu vas ? lui demanda quelqu'un.

Où allait-elle ? Que pouvaient faire deux femmes noires seules et un affranchi sans ressources dans un territoire qu'ils ne connaissaient pas, en pleine guerre ? Si les Espagnols les découvraient, elles seraient réduites en esclaves. Si les rebelles les trouvaient, elles seraient, même en tant que femmes, considérées comme des déserteurs. La seule solution était peut-être de se réfugier dans un palenque. Mais

Kaweka était appelée à se battre, à retrouver la liberté : sa déesse le lui demandait, et elle y aspirait. Elle ne trahirait pas tous ces morts. Non, elle n'irait pas à nouveau se cacher dans les montagnes. Une bouffée d'enthousiasme traversa son corps et lui insuffla un élan de passion.

— Où tu vas ? lui demandèrent-ils encore.

Yemaya caracolait en elle, l'encourageant, la stimulant.

— À la guerre ! dit-elle en affermissant sa démarche.

Certains s'arrêtèrent et se mirent même en retrait, la peur inscrite sur leurs visages. D'autres lui emboîtèrent le pas, chargés des armes et des équipements qu'ils n'avaient jamais laissés derrière eux. La liberté ne pouvait pas dépendre du caprice ou de l'opinion d'officiers blancs ou mulâtres qui se considéraient toujours comme supérieurs à eux.

Elle fut suivie par une trentaine d'hommes, les plus dévoués à la cause, les plus téméraires et les plus courageux – ou peut-être les plus fous. Plus loin, des dizaines d'hommes les regardaient partir : certains en pleurs, d'autres souriaient, beaucoup leur adressant des signes d'adieu, leurs machettes levées vers le ciel. D'autres encore couraient les rejoindre. Son regard rencontra alors celui de Modesto, qui avançait de sa démarche chaloupée caractéristique, aussi maladroite que séduisante. Ni l'un ni l'autre ne savaient comment mettre fin à cette situation équivoque, tout en étant conscients que des explications s'imposaient.

16

Madrid, avril 2018

— Tu te souviens que je t'ai dit que nous sommes allées rendre visite à ton oncle Antonio, le frère de grand-mère Margarita ?

— Oui, bien sûr, répondit sa mère qui lui tournait le dos, devant ses fourneaux.

Lita, assise à la table, comme tant de fois, la regardait. C'était un spectacle routinier et attachant, mais qui la perturbait à présent. Comme avant sa découverte de la correspondance des marquis, elle se sentait à nouveau dans une impasse, ne sachant que faire, n'osant prendre aucune décision. Le problème la dépassait. Entre-temps, les négociations relatives à la vente de la banque allaient bon train : une opération avait déjà inclus des actions pouvant appartenir à sa mère, laquelle, s'il était prouvé qu'elle était bien la petite-fille du vieux marquis, devenait propriétaire de la banque Santadoma au même titre que les autres héritiers. Le testament était clair : les héritiers étaient les petits-enfants, et Concepción en faisait partie.

— Mais toute cette histoire d'actions et de banque, c'est à ta mère d'en décider, tu ne crois pas ? l'avait avisée Sara lorsqu'elle s'était confiée à ses amies.

— Tu la connais. Elle est si simple, si humble… si bonne, lui répondit Lita d'un ton résigné. Elle ne le croira pas. Elle refusera de l'accepter et se renfermera sur elle-même…

— Mais un jour, il faudra bien le lui dire ! Tu ne peux rien faire sans en informer ta mère. C'est elle l'héritière, pas toi.

Mais que possédait-elle pour appuyer sa théorie ? La vidéo d'un vieux Cubain mal rasé, en tongs, pantalon de survêtement et débardeur blanc, et une correspondance entre les Santadoma, qui n'était pas non plus la garantie de quoi que ce soit ! Le personnage de la vidéo n'était pas sérieux, son image n'était guère crédible, et elle avait volé les lettres qu'elle ne pouvait donc pas utiliser. Elle n'avait rien, sinon la conviction que les propos du frère de sa grand-mère étaient vrais...

— La conviction, ou le désir ? l'avait titillée Sara.

Lita n'avait pas daigné réfléchir à la question, et depuis la cuisine de l'appartement des Santadoma elle serrait un peu trop fort le pied de son verre de vin.

À la question que lui posait sa fille, concernant sa visite à l'oncle Antonio, Concepción répondit :

— Pourquoi cette question ?

— Parce que ton oncle Antonio prétend que tu es la fille d'Eusebio de Santadoma, le fils du vieux marquis, celui qui est allé à Miami, lança-t-elle d'un trait.

Concepción s'arrêta de touiller sa préparation.

— Ne dis pas de bêtises ! dit-elle comme s'il s'agissait d'une plaisanterie, sans même se retourner.

Lita se leva, s'approcha d'elle et la prit par les épaules.

— Maman, ce ne sont pas des bêtises.

Lita éloigna sa mère de la cuisinière et éteignit le feu. « Encore des légumes », maugréa-t-elle. Elle la conduisit jusqu'à la table, l'installa, et alluma son portable :

— Regarde cette vidéo.

La réunion se tenait dans la même salle d'où Lita avait été expulsée après les insultes de doña Claudia. En traversant les bureaux de la banque Santadoma, elle saluait et souriait à une foule de gens. La plupart lui répondaient d'une façon affectueuse, qui semblait sincère ; certains, cependant, l'observaient derrière un masque de bienveillance qui ne parvenait pas à dissimuler leur hypocrisie.

— Tu vas rester plantée là ? Tu aimes bien, pourtant, te tirer de cette salle ?

Gloria faisait définitivement partie de ces derniers. La gestionnaire de risques qui lui avait disputé Pablo la dépassa et ouvrit les battants de la salle d'un geste décidé. Elle ne la repoussa pas, mais la frôla d'un air aussi provocant que furibond.

Lita accepta le défi et la suivit. Elle dut se protéger de son avant-bras pour éviter les battants de la porte que la cadre lui claqua au nez, et pénétra là où sa vie avait récemment été bouleversée. « Une métisse ! La fille de notre bonne... » Les insultes de la vieille femme résonnaient encore entre ces murs comme ce devait être le cas chez la plupart des personnes présentes. Elle ne parvenait pas à oublier cette humiliation. Même si, comme le lui avait affirmé Pablo, elle était soutenue par bon nombre, elle avait même reçu des messages de soutien de collègues qui n'avaient pas assisté à la réunion.

La vente d'un autre important paquet d'actions était en cours de signature, celui détenu par la famille Ruz Pariente : riches, amis des Santadoma, associés dans d'autres affaires, compagnons de vacances en yacht, de fêtes et de nuits glamours qui alimentaient les pages des tabloïds. La majorité des personnes étaient debout, partageant un somptueux buffet de petit déjeuner présenté par deux serveuses. Pablo était assis à la table, concentré avec l'avocat des vendeurs sur la révision finale des contrats. Ces deux derniers soirs, en raison de sa surcharge de travail, il s'était excusé auprès de Lita, qui, loin des distractions liées à son travail et obsédée par l'attitude de sa mère, n'y avait vu aucun inconvénient. La vieille femme s'obstinait en effet à nier l'éventualité d'être la petite-fille du vieux marquis. Elle refusait qu'elle lui lise les lettres d'Eusebio à son père, ne lui demandait rien sur ses origines, et n'avait même pas regardé la vidéo d'Antonio dans son intégralité : elle l'avait repoussée comme elle l'aurait fait d'un démon.

Le problème n'était pas qu'elle n'ait pas réussi à convaincre sa mère, mais que celle-ci refuse absolument de franchir un précipice insurmontable : un changement de statut social qui ne correspondait pas au principe de stricte séparation des classes dans lequel sa mère avait été élevée. « Comment je pourrais être la fille de don Eusebio ? » répétait-elle obstinément.

Si Lita avait vu Pablo ces derniers jours, il aurait pu sentir son malaise : elle se sentait fragile et vulnérable dans cette situation ingérable. Elle était tentée de chercher son soutien, mais elle ne pouvait pas se le permettre : comment révéler sa revendication à celui qui s'impliquait tellement dans la réussite de cette opération financière, sans risquer de la compromettre ? Elle vivait avec Pablo une relation qui lui semblait unique et épanouissante, et il n'était pas question de le mettre dans la position de choisir entre elle et sa carrière. Un autre problème qu'elle n'avait pas suffisamment pesé lorsqu'elle avait décidé de parler à sa mère.

— Je pensais que cela n'affecterait pas notre relation, confia-t-elle à ses amies. Quand je le vois si impliqué, si préoccupé par le moindre détail qui pourrait altérer l'opération... L'autre jour, je l'ai entendu parler aux traiteurs pour leur expliquer les préférences culinaires des Américains ! Le cadre le plus important du consulting se préoccupe des œufs au plat ou de je ne sais quoi encore !

— Oui, acquiesça Elena après une bonne gorgée de bière, ce serait une bombe, l'histoire de ta mère ! Ça pourrait compromettre les négociations. Comment comptes-tu t'y prendre ?

Elle l'ignorait complètement, pensait-elle à nouveau tout en croisant le marquis et deux membres de la famille Ruz Pariente qui prenaient le café, décontractés, vêtus de blazers à carreaux, comme pour faire valoir que cette vente d'un million de dollars n'était pour eux qu'une diversion qui, dès la clôture de cette fastidieuse transaction, se terminerait dans un club de golf huppé. Meyerfeld, l'associé de Stewart, qui semblait attacher de l'importance à l'affaire au vu du costume sombre qu'il portait, se tenait un peu à l'écart des trois autres, indifférent à leur conversation. Lita en comprit la raison lorsqu'elle arriva à sa hauteur : ils parlaient espagnol.

Meyerfeld, grand et imposant, la salua d'un léger hochement de tête. Bien que le contrat à signer aujourd'hui ait fait l'objet de plusieurs réunions, personne n'avait réussi à établir avec l'homme une relation dépassant le cadre strictement professionnel. Les sourires, les plaisanteries, les bavardages anodins et, bien entendu, les contacts physiques ainsi que les regards autres que directs n'entraient pas dans les manières de l'Américain.

Lita le salua avec solennité. Puis le marquis, qui ne dissimula pas une certaine animosité à sa présence, enfin les Ruz Pariente, qui semblaient l'avoir attendue pour traduire leurs remarques et leurs observations à Meyerfeld.

— Vous parlez très bien l'anglais, la complimenta l'un des Ruz Pariente après l'une de ses interventions.

Lita ne répondit pas. À l'exception de ces deux-là, qui n'en avaient apparemment pas besoin, toutes les personnes présentes dans la pièce parlaient couramment l'anglais – chose courante en entreprise. Il ne serait jamais venu à l'idée de l'homme à la mise soignée, qui essayait de cacher son âge avec des cheveux gominés, d'un gris presque métallique, des chaussures rutilantes et son blazer à carreaux, de faire une telle remarque à Gloria, qui regardait le groupe de biais, ou à n'importe lequel des autres cadres dans la pièce. Cependant, le personnage attendait sa réponse, dans une attitude paternelle. « La petite mulâtresse a su profiter des opportunités que la générosité de la société occidentale lui a offertes. » Lita était convaincue que c'était tout à fait ce que pensait l'homme, elle crut même percevoir la fierté qui émanait de cet inébranlable pilier de sa communauté. C'était le genre de commentaire habituel, presque machinal et inconscient, auquel les immigrés ou toute personne présentant le moindre signe de diversité devaient faire face. Même s'ils étaient nés en Espagne, comme elle, avaient fréquenté une école de bonnes sœurs dans le quartier le plus huppé de la ville et possédaient un diplôme universitaire. Lita fut tentée de lui lancer un furieux « Va te faire foutre ». Cette fois-ci, cependant, elle se retint, estimant qu'elle en avait déjà assez fait comme ça, et accorda à l'homme un léger sourire qui lui permettrait de croire qu'elle reconnaissait sa légendaire magnanimité.

Ce sentiment de supériorité raciale se maintint une fois tout le monde installé pour discuter des contrats. Manuel Ruz Pariente, l'homme qui avait flatté ses connaissances, debout en face de Lita de l'autre côté de la table, semblait plus préoccupé par elle que par les termes des accords que Pablo et son avocat étaient en train d'exposer, l'un en anglais, l'autre en espagnol. Tout cela était convenu d'avance, il s'agissait donc d'un simple acte formel, et l'homme acquiesçait machinalement aux propos de son avocat, tout en la regardant, sans cacher son étonnement devant la maîtrise de l'anglais de cette jeune mulâtresse, ni son intérêt pour le sourire qu'elle regrettait à présent de lui avoir dispensé.

Le regard lubrique et l'attitude de ce vieux débauché la crispèrent. Elle croisa le regard de Gloria, qui l'observait. Elle détourna le visage dans un geste de mépris, auquel la seconde répondit avec la même hostilité. Ses pensées s'envolèrent. Le refus de sa mère d'écouter les arguments sur sa filiation, le conflit possible avec Pablo, transformèrent les voix de son amant et de l'avocat de Ruz Pariente en un murmure indistinct ; elle entra alors dans ce nouveau monde dans lequel une petite Vierge noire l'entraînait. Elle tremblait, craignant que Meyerfeld ou le marquis ne remarque quelque chose. Elle serrait les mains sur ses genoux, sous la table, tandis que l'espace lui-même se refermait sur elle, et l'écrasait.

Troublée, désorientée, en proie au vertige, elle était sur le point de renoncer à cet environnement hostile et de faire une croix sur cette situation insoluble, lorsque les larmes qui avaient empli ses yeux, au lieu de couler, se réfractèrent en mille couleurs dans une infinité d'éclats étincelants qui l'éveillèrent à une puissance infinie. Elle était mulâtre. Fille de mulâtre. Descendante d'esclaves noirs. Noire ! Elle flottait comme elle l'avait fait en approchant de la chapelle de Regla, dans la baie de La Havane.

Elle se redressa alors sur sa chaise avec une telle détermination que tous les regards se tournèrent vers elle : ceux de Ruz, du marquis, de Gloria, et même celui de Pablo, qui balbutia quelques mots, et ce jusqu'à ce que les contrats soient signés, les félicitations échangées, la réunion terminée, et que le café laisse place au champagne.

Les sourires et les toasts semblèrent cependant, pour Lita, une insulte au sang des esclaves sur lequel le patrimoine dont ils venaient de disposer avait été bâti. Les accusations qu'elle avait lancées à doña Claudia sur l'exploitation des esclaves lui revinrent avec la même intensité. « Ce qui se vend sur cette table n'est rien d'autre que le produit de leur sang, de leur vie ! » Elle pensa à Alfonsa, dont elle n'avait rien su jusqu'à il y a peu. Combien d'autres, comme elle, avaient donné leur vie pour qu'aujourd'hui quelques privilégiés bénéficient de millions d'euros ? Elle se sentait proche de tous ces Noirs asservis. Tels des fantômes réclamant vengeance ils lui apparaissaient, et leurs visages affligés se mêlaient à ceux des Blancs qu'ils mordaient, contre lesquels ils hurlaient. Cette réparation se heurtait à la réalité : l'histoire éternelle de son propre peuple. Elle était mulâtre, fille de mulâtre... Elle ne pouvait pas trahir les morts. Elle ne se déroberait pas. Elle ne se cacherait pas. Un élan d'enthousiasme parcourut son corps.

Elle s'approcha de don Enrique de Santadoma, entouré de la famille Ruz Pariente et de plusieurs employés – Meyerfeld était en retrait, mais accompagné de Pablo.

— Regla ! l'accueillit le marquis, semblant oublier l'incident avec sa mère, sans doute éméché par le champagne.

Lita le regarda droit dans les yeux, hésita un instant, mais Yemaya s'agita en elle, l'encourageant, la poussant.

— Je veux vous dire que ma mère va réclamer sa part de l'héritage de son grand-père, le marquis de Santadoma.

La foule se tut aussitôt. Même l'Américain avait saisi la portée de cette menace. Pablo s'éloigna de lui pour rejoindre le groupe.

— Qu'est-ce que tu racontes ? réagit don Enrique après s'être remis de sa surprise.

— Ma mère est votre demi-sœur, lui déclara Lita d'une voix ferme. Elle est la fille de don Eusebio, son père, et donc la petite-fille du marquis. Elle a de ce fait le droit...

Santadoma s'approcha de la jeune femme, la dominant de toute sa taille :

— Où vas-tu chercher de telles sottises ! Tu es folle !

Lita resta impassible et sourit. Pour la première fois de la journée, elle se sentit heureuse. La fierté de sa race, de son histoire, s'interposait entre elle et le marquis tel un bouclier.

— Elle a droit aux mêmes biens que vous. Demandez à votre mère, le défia-t-elle. Doña Claudia vous le dira.

— Je n'ai rien à demander à personne ! Stupide, ingrate !

Lita fit un geste pour se détourner. Le marquis lui saisit le bras et l'en empêcha.

— Ne me touchez pas... lui dit-elle en essayant de se dégager.

— Lâchez-la ! lui ordonna Pablo en se précipitant sur lui.

— Je n'ai qu'une chose à faire, ma petite fille, cria don Enrique, ignorant la présence de Pablo et continuant à la secouer : Donner raison à ma mère ! Tu n'es en effet bonne qu'à laver et à frotter. Vermine ! On t'a tout donné, et c'est cela ta réponse ?

Pablo lui tordit le bras jusqu'à ce qu'il soit obligé de la relâcher, mais le marquis, fou de colère, le visage rouge, continua à ignorer l'intervention de son cadre, et éclata d'un rire qui résonna dans la salle de conférences.

— Ta réponse, c'est donc de prétendre appartenir à notre famille ?

— Ne vous y trompez pas, marquis ! s'écria tout haut Lita. Ma mère est votre sœur. Et je ne le prétends pas, je l'affirme !

L'aristocrate leva les mains en signe d'incrédulité, tout près du visage de Lita. Une gifle hypothétique resta en suspens, probablement arrêtée à temps par l'intervention de Pablo.

— Qu'est-ce que tu fais, nom de... hurla don Enrique en poussant violemment le jeune homme, comme s'il venait de remarquer sa présence.

Lita bondit pour défendre son amoureux, qui tenta de l'arrêter. Le marquis continua sur sa lancée, frappant l'air de ses poings. Plusieurs personnes, dont les Ruz Pariente et l'Américain, intervinrent pour les séparer et tenter de calmer le jeu. Pablo et Lita furent poussés hors de la salle de réunion, tandis que don Enrique fut escorté vers l'autre entrée.

— Qu'est-ce que tu as dit à propos de ta mère ? lui demanda Pablo dès qu'il parvint à reprendre son souffle, les yeux écarquillés, comme s'il découvrait une nouvelle femme.

— Tu es sûre de ce que tu as fait ? lui demandèrent ses amies encore sous le choc.

— Non.

Yemaya ne caracolait plus en elle et, privée de sa présence, Kaweka se sentit abandonnée face aux conséquences d'une faute qui lui paraissait désormais immense, écrasante comme un lourd et sombre manteau qui la recouvrait.

Elle fut licenciée dès le lendemain. L'un des avocats du marquis se présenta à elle dans les bureaux des Américains, puisque, comme il en avait convenu avec Stewart, sa relation de travail avec la banque Santadoma se poursuivait. « Bien qu'eux aussi vous auraient licenciée, lui précisa l'avocat en tournant la tête vers les bureaux presque vides. En l'espèce, les Américains sont tout à fait d'accord avec don Enrique. » Meyerfeld n'était pas là, et les quelques cadres présents regardaient ailleurs. Inés, sa secrétaire, lui adressa un semblant de sourire affectueux qui se résuma à une triste grimace. Lita ne la remercia pas moins. Stewart n'avait répondu ni à ses courriels, ni à ses messages, ni à ses appels, et son sourire bienveillant s'effaça peu à peu de sa mémoire.

Pablo, quant à lui, ne lui répondit qu'en fin de matinée. Il la convoqua dans un café, loin de la banque Santadoma.

— Je peux me rapprocher, lui proposa Lita pour faciliter la rencontre. Nous ne sommes pas obligés de nous retrouver dans le même quartier, mais...

— Je ne participe plus aux négociations de vente de la banque Santadoma.

Lita ferma les yeux et leva la tête vers le plafond. Quelques secondes s'écoulèrent.

— Je suis maintenant au siège de Speth & Markus.

Ils se retrouvèrent dans une cafétéria, un établissement avec de grandes affiches sur la porte annonçant des petits déjeuners et des déjeuners bon marché, entourés de fonctionnaires et d'employés qui bavardaient durant leur temps libre, riaient et parlaient fort, assis à une table en formica. Ses mains étaient trop éloignées et Lita n'osait pas tendre la sienne.

— J'ai été licenciée, lui répéta-t-elle, comme si cela pouvait lui faire quitter sa mine déconfite.

Cette phrase, elle la lui avait déjà dite au téléphone, écrite dans un millier de messages.

— Et moi, plus ou moins...

— Qu'est-ce que tu veux dire ?

— En ce moment, je suis enfermé dans un bureau sans fenêtre, employé à vérifier les tickets d'achat d'une boulangerie.

— Mais tu n'as fait que me défendre contre un fou dangereux !

— Un fou qui possède une banque et qui paie des honoraires exorbitants pour le travail qu'on effectue. Et il y a encore beaucoup d'heures à facturer.

— Mais tu travailles pour les Américains...

— Peu importe, Lita, personne ne veut d'un employé gênant susceptible de se battre avec le client. Dans le monde des affaires, le donquichottisme se limite à des vœux pieux. Pas d'escarmouche, pas d'embrouilles. Je sais que Meyerfeld a déjà appelé la société. Je ne suis qu'un économiste, un auditeur. Un de perdu, dix de retrouvés.

Lita osa prendre la main de Pablo ; elle était molle et froide.

— Et l'université ? demanda-t-elle en pensant aux piles de livres, de documents et de papiers qui s'entassaient dans le petit bureau de son appartement où il rédigeait sa thèse de doctorat.

Pablo lui avait montré ce lieu avec dévotion, comme s'il était sacré.

— Mon chef, c'est mon prof d'université. Ça dépendra de sa clémence. Pour l'instant, il ne m'a même pas dit un mot. Mais comment as-tu pu avoir cette idée ? s'enquit-il soudain en retirant sa main et en haussant un peu le ton.

« Parce qu'une déesse africaine m'a enlevée, a contrôlé mes émotions et m'a forcée à menacer le marquis. » Avouer cette vérité sonnerait la fin de leur relation. Pablo n'était pas beau, pensa Lita tandis qu'il l'interrogeait du regard, attendant ses explications. Il était séduisant, mais surtout par son charme. La beauté se suffisait à elle-même, rien ne pouvait lui porter atteinte, même dans des situations comme celle-ci où tout semblait s'écrouler. Son charme et sa séduction, en revanche, s'exerçaient tous les jours, opéraient à chaque instant. Or l'angoisse qui se lisait sur le visage de Pablo était si forte qu'elle le dépouillait même de ce pouvoir. Au milieu des cris et des rires, du bruit de la machine à café et de la machine à sous, du choc des assiettes et des verres, Lita se trouvait devant un homme vaincu, ruiné, qu'elle n'en aimait pourtant que davantage. Il semblait toujours attendre la réponse à sa question, en avoir besoin.

— Un virgule six, un, huit, zéro...

— Lita !

Elle continua à énumérer les chiffres de Phi, le nombre divin, le nombre d'or :

— Trois, trois, neuf, huit, huit, huit ?

Pablo secoua la tête.

— Sept...

— Je les connais, Lita.

Elle crut percevoir qu'il réagissait à son contact.

— Non, objecta-t-il en lui serrant affectueusement la main. C'est un nombre infini. Tu peux en connaître beaucoup plus que moi, mais tu ne pourras jamais les connaître tous.

— Qu'est-ce que tu essaies de me dire ?

Ils le savaient déjà tous les deux.

— Tu crois à l'irrationnel, tu vis dans l'irrationnel ! Tu m'as parlé mille fois de la divine proportion comme si elle faisait partie de ton être, comme si elle était le socle de tes croyances : l'indéfinissable, l'incommensurable... Et maintenant tu attends de moi que je raisonne sur un sentiment : que ma mère est la fille d'Eusebio de Santadoma, et que je dois faire éclater cette vérité.

Pablo baissa la tête et réfléchit. Il la regarda à nouveau, d'un air différent :

— Tu aurais quand même pu choisir un autre moment pour l'annoncer au marquis.

— Sans que tu sois là ? Pour qu'il me frappe ?

Il rit.

— Mais comment es-tu sûre que ta mère est vraiment une Santadoma ? Tu parles d'un événement qui s'est produit il y a combien de... ?

— Près de soixante ans.

— Et à part ce sentiment que tu éprouves, aussi peu rationnel que Phi, tu détiens une preuve rationnelle de ce que tu avances ?

On lui avait recommandé de ne rien dire à personne. L'après-midi même de son licenciement, Elena lui avait conseillé de faire appel à une assistance juridique et l'avait accompagnée à l'association de quartier d'un groupe d'avocats en droit du travail. L'objectif était de porter plainte contre le licenciement de la banque, mais les deux jeunes avocats amis d'Elena avaient échangé des regards qui ne cachaient pas leur intérêt évident pour l'histoire particulière de Lita. « Discrimination, racisme, et même violence », égrena l'un d'entre eux. « À coup sûr, nous gagnerons le licenciement », conclut l'autre.

— Même si elle a dit que sa mère était la demi-sœur du président ? avança Elena.

— Ce n'est pas une insulte, fit valoir le premier.

— Ce n'est pas un délit punissable, renchérit son confrère. Ce devrait être un honneur pour ces capitalistes pourris d'avoir une demi-sœur mulâtre !

Lita soupira et plissa les yeux : en quoi le fait que sa mère est mulâtre ou non ferait-il une différence pour la fierté du marquis ? Certains voulaient tellement prouver leur tolérance et leur progressisme qu'ils finissaient par tomber dans les mêmes stéréotypes que les autres. En tout cas, elle pouvait se recommander de ces jeunes avocats fougueux et passionnés.

Elle montra la vidéo et parla des lettres à Pablo.

— Mais comment les as-tu trouvées ?

L'un des avocats lui avait posé la même question tandis qu'Elena la scrutait comme pour lui rappeler son avertissement, et lui reprochant de les avoir volées.

— C'est une correspondance privée. Si vous et votre mère aviez ces lettres, insista l'avocat, pourquoi avoir attendu tant d'années et ne pas avoir agi plus tôt ?

— Parce que je viens de les trouver, répondit Lita en lançant un petit sourire complice à ses amies.

La question elle-même lui fournissait la réponse. Oui, elle venait forcément de les trouver. C'était la seule réponse possible.

— Elles étaient parmi les pièces remises par les Américains pour étudier l'opération de vente. Il y avait beaucoup de documents privés entre le marquis et son fils. J'ai même un e-mail de l'Américain dans lequel il m'écrit qu'il met à ma disposition tous ces papiers et lettres privées. Et dans ce courriel, il est question de la correspondance entre le père et le fils. Ce sont eux qui m'ont donné les lettres, déclara-t-elle à Pablo.

— Je ne me souviens pas les avoir vues…

— Mais pourquoi te les donner à toi ? Ton truc, c'est les chiffres, pas les lettres !

— C'est de la correspondance privée, tu as le droit de t'en servir ?

Les avocats avaient également discuté de cette question et conclu que, vu que les deux personnes intéressées par ces lettres, le marquis et son fils Eusebio, étaient mortes, il n'y avait pas d'atteinte à la vie privée.

— Mais les Santadoma peuvent prétendre que ces lettres appartiennent à la famille, objecta Pablo.

— Qu'ils disent ce qu'ils veulent. L'important, c'est ma mère, pas les Santadoma, et, en dernière instance, laissons le juge décider ! Il n'y a pas de violation de la vie privée puisque de vie il n'y a plus, et je n'ai rien volé non plus. On me les a remises.

La conversation s'engagea sur la situation de la mère de Lita, jusqu'à ce que Pablo consulte sa montre.

— Tu dois y retourner ?

— Oui, je dois vérifier si la farine achetée par ce boulanger correspond aux pains qu'il prétend avoir vendus. Une tâche passionnante !

— Je suis désolée, s'excusa-t-elle pour la première fois, je suis vraiment désolée.

Il hocha la tête d'un air pensif.

— Si quelqu'un avait prédit que je risquerais mon travail pour défendre une femme... soupira-t-il.

— Et alors... C'est bien ou c'est mal ?

— Irrationnel, ma chérie, irrationnel.

Ils ne parlèrent pas de leur couple, ni l'un ni l'autre n'osa le faire. Leur amour se cachait derrière une réalité préoccupante, envahissante. Sur un accord tacite, afin d'éviter une situation qui pourrait dégénérer, ils signèrent une trêve et se quittèrent sur un baiser que Lita n'aurait su définir : rapide, tendre, routinier ? Il valait mieux qu'ils ne se voient pas ce soir-là, lui expliqua Pablo, il avait du pain sur la planche et pensait déjà au millier d'appels qu'il devait rendre à des amis et collègues, depuis que l'incident s'était répandu comme une traînée de poudre. Il s'éclipsa pour regagner son bureau, laissant Lita dans la tiédeur du soleil printanier qui jouait avec les lumières fluorescentes du bar et les reflets des tables en formica.

Elle chercha le Paseo de la Castellana et se dirigea vers le domicile de sa mère. Elle avait une petite marche à faire qui lui éclairerait l'esprit. Ses pensées la renvoyèrent au café et à Pablo. Peut-être aurait-il été préférable de choisir un autre moment pour revendiquer la filiation de sa mère au lieu de faire un tel esclandre en public ? La vérité était que son éclat avait rendu un bien mauvais service à son fiancé.

« Tu es contente ? » demanda-t-elle à haute voix à cette déesse qui semblait la posséder aux moments les plus inappropriés. Yemaya ne répondit pas, et Lita continua à marcher parmi les voitures et la foule, traversant les rues et s'arrêtant aux feux rouges, envahie par un sentiment de culpabilité qu'elle n'arrivait pas à dissiper.

— Bonjour, Lita.

Zenón la salua comme d'habitude. Elle lui rendit son salut. Elle avait envisagé la possibilité que le marquis lui ait donné des ordres pour l'empêcher d'entrer dans l'immeuble. Si sa rencontre avec Pablo avait été ambiguë, indécise ou prudente, celle qu'elle s'apprêtait à affronter lui semblait plutôt désagréable.

Le peu de courage qui lui restait disparut à la vue de sa mère qui lui ouvrit la porte. Elle souriait. Elle ne savait donc rien. Elle éprouva un malaise, une certaine déception même en constatant que le marquis n'avait pas exercé de représailles contre Concepción. C'était comme s'il n'avait attaché aucune importance à sa menace, qui n'avait strictement rien changé à la situation. Était-il trop tôt pour qu'il ait pris une décision ? Non. Elle connaissait le marquis, c'était quelqu'un d'expéditif.

— Tu n'entres pas, ma fille ? s'étonna Concepción.

Devrait-elle ? Elle n'en avait plus envie, ni le courage. À ce moment précis, elle regretta de ne pas avoir réfléchi aux conséquences de son arrogance sur les personnes qu'elle aimait. Pablo avait été exclu de la banque à cause d'elle. Aujourd'hui, devant sa mère, elle affrontait simplement la réalité. Elle n'était manipulée par aucune divinité, aucune sensation de brûlure ni de picotement dans la tête. Elles étaient simplement deux femmes ordinaires, séparées par une porte.

— Lita ? insista sa mère.

Elle entra.

— Maman, commença-t-elle toujours dans le couloir, j'ai fait… – une erreur… une folie… ? – Elle cherchait à adoucir le mot : Je crois que j'ai été trop vive… avec le marquis.

Concepción écouta son explication jusqu'au bout. Puis elles restèrent toutes deux silencieuses, assises face à face à la table familière. Lita n'avait pas grand-chose à ajouter après avoir raconté son stupide accès d'arrogance. Elle venait d'être licenciée, elle n'avait plus de travail. Concepción prit ses mains dans les siennes et hocha la tête.

— Tout s'écroule pour moi, maman.

Les larmes que Yemaya avait empêchées de couler dans la salle de conférences de la banque roulaient maintenant sur ses joues.

— Ne t'inquiète pas, ma chérie, tenta de la rassurer Concepción.

Elle n'avait plus de travail ! Et peut-être plus de petit ami... Elle prit conscience de la réalité dans sa dimension la plus tangible, loin de tout sentiment, de toute passion. Elle se retrouverait à court d'argent. Les mots que sa mère prononça lui firent relever la tête :

— Ma fille, don Enrique comprendra, c'est quelqu'un de bien. Je suis sûre qu'il nous pardonnera.

Lita se redressa sur sa chaise, raide comme un piquet.

— Je vais aller lui parler.

Elle lâcha les mains de sa mère et essuya ses larmes. Concepción était sincère, convaincue de la bienveillance de son maître. Lita poussa un soupir bruyant, et secoua négativement la tête. Elle était révoltée par l'obéissance, la soumission avec laquelle sa mère vivait sa relation avec les Santadoma.

— Il me donnera quelques coups de fouet puis me remettra à la coupe de la canne à sucre. C'est précisément ce que doña Claudia m'a proposé.

Cela lui était sorti du cœur.

— Ma fille !

Concepción, déconcertée, ne comprenait pas l'allusion :

— C'est ce qu'elle t'a dit ?

— Maman, tu es...

Tu es... quoi ? Qu'est-ce qu'elle avait l'intention de lui dire ? « Tu es une fidèle servante, la fille bâtarde de ceux qui ont réduit tes ancêtres en esclavage ? » Elle la regarda, assise devant elle, en robe de chambre et en tablier rayé bleu ciel, le visage tendu, les lèvres serrées, essayant de retenir ses larmes. Elle avait appris à maîtriser son chagrin devant ses maîtres, mais rien ne l'empêchait de pleurer lorsqu'elle était avec sa fille.

Dès qu'elle vit la première larme rouler sur la joue de sa mère, Lita regretta ses paroles.

— Je suis désolée !

— Ma chérie, toute cette histoire à propos de mon père qui serait don Eusebio... Ce... ce n'est pas possible.

— Pourquoi, maman ?

— Comment, moi, je pourrais être de la même famille que le marquis ?

— Pourquoi pas, mère ? Sommes-nous différentes ?

— Oui. Je suis différente. Je suis mulâtre, et servante, je le suis depuis mon enfance, ma mère l'était, et ma grand-mère aussi.

— Et ton arrière-grand-mère était une esclave.

— C'est ça, Regla, c'est exactement cela que je te dis.

— Tu t'es battue pour que je sois différente d'eux. Tu m'as offert une éducation...

Concepción plissa les yeux devant le discours de sa fille. Durant toute l'enfance et la jeunesse de Lita, elle avait cru vivre à travers elle ses joies et ses succès universitaires ; et ces événements l'avaient détournée de sa routine servile. Mais lorsque Lita était devenue indépendante, elle s'était retrouvée seule avec doña Pilar, ses chiens, la famille qui lui rendait visite, son neveu le marquis, et le prêtre qui venait tous les jours donner la communion à la señora et à elle-même. Les années l'avaient rongée. Elle se sentait vieille.

— C'est grâce à ces messieurs que tu as pu aller à l'université, interrompit-elle sa fille, tu étais boursière, et ils ont payé le reste ! Ils m'ont offert le gîte et le couvert, en plus d'un salaire, ce qui n'était pas le cas pour tout le monde. Quand tu étais malade, ils faisaient appel au pédiatre, le docteur... comment s'appelait-il ? Remas ! Le Dr Remas ! Tu te souviens de lui ? (Silence de Lita.) Il te donnait des bonbons et des autocollants. Le Dr Remas ne nous a jamais fait payer, pas plus que les autres médecins de la famille, même lorsque tu as été opérée de l'appendicite à la clinique de ces messieurs. Les Santadoma nous ont toujours aidées, ma fille. Et tu as échappé à la servitude. Non, je ne peux pas affronter le maître.

— Pas même si tu étais sa sœur ? rebondit Lita. Maman, il est possible que nous n'ayons reçu que ce qui nous était dû. Oui, j'ai échappé à un destin de servante, mais toi, tu n'aurais jamais dû l'être. Penses-y.

— Ma fille...

— Maman, ils vont faire pression sur toi. (Les avocats du droit du travail, amis d'Elena, l'avaient prévenue.) Ils te demanderont de signer des documents ou de faire des déclarations. Ne signe rien et ne dis rien, même s'ils t'assurent qu'il s'agit d'autre chose.

— Lita...

— Non, maman, non. Nous sommes des mulâtresses descendantes d'esclaves ! Nous avons été méprisées toute notre vie, et pas seulement par les Santadoma. Ce Dr Remas dont tu dis qu'il me donnait des bonbons et des autocollants, oui, mais il m'appelait aussi « la petite métisse », tu t'en souviens ? La petite métisse par-ci, la petite métisse par-là. Le même mot que celui utilisé par cette salope de doña Claudia lorsqu'elle m'a expulsée de la salle de réunion.

L'expression surprise de Concepción obligea Lita à se taire. Elle n'avait jamais fait allusion à cette histoire, pour lui épargner de lui faire du mal. Mais maintenant que l'insulte de la comtesse lui avait échappé, sa mère exigeait une explication.

— Effectivement, reprit Lita en se penchant sur sa chaise pour se rapprocher d'elle, doña Claudia m'a humiliée en public lors de la signature avec les Américains. Et elle nous a insultées. Elle a crié que nous devions redevenir des esclaves, que nous étions des mulâtres, des métisses. Elle l'a dit à haute voix, devant tout le monde. Et elle a ajouté qu'elle refuserait de signer tant que je serais là. Ils m'ont jetée dehors, maman, j'ai dû ramper hors de la pièce pendant que tout le monde me montrait du doigt et chuchotait. Je ne me suis jamais sentie aussi honteuse et malheureuse. Et hier, le marquis, celui dont tu dis qu'il nous pardonnera, m'a insultée en public. Il m'a traitée de stupide et d'ingrate, il m'a empoignée et secouée, il a essayé de me frapper. Cet homme est un orgueilleux despote, et pas seulement avec nous, avec tout le monde ! Quant à sa mère, doña Claudia, elle t'a toujours détestée. Nous en avons parlé une fois toutes les deux, rappelle-toi. (Lita se souvint de l'habituelle réponse de Concepción : « Sottises, ma fille. ») Maman, doña Claudia a une dent contre toi, et maintenant, tu sais pourquoi : le frère de grand-mère le dit dans la vidéo que tu n'as pas voulu voir jusqu'au bout. Elle savait que don Eusebio avait une relation amoureuse avec grand-mère Margarita, et elle a forcé son beau-père à vous faire venir ici en Espagne pour vous séparer de son futur mari. Mais ce qu'elle n'avait pas prévu, c'est que son époux mourrait à Miami, et qu'elle devrait partir se réfugier en Espagne et se retrouver à nouveau avec toi. Tu veux voir la vidéo maintenant ? Elle le dit très clairement !

Concepción la fit taire en attrapant ses mains qui s'agitaient dans l'air, et les serra.

— Est-ce qu'ils t'ont insultée en public ? lui demanda-t-elle d'une voix tremblante.

— Oui, maman.

— Le marquis a porté la main sur toi ?

— Oui, répondit-elle après une seconde d'hésitation.

Elle voulut ajouter qu'il était temps pour elles de se battre, mais elle se retint. Elle sentait que quelque chose comme la rébellion à laquelle elle l'avait vainement exhortée jusque-là commençait à bouillonner chez sa mère.

— Ils se sont moqués de toi ? Ils t'ont humiliée ? (Lita acquiesça.) Parce qu'il t'est arrivé quelque chose de semblable quand tu étais enfant, expliqua-t-elle d'une voix affectée par l'émotion, à l'école. (Lita se souvenait de ces épisodes, qui parfois la poursuivaient encore en rêve.) Certains jours, tu revenais en pleurant, inconsolable. Les enfants sont cruels. « La petite négresse des Santadoma », disaient-ils, « la fille de la servante ». J'en pleurais pour toi. Puis tu oubliais vite ces offenses et tu redevenais joyeuse comme toutes les petites filles. Je priais, mais cela se reproduisait. Toutes les petites filles ne sont pas mauvaises, mais lorsqu'elles se réunissent, ce sont les plus méchantes qui ont le dessus. Ma fille, je ne pleurais pas quand les maîtres m'insultaient ou m'humiliaient… Quand j'étais jeune, j'ai reçu plus d'une gifle ! Je l'ai toujours supporté, mais ta tristesse à toi me brisait de l'intérieur. Je pensais qu'avec l'âge, l'université, le travail et l'époque dans laquelle nous vivons, tout aurait déjà changé. Madrid est pleine d'immigrés, de gens de couleur, comme nous… (Lita écoutait, impressionnée : sa mère avait rarement enchaîné autant de mots.) Oui, il y a encore des gens qui nous dévisagent, qui se détournent de nous ou nous lancent des grossièretés, mais je n'aurais jamais pensé qu'on te mépriserait encore en public, comme à l'école quand tu étais enfant. Regla, j'ai promis, pendant ces nuits d'angoisse, que je te protégerais toujours, que je ne te décevrais jamais. Je l'ai juré mille fois : « Je le jure, je le jure, je le jure, je le jure », je me répétais en chuchotant, et ça m'aidait à m'endormir. Le peu qu'il nous reste, à nous les pauvres, c'est notre parole. Et si, pour te protéger, je dois être la fille d'un Santadoma, alors je le serai.

Elle parla plusieurs fois avec Pablo, et ressentit son extrême tristesse. Il lui jurait son amour, mais lui parlait aussi de déception, voire de dépression. Son emploi à l'université ne tenait qu'à un fil. Qui donnerait ses cours à sa place ? argumentait-il pour expliquer pourquoi il n'aurait pas dû être licencié. Il lui avoua avoir parlé à des collègues qui se disaient ses amis, mais qui maintenant l'évitaient, ou qui ne prenaient pas ses appels, lui parlaient rarement et gardaient leurs distances. Seuls quelques-uns, ses proches, les anciens, s'étaient rangés de son côté.

Lita lui proposa de le réconforter, de l'aider par tous les moyens.

— J'ai besoin de temps, de me concentrer, de me calmer, ma chérie, pour voir ce que je vais faire. Et puis… je n'arrive pas à oublier le défi que tu as lancé à Santadoma.

— Je peux t'appeler ?

— Oui, quand tu veux.

Ils se quittèrent en s'envoyant un baiser par téléphone.

Les avocats du syndicat déposèrent une plainte contre son licenciement.

— Ils paieront, lui assurèrent-ils, ils ne peuvent pas maintenir leur position.

Mais plus personne ne parlait de la filiation paternelle de Concepción. Sa mère continuait à travailler à la garde et aux soins des deux yorkshires, et Zenón la saluait comme d'habitude lorsqu'il allait la voir, à présent de plus en plus souvent.

— Et personne ne fera rien tant que vous n'aurez pas déposé une demande officielle, lui répondit l'un des avocats après qu'elle lui eut exprimé sa surprise. Pour l'instant, il s'agit d'une querelle verbale. Voulez-vous que nous agissions ?

Elle ne savait pas. Certes, sa mère lui avait réitéré son engagement, lui accordant une confiance aveugle et son soutien inconditionnel. Mais Lita était consciente de ne posséder en sa faveur que la vidéo d'un vieil homme en débardeur, et quelques lettres dont on ne pouvait que tirer des suppositions. Il lui fallait davantage de preuves.

Elle voulut en parler à Pablo, cela l'intéresserait-il ? Elle n'osa pas. Quand le téléphone sonna, la tirant de son apathie, elle décrocha le combiné d'une main légèrement tremblante. C'était un numéro inconnu, peut-être celui de Stewart, se dit-elle, car avoir perdu le contact avec l'Américain l'attristait.

— Allô ?

— Regla Blasco ?

Ce n'était pas l'Américain.

— Qui la demande ?

— Je m'appelle Victor Prado. Je suis journaliste, rédacteur en chef du journal en ligne *Document Zéro*. Êtes-vous mademoiselle Blasco ?

Lita hésita. Qu'est-ce qu'un journaliste pouvait bien lui vouloir ?

— Oui.

— Je me permets de vous appeler, votre mère m'a donné votre numéro de téléphone.

— Ma mère ?

— Oui, ne vous inquiétez pas, il n'y a pas de problème. J'ai appelé votre mère pour savoir s'il était vrai qu'elle prétendait être une descendante des Santadoma.

Un silence s'installa sur la ligne. Lita essayait d'intégrer la nouvelle.

— Elle m'a conseillé de vous parler, déclara le journaliste.

Lita resta muette.

— Accepteriez-vous de me rencontrer ?

— Comment l'avez-vous appris ? demanda-t-elle.

— Vous me confirmez la chose ?

— Non, non, je voulais dire : comment l'avez-vous su ?

— Mademoiselle Blasco, je sais que vous avez exigé que la famille Santadoma reconnaisse la filiation extraconjugale de votre mère. Mes sources sont tout à fait fiables. Je vous offre la possibilité d'expliquer ou de nuancer les informations dont je dispose. À défaut, je publierai ce que je sais, en notant que ni votre mère ni vous n'avez souhaité commenter la nouvelle, mais je vous conseille de saisir l'occasion.

Au moins, quelque chose bougeait. Elle accepta.

Avant sa rencontre avec Victor Prado, elle avait préparé l'entretien avec ses deux avocats. Ils se réunirent chez elle, en présence de Sara et d'Elena, aucune des deux ne voulant rester à l'écart, et ils spéculèrent ensemble sur la source du journaliste, qui pouvait être n'importe lequel des nombreux assistants à la réunion.

— Il va te demander des preuves de la filiation, l'avertit Marcelo, l'un des avocats.

— Elles ne sont pas décisives, mentionna José, l'autre avocat.

— D'accord. Alors contente-toi de les lui mentionner, ne les lui montre pas. Parle en termes généraux. Dis-lui que tu disposes de documents et de déclarations.

— Il ne me croira pas, soupira Lita. Il insistera pour que je les montre.

— Il veut le scoop, l'exclusivité, surtout à ce stade des négociations sur la vente de la banque. Il peut se dispenser de les voir, tant que tu lui assures que tu les as. Tu insistes sur le fait que tes avocats ne te le permettent pas. Dis-lui qu'il s'agit de preuves qui figureront dans un procès, et que tu n'as pas l'intention de les montrer prématurément à qui que ce soit.

Lita acquiesça, pensive :

— Allons-nous vraiment faire passer l'affaire de ma mère en jugement avec les preuves dont nous disposons ?

— Nous devrons en décider. Ne nous précipitons pas. Mon expérience est que lorsqu'une affaire comme celle-ci est soulevée, et en particulier lorsqu'elle trouve un écho dans la presse, des éléments que personne ne soupçonnait se mettent soudain à apparaître. L'un était au courant, l'autre a vu quelque chose, bref, soyons patients. Pour l'instant, nous contestons ton licenciement. La reconnaissance de paternité suivra, résuma Marcelo.

Lita confia à Pablo les conseils et les conclusions de ses avocats. Selon lui, il était évident que quelqu'un divulguerait cette information, qu'il s'agisse de témoins, d'amis ou de parents de ceux qui étaient présents, et les amis de leurs amis. Les ragots se multiplieraient, et pourraient atteindre n'importe quel journaliste intéressé par la rumeur, même si les Santadoma et les Américains avaient déjà mis leurs services de presse à contribution pour éviter le scandale.

Selon lui, l'affaire de la mère de Lita n'avait rien à voir avec celle d'une femme revendiquant une filiation avec une célébrité à la suite d'une soirée ou d'une relation furtive. C'était l'histoire d'une mulâtresse née à Cuba avant le triomphe de la révolution castriste et qui, comme plusieurs générations avant elle, avait travaillé toute sa vie comme domestique pour les marquis de Santadoma, personnages très connus en Espagne, en particulier le marquis lui-même qui avait fait l'objet de nombreux reportages après son divorce suivi de son mariage avec une célèbre mannequin italienne ayant la moitié de son âge. Les magazines avaient montré au monde entier leurs maisons splendidement décorées, leurs vacances à la mer et à la montagne, leurs fêtes, leurs réceptions... Bref, cette vie heureuse et luxueuse, scrutée et enviée par le commun des mortels.

Après son entretien avec Lita, Victor Prado put rencontrer et interviewer Concepción.

« Une servante de couleur dont le travail consiste exclusivement à s'occuper de deux yorkshires ! » Tel fut l'un des nombreux titres qui accompagnèrent le texte et la photo de Concepción en train de promener les chiens, que le journaliste avait réussi à voler.

Les yeux de Lita se brouillèrent lorsqu'elle vit la photo de sa mère, vêtue d'un simple pull-over tricoté par-dessus sa blouse de travail rayée, observant les chiens faire leurs besoins dans la rue. Elle avait l'air naïf, innocent. Son cœur se serra lorsqu'elle comprit que cet homme avait violé l'intimité de sa mère afin de l'humilier, de la présenter au public comme une pauvre femme.

« Ne fais pas ça », lui conseillèrent ses amies lorsque, après avoir explosé en insultes, elle décrocha le téléphone, prête à invectiver Prado, à exiger qu'il retire son article insultant.

C'était peut-être douloureux pour elle, mais l'article était bon, excellent même. Selon le journaliste, il devait exister une raison très spéciale pour que les Santadoma, au-delà des extravagances des riches et des scandales, entretiennent une personne en charge de deux chiens. Pour quelle raison un banquier pragmatique et sensé permettait-il à une bonne de vivre en la seule compagnie de deux yorkshires dans un appartement du quartier de Salamanca, en payant sa nourriture, ses frais et un salaire mensuel, si ce n'est par une obligation morale bien plus grande que la gratitude envers une fidèle domestique ?

Le marquis de Santadoma serait-il aussi généreux avec les employés de sa banque, forcément concernés par l'opération d'achat qui se tramait en ce moment ? Cela pourrait confirmer la véracité des affirmations de Concepción, car le service de presse de la banque n'avait publié aucun communiqué, et ni le marquis ni doña Claudia, à qui Lita attribuait la pleine connaissance des faits et de la paternité de sa mère, n'avaient voulu faire la moindre déclaration.

Certes, la photo de Concepción renforçait l'impression obtenue à la lecture de l'article, surtout si on la comparait à une autre, un peu plus petite, placée dans un coin, où l'on voyait l'un des membres de la famille Santadoma galopant sur un cheval, et jouant au polo sur le terrain de l'un des clubs hippiques les plus sélects de Madrid.

« La descendante d'une esclave noire, petite-fille d'un des plus importants banquiers d'Espagne, revendique sa filiation et la part d'héritage qui lui revient » : tel fut le titre de l'article que publia Prado.

Parmi le peu de choses qu'elle avait dites à celui-ci, Concepción avait maintenu la revendication de sa filiation, contrairement à ce que Lita craignait, à savoir que sa mère se moque de la possibilité d'être la fille d'un Santadoma en présence du journaliste. Les photos, les indices, le témoignage de Lita et les garanties de sa crédibilité, les exagérations et les conjectures de Prado, l'esclavagisme, la domesticité, le luxe : tout cela alimenta et engendra un papier sensationnel, spectaculaire, émouvant, sordide et même violent, un produit que le grand public brûla d'envie de lire.

17

Cuba, Trocha de Júcaro, octobre 1874

Ils étaient trente-deux soldats. Après une attaque triomphale contre un détachement espagnol, Kaweka et Modesto décidèrent que c'était le nombre juste pour le groupe, pour des raisons organisationnelles, ainsi que d'adaptation et d'efficacité. Ils avaient engagé trop d'hommes jusque-là, et avaient dû réprimer des luttes intestines sanglantes entre les différentes factions.

— Il n'en faut pas plus, dit-elle à Modesto. Trente-deux ! confirma-t-elle après avoir compté ceux qui étaient encore debout à la fin du combat. Veille à ce qu'ils soient toujours les mêmes.

Modesto comptait, écrivait, lisait les lettres des commandants de l'armée rebelle, et y répondait. Il vérifiait les fournitures et les armes, aidait Kaweka et Sabina à soigner les blessés et les malades, et s'occupait des deux petits ânes qui transportaient leurs maigres ressources.

L'affranchi était devenu le lieutenant de Kaweka, peu après son arrivée, deux ans plus tôt. Dans les premiers temps, la jeune femme avait gardé ses distances avec lui. Elle était sans cesse entourée de guérilleros noirs qui l'interrogeaient sur des projets dont elle ignorait tout. Il respecta cette distance imposée, jusqu'au jour où elle-même l'aborda :

— Pourquoi mama Ambrosia t'aurait interdit de me retrouver ? lui demanda-t-elle, un peu à l'écart des autres.

Au fond d'elle, elle était certaine qu'Eluma avait été le responsable. Cette fois, elle ne put échapper au sourire de l'homme qui l'avait ensorcelée à La Merced.

— La nurse était une femme intelligente qui avait compris à quoi tu étais destinée, lui répondit-il en désignant les guerriers qui se reposaient, précisément à amener les esclaves à se battre pour obtenir leur liberté. Et elle avait raison. Tous ces hommes pourraient être en train de rôder autour des terres pour voler les Blancs, réclamer vengeance, et pourtant ils te suivent et t'obéissent. Ambrosia avait raison : tu ne pouvais pas être à moi, tu leur appartiens à tous. Tu ne peux appartenir à personne, Kaweka. Bats-toi pour la cause qui t'a fait naître.

— Et pourquoi tu as tant tardé à t'engager ? Tu ne voulais pas prendre le risque d'être soldat, lui reprocha-t-elle. Tu espérais obtenir ta liberté plus facilement, avec Rivaviejo ?

— Oui, sans doute, mais je te rappelle que j'ai obtenu du marquis qu'il te vende à moi. Et que je me suis engagé à te payer avec mon argent. Je t'ai offert tout ce que j'avais. Si tu n'avais pas fui dans les montagnes, c'est toi qui aurais accédé à la liberté, et moi, au contraire, j'aurais continué à être asservi à Rivaviejo.

— Les dieux m'ont appelée, s'excusa-t-elle en se souvenant d'Eluma.

— Pas moi. Aucun dieu ne m'a appelé.

Ils restèrent un moment silencieux, s'observèrent.

— Et maintenant, tu as été appelé ?

— Non. Moi, les dieux m'ont abandonné. Rivaviejo a voulu me vendre. La nouvelle loi espagnole, qui proclame la « loi du ventre libre » et celle des esclaves de plus de soixante ans, permet aussi la cession des affranchis, et Rivaviejo a essayé de se faire de l'argent sur mon dos.

— Il ne tenait pas à toi plus que ça ?

— C'est un Blanc.

— Les dieux ne t'ont pas abandonné. Ils t'ont amené ici pour que tu te battes pour les tiens.

— Non. Aucun dieu ne m'a conduit à toi. C'est toi seule qui l'as fait.

— Tu as mis du temps…

— Tu sais bien qu'il est difficile pour nous, les Noirs des villes, de nous déplacer.

Kaweka s'efforça de ne pas répondre au sourire que l'affranchi lui adressa. Ses sentiments étaient mitigés, elle le croyait maintenant. Sa déception née du soupçon qu'il n'avait pas voulu la suivre s'effondra, et elle se sentit affreusement coupable. Il était prêt à l'acheter, et il lui avait sauvé la vie… C'était Ambrosia qui l'avait persuadé de ne pas la suivre, puisqu'elle appartenait à tous les Noirs, et à eux seuls. Pourtant, il n'avait pas essayé de la retenir à La Havane, ni à se réengager dans une relation qui, bien qu'heureuse, avait été rompue par la volonté des dieux et la complicité de sa protectrice. Il disait l'avoir cherchée, et cela la laissait penser qu'il l'aimait encore, malgré toutes ces années. Mais elle ? Que ressentait-elle, que voulait-elle ? Elle n'avait pas le temps de penser à l'amour, décida-t-elle, même si elle reconnaissait que la présence de Modesto lui faisait du bien.

Ainsi, un soir, alors que Kaweka assistait à un nouveau discours de l'affranchi devant les hommes, peu après leur abandon des rangs de l'armée, elle remarqua le respect que tous manifestaient à son égard : grâce à son sang-froid et à ses arguments, il était parvenu à résoudre un conflit interne qui, autrement, se serait terminé à la machette.

— On dirait que toi aussi tu es appelé à les diriger, le félicita Kaweka lorsque le calme revint.

Il se contenta d'un sourire. Pendant ces quelques mois, il n'avait jamais essayé de la toucher, et la confiance entre eux se consolidait.

Un éclair illumina quelques secondes leurs silhouettes avant qu'il eût le temps de lui répondre. Le tonnerre qui suivit résonna comme une réprimande de la déesse, leur reprochant leurs détours et faux-semblants. C'était la saison des pluies. Après le tonnerre, le ciel se gorgea d'eau. Kaweka embrassa Modesto et se donna à lui. Ils firent l'amour sous la pluie. Les tambours sacrés auxquels la jeune femme s'attendait furent remplacés par le fracas des gouttes qui tombaient sur leur corps, la terre et les arbres. L'eau, Yemaya elle-même, vint se mêler à leur union en se glissant entre leurs deux corps nus, coula sur leur peau, lava leurs inquiétudes et chassa leur culpabilité. Elle pénétra dans leurs bouches, se glissa entre leurs baisers et brouilla leur vision jusqu'à les isoler du monde. Elle agaçait le bout des seins de Kaweka et accompagnait les assauts de Modesto. Elle attisa une joie qui finit par exploser de concert avec la force naturelle qui inondait l'univers.

Kaweka dirigeait des hommes rudes, difficiles à discipliner et à maintenir unis, sauf en période de guerre. Certains venaient, d'autres partaient. Elle les choisissait, les renvoyait s'ils devenaient encombrants, mais avant d'en décider, elle demandait l'avis de Modesto qui était devenu son compagnon officiel. La plupart de ces esclaves parfois incontrôlables, que la liberté avait assaillis d'émotions et de sentiments inconnus, et en qui la violence et la rébellion s'étaient installées dans le sillage d'une réaction radicale, considéraient comme un honneur de se battre aux côtés de Kaweka. Ils guerroyaient sans relâche contre les Espagnols, poursuivaient des forces toujours supérieures aux leurs, les attaquaient, battaient en retraite et se cachaient pour revenir les assiéger plus loin, encore et encore, jusqu'à les vaincre, du moins les affaiblir. Parce qu'ils avaient appris que la meilleure tactique de guérilla n'était pas de tuer, mais de blesser : le soldat mort était abandonné, tandis que le soldat blessé était secouru par ses camarades, et la marche de l'ennemi se transformait alors en une colonne d'hommes handicapés, trop affaiblis pour répondre efficacement au siège permanent ou à l'attaque finale.

Cette fois, il ne s'agissait pas de blesser, mais de tuer. Les hommes de Kaweka restaient silencieux, cachés dans les marais proches de Júcaro. Leurs vêtements sales et usés se confondaient avec la végétation environnante et la boue, ce qui n'était pas le cas des Espagnols qu'ils épiaient, et qui avançaient sur la piste dans leurs uniformes voyants :

pantalons et chemises de toile de coton rayé de lignes bleues, espadrilles et chapeaux à larges bords en feuilles de palmier, pantins bariolés qui se détachaient dans cette zone déboisée comme autant de cibles mouvantes. Kaweka regarda fièrement sa troupe : c'était dans ces moments d'attente qu'elle la sentait unie en une force imparable.

Cette piste était une ligne défensive de soixante-deux kilomètres, construite au début de la guerre, qui divisait l'île de Cuba en deux, de Júcaro à Morón, et le long de laquelle les Espagnols, après avoir défriché le terrain sur une largeur de plusieurs centaines de mètres, avaient construit trente-trois camps militaires et des fortins protégés eux-mêmes par des palissades, des tranchées, des pieux et autres pièges. Ces petites fortifications abritaient un contingent d'environ cinq mille soldats. En amont de la piste, ils avaient installé une ligne de cavalerie mobile qui patrouillait et guettait l'approche de l'ennemi.

Pour l'armée rebelle, cette enfilade de tranchées devait empêcher la révolution républicaine et la guerre d'indépendance contre l'Espagne de passer du département oriental au département occidental. Pour Kaweka et ses compagnons d'armes, ces fortins représentaient la barrière de la liberté des esclaves de toute l'île.

— La guerre a donné les plus belles récoltes de l'histoire de Cuba ! avait annoncé Modesto un soir dans le bivouac installé dans une clairière de l'une des nombreuses jungles qu'ils traversaient.

Modesto racontait tout. Modesto lisait à haute voix pour qu'on l'entende. Modesto transmettait les nouvelles, conseillait les hommes et obtenait même une complicité à laquelle sa capitaine, Kaweka, n'avait pu accéder. Modesto devenait, le soir, le centre de l'attention parce qu'il avait étudié avec Rivaviejo, et parce qu'il savait lire et écrire.

— Les maîtres sont en train de se faire de l'or, déplora un membre du groupe.

— Oui, confirma l'affranchi. Ces six dernières récoltes ont rapporté aux propriétaires terriens un nombre record de tonnes de canne à sucre, et des millions de dollars.

Kaweka et la plupart des guérilleros sombrèrent dans la tristesse, sachant ce que cette explosion de richesse impliquait pour les esclaves noirs dans les grandes fabriques sucrières de l'Ouest : des journées interminables, des cris, des ordres, des mauvais traitements, des maladies, des punitions, de la fatigue jusqu'à l'épuisement, de la fatigue psalmodiée jusqu'à ce que disparaissent toute idée et tout sentiment, et que ces femmes et ces hommes soient réduits à l'état de tristes machines imparfaites.

L'un d'eux poussa un cri vers le ciel. C'était un cri déchirant. Kaweka se rapprocha de Modesto et posa sa tête sur son épaule. Il la serra fort dans ses bras.

Aujourd'hui, en regardant les sentinelles qui gardaient le chemin du fortin, elle frissonnait au souvenir de ces jours éprouvants et compatissait au sort de ses nombreux frères et sœurs de sang qui vivaient encore en esclaves, au-delà de ces lignes de défense. Puis elle pensa à Yesa qui, d'après Yemaya, était toujours en vie. Elle n'avait pas révélé à Modesto que Yesa était de lui, elle résistait à le faire. Si elle le lui avouait, elle avait peur de ne plus pouvoir le garder à ses côtés. Comment pourrait-elle en effet l'empêcher de partir à la recherche de sa fille dans la Sierra del Rosario ? Elle attendrait que Yemaya lui indique le jour où elle devrait lui révéler sa paternité. Pour l'instant, Kaweka savait que le combat qu'elle livrait, elle le menait aussi pour sa fille, même si le temps effaçait les souvenirs, et surtout les traces de ceux qui avaient vécu dans le palenque de la Sierra del Rosario et auraient pu lui donner de précieuses informations.

Tous deux dormaient un peu distancés des autres, avec leurs chiens, trois imposants mastiffs que Kaweka avait volés à des Espagnols qui virent un soir, ahuris, ces fidèles animaux désobéir à leurs ordres et s'enfuir jusqu'à disparaître dans les bois. Elle en avait fait sa garde personnelle, celle de Modesto, et celle de Sabina. Ainsi, les mêmes molosses dressés pour chasser les esclaves veillaient à présent sur un rêve de liberté.

Les chiens étaient maintenant couchés au milieu des hommes qui surveillaient la piste. Tous ces jeunes Espagnols, élevés dans la péninsule et entraînés à Cuba pour se battre dans une guerre qui leur était étrangère, défendaient l'esclavage qui enrichissait les nobles, les patriarches et les héros. Il n'y avait pas d'esclaves dans la métropole, ce fléau avait été éradiqué depuis longtemps, pourtant ils venaient à Cuba se battre pour le maintenir. De quel droit ? pensa Kaweka, et elle cracha en direction du sentier. L'un des dogues leva sa grosse tête et renifla l'air, chaud, humide, annonciateur de nouvelles pluies. Non, ce qui arriverait à tous ces jeunes hommes blancs ne l'affectait pas, ni les souffrances qu'ils endureraient.

— On attend, avait-elle ordonné quelques jours avant à ses soldats.

Ils étaient déjà proches de la piste, ils traversaient furtivement les marais, en territoire ennemi, entre la ligne de défense de la cavalerie et les barrières qui défendaient les forts, au-delà de Hoyo de Caimán et de Tío Pedro.

Le « *vómito negro* », autrement dit la fièvre jaune, le vomissement de sang noir. Les soldats des campements proches de Júcaro étaient infectés par les marécages environnants. Modesto soutenait que depuis le début de la guerre, en 1868, environ un tiers des soldats espagnols étaient morts de la fièvre jaune, souvent sans même avoir eu le temps d'entrer dans la bataille.

Le jour tombait. On entendait le bourdonnement de milliers de moustiques qui remontaient des eaux stagnantes. De temps en temps, un épais nuage d'insectes jetait son ombre sur le paysage. La plupart des médecins soutenaient que les miasmes des zones marécageuses étaient à l'origine des fièvres, mais certains experts avançaient que la maladie se transmettait par les moustiques. Modesto l'avait dit à Kaweka : en compagnie de Rivaviejo, il avait rencontré un prestigieux médecin cubain qui travaillait sur cette hypothèse, et il avait été convaincu. Que ce soit par les moustiques ou par les miasmes, nombre de ces jeunes Espagnols en vêtements rayés subissaient déjà les conséquences de la fièvre jaune qui allait entraîner la mort de beaucoup d'entre eux, mais qui n'affectait généralement pas les esclaves noirs.

— Les Espagnols ont introduit en Amérique la variole qui a décimé la population indigène, rappela Modesto. Maintenant, qu'y a-t-il de plus normal que leurs descendants meurent de notre mal ?

Chaleur torride, suffocante, pluies incessantes, humidité qui pénétrait les os – sueur, sueur, sueur. Des gouttes perlaient sur le visage des soldats espagnols, les moustiques les reniflaient et emplissaient la cahute et le fortin d'un bourdonnement qui les empêchait de dormir. Kaweka et ses frères d'armes étaient en poste depuis suffisamment longtemps pour savoir que la situation était critique dans cette partie du sentier de la piste. Ceux qui ne souffraient pas de la fièvre jaune étaient gravement affaiblis par la malaria, une autre maladie qui touchait quatre-vingts pour cent des troupes de Blancs.

Kaweka tremblait en percevant la tension qui régnait parmi les hommes réunis dans le marais. Modesto, derrière elle, restait dans l'expectative, attentif à tout. Et avec lui, les trente-deux autres. Devant eux, environ deux cents soldats : sept ou huit montant la garde dans le fortin, autant que cet espace réduit puisse en contenir, et le reste dans le baraquement protégé par une mince palissade de palmes. Les esclaves et les affranchis à la solde des Espagnols dormaient à même le sol, à leurs pieds.

Tout cela leur avait été raconté par un affranchi qui avait été capturé alors qu'il transportait des vivres dans une charrette qui s'était renversée dans la boue sur la route entre deux fortins. Il avait précisé dans son récit que les baraques étaient partiellement inondées, et qu'à certains endroits l'eau montait jusqu'à la cheville. La boue gênait les déplacements, et les soldats se réfugiaient dans les hamacs, malades ou du moins affaiblis, et la nuit, malgré la chaleur omniprésente, ils s'enveloppaient de couvertures, comme des chrysalides pour éviter les moustiques.

Kaweka avait écouté les explications de l'homme, un Noir qui avait été esclave dans un atelier de chaussures à Matanzas. Elle dut refréner l'enthousiasme de sa troupe.

— *Viva Cuba libre !*

— Ils doivent être faibles et malades, mais ils sont bien armés, et dès que l'alarme sera donnée, ceux des autres camps se porteront à leur défense. Nous agirons rapidement, comme d'habitude. Que personne ne traîne.

Ils attendirent que la nuit tombe, et que seul le bourdonnement des moustiques perce le silence des marais. Alors Kaweka, après avoir vérifié que les observateurs partis en avant étaient bien à leur poste, donna l'ordre d'avancer.

— *Viva Cuba libre !*

Ce ne fut qu'un chuchotement, aussi sourd que celui de leurs pieds nus dans l'herbe inondée. Au clair de lune et sous un ciel étoilé qui peinait à percer l'humidité ambiante, ils avançaient vers la cahute, en silence, armés de fusils de chasse qu'ils remplaceraient, après le premier tir, par des machettes, comme celle que Kaweka maniait déjà. Ils contournèrent quelques palissades et s'entraidèrent pour enjamber un large fossé. Les chiens découvrirent alors ce qu'on appelait des « fosses aux loups », des trous recouverts de branches cachant des pieux pointus à l'intérieur, destinés à embrocher ceux qui y tombaient. En contournant l'une de ces fosses devant laquelle un chien s'était arrêté en posture d'alerte, Kaweka ne put s'empêcher de comparer ces pièges à ceux que les Noirs, récemment affranchis, avaient construits pour la défense de Bayamo, ainsi qu'à ceux qu'elle avait elle-même placés dans le palenque.

Les rebelles avaient perdu la première capitale de la République de Cuba libre, c'était maintenant au tour des Espagnols. Ils avançaient au rythme des éclaireurs qui surveillaient le fort à l'intérieur duquel les soldats bavardaient et jouaient aux cartes tandis que, de temps en temps, l'un d'eux accomplissait sa mission de planton et scrutait distraitement l'obscurité avant de retourner aussi vite à sa partie. Dès que ce soldat négligent apparaissait, cigarette au bec et verre à la main, l'éclaireur faisait un signe que le reste de la compagnie comprenait, et ils se couchaient au sol pour se dissimuler dans la boue et les hautes herbes.

Ils s'éloignèrent du fortin où Kaweka avait posté quelques hommes, et s'approchèrent de la cahute.

Le silence se fissura peu à peu. On entendit d'abord le râle d'une sentinelle égorgée. Puis le râle de la seconde réveilla de leur torpeur les guetteurs du fortin. Il ne restait maintenant plus de vigies devant la palissade. Kaweka et ses soldats la franchirent pour se poster devant la caserne, une bâtisse rectangulaire en bois, couverte de palmes, ouverte aux quatre vents, où quelques lampes éclairaient un réseau de plus d'une centaine de hamacs suspendus. À côté se trouvait une autre construction fermée, le quartier des officiers. Comme l'avait annoncé l'otage, la plupart des hamacs étaient bien visibles, et semblaient contenir une forme enveloppée dans une couverture. Les Noirs qui servaient les Espagnols, par terre, à leurs pieds, ne bougèrent pas.

— Qui va là ? Le mot de passe ! entendit-on soudain depuis le fortin.

L'intérieur de la cabane était silencieux, et Kaweka se réjouit d'y voir plus d'une centaine de Blancs impuissants. L'un des soldats de garde, dans le fortin, tira dans la nuit. Plusieurs coups de feu partirent dans sa direction.

Alors elle cria :

— *Viva Cuba libre !*

Ils prirent d'assaut la cahute. La plupart des Espagnols n'eurent pas le temps de réagir. Les hommes de Kaweka tirèrent à l'aveugle dans les hamacs. Les Espagnols tournèrent sur eux-mêmes en essayant de se débarrasser des couvertures, et tombèrent. Certains cherchaient leurs fusils quand d'autres couraient se mettre à l'abri. Après les coups de feu, les Noirs se ruèrent sur eux en hurlant et en brandissant leurs machettes. Déchaînée, Sabina fut l'une des premières à les imiter, et Kaweka la vit frapper une masse entortillée dans une couverture, qui cessa de bouger au troisième ou quatrième coup.

Pendant ce temps, elle se posta avec trois hommes à la porte du bâtiment destiné aux officiers, consciente que les commandants allaient apparaître d'un instant à l'autre. Le premier, torse nu, pantalon à moitié boutonné, fut abattu à bout portant par l'un des guérilleros. Le suivant n'eut pas le temps de réagir et tomba également, bien qu'il ait pu se replier à l'intérieur de la baraque.

— Attention ! les avertit Modesto.

Kaweka et ses compagnons se retournèrent pour se retrouver face à des soldats espagnols venus défendre leurs chefs. Elle attaqua, machette levée à deux mains, et ses hommes la suivirent. Les Espagnols tirèrent. Ils touchèrent l'un des guérilleros à la jambe tandis que Kaweka et ses frères d'armes balançaient leurs machettes, déchirant l'air et la chair des plus proches. À leur tour les trois molosses sautèrent au cou des Espagnols, aggravant la panique et la confusion.

— Chantez ! cria alors Kaweka : Chantez, chiens, fils de pute !

Elle poussa un cri de colère et donna un coup de machette. Le claquement des lames d'acier entaillant les corps se confondait dans son esprit avec celui de la coupe de la canne à sucre. Rapidement, ses frères d'armes lui vinrent en aide. Elle frappait à l'aveugle, lorsque Modesto arrêta son bras et la secoua.

— Allons-y ! Ordonne la retraite !

Les officiers regardaient à nouveau par la porte de leur caserne.

— Vas-y !

— Allez-vous-en ! réagit Kaweka. Partez, partez, partez ! On s'en va !

Beaucoup lui obéirent, mais des hommes manquaient.

— On y va ! insista Modesto.

Personne... Kaweka chercha Sabina sans la trouver. Les Espagnols commençaient à réagir à l'attaque surprise, cherchaient leurs armes et se regroupaient. À l'intérieur de la cahute, entre les hamacs, les combats se poursuivaient. La guérilla consistait à attaquer et à reculer, tous à la même vitesse, mais les hommes qui l'entouraient semblaient hésiter : ils restaient attentifs à des ordres que les autres ne suivaient pas, en position défensive, attendant la réponse des Espagnols.

— On se replie ! cria Kaweka.

Que faisaient les autres hommes, se demanda-t-elle, avant de comprendre qu'ils étaient en train de mettre le lieu à sac. Certains arrivèrent chargés de paquets et d'objets. Puis ils se replièrent en désordre, courant dans l'obscurité, fuyant les cris dans la cahute et les salves dans leur dos, qui commencèrent à pleuvoir alors qu'ils s'enfonçaient dans la nuit. Toujours à portée des tirs, ils se jetèrent au sol et rampèrent dans les eaux marécageuses, ceux qui étaient sains et saufs aidant les blessés. Ils savaient que les Espagnols ne les poursuivraient pas, qu'ils ne prendraient pas le risque de se faire piéger par ce raid et d'affronter un ennemi plus fort qu'eux sans la protection de la piste, tout en étant sûrs qu'à l'aube ils attaqueraient la cavalerie qui patrouillait sur la fameuse piste de Camagüey.

Ils se réfugièrent dans les fourrés des mangroves qui s'étendaient entre la terre et la mer le long de la côte sud de l'île. Le danger venait des insectes et des crocodiles – ces derniers étaient une bonne source de nourriture dans la mesure où ils parvenaient à les chasser, bien meilleure que les peaux de vaches et de bœufs découpées en morceaux et cuites avec des légumes quand il y en avait, jusqu'à ce qu'elles soient assez molles pour pouvoir être mâchées. Tout au long de l'histoire de l'esclavage à Cuba, de nombreux marrons avaient installé leurs palenques dans les mangroves luxuriantes et inextricables, hautes d'une quinzaine de mètres, qui entouraient une grande partie de la côte cubaine. Ce paysage était aussi la toile de fond des récits qui, dans les sucreries, alimentaient les conversations chuchotées des esclaves qui partageaient leurs aspirations à la liberté.

Il pleuvait à nouveau à torrents lorsque Kaweka ordonna de s'arrêter. La saison des pluies était presque terminée, et il semblait que le ciel voulait déjà se vider. Elle avait interrogé Modesto pendant qu'ils traversaient les mangroves, mais le jeune homme lui avait répondu qu'il ne savait pas, qu'il ne pouvait pas compter les hommes dans le noir, et insistait sur l'urgence de s'enfuir. Kaweka pensait avoir vu certains de ses soldats tomber.

Modesto le lui confirma le lendemain : trois hommes avaient été abandonnés, morts ou blessés.

— Tout ça pour avoir volé ! Rappelle-les tout de suite ! ordonna-t-elle avec colère.

— Sois compréhensive, Regla. Les autres bandes qui parcourent les montagnes emportent les butins des victoires, cherchent de la nourriture et même des femmes pour leurs hommes. Même l'armée le fait. La liberté des autres esclaves de l'île est un objectif admirable, mais ils ne le partagent peut-être pas avec la même intensité que toi. Tu dois les récompenser, sinon ils t'abandonneront. Même les Espagnols leur promettent davantage s'ils rejoignent leurs rangs. Cette vie est insupportable, même pour un ancien esclave.

Modesto désigna l'abri précaire de palmes sous lequel ils s'abritaient, le sol gorgé d'eau et de boue, les pluies incessantes qui gonflaient les rivières et les lagunes.

— Mais ils sont libres, objecta Kaweka, personne ne les fouette, personne ne les force...

— Ils regrettent la chaleur de leurs lits de camp, le *funche* qu'on leur donnait tous les jours, le rhum et la gnôle, les danses et les fêtes du dimanche...

— Et le fouet ?

— Les femmes !

— Ils étaient esclaves !

— C'est loin pour eux, Regla. Nous, les hommes, avons tendance à nous souvenir des bons moments et à oublier les épreuves.

— On ne peut pas oublier l'esclavage.

— Tout s'oublie, Regla. Tu dois procurer de l'argent et des distractions à tes hommes, et le seul moyen pour qu'ils y parviennent, c'est de voler l'ennemi. Si tu les en empêches, ils risquent de se retourner contre toi.

Malgré les avertissements de Modesto, Kaweka rassembla ses combattants dans une clairière. Ils se tenaient en cercle autour d'elle. Kaweka était tout aussi déterminée à les recadrer que Modesto à s'y opposer. Elle n'était pas prête à laisser l'un d'eux remettre en question son autorité :

— Nous avons perdu trois des nôtres, parce qu'ils avaient désobéi aux ordres.

Comme l'avait prédit l'affranchi, ils n'étaient pas non plus prêts à continuer à se passer du butin. Ils semblaient s'attendre à cette réunion, et la réponse fut brutale :

— Ne nous donne plus d'ordres !

La résistance était venue de Gonzalo, flanqué de Sabina, qui tenait dans ses mains un nouveau fusil – un Remington en usage chez les Espagnols – qu'elle avait sûrement obtenu lors du raid sur la piste.

— Tu aurais dû le dire avant qu'ils meurent ! Peut-être qu'ils n'auraient pas été d'accord avec toi ? Je vous rappelle que Juan...

— On les connaissait, l'interrompit Gonzalo. Bien plus que toi. Et tous les trois savaient ce qu'on allait faire.

C'était un homme grand et fort, à la barbe touffue. À côté de lui, Sabina se dressait telle une déesse : belle, altière. Elle arborait une veste blanche de la même provenance que le fusil.

— C'étaient nos camarades, ajouta un autre.

— On sait tous qu'on peut mourir, s'éleva une voix dans le groupe.

— Notre objectif... (Kaweka tenta de reprendre son discours.) Notre objectif est de nous enrichir avant que les Espagnols gagnent la guerre et nous réduisent à nouveau à l'esclavage, ou nous exécutent purement et simplement comme ils exécutent leurs prisonniers.

Cette fois, la plupart des membres de la troupe acquiescèrent, certains à voix basse, d'autres par des cris.

— À quoi sert la liberté si on ne peut pas en profiter ? lança un autre.

— On ne sera libre que lorsque notre peuple le sera ! répéta Kaweka.

— Laisse tomber, lui conseilla Modesto à l'oreille. Ce n'est pas le moment.

— Tu ne nous commandes plus, Kaweka ! répéta Gonzalo.

— Parce que tu le dis, toi ?

Kaweka lui fit face, s'éloignant de Modesto.

— Parce que nous le disons tous.

Kaweka balaya le cercle des hommes du regard. Elle ne s'attarda pas sur Sabina, même s'il ne lui fallut qu'une seconde pour comprendre que leur lien venait d'être brisé. Modesto l'avait prévenue. Elle venait de perdre une autre fille après Yesa, mais rien, pas même cette nouvelle rupture, ne la distrairait de sa tâche. De plus en plus de Noirs donnaient leur vie dans cette longue guerre pour la liberté, et elle ne pouvait plus envisager de trahir tous ces esprits qui criaient victoire dans la nuit ; ces âmes errantes faisaient partie de sa propre nature. Pourtant, cela lui fit mal. Le regard défiant de Sabina qui soutenait son compagnon la déchira de l'intérieur, comme si on lui arrachait de force, avec une violence inouïe, des souvenirs, un passé, des sentiments, l'amour avec lequel elle avait cru pouvoir remplacer celui qu'elle n'avait pu vivre avec Yesa. Elle essaya de rester ferme, de ne pas montrer son regret. La grande majorité soutenait les paroles de Gonzalo.

Kaweka prit une profonde inspiration et chercha le soutien de sa déesse, mais en vain.

— Tu devras le mériter, lança-t-elle à Gonzalo, tout en s'emparant de sa machette accrochée à son ceinturon.

Le guérillero s'avança.

— Regla... (Modesto s'interposa entre eux.) Ne fais pas ça, la supplia-t-il.

— Je me suis battue pour cela. Je ne vous ai jamais trompés. Vous avez accepté de venir avec moi pour lutter pour notre peuple, pas pour devenir des bandits.

— On est fatigués de ta lutte, s'éleva une voix.

— Allons-y, Regla, insista Modesto. Partons chercher d'autres hommes...

— Tu crois que quelqu'un me suivrait si je me rends ? Va-t'en ! lui ordonna-t-elle.

— Tu ne peux pas affronter cet homme !

— Et je ne le ferai pas.

Alors, sur un signal donné par un imperceptible mouvement de sa machette, les trois mâtins surgirent de nulle part et bondirent sur le rebelle. Les compagnons de Gonzalo mirent un instant à réagir et les animaux en profitèrent pour se jeter sur eux. La surprise passée, ils les attaquèrent à coups de machette, mais les mâtins ne lâchaient pas prise : ils préféraient la mort plutôt que de renoncer à leur capture. Sabina les visa avec son fusil, mais fut incapable de tirer de peur de toucher son amant à la place des démons qui se déchaînaient sur lui. Kaweka croisa son regard, et toutes deux se reconnurent alors comme des ennemies.

— Maintenant ! ordonna Kaweka.

Deux des chiens reculèrent en boitant et en rampant, mortellement blessés ; le troisième ouvrit les mâchoires, mais fut incapable de bouger.

— Vois ce que tu peux faire pour lui, signifia-t-elle à Modesto, alors que tous deux regardaient Gonzalo se tordre sur le sol, en sang.

Une partie de son visage avait été arrachée.

— Après, reprit-elle, nous partirons à la recherche de l'armée cubaine, comme tu l'as proposé.

Sur ce, elle ordonna l'abattage des dogues.

— On peut sauver un chien, lui dit l'un des hommes.

Kaweka refusa.

— Ils auraient dû me désobéir ! Ils ont attaqué un Noir ! dit-elle.

Kaweka et Modesto partirent du marais devant vingt-et-un guerriers qui avaient renouvelé leur loyauté à celle qui les avait dirigés jusqu'ici. Dans le marais restaient Sabina, Gonzalo dont la vie tenait à un fil, et quelques hommes égarés qui refusaient de l'abandonner.

Kaweka essaya de reconstruire sa relation avec Sabina. Elle la fit venir dans la nuit. Modesto cacha ses soupçons et obéit. Sabina ne vint pas et s'opposa à la réconciliation. Kaweka insista, mais l'autre persista dans son entêtement. Le matin, au moment du départ, alors qu'elle défilait devant les ennemis, Kaweka serra les lèvres en passant devant eux. Elle était prête à sourire, mais s'en empêcha lorsqu'elle vit la jeune fille détourner le regard.

Elle pleura intérieurement son ancienne amie, tandis que Modesto conduisait la colonne vers Camagüey pour rejoindre les forces que le général Maximo Gomez rassemblait dans les environs.

— Le Dominicain, avertit-il Kaweka à propos de Gomez, se prépare à traverser la piste et à envahir le département occidental.

— Je ne veux plus faire partie d'une armée commandée par des officiers blancs et des mulâtres désabusés, l'avertit-elle d'un ton sec.

— Ça n'arrivera pas, la rassura l'affranchi avec un sourire énigmatique. Ils ont de l'estime pour toi, Kaweka, je le sais, ils me l'ont dit, je te l'ai souvent dit. Ils te respecteront.

Le département occidental, vers lequel le gouvernement de la république et le général Gomez voulaient transférer le conflit, n'avait pas été touché par la guerre. Les riches profitaient toujours du bénéfice considérable des plantations, protégées par la piste et défendues par l'armée régulière et le corps des citoyens volontaires. En revanche, le département oriental était ravagé par des années de guerre. Dans cette partie de l'île où les hostilités se poursuivaient, les révolutionnaires contrôlaient les terres et les montagnes, mais les grandes villes restaient loyalement aux mains des Espagnols.

Les rebelles continuaient à recevoir de l'aide de l'étranger sous forme d'armes, de nourriture, d'argent et de quelques troupes volontaires fournies par la junte cubaine de New York, composée de riches exilés qui défendaient l'indépendance de l'île, même s'ils n'avaient pas réussi à impliquer l'administration américaine dans la guerre. Les Américains nourrissaient des ambitions au sujet de Cuba, mais n'étaient pas disposés à participer au conflit. Avant de mener leur propre guerre de Sécession, ils avaient proposé d'acheter l'île à l'Espagne, tout comme ils avaient acquis la Floride au début du siècle et l'Alaska aux Russes, mais l'Espagne avait refusé de se séparer de sa colonie la plus rentable.

Après des années de combat, la situation étant bloquée, les Américains renoncèrent à leurs ambitions cubaines.

Les réfugiés qui soutenaient la guerre depuis New York, fatigués, ne fournissaient plus de ressources financières et, pire encore, les rebelles eux-mêmes étaient désunis. Les politiciens se méfiaient du haut commandement de l'armée qui était de plus en plus souvent aux mains de Noirs, de mulâtres ou d'arrivistes étrangers à la classe, aux manières et à l'idéalisme qui avaient incité les propriétaires d'haciendas de l'Oriente à prendre la tête de la rébellion. Les militaires, quant à eux, ne respectaient pas les ordres du gouvernement républicain et, mus par la vanité de leurs décorations et de leurs galons dorés, poursuivaient leurs propres intérêts.

Le mois de novembre marquait la fin de la saison des pluies et, après quelques jours de marche, tout le monde était heureux de se retrouver à l'air libre, de marcher au soleil et sur un sol sec.

Ils rencontrèrent les soldats du deuxième corps de l'armée rebelle sous le commandement du général Maximo Gomez. Les hommes de Kaweka supportèrent non sans impatience les instructions que leur donna Modesto et, avant même qu'il eût terminé, ils se précipitèrent pour rejoindre les divisions. Ils étaient en quête de rencontres, de conversations, de mensonges, d'alcool, de jeux, de femmes, et même de bagarres. Kaweka et Modesto, de leur côté, suivirent un préposé qui les conduisit en présence d'un commandant à la peau noir ébène, probablement un Bossale déporté d'Afrique, comme eux.

— Je vous félicite pour ce raid sur la piste, la salua l'officier, après s'être présenté comme le major Lino.

Les seules installations étaient quelques tentes sur une plaine où paissaient les chevaux, « environ sept cents », précisa l'officier en déambulant dans l'enceinte. « Ce fut une brillante opération », ajouta-t-il.

L'homme continua à congratuler Kaweka pour la guérilla qu'elle avait menée depuis son évasion du camp de Yarayabo : ils s'étaient en effet distingués du banditisme qui sévissait dans la région en menant à bien plusieurs attaques contre les troupes espagnoles dans la Sierra Maestra.

Kaweka se sentait en confiance avec ce commandant qui la traitait avec respect. Vu la liesse de ses guérilleros, elle ne pouvait que lui donner raison.

— Vous aurez besoin de vêtements, suggéra Lino d'un petit geste discret, en évitant de porter les yeux sur ses guenilles.

Kaweka regarda la tenue de l'officier: son uniforme blanc d'officier mambí était en bon état. Seuls les commandants de l'armée rebelle étaient en blanc. En dessous d'eux, les troupes de Noirs et de mulâtres libérés avant le début de la guerre parvenaient à maintenir une certaine uniformité, tandis que les esclaves enrôlés de force dans l'armée libératrice étaient accoutrés de haillons, ou de pagnes, quand ils n'étaient pas carrément nus. Kaweka et Modesto n'avaient pu s'empêcher de sourire en croisant, près du camp du général, l'une des sentinelles qui montaient la garde: l'homme noir portait une simple redingote blanche rayée, volée aux Espagnols, ouverte sur le devant, laissant ainsi apparaître son torse, son ventre, son pénis, ses testicules et ses jambes. Un fusil, un ceinturon et un éperon attaché à l'un de ses pieds nus complétaient sa tenue. Les hommes de Kaweka l'avaient applaudi en riant, mais restant très sérieux, il leur avait ordonné de circuler. Misère et désinvolture, deux attributs qui définissaient les nouveaux hommes de ce Cuba libre.

Kaweka sourit à ce souvenir. Le commandant interpréta mal ce sourire et s'empressa de clarifier:

— Puisque vous vous êtes présentée à la tête d'un groupe d'hommes, vous pouvez prétendre à un poste de caporal ou de sergent dans l'armée libératrice. C'est la loi. Le général a décidé de vous donner le grade de sergent, et vous devez renvoyer l'image qui y correspond. Dès que j'ai su que vous arriviez...

Kaweka se retourna et interrogea Modesto qui hocha la tête, confirmant qu'il avait transmis un courrier.

— ... j'ai ordonné qu'on vous trouve une tenue, continua le commandant, mais je ne sais pas si... Il s'arrêta pour regarder Kaweka de la tête aux pieds, puis soupira: Il risque d'être un peu grand...

— Pourquoi voudrais-je une tenue ? dit-elle.

Elle alla l'essayer dans une pièce. Et même dans ce pantalon trop grand pour elle, qui devait appartenir à un homme de petite taille, elle se sentit une vraie guerrière, tout comme elle s'appropria immédiatement les galons argentés qui lui tombaient en biais sur les coudes.

Modesto sourit à son apparition.

— À vos ordres, Sergente ! plaisanta-t-il en se mettant au garde-à-vous.

— Il y a des vêtements pour toi aussi, l'avisa-t-elle, ignorant sa plaisanterie.

L'affranchi était habillé comme les esclaves, refusant toutes les parures que ses soldats aimaient arborer : collier, bracelet... Il ne portait pas d'armes, mais un sac rempli de lettres, de papiers et d'ustensiles d'écriture. Il ne se battait pas, et l'une de ses plus belles parades face au danger avait été de porter ces haillons qui le confondaient avec son environnement et le rendaient invisible.

Contrairement à lui, Kaweka se distingua par son uniforme de sergent et ses galons d'argent lorsqu'elle accompagna le général Maximo Gomez dans son projet de traverser la piste pour envahir la région de Las Villas et porter la guerre à l'ouest. Le général répartit ses forces : il entreprit l'invasion à la tête d'une armée de cinq cents cavaliers et de sept cents fantassins, et laissa autant de troupes en place pour défendre la région de Camagüey.

Kaweka et ses guérilleros accompagnèrent l'armée sur l'engagement du commandant Lino qu'une fois à Las Villas, ils auraient la liberté d'attaquer et de détruire en priorité les plantations de sucre, lesquelles finançaient le gouvernement espagnol grâce à leurs impôts.

— Il faut respecter la vie et les biens des Cubains fidèles à la république. Ils sont nombreux à Las Villas, décréta le commandant lors de la dernière réunion avec Kaweka avant de se mettre en route. Regla... Le commandant Lino se tut quelques instants pour donner plus de gravité à ses paroles : Beaucoup des nôtres veulent avant tout leur indépendance vis-à-vis de l'Espagne. Comme vous le voyez, la troupe est composée en majorité d'hommes libres, de Noirs, de Blancs, de mulâtres, de paysans et d'artisans qui, comme les premiers, se sont ralliés à la cause.

Ce fut l'une des raisons pour lesquelles, outre les désaccords que Kaweka pouvait avoir avec les officiers blancs, elle forma son propre groupe de guérilleros – tous noirs ou mulâtres, tous des esclaves devenus libres grâce à la révolution. En effet, au sein de l'armée régulière les esclaves continuaient de se faire maltraiter par leurs propres camarades de combat, misérables paysans blancs propriétaires d'une vache et d'un maigre lopin de terre, se croyant supérieurs, tout comme les Noirs et les mulâtres qui avaient accédé à la liberté avant le *Grito de Yara**, et qui cherchaient à se différencier encore plus de leur propre race que les Blancs eux-mêmes. Après quelques années de guerre, l'idéal de l'abolitionnisme et la nécessité de le mettre en œuvre pour des raisons strictement pratiques et politiques, au-delà de principes moraux, ne purent amener celui qui avait exigé que le nègre ne le regarde pas dans les yeux à l'autoriser aujourd'hui à le faire dans la concorde et l'amitié. Le racisme perdurait donc, et la discrimination était constante à l'égard des esclaves noirs, considérés comme incultes, incapables, sales, mal éduqués, débauchés, mécréants, en un mot : inférieurs.

— L'abolitionnisme, continua l'officier Lino, venant corroborer les pensées de Kaweka, a été une stratégie secondaire, un moyen de gagner des soldats, certes, mais aussi d'aller dans le sens des grandes puissances, notamment les États-Unis, l'Angleterre et la France, qui exigeaient la fin de l'esclavage. Sous la bannière de l'abolitionnisme, la République libre de Cuba a obtenu la reconnaissance internationale et, avec elle, le financement de la guerre. Vous me comprenez ?

Lino fut incapable de déchiffrer le regard de Kaweka, cette jeune Noire, petite Bossale volée à l'Afrique, maigrelette et

* Le « Cri de Yara » est le nom donné à la première tentative d'indépendance de Cuba.

tout en muscle, vêtue d'un uniforme de sergent ridiculement trop grand pour elle. Elle est toujours une esclave de fabrique sucrière, pensa-t-il alors.

— Oui, je comprends, répondit-elle. (Modesto lui avait tenu maintes fois le même discours.) On se soucie très peu de nous, les Noirs.

— C'est un peu ça, dut reconnaître l'officier. Mais vous et moi, nous savons ce que nous voulons : mener cette guerre pour notre peuple. Le général s'attaquera aux villes et aux grandes sucreries sous bonne garde, et vous et vos hommes vous concentrerez sur les petites, plus difficiles d'accès ou loin de l'itinéraire de nos troupes. Les politiciens et les officiers veulent détruire les richesses de l'Espagne. Nous voulons libérer notre propre peuple de l'esclavage ! Regla, insista le commandant en posant une main sur son épaule, certains ne voudront pas être libres. Ils ont entendu trop de mensonges sur les rebelles, et nous craignent. Les Espagnols les ont convaincus du sort terrible qui les attendrait s'ils tombaient entre nos mains. Ne les laissez pas rejoindre les Espagnols. Faites tout pour qu'ils vous rejoignent, amenez-les dans nos rangs, même contre leur volonté, vous entendez ? Et ce, quelles que soient leurs réticences.

L'armée traversa la piste à l'aube d'une journée de janvier, sans autres pertes que six soldats, deux chevaux et une mule. Kaweka et ses hommes, habitués aux actions devant les fortins, aidèrent à franchir des fascines de roseaux dans les tranchées, pour permettre à l'infanterie et à la cavalerie de les passer. Les Espagnols ne leur opposèrent pas une grande résistance. Puis, dès qu'ils se trouvèrent en territoire ennemi, Kaweka se sépara du commandant Lino.

Le général Gomez se dirigea vers la ville de Jibaro qu'il saccagea, mais il ne fut pas capable de s'emparer de la plantation de Mapos – la plus importante de la région, qui possédait un effectif de plus de trois cent vingt-cinq esclaves et quatre-vingt-dix Chinois, et était défendue par une centaine d'hommes qui disposaient de deux canons en plus de leurs armes.

Kaweka, guidée par un pilote qu'on lui avait attribué, un des nombreux habitants de Las Villas à avoir rallié la cause et l'armée rebelle, se dirigea vers la sucrerie de La Candelaria, avec ses cent hectares de champs de canne à sucre et sa cinquantaine d'esclaves.

Elle ordonna à ses compagnons d'attendre cachés dans une palmeraie, et elle partit seule en reconnaissance de la fabrique, après avoir refusé d'être escortée par Modesto.

Cela faisait un mois que la récolte de la canne avait commencé. Elle entendit les cris des gardes, le claquement des machettes et les chants des esclaves. Il y avait tant d'années qu'elle ne s'était pas approchée d'une plantation comme celle-ci. Elle avait tué tant d'ennemis et vu mourir tant d'amis. Le sang et la douleur avaient laissé place à des compagnons inséparables, mais le soleil éclatant continuait d'éclairer l'injustice sans vergogne, et l'air épais l'enveloppa doucement jusqu'à l'étourdir. Et si Yesa se trouvait dans ce moulin ? Son cœur se serra. Au cours de ses pérégrinations dans les montagnes et les terres orientales, elle avait cru que le souvenir de telles scènes la fortifiait dans son besoin de vengeance. Mais, non. Ses souvenirs n'avaient rien à voir avec cette vieille femme en haillons qui maintenant, courbée, affamée, traînait les pieds sous le poids d'un fagot de tiges de canne.

Kaweka, accroupie, observa la marche lente de l'esclave jusqu'à la charrette à bœufs dans laquelle elle déposa son chargement. Un instant, elle crut que la vieille femme avait levé les yeux vers elle et lui avait souri. Les larmes l'empêchèrent de la voir tituber jusqu'à la ligne de coupe.

18

Madrid, mai 2018

L'article publié par Victor Prado dans *Document Zéro* avait suscité un vif intérêt. Les vues sur le journal numérique s'étaient multipliées de manière exponentielle et la nouvelle avait atteint le top 10 des sujets tendance sur Twitter.

— Les Santadoma t'ont payé tes études ?

Lita avait remarqué un changement subtil dans l'attitude de Pablo comme si, depuis cet article sensationnel, il accordait plus de crédit à ses revendications relatives à la filiation de sa mère.

— Quand j'étais chez les religieuses, oui. Bien que ça n'ait pas coûté cher au marquis, puisque, comme j'étais pauvre, je bénéficiais d'une bourse d'études. À l'université, il s'est passé la même chose, mais c'est ma mère qui a payé ce que la bourse ne couvrait pas, et non les marquis... Je ne me sens pas capable de gérer tout ça, se désola-t-elle.

— Du calme, fit-il en lui versant du vin. Aujourd'hui, les nouvelles durent deux jours. L'intérêt retombe, sauf...

— Sauf quoi ?

— Sauf si une éventuelle action en justice affectait l'achat de la banque, et que ça se répercutait en bourse et dans la presse spécialisée.

— Évidemment !

Il répondit par une grimace. Lita était venue chez lui à l'improviste, alors que la lumière du crépuscule printanier semblait ne pas vouloir décliner. Ils ne s'étaient pas vus depuis quelques jours et elle ne supportait plus leurs tristes conversations téléphoniques. Pablo continuait à faire la comptabilité du boulanger. « Maintenant, on m'a aussi confié celle d'un coiffeur. » Lita n'osa pas demander si ce salon était réservé aux hommes ou aux femmes, et encore moins plaisanter à ce sujet. La conversation se termina sur un triste baiser, presque obligatoire, et un routinier « je t'aime », baisers et promesses semblables à ceux qu'elle avait réussi à lui arracher lorsqu'elle l'avait presque forcé à dormir avec elle cette nuit-là.

— Tu ne me désires plus, gémit-elle après qu'il eut atteint un orgasme manifestement insatisfaisant, rapide, faible, presque silencieux.

Pablo mit du temps à répondre, silence durant lequel le cœur de Lita se serra.

— Et toi, t'es-tu demandé si tu voulais de moi ?

— Je suis là.

— Pour quoi faire ?

— Eh bien... (Elle chercha sa réponse.) Parce que je t'aime ! Parce que je t'adore !

— Même le Pablo que je suis maintenant ?

Oui, il était déprimé, le sourire avait quitté ses lèvres et son charme s'était évanoui. Lita essaya de le serrer dans ses bras et de presser son visage contre son torse, mais il se dégagea :

— Je dois bosser sur ma thèse, s'excusa-t-il en se levant du lit. Si je me dépêche, je pourrai peut-être la présenter avant qu'on m'expulse de l'université.

Au moment de partir, Lita se glissa dans son bureau et déposa un baiser sur le sommet de son crâne sans lui permettre de se retourner, ni d'arrêter de taper sur son ordinateur. Elle attrapa un feutre sur la table encombrée de papiers, et sur l'un d'eux, elle dessina un pentagone, cinq côtés, deux plus trois, le premier chiffre féminin et le premier chiffre masculin, comme Pablo le lui avait appris – cinq, le chiffre de l'amour et du mariage.

— J'aime le Pablo d'avant, le Pablo d'aujourd'hui et le Pablo de demain, lui murmura-t-elle à l'oreille. Je t'aimerai jusqu'à ma mort, quoi qu'il arrive.

Elle rentra à l'appartement, où Sara et Elena dormaient déjà. Avant de se coucher, elle ouvrit le tiroir de sa table de nuit et caressa le précieux collier de perles. Pourquoi un riche aristocrate avait-il conservé cette babiole, ce simple bijou fantaisie ? Elle essaya de deviner l'histoire du collier, son importance, qui justifierait le fait qu'il soit précieusement gardé dans les affaires d'un illustre banquier. Mais au-delà d'approches ésotériques qui échappaient à sa raison, elle ne parvint pas à en trouver la raison. Deux boutons de nacre... En tout cas, quand ils ne la brûlaient pas, faire glisser les grains du collier entre ses doigts l'apaisait jusqu'à l'endormir même. Elle n'était pas croyante, elle n'adhérait pas à la soumission et à l'humilité avec lesquelles les religieuses s'attendaient à ce qu'elle accepte le destin que Dieu avait décidé pour la petite mulâtre qu'elle était. Plus tard, à l'adolescence, elle s'était rebellée contre la dévotion hypocrite des Santadoma. Et pourtant, elle était là, cette nuit, assise sur son lit, en train d'égrener les perles d'un collier comme s'il s'agissait d'un chapelet, en quête d'une illumination, d'une rencontre magique que, paradoxalement, lorsqu'elle se produisait, elle rejetait et niait.

Le matin, lors du petit déjeuner tardif qu'elle pouvait désormais s'offrir en compagnie de ses amies, elle découvrit que le reportage de *Document Zéro* était reproduit par certains médias numériques. Le jour même, il apparut dans un journal télévisé local et, quelques jours plus tard, la marquise, l'ex-mannequin italienne à la beauté fanée, répondit aux questions d'un journaliste de façon tout à fait inappropriée et grossière. Cette réponse fut diffusée sur une radio nationale et dans l'émission d'actualité d'une grande chaîne. En revanche, le marquis, sur l'avis de ses conseillers en communication, garda le silence. Aucune déclaration n'émana de la banque Santadoma ni des Américains.

Tout le monde espérait que l'intérêt pour cette affaire diminue – stratégie qui fut déjouée par l'une des nièces du banquier : une trentenaire rebelle et bohème, une artiste incomprise, contestataire, un jour libérale, l'autre désabusée, en rupture avec une famille qui l'avait plus ou moins bannie. Cependant, le fait qu'elle ait grandi dans la haute société et en connaisse bien les rouages lui avait valu une place d'animatrice de talk-show sur quelques stations de radio qui consacraient des plages horaires aux ragots et à la raillerie de personnages dont la célébrité était née d'avoir partagé le lit d'une certaine personnalité. C'étaient tous ces arrivistes que critiquait Ariadna García Santadoma, née noble et riche, hautaine à souhait, le verbe facile, ironique, et d'une virulence qui créait la controverse et amusait, du moins captait l'attention des auditeurs. Son oncle, le marquis, ainsi que ses parents, l'avaient suppliée de ne pas commenter ladite affaire, ni de faire référence aux esclaves et à tout ce qui avait trait à Cuba et à la plantation sucrière. Bien sûr, elle l'avait promis, mais cette femme, très sûre d'elle, aimait plus que tout s'écouter parler, se vanter que personne ne pouvait influencer ses critiques et ses opinions, et, surtout, qu'avant d'entrer dans le studio de radio, elle sniffait quelques lignes de coke, racontait-elle les yeux pétillants et un large sourire aux lèvres.

— Peut-on imaginer combien de grandes fortunes espagnoles ont été bâties sur l'esclavagisme ? Nous pourrions consacrer des émissions entières à ce sujet !

Telle fut sa réponse à la première question posée par ses invités, qui comprirent qu'Ariadna rebondissait facilement.

— Et alors ? s'étonna-t-elle lorsqu'on tenta de la contredire. À Cuba, il y avait beaucoup d'esclaves, et l'île était espagnole ! Beaucoup de familles aristocratiques, qui font aujourd'hui parade de leur noblesse dans les rues de Madrid ou d'autres villes, se sont enrichies grâce à ce système. Même l'Église et des membres de la famille royale possédaient des plantations de sucre où les esclaves étaient exploités !

— Et la bonne ? demanda l'un des participants, est-elle une bâtarde de votre famille ?

— Concepción ? Eh bien, oui, c'est possible, et alors ? C'est dans l'ordre des choses. L'Espagne a toujours été un pays de machos aussi fougueux que fanfarons, qui s'épuisent à la première bourrade, et abandonnent quelques bâtards dans leur sillage.

— Vous connaissez la domestique ?

— Concepción ? Bien sûr ! Elle a toujours été dans la famille. Elle est venue en Espagne avec sa mère et mon arrière-grand-père. Sa famille vit avec nous depuis des décennies.

— Elle descend donc de vos esclaves ?

— Bien sûr, convint Ariadna après quelques secondes de réflexion. Je n'en doute pas. Je l'ai même entendu dire une fois par ma famille... C'était quelque chose de tout à fait normal.

À la suite de ces déclarations, la presse à sensation, qui ignorait que Lita avait été licenciée, l'attendait régulièrement à l'entrée de la banque, et son téléphone se mit à sonner avec insistance. Les Santadoma, irrités par cette publicité, suspendirent les négociations sur l'indemnité de son licenciement, sans pour autant prendre des mesures à l'encontre de Concepción. Si Lita était débordée, sa mère l'était davantage, assiégée par les journalistes dès qu'elle mettait le pied dehors. Sa couleur la rendait facilement reconnaissable, déplorait-elle chaque fois qu'elle se voyait obligée d'éviter les caméras et les journalistes. Lita se doutait que, dès le jour même, sa mère apparaîtrait sur les réseaux sociaux qui lui feraient tenir des propos inventés de toutes pièces, aussi elle changea de numéro, lequel avait été rendu public.

— Et si le maître voulait me parler ? lui dit Concepción, hésitante.

— Maman !

Elles décidèrent ensemble qu'il valait mieux que Concepción ne sorte pas pendant quelques jours, le temps que les choses se calment. Les chiens feraient leurs besoins dans la cuisine de la maison, comme du temps de doña Pilar, et Zenón, qui avait du mal à garder la discrétion que les Santadoma avaient toujours exigée de lui, et qui défendait l'entrée du siège des journalistes, se chargea de lui apporter de la nourriture. Lita décela chez cet homme un soupçon d'envie et de jalousie, mêlé au ressentiment d'un employé forcé de travailler plus que d'habitude.

Un journal finit par rapporter que Lita avait été renvoyée de la banque. Le journaliste avait inventé son curriculum vitae, ses diplômes et ses compétences, et même ses tenues au travail. Marcelo et José, ses avocats, nièrent tous deux toute responsabilité de leur part dans cette fuite. Ils en profitèrent pour l'informer que les négociations sur son licenciement n'avançaient pas, ce qui impliquait qu'ils allaient devoir saisir la justice.

D'autres quotidiens rapportèrent que sa mère n'était pas inscrite au régime de la sécurité sociale, ou encore qu'elle n'avait pas payé ses cotisations depuis des années. Elle était quasiment traitée d'immigrante illégale, de sans-papiers. Comment était-il possible qu'ils aient découvert ça ! Il est vrai qu'elle en avait parlé à des gens, se confia-t-elle à Pablo :

— À toi, par exemple... Mais ça ne peut pas être toi ! Et à Stewart, ajouta-t-elle rapidement – après que Pablo, sourcils froncés, l'eut transpercée du regard –, et aussi à Elena et Sara, et même au DRH de la banque...

— Et donc indirectement aussi à sa secrétaire, l'interrompit-il, qui est celle qui effectue les contrôles, et non son patron. Donc, également à la collègue de la secrétaire avec laquelle elle prenait son petit déjeuner, ainsi qu'à leurs conjoints. C'est un ragot très significatif: les marquis ne paient pas les cotisations sociales de leur bonne... Désolé pour « la bonne », corrigea-t-il aussitôt.

Son voyage à Cuba apparut également sur des sites web et dans des médias en ligne, photos à l'appui. « Une étrange invitation de la banque », déclarait un journaliste qui avait réussi à parler à quelqu'un du personnel de l'hôtel de La Havane.

— J'en ai posté quelques-unes sur mes réseaux, reconnut plus tard Sara en lui montrant une photo.

— Moi aussi, ajouta Elena.

Le lendemain, Lita fut bouleversée par une photo de classe qui circulait sur la Toile, la montrant dans la cour de récréation, recroquevillée au bout de la première rangée, celle des plus petites. C'était la classe des filles de douze ans, qui posaient dans l'uniforme de l'école religieuse où les Santadoma envoyaient leurs filles : jupe écossaise au-dessous du genou, chaussettes rouges couvrant les mollets et blouse de la même couleur, boutonnée jusqu'au cou.

— C'est toi qui la lui as donnée, maman ? dit-elle en regardant la photo sur son téléphone.

Elle se distinguait des vingt-cinq autres filles, non seulement par sa couleur de peau, mais aussi parce qu'une religieuse la serrait affectueusement par l'épaule, comme pour l'aider à surmonter la timidité qui se reflétait sur son visage et dans son attitude.

— Je n'ai jamais vu cette photo de classe, je ne pouvais pas les acheter, ma chérie, lui répondit sa mère.

Elle se revit triste, seule et sans défense dans cet environnement hostile et cruel pour une enfant pauvre et modeste : la fille de la bonne du marquis qui portait des vêtements empruntés, résuma Lita en se remémorant cette époque. Elle ne se rappelait pas avoir eu des amies à l'école, si bien que n'importe laquelle des mijaurées qui partageaient cette photo aurait pu être à l'origine de sa diffusion. Sa mère ne s'en souvenait pas.

Néanmoins, le harcèlement des sites web, des blogs et de la presse à sensation retomba face à l'afflux de nouveaux événements et scandales dans les rédactions, à la différence de la presse traditionnelle, qui laissa s'éroder l'intérêt de la foule pour entrer dans la mêlée. Les Santadoma, restés passifs jusqu'à présent, furent contraints de réagir lorsqu'un magazine national à fort tirage et à grand impact publia dans le même numéro plusieurs reportages sur la famille : sa fortune, la banque, ses origines, la plantation de La Merced, de nombreux scandales jusqu'alors étouffés...

« Les Santadoma, les nobles entourés de leurs esclaves jusque dans leur tombe. » Tel fut le titre de la une de l'hebdomadaire qui, au milieu de motifs égyptiens en référence aux pharaons qui se faisaient enterrer avec leurs serviteurs, reproduisait en pleine page la frise du mausolée des marquis, à la manière des dominos dont les pièces montraient une succession de scènes représentant l'activité des esclaves de la plantation sucrière qui ornaient l'édifice mortuaire.

Cette publication suscita de vives critiques de la part de personnalités politiques de la gauche radicale qui, sous couvert du combat de Lita et de sa mère, en profitèrent pour attaquer le capitalisme, la noblesse, la monarchie et les riches, en présentant les Santadoma comme un exemple de la dépravation morale et spirituelle à laquelle la société de consommation était parvenue.

Le succès de cette campagne incita de nombreux pairs du marquis à se rallier à lui, tandis que certains s'éloignaient chaque fois un peu plus des Santadoma sur les terrains de golf, dans les restaurants haut de gamme et dans les clubs sélects. Des journaux financiers commencèrent même à se faire l'écho de la situation et du silence des Santadoma, ce qui obligea don Enrique à passer à l'action.

Lita prenait son repas avec sa mère, comme presque tous les jours depuis qu'elle avait cessé de travailler, Pablo n'étant plus une alternative depuis qu'il avait plongé dans une profonde dépression. Lorsqu'on sonna, les chiens se précipitèrent vers la porte en aboyant. Concepción répondit à la sonnerie et Lita prêta l'oreille sans grand intérêt, pensant aux yeux tristes et creusés de Pablo qu'elle voulait tant pouvoir aider, l'aimant de toutes ses forces.

— Tu peux venir, ma fille ?

— Qu'est-ce qu'il y a, maman ?

— M. Gil est à la porte. Avec Zenón. Il dit qu'il vient de la banque... pour me dire au revoir.

— Il fallait s'y attendre, soupira la jeune femme.

— Qu'allons-nous faire, ma fille ? s'inquiéta Concepción en se dirigeant vers la porte.

— Vivre, maman !

Il était temps qu'elle arrête de travailler pour ces gens-là, pensait-elle tout en se gardant de le lui dire. Zenón détourna le regard dès qu'elles apparurent devant lui, aveu tacite de sa part qu'il avait alerté la banque de la présence de Lita dans l'immeuble. Le contraire aurait été une étonnante coïncidence. Il était accompagné de M. Gil, le fidèle homme de confiance du marquis, qui s'occupait de ses affaires privées, des investissements en Bourse jusqu'à la réservation d'une escorte de nuit, en passant par le contrôle des dépenses de tous les Santadoma.

— Bonjour, Maria Regla.

— Gil, répondit-elle après un raclement de gorge.

— On fait simple ?

Lita réfléchit. Ses mains tremblaient, sa gorge était sèche, et son élan s'était transformé en angoisse. Il était inutile de se battre. Alors elle acquiesça.

— Votre mère est licenciée. (Il lui tendit un document.) Elle doit le signer. Ce qui, comme vous le savez, n'implique pas le consentement, mais la simple réception. Elle doit donc quitter la maison. Je dois veiller à ce qu'elle n'emporte que ses affaires.

— Et qu'est-ce que je vais faire, maintenant ? sanglota Concepción. Lita !

— Maman...

— Et si nous parlions au marquis ? Je suis sûre qu'il nous écouterait.

— Maman !

Lita prit la lettre de licenciement.

— Si nous nous excusons, il comprendra...

Lita caressa le bras de sa mère pour la rassurer, mais les larmes coulaient déjà sur ses joues. Était-il possible qu'elle ne se rende pas compte de l'importance de ce qu'elles avaient fait ? Avait-elle l'intention de continuer à travailler pour les Santadoma comme si rien ne s'était passé ? Concepción était effondrée, et le manifestait par de profonds et déchirants soupirs comme jamais Lita n'en avait entendu de sa part, et dont elle craignait qu'ils ne dégénèrent en crise de nerfs. Le monde aurait pu s'effondrer, Madrid s'embraser, tant que sa mère disposait de ce refuge qui l'avait abritée toute sa vie, rien ne pouvait l'affecter.

Lita avait mis du temps à comprendre : elle, elle pouvait spéculer, prendre des risques, se battre. Elle était jeune et prête pour cela. Sa mère, elle, vivait avec des certitudes, un ancrage qui la rattachait à son existence de toujours, à sa routine, à ses habitudes, à son passé. De tous les liens, le plus important après celui qu'elle avait avec sa fille était celui de l'espace physique, de son environnement sécurisant, qui venait d'être rompu. Comment cette rupture allait-elle affecter une personne de plus de soixante ans, sans perspectives d'avenir ?

— Maman... répéta-t-elle d'un ton suppliant, la gorge nouée par la culpabilité.

Elle se tourna ensuite vers M. Gil :

— Entrez, l'invita-t-elle.

Mais l'homme ne laissa pas Lita refermer la porte en laissant le concierge à l'extérieur.

— Zenón entre avec moi, insista-t-il. Vous êtes d'accord ?

Lita tourna son regard vers le portier qui affichait un sourire triomphant. Il faisait partie de ces gens méchants, vulgaires, médiocres, qui faisaient du malheur des autres leur succès et leur raison d'être.

— Comme vous voulez.

Elles accompagnèrent Gil et Zenón à la cuisine. Ils s'assirent autour de la table. Zenón resta debout, le plus loin possible des chiens avec lesquels il entretenait une aversion réciproque, même du vivant de doña Pilar. Concepción consulta sa fille, qui acquiesça après avoir lu la lettre de licenciement, et signa le reçu que l'homme leur tendit. Toutes les deux étaient au chômage. Et Pablo, moralement et professionnellement enlisé, continuait de sombrer dans les reçus et les bons de livraison des boulangers et des coiffeurs. Sans compter son propre dossier de licenciement en cours, sans solution en vue. À l'exception de la maigre pension de veuve de sa mère, elles ne percevaient aucun revenu régulier. Quels obstacles devraient-elles encore affronter ?

Lita en prit connaissance avant de se lever pour aller préparer les affaires de sa mère. Gil les arrêta, fouilla dans sa mallette et en sortit de nouveaux documents.

— Ils seront également envoyés chez vous, annonça-t-il à Lita en étalant les papiers sur la table. Ayant perdu votre travail et n'ayant plus de revenus fixes ni variables, ajouta-t-il d'un ton moqueur, votre solvabilité a diminué, et la banque a appliqué la clause de résiliation aux crédits qu'elle vous avait accordés. Voici les justificatifs. Malgré cela, vous devez encore beaucoup d'argent à la banque, une somme augmentée des intérêts et des frais, qui a été réclamée aujourd'hui même par le tribunal.

— Fils de pute, marmonna Lita.

Il y avait le coût de ses études, de son master, de son séjour à Londres, de ses cours d'anglais et de frais divers : l'ordinateur, quelques petits caprices, des achats qu'elle ne pouvait se permettre... Tout cela à crédit, tout cela renouvelé encore et encore, presque automatiquement.

— Au fait, lui fit remarquer Gil alors qu'elle se levait, les cartes de crédit ont aussi été annulées. Je vous préviens pour que vous ne fassiez pas de...

Il laissa la phrase en suspens avec une expression de satisfaction morbide, dupliquée sur le visage de Zenón debout derrière lui.

— Autre chose ? demanda Lita.

Rien. Lita dut se ressaisir, et retenir le monde qui leur tombait sur la tête. Elles s'assirent toutes deux sur le lit. Elle serra sa mère dans ses bras, calma ce qui ressemblait à un début de crise de panique, la réconforta lorsqu'elle éclata en sanglots. Elle attendit que sa tristesse retombe pour l'encourager dans un nouveau défi. Elle serait à ses côtés. Elle l'aida à remplir sa valise. Il n'y avait presque rien à y mettre. Mais à chaque pas, sa mère pleurait à nouveau, et Lita dut lutter contre elle-même pour ne pas succomber aux larmes que son désespoir lui faisait monter aux yeux.

Elle la serra dans ses bras pour la persuader de ne pas aller chez le marquis, que lui et sa famille étaient de mauvaises personnes.

— Mais, mon enfant, ils m'ont toujours bien traitée.

Elle ne comprenait pas. Ils ne pouvaient pas la piétiner, sa vie était dans cette maison, dans cette cuisine où Gil et Zenón l'attendaient, sa vie était sa robe de chambre et son tablier rayé.

— Tu as toujours été maltraitée ici, maman ! Laisse-moi m'occuper de toi, maintenant. Nous serons heureuses !

— Qu'est-ce que tu vas faire de moi ? Je serai un fardeau.

— Tu ne seras pas un fardeau, maman. Tu es tout ce que j'ai. Je te dois tout.

Concepción réussit à ébaucher un sourire.

— Et les chiens ? Vous les garderez ? demanda-t-elle un peu plus tard, alors que Lita portait sa valise et qu'elle-même disait au revoir, les yeux mouillés, à ce lieu où elle avait trouvé protection depuis son enfance.

Gil haussa les épaules. Le concierge comprit l'allusion et refusa.

— Qui s'occupera d'eux ? insista la femme, inquiète de l'indifférence des deux hommes.

Gil soupira. Les avocats de la banque qui avaient traité l'affaire ne lui avaient donné aucune instruction au sujet des chiens. Il consulta sa montre, c'était l'heure du déjeuner. Il réfléchit, puis appela un numéro sur son mobile. Personne ne répondit à son appel.

— Foutus avocats ! grommela-t-il.

Il réfléchit encore, regarda les chiens, qui se tenaient tranquilles dans leur coin, soupira, et téléphona une nouvelle fois. Lita comprit à qui il s'adressait dès l'instant où elle le vit se redresser comme un automate.

— Monsieur le marquis ? Oui, oui... Je vous prie de m'excuser... Au restaurant ? Oh je suis désolé, vraiment désolé, mais il faut que je sache ce que je fais des chiens de doña Pilar.

Même les animaux dressèrent les oreilles aux cris qui résonnèrent dans le téléphone. Ces chiens, dont Concepción s'occupait, avaient provoqué moqueries et commentaires cinglants de la part des amis de don Enrique. Ils avaient aussi valu à l'aristocrate des critiques acerbes dans les médias et avaient déclenché toutes sortes de mèmes aussi spirituels que drôles pour les internautes qu'humiliants pour lui. Gil éloigna le téléphone de son oreille pour que Concepción puisse entendre le marquis crier : « Allez vous faire foutre avec vos chiens ! » Puis il coupa la communication et, s'adressant à elle :

— Vous avez entendu ? Faites ce que vous voulez de ces roquets.

— Hein ? sursauta Lita.

— C'est ce qu'il a dit. Et maintenant, sortez, les pressa Gil. Je dois fermer la maison.

— Ils vont rester ici, enfermés ? Qui les nourrira ? Qui les promènera ? Zenón ?

Le concierge fit de nouveau non de la tête en riant.

— Emmenez-les, suggéra Gil, ce sera mieux pour eux.

— Mais ils ne sont pas à moi...

Ces animaux avaient occupé les derniers mois de la vie de Concepción qui aimait s'en occuper...

— D'accord, admit Lita après avoir éloigné de son esprit la possible réaction de ses colocataires lorsqu'elle se présenterait avec sa mère et les deux toutous.

— Lita !

— Puisqu'ils te les donnent...

Gil les regarda s'éloigner dans la rue : la fille avec une valise qui contenait toute une vie, la mère traînant deux yorkshires mal élevés.

— Et qu'allons-nous faire, maintenant ?

— Nous rentrons à la maison.

— Je n'ai nulle part où aller...

— Ma maison est la tienne, dit Lita, chassant encore une fois de son esprit l'éventuelle réaction de Sara et d'Elena.

Elles étaient de si bonnes amies...

— Nous avons eu tort de nous disputer avec le marquis, regretta Concepción. C'est quelqu'un de très important. Et ces gens-là gagnent toujours. La vie est ainsi faite...

Tout en marchant en direction de la ligne de métro qu'elle prenait pour se rendre à la banque, Lita essaya de se rappeler si elle avait déjà vu des voyageurs accompagnés de chiens. Avaient-elles le droit de monter dans la rame avec les deux yorkshires ? Si la chose était interdite, elles risquaient de se faire refouler. Elles arrivèrent dans le quartier de Salamanca, un trajet emprunté tant de fois pour se rendre à la banque ou chez sa mère...

C'est alors qu'elle vit l'imposante Bentley bleu marine du marquis, garée devant son restaurant préféré, sans doute pour signaler que son propriétaire se trouvait dans l'établissement, vu qu'il fallait plus de temps pour monter dans la voiture et en descendre que pour s'y rendre à pied depuis la banque.

— Ils gagnent toujours, ma fille, ils gagnent toujours... répéta Concepción.

À peine eurent-elles franchi la porte d'entrée de l'établissement avec son auvent rouge, son tapis et son concierge déguisé en valet de pied, que Lita eut l'impression de flotter. Elle connaissait cette sensation. Elle hésita, mais l'éclat de cette voiture lui avait fait mal aux yeux.

— Qu'est-ce que tu as, ma fille ?

Toutes deux restaient immobiles, debout sur le tapis, avec leur vieille valise et leurs deux chiens, quand le concierge s'approcha.

— Nous sommes noires, maman, lui répondit-elle tout en sentant la divinité galoper dans son corps.

— Des mulâtres, tu veux dire, rectifia Concepción.

— Sortez d'ici ! leur ordonna le concierge.

— Des mulâtres, oui, parce que *tu* as été blanchie par un Santadoma.

— Ma fille !

— J'ai dit : sortez ! insista l'homme en costume du XIXe siècle.

— Allons-y, décida Lita en laissant libre cours à la déesse qu'elle sentait s'ébattre en elle.

— Qu'est-ce que tu vas faire ? s'affola Concepción.

— Vous ne pouvez pas entrer ! objecta le portier.

— La ferme ! lui ordonna Lita d'une voix rauque et gutturale.

L'homme, déconcerté, les laissa poursuivre leur chemin. C'était un lieu classique, magnifiquement éclairé : une grande salle meublée de tables et de chaises somptueuses, pleine à craquer de personnalités de la haute société, de cadres de banques et de multinationales – seules classes sociales pouvant se permettre de payer une salade de cresson au prix d'une langouste.

— Attends ici, maman, lui demanda-t-elle sur le seuil de la salle.

Elle posa la valise et attrapa les yorkshires : « Attention ! » leur ordonna-t-elle.

Si la présence de ces animaux avait déjà suscité la curiosité des convives proches de l'entrée, dès qu'ils se mirent à aboyer sur l'ordre de Lita, interrompant les conversations et irritant la majorité des personnes présentes, l'attention fut totale.

Lita découvrit alors le marquis assis à une table ronde pour six personnes, dans un coin un peu à l'écart. Tous les sièges étaient occupés par des hommes bien mis.

Les serveurs et le maître d'hôtel l'interpellèrent, mais n'osèrent pas s'interposer devant la jeune femme qui dégageait une aura singulière.

« Monsieur le marquis ? » « Sa Seigneurie ? » « Votre Magnificence ? » « Monsieur Santadoma ? » « Don Enrique ? » Comment s'adresser à lui, se demanda Lita en arrivant à sa hauteur. Mais aussitôt elle comprit que toutes ces désignations participaient du respect et de la soumission. Elle se souvint de ses apparitions, enfant, devant doña Pilar : elle joignait les mains dans une attitude pleine d'humilité. Elle ne s'en rendait pas compte alors, mais elle prit à ce moment-là conscience que la soumission avait fait impression sur elle au sens propre. Elle se sentait étreinte par l'esprit d'une aïeule inconnue, et en avait la chair de poule.

— Santadoma ! hurla-t-elle.

Lita dominait le lieu. Elle lâcha les laisses des deux yorkshires, qui continuèrent à aboyer et à gambader entre ses jambes, ainsi qu'entre celles des serveurs et du marquis lui-même, qui s'était levé de sa chaise.

— Je viens vous rendre vos chiens, cria la jeune femme d'une voix qui n'était pas la sienne, mais aussi vous avertir que les âmes de vos milliers d'esclaves noirs crient vengeance depuis les champs de canne.

Sous l'emprise de Yemaya, elle tendit le bras et montra le marquis du doigt. Figé, celui-ci ne put articuler un mot. Seuls ses yeux, rouges de colère, semblaient vivants.

— Je te l'annonce, Santadoma : tes morts ne reposent pas en paix parce qu'ils sont entourés par les esprits des esclaves qui les frappent, les insultent et leur crachent dessus. Ainsi sera l'éternité qui vous attend, vous et vos enfants !

Le silence était terrifiant. Lita regarda quelques secondes l'homme captif de la déesse. Consciente de son pouvoir, elle se retourna et traversa le hall vers la sortie. Don Enrique demeurait paralysé, les chiens aboyaient et tiraient sur leurs laisses tenues par les serveurs.

Depuis la porte du salon où elle l'avait laissée, sa mère observait la scène. Elle avait les yeux écarquillés de peur et les traits contractés, le cou dans les épaules comme si elle s'attendait à être frappée. Mais en voyant sa fille s'approcher, elle se relâcha et lui adressa un sourire lui témoignant son soutien. À cet instant, Lita reconnut en elle la femme noire, l'esclave vengée et innocentée.

— Ma fille, lui dit Concepción dans la rue sur un ton admiratif, en soixante ans de vie, je n'ai jamais vu ça. Personne n'avait jamais crié sur le marquis !

Quelques pas plus loin, elles entendirent derrière elles le trottinement des yorkshires et le frottement de leurs laisses traînant par terre.

Ce fut une splendide journée à Madrid.

La pression médiatique sur la famille Santadoma ne cessa d'augmenter sous l'instigation de la perfide animatrice de talk-shows. Elle s'étendit sur les enfants et les neveux du marquis, de jeunes gens snobs qui dévoilaient au monde entier leur vie dissolue et laissaient derrière eux une traînée de scandales facilement identifiables. Ils devinrent des proies faciles pour les blogueurs et journalistes qui consultaient leurs réseaux sociaux. Ces professionnels recherchaient des amis lésés ou simplement envieux qui, publiquement ou discrètement, auraient relaté des anecdotes et des faits de libertinage et de débauche, d'immoralité ou de dévergondage – excès insultants pour un public qui vivait les conséquences d'une crise économique et sociale qui les conduisaient vers les files d'attente de Pôle emploi ou celles des soupes populaires. Certaines histoires étaient fausses, mais peu importe, car si scandaleuses qu'elles puissent paraître, elles n'atteignaient pas la perversion de certains usages et agissements réels, résolument vicieux et dépravés.

En plein battage médiatique, la vidéo des yorkshires aboyant et gambadant dans l'un des établissements les plus célèbres de Madrid ne tarda pas à devenir virale chez les connaissances du marquis, grâce à la rapidité et à l'habileté de l'un des convives du restaurant. Peut-être était-ce un pur hasard, peut-être immortalisait-il la préparation d'un tartare ou celle d'une crêpe flambée au Cointreau pour se vanter sur ses réseaux sociaux de ce repas exquis ? Toujours est-il qu'il lui avait suffi de dévier l'angle de son téléphone afin que sa vidéo saisisse le moment où les chiens avaient commencé à aboyer et où Lita déambulait à l'intérieur du restaurant, harcelée par les serveurs. Et le convive s'amusait maintenant à poster la scène de deux chiens enragés accompagnant les sinistres menaces qu'une mulâtresse adressait à l'un des hommes les plus riches et les plus importants de Madrid.

— Ça ne me semble pas être la meilleure technique pour résoudre tes problèmes avec le marquis, critiqua Sara après avoir visionné la vidéo.

Lita ne répondit pas. Elle cherchait des réponses : d'où lui était venu ce discours sur les esclaves dans les champs de canne à sucre ? Et sur les âmes des morts ? Elle savait que ces paroles ne venaient pas d'elle, mais de la déesse de l'ermitage de Regla.

Il était fort probable qu'un de ses ancêtres ait été esclave dans la propriété des Santadoma, mais ce n'était pas sa guerre. Ou peut-être que si ? Car si la vidéo était amusante, elle ne transmettait pas le sentiment de puissance qui l'avait saisie devant le marquis, cette sorte de communion avec le passé, ni, enfin, le sortilège qui avait envoûté et paralysé le marquis : ses mains crispées, ses doigts raidis, sa colère muselée. Lita le sentait : la cause était magique. C'était la même force qui avait fait sortir de sa bouche les esclaves et leurs esprits vengeurs.

Plus tard, dans sa chambre, cette expérience l'amena à chercher des réponses. Elle s'empara une nouvelle fois du collier. Mais elle n'en trouva aucune. Au lieu de cela, l'angoisse l'étreignit. Les perles criaient, brûlaient dans ses mains, voulaient lui parler alors qu'elle les tenait, indécise, luttant pour garder le contrôle. Elle tenait le collier comme un talisman, mais dès que sa magie s'exerçait, elle prenait peur.

— Oui, ça se voit sur la vidéo, Concepción, commenta Sara, tu es recroquevillée, effrayée.

La femme, juchée sur une chaise, était en train de nettoyer les plus hautes étagères.

— Fais attention, Concepción, c'est risqué là ! lui dit gentiment Sara.

— Attention, maman !

Lita apprécia la gentillesse de ses amies envers sa mère, et la convivialité ambiante. Sara et Elena les avaient accueillies comme si elles étaient de leur famille. Pour les chiens, elles avaient fait un peu la moue, mais elle leur avait promis qu'ils ne les dérangeraient pas. Elle avait donné l'ordre aux deux clebs de se tenir tranquilles dans un coin, d'où ils n'avaient pas bougé. Concepción, quant à elle, s'était lancée dans des tâches ménagères.

— Mais que vais-je faire, sinon ? s'était-elle insurgée, alors que Sara et Elena insistaient pour qu'elle ne touche pas au ménage, qu'elles l'hébergeaient sans condition, car elles l'aimaient, oui, elles l'aimaient.

Lita avait haussé les épaules lorsque les deux autres l'avaient suppliée d'intervenir pour que Concepción cesse de vouloir se rendre utile à tout prix. « Laissez-la faire », leur avait-elle dit avec un geste de résignation.

Depuis, Concepción cuisinait et les chassait lorsqu'elles tentaient de l'aider. « Demain, c'est nous qui ferons la cuisine », la menaçaient-elles. Concepción se chargeait aussi du ménage, de la lessive, du repassage. Elle s'occupait de tout, ce qui donnait lieu à une sorte de compétition amicale entre les quatre femmes, un jeu que les trois jeunes femmes avaient tendance à perdre, Concepción ne voyant aucun inconvénient à se lever tôt, même si elle leur avait tenu compagnie la soirée de la veille devant la télévision.

Pour le reste, Lita, sa mère et les deux chiens partageaient une même chambre : sa mère dormait dans le lit et Lita sur un clic-clac qu'elles avaient emprunté aux voisins de palier – un couple d'homosexuels qui avaient encouragé Lita à persévérer dans son combat contre l'injustice, avaient fait connaissance avec sa mère, la fille du gros macho qui s'était jeté sur une jeune servante naïve, et proposé de s'occuper de ces deux drôles de chiens qui semblaient ne pas vouloir les lâcher d'une semelle. « Quand vous voulez, on s'occupe d'eux, sans conditions, ça nous fait plaisir. »

En réalité, quels que soient les fantasmes et les bruits qui couraient, Lita et Concepción ne possédaient plus rien, pas un centime. La jeune femme s'aperçut qu'il n'était pas si facile d'ouvrir un compte dans une autre banque. De la paperasse, encore de la paperasse, et un salaire qu'elle n'avait plus. Oui, elle venait d'être licenciée, dit-elle à l'employé qui fit la moue en entendant son aveu. Elle allait lui fournir la fiche de paie de sa mère, lui proposa-t-elle. Quel était le travail de sa mère ? lui demanda l'employé. Lita soupira.

Entre tous ces problèmes, le harcèlement des journalistes, les multiples démarches à faire, un Pablo de plus en plus distant, les gens de la banque Santadoma passèrent à l'action et saisirent tout leur argent. Aujourd'hui, même sa mère ne percevait plus de salaire, ni de retraite, juste une pension d'environ deux cents euros qui, pour l'instant, était encore versée directement à la banque du marquis. Elle se confia à ses amies.

Elena, choquée d'apprendre la situation précaire de Lita, tenta d'alléger cette réalité en riant :

— Alors ce que tu veux, plaisanta-t-elle, c'est te débarrasser de nous ! Comme ça, quand tu seras riche, tu n'auras plus à nous le rendre au centuple !

— Parce que tu crois qu'on va te laisser partir ? la taquina Sara. On ne voudrait quand même pas rater ce feuilleton, même si nous devons nous ruiner pour vous entretenir, toi, ta mère et ses chiens.

Lita dut s'éclaircir la voix pour réussir à prononcer quelques mots de remerciement, auxquels ses amies répondirent par de longues accolades, des encouragements chuchotés, et quelques larmes.

Cette nuit-là Lita peina à trouver le sommeil, aussi ne fut-elle pas très réceptive lorsque son portable sonna pendant qu'elle prenait son petit déjeuner.

— Tu ne réponds pas ? demanda Sara.

Les jeunes femmes s'étaient retrouvées autour de la table de la cuisine, toutes trois ébouriffées, endormies, seulement vêtues de vieux t-shirts dans lesquels elles avaient dormi. Concepción avait pris de l'avance, était déjà sortie faire des courses. Lita refusait de décrocher le téléphone, pianotant d'une main lasse sur la table, abattue.

— L'appel vient de la Suisse, commenta Elena en regardant l'écran. Ce doit être important. Allô ? répondit-elle à la place de Lita, qui resta néanmoins attentive à ses paroles et expressions. C'est le haut-commissaire de l'Onu, ou quelque chose comme ça, annonça-t-elle en lui tendant l'appareil d'un geste solennel.

— Regla Blasco ?

Lita secoua la tête pour se réveiller. Elle s'éclaircit la gorge et répondit :

— Elle-même.

— Bonjour, je m'appelle Noemi Vit, je vous appelle de Genève, du siège du Haut-Commissariat des Nations unies aux Droits de l'Homme...

Au cours d'une longue conversation, la señora Vit expliqua à Lita que l'on célébrait la Décennie internationale des personnes d'ascendance africaine – un programme des Nations unies, lancé en 2015, qui se poursuivait donc jusqu'en 2024 –, dans le but de parvenir à l'égalité pour les victimes, en particulier celles d'ascendance africaine, des esclavages de l'époque coloniale, dont celui vécu à Cuba.

Lita n'en avait jamais entendu parler.

— Vous êtes toutes les deux d'origine africaine, nota Sara lorsque son interlocutrice eut raccroché.

— Oui.

— Et que fait l'Onu ?

— Elle m'a répondu que, de manière très générale, les gens de l'Onu se consacraient à la défense des droits des descendants d'esclaves, à la recherche de réparations morales, économiques, légales et même financières des Afrodescendants. Elle m'a recommandé de me renseigner sur la Toile.

Elles ouvrirent l'ordinateur portable posé à côté de la machine à café. Elles consultèrent le site web des Nations unies et naviguèrent jusqu'à la page consacrée à la Décennie internationale, laquelle les conduisit au traité de Durban et à la Conférence mondiale contre le racisme, la discrimination raciale, la xénophobie, et toutes les formes d'intolérance qui y sont associées. La documentation était exhaustive. Les déclarations de bonne volonté étaient aussi abondantes que verbeuses. Les objectifs, quant à eux, étaient extrêmement vagues. Mais les demandes adressées aux États pour qu'ils se conforment au traité et le mettent en œuvre ne variaient pas d'un pays à l'autre.

Elles lurent des paragraphes au hasard : les Nations unies entendent défendre et même indemniser les descendants des esclaves qui avaient vécu au sein de la diaspora africaine. Dédommager le pays d'origine et même leur personne. Les Nations unies recherchent l'égalité et la justice, combattent le racisme, la discrimination raciale, la xénophobie et l'intolérance, et aspirent à réaliser une véritable égalité de chances et de traitement pour tous les individus et tous les peuples.

— Écoutez ce qui est dit ici ! Lita poursuivit sa lecture : « Après l'abolition de l'esclavage, la ségrégation raciale, les politiques de blanchiment et d'autres formes de discrimination institutionnalisée à l'encontre des Afrodescendants, ont préservé les hiérarchies raciales créées par l'esclavage. »

— C'est ce qui s'est passé à Cuba, confirma Elena. Comme pour ta mère et ses ancêtres qui, tout simplement, d'esclaves des marquis, sont devenus leurs domestiques.

— Aptes à se faire sexuellement exploiter.

— Ma mère ?

— Pas besoin d'être mulâtre et servante pour se faire exploiter, nuança Sara.

Pour la première fois de sa vie, Lita se demanda si sa mère n'avait pas été abusée sexuellement par les Santadoma. Elle avait été jeune, elle aussi, devait-elle se rappeler, et séduisante, certainement. Lita se souvint des photos qu'elle n'avait jamais regardées sous cet angle : tout le monde disait que sa grand-mère Margarita était une beauté. Concepción conservait encore les vestiges de cette beauté. Dans ses bons moments, Pablo valorisait aisément la beauté de Lita – beauté qu'elle remettait en question lorsqu'elle entrait dans un état de dépression inexplicable, ou bien qu'elle avait mal dormi et que son visage était fatigué. Pour autant, elle restait sûre de son corps, de ses formes bien proportionnées, et de sa couleur exotique.

À présent elle contemplait sa mère, la débarrassant du regard de son tablier et de la robe rayée qu'elle continuait de porter. Elle vit alors en elle les vestiges de cette beauté sauvage que les femmes noires ne pouvaient faire autrement que de porter avec fierté, dans une société composée essentiellement de Blancs. Cela lui aurait-il causé des problèmes dans sa jeunesse ?

— Pourquoi tu me regardes comme ça ?

La question de Concepción, soudaine et affectueuse, lui fit mal. Elle chassa de son esprit ses doutes quant à d'éventuels abus, et l'envisagea sous l'angle nouveau qu'elle avait découvert à la lecture des documents de l'Onu. C'était vrai, la señora Vit le lui avait révélé, sa mère était un exemple évident des conséquences du colonialisme. Concepción avait été privée d'éducation, d'accès à la culture, de liberté même, et ce dans la continuité perverse d'un esclavage incontestablement aboli. Aujourd'hui, elle ne faisait que réclamer ce qui lui appartenait. La señora Vit en était consciente. La cause de Concepción dépassait les frontières de son entourage. Elle rejoignait non seulement les revendications d'une civilisation, mais relevait aussi d'un combat historique à l'échelle mondiale, comme en attestait la création de la Décennie internationale des personnes d'ascendance africaine. Concepción avait droit à une réparation pour la violation flagrante de ses droits, et l'État espagnol, en tant que signataire du traité de Durban, mais surtout en tant que pays colonisateur bénéficiaire de l'esclavage et responsable des dommages causés aux esclaves et à leurs descendants, devait lui fournir les moyens juridiques et les ressources suffisantes pour obtenir son dû et jouir d'un statut d'égalité avec les Blancs qui l'avaient déshonorée.

« Les réparations sont une question de notre passé et de notre présent », mentionnait l'un des nombreux documents de l'Onu. La déclaration de Durban affirmait clairement que l'esclavage transatlantique et le colonialisme demeuraient deux des causes profondes du racisme, de la discrimination raciale, de la xénophobie et de l'intolérance dont souffraient les Africains et les personnes d'ascendance africaine et asiatique, ainsi que les peuples autochtones.

— Le problème, c'est que l'Espagne ne s'y conforme pas, déclara la señora Vit après avoir cité cette conclusion du sommet africain. Elle n'a adopté aucune des mesures exposées à Durban. Je voudrais utiliser... non, pas exactement « utiliser », en fait je voudrais faire valoir la demande de votre mère pour sensibiliser l'Espagne à la cause des personnes d'ascendance africaine et, en même temps, faire pression sur votre gouvernement pour qu'il respecte le traité.

La señora Vit lui proposa l'aide de son cabinet et celle des associations qu'elle pourrait convaincre, et bien qu'elle n'ait pas été très explicite, Lita pensa qu'il était opportun d'en parler à sa mère :

— Maman... (Concepción laissa ce qu'elle était en train de faire.) Quelqu'un vient d'appeler des Nations unies pour nous proposer... Dis-moi, changea-t-elle soudain de sujet, est-ce qu'on a déjà profité de toi parce que tu étais mulâtre ? Est-ce qu'on t'a déjà forcée ?

Elle n'avait pu réprimer son inquiétude et sa soif de savoir. Concepción se retourna, surprise par la question.

Son mouvement fut si brusque que même les chiens, qui somnolaient dans leur coin, levèrent la tête.

— Pourquoi ? demanda la femme, interprétant mal l'intérêt de sa fille. Il t'est arrivé quelque chose ?

— Non, non. Pas du tout. C'était juste une question.

— Mais alors pourquoi ?

Lita poussa un soupir.

— Non, Regla, on n'a jamais abusé de moi.

Était-elle satisfaite de la réponse ? Elle lui avait semblé trop rapide, trop sèche, trop sur la défensive. Peut-être était-elle méfiante au point de lui cacher la vérité ?

Elle la regarda. Oui, vraiment, Concepción avait été une très jolie femme.

— Qu'est-ce que tu me racontais ?

— Je te disais que quelqu'un avait appelé…

19

Cuba, département occidental, janvier 1875

La sucrerie de La Candelaria tomba la nuit même où le sort de la vieille esclave yoruba qui traînait son fagot de tiges de canne à sucre avait tiré des larmes à la jeune Kaweka. Les sons typiques de la période des récoltes, cris des contremaîtres, chants des esclaves, bruits des machines, des animaux et des charrettes, cachaient le déploiement prévu par la sergente : certains hommes se dirigeaient vers les baraquements, d'autres vers le moulin et la chaufferie.

Avec Modesto et les deux meilleurs tireurs dont elle disposait, elle se faufila jusqu'à une tour de guet située au centre de la fabrique où se trouvait la cloche qui rythmait le quotidien des esclaves et servait aussi à avertir les plantations voisines en cas d'incendie ou de soulèvement. Une fois les deux sentinelles neutralisées, Kaweka, Modesto à ses côtés, surveillait la plantation sucrière du haut du clocher. À ses pieds, une grande partie de sa vie était clairement représentée : les esclaves, les bœufs, les contremaîtres, les cannes, le moulin à sucre... Debout derrière la balustrade du beffroi, Kaweka regardait les flammes dévorer la fabrique.

— On va nous découvrir ! lui cria Modesto.

Sans l'écouter, elle tendit son collier vers le ciel et déclama :

— *Viva Cuba libre !*

Quarante-sept esclaves furent affranchis à La Candelaria, dont cette vieille femme courbée, en haillons et affamée, qui traînait les pieds, la veille, sous le poids d'un fagot de roseaux. Kaweka l'avait trouvée en extase, en train de regarder les flammes dévorer le moulin.

Kaweka laissa ses hommes se déchaîner contre le commandeur et saccager la ferme, les installations et la maison principale. Les maîtres étaient absents, ils s'étaient réfugiés dans des grandes villes comme La Havane, sans doute au luxueux hôtel Inglaterra, près du théâtre Tacón qui, malgré la guerre, continuait à donner des représentations.

La région occidentale poursuivait sa vie d'abondance, indifférente à une guerre qui conduisait des milliers d'hommes à la misère. Alors que les dix-sept bijouteries et magasins de luxe de La Havane annonçaient, pour le plus grand plaisir de leurs clients, qu'ils continuaient à recevoir régulièrement des marchandises de Paris, avec un océan entre les deux, la sergente Kaweka, elle, rencontrait de sérieux problèmes pour nourrir ses hommes dans la région de Las Villas, à cinq cents kilomètres à peine de la capitale. Elle dut établir un campement stable, contrairement à la façon dont elle avait opéré jusqu'alors, à l'abri dans les bois, la mangrove ou les marécages. La réalité l'avait obligée à chercher dans un lieu sûr, car la petite troupe de trente-deux hommes, autrefois rapides et efficaces, était à présent dix fois plus nombreuse, selon les notes du carnet que le commandant Lino leur avait remis, et dans lequel Modesto enregistrait les affranchis.

— Quel est ton nom ? leur demandait-il.

— Justino Pelaez.

— Âge ? Marques ? Provenance ? Famille ?

« Justino Pelaez, tu es libre ! » déclarait-il après avoir transcrit les données sur la page.

Ils devaient être plusieurs douzaines d'hommes et de femmes à défiler devant Modesto. Et chaque fois qu'il brisait solennellement leurs chaînes, Kaweka, parcourue d'un frisson, avait alors la vision d'une éternité accueillante et lumineuse.

La sergente se tenait derrière la table où Modesto enregistrait les hommes. Certains qui défilaient devant elle avaient encore l'air intimidé, incapables d'assumer leur nouveau rôle ;

d'autres le faisaient avec fierté, l'esprit déjà contaminé par l'audace et la témérité qu'ils avaient constatées chez les trente-deux premiers. Beaucoup lui souriaient, s'approchaient d'elle en signe de reconnaissance ou de soumission, comme s'ils voyaient en elle la successeure de leurs anciens maîtres.

Et la nouvelle recrue lui prenait la main, la caressait, essayait même de s'agenouiller pour recevoir sa bénédiction, mais Kaweka l'en empêchait ou la forçait à se relever.

— Non, non, non, non ! objectait-elle lorsqu'on lui proposait un bracelet en os, un fruit, ou du tabac...

Et, désemparée, submergée, elle tentait de repousser leur immense reconnaissance en utilisant des mots que personne ne lui avait appris à formuler.

Kaweka leur posait à tous des questions sur Yesa. Elle sentait qu'ils voulaient lui faire plaisir, et les réponses la troublaient. « Vous l'avez vue ? » « Ah, oui, mais c'est une femme, pas une fille ! » « Elle est vieille », dit un autre. « Oui, une jolie mulâtresse. » Malgré tout, elle insistait, et quelle que soit l'inconsistance de ces renseignements, après chaque conversation, Kaweka entrait en communion avec sa déesse. Elle avait favorisé l'évasion des esclaves de La Merced, pensa-t-elle en se souvenant affectueusement de Mauricio. Puis au palenque de la Sierra del Rosario, jusqu'à ce qu'on le lui interdise. Elle s'était alors pliée aux ordres, et Yemaya lui avait rappelé son chemin en frappant sa fille d'un mal grave, mais nécessaire. Pendant la guerre, le gouvernement de la République de Cuba libre lui-même avait décrété la liberté des esclaves de l'Oriente, et Kaweka s'était contentée de les recueillir.

Maintenant, c'était elle qui attaquait les plantations sucrières, qui combattait, pillait, détruisait et libérait les esclaves dans les camps installés par le général Gomez entre la rivière Jatibonico et la ville de Ciego, d'où il dirigeait les actions militaires vers l'ouest, où les troupes allaient se reposer après les affrontements.

Là, Kaweka les inscrivait dans le registre de Modesto et leur rendait leur liberté. Là, elle se reposait avec ses compagnons d'armes avant de retourner dans la zone de conflit, avec en ligne de mire un nouveau moulin à attaquer. Nombreux étaient les esclaves affranchis qui souhaitaient rejoindre sa compagnie. Modesto choisissait les forts, les audacieux, ceux qui lui semblaient capables de se battre à la machette. Les autres restaient à la disposition des officiers de l'armée régulière, et les femmes, les enfants et les vieillards formaient une communauté à la façon des palenques.

Kaweka revenait au camp de la rivière Jatibonico à la tête de nouveaux affranchis chargés de denrées alimentaires et de leurs affaires personnelles transportées dans une charrette à bœuf et souvent avec un cheval ayant appartenu au commandeur ou contremaîtres, et aux propriétaires de l'usine sucrière attaquée.

Les mambises se vantaient de leur cavalerie héroïque, téméraire, parfois suicidaire, terrifiante, qui chargeait l'ennemi au galop aux cris de « *Viva Cuba libre !* », les machettes volant au-dessus de leurs têtes. Mais dans le groupe de Kaweka, aucun n'était capable de se tenir droit sur l'un de ces animaux à la foulée particulièrement rapide.

Des soldats de l'armée lui demandèrent de lui remettre les chevaux. Modesto négocia le droit de disposer du reste du butin à sa guise, et y parvint. Kaweka était respectée, et le camp de la sergente noire devint une sorte d'enclave indépendante au sein de l'organisation de l'armée rebelle.

— Est-ce qu'elles brillent aussi pour nos ennemis ? demanda un soir Kaweka allongée à côté de Modesto sous un ciel où les étoiles semblaient se bousculer pour se faire de la place.

— Non, répondit l'affranchi après un moment de réflexion.

— Et pourquoi pas ?

— Parce que les Espagnols ne verront jamais dans les étoiles la douleur et le sang d'un peuple, d'une race. Ils les regardent avec orgueil, avec fierté, convaincus que leur dieu les a mis sur cette terre pour leur seul plaisir.

Kaweka resta silencieuse, les yeux écarquillés devant le spectacle. Ils venaient de faire l'amour, se délectant d'une tendresse qui allait les quitter avec la venue du jour et de la guerre. Ils souffriraient alors à nouveau l'un pour l'autre : lui, pour l'audace de la sergente qui menait toutes les attaques, et s'exposait en première ligne ; elle, pour la sécurité de l'affranchi qui les suivait et qui parfois, plus qu'il ne le souhaitait, était laissé sans défense, oublié des guérilleros. Mais à cet instant, ils étaient sous une nuée d'étoiles dont Modesto l'avait convaincue qu'elles ne brillaient que pour eux.

Depuis que leurs corps s'étaient retrouvés sous l'orage, les tambours de Kaweka résonnaient dans son ventre en battements sourds et profonds qui se répercutaient dans le silence du ciel étoilé. Maintenant, la forêt dormait dans toute sa splendeur nocturne : les herbes, les plantes, les arbres, les Noirs, tous protégés par les mêmes astres qui brillaient dans le ciel de l'Afrique, sous lesquels Modesto avait fini par lui jurer son amour.

Kaweka jouissait des attentions de Modesto et s'adonnait à un plaisir qu'elle croyait banni, dont elle n'osait plus rêver. Cette idée du bonheur avec Modesto, elle la chassait sans ménagement, parce qu'il lui semblait qu'une multitude d'êtres exigeaient sa soumission absolue : la déesse, les âmes des esclaves morts, mama Ambrosia, Eluma, Yesa... Comment pourrait-elle se laisser distraire par une histoire d'amour ?

— Tout a changé.

Modesto attendit qu'elle s'explique, tout en sachant ce qu'elle allait lui reprocher : « Nous nous battions partout, nous attaquions les grands régiments et nous nous enfuyions aussitôt. Nous cherchions de la nourriture, et si nous n'en trouvions pas, nous mourions de faim pendant des jours. Maintenant, c'est nous qui sommes devenus des soldats lents et pesants. Nous devons nous rendre de plus en plus loin pour trouver une plantation qui n'a pas été abandonnée ou détruite par d'autres factions, et ensuite nous devons nous enfuir en tirant des hommes, des animaux et des objets derrière nous, exposés à l'ennemi, ce que nous avions toujours évité. L'aube me fait peur. »

Son inquiétude était justifiée. L'armée régulière rebelle de Maximo Gomez ne rencontrait que peu d'opposition dans une région frontalière comme Las Villas, abandonnée par les forces espagnoles. Le gouvernement espagnol avait envoyé quelque dix-huit mille renforts pour faire face au conflit cubain, un contingent humain qui n'était toutefois pas accompagné des ressources militaires et financières nécessaires. Les hommes n'étaient pas payés depuis un an, la nourriture était rare, et les maladies tropicales ravageaient les troupes qui ne pouvaient pas se rendre dans les hôpitaux déjà surchargés, si bien que le taux de mortalité dans l'armée espagnole atteignait près de la moitié des blessés et des malades.

C'est dans ce contexte que les forces combattirent : généraux contre généraux, armées contre armées. Les guérilleros comme ceux de Kaweka participaient à un autre type de guerre : les propriétaires terriens de la région, sans aucune protection de La Havane, levaient à leurs frais des escouades de volontaires composés de Créoles, de délinquants, de bagnards et de traîtres mambises. Ces combattants adoptaient la guérilla comme tactique de guerre. Ils connaissaient la région, étaient immunisés contre les maladies qui frappaient les soldats mobilisés sur le continent, et faisaient preuve d'une violence extrême, stimulée par des années de conflit.

Ce furent les enfants, ceux qui jouaient toujours un peu à l'écart du camp de Jatibonico, qui coururent annoncer le retour de la petite troupe de Kaweka. Il ne restait plus que trois hommes épuisés, dont l'un était légèrement blessé, et qui furent incapables de se mettre d'accord sur ce qui s'était passé. Tous trois convinrent qu'ils avaient rencontré une compagnie de volontaires à cheval, et au premier coup de feu leurs versions divergèrent, pour se rejoindre au final. Ce fut un désastre, un massacre. Ils avaient été attaqués à découvert, alors qu'ils s'échappaient après avoir mis le feu à une petite sucrerie du nom de San Lorenzo, sur la route de Santa Clara. Quinze esclaves, trois Chinois, quelques bœufs et deux ânes. Ils n'avaient pas pu se mettre à l'abri.

— Et Kaweka ?

Ils ne savaient pas.

— Et Modesto ?

Ils ne savaient pas.

— Et les autres ?

Non plus.

Eux, ils avaient réussi à s'échapper.

« Vous vous êtes enfuis ? » L'accusation, non formulée, flottait néanmoins dans le groupe qui entourait les nouveaux arrivants. Ils ne faisaient pas partie des trente-deux, c'étaient des affranchis qui s'étaient ralliés à Kaweka. L'un d'eux avait une femme, laquelle s'avança dans le cercle pour appuyer son mari.

— Vous l'avez vu ? lui demanda Edward, un vieillard que Kaweka et Modesto avaient chargé de la direction du camp en leur absence.

— Qui, quoi ?

— La fin, le désastre, le massacre.

Les hommes tardèrent à répondre.

— Oui, finit par dire l'un d'entre eux.

— Sûr, balbutia un autre.

— Ils étaient nombreux, à cheval, et bien armés.

— Vous n'avez rien vu ! les interrompit le vieillard.

— Vous avez pris le large ! lança quelqu'un d'autre.

— Tout le monde le faisait ! justifia un autre.

— La sergente aussi ? se fit entendre une voix.

Kaweka arriva quelques jours plus tard, transportée sur une civière faite de branches et de feuilles de palmier, inconsciente, blessée d'une balle dans le flanc et d'un profond coup de machette dans l'épaule gauche. Sept de ses propres hommes l'accompagnaient, qui avaient couru avec elle dans la Sierra Maestra.

La troupe des guérilleros avait été attaquée à la sortie de l'exploitation sucrière par un bataillon de volontaires. La première volée de coups de fusil des assaillants les surprit, provoquant la confusion et quelques pertes. Puis, pendant que les cavaliers rechargeaient leurs fusils, Kaweka et ses hommes se retranchèrent derrière la charrette, les bœufs et les ânes, d'où ils leur firent face avant de se replier dans une forêt qui empêchait toute avancée à cheval. Ils finirent par se battre au coupe-coupe, ce à quoi ils excellaient. Mais ils étaient moins nombreux, dispersés, et ils ne disposaient pas d'un véritable commandement.

Kaweka tomba alors qu'elle chargeait rageusement un ennemi dont la silhouette se brouilla soudain devant ses yeux. Elle se battit, fut blessée à la cuisse, reçut un coup de machette à l'épaule, perdit du sang, et fut terrassée par la douleur d'abord vive, puis explosive. Trois de ses hommes la virent, encerclèrent son corps, se défendirent de plus belle, et réussirent à s'enfuir avec elle.

Ils se cachèrent dans la forêt. La lutte continua. Les cris et les tirs se poursuivirent tout au long de la journée. Ils attendirent dans la nuit que les volontaires abandonnent leur chasse, et tentèrent de retrouver leurs camarades. Quatre apparurent. Ils parlèrent alors de leurs morts à voix basse, dans l'obscurité.

— Luis ? demanda un homme.

— Épuisé, dit un autre.

— El Ferias ?

Silence.

— Je sais pas, répondit-on finalement.

— Moi je l'ai pas vu.

Et les noms de compagnons d'armes et d'amis furent de nouveau lâchés, entre soupirs et longs silences. Ils étaient sûrs du sort de certains, pas des autres. La dernière chose qu'ils savaient de Modesto était qu'ils l'avaient vu se lancer dans la bataille pour protéger les esclaves.

Les hommes quittèrent le camp pour emmener Kaweka à l'hôpital de campagne installé par Maximo Gomez. L'importante délégation partie les rejoindre annonça son arrivée.

Juan Perez, médecin-major, s'occupa de la patiente dès son admission à l'hôpital. La blessure par balle n'avait pas touché le ventre. Elle avait eu de la chance, car les blessés au ventre sont ceux dont le pronostic est le plus sombre. Quant à l'épaule, il y avait des fractures, des muscles sectionnés, mais il ignorait encore si des nerfs ou des tendons avaient été touchés. Elle avait été recousue et immobilisée.

Elle avait perdu beaucoup de sang, était faible et fiévreuse. Il ne restait plus qu'à attendre.

« Priez pour elle », encouragea-t-il les esclaves affranchis qui attendaient autour de l'hôpital. Suivant son conseil, ils s'installèrent dehors jour et nuit, chantant, dansant et priant les dieux. Ils élevèrent de petits autels sur des pierres ou des caisses à sucre, avec des bougies, des estampes de divinités, parfois des images de saints catholiques, dont celles de saint Côme et saint Damien – les frères médecins –, mais aussi avec les attributs des orishas, en particulier celui d'Eleggua, l'orisha qui ouvre les portes de la vie et de la mort, avec son long bâton à la pointe torsadée. Tout le monde priait et apportait de nouvelles offrandes à l'enfant-dieu au visage de vieillard qui détient la clé du destin, celui qui dispose à sa guise de la vie des gens. Eleggua avait une passion pour la danse, et c'était aussi un glouton, un formidable mangeur, qui savait accorder ses faveurs en échange d'un festin. Les affranchis renonçaient à leur précaire subsistance et offraient au dieu des poulets noirs, ses préférés, des hutias* et des pigeons, du tabac, des fruits, et surtout de l'aguardiente pour le satisfaire pendant que Kaweka agonisait entre convulsions et sueurs, au rythme des litanies chrétiennes et des tambours yorubas.

« Modesto » fut le premier mot conscient que Kaweka parvint à articuler lorsqu'elle se réveilla après sept jours de lutte contre l'infection et la mort. Perez n'avait pas lésiné sur les moyens pour lui fournir des médicaments qu'il fut obligé de doser et de répartir entre les patients – compte tenu de leur rareté. Le major Lino, accompagné du général Gomez en personne, se rendit à l'hôpital pour s'assurer de l'état de santé de la jeune sergente dès qu'elle eut recouvré quelque peu ses esprits.

Dans la case au toit de feuilles de palmier, le médecin-major fit installer un box pour Kaweka, isolé des autres convalescents

* Petits mammifères poilus qui ressemblent à des rats, que l'on trouve uniquement à Cuba ou dans les îles voisines.

par un rideau. Pour le reste, il était identique aux autres : une paillasse sur le plancher. Perez, Lino et Gomez franchirent cette mince frontière tandis que la suite du général resta en arrière, parmi les autres lits.

— Je suis content que tu t'en sois sortie, Regla, la république a besoin de toi. Tu as été un élément décisif dans la lutte.

Il était mince, avec de longues moustaches grises si touffues et si lourdes qu'elles débordaient de ses lèvres et tombaient en désordre des deux côtés de sa bouche.

— Et mes hommes ? lui demanda-t-elle.

Personne n'avait voulu lui donner des nouvelles de leur sort. Kaweka se sentait trop faible pour se rebeller, mettre en doute leurs mensonges, rejeter leurs excuses et leurs hésitations. Le général, lui, ne se déroberait pas.

— Douze d'entre eux sont revenus, lui répondit-il.

Kaweka ferma les yeux. Les pleurs lui vinrent alors en hoquets et ravivèrent ses plaies. Son épaule et sa hanche l'irradiaient de douleurs chaque fois que ses poumons se dilataient à la recherche d'une gorgée d'air.

— Ce sont les héros de notre révolution, déclara Gomez. C'est ainsi que nous devons nous souvenir d'eux. Ce sont des soldats qui ont donné leur vie pour sauver la patrie de la tyrannie des Espagnols et la conduire sur les chemins de la gloire.

Le commandant Lino se rapprocha du lit et prit la main de Kaweka, qui continuait à hoqueter de douleur.

— Et Modesto... ? demanda-t-elle au général.

Ils étaient sortis de cette épaisse forêt dans laquelle ils s'étaient précipités pour s'abriter, tirant sur les bêtes et poussant les esclaves à courir. Le bataillon de volontaires leur avait tendu un piège : les cavaliers les avaient traqués à travers les arbres avant de les charger en poussant leur cri de guerre. Modesto avait vu Kaweka et ses compagnons essayer de riposter, et certains tomber après les premiers coups de feu.

— Les esclaves ! lui cria Kaweka.

Il courut vers le groupe de quinze esclaves et de trois Chinois pour les forcer à se plaquer au sol, entre les pattes des bœufs et des ânes. Les volontaires chargeaient au galop, les balles sifflaient autour d'eux. Une jeune mulâtre hystérique s'accrocha à lui, le forçant à s'allonger lui aussi.

— Du calme ! leur cria Modesto. C'est pas vous qu'ils veulent tuer !

Serrés les uns contre les autres, ils cherchaient à se protéger mutuellement, faisant bloc. La mulâtresse agrippée à Modesto l'empêcha de bouger. Il releva la tête. Un nuage de poussière montant de la terre sèche lui brouilla la vue. Le soleil commençait à se coucher et le reflet des flammes de la plantation, au loin, embrasait le ciel et la terre, la poussière, les machettes et les fusils. Les bœufs s'agitaient au-dessus d'eux, inquiets. Les cris de Kaweka, ceux des guérilleros et des assaillants se confondaient dans un vacarme indéchiffrable. Modesto voulut se relever. « Couche-toi, couche-toi », lui ordonna la mulâtresse en tirant sur ses vêtements. Modesto se débattit, un autre esclave lui reprocha ses intentions. « Tu vas nous faire tuer, mon frère », le réprimanda-t-il en l'incitant lui aussi à rester couché.

Le fracas des combats se rapprocha du bosquet. Les tirs et les ordres se succédèrent de manière plus espacée et devinrent perceptibles : « Capturez-les ! » « J'en veux pas un seul vivant ! » « Poursuivez-les ! »

Les coups de feu lointains n'étouffaient pas les plaintes des blessés qui gisaient autour d'eux. Soudain, une voix proche et autoritaire, près d'eux ; le bruit des sabots de deux chevaux ; la mulâtresse s'agrippa encore plus fort à Modesto. Puis des tirs retentirent soudain, faisant taire cette fois les gémissements des blessés.

— Bande de salauds !

Coup de feu.

— Va brûler en enfer, putain de rebelle !

Une autre détonation.

Le silence finit par tomber, rompu seulement par les sanglots et les claquements de dents de la mulâtresse.

— Debout !

L'un des cavaliers lança sa monture au trot dans le tas. Le cheval dansa au-dessus d'eux sans les toucher de ses sabots. Le groupe se sépara entre les pattes de l'animal et tous se levèrent, esclaves noirs et chinois.

— En rang ! ordonna l'un des cavaliers. Vous croyiez pouvoir vous enfuir ?

Hommes et femmes se mirent en rangs. Aucun ne répondit à la question, tous gardaient les yeux baissés. Modesto se confondait avec les autres : c'était un Bossale déguenillé, crasseux. Il n'était pas armé, avait les mains vides. Il ne portait pas de sac, n'avait pas d'affaires comme les autres, qui les serraient comme des trésors. Il réfléchit : tout avait été brûlé. Il n'y avait aucun livre, aucun registre de la plantation, aucun commandeur, aucun gardien, ils étaient tous morts. À moins que l'un des esclaves ne le livre, les volontaires ne sauraient pas qui il est. Il garda les yeux fixés vers le sol. Les chevaux les entouraient, maintenant au nombre de trois ou quatre... De la forêt, on entendait des salves et des cris étouffés. Le paysage rougeoyait, la chaleur était intense. Modesto voulut regarder autour de lui, vérifier l'identité de ceux qui étaient tombés. Un vertige le saisit lui faisant plier les genoux à l'idée que Kaweka pouvait se trouver à quelques pas de lui, blessée, en détresse, peut-être morte.

Il observa la scène du coin de l'œil. Dans cette étrange lumière, parmi les corps allongés, il ne reconnut pas la jeune femme. Les esclaves restaient immobiles, abattus, silencieux. Il décida de ne pas se distinguer du groupe et regarda les machettes abandonnées, ensanglantées, éparpillées à leurs pieds, à l'endroit où ils s'étaient cachés.

Personne ne voulait d'eux, personne ne voulait reconnaître leur participation au massacre de tous les responsables de l'exploitation.

Les cavaliers discutaient entre eux.

— Ils valent cher, entendit Modesto.

— Mais ils ont tué...

— Pas eux. Ce sont ces foutus rebelles...

— Regardez leurs machettes, pleines de sang !

— Des machettes, ça ? ironisa celui qui semblait être le chef, mettant fin à la discussion.

Ils furent obligés de les nettoyer. La mulâtresse lui tendit la sienne, et pour la première fois Modesto se souvint de ses yeux verts qui avaient attiré son attention dans la fabrique. Il la remercia d'un sourire et frotta la lame avec du sable fin jusqu'à ce qu'il n'y ait plus de traces de sang. Puis il la déposa à l'endroit indiqué par les volontaires. La cupidité de ces hommes les avait sauvés de la mort, mais pas du viol auquel les quatre femmes du groupe furent soumises dès la tombée de la nuit. Le rhum et l'aguardiente coulaient à flots parmi les soldats.

La nuit faiblement éclairée par le feu de camp autour duquel déambulaient les volontaires, dans un silence rompu par les halètements, les rires et les moqueries obscènes des violeurs, enveloppait les esclaves attachés par des cordes. Ils clouaient sur Modesto des regards accusateurs. Les Chinois, eux, restaient impassibles jusque dans le désespoir. Ils auraient pourtant pu lui reprocher son intervention dans la fabrique et le rendre responsable de leur situation. La veille, ils travaillaient et ils mangeaient. Ils étaient esclaves, certes, mais ils vivaient. Quel avenir les attendait entre les mains de ces tueurs, de ces violeurs en uniforme ? Un cri de douleur déchira la nuit, et Modesto pensa à la jeune fille aux yeux verts ; il perçut alors l'expression douloureuse sur le visage d'un esclave. Ces quatre femmes appartenaient à l'un ou l'autre de ces hommes, elles étaient leurs épouses, leurs compagnes... Dans les fabriques sucrières à la main-d'œuvre et à la production réduites, les relations ressemblaient plus à celles d'une famille élargie, autoritaire voire brutale, mais à une famille quand même.

La veille au soir, ils s'étaient acharnés à mort sur le commandeur et les deux gardes. Kaweka les avait laissés se venger, et la plupart de ses compagnons d'armes avaient applaudi lorsque les femmes avaient, en poussant des cris vengeurs, planté les machettes dans leurs corps déjà morts.

C'est peut-être la culpabilité, ou simplement la peur de se voir accusés de ces morts, qui épargna Modesto. Sinon probablement n'aurait-il pas échappé à une trahison.

Le campement de Kaweka accueillait des femmes, des enfants et des personnes âgées incapables d'accompagner l'armée du général Gomez. Les hommes s'enrôlaient comme fantassins, à condition qu'ils possèdent des connaissances militaires ou qu'ils les aient acquises par quelque entraînement ; sinon, ils étaient recrutés comme auxiliaires. Kaweka fut chaleureusement accueillie. Son uniforme avait été raccommodé et lavé pour en éliminer les taches de sang. Si auparavant il lui était trop grand, maintenant, après un séjour de cinq semaines à l'hôpital, elle disparaissait dedans. Quoi qu'il en soit, ses galons de sergent, à présent frottés et brillants comme des sous neufs, imposaient un certain prestige à sa démarche lente et hésitante, loin de la force et du dynamisme qui avaient jusqu'alors caractérisé son commandement. Respirer lui était douloureux, tousser un calvaire, et son épaule et son bras gauche en écharpe étaient raides, comme morts sous sa veste.

Cela faisait plus d'une semaine qu'elle n'avait plus de fièvre, et plusieurs jours qu'elle arrivait à suivre son régime alimentaire et que ses plaies cicatrisaient. Son épaule mettrait du temps à guérir, mais ni Perez ni les autres médecins n'osaient prédire dans quel état elle se retrouverait. Ils se réjouissaient d'avoir pu éviter de l'amputer. Combien de membres avaient été sectionnés dans les hôpitaux de campagne du front, par une chirurgie faite en urgence qui se pratiquait souvent sans éther ni chloroforme, seulement avec de l'alcool, soit une bouteille de rhum pour une jambe !

— Tu seras mieux au campement avec tes soldats, lui conseilla le major Perez.

Ils la logèrent dans la case qu'elle avait déjà partagée avec Modesto au retour de leurs attaques contre les sucreries : trois bâtons tordus enfoncés dans le sol et quatre feuilles de palmier en guise de toit. Avant qu'on l'installe sur la seule chaise de la pièce, Kaweka caressa la couverture du registre dans lequel Modesto avait fièrement inscrit les affranchis. Le reverrait-elle un jour ? Personne ne savait plus rien de lui.

Mènerait-elle à nouveau une attaque contre un moulin ou un bataillon espagnol ?

— Sans aucun doute, lui assura le général Gomez le jour où il vint lui dire adieu. Il partait pour l'Ouest, et Perez lui avait fait part de ses inquiétudes. La révolution a besoin de vous, sergente, l'encouragea-t-il.

— Allez-vous me rendre mes hommes ? lui demanda-t-elle.

Elle savait qu'après la tragique rencontre avec les volontaires, ils avaient été affectés à d'autres bataillons.

— Dès que vous serez prête à reprendre la lutte, lui promit le général, néanmoins surpris de sa question.

Mais pas un mot sur Modesto. Les femmes qui s'occupaient d'elle dans la case n'avaient aucune nouvelle de lui, ni Edward, ni les aînés non plus. Pendant sa convalescence, on lui avait dit qu'aucun des douze survivants de l'embuscade rentrés au campement n'avait vu le jeune affranchi, mort ou vif. Et la dernière chose dont se souvenait Kaweka, c'était de l'avoir chargé de protéger les esclaves de l'exploitation de San Lorenzo.

Elle se remit, entourée et aimée de ses proches. Elle faisait quelques promenades, aidée par deux jeunes filles qui la soutenaient et la forçaient à s'asseoir dès qu'elles l'entendaient s'essouffler. Elle essayait de se débrouiller seule, mais sa faiblesse l'emportait sur sa volonté. Elle était aimée, soignée, entourée. Beaucoup d'affranchis espéraient voir revenir la déesse en elle, mais Yemaya semblait avoir abandonné Kaweka : elle ne s'était pas manifestée à propos de l'embuscade dans laquelle ils étaient tombés. « Tu as empêché la libération de plus d'une douzaine d'esclaves, lui avait reproché Kaweka à voix basse, à l'hôpital. Sans compter la mort d'un grand nombre d'hommes de valeur qui n'ont fait que répondre à tes souhaits, toujours confiants en ta bonté et en ton aide ! » Elle se demanda alors si elle n'avait pas fait quelque chose qui aurait pu offenser Yemaya. Ce ne pouvait pas être à cause de Sabina, qui méritait ce qui lui était arrivé. Quant à son amour pour Modesto, comment pourrait-il l'offenser ? Kaweka restait néanmoins convaincue que sa déesse lui reviendrait, tôt ou tard. Elle pensa aux Noirs du campement, impatients de la voir danser, possédée, dans le besoin qu'ils avaient de renouer avec leurs racines et de renouveler en hommes libres leur engagement envers leurs dieux et leur culture, publiquement et ostensiblement, sans retenue, en criant, en chantant et en frappant furieusement sur leurs tambours.

En l'absence de Yemaya en elle, Kaweka s'emplissait des odeurs, des cris, des pleurs, des rires et des couleurs du campement. Elle avait toujours vécu ce lieu comme une étape obligée dans leur transhumance guerrière, comme lorsqu'ils couraient vers l'Orient et dormaient cachés dans la végétation de la brousse, attendant que l'aube se lève pour reprendre la guerre contre les Espagnols.

Aujourd'hui, ces mêmes gamins qui semblaient la craindre et la regardaient de loin s'approchaient de plus en plus franchement d'elle, le sourire aux lèvres, osant lui demander de leur raconter ses exploits. Ces derniers l'abordaient avec la même confiance et, du jour au lendemain, Kaweka se retrouva assise autour d'un feu, avec les enfants, les femmes et même les vieillards qui écoutaient ses histoires, tout comme Modesto l'avait fait avec leur petite troupe de trente-deux hommes.

— Les abeilles ! réclamèrent en même temps plusieurs petits, et une femme.

Kaweka sourit en son for intérieur. C'était une ruse mortelle. Elle se souvint du bourdonnement de milliers d'insectes comme si elle le vivait à l'instant même, et observa les visages expectatifs des enfants. Elle ne racontait jamais d'histoires. Sa seule obsession était l'attaque, encore et encore et encore. Était-elle en train de vieillir comme les aînés se réfugiaient dans leur vécu ? Les enfants s'agitaient, et elle aima cette attente.

— C'était un important bataillon espagnol, commença-t-elle, qui transportait des vivres et des armes, avec des hommes postés devant et sur les flancs pour ne pas se laisser surprendre par les autres soldats. Il était difficile de nous approcher sans que la colonne principale s'en aperçoive :

ceux qui se trouvaient à l'extérieur donneraient l'alerte, et avant qu'on arrive, les autres se seraient armés et mis à l'abri. (Kaweka se tut, faisant résonner le silence qui les entourait. La petite foule était immobile, attentive à son récit. L'un des enfants agita la main pour l'encourager à continuer.) Comme on savait quel chemin ils prendraient et dans quel sens ils iraient, le danger viendrait dans le sens inverse, « de l'intérieur vers l'extérieur », et non « de l'extérieur vers l'intérieur ». Bien avant l'arrivée de la colonne, on a rassemblé pas mal de ruches, et on les a cachées par terre dans les feuillages, et recouvertes de sable. Les chevaux des officiers, les mules, les bœufs, les chariots et l'infanterie ont piétiné les ruches et les abeilles sont sorties en essaims furieux pour défendre leur miel. Si les Espagnols avaient reculé, il ne se serait pas passé grand-chose, mais dans la confusion, beaucoup ont continué à avancer : les hommes se sont mis à courir, les chevaux à galoper, et même les bœufs, malgré leurs peaux dures, se sont énervés. Un grand nombre de ruches furent piétinées. Les abeilles en appelaient d'autres, et ce fut finalement une armée d'abeilles qui mit les ennemis en déroute.

Kaweka fit semblant d'avoir terminé son histoire.

— Et ? demanda une fillette.

— Encore !

— Que s'est-il passé ?

— Ils en ont tué beaucoup, leur raconta-t-elle. Ils les ont découpés à la machette et éviscérés. Ils ont pris leurs armes et leur nourriture et se sont enfuis dans la brousse avant de pouvoir réagir et se défendre. C'est ce que vous devez faire vous aussi avec tout homme qui tente de vous asservir, leur dit-elle en point final à son récit.

Comme il l'avait annoncé, le général Gomez retourna dans la région de l'Oriente pour rencontrer les membres du gouvernement de la République de Cuba en Armes et d'autres militaires, parmi lesquels le général Vicente Garcia de Las Tunas, qui s'était soulevé contre le gouvernement et avait proposé la destitution de Cisneros, le président de l'époque.

Maximo Gomez partit, accompagné d'une cinquantaine d'hommes, tandis que le gros de son armée, avec des Espagnols encore affaiblis dans leur capacité de réaction, poursuivait la guerre en gagnant du terrain à l'ouest, bien au-delà de Sancti Spíritus : à Villa Clara, Remedios et Cienfuegos. En outre, le général laissa derrière lui quatre-vingt-trois plantations de sucre incendiées, dont plus d'une douzaine fut l'œuvre de Kaweka et de ses hommes. Les esclaves de ces soixante-dix autres plantations s'étaient enfuis dans les montagnes, avaient rejoint l'armée rebelle, ou s'étaient même repentis et présentés à nouveau devant les Espagnols. Les femmes se mêlaient aux habitants des villages et des villes de la région de Las Villas, mais la plupart d'entre elles ne savaient rien faire d'autre que couper la canne, la transporter jusqu'au moulin et s'occuper des tâches d'une exploitation sucrière. Peu d'entre elles avaient les connaissances et les compétences nécessaires pour exercer un autre métier. Difficile donc de s'adapter à un environnement urbain, appauvri par plusieurs années de guerre. Peu sociables, elles étaient considérées avec méfiance même par leur propre race. Beaucoup de ces femmes, tout en arrachant enfants et vieillards à la plantation, cherchèrent refuge auprès de cette sergente dont tous les soldats et esclaves avaient entendu parler, si bien que le campement au bord de la rivière Jatibonico s'agrandit démesurément.

Le problème, c'est que les affranchis arrivaient affamés. Or la terre était aride, le bétail avait été abattu et les enclos, comme les fabriques sucrières, étaient en ruine. La région de Camagüey était tout aussi dévastée. Les maigres provisions qui arrivaient étaient destinées à l'armée, aux hommes en campagne, tandis que les enfants, les femmes et les vieillards devaient se contenter des patates douces, des citrouilles qu'ils cultivaient et des bananes dont ils mangeaient même la peau.

Après chaque raid dans les plantations, Kaweka rapportait toujours deux ou trois bœufs, de la viande pour nourrir les plus jeunes et les femmes enceintes. Maintenant, c'étaient les soldats qui volaient les maigres provisions du campement. Pire, ils violaient les femmes, quand ce n'était pas elles qui s'offraient en échange d'un peu de nourriture pour leurs enfants. La situation empirait. Kaweka fit appel à

Edward et à trois autres anciens pour empêcher que le campement se transforme en un gigantesque bordel, mais elle n'obtint comme réponse que : « Donne-nous à manger. »

Elle alla trouver les officiers de l'armée. Lino était absent, et un capitaine blanc se moqua d'elle :

— Laissons-les s'amuser, lui répondit-il après avoir refusé l'apport de nourriture. Ces hommes ont besoin de se défouler ! Quoi de mieux que des esclaves noires bonnes qu'à ça ? S'ils prennent du bon temps avec elles, ils importuneront moins les villageoises cubaines respectables. Ces hommes se battent pour la république ! Garde à l'esprit qu'on est en guerre. N'interviens pas.

Le commandant Perez fut plus chaleureux, mais non moins énergique :

— Je n'ai pas de médicaments, Regla, lui expliqua-t-il tout en retirant le bandage de son épaule. Et j'ai du mal à nourrir les blessés qui en ont pourtant besoin pour se rétablir. S'ils ne mangent pas, ils ne guériront pas. Bouge ton bras. (Cela lui fut impossible. Son membre, à présent grêle et balafré, ne réagissait plus.) Tu dois le solliciter, insista-t-il en mobilisant prudemment son bras. (Elle gémit de douleur.) Oui, ça va te faire mal, mais si tu veux retrouver l'usage de ce bras, il faut que tu t'y mettes, compris ?

Kaweka regarda autour d'elle l'hôpital bondé.

— Et le général ? demanda-t-elle.

— Les choses ne se sont pas bien passées. Le général rebelle Vicente Garcia, et d'autres partisans militaires, expliqua le médecin, ont réussi à faire destituer Cisneros, le président de la République, et à le remplacer par un autre membre de la Chambre des représentants, un ancien colonel de l'armée de libération, Juan Bautista Spotorno. Cisneros, révoqué, a soutenu le projet de Maximo Gomez d'envahir la partie occidentale de l'île, Las Villas en tête de pont, et a ordonné au général Garcia de se placer sous le commandement de Gomez et de prendre part à l'offensive avec son armée. Le général a refusé. Il était natif de Las Tunas et continuerait à se battre là, a-t-il déclaré, en Oriente, dans sa région, en défendant son peuple et en tentant de reprendre sa ville natale aux

Espagnols. Spotorno s'est rallié à la position de son mentor et a soutenu Garcia, qu'il a finalement nommé chef du département oriental, au détriment de Maximo Gomez. Cela étant, le commandant Gomez a retraversé la piste pour poursuivre l'invasion des provinces de l'Ouest, mais il n'avait réussi à recruter que quelque cent cinquante cavaliers.

Kaweka était incapable d'estimer les conséquences des mouvements politiques dont Perez lui parlait avec une certaine inquiétude. Cela, c'était du ressort de Modesto : c'était lui qui lui expliquait le sens des événements. « Où es-tu, stupide Noir ? » se désolait-elle sur le chemin du campement. Tout vacillait autour d'elle. Les femmes, volontaires ou forcées, attirèrent toutes sortes de criminels et de déserteurs des deux camps qui finirent par traîner dans le bivouac, y dormir ou s'y installer directement. Les affranchis, sans défense, prirent peur à l'arrivée de ces hommes rudes et violents, et l'atmosphère de joie et d'espoir dans laquelle s'était développée la vie de cette grande communauté d'esclaves affranchis se transforma en une atmosphère de terreur, et engendra une soumission d'un autre genre.

En outre, Kaweka n'était plus en mesure de manier sa machette. Dans sa case, à l'abri des regards, l'arme dans sa main droite, elle s'entraînait, or chaque mouvement lui causait une douleur fulgurante, et l'immobilité de son bras blessé la déséquilibrait jusqu'à la faire trébucher. Pour autant, elle était encore respectée, mais elle souffrait de voir, impuissante, des hommes agresser des femmes et même des enfants, s'imposer à eux sans vergogne, sans pudeur, où et quand bon leur semblait.

De nombreuses femmes s'enfuirent. Kaweka leur souhaitait bonne chance.

— Partez dans les montagnes, comme les marrons, leur conseillait-elle.

— Viens avec nous ! l'imploraient-elles.

Impossible pour elle de les suivre : elle attendait Modesto, et devait continuer à chercher Yesa. Entre-temps le cantonnement se désagrégeait, comme l'armée de Las Villas sous le commandement de Maximo Gomez.

L'attitude du général Garcia dans l'Oriente eut un impact sur les troupes et les commandants de Las Villas, qui refusèrent d'être dirigés par un militaire dominicain comme Gomez et les officiers qui l'accompagnaient depuis sa campagne de Camagüey. Il s'ensuivit des mutineries et des ruses dans le but de discréditer les chefs non originaires de Las Villas – stratégie qui culmina, huit ans après le début de la guerre, avec la nomination de Roloff comme général en chef des forces rebelles de l'Ouest et la nomination de commandants intérimaires originaires de Las Villas, malgré leur maigre expérience militaire et la révocation consécutive de Gomez et de ses partisans.

L'indiscipline, les régionalismes, les intérêts partisans, la suspicion et l'envie, le manque d'autorité et d'intelligence des dirigeants politiques ainsi que l'arrogance des militaires, permirent de réaliser ce que l'armée espagnole n'avait pas pu accomplir malgré sa supériorité en effectifs, en armement et en ressources. Et le courage d'un peuple, la volonté de vaincre et l'aspiration à la liberté, toutes qualités avec lesquelles ce peuple était parvenu à neutraliser son infériorité avec ses ennemis, tout cela céda sous le poids de querelles insignifiantes.

Kaweka vécut la tragédie de l'effondrement de cette illusion collective à travers son propre malheur. L'état de son bras gauche ne s'améliorait pas, la douleur lui provoquait des vertiges, si bien que souvent, immobile, tendue, en pleurs, elle parlait à une Yemaya qui ne lui répondait plus. Alors, serrant les dents, elle appuyait son membre infirme contre des branches et des troncs d'arbre, cherchant à percevoir le moindre signe qui lui ferait recouvrer la mobilité de son bras.

Les combats se poursuivaient sous les ordres de Roloff, mais les hommes désertaient, traversaient la piste pour se réfugier dans les épaisses forêts, les marais et les montagnes orientales, ou se rendaient aux Espagnols. Le camp cessa d'être le refuge des familles affranchies, et devint un lieu de passage pour les déserteurs et les criminels.

Le chaos régna dans la région. Les Espagnols se reconstituaient et attaquaient. La plupart des femmes, des enfants et des vieillards connus de Kaweka avaient fui ou étaient morts. Néanmoins les déplacements humains se poursuivaient sans relâche, comme si les cases en ruine, les chemins de terre qui les bordaient, les vergers dévastés, les décharges, les incendies qui illuminaient la nuit, attiraient comme un phare ceux qui erraient, sans toit ni loi, fuyant la guerre ou l'esclavage.

Kaweka rechercha la compagnie de quelques hommes et femmes dans sa situation, des vieillards pour la plupart, voués à un sort qui n'était pas pire que celui qu'ils avaient connu en tant qu'esclaves. La docilité avec laquelle ces hommes se soumettaient à n'importe quel groupe de Noirs ivres ou effrontés, qui leur réclamaient les ignames qu'ils avaient réussi à trouver dans les champs en friche, révoltait Kaweka. Un jour, elle laissa tomber sa récolte de tubercules pour s'emparer de sa machette, mais il lui fallut tellement de temps pour y parvenir que son geste ne provoqua que des rires. Elle tomba sur le sol en cherchant à attaquer un ennemi qui n'eut qu'à se détourner légèrement pour se défendre.

Ils se moquèrent de ses galons.

— T'as volé l'uniforme de qui ?

Ils le lui arrachèrent sans qu'elle ne puisse opposer de résistance. Personne ne lui vint en aide.

Bien que déchaînés, ivres et barbares, certains d'entre eux froncèrent les sourcils à la vue du torse de Kaweka, de sa poitrine balafrée, et crachèrent.

Kaweka, dans son uniforme déchiré, en loques, s'enferma dans une case dont le toit avait été presque entièrement emporté par les pluies et les vents. De temps à autre, l'un de ces vieillards qu'elle avait libérés d'une sucrerie laissait devant sa porte une igname ou la moitié d'une courge. Kaweka ignorait le sort qui l'attendait. Elle avait manqué l'occasion de rejoindre le commandant Perez qui le lui avait proposé, lorsqu'il avait reçu l'ordre de rapprocher son hôpital du front, à Cienfuegos. Elle savait qu'elle ne pourrait guère être utile tant que son bras ne fonctionnait pas. Elle lut de la compassion dans les yeux du médecin. C'était un homme bon, elle lui en était reconnaissante. Et, il y avait Modesto : ils devaient se retrouver là, ce lieu était son repère. Elle sentit à nouveau la déesse en elle. Yemaya soutenait sa décision. Du moins, c'est ce qu'il lui sembla.

Elle dormait seule, dans la case, attentive aux bruits du dehors, aux rires, aux bagarres, aux cris des rares femmes encore présentes.

— On dit qu'elle est monstrueuse…

Les Noirs avaient l'habitude de passer sans s'arrêter devant sa case, la traitant comme une pestiférée. Cette fois, ce ne fut pas le cas, et Kaweka vit leurs silhouettes se découper contre les feux rougeoyants de la rue. Plusieurs d'entre eux titubaient, s'appuyaient les uns sur les autres ou se bousculaient en se passant des bouteilles d'aguardiente qu'ils buvaient au goulot.

— Y a pas de femme assez monstrueuse pour pas écarter les jambes !

— Ce sera toujours mieux qu'avec un âne !

Rires. Bousculades. L'un d'eux entra dans la case.

— Elle doit bien avoir une langue ?

— Laisse-moi faire, dit un autre, sa bouteille à la main. Laisse-moi voir où elle est.

— Attention, elle a peut-être une langue de vipère, fine et fourchue !

Kaweka brandit à nouveau sa machette, prête à tuer.

— J'y vais moi en premier !

C'était un grand et fort gaillard qui repoussa d'un revers de main celui qui tenait la bouteille.

— Tu vas me glouglouter le poireau ! rugit-il dans l'obscurité de la pièce.

— Je vais te le couper d'un coup de dent ! le menaça Kaweka.

L'homme s'arrêta brusquement. Une seconde s'écoula.

— Et ensuite, tu m'enfonceras tes ongles ?

Kaweka relâcha un peu la poignée de sa machette.

— Porfirio… ?

20

Madrid, mai 2018

— Et tu crois que cette dame de l'Onu va résoudre le problème de ta mère ?

Lita garda le silence avant de répondre à Pablo, qui lui tournait le dos comme s'il la fuyait. Elle était arrivée chez lui, tout excitée par sa conversation avec la señora Vit qu'elle lui avait racontée en détail, y compris les recherches qu'elle avait faites depuis sur Internet. Mais il était resté sceptique, indifférent, et voilà qu'il lui sortait cette impertinence.

Elle voulut lui répondre avec la même dureté, mais se retint lorsqu'elle pensa aux difficultés qu'il traversait, aux soucis qu'elle lui causait, parce qu'il l'avait défendue contre le marquis.

Elle se leva et s'approcha de lui, dans son dos. Elle posa sa tête sur son épaule et enroula ses bras autour de son torse. Elle le caressa.

— Je suis désolée, murmura-t-elle, je suis vraiment troublée par tout cela.

Pablo resta silencieux. Lita continua à le caresser, mais il ne répondait pas à ses marques d'affection. Elle l'embrassa sur la nuque et fit descendre sa main jusqu'à ses reins.

— Je continue ?

Pablo arrêta sa main et se retourna.

— Mieux vaut pas.

— Tu n'as pas envie ?

— Non, Lita. Je n'ai pas envie, je suis désolé.

— Tu veux qu'on parle ?

— De quoi ? Du fait que ta mère est la demi-sœur du marquis, ou qu'on m'a confié les chiffres d'une chaîne de magasins de bricolage ? répondit-il d'un ton maussade.

— Non. Rien de tout cela. De nous.

— Je ne me reconnais plus. Toutes mes illusions se sont évanouies...

— Toutes ?

— Toutes, Lita. En ce moment, je suis incapable de... je ne sais pas... (La voix de Pablo révélait sa détresse.) Je suis incapable de penser de façon sereine. Je ne dors plus.

— Tu es un grand professionnel. Tu trouveras un job en un rien de temps.

— Toi aussi. Et tu en as trouvé un ?

Ils se regardèrent un instant.

— Tu préfères que je parte ?

Il ne répondit pas. Lita serra les lèvres sans pouvoir empêcher son menton de trembler. Elle ramassa ses affaires et lui lança un simple « au revoir » d'une voix brisée.

Il lui fallut un peu plus d'une heure pour rentrer à pied chez elle, à La Latina. Elle traversa le parc du Retiro, qui restait en cette saison ouvert jusqu'à minuit, et se retint de s'asseoir pour pleurer calmement. Elle ne voulait pas que quelqu'un remarque sa tristesse et tente de la réconforter. Alors elle continua de marcher. Lorsqu'elle croisait quelqu'un, elle baissait la tête et retenait sa respiration, ce qui n'empêchait pas certains de la regarder avec insistance. À mi-chemin, près du musée du Prado, elle sortit son téléphone portable et envoya un message à Pablo : « Je t'aime. »

Elle respira profondément, comme si ces mots allaient tout arranger comme par magie, mais deux rues plus loin, les larmes lui montèrent à nouveau aux yeux.

Son téléphone ne sonna pas cette nuit-là. Le matin non plus. Nul message de Pablo. Elle avait réussi à dormir avec un somnifère, et s'était levée vers 9 heures après avoir paressé au lit. Sara venait de faire du café dont le parfum envahissait la pièce. Elle se servit une tasse et resta assise sans rien dire. Elena apparut, visiblement attirée par l'odeur du café, se servit en bâillant, et rejoignit Sara et Lita.

— Mauvaise nuit ? lui demanda Elena.

Elena hocha la tête sans rien dire.

— Quelque chose ne va pas ? demanda Lita, étonnée par ce manque de curiosité inhabituel de la part de ses amies.

— Non, rien.

C'était forcément faux.

— Où est ma mère ?

Elle supposa qu'elle devait être au marché, occupée à négocier le prix le plus bas, mais le silence qui répondit à sa question l'interpella. Elle entendit au loin les chiens aboyer, comme s'ils étaient à plusieurs mètres.

— Ils l'ont fait, enfin, dit-elle.

— Fait quoi ? De qui tu parles ? s'étonna Sara.

— Les voisins, les chiens ! Ils étaient obsédés, ils voulaient qu'on les leur donne. Finalement, c'est peut-être une solution. On n'allait pas garder ces deux clebs, et ma mère n'aurait pas pu s'en occuper éternellement.

— Les chiens sont avec ta mère, l'informa Sara.

— Pas du tout, les chiens sont chez les voisins !

— Oui, ils sont chez les voisins, avec ta mère, lâcha Elena.

— Ma mère est en visite chez eux ? demanda Lita d'un ton soupçonneux.

— Non...

— Alors quoi ?

— Eh bien, ta mère travaille chez eux. Ils l'ont engagée pour le ménage...

— C'est pas vrai ! s'étrangla Lita en se dirigeant vers la porte.

— Ne fais pas ça ! l'avertit Elena. C'est Concepción elle-même qui l'a proposé à Vicente. Si tu y vas, tu la mettras dans l'embarras. Qu'est-ce que tu veux lui dire, de ne pas travailler ?

— Évidemment !

— Mais tu ne vas pas te battre avec eux, c'est eux qui lui ont proposé, en toute bonne foi ! Allez, prends une autre tasse de café. Ta mère a besoin de cet argent !

— Et Pablo, il en est où ? s'enquit Elena, déviant à dessein la conversation.

— C'est la cata. Il est déprimé à fond. Qu'on l'ait relégué dans la fonction de consultant, c'est comme si un gouffre s'était ouvert sous ses pieds.

— C'est peut-être bien le cas... commenta Elena.

— Non ! Il doit se battre, il ne peut pas abandonner comme ça sur un coup de tête. Un type avec des couilles ne se laisse pas abattre aussi facilement ! s'indigna Sara.

Elles discutèrent du jeune homme. Lita écoutait, intervenait peu, s'interrogeait. Elle approuvait en partie les arguments qui l'excusaient. Elle devait se battre pour le soutenir et ne pas le perdre, mais elle ne pouvait s'empêcher de partager certains commentaires qui mettaient en relief les faiblesses de l'homme, lesquelles, même si elles étaient justifiées, étaient aussi bel et bien réelles, reconnaissait-elle à regret.

Toutes les trois devant leurs cafés, décoiffées, vêtues de t-shirts en guise de pyjama, Concepción apparut dans son habituelle robe de chambre rayée et interrompit leur conversation. Les chiens, sagement à ses pieds, semblaient conscients de l'importance abyssale du débat.

— Vous pouvez continuer, les encouragea-t-elle.

— Un café ? lui proposa Sara.

— On a déjà tout dit, maman, lui répondit Lita en regardant la femme qui venait de faire le ménage dans l'appartement des voisins pendant qu'elle-même discutait d'un homme qui se plaignait d'histoires de quincaillerie.

C'était ça, la vraie vie : Concepción, debout devant elles. Concepción qui se battait, à soixante ans passés. Concepción, la bâtarde mulâtre du fils du marquis, qui leur souriait en s'asseyant à leur table.

— Volontiers, pour le café. Es-tu sûre que tout ait été dit ? demanda-t-elle à sa fille en lui prenant la main par-dessus la table.

— Non, s'empressa d'intervenir Elena, pas tout.

Et elles revinrent à Pablo, cette fois avec le concours de Concepción, qui encouragea sa fille à la bienveillance et à la réconciliation.

Cet après-midi-là, elles occupaient une salle de la mairie, partagée par l'association des résidents et diverses organisations civiques et sociales, qu'Elena avait réussi à obtenir après qu'un certain Joseph eut demandé à rencontrer Lita de la part de la dame de l'Onu : longue table bancale sur tréteaux entourée de chaises dépareillées sur parquet stratifié, murs recouverts d'affiches présentant toutes sortes de requêtes et de dates. Des jeux d'enfants rassemblés dans un coin, des échiquiers dans un autre. Des néons suspendus au-dessus de leurs têtes, dont l'un clignotait, ce qui était extrêmement gênant.

Quatre hommes se présentèrent : trois Noirs, un mulâtre, deux d'entre eux immigrés – Lita ne demanda pas s'ils avaient ou non des papiers. Les autres étaient espagnols, comme elle, tous membres de l'Association pour la défense des droits des Afrodescendants. Assis autour de la table, Marcelo et José, ainsi que Sara et Elena qui avaient tenu à être présentes en tant qu'« observatrices ».

— Une manifestation dans trois jours, devant le siège de la banque Santadoma, annonça Joseph Bekele, le président de l'association, une fois les présentations et les commentaires terminés.

Ils comptaient sur Lita, bien sûr, et sur Concepción, qu'ils regrettaient de ne pas rencontrer. « Qu'est-ce que je ferais à une réunion ? » avait-elle dit à Lita. « Je n'y ai jamais assisté. Tu me raconteras. » Les collaborateurs de Bekele promirent de reconduire la manifestation autant de fois que nécessaire. Ils appelleraient leurs nombreux soutiens, assurèrent-ils à Lita, lorsqu'elle demanda, sceptique, qui seraient les participants. L'histoire de Concepción était celle de beaucoup d'entre eux : l'esclavage, la misère, l'ignorance, toutes ces tares omniprésentes dans leur vie. Le mépris comme la plus grande expression du racisme. Ils viendraient à la manifestation, c'était sûr. De plus, la question semblait susciter un certain intérêt auprès des institutions.

— Pouvons-nous en savoir plus sur cette dame de l'Onu ? demanda l'un des avocats.

Bekele acquiesça. Il lui avait parlé, et la question les intéressait.

— Il se pourrait même qu'il y ait une surprise, fit remarquer le président de manière énigmatique, déclaration qu'il dut préciser sur l'insistance d'autres personnes, y compris de son groupe. Un homme politique pourrait être là, avoua-t-il.

Tous applaudirent, enthousiastes, à la perspective de ce soutien et, à la date prévue.

Sans que soit remplie aucune des conditions légales de rassemblement sur la voie publique, ils occupèrent, quelques minutes après l'arrivée des premiers manifestants, la rue du quartier de Salamanca devant la façade principale de la banque Santadoma – action qui se réalisa dans les minutes qui suivirent l'arrivée des premiers manifestants. C'étaient plus de cinq cents personnes, en majorité de couleur, qui se retrouvèrent par une journée chaude et lumineuse. « Un succès », se félicitèrent les membres de l'association. Furent distribuées des banderoles portant des slogans contre le racisme et l'esclavagisme, une pancarte demandait aux Santadoma de compenser leurs dérives coloniales, d'autres portaient des messages injurieux à l'encontre de ceux qui s'étaient bâti un empire sur le dos de l'exploitation des Noirs. Trois Africaines brandissaient des bâtons au bout desquels étaient accrochées des peluches ressemblant à des yorkshires. Un groupe était vêtu en esclaves, pieds nus, avec d'amples tuniques brunes et des chapeaux de paille, brandissant des machettes de bois. On distribua des sifflets qui s'ajoutèrent aux sons des insultes et des coups de klaxon des voitures bloquées dans la rue elle-même ou dans l'embouteillage des rues adjacentes.

Les membres de l'association lançaient des slogans : « Payez, Santadoma, payez, payez ! » « Retournez à Cuba ! » « Retirez votre argent de la banque des esclavagistes ! »

La police fit acte de présence se contentant d'observer à distance.

Lita tarda à se joindre au mouvement. En tête du rassemblement avec sa mère et ses amies, elle se sentait observée et pointée du doigt derrière les vitres teintées de la façade de la banque où se tenaient ses anciens collègues de travail – ainsi que le marquis, sûrement furieux, accompagné de Gil et d'autres managers, comme Stewart, et probablement Gloria, en train de la critiquer, de la charger de reproches. Alors, elle se concentra sur sa mère, étonnée, et sur ses amies, qu'elle voyait s'échauffer de plus en plus à mesure que la tension montait. Toutes les trois avaient déjà participé à de nombreuses manifestations défendant des causes diverses : des revendications féministes classiques, contre le racisme, en faveur des homosexuels, pour l'exhumation du général Franco ou l'aménagement de nouvelles pistes cyclables. Elles se souciaient peu du dictateur mort depuis des lustres, et aucune ne circulait à vélo, mais Elena militait dans plusieurs associations qui comptaient sur elle pour obtenir des appuis, et elle avait fini par convaincre ses amies. Ce fut elle qui encouragea Lita à crier avec les autres.

— Retirez votre argent de la banque de l'esclavagiste !

Ce slogan était devenu populaire. Son amie l'encouragea des deux mains :

— Vas-y !

« Retirez votre argent de la banque des esclavagistes ! » était le slogan que scandaient les gens, le poing levé contre le bâtiment. Tous à l'unisson. Elena lui sourit. Lita brandissait son poing avec rage : contre le marquis, contre Gil. Elle brandissait son poing pour sa mère, qui restait à ses côtés, émerveillée, pour sa grand-mère, pour les Noirs, pour les esclaves. La télévision les filmait à quelques mètres. Lita continuait de crier, hors d'elle. Le cameraman balaya la foule des manifestants, puis filma une interview. Joseph indiqua l'interviewé d'un coup de menton complice, et Lita reconnut un député qui ne manquerait pas l'occasion d'attaquer le capitalisme, les banques, les riches, les Santadoma et les impérialistes américains qui essayaient de prendre le contrôle de l'entreprise espagnole, refermant ainsi le cercle d'un esclavagisme qui participait de la triste histoire du pays.

Après avoir terminé son interview, le député se dirigea vers Concepción pour la saluer. On les photographia.

— Continuez la lutte ! la soutint-il devant plusieurs micros. Cette femme représente l'injustice que les colonialistes et les capitalistes sans scrupule ont semée et qui, aujourd'hui, au XXIe siècle, perdure. Nous sommes aux côtés de toutes ces personnes. *Yes we can !* lança-t-il en levant le poing vers la banque.

Puis il partit, et son au revoir céda la place à l'intervention progressive de la police, comme si les forces de l'ordre avaient attendu que le politicien disparaisse de la scène. Il ne s'agissait pas de policiers anti-émeutes, mais de fonctionnaires qui approuvaient la manifestation ou avaient confiance en sa dissolution pacifique.

— Fin de la manifestation ! annonça Joseph.

Après les cris, les invectives et les huées, l'événement avait perdu la gravité d'une protestation pour prendre un ton festif, et c'est dans cet esprit que la foule répondit à l'appel à la dispersion. Ceux qui étaient déguisés en esclaves s'agenouillèrent, les mains jointes, et, sur un ton théâtral, supplièrent les membres de l'association de ne pas les maltraiter. La banque n'était plus leur cible. Les journalistes reprirent les caméras et les micros. L'un des membres de l'association souleva dans ses bras une jeune fille grimée comme une esclave et la reposa au sol. Dès qu'elle fut sur ses pieds, elle embrassa le jeune homme. Acclamations, rires et applaudissements. Le couple ne se sépara pas, le garçon et la fille continuaient à s'étreindre, on crut qu'ils dansaient, et les autres firent de même. Applaudissements, entrechoquements de clés. Dans une confusion de rythmes, de sons et de chants, la foule bougeait, dansait, chacun à sa façon.

Les policiers ne pouvaient s'empêcher de sourire. Les photoreporters allaient d'un côté à l'autre. Les banderoles étaient au sol, les yorkshires empaillés sautillaient allègrement sur leurs bâtons. Lita se sentit flotter dans ce concert hétéroclite. Ses jambes lui demandaient de danser. Elle paniqua, regarda ses amies tandis que son corps tout entier s'emballait et répondait à l'appel. Sara et Elena la regardaient, bouche bée, se souvenant toutes deux de leur amie envoûtée dans le patio de l'ermitage de Regla.

Et Lita s'anima d'une danse endiablée, délirante, au cours de laquelle Yemaya, ivre de pouvoir et de sensualité, rejetait tous les hommes qui osaient l'approcher, méprisante, dédaigneuse, lançant des regards pareils à ceux du marquis de Santadoma qui se cachait dans sa tanière dorée.

Cette danse apparut sur les écrans de télévision en même temps que les images de la manifestation de Noirs qui avaient commencé par fustiger les banquiers et fini par réclamer justice sur fond de danses et de chants. Le plan d'un policier souriant laissait entendre qu'il les soutenait. Un autre montrait le député populiste et Concepción qui se saluaient. Suivait la diatribe de l'homme politique contre le système capitaliste, les privilégiés, l'esclavagisme et les injustices sociales.

Quelques jours plus tard, le mouvement reprit, cette fois sans Lita ni Concepción et sans le soutien officiel de l'association. Une poignée de manifestants, des jeunes pour la plupart, souvent masqués, remplacèrent l'ambiance festive et les danses par des provocations et des graffitis sur la façade de la banque, des jets de pierres contre les vitres et des courses à l'approche de la police. Ces attaques se répétèrent dans plusieurs localités espagnoles. Des succursales de la banque Santadoma, dans plusieurs villes, furent couvertes de graffitis contre le racisme et l'esclavagisme, des distributeurs de billets furent fracassés, leurs vitres brisées.

— Mais où veux-tu en venir, qu'est-ce que tu cherches ? l'interrogea Pablo d'un ton peu aimable, presque agressif.

Elle avait décidé d'insister : elle s'était rendue chez lui et avait même réussi à ce qu'ils fassent l'amour, même si le résultat était insatisfaisant et routinier, comme chaque fois depuis ces derniers temps.

— Je ne vois pas ce que tu veux dire.

— Je pense à tout ce qui se passe avec la banque Santadoma. Qu'est-ce que tu gagnes à jeter le discrédit sur l'institution ? Ça pourrait même aller contre ton propre intérêt si ce que tu veux, c'est une part de l'héritage.

Lita y avait pensé. Le « prix du sang », telle était la nouvelle devise des gens qui se tenaient devant les portes des succursales, tentant de convaincre ceux qui y entraient de cesser de travailler dans cette entreprise. « L'argent du sang ! » répétaient-ils, assimilant le commerce du Santadoma à celui des pierres précieuses extraites par des esclaves dans les mines des pays africains en guerre.

À une époque où la conscience sociale était exacerbée, où étaient promus l'écologie, la durabilité, le recyclage et l'interdiction du travail des enfants et des esclaves, la possibilité de juger une banque en fonction de l'origine de son capital, comme on le faisait pour les diamants et leurs certificats de garantie, se présenta comme une démarche solidaire.

Lita savait, comme ses avocats le lui avaient dit, que cette campagne se répercuterait plus tard sur les commerces. Et c'est ce qui arriva.

Les nombreux restaurants et boutiques ethniques qui vendaient des produits africains ou issus de l'immigration furent les premiers à apposer sur leurs menus et leurs vitrines un autocollant rouge refusant l'utilisation des cartes de crédit émises par la banque Santadoma. La mention « Prix du sang » était inscrite sur une bande noire, avec le logo de la banque, qui barrait la carte. D'autres établissements commerciaux se joignirent à la campagne, certains volontairement, d'autres un peu moins, se contentant juste de laisser l'autocollant déposé sur leurs vitrines pendant la nuit.

Les analystes professionnels observaient avec inquiétude mais non moins d'intérêt ce mouvement populaire qui visait à saper le prestige de la famille Santadoma. Les actions en bourse ne baissaient pas, car les transactions étaient suspendues. Mais toutes les prévisions économiques sur lesquelles reposaient les différents contrats, et le prix que certains avaient accepté de payer et d'autres de percevoir s'effondreraient si les clients désertaient la banque et si la confiance de l'opinion publique diminuait.

— Le marquis devra bien céder un jour ou l'autre. La seule chose que je puisse faire, c'est de faire pression, répondit-elle à Pablo.

— Es-tu sûre que les intérêts de toutes ces associations de Noirs et d'immigrés à l'origine des émeutes contre les Santadoma rejoignent les tiens ?

— Ma mère était immigrée et nous sommes toutes les deux noires ! Pourquoi ne partagerions-nous pas des affinités avec ces « Noirs » et ces « immigrés » dont tu parles ?

Ce fut le jour où elle quitta l'appartement de Pablo avec la pire impression. Le bureau où il préparait sa thèse de doctorat, jusqu'alors bien rangé, était en désordre, des feuilles de papier traînaient au sol, comme si l'homme qu'elle aimait avait renoncé à son rêve. Cette nuit-là, elle ne pleura pas en traversant le parc du Retiro, mais ressentit de la colère et de la rage. Pablo avait franchi une limite à laquelle elle n'imaginait pas qu'il puisse toucher un jour : celle de la race. Ce soir-là, elle avait tenu à l'inviter à un repas qu'elle avait organisé pour le lendemain avec Joseph Bekele. Elle voulait lui faire comprendre sa situation, ses problèmes, écouter ses conseils, et partager avec lui un moment très important de sa vie, espérant que cela puisse les réunir autour d'une cause commune. Mais le mépris qui s'exprimait dans ses dernières paroles fut la seule chose qui l'accompagna à son rendez-vous prévu avec Bekele.

Elle se rendit avec Concepción dans un restaurant de La Latina. C'était un lieu ethnique, décoré d'objets typiques, de tableaux aux couleurs vives, de paniers en osier, de photos de l'Afrique et de statuettes en bois sculpté.

À cause de leur couleur de peau, tout le monde supposait qu'elles aimaient la cuisine africaine, et souvent, Lita rappelait gentiment qu'elle était mulâtre, certes, mais tout aussi espagnole, et qu'elle adorait le jambon ibérique et la tortilla. Avec Joseph Bekele, elle n'osa pas adopter cette attitude, l'homme ayant insisté pour les inviter à dîner dans un restaurant où subsistait un peu de l'âme de la cuisine éthiopienne, bien que ses racines soient nigérianes, précisa-t-il.

Lita douta que le poulet acheté au marché de la Plaza de la Cebada de Madrid, à quelques encablures de là, eût la moindre similitude avec celui qui se vendait sur les étals d'Addis-Abeba, quand bien même le piment brûlant et le feu des nombreuses épices dans lesquels la viande avait macéré eût pu faire fusionner leurs âmes, quoique d'ethnies et de couleurs différentes, en une seule. Joseph Bekele, un Noir d'une cinquantaine d'années, plombier de son état, réussit cependant à leur faire oublier, grâce à la passion avec laquelle il affronta la question des Afrodescendants, ce mélange explosif de saveurs insolites.

— Ne vous offensez pas, commenta-t-il après avoir déploré les nombreuses morts d'Africains qui tentaient de passer en Europe à la recherche d'un monde meilleur, si je vous dis que beaucoup d'entre eux auraient tout donné pour avoir votre vie, Concepción, et surtout pour que leurs filles puissent bénéficier de votre situation et devenir une femme comme vous, Lita.

— Je le lui répète toujours, intervint Concepción. Les marquis nous ont bien traités.

Lita se sentit observée par Joseph lorsqu'elle prit un morceau d'*injera*, une galette au levain à base de teff, la céréale éthiopienne sacrée, pour attraper dans le plat commun un morceau de *doro wot*, ce plat de poulet assaisonné d'une myriade d'épices aux noms imprononçables, corsé au point de mettre la bouche en feu. Concepción se livrait avec un naturel qui surprit sa fille.

— Parfois, je le cuisinais avec ta grand-mère.

Étonnée, Lita ne répondit rien et resta pensive.

— Je suis désolé, intervint Bekele, croyant que leur attitude était due à ses propos concernant la vie de Concepción. Je ne voulais pas vous offenser...

— Pas du tout, ce n'est pas le cas, l'interrompit Lita, la bouche pleine, attendant d'avoir complètement avalé avant de poursuivre. Je suppose que vous avez raison, mais alors pourquoi vous intéressez-vous à nous ? Votre association doit sûrement gérer des problèmes bien plus importants, et je suppose que vos ressources sont limitées.

— Ne vous méprenez pas, nous avons des ressources, mais il est vrai que nous nous occupons de beaucoup de personnes sans logement, sans travail, sans nourriture…

— La femme de l'Onu vous soutient-elle ?

— Oui et non. En effet, le haut-commissaire a un intérêt dans cette affaire. L'Espagne enfreint le traité de Durban concernant les personnes d'ascendance africaine, et les conclusions du groupe d'experts dans son récent examen sont en effet dévastatrices. L'invisibilité des Espagnols d'origine africaine est une constante dans cette société. En Espagne, les autorités considèrent que la discrimination et l'exclusion sont principalement dirigées contre les immigrés d'Afrique, et qu'il n'y a pas d'intolérance envers les Afrodescendants nés en Espagne.

— Punaise ! s'exclama Lita.

— Ma fille ! la réprimanda Concepción.

— Je ne porte pas de pancarte indiquant que je suis née en Espagne, et je peux vous assurer que le racisme et la discrimination sont quotidiens ! Il suffit de mettre les pieds dans la rue.

— C'est vrai, convint Joseph. Les Espagnols ne sont pas conscients de leur racisme à l'égard de la population de souche africaine née sur leur sol. Et l'un des groupes qui souffre le plus de cette invisibilité, mis en évidence dans le rapport de l'Onu, c'est celui des employées de maison.

— Comme toi, ajouta Lita, troublée, à l'adresse de sa mère.

Elle resta pensive. Oui, sa mère avait mené une vie terne, insignifiante, au service de personnages insupportables, dans une maison où elle passait inaperçue. Les larmes lui montèrent aux yeux.

— Ça ne va pas ? lui demanda Bekele.

— Les épices, s'excusa-t-elle.

— Vous êtes l'une de ces employées de maison, Concepción, reprit l'homme. Des heures interminables, et des conditions abusives. Est-ce que je me trompe ?

— D'autres vivaient bien plus mal que nous. Ni ma mère, ni moi, ni ma fille n'avons jamais manqué d'un toit ou de nourriture.

— Il ne parle pas de ça, maman. Les esclaves non plus ne manquaient pas de gîte et de couvert !

— Ne fais pas de comparaison, Lita, pour l'amour de Dieu !

— Mais si, justement ! C'est une question de dignité. Tu es l'égale du marquis, de doña Claudia, de n'importe lequel d'entre eux...

— Ma fille...

— Non. Je ne veux pas t'entendre dire une fois de plus qu'ils sont différents. Pourquoi ils ne t'ont pas envoyée à l'école, comme moi ?

— C'était une autre époque, ma fille...

— Les années 1960 en Espagne ? Les femmes faisaient des études ! Il y avait des avocates, des médecins, des secrétaires et des infirmières. Oui, beaucoup ! Toi, tu as tout simplement été mise au service de la maison, jour et nuit.

Bekele les observait.

— Il est clair que vous n'êtes pas convaincue, Concepción, intervint Bekele devant le silence de la mère et de la fille.

— Comme le dit ma fille, je ne suis qu'une bonne...

— Maman, je ne voulais pas dire cela !

— Mais si, c'est la vérité. Et nous ne devons pas en avoir honte. Je n'en ai pas honte, et j'espère que toi non plus. Mais je ne sais rien de toutes ces choses dont tu parles. Monsieur Bekele, je ferai exactement ce que dit ma fille.

— Je m'en réjouis, Concepción. Vous finirez par comprendre, j'en suis sûr. Nous sommes en présence d'un cas concret de discrimination avérée à l'encontre des Afrodescendants de nationalité espagnole, mais avec la concordance d'une circonstance encore plus importante : cette fois, nous avons des coupables avec un nom et un prénom : les marquis de Santa...

— Santadoma, conclut Lita.

— Eux-mêmes. Écoutez, à qui devons-nous faire porter la responsabilité de la misère, de l'ignorance, de la souffrance d'un enfant au Nigeria ou en Éthiopie ? à la société occidentale ? au capitalisme ? à la corruption des dirigeants soutenus par les multinationales ? Nous ne pouvons pointer du doigt aucune personne en particulier. Face aux malheurs et aux catastrophes, les gens se limitent à donner quelques euros à une ONG pour se donner bonne conscience. Je sais, c'est un discours éculé, fatigant. De plus en plus de migrants sont affamés. De plus en plus d'expulsés viennent tenter leur chance. De quoi sont-ils coupables ? Qui est à blâmer ? Personne et tout le monde. Mais dans votre cas, nous connaissons le responsable de votre situation...

— Moi-même ! s'écria presque Lita.

Toute cette conversation l'avait meurtrie, déchirée. En effet, elle avait vécu sous la protection de sa mère. Elle avait dormi, mangé, poursuivi des études grâce à elle. Concepción lui avait tout donné, et en retour elle n'avait reçu que de l'ingratitude de sa part, et un complexe d'infériorité dont elle était incapable de se défaire. Elle ne se l'était jamais reproché directement, mais à cet instant, elle se sentait méprisable pour toutes les fois où elle avait pensé que ses origines modestes portaient atteinte à ses relations professionnelles et sociales. Elle aurait dû être fière d'avoir une telle mère ! Alors, qui était la vraie responsable sinon elle ?

— Les Santadoma ! affirma Joseph. Des esclavagistes. Des colonialistes. Des potentats qui ont fondé leur position et leur richesse sur l'exploitation historique des Afrodescendants. Et qui, avec vous, Concepción, ont perpétué la tradition. Racisme à l'état pur, intolérance, xénophobie, discrimination raciale !

Il avait élevé la voix. Les convives des autres tables les regardèrent.

— Désolé, s'excusa-t-il auprès de Lita, de sa mère, puis des autres clients. Il faut les écraser, dit-il ensuite tout bas, avec une pointe d'autorité dans le ton. Les gens comme eux sont nombreux dans le monde. Ils n'ont peut-être pas de servantes de couleur amenées de Cuba comme les Santadoma... – Pardonnez-moi cette impolitesse à votre égard, dit-il à l'adresse de Concepción –, mais ils jouissent encore, aujourd'hui, au XXIe siècle, des richesses qu'ils ont obtenues en asservissant notre peuple. Tous doivent savoir que nous sommes là. Que nous nous battons. Que nous les montrerons du doigt. Que nous méritons réparation.

— Et comment ? l'interrogea Lita.

— En leur montrant comment la descendante d'une esclave réclame ce qui lui revient. Et elle l'obtiendra, parce que vous y arriverez. Il faut qu'ils nous craignent, Lita. Il faut les empêcher de dormir, de se reposer, de vivre tranquilles. Qu'ils redoutent l'éventualité que ce soit bientôt leur tour. Qu'ils connaissent eux aussi les persécutions sociales et économiques.

— Mais toutes ces choses se sont passées il y a si longtemps, avança Concepción.

— C'est un fait, mais aussi relevant d'une actualité brûlante. Nous vivons la décennie de la pleine reconnaissance des droits des personnes d'ascendance. Ça ne s'arrêtera pas là. Avant, nous ne pouvions pas nous battre, nous étions faibles et soumis. Aujourd'hui, quel que soit le temps écoulé depuis notre asservissement, nous pouvons nous battre, et nous le ferons, Concepción, nous le ferons.

Après ces explications, les deux femmes se trouvèrent submergées par les références de Bekele aux associations d'Afrodescendants, aux comités des droits de l'homme et aux ONG qui, leur assura-t-il, étaient prêts à collaborer à la défense des droits de Concepción.

— Vous êtes sûr qu'ils s'intéresseront à notre affaire ?

— Absolument, Lita. C'est leur combat, et vous, Concepción, vous pouvez être leur étendard. J'ai déjà parlé à beaucoup de ces institutions. Nous nous connaissons bien. Elles ne peuvent pas donner d'argent, mais elles bougeront, elles travailleront, elles manifesteront avec nous, elles feront pression.

Le piquant du poulet laissa place au très sucré pain de miel, servi en dessert , accompagnée d'un carafon de tej, un hydromel éthiopien typique à base d'eau, de miel et d'herbes aromatiques.

Un piquant décapant, un goût sucré exacerbé. Des sensations gustatives extrêmes, auxquelles Lita se prêta discrètement pour ne pas froisser son hôte. Cette rencontre, à l'image du repas qui leur avait été servi, était intense, percutante, tout comme les promesses de Bekele et son engagement enthousiaste. Elle décida d'y souscrire sans autre question, après quelques gorgées de tej.

— Tu es d'accord, maman ?

— Oui, ma fille, bien sûr.

Et à l'étonnement de Lita, Concepción avala à son tour une rasade de tej qui fut suivie d'un hoquet qu'elle tenta en vain d'étouffer, ce qui provoqua les rires de ses deux convives.

— Rien à voir avec un bon vieux rhum de canne à sucre...

— Maman !

Lita ne l'avait jamais vue boire.

— Ta grand-mère l'adorait et de temps en temps, elle m'en donnait un peu. Puis elle est morte... Sur ces mots, elle se leva : Je suis en retard, s'excusa-t-elle.

— Pour aller où ?

— Chez les voisins, ma chérie. Et je ne voudrais pas non plus y arriver en catastrophe.

Bekele ne tarit pas d'éloges sur Concepción une fois qu'elle fut sortie du restaurant, tandis que Lita, partagée entre deux sentiments, regardait sa mère partir au travail alors qu'elle s'acharnait à remettre le monde à l'endroit : l'une récurait le sol des voisins, l'autre spéculait sur les réparations de l'esclavage colonial d'il y a cent ans. Elle choisit de se réfugier dans le pain au miel jusqu'à ce que l'indigestion l'emporte sur son accablement.

— Ouf, fit-elle alors.

— Oui, reconnut Bekele. C'est peut-être un peu lourd après un repas, mais plus je vieillis, plus j'aime les sucreries, même si je comprends que vous les jeunes, ça vous dégoûte un peu.

— Bon, avec un peu de sport... essaya-t-elle de minimiser.

— Une petite danse ? La surprise dut se lire sur le visage de Lita, car Bekele sourit en poursuivant : Je vous ai vue à la manifestation devant la banque. En fait, la moitié du monde vous a vue... Vous êtes passée à la télé !

— Et sur Internet.

— Exact.

— C'était embarrassant, dit-elle, gênée.

— Absolument pas.

— Je ne me suis pas reconnue. Je n'ai pas l'habitude de me comporter de façon aussi extravagante. C'était débridé, obscène.

— C'est vrai, mais nous savons qu'il est impossible de contrôler les dieux, et encore moins de les réprimer.

Et, après quelques instants de silence, il demanda :

— Yemaya ?

— Oui, s'entendit répondre Lita malgré elle.

— C'était évident.

Joseph connaissait les orishas, la religion des Noirs, le culte nigérian. Il y participait et avait même étudié cette culture vouée à perdurer du fait de la diaspora et de l'occidentalisation de milliers de jeunes partis d'Afrique en quête des chimères que leur promettait la société blanche. Il lui proposa son aide. Lita but un grand verre de tej, elle préférait ne pas en parler. Joseph insista. C'était indéniable, elle irradiait en dansant ! L'esprit des dieux l'enveloppait ! Elle but encore. Il repoussa le pichet de sa main avec une moue affectueuse.

— C'est une chose difficile à comprendre, lui dit-il en guise de consolation, mais encore plus difficile à accepter lorsque cela vous touche directement. Je donnerais tout ce que je possède pour pouvoir vivre des expériences comme celle que vous avez vécue le jour de la manifestation, lui avoua-t-il sincèrement. Être possédé par nos dieux doit ressembler à l'extase mystique des saints chrétiens. Communiquer avec nos ancêtres...

— Mais ces dieux finissent par vous dominer, nuança Lita. Je n'aime pas perdre le contrôle.

— Les religions nous dominent toujours. C'est comme ça depuis des siècles. Elles influencent nos comportements, les limitent, nous transmettent des principes et des valeurs que nous sommes obligés de suivre. Certains tuent même au nom de la religion : les terroristes fondamentalistes, les fanatiques.

— C'est précisément ce que je veux éviter.

— Oui. Cependant, ces djihadistes n'ont vu Allah que sous l'emprise de la drogue, si tant est qu'ils l'aient vu. Ils tuent avec la certitude que leur dieu existe bel et bien et qu'il les récompensera avec le paradis et ses soixante-douze vierges, ces houris qui les combleront de bonheur pendant mille ans. (Joseph retomba dans le silence, comme s'il réfléchissait à la possibilité d'un lieu aussi idyllique.) Mais vous, reprit-il soudain, vous voyez les dieux, vous les connaissez ! C'est merveilleux, inimaginable !

— Eh bien, moi, ça me fait peur. Je préfère ne pas voir de dieux.

— Vous êtes une privilégiée. N'ayez pas peur, ils ne vous feront pas de mal. Laissez-vous guider. Laissez-vous séduire par la magie.

Ils restèrent un moment silencieux. Lita vida les dernières gouttes de son verre de tej pour faire n'importe quoi qui l'aiderait à échapper au malaise qu'elle ressentait.

— En tout cas, reprit Joseph, je suis à votre disposition. Venez me voir si vous avez besoin de quelque chose. Je pourrais vous aider dans votre relation avec… eux. Quant à votre mère, l'affaire suit son cours. Nous y arriverons.

Joseph se leva et s'excusa, non sans lui avoir servi un dernier grand verre de tej. Il avait lui aussi du travail à finir. Lita et sa mère étaient ses invitées, bien sûr, ajouta-t-il avant de lui serrer la main avec gratitude et respect, comme s'il lui devait un royaume.

Lita rentra chez elle en début d'après-midi.

Elle ouvrit la porte de son appartement, sentant encore en elle la chaleur de la poignée de main de Joseph. Personne n'était là, et elle n'attendit pas de le vérifier pour se laisser tomber sur le canapé du salon. Elle se réveilla au milieu de l'après-midi dans une maison silencieuse, avec le soleil printanier qui entrait par la fenêtre et faisait scintiller les particules de poussière qui flottaient, dans leur lenteur aérienne. Sa bouche était sèche et elle souffrait d'une migraine. Par la suite, elle avait rejeté le tej et toute l'Éthiopie. « Jamais plus », s'était-elle promis, comme chaque fois qu'elle prenait quelques verres de trop. Elle était seule dans le salon. Elle écouta les bruits de la maison : pas de mère, pas d'amies, pas de chiens. Personne.

Elle fit le geste de se lever, mais retomba aussitôt sur le canapé. Elle passa en revue les événements de la journée et soupira : sa mère devait travailler chez les voisins, ou faire des courses, ou gagner sa vie pendant qu'elle dormait. Et si ses revendications n'aboutissaient pas ? Qu'allaient-elles devenir, si les Santadoma ne fléchissaient pas ? Sara et Elena les avaient accueillies, mais la situation ne pouvait pas durer plus longtemps. Tant que la tension frénétique créée autour d'elles se maintiendrait, il n'y aurait pas de problème, mais ensuite, le quotidien reprendrait le dessus et la réalité apparaîtrait au grand jour – une réalité qui leur révélerait que leur place n'était pas dans cet appartement, que les chiens n'étaient qu'une nuisance, qu'elles ne payaient pas de loyer, et que leurs amies n'avaient pas non plus beaucoup d'argent. Il fallait qu'elle trouve un travail ! L'angoisse poussa Lita à se lever et à arpenter le salon. Elle agita les jambes pour faire circuler le sang dans tout son corps jusqu'à sa tête. Elle se dirigea ensuite dans sa chambre, et une envie impérieuse la poussa à sortir la boîte du collier de perles de son tiroir. Elle n'avait pas parlé de l'objet à Joseph. Mais si c'était vrai, si tous ces dieux noirs existaient et si, pour une raison ou une autre, ils l'avaient choisie, elle ? Elle accrocha le bijou à son cou, pour la première fois depuis qu'elle l'avait trouvé dans le garde-meuble, sur le bureau du marquis.

Elle était une privilégiée, lui avait dit Joseph, et au souvenir de ses paroles, elle se redressa. La torpeur qui s'était emparée de ses muscles et de ses sens disparut soudain. Le collier lui brûla la poitrine. Jusque-là, elle rejetait, inquiète, les sortilèges, elle remettait le bijou dans sa boîte et cherchait des explications rationnelles. Ce soir-là, elle ne repoussa pas la conversation que cet objet mystérieux semblait vouloir engager avec elle. « Ressentez-les. Appréciez leur magie », l'avait encouragée Joseph. Et Lita était sur le point de ressentir cette magie. « Ils ne vous feront pas de mal », lui avait-il assuré.

Mais là, il se trompait.

Car dès qu'elle s'abandonna au pouvoir de ces perles, elle fut transportée dans un monde de douleur et de soumission, un monde de coups de fouet, de sang, de gémissements sur fond de chants monotones. Elle sentit exploser dans sa tête l'immense souffrance et la désolation d'une infinité d'âmes.

Elle se laissa retomber sur le lit et saisit le collier qu'elle voulut arracher de son cou, mais à ce moment-là, le même tourment qui l'oppressait se mêla à une sorte d'envoûtement qui l'entraîna dans le gouffre où flottaient les esprits errants des esclaves. Sous l'action d'un dieu inconnu, elle se mêla à tous ces êtres dont la vie avait été considérée comme insignifiante, accessoire. Elle connut la colère de ce dieu qui n'avait pas su protéger sa race.

Le bruit de la porte, en s'ouvrant, et la petite course des chiens réveillèrent Lita de son voyage avec les dieux.

Elle était en sueur. Elle haletait. Elle pleurait.

21

Cuba, Camagüey, Puerto Principe, février 1878

Au moment où une commission de la République de Cuba en Armes signait la capitulation des forces rebelles dans la caserne espagnole de San Agustín del Zanjón, non loin de Puerto Principe, Kaweka campait dans les environs de la ville, à Guayamaquilla, une zone proche de celle où elle avait pris ses quartiers. C'était trois ans plus tôt, quand Modesto les avait conduits vers les forces du général Gomez qui s'apprêtaient à traverser la piste pour porter la guerre vers la partie occidentale de l'île.

Elle avait alors parcouru ces terres à la tête d'une troupe affaiblie par la trahison de Sabina et de ses compagnons restés dans le marais de Júcaro, mais dont les hommes lui obéissaient et la respectaient, à l'image du commandant Lino qui l'avait nommée sergente en lui remettant l'uniforme déchiré et mille fois raccommodé qu'elle portait encore aujourd'hui. Cependant, les galons qui avaient autrefois semé la panique dans les sucreries, et rallié soldats et affranchis derrière elle, ne provoquaient plus que railleries et plaisanteries occasionnelles parmi les hommes qui se déplaçaient dans le campement.

— Eh, la Noire, où t'as volé ces galons ?

— Alors, on nomme des manchotes comme sergentes, maintenant !

Porfirio l'avait protégée depuis leur rencontre à Jatibonico, lorsqu'elle avait rejoint la compagnie où il était rattaché. Elle était consciente qu'elle ne pouvait plus attendre

Modesto dans un campement fantôme, abandonné par les troupes régulières et devenu un refuge pour les voleurs et les délinquants. Porfirio et ses hommes se livraient davantage au vol et au pillage qu'à la guerre, néanmoins à part quelques coups d'épée dans l'eau ou un grognement de désapprobation, il n'intervenait pas dans les algarades des autres.

— Avec des sous-officiers estropiés comme toi, on est bien obligés de se rendre, lança à Kaweka un soldat qui lui marcha presque sur le pied en passant devant elle.

— Mieux vaut se rendre que d'attendre qu'ils nous achèvent, soupira Porfirio.

— On dit que les Espagnols vont nous libérer, dit un troisième, assis avec les autres, en cercle autour d'un feu éteint.

Telle était la rumeur qui circulait dans les rangs de l'armée rebelle, dont tout le monde attendait qu'elle se réalise depuis la signature d'un document que les Cubains appelaient par euphémisme un pacte ou un accord, mais que le général espagnol Martinez Campos considérait comme une capitulation sans réserve.

Martinez Campos avait débarqué à La Havane au début du mois de novembre 1876 pour prendre le commandement de l'armée espagnole, composée des soldats déjà cantonnés sur l'île et du renfort des vingt et un mille hommes que la métropole avait décidé d'y affecter. L'Espagne venait de mettre fin à la troisième et dernière des insurrections carlistes – des guerres politiciennes et successorales qui avaient ravagé la péninsule une bonne partie du siècle, saignant les caisses et les milices, de sorte que, contrairement aux contingents naïfs et inexpérimentés arrivés à Cuba jusque-là, la légion de soldats était endurcie au combat, grâce à leur expérience de la guerre.

Cependant, le général espagnol n'était pas seulement arrivé avec des troupes et des moyens redoutables, il avait aussi radicalement changé d'attitude vis-à-vis de l'ennemi en privilégiant la diplomatie et la négociation. Il traitait les commandants rebelles avec courtoisie lors de conversations qui n'avaient jamais eu lieu jusque-là. Il alla même jusqu'à remplacer les exécutions sommaires par le respect des prisonniers.

Force et magnanimité : deux vertus qui finirent par saper le moral et les convictions d'une armée rebelle dont les commandants, des caudillos locaux, étaient empêtrés dans des querelles internes, sans armes ni aide extérieure.

Martinez Campos mena une lutte acharnée, d'abord centrée sur la zone de Las Villas où Kaweka avait rasé les plantations sucrières, et dont il acheva la pacification quelques mois après son arrivée à Cuba avant de se lancer à l'assaut de l'est de l'île, berceau de la révolution. Les rébellions étaient régulièrement vaincues, au prix de lourdes pertes dans les rangs espagnols, et les désertions étaient massives.

Ces stratégies et ces circonstances réunies aboutirent à ce que, ce jour de février 1878, les membres du gouvernement révolutionnaire signèrent le « pacte de Zanjón » par lequel, du fait de la capitulation de l'armée révolutionnaire, l'Espagne graciait les insurgés et oubliait les crimes commis depuis le début de cette guerre de dix ans, tout en accordant la liberté aux esclaves et aux colons qui avaient combattu dans les rangs des rebelles.

Les Noirs et les Chinois qui campaient autour de Puerto Principe explosèrent de joie lorsque la nouvelle fut confirmée. Porfirio et ses partisans n'en firent pas moins. Si les Blancs n'avaient pas obtenu leur indépendance vis-à-vis de l'Espagne, pour laquelle ils avaient été entraînés et sacrifiés dans une guerre meurtrière étrangère à leurs intérêts, ils consolidaient du moins leur statut de liberté en acquérant celui d'affranchis de la tutelle de l'Espagne dans un climat de paix, pour toute l'île et devant tous les Cubains.

Bouteilles de rhum et de schnaps, tabac et nourriture surgirent alors de nulle part. La fête fit rage dans les champs investis par un millier de personnes. Les tambours, güiros, zambombas, maracas, sifflets, crécelles, cloches, socs de fer ou de charrue retentirent. Les chants s'élevèrent, et les danses se multiplièrent.

Kaweka n'y participait pas. Son bras gauche invalide non seulement l'empêchait de se battre, mais il la gênait dans ses mouvements, la déséquilibrait, la faisait trébucher, parfois chuter. Elle essayait d'oublier son handicap en dansant, mais elle finissait par tomber et ne provoquait que des rires. Elle se sentait rejetée par sa déesse, qui devait avoir honte d'elle et l'estimer indigne de sa danse. Elle échoua dans sa mission de guérisseuse, les dieux ne l'y aidaient plus, et elle perdit confiance en elle et en les autres. Durant tout le temps qu'elle passa avec Porfirio, elle n'eut aucun contact avec Yemaya et ne sut donc rien de sa fille, pas plus qu'elle n'eut de nouvelles de l'affranchi. Ses nuits devinrent de plus en plus tristes et sombres : elle pleurait à l'idée que tous deux soient morts. Modesto ne cessait d'apparaître et de disparaître de sa vie, même si elle n'avait pas envie qu'il la voie dans cet état : estropiée, décharnée, reniée même par les dieux, tel le fantôme de la femme qu'il avait connue à La Merced. Même ses compagnons ne voulaient plus d'elle. Elle essaya de séduire Porfirio, l'homme qui trouvait du plaisir dans la souffrance, mais même lui n'apprécia pas ses manœuvres, qu'il ressentit comme vulgaires et routinières. Il la repoussa et la réconforta, comme si ce geste, étonnant de la part de cet esclave fort et violent, pouvait réparer la frustration de la jeune femme.

En cette nuit de fête, il s'approcha d'elle, qui s'était cachée sous un arbre pour échapper à la gaieté générale, avec un biscuit et une bouteille d'aguardiente. Il la força quasiment à boire.

— Je ne comprends pas ta tristesse. Tu as réussi, nous avons gagné notre liberté ! Les Blancs ont perdu leur guerre, et nous avons gagné la nôtre. Nous sommes libres !

— Pedro José aussi ? lui reprocha-t-elle.

— Je ne sais rien de Pedro José. Peut-être qu'il l'est, peut-être qu'il le sera, peut-être qu'il mourra esclave, j'en sais rien. Ce que je sais, c'est que Jesús, qui est descendu du bateau, est mort pour lui... Pour nous.

— Et les esclaves dans les plantations de l'Ouest ?

— Et les esclaves d'Afrique ? riposta-t-il. Tu ne peux pas changer le monde !

— Les Blancs continuent à nous opprimer et à nous buter, nous et notre peuple !

— Tu te trompes, Kaweka. Si la guerre s'est arrêtée, ce n'est pas parce que les rebelles l'ont perdue sur le champ de bataille, comme on le dit et qu'on essaie de nous faire croire. Les Blancs ont capitulé parce que leur objectif de guerre n'était plus leur indépendance vis-à-vis de l'Espagne. La guerre était devenue un conflit entre les Blancs et les Noirs, une guerre raciale, et ça, ni les Blancs, ni notre armée, ni notre gouvernement n'ont voulu et ne voudront jamais l'admettre. Tous les mêmes, Espagnols et Cubains : de riches propriétaires terriens, seulement capables de conclure des pactes quand ils redoutent que nous, les Noirs, on puisse les vaincre. Tous préfèrent une Cuba dépendante de l'Espagne à une Cuba noire ou africaine ! Cette guerre a commencé avec une armée républicaine dont tous les commandements étaient aux mains des propriétaires terriens blancs et de leurs amis et associés. En dix ans, beaucoup sont morts, les autres sont fatigués, la plupart ruinés, et loin des idéaux qui les avaient conduits au soulèvement. La vérité est que tous, sans exception, se sentent lésés et atteints dans leur dignité de devoir constater qu'un grand nombre des nouveaux officiers de l'armée sont noirs ! Nous n'abandonnerons pas ! Le général Maceo est le plus grand représentant de notre pouvoir.

— Mais s'ils font la paix, Maceo n'aura plus rien à faire ?

— Aucune importance, Kaweka. Ils ne peuvent pas nous effacer. On a connu la liberté, on s'est battu pour elle. Nous ne reculerons pas.

Ils burent l'eau-de-vie en silence.

— Ils se sont trompés, Kaweka, reprit Porfirio. Eux, les Blancs, se sont pardonné entre eux. Amnistie et oubli, qu'ils disent, et tout reste comme avant, ils reprendront leurs affaires et leurs exploitations ! Ils accordent la liberté à ceux qui ont combattu dans l'armée rebelle, cette petite partie des esclaves de Cuba. Mais ils ont l'intention de continuer à s'enrichir comme si rien ne s'était passé. Réfléchis donc à une chose : comment vont réagir tous ces esclaves ? Ceux d'entre nous qui se sont rebellés contre l'Espagne sont libres, et les autres, qui sont restés fidèles aux Espagnols, sont encore des esclaves ! Ça n'a aucun sens. Ce devrait être l'inverse. Nous, les méchants, nous devrions être les esclaves, et eux, les gentils, devraient recevoir le prix de la liberté. Ils ne pourront pas y échapper : les Noirs se rebelleront.

Porfirio voulait absolument la voir se réjouir, et rire, et qu'elle rejoigne la fête avec lui. Mais Kaweka restait pensive. Il la bouscula gentiment, plaisanta avec elle un moment, puis il finit par abandonner et la laissa sous l'arbre avec ce qui restait d'eau-de-vie.

Une quinzaine de jours après la signature du pacte de Zanjón, le 28 février 1878 à l'aube, les sous-officiers de l'armée rebelle se présentèrent au camp de Guayamaquilla. Les troupes y étaient cantonnées en attendant d'exécuter la ratification formelle de la capitulation, de déposer leurs armes et d'obtenir officiellement la licence qui les libérait de leur service.

— Debout ! hurlèrent caporaux et sergents, faisant sursauter quelques soldats qui, après quinze jours d'indolence et de réjouissances, avaient oublié toute discipline militaire. Allez, ouste !

Les clairons sonnèrent le rappel tandis que les officiers parcouraient le camp en chassant du pied les cendres des foyers, les bols, les verres, les bouteilles vides et les paresseux qui s'obstinaient à dormir à même le sol, en dépit des ordres reçus.

— Lève-toi, fainéant !

Un caporal frappa de la crosse de son fusil un soldat qui, couché à côté d'eux, grogna, se retourna et se couvrit le visage de ses mains.

Porfirio entraîna Kaweka avec lui.

Tous se mirent en rangs dans la campagne : un millier d'hommes ensommeillés, épuisés, avec la gueule de bois, indisciplinés et plus débraillés que jamais, répartis en petits groupes, à l'écart des femmes et des enfants. Les hommes attendaient, sans trop savoir ce qui allait se passer, tandis que le soleil annonçait une journée radieuse et paisible.

— Silence dans les rangs !

— Qu'est-ce que ça peut leur faire, à ces imbéciles, qu'on parle ? entendit Kaweka à sa droite, où elle était à moitié cachée à côté de Porfirio.

— Ce connard s'en contrefout que vous parliez, ferme-la ! cria le sergent, un mulâtre barbu, qui parcourut la rangée en cherchant des yeux l'insolent.

Il ne le trouva pas, mais tomba sur Kaweka.

— Sergent, ricana-t-il en faisant glisser un doigt le long des galons décolorés de son avant-bras. Alors tu dois être... Quel est ton nom déjà ? Peu importe. Bien des gens ont entendu parler de toi et de tes hommes. Ça leur fera du bien de te voir.

Il la poussa vers là où se tenaient les autres caporaux et sergents, devant leurs compagnies respectives.

— Ici, lui indiqua-t-il.

Kaweka obéit sans broncher, ne regardant vers nulle part, droit devant elle, écoutant les autres sous-officiers parler entre eux. L'un d'eux prononça son nom correctement. D'autres évoquèrent ses exploits : certains étaient vrais, la plupart faux. Ignorant les ragots, elle se concentra sur le sujet qui la préoccupait depuis que la nouvelle du nombre approximatif d'esclaves que les Espagnols allaient libérer leur était parvenue.

— Environ douze mille, entendit-elle en provenance du groupe au sein duquel avançaient Porfirio et ses hommes.

— C'est beaucoup ?

— Je suppose.

Aucun d'eux ne savait compter.

— Il y a combien d'esclaves sur l'île ? demanda un autre.

— Deux cent mille, à ce qu'il paraît.

— C'est beaucoup plus que douze mille ?

— Je sais pas.

— Je suis sûr que si ! Tous ceux des sucreries de l'Ouest !

— Et de La Havane.

— Et de Matanzas.

— La plupart se sont pas enfuis pour aller faire la guerre.

C'est vrai, pensa Kaweka. Rien qu'à La Merced, il pouvait y avoir autant d'esclaves que d'hommes sur cette esplanade, et ce n'était qu'une des nombreuses plantations de l'Ouest. Quant aux esclaves urbains de La Havane...

Elle interrogea Porfirio, qui ne sut quoi lui répondre, et ils cherchèrent quelqu'un qui s'y connaissait en chiffres.

— Ces cailloux représentent douze mille Noirs, dit-il en leur en montrant un tas sur le sol. En voici douze mille autres, ajouta-t-il en leur montrant un autre petit tas séparé du premier. Et encore ces autres douze mille...

En rang avec les autres, attendant elle ne savait quoi, Kaweka ressentit à nouveau la même angoisse que celle qui l'avait assaillie à la vue des tas de cailloux qui s'étalaient les uns après les autres à ses pieds. On lui expliqua alors ce que représentait chaque tas :

— Tu étais esclave dans quelle plantation ?

— Eh bien, poursuivit l'homme après la réponse de Kaweka, La Merced est une grande fabrique sucrière. Elle compte quatre ou cinq cents esclaves.

D'autres cailloux furent amoncelés, jusqu'à ce qu'ils se rendent compte du peu que représentait leur petit groupe de douze mille âmes par rapport aux deux cent mille Noirs qui allaient continuer à être esclaves des Blancs.

Dix ans de guerre, de souffrance, de misère, de faim et de cruauté, pour obtenir la liberté de si peu d'esclaves. Kaweka frissonna à l'image de ces tas de cailloux et de ces groupes de Noirs qui restaient assujettis dans les fabriques. À cet effroi se mêlèrent de légères et subtiles secousses, étrangères à son corps et à sa propre douleur, et dont elle désira s'emparer, pour les relier à nouveau à son existence.

Elle restait immobile, debout devant la troupe, comme si elle craignait que le moindre mouvement un peu brusque ne fasse fuir la déesse qui rôdait en elle, tels les animaux qui s'approchent prudemment avant de s'enfuir, effrayés. C'est ainsi qu'elle n'osa bouger les yeux qu'à l'arrivée de l'escorte conduite par le capitaine général Arsenio Martinez Campos accompagné des membres de son état-major, des généraux et des politiciens rebelles, et d'un grand nombre de militaires et de civils – tous ceux qui avaient un cheval ou pouvaient se permettre d'en louer à Puerto Principe, où le prix de l'animal avait augmenté de façon inattendue.

Caporaux et sergents hurlèrent des ordres martiaux à des soldats indifférents, rompus aux ordres et à la discipline, et dont l'allure indolente et négligée contrastait avec le faste de la suite du général, en grande tenue : pantalon rouge et demi-bottes, casaque en denim rayée, sabre, étoiles, galons, médailles, écharpes, ceinture et autres cordons. Même les généraux et les officiers cubains, ceux-là mêmes qui avaient livré leurs troupes, portaient des vêtements neufs et blancs, des uniformes qui leur avaient été donnés par les vainqueurs en raison de la détérioration des leurs. Les Noirs le virent, Kaweka aussi, et la déesse se révolta devant cette nouvelle barrière qui se dressait après la capitulation, et qui présageait le sort de sa race : les Blancs, Espagnols et Cubains, fiers, bien habillés, unis par leur race et leur position, célébrant le discours du général victorieux, tandis que les Noirs déguenillés subissaient cette harangue par instants interrompue par des acclamations en faveur du roi d'Espagne et du caudillo qui les avait menés au triomphe.

Le général espagnol passa ses troupes en revue, suivi de ses officiers et des généraux cubains. Alors que le soleil au zénith brillait de tous ses feux, sous les applaudissements et les vivats de la foule, officiers, caporaux et sergents redressèrent les épaules à son passage et lui rendirent hommage avec les dernières armes qui leur restaient. Kaweka, elle, resta immobile, au garde-à-vous. Martinez Campos s'arrêta devant elle, surpris, ce qui amena plusieurs officiers à se presser de reprocher un tel outrage à la sergente.

— Silence ! ordonna le général espagnol. Cette sergente n'a manqué de respect à personne. Respectons l'honneur et les sentiments de ceux qui se rendent.

Le capitaine général n'avait pas fait preuve d'esprit chevaleresque à l'égard des vaincus pour qu'un incident stupide se produise maintenant sous les yeux des citoyens et des journalistes qui couvraient l'événement.

— Général...

Un photographe se précipita vers lui avec son trépied et son appareil photo.

— Une photo de ce moment historique ! le pria-t-il.

Martinez Campos bomba le torse, acquiesça et appela ses généraux et ceux de l'armée vaincue, qui se placèrent aux côtés de Kaweka et derrière elle, tous plus grands, tandis qu'elle se tenait au milieu, petite, timide, mais consciente de la présence ondulante de la déesse dans son corps.

Le photographe mit du temps à fixer et à installer son matériel sur le sol inégal.

— Nous devons convaincre les Noirs, les soldats et les officiers encore dispersés sur cette île, de participer à la paix que nous venons de signer, et de rendre leurs armes. Et à cette fin, nous devons respecter les sentiments des vaincus, déclara Martinez Campos, à côté de Kaweka.

— Nous ne devons pas prolonger cette lutte fratricide plus longtemps, ajouta un autre général espagnol.

— Effectivement. Les morts se comptent par dizaines de milliers et nous avons déjà subi assez de dommages !

Les commentaires et les bonnes intentions se succédèrent dans la bouche de ces militaires de haut rang, espagnols et cubains, mais Kaweka n'en entendit que des bribes : « Maceo ne se rend pas. » « Ce nègre risque d'entacher la paix. » « C'est un mulâtre », corrigea quelqu'un, comme si cela était moins grave. « C'est un nègre têtu ! » « Mulâtre ! », insista le même. « C'est le seul général noir, et il est à la tête d'un corps entier de l'armée rebelle de l'Est ! » « Il ne cédera pas, il ne se rendra pas ! », parièrent certains.

— Il se rendra ! conclut Martinez Campos lorsque le photographe eut terminé.

Et le cortège de reprendre la revue des troupes, laissant Kaweka plantée là, sans qu'aucun ne lui adresse le moindre mot.

Après cet épisode, tous se dirigèrent vers Puerto Principe où les troupes, espagnoles et rebelles, défilaient ensemble devant la population qui exultait dans les rues et sur les balcons pavoisés, applaudissant la fin de la guerre. Les troupes marchèrent jusqu'à la caserne de cavalerie de La Vigía où elles rendirent leurs dernières armes, et où les hommes furent recensés pour leur accorder la liberté. La nuit, les soldats se retrouvèrent dans les tavernes et les cantines, s'enivrèrent et rencontrèrent des femmes, tandis que le capitaine général faisait donner un bal et un banquet en l'honneur des chefs de l'insurrection.

Kaweka ne défila pas, n'entra pas à Puerto Principe et ne remit pas sa machette à la caserne de cavalerie. Elle ne reçut pas non plus sa *carta de libertad**.

Après que Martinez Campos eut conclu la revue et dès que les officiers eurent donné le signal de la marche vers la ville, elle s'éclipsa, s'orienta par rapport au soleil dont l'éclat l'éblouit, frissonna sous la chaleur alimentée par la renaissance de Yemaya dans ses entrailles, et se dirigea vers la province d'Oriente.

— Martinez Campos l'écrasera.

La quasi-totalité de la dizaine d'hommes réunis dans la salle du casino espagnol de La Havane, situé rue Obispo dans la vieille ville, acquiesça à l'unisson. Cette association patriotique était née en réponse aux désirs des rebelles insurgés cubains républicains et indépendantistes du début de la guerre. Un mois après le pacte de Zanjón, le général Maceo avait rencontré le capitaine général espagnol dans la ville de Mangos de Baraguá, dans l'est de l'île près de Santiago, et lui avait déclaré qu'il n'acceptait pas la capitulation. Les deux chefs militaires convinrent de reprendre les hostilités huit jours plus tard, le 23 mars.

— Il est fou, le Noir.

— Comme eux tous.

— Des imbéciles !

— De quelles forces dispose Maceo ?

* Document notarié par lequel le maître donnait ladite « *carta de libertad* » (lettre de liberté) à un esclave de sa plantation, avec la description de ses droits et la signature des témoins.

— D'aucune. Les officiers et les troupes désertent et se présentent à nos hommes. Il n'a ni armes ni soldats !

Les questions fusèrent de place en place, les uns assis, les autres debout derrière le large cercle de fauteuils occupés par des messieurs en grande tenue : redingote noire, gilet et pantalon clair. Indifférents à la présence des esclaves qui les servaient, ils discutaient, buvaient du rhum vieux, du café, fumaient de gros cigares qu'ils tenaient entre leurs dents ou suçaient avec délectation.

— Tant d'indulgence pour les capitulards, pour quoi faire ? Nous aurions dû fusiller tous les meneurs, ou du moins les emprisonner ! Au lieu de cela, nous leur avons donné de nouveaux uniformes !

— Martinez Campos aurait dû les laisser nus sur le terrain, ces étendards l'exigeaient ! s'écria l'un des présents en montrant d'un doigt tremblant plusieurs drapeaux pris aux rebelles et exposés avec une fierté victorieuse dans l'enceinte du casino.

La plupart des présents observèrent quelques minutes de silence en hommage à la mort des soldats espagnols qui leur avait valu ces trophées, avant de se lancer dans des discussions et des critiques sur la performance de leur capitaine général. Cependant, tous ces propriétaires terriens et dignitaires espagnols réunis dans le casino se montraient globalement satisfaits de la fin du conflit, et s'accordèrent à dire que la nouvelle rébellion menée par le Titan de bronze n'était pas viable.

— C'est la colère capricieuse d'un mulâtre arrogant, la qualifia quelqu'un.

— Qui ne vaut même pas la peine qu'on s'inquiète, fit écho un autre.

— C'est clair.

Et la conversation se dispersa.

— À propos, marquis, dit un homme aux favoris touffus qui se rejoignaient presque au niveau du menton, avez-vous lu cet article ?

Don Juan José de Santadoma posa son verre de rhum sur la table basse et prit le journal que lui tendait l'autre.

— De quoi s'agit-il ?

— D'une esclave dont on dit qu'elle était vôtre...

L'aristocrate fronça les sourcils et se pencha sur l'article. Il était question d'une sergente rebelle que le journaliste avait vue à Guayamaquilla, après le pacte de Zanjón, et qu'il avait, quelques semaines plus tard, rencontrée à Mangos de Baraguá, lors de la manifestation de Maceo. Intrigué par cette coïncidence, le reporter qui accompagnait Martinez Campos s'était intéressé à cette histoire et avait décidé d'enquêter sur cette femme. Il n'avait eu aucun mal à obtenir des informations. Elle s'appelait Kaweka, dirigeait depuis le début de la guerre une guérilla implacable qui avait multiplié les attaques contre les troupes espagnoles et les plantations de la région de Las Villas, jusqu'au jour où elle avait été gravement blessée au bras gauche.

Don Juan José remarqua que ses mains transpiraient. Il prit une grande inspiration et poursuivit sa lecture. La sergente avait été promue sous-officier pour ses mérites guerriers, elle était crainte et respectée tant pour ses compétences militaires que pour ses talents de guérisseuse. Le journal tremblait maintenant littéralement entre les mains du marquis lorsqu'il lut le récit de certaines expéditions de guérilla que le journaliste attribuait à Kaweka et à son armée. Elle avait été esclave, poursuivait l'article, à la plantation de La Merced, propriété du marquis de Santadoma.

— Marquis ? s'inquiéta son ami. Vous pâlissez...

L'article était illustré d'une photo prise à Guayamaquilla, montrant le général Martinez Campos, son état-major et les officiers qui s'étaient rendus, entourant une petite femme émaciée, perdue dans un immense uniforme. Les visages étaient à peine reconnaissables, mais celui de la femme noire explosa dans la tête du marquis en un millier d'images qui se succédèrent de façon vertigineuse : le lit sur lequel agonisait son fils Ernesto, les chants de cette femme, son épouse hystérique et don Julián, le prêtre, qui l'interpellait et le réprimandait. Le sang. La Noire possédée qui hurlait. Le visage cadavérique de son fils, ses bras tendus, implorant de l'aide. Encore du sang. Tintement d'objets, encore des chants... Puis la mort.

— Marquis !

— Juan José !

Trois de ses amis s'approchèrent de lui, inquiets, deux s'inclinèrent avec sollicitude, le troisième s'accroupit près du fauteuil.

— Il est pris de vertiges...

L'un d'eux se risqua à lui tapoter les joues. Le marquis tressaillit, se ressaisit et, sur un geste de remerciement, les repoussa comme s'il manquait de souffle.

— C'est la chaleur, dit-il en se levant. Ou peut-être autre chose. Merci messieurs, ma voiture ! cria-t-il au personnel du casino.

Sur ces mots, en apparence rétabli, don Juan José s'efforça de marcher d'un pas ferme vers la sortie, le journal sous le bras.

Les cris retentissaient dans la demeure des marquis de Santadoma, dans la Calzada del Cerro. Dans ce quartier qui hébergeait, à l'abri des regards, le dépôt des nègres marrons, se rassemblaient les maisons de campagne et les hôtels particuliers habités par les riches aristocrates et propriétaires terriens de La Havane. Après une épidémie de choléra quarante ans plus tôt qui avait dévasté la vieille ville, ces derniers y avaient en effet émigré pour s'approvisionner en eau potable dans le fleuve Almendares.

Cette zone, très étendue par rapport à celle qui se déployait à l'intérieur des murs de la ville, avait également permis aux Espagnols de construire de grandes demeures de style néoclassique aux façades à colonnades, aux plafonds très hauts, et entourées de vastes et splendides jardins – un style que les insulaires ne manquèrent pas de personnaliser par de grands patios sur lesquels ouvraient les pièces où l'air circulait, et dans lesquels, parmi les fleurs et les fontaines, ils pouvaient se réfugier à l'ombre pour échapper à la chaleur écrasante qui régnait sur l'île.

C'était dans ce castel d'un luxe ostentatoire que le marquis allait et venait, au milieu des marbres, des bois fins, des meubles classiques, des tableaux et des tentures, en attendant l'arrivée de Narvaez, le commandeur qui confirmerait la mort de la sorcière qui avait diaboliquement assassiné son fils Ernesto. Car qui pouvait lui assurer que Dieu notre Seigneur n'avait pas été miséricordieux et n'avait pas accompli le miracle de sauver son fils aîné ? Qui pouvait lui assurer, comme sa femme Presentación ne cessait de le lui asséner, que cette tragédie n'avait pas été, au fond, une épreuve que Dieu lui avait envoyée pour éprouver sa pleine confiance en Jésus-Christ ? Il avait échoué, il avait péché par orgueil, il s'était cru meilleur, plus intelligent que Dieu Lui-même, et avait renoncé à sa foi chrétienne pour s'adonner à des pratiques démoniaques !

Les années qui passèrent modifièrent les perceptions, brouillèrent les vérités et amplifièrent les griefs. Le marquis et sa femme se persuadèrent que l'état d'Ernesto n'était pas si grave, et qu'il aurait pu guérir. « Jésus-Christ a même ressuscité Lazare, lui reprocha sa femme entre deux sanglots. Il a aussi guéri des lépreux, alors que la lèpre était incurable, et qu'elle l'est encore. » Et le marquis, chaque jour, s'agenouillait dans la chapelle de son palais et s'humiliait devant la croix, honteux, tourmenté, repentant d'avoir confié la vie de son premier-né à une sorcière noire alors que le Seigneur lui serait venu en aide, sans aucun doute, car sa miséricorde était infinie, oui, il aurait sauvé son fils de la mort. Chaque jour qui passait, don Juan José de Santadoma se convainquait de plus en plus que la guérison d'Ernesto aurait été possible. Le souvenir de la femme noire posant le collier de perles sur la poitrine de son fils malade, impuissant et sans défense, lui causait une brûlure intense le faisant se contracter et agripper ses côtes comme pour expulser de son être son immense souffrance.

Seule la fin violente de la harpie noire, qu'il avait fini par considérer comme une vengeance divine exécutée de sa main, lui avait apporté jusque-là un semblant de réconfort. Et voilà qu'il apprenait que la sorcière était vivante ! Dès qu'il vit le commandeur, il se précipita vers lui. Dans sa course, il renversa plusieurs chaises et un vase.

— Fils de pute !

Don Juan José de Santadoma assena un coup de poing en plein sur la joue de Narvaez.

Le commandeur porta la main à son visage lorsque le marquis le saisit par le revers de sa veste.

— Tu m'as menti ! cria le marquis tout en le secouant.

— Que dites-vous, monsieur le... ?

Le commandeur recula. Le noble continua à tirer sur ses vêtements. Ils titubèrent et roulèrent sur le sol, mais les tapis amortirent le choc. L'aristocrate haletait, à genoux sur le sol. Ils se relevèrent en même temps.

— Votre Magnificence !

— Fils de pute !

Le marquis de Santadoma s'apprêtait à lui asséner un nouveau coup de poing, mais Narvaez, plus agile et déjà remis de sa surprise, l'en empêcha et, pour éviter de se battre avec lui, le saisit à bras-le-corps.

— Monsieur le marquis ! Votre Magnificence ! que vous arrive-t-il !

Don Juan José repoussa Narvaez avec brutalité. Le marquis de Santadoma finit par se relever, tremblant de rage. Il se rendit, suivi du commandeur, dans son bureau où ils s'enfermèrent tous deux.

— Elle est vivante, salaud, la sorcière qui a tué mon fils est vivante !

Narvaez n'eut pas besoin de regarder l'article du journal que son patron brandissait devant lui. Cet événement, il l'avait presque oublié, mais y avait longuement réfléchi après l'évasion de l'esclave.

— Elle m'a ensorcelé, dit-il, répétant la même excuse qu'à l'époque.

— Imbécile !

— Je vous le jure, Votre Seigneurie. Elle et l'émancipé qui appartenait au Dr Rivaviejo m'ont envoûté. J'ai perdu la raison... et ils se sont échappés...

— J'ai pourtant vu sa tombe ! J'en ai même enlevé la croix.

— Une ruse de l'émancipé.

— Et pourquoi n'as-tu rien dit ? vociféra le marquis.

— J'ai eu peur, avoua le commandeur dans l'espoir d'obtenir le pardon du marquis avec cette révélation. Sa Seigneurie sait-elle aussi que la sorcière m'a lancé une malédiction le jour où don Ernesto a frappé la vieille matrone jusqu'à... ? Enfin, vous savez de quel jour je parle... Je ne savais plus quoi faire. À quoi aurait servi de le dire à Sa Seigneurie ? Elle souffrait déjà assez...

— C'était à moi d'en décider !

— C'est vrai, reconnut Narvaez en baissant la tête, mais...

— Mais quoi ?

Le commandeur hésita. Il avait pensé à d'autres excuses, qu'il décida, devant le visage rougi du marquis de Santadoma et la colère qui émanait de tout son être, d'ajouter à celle qu'il avait déjà avancée.

— J'ai eu peur de la malédiction, peur de mourir moi aussi. Comprenez, Votre Seigneurie. Je suis même allé chercher de l'aide et de la consolation spirituelle auprès de don Julián, mentit-il tout en constatant, avec une satisfaction qu'il eut du mal à réprimer, que la seule mention du prêtre avait changé l'expression du visage de don Juan José.

Depuis ce jour funeste en effet, le noble craignait le religieux, d'une crainte qui s'était accrue au fur et à mesure qu'il s'accusait de la mort de son fils.

Aussi Narvaez savait que le marquis n'irait pour rien au monde trouver don Julián, lequel, toujours soutenu par doña Presentación, le méprisait ouvertement. Quand le noble et le religieux se croisaient dans le manoir de la Calzada del Cerro ou dans celui de la plantation lorsqu'il y séjournait, le prêtre regardait droit devant lui, sans saluer son hôte. Don Juan José de Santadoma, noble et riche, arrogant et altier, tremblait devant un prêtre qui, dans son silence scandalisé, l'accusait de sacrilège et d'assassinat.

— Puis, au fil des jours, poursuivit le commandeur, alors que je pensais que Sa Seigneurie allait mieux et que je me résolus de lui révéler ce qui s'était passé, don Julián me défendit de vous dire quoi que ce soit, car cela n'aurait eu pour effet que de troubler votre esprit déjà blessé et de provoquer d'autres morts... Des morts que Dieu notre Seigneur ne voulait pas, or c'était Lui et Lui seul qui était appelé à décider du sort d'une sorcière... Alors j'ai obéi, marquis. J'ai obéi !

Le maître de La Merced renvoya son employé et s'affala dans le fauteuil derrière la grande table d'acajou sculpté où il traitait ses dossiers. Il ouvrit le tiroir du milieu et regarda la boîte en étain contenant le collier que l'esclave avait placé sur la poitrine de son fils. Il lui arrivait de l'ouvrir, sans jamais oser y toucher. Cette fois, il n'osa même pas regarder le contenu de la boîte : la sorcière était vivante ! Cette réalité l'arrêta, comme si, en ouvrant le coffret, il pouvait laisser s'échapper les esprits maléfiques qui s'y logeaient. Bien des fois, il avait envisagé la possibilité de se débarrasser de la boîte et du collier, mais il lui avait toujours semblé que, ce faisant, il assumerait définitivement sa défaite et sa culpabilité. Le cordon sur lequel étaient enfilés deux boutons de la chemise de son fils, le dernier vêtement qui avait effleuré sa peau vivante, lui appartenait. La boîte, emprisonnée dans sa main, dont il se sentait à présent maître, se mit à lancer des éclats, comme pour le défier, et la lumière de l'étain lui blessa les yeux. Le marquis referma précipitamment le tiroir et, de son avant-bras, balaya tous les objets et les papiers déposés sur la table : la lampe, l'écritoire d'argent, le coupe-papier, les plumes, les encriers... Le fracas se confondit avec ses cris : cris de douleur au souvenir de son fils, de rage de savoir la harpie en vie, cris de vengeance.

— Je te tuerai, je le jure, je te retrouverai et te démembrerai de mes propres mains !

Dans tout le palais résonnèrent les hurlements du marquis. Les esclaves et sa propre famille, y compris son épouse, pourtant habitués aux accès de rage du maître, furent effrayés par la douleur et la colère de ses menaces.

— Narvaez, trouve immédiatement l'émancipé ! ordonna le marquis, pistolet dans son étui, sanglé dans son uniforme de colonel du septième bataillon du corps des volontaires de La Havane, aux trois étoiles dorées de son rang brillant de mille feux.

Le commandeur, qui avait visiblement bénéficié de la grâce de son maître après quelques jours d'attente de sa sentence, était assis devant le bureau, sous le regard dominateur de l'aristocrate installé dans son grand fauteuil.

— Retourne La Havane dans tous les sens ! Et toute l'île s'il le faut ! Vous, lieutenant Marquez, ajouta-t-il en se tournant vers l'homme qui occupait l'autre chaise en face du bureau, vêtu du même uniforme que le marquis, vous partirez à la tête de vos hommes vers l'est de l'île pour capturer ce... cette sergente de mes...

L'officier hocha affirmativement la tête.

— La guerre est finie, lieutenant, mais il reste encore quelques poches d'insurgés, ceux qui ont rejoint Maceo, et des bandes de hors-la-loi, des Noirs et des Chinois tout juste affranchis, des paresseux, des violents, des sans-emploi et sans ressources qui mettent à sac les champs et les villages ! La Havane n'est plus en danger, nul besoin de volontaires ici pour défendre la capitale. Vous avez l'accord de l'état-major pour cette action. Vous devez vous placer sous le commandement de l'armée de l'Oriente, mais ne perdez pas de vue l'objectif de votre mission : capturez cette femme noire vivante ! rugit le marquis.

L'après-midi même, une compagnie de vingt-cinq cavaliers sous le commandement du lieutenant Marquez, appartenant au septième bataillon des volontaires de La Havane qui bénéficiait du soutien financier du marquis de Santadoma et d'autres propriétaires terriens, quittait La Havane avec des chevaux tout frais, des armes modernes et des munitions en quantité suffisante.

Au même moment, Narvaez se rendait dans la vieille ville, au domicile du Dr Rivaviejo. Le médecin était décédé, mais sa veuve se montra coopérative concernant l'enquête qui était le but de la visite du commandeur. « Comment pourrais-je m'opposer aux intérêts du marquis de Santadoma ? », argua la femme dans l'espoir qu'il louerait son attitude envers le grand propriétaire. Elle le conduisit aux deux autres esclaves domestiques qui travaillaient pour la famille à l'entretien de la maison et à la vente, dans la rue, de potions contre le rhume et la toux. Aucun ne savait où se trouvait Modesto. Ils avouèrent à Narvaez qu'il s'était enfui quand le médecin avait décidé de le vendre. La femme expliqua qu'elle ne vendait pas ces esclaves affranchis qui, depuis son veuvage, étaient son seul moyen de subsistance. Le commandeur les interrogea, et ils lui racontèrent la vie de Modesto, ses habitudes et ses loisirs, l'endroit où il allait boire et bavarder (l'échoppe au coin de la rue San Ignacio, à côté du marché Cristina), l'église, et même les femmes qu'il fréquentait. « Rogelia », dirent-ils en chœur, avec un sourire plein de sous-entendus. Elle était sans doute celle que l'émancipé voyait le plus. Ils avaient encore des contacts avec elle, mais depuis la mort de Rivaviejo et l'évasion de Modesto, ils avaient pris leurs distances avec elle et ne lui adressaient plus de parturientes.

Rogelia essaya de tirer profit du commandeur. « Tu viens de la part de qui ? Qu'est-ce que tu veux savoir ? Qu'est-ce que j'ai à gagner ? », insistait-elle en lui tournant le dos pour s'occuper de sa gazinière. Narvaez, qui n'était pas d'humeur à perdre son temps avec cette grosse négresse arrogante, ouvrit d'un coup de pied la porte de la maison, et fit entrer ses deux hommes de main. Ils bâillonnèrent la sage-femme, lui arrachèrent sa robe et l'allongèrent au sol.

— Tu te crois supérieure aux négresses des sucreries ? Aujourd'hui, tu vas connaître ce que ressentent les travailleuses du sucre, celles qui font la richesse de ce pays ! lui assena le commandeur.

L'un de ses hommes de main s'empara du fouet en peau de lamantin et l'abattit sur le dos charnu de la sage-femme. Une fois, deux fois... Le bâillon étouffait ses cris. Trois, quatre... La femme n'avait plus la force de se débattre. Cinq... Dix...

Rogelia cessa de crier.

— L'émancipé s'est enfui avec les rebelles quand Rivaviejo a voulu le vendre... expliqua Narvaez le lendemain matin au marquis de Santadoma.

Dans le bureau se trouvait également Gracia, le secrétaire personnel du marquis, d'origine catalane, homme grand et maigre, aux cheveux hérissés et au sourire faux, méchant et rusé.

— ... Mais si je n'ai pas obtenu plus d'informations sur lui, poursuivit le commandeur, j'en ai obtenu sur la sorcière, la sergente... déclara-t-il avec satisfaction. (Le marquis fronça les sourcils et se pencha imperceptiblement en avant.) Il se trouve que la sage-femme a connu l'esclave : Modesto l'a hébergée chez elle après son évasion de La Merced. Elle était gravement blessée.

Quand don Juan José de Santadoma eut écouté attentivement l'histoire racontée par son commandeur, il s'écria :

— La fillette noire m'appartient ! Elle est née d'une esclave qui était la mienne.

— Elle est probablement morte, avança Gracia. Les chasseurs d'esclaves ont fait une descente dans le palenque, a dit l'émancipé à sa mère quand il est revenu de la sierra.

— J'ai le sentiment qu'elle n'est pas morte, réagit le marquis. Quoi qu'il en soit, il faut la retrouver.

— Comment ? demanda Narvaez.

— Connaissons-nous le jour où l'esclave s'est échappée pour la première fois de La Merced ? questionna aussitôt Gracia, qui, loin d'oser s'opposer aux désirs de l'aristocrate, avait déjà élaboré en esprit la stratégie qui pourrait les mener jusqu'à la jeune fille, pour autant qu'elle soit vivante.

— Ce jour doit être inscrit dans les livres du domaine, répondit le marquis.

— Eh bien, à cette époque, elle était réfugiée dans un palenque de la Sierra del Rosario, reprit à voix basse le secrétaire comme se parlant à lui-même, où elle a donné naissance à une créole. D'après la sage-femme, Modesto est parti à la recherche de la fillette dans la Sierra del Rosario au début de la révolte de l'Oriente.

Le secrétaire interrogea Narvaez du regard pour qu'il confirme tout ce qu'il venait de leur raconter.

— C'est exact, confirma le commandeur. La sage-femme se souvenait avoir dit à Modesto que Kaweka s'était sûrement enfuie pour rejoindre les rebelles.

— Dans ce cas, conclut Gracia, nous disposons d'un intervalle précis au cours duquel les chasseurs d'esclaves ont certainement attaqué le palenque de la Sierra del Rosario : entre la première évasion de l'esclave et le début de la guerre...

— Mais... voulut intervenir Narvaez.

Il fut réduit au silence par un geste impératif du marquis lui ordonnant de laisser son secrétaire continuer.

— Oui, je sais que c'est une période assez longue, mais on pourrait la préciser. Neuf mois de gestation, si la femme ne s'est pas enfuie enceinte, l'âge minimum que devait avoir la petite négresse lors de l'attaque du palenque... Bref, nous avons des dates, et un lieu : la Sierra del Rosario. Nous avons des informations : une petite créole de deux ans au plus à l'époque. Il ne doit pas y en avoir beaucoup. Enfin, il s'agit d'aller voir tous les chasseurs d'esclaves de la région, qui ne doivent pas être nombreux, et de vérifier dans leurs livres les actions qu'ils ont menées dans la Sierra del Rosario depuis octobre 1868, le début de la guerre, et remonter en arrière. Et si la créole a été capturée vivante, elle réapparaîtra, nous saurons où elle a été envoyée et nous pourrons suivre sa trace.

— Et si elle n'a pas été comptabilisée dans les livres et vendue clandestinement ? interrogea Narvaez, disant tout haut ce que tous trois pensaient tout bas.

— Comment as-tu fait parler la sage-femme ? demanda le marquis. (Le commandeur fit un signe affirmatif de la tête en pensant au dos ensanglanté de la femme.) Fais de même avec les traqueurs, et avec les chefs de villages s'il le faut. Je veux cette négresse ! (Le marquis s'adressa alors à son secrétaire pour assurer la mission :) Vas-y, Gracia. Ne lésine pas sur les moyens ni sur les méthodes pour obtenir la vérité. Engage autant de scribes que tu le jugeras bon pour vérifier les livres, ceux des chasseurs d'esclaves, ceux des municipalités et des tribunaux de la région, et autant d'hommes de main dont tu auras besoin pour réveiller la mémoire des chasseurs d'esclaves, ajouta-t-il avec cynisme. Ne te retiens pas, Gracia, ne sois pas indulgent, et si tu dois payer des gens pour qu'ils parlent, fais-le ! Il suffit d'aller se promener dans la région et de faire savoir dans les tavernes que vous êtes prêts à payer une bonne récompense, et les rabatteurs viendront à vous comme des charognards. Aide-le à trouver les hommes appropriés pour cette mission, ordonna-t-il à Narvaez, et surtout, trouvez cette négresse !

Le commandeur et le secrétaire s'apprêtaient à se lever de leur chaise lorsque les paroles de don Juan José de Santadoma les arrêtèrent dans leur élan :

— Elle m'a pris mon enfant, rugit le noble, maintenant je veux la sienne, elle est à moi, amenez-la-moi !

Ainsi Narvaez partit avec un groupe d'hommes dans la Sierra del Rosario pour interroger les maires, les chasseurs d'esclaves et les propriétaires de moulins à sucre et de plantations de café. Gracia, lui, engagea trois greffiers et se rendit avec eux aux archives de la Real Junta de Fomento, le Conseil royal du développement de La Havane, en charge des esclaves marrons – organisme qui recevait des rapports sur les activités des rabatteurs, des maires et des juges des villes cubaines, et dont le marquis de Santadoma était membre de l'organe directeur. Chaque mois, les députations de l'île envoyaient au Conseil la situation des fugitifs sur leur territoire. Tous les samedis, la Junta elle-même publiait à l'intention des maîtres une liste de nègres marrons capturés, celle des maîtres à qui ils appartenaient (s'ils les connaissaient), et le lieu de la capture. Là, parmi des milliers de dossiers oubliés, sur des tables d'une propreté douteuse, s'installèrent le secrétaire du marquis et ses assistants.

— Que cherchons-nous ?

Gracia lui expliqua.

— Vous avez compris ? Toute activité ayant eu lieu dans la Sierra del Rosario et ses environs avant soixante-huit. Dès que vous trouvez quelque chose, vous m'en faites part. N'importe quoi ! Peu importe l'insignifiance de l'élément.

La poussière qui recouvrait les meubles et les documents se souleva et inonda la bibliothèque de particules scintillant dans la lumière du soleil. Les greffiers commencèrent à dénouer les ficelles qui fermaient les dossiers, et se lancèrent à la recherche d'une fille noire d'environ quatorze ans qui avait dû être capturée par les *rancheadores* de la Sierra del Rosario une dizaine d'années plus tôt.

22

Madrid, mai 2018

Joseph Bekele lui avait trouvé un emploi temporaire dans une association d'aide aux immigrés située dans un ancien bâtiment industriel de la grande banlieue populaire de Vallecas. Lita s'occupait de la réception, de l'enregistrement et du contrôle de la distribution des vêtements, de la nourriture et des produits de première nécessité, ainsi que du congé de maternité d'une employée. Ce travail était payé quelques centaines d'euros, ce qui lui permettrait de contribuer aux charges et aux frais alimentaires. Sur la question de son licenciement, le marquis ne bougeait pas, il n'y avait aucune possibilité d'accord, et le procès retarderait toute indemnité de départ. Il en allait de même pour sa mère : les Santadoma se souciaient peu de son licenciement et de leur non-cotisation à la couverture sociale. Une armée d'avocats, sous les ordres de don Enrique, était prête à retarder la procédure en utilisant toutes sortes d'astuces et de mensonges pour nuire à Lita et à sa mère. Quant à la filiation revendiquée par Concepción, Marcelo et José n'étaient plus très sûrs des preuves dont ils disposaient : les Santadoma les avaient confrontés à l'un des meilleurs cabinets de juristes de Madrid, dirigé par un éminent professeur qui les avait semblait-il impressionnés. C'est du moins ce qu'avait ressenti Lita lors de leur dernière conversation.

— Ce serait drôle, leur reprocha-t-elle avec une certaine amertume, d'avoir fait tout ce ramdam pour qu'aujourd'hui nous ne puissions même pas faire valoir que ma mère est la petite-fille du vieux marquis.

Elena ne connaissait pas d'autre avocat susceptible de s'occuper de l'affaire, et Lita n'avait pas l'argent nécessaire pour payer la première consultation d'un spécialiste.

— Il y en a qui travaillent au résultat sans demander de provisions, fit savoir Marcelo, comme s'il avait hâte de se débarrasser de l'affaire.

— Oui, ceux qui font leur pub à la radio. Je suis sûre qu'ils sont au-dessus du panier ! se moqua Lita.

Elle en discuta peu après avec Joseph :

— Les manifestations et tout ce que nous faisons ne servent pas à grand-chose si, au bout du compte, les Santadoma n'acceptent pas de reconnaître la filiation de ma mère.

Le Nigérian trouva ses craintes justifiées. L'après-midi même, avant que la jeune femme ne termine sa journée de travail, il se présenta à l'association, accompagné d'un jeune et beau Noir d'une quarantaine d'années qu'il lui présenta :

— Alberto Gomez, avocat. Il peut s'occuper du dossier de votre mère.

Lita le regarda de la tête aux pieds.

— Je vous semble à la hauteur ? lui demanda-t-il en souriant.

— En ce qui concerne la façade, oui. Pour l'intérieur, je ne peux pas encore en juger.

L'intérieur se révéla le soir même, avant le dîner, avec Concepción, Lita, Sara et Elena, qui lui racontèrent et lui montrèrent toutes les preuves qu'elles possédaient sur la possible paternité.

— Votre mère ne vous a jamais rien dit ? demanda Alberto à Concepción.

— Jamais. Rien.

L'avocat regarda plusieurs fois la vidéo de l'oncle Antonio.

— N'avez-vous pas cherché quelqu'un d'autre qui aurait pu être au courant de cette situation ? demanda-t-il à Lita.

— Non.

— Nous n'avons pas eu le temps non plus, ajouta Elena.

— Pourrions-nous reparler à cet homme, l'oncle Antonio ?

— Je doute qu'il ait envie de se lever de son canapé, commenta Sara.

— Nous avons besoin de gens qui nous aident de là-bas, à Cuba, insista l'avocat.

— Peut-être bien... Raúl, lâcha Elena.

— Qui est-ce ? demanda l'avocat.

— Un guérisseur cubain, continua Elena, un baba... Comment ils s'appellent, déjà ?

— Babalao, lui répondit Lita.

Alberto se contenta d'une moue discrètement admirative, mais suffisamment expressive pour que Lita comprenne qu'il était conscient de ses compétences.

— Et on peut contacter ce babalao ?

— Nous avons son numéro et il nous a proposé son aide.

Le babalao Raúl fut appelé sur-le-champ. C'était le milieu de l'après-midi à La Havane. L'homme ne fut pas surpris. Il était au courant de la bataille qu'avait déclenchée Lita en Espagne, de laquelle ils discutèrent pendant quelques minutes avant qu'elle passe le combiné à sa mère que le Cubain voulait saluer personnellement.

Alberto s'entretint avec Marcelo et José. Lita aurait aimé avoir plus de contacts avec Alberto, en savoir davantage sur lui, car elle avait l'impression que... mais bon, elle ne voulait pas y penser... Toujours est-il que l'homme de loi avait pris congé en lui promettant de l'appeler dès qu'il aurait des nouvelles de La Havane. Entre-temps, sa mère avait trouvé un second foyer où elle pouvait travailler quelques heures deux jours par semaine. Lita la félicita et se rendit à l'entrepôt du quartier de Vallecas, où elle changea de t-shirt pour en mettre un avec le logo de l'ONG Les Amis de l'Afrique oubliée, et se consacra au soutien de toutes sortes de populations, pas seulement africaines. Elle portait des sacs, transpirait, parlait, discutait. De nombreuses fois des bras la serraient, et entre deux récits souvent terribles et douloureux, des conseils lui étaient demandés, pour lesquels elle n'avait ni réponse ni solution.

Arriva l'heure de la fermeture, et elle se rendit compte que le temps lui avait filé entre les doigts, ces mêmes doigts avec lesquels elle avait ébouriffé les cheveux bouclés d'un garçonnet noir. Elle ne parvenait pas à se détacher de cet enfant, ni de sa mère, ni des Noirs et des mulâtres qui lui réclamaient toujours plus d'attention et d'amour. Il y avait des musulmans qui cherchaient leurs proches, des gitans, des Espagnols blancs aussi démunis que les autres, mais elle se sentait plus attirée, plus à l'aise et plus compatissante face au malheur de ceux dont elle partageait la race.

Sara et Elena ne surent que répondre à ses arguments.

— Tu n'as jamais été comme ça... Ce ne serait pas un peu comme du racisme à l'envers ?

Elle n'en parla pas à Pablo qu'elle voyait de moins en moins. Elle quittait souvent Vallecas tardivement sans compter ses heures. Lui, de son côté, continuait à dépérir, ravalé au rang de simple comptable entre les boulangers et les quincailliers. Entre eux, le fossé se creusait : elle se sentait plus épanouie qu'avant, plus femme, alors que Pablo était de plus en plus déprimé par son échec. Comment lui avouer, lors de leurs rares échanges, qu'elle se sentait heureuse ?

— Ce travail nous apaise, lui exprima Joseph. Ce travail, ces contacts, plutôt, corrigea-t-il, nous apprennent combien nous sommes insignifiants et combien nous avons tort de chercher le bonheur ailleurs que dans le sourire des êtres auxquels nous nous consacrons.

— Et ça explique aussi que je me sente chaque jour plus noire ?

— Je vous trouve égale à vous-même, sourit-il. À part cela, avez-vous quelque chose de spécial à faire samedi après-midi ? Ce serait bien que votre mère nous accompagne. Je vous conseille de n'en rien dire à Sara et Elena. Il s'agit de nos fêtes à nous, n'est-ce pas ?

Lita réussit à convaincre sa mère et à lui arracher un sourire de consentement.

— Je les considère comme nos frères et sœurs, viens, nous allons passer un bon moment toutes les deux ! Allez, je t'en supplie !

C'était un restaurant de la banlieue de Madrid, pas très grand, dont les fenêtres avaient été fermées et les meubles habituels poussés contre les murs, à l'exception de deux tables recouvertes de nappes blanches, d'un crucifix, de bougies, d'images saintes, de coquillages, de plusieurs verres et d'une soupière. Joseph les accompagna dans un coin afin de contempler ce qui correspondait à la nef. Une cinquantaine de personnes, presque toutes noires, arrivèrent et se rassemblèrent autour de l'autel. Tous récitèrent le Notre Père, avant que commence une messe rituelle au cours de laquelle ils s'approchèrent de l'autel pour y déposer des offrandes : un poulet, du tabac, des fleurs, de la nourriture et de l'alcool en abondance. Ensuite, le prêtre se mit à chanter et à appeler les esprits. Un soliste entonnait un chant, et les autres répondaient et exécutaient les danses du dieu invoqué. Lita et sa mère assistaient, ébahies, à la ferveur de tous ces hommes et femmes, qui explosa au moment où la musique – bongos, atabaques, tambourins – se libéra dans une ambiance de fête. Alors tous dansèrent, invitant les orishas à descendre, à les chevaucher et à s'unir à eux. Concepción remuait depuis sa chaise, sans oser s'aventurer sur la piste de danse. Lita resta à côté d'elle et l'enlaça, ne perdant rien du spectacle.

Quelques-uns étaient, pensaient ou feignaient d'être chevauchés par un orisha. La plupart se tenaient à l'écart et les observaient se livrer à leur frénésie. Joseph et les autres regardaient parfois Lita, attendant une réaction, mais elle ne ressentait rien. Puis, lors d'une pause, elle reconnut intérieurement la petite musique intérieure, et comprit que le moment était venu.

— C'est mon tour, maintenant, maman.

Elle ne savait pas comment le lui dire, ni comment sa mère réagirait. Celle-ci n'avait jamais osé évoquer la danse de sa fille devant la banque de Santadoma.

— Mais ma fille, mais je suis cubaine ! revendiqua-t-elle, surprenant Lita une fois de plus, comme souvent depuis qu'elles vivaient ensemble. Ta grand-mère l'était, comme son aïeule et comme les esclaves qui ont introduit les dieux africains sur l'île.

Tandis que mère et fille se confiaient discrètement l'une à l'autre, Joseph s'efforça de faire de l'espace sur la piste de danse. Lita sortit alors la boîte en étain de son sac à main et accrocha avec solennité le collier autour de son cou. Elles étaient entre Afrodescendants, entre croyants respectueux de leurs prêtres, fidèles à leur religion, et elle assistait à cette fête en tant qu'invitée éclairée. Pour la plupart un peu ivres, ils se sentirent galvanisés lorsque le collier s'enflamma sur la poitrine de Lita. Yemaya grandit alors jusqu'à imploser en elle, et dans l'esprit de tous.

La jeune femme dansa, chanta, cria, se griffa le visage, rampa et attaqua même les spectateurs. Yemaya n'était pas contente. Personne n'osa se mêler à sa danse. Les offrandes tombèrent à ses pieds pour apaiser la déesse, mais celle-ci les repoussa d'un coup de pied. Que voulait-elle ? Pourquoi leur en voulait-elle ?

Les dons se multiplièrent dans l'entrepôt de Vallecas. Les donateurs, noirs pour la plupart, offraient tout ce qu'ils pouvaient, peut-être pas assez pour lutter contre la pauvreté, mais leurs apports représentaient un trésor pour les miséreux. Beaucoup souhaitaient parler à Lita, certains même lui demandaient de les guérir d'une maladie.

— Je ne sais pas quoi leur dire, se plaignit-elle à Bekele.

Elle était devenue du jour au lendemain une véritable idole pour les Noirs qui assistaient et participaient aux cérémonies de la santería.

— Ne faites rien de spécial. Vous possédez des pouvoirs hors du commun que même les babalaos responsables des centres de la santería à Madrid ne peuvent concevoir. Ne leur faites pas confiance. Beaucoup, dont surtout des femmes, sont des charlatans dont le seul but est de vendre des potions et de jeter des sorts. Certains, plus rares, sont sincères, mais ils sont loin d'ici. Ils ne peuvent pas vous aider.

— Et alors ?

— La déesse vous le dira. Faites-lui confiance. Pour l'instant, Les Amis de l'Afrique oubliée de Vallecas sont ravis, vous avez encouragé la solidarité entre nos peuples.

— C'est vrai, sourit Lita, qui ressentait une immense satisfaction. Je le constate tous les jours

— Le marquis, les actionnaires et les Américains poursuivent leur processus de vente de la banque comme si les droits de votre mère n'existaient pas, mais ce qu'ils ignorent c'est votre réussite, que des associations antiracistes américaines manifestent déjà contre la banque EleCorp désireuse d'acquérir une entreprise qui s'est édifiée sur le sang des esclaves noirs des plantations cubaines. Aujourd'hui, les manifestations contre la banque Santadoma continuent, peut-être avec moins d'élan... Mais, nous rallumerons le feu le moment venu. Ce qui est certain, c'est que les Afrodescendants américains ont appris à prononcer le nom de votre mère : Concepción. Ils le crient devant EleCorp et ne laisseront pas les Blancs impunis. Ils ont tous vécu le racisme, et se sentent proches d'elle. Votre mère a été invisibilisée toute sa vie, je vous garantis que désormais elle ne le sera plus. Aux États-Unis, on n'oublie pas ces causes, au contraire. Et elles redoubleront d'ardeur quand Alberto engagera le procès. Il suffit de penser au mouvement Black Lives Matter. Lita, ajouta-t-il sur un ton plus grave, et changeant de ton en la tutoyant, laisse-toi guider par Yemaya !

— Je veux bien, si elle est de la même humeur qu'à la fête !

— Crois-moi, c'est peut-être l'une des rares occasions d'obtenir de nos exploiteurs un dédommagement personnel en faveur d'une descendante de leurs esclaves.

— En ce qui concerne la descendance, oui, nous le supposons, on peut presque dire que c'est quasiment sûr.

— Ta mère est une femme de couleur, et à Cuba, il n'y avait pas de Noirs. Ils ont tous été capturés par les Espagnols, embarqués sur des navires négriers et réduits en esclavage. D'une manière ou d'une autre, elle descend forcément de l'un d'entre d'eux.

— L'une de mes aïeules, une certaine Alfonsa, a été traitée comme un animal, un objet appartenant aux Santadoma. Ils l'ont abusée, exploitée, peut-être même forcée. Et c'était la norme.

— C'est notre chance, Lita, ta chance, tu peux réparer les dommages causés à ta mère et à ses prédécesseurs, et également les préjudices que tu as subis. Il est temps que le monde entier voie que nous nous battons, et que nous exigeons réparation, par les dédommagements promis à Durban, et dans le cadre de la Décennie internationale des personnes d'ascendance africaine.

Lita continua de travailler à l'ONG de Vallecas, fière d'aider les gens de sa race. Mère et fille se sentaient plus unies que jamais.

— Les Santadoma étaient très religieux, tu le sais, lui rappela Concepción lorsque Lita, après la fête au restaurant de la zone industrielle, lui demanda ce qu'elle savait de la santería. Ma mère s'était totalement pliée à la religion des Santadoma. À l'époque de Franco, et au service des marquis, comment aurait-il pu en être autrement ? J'ai suivi son exemple, bien que je n'aie pas réussi à te faire communier avec les catholiques, mais les Santadoma ne nous ont pas causé d'ennuis, pas plus que pour les coutumes et croyances de nos ancêtres. Je les avais un peu oubliées, en Espagne elles n'avaient aucun sens, même si ta grand-mère me parlait de temps en temps de Cuba et de ses dieux.

Lita fut invitée à déjeuner et à dîner dans des foyers défavorisés où on l'accueillit avec des produits qu'elle avait elle-même fait venir en bateau, mais cuisinés avec cœur, et relevés d'épices qu'ils avaient dû avoir du mal à se procurer.

Elle apprit à écouter, assise en cercle sur des tapis, les récits de ces familles, les histoires de villages, de foyers abandonnés, de déserts à traverser pour atteindre le Nord riche et attirant – illusion qui s'évanouissait devant une triste réalité. La violence et les extorsions commises par les trafiquants et les pilleurs, les traversées sur de fragiles embarcations où des maris, des frères, des sœurs, des enfants trouvaient la mort – autant de récits douloureux qui la marquèrent profondément. Si, en dépit des effets délétères du racisme, elle avait toujours été fière, dans cette société occidentale, de ses origines raciales, de la couleur de sa peau et de sa nationalité espagnole, à présent, elle était intimement immergée dans ces réalités. Elle comprit alors que malgré ce qu'elle avait enduré dans son enfance, ou à la banque, elle était une privilégiée qui, en tant que telle, n'avait jamais eu à se confronter aux dures réalités de son peuple. Ces sentiments qu'elle avait refoulés jusqu'à récemment – en écartant la misère d'un revers de main, en revendiquant son espagnolité, en se distinguant des nouveaux arrivants et des clandestins, en comparant avec une certaine condescendance sa formation académique à l'analphabétisme des immigrés, en travaillant, en s'amusant, en buvant des verres dans les bars avec Sara et Elena – étaient désormais profondément affectés par la sombre réalité et les récits de malheur. Elle éprouvait de la honte en repensant à la façon dont elle avait agi dans le passé.

Alors qu'elle se rapprochait de plus en plus de la communauté noire avec sympathie et conviction, Pablo s'éloignait, et sa présence s'estompait dans le silence qu'il semblait s'être lui-même imposé. Sara et Elena, conscientes de la transformation que vivait leur amie, l'encourageaient et profitaient de chaque instant pour maintenir le lien entre elles.

Un beau jour, tandis que les trois amies ainsi que Concepción, toujours accompagnée de ses bichons, discutaient tranquillement après un repas qu'elles avaient préparé ensemble, l'avocat Alberto Gomez se présenta, une valise à la main. Sur la nouvelle vidéo qu'il apportait, il leur fut difficile de reconnaître l'oncle Antonio. Il s'était rasé, lavé, peigné et habillé d'une belle *guayabera* blanche. L'homme confirmait ses propos antérieurs, il donnait sa parole, assurait la véracité de ce qu'il avançait.

Concepción, Lita et ses amies furent sidérées d'entendre de nouveaux témoignages, notamment ceux d'un cuisinier et d'une blanchisseuse qui avaient travaillé à La Havane pour les marquis de Santadoma. Ils connaissaient Margarita, et comment...

— Jolie, la petite mulâtre.

Le vieux commis de cuisine leva le menton, plissa les yeux et acquiesça à sa propre déclaration après avoir consulté ses souvenirs.

— Margarita était une beauté, reprit-il avec nostalgie.

La vieille femme toute ridée qui était à ses côtés murmura en agitant doucement une main en l'air, comme dirigeant le tempo lent d'une symphonie :

— Oh oui, elle était si jolie ! Elle se déplaçait comme si elle flottait dans les airs !

— Tout le monde savait que la petite était la fille de maître Eusebio ! souligna le vieux commis.

— Il ne l'a jamais caché, confirma la femme. Il était amoureux de Margarita.

— Jolie, si jolie, Margarita !

— Mais doña Claudia est arrivée, et elle les lui a enlevées.

Concepción pleura en écoutant ces témoignages sur sa mère et sur elle-même. Les trois jeunes femmes la consolèrent. D'autres vidéos montraient des personnes racontant ce qu'elles avaient entendu de leurs proches et de leurs connaissances, et toutes les versions coïncidaient. Alberto, en sa qualité de juriste espagnol, avait pris des dispositions pour que des avocats cubains accompagnent les témoins au consulat d'Espagne à La Havane afin qu'ils puissent rapporter leur déclaration au consul. Il y avait des vidéos, des documents publics et plusieurs photos qui témoignaient de la véracité de leurs déclarations : ils étaient bien là, témoins des événements qu'ils relataient. Sur l'une des photos, avant le départ du vieux marquis pour l'Espagne, il s'agissait de Margarita, une mulâtresse aussi jeune et jolie qu'ils le disaient, si belle qu'il était impossible de ne pas tomber amoureux d'elle. Concepción embrassa la photo.

— Raúl et ses mille connaissances, ajouta l'avocat comme une ultime surprise, ont trouvé les autres enfants de José Hermoso, l'employé du marquis qu'il avait désigné comme époux de Margarita. Autrement dit votre prétendu père, votre père officiel, Concepción. Il est clair qu'il y fut contraint.

Puis il leur lut, devant le consul, la déclaration de l'un des fils de José Hermoso : « Dès que le marquis eut quitté La Havane, il épousa notre mère, sa véritable femme », avant de poursuivre :

— Ils avaient apporté l'acte de mariage et, bien qu'ils n'aient manifestement jamais rencontré Margarita, ils avaient encore des objets à elle, qu'elle cachait dans sa chambre et n'avait apparemment pas voulu emporter en Espagne lorsqu'elle fut séparée du señorito, si bien qu'ils restèrent en possession de son père.

Il y avait aussi quelques photos – comme s'il s'agissait d'une famille heureuse – du fils du marquis, Eusebio de Santadoma, en compagnie de Margarita et d'un nouveau-né, Concepción en personne. Les enfants d'Hermoso avaient également vendu à Raúl un camée en agate monté sur or, le même que celui que portait Margarita sur deux photos et ainsi gravé : « Pour ma petite fille noire, Eusebio. »

— D'ailleurs, ils nous l'ont fait payer comme s'il s'agissait de la couronne de la reine d'Angleterre, se plaignit l'avocat.

Devant cette avalanche de preuves sur la filiation de Concepción, tout le monde resta sans voix.

Elena rompit le silence et lança avec ironie :

— Alors, vous êtes de vraies marquises !

Lita était incapable d'articuler un seul mot, tout comme Concepción, désormais convaincue de son origine.

— Les Santadoma ne pourront pas refuser de négocier devant toutes ces preuves, conclut Alberto. Dès demain j'appellerai leurs avocats. Vous êtes d'accord, Lita ?

La demande d'indemnisation d'Alberto Gomez, en préalable à un éventuel procès qui reconnaîtrait légalement la filiation de Concepción et ses droits en tant qu'héritière du marquis, révolutionna la banque Santadoma. Le licenciement de Lita, celui de sa mère et sa pension de retraite furent laissés de côté, s'agissant de problèmes « mineurs ». Seule importait une question fondamentale à laquelle les Santadoma n'avaient pas accordé l'importance qu'elle méritait. Ainsi avaient-ils réussi à faire taire l'animatrice de talk-show bohème et à lui faire modifier sa version des faits en échange de quelques milliers d'euros. Ils attendirent que le scandale s'éteigne et rétribuèrent qui de droit pour désamorcer l'affaire. Mais les nouvelles preuves apportées par Gomez vinrent tout remettre en cause. Une inquiétude compréhensible, pensa Lita, car le contrat de vente entre les Américains et les Santadoma était précis : tous les membres de la famille devaient vendre leurs parts. Les actions détenues par les Santadoma devaient être intégralement transférées aux Américains. Personne, pas même le professeur de droit qui avait traité l'affaire, un certain Contreras, ne prévoyait de difficultés à l'exécution du contrat, comme il le mentionnait dans un rapport détaillé sur l'affaire. Tous les héritiers signèrent : le marquis, ses sœurs et les petits-enfants issus des deux autres lignées. Doña Claudia vendit également ses propres actions. De ce fait, le montant des indemnités proposées ne fut pas discuté, parce qu'un tel non-respect des accords n'était pas envisageable. Contreras conseilla de se concentrer sur la discussion ou la négociation des autres points de l'opération plutôt que sur celui résolu par le consensus de toutes les personnes impliquées.

Tous les Santadoma signèrent.

Les Américains signèrent.

Lita le savait. Elle avait transféré toute la documentation sur son ordinateur personnel, quand Stewart la lui avait remise. Il n'y avait pas de retour en arrière possible, tant pour les Américains, qui avaient déjà acheté d'autres paquets d'actions comme celles de Ruz Pariente, que pour les Santadoma, qui avaient vendu les leurs.

En effet, ce que personne n'avait imaginé, c'est qu'entre le moment où l'héritage du vieux marquis avait été réglé et les autres formalités du contrat de vente acquittées, une nouvelle petite-fille de l'aristocrate était apparue.

Concepción avait soixante ans, autant d'années de silence, de tranquillité, de certitude chez les membres de la famille Santadoma. Mais, après la promulgation de la Constitution espagnole, la loi était claire : Concepción avait toute la vie pour revendiquer sa filiation.

Concepción ne signa évidemment pas la vente des actions qui lui revenaient en tant qu'héritière, en sorte que, si elle était reconnue comme telle et s'opposait à la vente, les Américains n'obtiendraient pas la totalité du capital de la banque comme ils l'entendaient. Ce qui entraînerait pour les vendeurs une violation du contrat signé, de sorte que toutes ces clauses d'indemnisation auxquelles ni Contreras ni personne d'autre n'attachait d'importance à l'époque entreraient en vigueur. En bref, les Santadoma perdraient une fortune.

La rencontre devait se tenir dans la salle de réunion aux fenêtres ouvertes sur le ciel, au trente-neuvième étage de la tour de verre du Paseo de la Castellana où Lita avait travaillé pour les Américains. Le ciel était inhabituellement pur, vaste et bleu. Un bon présage, pensa-t-elle en souriant. La table vitrée pouvait accueillir une vingtaine de personnes. Pour l'instant, seules deux chaises étaient occupées, la sienne et celle d'Alberto Gomez.

En attendant, Alberto montrait à Lita des vidéos des manifestations qui avaient eu lieu le même jour à Miami et ailleurs en Floride, devant les portes de diverses agences de la banque EleCorp, à l'occasion de l'achat de la banque Santadoma. Des manifestations avaient également lieu en Espagne.

— Les Américains ne doivent pas être ravis, commenta l'avocat. Les marchés boursiers sont très sensibles à ce genre de problèmes. Ils vont devoir les régler au plus vite. Si les clients se méfient, la panique s'installera et le cours des actions chutera. Le risque est grand que les fonds se mettent à spéculer sur leurs capitaux.

C'est à la demande des avocats des banquiers américains que Lita et son avocat étaient là. Santadoma avait été mis hors jeu après qu'Alberto était passé à la banque, accompagné d'un notaire pour demander officiellement au marquis d'arrêter toute opération qui mettrait en péril les biens de sa cliente, Concepción Hermoso, dont l'action en filiation allait être déposée sous peu au tribunal.

Le marquis avait été surpris par ce nouveau défenseur noir, si bien vêtu et si bien éduqué, différent des avocats du travail qu'il regardait de haut.

— Il est faux de prétendre que cette dame est la fille de don Eusebio de Santadoma, répondit-il simplement à la demande que lui fit le notaire, et je me réserve le droit de prendre les mesures légales dont ma famille aurait besoin face à un tel mensonge.

Les avocats des Américains n'avaient pas été aussi dédaigneux et, le matin même, ils avaient appelé Gomez pour le convoquer à une réunion dans la tour de verre. Ils espéraient pouvoir évaluer les preuves sur lesquelles s'appuyait Concepción, que Lita et Alberto avaient tenté de faire venir à la réunion.

— Ma fille, avait-elle réagi, je ne suis pas à l'aise avec tous ces gens, les avocats et les Américains dont tu parles... J'en ai vu et entendu assez pour être sûre que ma mère a bien eu une relation amoureuse avec un Santadoma, et qu'elle était heureuse, ça se voit sur les photos. Pour le reste, les procès, les indemnités et toutes ces choses dont tu parles, je ne les comprends pas bien. Imagine que le marquis soit finalement présent et me parle, qu'est-ce que je lui dirais ?

Alberto acquiesça, il ne fallait pas exclure cette éventualité : don Enrique était imprévisible.

— Allez-y tous les deux, continua Concepción. J'ai confiance en vous. Vous me le raconterez plus tard.

— On est bien sûrs de ce qu'on va faire ? s'inquiéta Lita alors qu'ils attendaient toujours les avocats des Américains dans la salle de réunion. Marcelo et José m'ont toujours conseillé de ne fournir aucune preuve avant le procès.

— J'en suis sûr. Il est clair que c'est une stratégie, mais souhaitons-nous un procès qui durerait des années ? Votre mère a un certain âge, elle devrait pouvoir profiter bientôt de ce qui lui appartient, vous ne croyez pas ? Si nous voulons éviter le tribunal et parvenir à un accord avec les

Santadoma, nous allons devoir convaincre les Américains. Ils sont les premiers à vouloir obtenir toutes les actions de la banque, et à pouvoir exiger du marquis et de sa famille de parvenir à un accord. Et pour cela, il faut leur prouver que nous ne bluffons pas. Je ferais la même chose à leur place.

— Mais s'ils connaissent les preuves, ne peuvent-ils pas essayer de les réfuter, en achetant les témoins pour les forcer à démentir ?

— Oui, ils le peuvent. En fait, ils l'ont déjà fait, reconnut l'avocat, mais ils se sont heurtés à un pays d'honnêtes gens qui ont vécu et souffert, dont beaucoup croient encore à la révolution et détestent le capitalisme. Mais surtout, ils sont tombés sur Raúl ! La santería y est encore une religion respectée, et les babalaos sont vénérés. On connaissait son intérêt pour le sujet, et dès que quelqu'un posait une question indiscrète, on courait le lui annoncer. Et puis, continua Alberto en baissant la voix tandis que la porte de la salle de réunion s'ouvrait, comment pourraient-ils modifier les photos ? Ou les lettres du fils du marquis ? Et le camée ? Croyez-vous qu'ils pourraient acheter votre oncle ?

Lita réfléchit, écartant déjà cette supposition, lorsque la salle commença à se remplir. Deux avocats se présentèrent. Puis Meyerfeld, plus grand et plus sec que jamais. Et Stewart, qui lui sourit, découvrant ses dents blanches qui l'avaient tant impressionnée lors de leur première rencontre. Tandis que les autres prenaient place, l'Américain s'avança directement vers elle en lui tendant la main.

Elle l'accepta, et remarqua que le contact se prolongea une seconde de trop.

— Puis-je parler à votre cliente ? demanda-t-il en anglais à Alberto après l'avoir salué à son tour. Non, rien de compromettant, précisa-t-il devant l'expression suspicieuse de son interlocuteur.

— J'y veille, sourit l'avocat.

— Dans quel pétrin vous nous avez mis, jeune femme ! reprocha-t-il alors à Lita le moins sérieusement du monde, avec un large sourire.

Lita regarda Alberto, qui haussa les épaules.

— Je ne fais que réclamer ce qui revient de droit à ma mère.

— Regardez-moi, répondit Stewart, et regardez votre avocat aussi, si vous voulez bien. Nous sommes tous deux noirs, et nous souhaitons obtenir cette justice qui a été refusée à nos ancêtres. Mais beaucoup cherchent à tirer parti de leur race, ce que je ne réprouve pas... ajouta-t-il rapidement. Le problème est de prouver ce droit...

— C'est pour cela que nous sommes là, intervint Alberto.

— Absolument, acquiesça l'Américain, qui prit place à côté de Lita.

Pendant qu'ils échangeaient, la salle s'était presque entièrement remplie de consultants, six en plus des avocats. Lita n'eut pas le temps de les remarquer tous, car après avoir jeté un coup d'œil à deux d'entre eux, elle tomba sur Pablo, impeccablement habillé, plus séduisant que jamais. On aurait dit que le fait de se retrouver au trente-neuvième étage d'une tour de verre, loin des boulangers et des quincailliers, lui avait donné un nouveau souffle, infusé un sang neuf. Lita détourna le regard.

— Que fait Pablo ici ? demanda-t-elle à voix basse à l'oreille de Stewart.

— C'est un grand professionnel. J'ai cru comprendre qu'il avait été rétrogradé pour vous avoir défendue. S'il s'avère que vous avez raison, doit-il être le seul à en souffrir ?

Lita réprima les signes de surprise que cette réponse appelait : elle ferma les yeux, essaya de rassembler ses idées... L'argument de Stewart était irréprochable : en effet, pourquoi serait-il le seul à payer pour sa cause ? Mais en même temps, elle sentait que Pablo était là pour lui mettre la pression. Elle le regarda, et il esquissa un demi-sourire, comme pour approuver les propos de l'Américain.

Depuis le bout de la table, Alberto commença la présentation de la première vidéo des Cubains où il était question d'Eusebio, de Margarita et de Concepción.

— Ne pourrions-nous pas regarder tout cela sur le grand téléviseur ? suggéra quelqu'un, derrière Gomez.

— Non, se contenta-t-il de répondre, étant entendu qu'il ne souhaitait pas se connecter au système informatique du bureau.

Il n'était pas raccordé à Internet, avait-il dit à Lita, et son personnel informatique avait pris toutes les mesures de sécurité nécessaires pour protéger une information qui n'était donc pas complète, comme Lita s'en rendit compte quelques instants plus tard.

— Qui est cet homme ? demanda l'un des avocats de Stewart.

Alberto avait monté les vidéos et exclu toute information permettant d'identifier ses témoins, éliminant même les références verbales qui auraient pu, par exemple, permettre de reconnaître la personne qui affirmait en ce moment que Concepción était la fille de don Eusebio, comme l'oncle Antonio, le frère de Margarita.

— C'est quelqu'un qui a vécu personnellement les événements, répondit Gomez.

Lita connaissait les déclarations, même par cœur pour la plupart ; aussi se concentrait-elle sur le contenu des vidéos. Elle constata la tension ambiante. Les affirmations des différents témoins résonnaient dans la salle, et elle voyait les collaborateurs de Stewart se lancer des coups d'œil furtifs, essayant de cacher une inquiétude grandissante. Un traducteur soufflait à Meyerfeld et à Stewart le contenu des déclarations en anglais, si bien qu'à plusieurs reprises Alberto dut mettre la vidéo en pause, et même revenir en arrière. La salle demeurait silencieuse, attendant la traduction aux Américains. Lita se sentit observée, et ne détesta pas être le centre d'attention de tous ces grands professionnels, y compris Pablo, dont elle préférait néanmoins éviter le regard. Après les vidéos, il y eut les photos, dont celle du camée. L'ordinateur portable passait de main en main sur la table. Lita observa le visage de Pablo lorsqu'il regarda les photos. Une fois le tour terminé et l'ordinateur de nouveau entre les mains d'Alberto, ce dernier se référa aux transcriptions des vidéos.

— Elles sont certifiées par le consulat espagnol, précisa-t-il, avec les données, et certains paragraphes biffés. Elles ne sont rien d'autre que ce que vous avez déjà entendu de la part de toutes ces personnes. Si vous voulez que je les lise...

On le dispensa de le faire, et Gomez continua à lire, cette fois à haute et intelligible voix, les lettres du fils du marquis à son père.

— Comment se fait-il que vous disposiez de cette correspondance ? l'interrompit l'un des avocats.

— Elle a été remise à ma cliente avec les documents relatifs à la négociation.

— Mais elle est privée, confidentielle...

Gomez reprit alors les mêmes arguments que Marcelo et José avaient déjà avancés :

— Nous considérons que ce n'est pas le cas, l'expéditeur et le destinataire étant tous deux décédés.

— Quoi qu'il en soit, votre cliente a obtenu ces lettres de manière illégitime. Elles ne lui ont pas été remises pour revendiquer...

— La question de la légitimité ou de l'illégitimité, l'interrompit Alberto d'un ton autoritaire, est du ressort des juges. Nous n'avons pas l'intention de les garder, leur nombre est considérable, ajouta-t-il avec un certain cynisme. De fait, nous n'avons pas d'objection à ce que ces documents vous soient restitués une fois le procès terminé.

Il les lut en se concentrant sur les expressions et passages qui montraient l'affection d'Eusebio pour Margarita et pour Concepción.

Quelqu'un ricana au milieu d'une lecture. Lita tenta en vain de le repérer.

— Voilà, conclut l'avocat, une partie des preuves que nous avons jusqu'à présent. La scolarité et les frais médicaux de Maria Regla Blasco ont été payés par les Santadoma, ce qui sera facile à prouver. Et je dois vous rappeler que ma cliente, doña Concepción Hermoso, a été amenée en Espagne par le marquis de Santadoma alors qu'elle avait à peine un an, avec sa mère, une jeune domestique mulâtre. Il convient de se demander quelle était la nécessité de le faire. L'un parmi vous le ferait-il ? Sans vouloir manquer de respect à qui que ce soit, poursuivit-il en jetant un coup d'œil à Lita, cette servante était-elle indispensable, n'aurait-elle pas pu être remplacée par une autre qui n'aurait pas eu à traîner avec elle une enfant en si bas âge, laquelle n'aurait fait que déranger et entraver le travail de sa mère ? Il n'est pas crédible que le marquis ou sa femme aient eu une relation particulière avec cette servante : ils devaient en avoir de nombreuses, toutes disposées à les suivre en Espagne. Il y avait autre chose, c'est évident. Les Santadoma le savent et seront contraints de le reconnaître.

— Nous ne contestons pas les documents que vous nous avez présentés, avança l'un des avocats des Américains, mais nous nions fermement que les Santadoma aient été au courant de la situation. Aucun d'entre eux...

— Doña Claudia... interrompit Gomez en faisant quelques pas vers Lita, qu'il avait suppliée de n'intervenir à aucun moment, mais qui était à l'instant sur le point de désobéir aux instructions de son avocat. Doña Claudia, répéta-t-il, la veuve de don Eusebio, le père de mon client, connaissait déjà la filiation de doña Concepción lorsqu'ils vivaient à Cuba. C'est ce qu'affirment tous les témoins.

— Doña Claudia est vieille, sénile, allégua l'autre avocat.

— C'est pourquoi j'ai l'intention de la faire témoigner au plus tôt, la semaine prochaine, de peur que sa sénilité ou son état de santé ne s'aggrave, à Dieu ne plaise ! Je crois que son témoignage est essentiel, et que le juge l'acceptera.

De nombreuses personnes présentes se souvenaient de doña Claudia hurlant dans la salle du conseil d'administration de la banque, refusant d'écouter les supplications de son fils le marquis, insultant Lita et sa mère.

Lita et Alberto réprimèrent un sourire. À commencer par Stewart, tous redoutaient ce que cette femme pourrait avouer devant un juge et Concepción. Il n'était pas question de la faire taire.

— Je ne pense pas que cette femme soit apte à témoigner, tenta l'un des avocats.

— Elle le sera, elle le sera. Écoutez, dit Gomez à l'adresse des Américains, durcissant son expression, raffermissant sa voix et sa posture, nous sommes venus ici en toute bonne foi. Je n'accepterai aucune stratégie. Si vous voulez négocier, allez-y, jouez cartes sur table et faites votre offre, je ne perdrai pas mon temps avec des manœuvres. Gardez-les pour le procès, termina-t-il en se tournant à nouveau vers l'avocat.

Sur ces mots il sortit un document de sa mallette, le posa sur la table et le fit glisser vers le confrère avec lequel il venait de discuter, qui le lut en silence.

— Vous pensez que c'est nécessaire ?

— Indispensable.

Il s'agissait d'une demande similaire à celle faite au marquis de Santadoma, par laquelle l'avocat de Concepción avait informé les acquéreurs de son droit à sa part d'héritage, en les prévenant des conséquences d'un jugement en sa faveur sur les actions de la banque.

— Vous parliez en toute bonne foi, lui reprocha l'avocat des Américains.

— En toute bonne foi, feignit de s'offusquer Gomez. Imaginez que nous leur ayons caché les prétentions de doña Concepción. Là, cela aurait été de la mauvaise foi. Nous leur avons exposé nos arguments. Par voie de conséquence, nous devions leur annoncer nos intentions.

L'autre acquiesça d'un signe de tête. Meyerfeld et Stewart signèrent le récépissé de la demande, et Alberto reprit la parole :

— Je suppose que vous avez besoin de vous parler, alors il est préférable de vous laisser.

Lita et l'avocat se levèrent. Les autres firent le geste de les imiter par politesse, mais Alberto les en empêcha.

— Au fait, ajouta-t-il, il serait bon que vous puissiez convaincre le marquis de régler la situation professionnelle de doña Regla, dit-il avec une pointe de sarcasme. Le procès est perdu, vous l'avez dit vous-même, dit-il en regardant Stewart. Il ne sert à rien d'essayer de trouver des accords s'il y a d'autres contentieux qui font obstacle. Tout comme le fait que Concepción Hermoso ne bénéficie pas d'une pension de retraite après une vie passée à travailler jour et nuit pour ces aristocrates. Sachez qu'au lieu de pouvoir vivre de la pension qui lui revient de droit, elle continue à faire des ménages pour subvenir à ses besoins les plus élémentaires.

Plus jeune, à une autre période de sa vie, Lita aurait baissé les yeux, gênée, devant les derniers mots d'Alberto. Mais à ce moment-là, elle se leva et braqua son regard sur l'ensemble des personnes présentes.

— Les Santadoma sont des gens particuliers, admit le second des avocats américains. Nous allons essayer, mais je pense qu'il s'agit de questions mineures au regard de notre affaire. Juste pour que tout soit clair : conditionnez-vous les futures négociations touchant l'éventuel héritage de votre cliente, qui interfère par ailleurs avec la vente d'une institution bancaire, à l'indemnisation de doña Regla par Santadoma, et au versement d'une pension à sa mère ?

— Oui, répondit Lita, devançant Alberto. J'ai été licenciée à cause de ma couleur, parce que je suis mulâtre, et aussi pour avoir réclamé le dû de ma mère, qui s'est retrouvée sans un misérable euro après une vie de travail, sous le joug quotidien de ce personnage que vous qualifiez de « particulier ». Voulez-vous que je vous donne quelques exemples ? (Lita observa un silence, attendant la réponse. Personne ne dit mot.) Ce qui nous appartient déjà, à moi et à ma mère, reprit-elle, n'a rien à voir avec le fait qu'elle soit la fille d'Eusebio de Santadoma. Ceci est un autre combat.

— C'est exact, confirma Gomez.

— J'ignore pourquoi votre position de force ne me surprend pas, reconnut Stewart en souriant et en tendant à nouveau sa main à Lita, qui la saisit cette fois affectueusement. J'aurais aimé travailler avec vous. Vous êtes...

— Un de ces jours, l'interrompit Alberto, vous la verrez siéger au conseil d'administration en tant que propriétaire d'un grand paquet d'actions.

Stewart éclata d'un rire approbateur avant de prendre congé de Meyerfeld. Puis Lita et son avocat se dirigèrent vers la sortie.

Pablo resta assis à la table des négociations, immobile, tandis que tous deux passaient devant lui. Lita éprouvait des sentiments mitigés : que restait-il de leur amour ? Ne voulant pas se manifester, ni même y songer dans une telle ambiance et une telle situation, elle évita de le saluer.

23

Cuba, Jiguaní, mai 1878

La saison des pluies avait commencé, et Kaweka regardait le fleuve déjà en crue. Elle se trouvait dans les environs de Jiguaní, dans une zone forestière, près de Bayamo et de Yara, de la Sierra Maestra et de tous ces territoires où elle avait combattu et où s'était forgée la révolution dont la paix était combattue par le général métis Maceo dit Titan de bronze. Celui-ci, par l'acte qui prit le nom de « protestation de Baraguá », avait décidé de poursuivre la guerre contre les Espagnols.

Lorsque le général noir apprit la fuite de Kaweka après la reddition de ses troupes à l'Espagnol Martinez Campos et son arrivée à Mangos de Baraguá, il la fit appeler devant lui.

— Mais je n'en suis pas capable ! soupira Kaweka après que le soldat eut fait l'éloge de ses campagnes et lui eut offert le commandement d'une compagnie de dix hommes.

— Vous n'avez pas besoin de vous battre, sergente, lui répondit-il, vos hommes s'en chargeront, mais l'expérience que vous pouvez apporter n'a pas de prix. J'aimerais avoir plus d'officiers comme vous, mais vous constatez notre pénurie de troupes, d'armes, de ressources et même de nourriture. Il aura coûté tant d'années de lutte, tant de morts parmi les Noirs qui ont été tués et massacrés comme de la vermine, pour que maintenant les Blancs se mettent d'accord entre eux, continuent de s'enrichir, d'exploiter notre peuple et prétendent qu'après dix ans de guerre il ne s'est rien passé ?

La compagnie de Kaweka était chargée de contrôler les alentours de la rivière Jiguaní et d'empêcher l'ennemi de la franchir. Elle était dirigée par un caporal et neuf soldats qui désobéirent à ses ordres dès l'apparition des Espagnols.

— Que faites-vous ? chuchota-t-elle pour que l'ennemi ne les découvre pas, lorsqu'elle les vit jeter leurs armes à terre.

— Nous nous rendons, lui répondit le caporal.

— Je ne le permettrai pas ! cria-t-elle, oubliant alors toute discrétion, et brandissant sa machette de son bras valide.

— Vous voulez vous opposer à nous ?

Kaweka ressentit si douloureusement le poids de sa machette qu'elle finit par céder. Ses hommes ne lui proposèrent pas de se joindre à eux, sachant qu'elle refuserait. Après s'être agenouillés, les bras au ciel, criant pardon et miséricorde, ils se dirigèrent vers les Espagnols.

— Bonne chance à toi, ma sœur ! lui souhaita le caporal en partant.

Elle, de son côté, se cacha dans l'épaisseur de la brousse, et une averse soudaine dissuada l'ennemi de la poursuivre. Mais toute cette eau ne suffit pas à laver le sentiment de culpabilité qui pesait sur sa poitrine depuis qu'elle avait vu ses compagnons d'armes à genoux. Elle n'avait pas été capable de maintenir la discipline, peut-être n'avaient-ils pas cru qu'elle, désormais infirme, puisse les mener à la victoire comme elle l'avait fait auparavant. Sa réputation ne suffisait pas. L'eau tombait, mais Yemaya, la déesse mère de l'océan, était absente de son élément favori. Kaweka ne savait rien de Modesto, ni de Yesa, et ses soldats l'avaient abandonnée. Elle était seule, perdue, en échec, et se demandait comment elle pourrait retourner auprès des officiers pour leur annoncer que tous ses soldats, sans exception, avaient déserté.

Malgré cela, elle se devait de retourner au camp. Aussi humiliant que cela puisse l'être, elle devait apprendre à l'officier supérieur que la zone à laquelle elle avait été affectée, désormais non surveillée, était à la merci de l'ennemi. À son arrivée, elle aperçut quelques soldats en haillons errant dans l'enceinte du camp.

— Où est le lieutenant-colonel ? demanda-t-elle à l'un d'eux.

L'homme sembla réfléchir à la question. Il se gratta la tête et lui adressa un sourire cynique.

— Il devrait être rentré chez lui, à l'heure qu'il est.

— Le capitaine Martinez ?

— Je ne sais pas s'il avait un chez lui.

— Il a dû voler la maison de quelqu'un, répondit l'un des camarades au milieu des rires.

— Et la troupe ? osa demander Kaweka.

Les rictus répondirent à sa question.

Tous s'étaient rendus. Le général Maceo et d'autres membres de son état-major étaient partis pour la Jamaïque, où se trouvait un important contingent d'émigrés cubains prêts à aider les révolutionnaires. Là, à Kingston, la capitale, le Titan de bronze tint deux réunions publiques avec des Cubains, à la recherche d'hommes et d'argent pour financer la poursuite de la guerre. Il obtint cinq shillings et sept soldats prêts à s'enrôler.

La lettre que le général métis envoya au gouvernement provisoire insurgé indiquait qu'il n'y avait plus aucun espoir, et qu'ils devaient éviter d'autres sacrifices inutiles. Après cette communication, Maceo tarda à rentrer à Cuba et, le 21 mai 1878, don Manuel Calvar, président de la République de Cuba libre, capitulait devant le général Martinez Campos sans avoir obtenu le moindre avantage. Contrairement à ce qui s'était passé pour les esclaves lors de la signature du pacte de Zanjón, ceux qui avaient continué à combattre dans l'armée rebelle allaient bénéficier de la « loi de ventre libre » qui déclarait que tous les enfants de mère esclave seraient nés libres, et de l'affranchissement des personnes noires âgées de plus de soixante ans.

Du jour au lendemain, après une longue guerre, Kaweka, âgée de trente-trois ans et usée par une vie de privations et d'épreuves, se retrouva dans les montagnes de l'Est, estropiée, vêtue d'un uniforme de sergent, munie de sa machette et portant le collier de perles d'une déesse qui l'avait abandonnée. Elle était toujours esclave dans un pays qui, maintenant pacifié, lui apparaissait comme un lieu terriblement hostile, où elle pouvait être arrêtée et livrée à tout moment aux autorités.

Santiago de Cuba, mai 1878

La caserne Reina Mercedes occupait un grand espace à l'est de la ville de Santiago de Cuba. C'était un bâtiment rectangulaire, dont la façade s'étendait sur cent quatre-vingts mètres et d'une profondeur de quatre-vingts. Située à côté de l'hôpital militaire Principe Alfonso, la caserne avait été initialement construite en tant que prison, afin de libérer les couvents des condamnés qui y étaient détenus. Elle pouvait accueillir un millier de soldats au rez-de-chaussée, le seul niveau construit autour d'une grande cour d'armes où donnaient des entrepôts, des écuries et d'autres installations militaires, ainsi que des baraquements pour les soldats et des logements pour les officiers et leurs familles. Au sous-sol, dans les caves, s'alignaient des cellules où s'entassaient quelque deux cents prisonniers.

Pendant la guerre qui dura dix années, les prisonniers avaient été envoyés dans les casernes d'El Provisional, à l'autre bout de la ville, et la Reina Mercedes avait été maintenue comme installation militaire en première ligne de la défense de la ville, et en soutien de l'hôpital, mais sans parvenir à en évacuer les prisonniers, dont le nombre se multipliait. Modesto s'était retrouvé à la Reina Mercedes à la suite d'un long périple qui avait commencé par son arrestation près de la sucrerie de La Candelaria dans le département occidental, et l'avait conduit jusqu'à la plus grande ville de l'est de l'île. Ses espoirs de ne pas être dénoncé par les esclaves de la plantation échouèrent lorsque les volontaires exigèrent qu'ils leur révèlent qui était impliqué dans l'exécution à la machette du commandeur et des autres Blancs restés sur place. Cette compagnie de mercenaires, prête à vendre clandestinement les esclaves de la plantation, décida finalement qu'il leur serait plus profitable de livrer à la justice un responsable vivant du massacre, à côté des cadavres des hommes de Kaweka pour la mort desquels ils étaient payés : cela leur conférerait notoriété et prestige, et inciterait d'autres propriétaires terriens à les embaucher.

Il ne fallut pas plus de deux coups de fouet au premier esclave de La Candelaria pour dénoncer Modesto. Les autres confirmèrent spontanément sa participation à la rébellion en le défiant du regard, comme s'il était le responsable de leur malheur, mais d'autres, dont la jeune mulâtresse aux yeux verts, avaient baissé les yeux.

Tous les coups de fouet qui écorchèrent son dos ne purent ébranler le soulagement qu'il avait ressenti en constatant que Kaweka ne faisait pas partie des cadavres. Néanmoins, il flancha lorsqu'il entendit le chef des volontaires s'irriter du fait que la sergente rebelle leur avait échappé.

— Elle doit être très gravement blessée, supposa l'un de ses compagnons. Je l'ai moi-même relevée quand la machette s'est profondément enfoncée dans son épaule. Le coup fut violent, dit-il en soulignant ses paroles d'un geste de la main.

Le lendemain, Modesto fut conduit à Santa Clara, en même temps que les cadavres des guérilleros de Kaweka entassés dans une charrette. La ville était encore aux mains des Espagnols malgré l'invasion du département occidental par le général Maximo Gomez. Les cadavres des rebelles furent exposés sur la place de l'église paroissiale de la ville, et José Garcia, comme se fit appeler Modesto pour ne pas être renvoyé à La Havane et à Rivaviejo, fut remis à la justice locale.

— Il faisait partie du groupe de rebelles qui a attaqué la plantation de La Candelaria. Il a tué le contremaître et plusieurs travailleurs blancs, l'accusa l'un des volontaires.

La déposition se poursuivit, en présence de l'administrateur judiciaire protecteur des esclaves, et Modesto nia son lien avec les rebelles au motif qu'il avait fait partie de la *negrada* de la plantation.

— Cela va pouvoir se vérifier sans problème, déclara le juge.

— Mais les livres sont tous brûlés, avertit l'un des volontaires.

— Et le propriétaire ?

— À La Havane, suppose-t-on.

— Alors, que les autres esclaves viennent faire leur déclaration !

Les volontaires, chargés du transfert de Modesto et des cadavres, se turent.

— Comme vous le dites, Excellence, répondit l'un d'eux à leur place. Nous les ferons venir devant vous dès que possible.

Bien sûr, ils n'en firent rien. Et Modesto, dénoncé pour meurtre, attendit dans un cachot d'où on le sortait le jour pour réaliser des travaux publics, étant donné qu'il ne reconnut jamais avoir été infirmier. Il essaya de parler au médiateur des esclaves, mais celui-ci avait déjà accompli son travail, n'écouta aucune de ses requêtes, et se contenta d'attendre l'arrivée des témoins. Son attente fut interrompue par l'attaque surprise de la ville par le général rebelle Manuel Calvar, qui parvint à prendre le contrôle de la place pendant un peu plus d'une heure et demie, au cours de laquelle il fit incendier l'une des deux casernes, des installations administratives, piller des entrepôts et des arsenaux, et s'empara d'un important butin avant d'abandonner à nouveau la ville aux mains des Espagnols.

Modesto, les chevilles constamment entravées, travaillait à l'intérieur de la caserne où les troupes de l'autre forteresse de la ville s'étaient réfugiées après avoir laissé derrière elles une trentaine de morts et de nombreux blessés. Là, le prisonnier implora de toutes ses forces la déesse de Kaweka pour que les rebelles continuent d'assiéger Santa Clara et prennent la ville.

— Tes amis t'ont pas libéré, lui décocha un soldat espagnol en accompagnant sa moquerie d'un coup de poing.

— Je ne suis pas un rebelle, répondit-il, reniant l'orisha.

— Ni moi un Espagnol, s'écria un autre soldat.

Ce qui n'avait pas résisté à l'attaque des rebelles, ce n'était ni la prison, ni les locaux du tribunal, où, comme cela s'était déjà produit à la sucrerie de La Candelaria, les livres et les dossiers avaient été brûlés à leur tour.

Modesto n'était plus personne : plus de papiers, plus d'identité. Ses antécédents, son passé judiciaire, tout avait disparu.

Il lui restait quelques entraves, que le capitaine du régiment ordonna de ne pas lui retirer, du fait qu'il était accusé de meurtre. Vu sa situation, le commissaire défenseur des esclaves confia Modesto aux soins de l'armée. Comme beaucoup d'autres, il prodigua des soins aux officiers, assura d'autres services, et surtout travailla d'arrache-pied à la reconstruction des défenses de la ville. Formalités administratives et autres furent reportées à la fin de la guerre. C'est dans ce contexte que le général Martinez Campos arriva à Cuba avec ses renforts de soldats qui avaient combattu dans les guerres carlistes espagnoles. Il lança l'attaque qui allait conduire à la capitulation des rebelles avec le pacte de Zanjón, puis à la reddition absolue après l'échec des démarches de Maceo à la Jamaïque. Comme tant d'autres esclaves au service des Espagnols, Modesto, les chevilles calleuses et durcies par les chaînes, accompagna le régiment qui, avec les autres forces du général Martinez Campos, quitta Santa Clara et d'autres parties de l'île pour conquérir le département de l'Oriente. Il tenta de s'échapper à plusieurs reprises, seul ou accompagné, malgré les chaînes qui le faisaient continuellement trébucher et tomber. Une fois, il s'éloigna d'un bon kilomètre de son régiment, mais les mastiffs n'eurent pas besoin de galoper pour le rattraper. Et les punitions infligées aux esclaves en fuite s'en trouvèrent renforcées.

— C'est l'armée, et nous sommes en guerre ! hurla un de ces lieutenants vétérans débarqués d'Espagne, après qu'il eut capturé trois esclaves en fuite. Si on exécute sommairement les soldats qui trahissent, on ne le fera pas moins pour vous, misérables ! En Espagne, il n'y a pas d'esclaves, il n'y a que des soldats, et c'est à ce titre que vous mourrez !

Et ils furent fusillés sur-le-champ.

Modesto prit bonne note de ces exécutions, parmi lesquelles aurait pu se trouver la sienne, et cette pensée lui donna le vertige. Ces hommes n'étaient pas des soldats. Ils n'étaient pas des déserteurs, et encore moins destinés à rejoindre les rangs de l'ennemi. La plupart ne voulaient que retrouver leurs familles, retourner dans leurs enclos ou leurs plantations, et continuer leur vie d'esclave.

Cette folie devait cesser. Cuba, son peuple, ses ressources étaient à bout de souffle. Dix ans de guerre, de terres brûlées, de luttes fratricides devaient prendre fin, et Modesto s'installa dans cette nouvelle vie, celle d'un esclave, vie dont il avait été témoin tant de fois lorsqu'il se rendait avec Rivaviejo dans les sucreries : obéir, se soumettre, se battre et s'enivrer avec les autres esclaves dès qu'on le pouvait, devenir un animal qui devait se montrer reconnaissant de recevoir des coups de pied. C'est conscient de tout cela qu'il débarqua à Santiago de Cuba, dans la caserne Reina Mercedes. Il se consacra aux soins des prisonniers enfermés dans les cellules du sous-sol : il leur apportait à manger, changeait leurs paillasses de temps en temps, vidait les seaux dans lesquels ils faisaient leurs besoins, et accomplissait d'autres corvées nécessaires.

Il demanda à tous les prisonniers arrivés après la manifestation de Maceo à Baraguá de lui parler de la sergente Kaweka – le seul lien qui lui restait de la vie de l'homme qu'il avait été, libre ou esclave. Beaucoup lui mentirent juste pour qu'il leur fournisse de la nourriture en retour, jusqu'à ce qu'un prisonnier lui donne suffisamment de détails pour qu'il puisse se fier à ses dires. Il avait été au camp de Jatibonico, dans le même hôpital de campagne où la sergente Kaweka avait été admise. Il connaissait le médecin, le major Perez. L'homme lui montra une cicatrice qui barrait sa cuisse droite pour appuyer la véracité de ses paroles. Tout le monde parlait de la sergente, dit-il, et il lui raconta ce que Modesto savait déjà en partie : elle avait été capturée par une compagnie de volontaires après avoir attaqué une sucrerie appelée La Candelaria, l'homme se souvenait de ce nom parce que c'était aussi celui de sa sœur. Elle avait été transportée au camp, blessée, et pendant qu'elle agonisait, les gens chantaient et priaient autour de sa tente, et le général Maximo Gomez lui-même était venu la voir quand elle avait été guérie. Kaweka était vivante, handicapée du bras gauche jusqu'à l'épaule, mais déterminée à pouvoir à nouveau manier une machette. Il était ensuite retourné dans son unité et n'avait plus jamais entendu parler d'elle.

Plus de trois ans s'étaient écoulés depuis l'échec de son incursion contre la plantation de Candelaria. Modesto était persuadé que Kaweka était encore en vie, même s'il était intrigué par l'absence de tout commentaire sur la moindre attaque militaire de la part de la sergente qui avait jadis semé la terreur chez ses ennemis et suscité l'admiration chez ses amis. C'était comme si elle avait cessé d'exister, ce qui lui rappelait les paroles désespérantes du volontaire qui rendait compte à son chef: « Elle doit être gravement blessée. Le coup a été profond. »

Le pacte de Zanjón lui apporta un peu d'espoir. Peut-être Kaweka, en tant que sergente de l'armée rebelle, avait-elle obtenu et retrouvé sa liberté tant désirée ? Mais peu avant le 25 juillet, jour de la Saint-Jacques, saint patron de la ville, une compagnie du septième bataillon du corps des volontaires de La Havane se présenta à la caserne Reina Mercedes. Une vingtaine d'hommes franchirent au galop les portes de la caserne, en formation, en uniforme et armés, leurs chevaux en sueur, comme s'ils ignoraient que la guerre était finie depuis plus de deux mois. Les sentinelles n'eurent même pas le temps d'aller à leur rencontre qu'ils avaient déjà mis pied à terre sur la place d'armes. Le lieutenant commandant la compagnie demanda d'urgence l'officier supérieur, et, accompagné de son adjudant, suivit un caporal qui le conduisit jusqu'aux quartiers du colonel.

Les volontaires demandèrent à boire tandis qu'on leur enlevait leurs uniformes et leurs armes pour les dépoussiérer. Les soldats de la Reina Mercedes s'approchèrent pour s'enquérir de l'arrivée de ce contingent inattendu, en même temps qu'ils ordonnèrent aux esclaves de s'occuper de leurs chevaux. Modesto était l'un d'eux.

— Que faites-vous à Santiago ? entendit-il un soldat demander à l'un des nouveaux arrivants.

— Maceo et son prétendu gouvernement se sont rendus, répondit un autre.

— Nous sommes à la recherche d'une rebelle, expliqua le volontaire. Nous avons reçu l'ordre de notre colonel, le marquis de Santadoma, de trouver une sergente esclave qui lui appartient.

Modesto, surpris, lâcha la bride du cheval, qui faillit renverser un soldat, qui le frappa :

— Eh, qu'est-ce que tu fous, imbécile ?

— Désolé, je suis désolé ! s'excusa-t-il en récupérant l'animal.

— Propriété de ton colonel ? demanda un autre soldat. Celle-là, comme tous les autres, a dû être libérée après Zanjón. On aurait dû tous les tuer, cette bande de sauvages !

— Celle-là, ils l'ont pas libérée ! insista le volontaire. On sait qu'elle a rejoint Maceo, qu'elle n'a pas accepté Zanjón. Les dernières nouvelles qu'on a des hommes qui ont déserté la situent à Jiguaní, c'est pour ça qu'on est là. Cette femme est toujours esclave, et on ne lâchera rien tant qu'on ne l'aura pas retrouvée.

— Toute cette agitation pour une esclave ? s'étonna un autre soldat en montrant la vingtaine de chevaux, les hommes et les armes.

— Oui, fit l'autre sur un ton catégorique. Et il n'y a pas que cette esclave. Le marquis cherche aussi sa fille. Notre colonel est décidé…

« À les tuer », compléta Modesto pour lui-même. Il conduisit l'animal vers l'abreuvoir, et le remit sans cérémonie à un esclave qui gardait un autre cheval de la compagnie.

Le bâtiment de la Reina Mercedes, que Modesto avait jusqu'alors simplement ressenti comme une sorte de refuge où laisser passer les jours en attendant la mort, comme pour tant d'autres esclaves sans autre but dans la vie, se dressa soudain devant lui comme l'une des prisons les plus imprenables qu'un homme ait pu construire. Tout savoir sur Kaweka, et même sur Yesa... Yesa ! Si le marquis la poursuivait, c'est qu'il avait suffisamment d'informations pour être convaincu que la fillette était en vie : cet homme ne faisait rien sans raison. Le danger que courait Kaweka, et qu'elle-même ignorait probablement, empêchait Modesto de dormir. Comment le marquis était-il au courant de toutes ces informations ? Les soldats n'en savaient rien. Ils ne connaissaient que les ordres et le peu qui avait échappé au lieutenant autour d'un feu de camp, une nuit, sur une route, à propos de la fille de l'esclave, et quelque chose à propos d'une photo dans un journal, dont il n'avait entendu que des bribes.

Kaweka était bien vivante, et elle n'était pas loin de lui. Il sourit comme il ne l'avait pas fait depuis longtemps, et pour la première fois depuis plus de trois ans, il sentit son sang battre très fort dans ses veines. Il pensa même pouvoir se permettre quelques pas légers, de ceux qui séduisaient tant Kaweka lorsqu'il se déplaçait, comme s'il flottait dans les airs, disait-elle, mais les chaînes à ses chevilles le firent trébucher. Que lui importait ? Ce n'était qu'un obstacle de plus, facilement surmontable à la seule évocation du contact du corps de Kaweka contre le sien. Il frissonna et sentit des larmes couler sur ses joues.

Dès lors, il n'eut plus qu'un objectif : s'échapper de la Reina Mercedes et retrouver Kaweka avant les volontaires envoyés par le marquis. Il pouvait monter sur le toit des appartements, ce n'était pas difficile, et de là, sauter dans la rue. Il y avait des gardes, mais la paix étant revenue, ils seraient moins vigilants. Sortir de la caserne n'était pas impossible. Le problème serait plutôt de se retrouver au milieu d'une grande ville comme Santiago de Cuba vêtu d'un simple pagne, et les pieds entravés par des chaînes. Il ne marcherait pas trois pas sans se faire arrêter par un citoyen. Bien que cible principale des rebelles sans cesse assiégée par les forces ennemies, cette ville, au cœur de la province d'Oriente, berceau de la révolution, avait été fidèle à l'Espagne pendant ces dix années de guerre. Elle avait résisté, elle était fière de ce triomphe. Aucun citoyen de cette ville ne l'aiderait.

Se débarrasser de ses chaînes à l'intérieur de la caserne serait une opération bruyante : il lui faudrait des outils, frapper avec un marteau... La guerre avait détruit toute solidarité entre les esclaves, jusqu'à celle, discrète, qui existait dans les sucreries et les plantations de café. Peut-être les esclaves de la trêve de Zanjón avaient-ils gagné leur liberté, mais pour ceux qui avaient fini aux mains des Espagnols, l'échec avait été absolu. Il n'y avait plus aucune cause commune, plus aucun souci du bien de la communauté : chacun veillait à son propre intérêt. Le premier qui découvrirait qu'il tentait de se débarrasser de ses chaînes le dénoncerait, car il serait récompensé par un prix qui pouvait être celui de sa liberté.

Malgré cela, il décida de tenter sa chance. Il alla rôder autour de la forge, mais dès que l'esclave forgeron le vit traîner autour de l'atelier, il se lança à sa poursuite.

— Qu'est-ce que tu veux, nègre ? Qu'est-ce que t'essaies de voler ?

Modesto comprit que ce ne serait pas facile. Il avait passé trop de temps sans rien faire. Il n'avait rien à offrir, pas de tabac ni la moindre petite bouteille de rhum ou d'aguardiente. Il avait tout consommé, tout joué sur les tables de jeu. Il n'avait plus qu'un pagne, et des fers aux pieds. Ses espoirs avaient été anéantis dans une atmosphère d'euphorie que Santiago de Cuba n'avait pas connue depuis des années, et qui s'étendait jusqu'aux militaires de la caserne Reina Mercedes.

Dans quelques jours allait commencer le carnaval en l'honneur de Santiago, patron de la ville. Depuis le début du siècle, les habitants de Santiago célébraient leur saint patron. Lors de la première cérémonie, les autorités civiles et militaires accompagnaient en procession et en grande pompe une statue équestre du saint ainsi que l'étendard de Castille porté par l'*alférez* royal, de la mairie à la cathédrale. Elle y était reçue par l'ensemble du conseil municipal et restait exposée aux fidèles pendant toute une journée.

À cette célébration se joignit au fil du temps une seconde festivité plus populaire, la fête des *mamarrachos.* Citoyens et esclaves se déguisaient, chantaient et dansaient les jours qui précédaient et suivaient – un véritable carnaval qui devint l'un des plus importants non seulement de l'île de Cuba, mais de toutes les Caraïbes.

Pendant les dix années qu'avait duré la guerre, on ne cessa de rendre hommage au saint et de le déplacer d'un endroit à l'autre. Certaines années, même les *mamarrachos* avaient été célébrés, mais d'autres, par crainte d'une attaque inattendue ou, surtout, de l'intrusion de rebelles espions parmi les Noirs, avaient été interdits ou sévèrement limités et contrôlés. Maintenant, la guerre était finie. Tous les chefs de l'armée rebelle s'étaient rendus ou avaient quitté Cuba. La paix régnait, et surtout l'envie de se divertir, ce qui était également le cas dans la caserne de la Reina Mercedes. Le lieutenant Marquez avait accepté l'invitation du colonel à se joindre au cortège avec ses hommes, et pensait qu'il pouvait se permettre de retarder de quelques jours la recherche de cette sergente qui était probablement en train de mourir de faim dans un enclos délabré.

Modesto comprit que c'était sa seule chance. Grâce à un soldat qui proféra des blasphèmes quand il sut qu'il devait être de garde, il apprit que le contrôle de la caserne serait restreint. Et lorsqu'il entendit les jurons de cet homme hargneux, il se dit que ce petit groupe ne tarderait pas à se retrouver dans un état de parfaite ébriété.

Il y aurait aussi les prisonniers dans les caves, et les blessés, de plus en plus rares, de l'hôpital Principe Alfonso, et quelques autres personnes – peu, car même les familles des chefs et des officiers seraient en train de festoyer. Il pourrait même faire sauter l'arsenal, se dit-il : une torche allumée jetée par la fenêtre, et ce serait l'explosion. Il pourrait s'enfuir en laissant probablement de nombreux morts derrière lui. Il pourrait séquestrer le colonel ou sa femme... Fi de ces stupidités, se dit-il. Il lui fallait des idées sérieuses. Brûler les baraquements semblait plutôt facile. La meule de foin et la grange flamberaient vite, mais quelqu'un se soucierait-il des rebelles emprisonnés dans les souterrains ?

Il était convaincu qu'il devrait y parvenir sans blesser ses semblables. Que dirait Kaweka s'il lui avouait qu'il avait nui à un esclave pour arriver jusqu'à elle ? Un grand homme noir d'une grande maigreur à présent, avec un pagne et des chaînes aux chevilles, voilà ce qu'il devait cacher, et transformer...

Il se glissa dans les écuries où se trouvaient les chevaux boiteux. Personne ne voudrait monter l'un d'eux le jour du saint patron. Il prit une paire de ciseaux et coupa la queue de l'un d'entre eux, pommelée, blanche avec des tons plus ou moins foncés. Le soir, il tressa cette masse de longs poils. Il vola un seau de chaux qui servait à enduire les murs de la caserne et, la veille de la fête, il se glissa dans les jardins des officiers, à la recherche de vêtements féminins : de grands jupons, des corsets encore plus volumineux, un châle, un bonnet, des coussins et surtout, une corde.

Le jour de la cérémonie, toute la ville descendit dans la rue déguisée et masquée, y compris les hommes provisoirement détachés par le colonel en accompagnement du cortège officiel. Noirs au corps entièrement teint en rouge, au visage couleur chair. Hommes habillés en femmes. Femmes et hommes coiffés de perruques jaunes faites de feuilles séchées et portant de fausses barbes... Tous s'abandonnant à la musique, à la danse, au rhum, à l'aguardiente, au tabac... Le colonel partit en formation rigoureuse vers la mairie avec ses hommes, tandis que ceux qui montaient la garde aux portes de la caserne avec d'autres esclaves bavardaient avec les passants, buvaient avec eux, dansaient et flirtaient avec les femmes, entraient et sortaient. Et Modesto était parmi eux : peint en blanc, le visage recouvert d'une mantille, un chapeau fait d'un régime de bananes d'où pendait un bouquet de tresses blanches qui lui arrivait à la taille, le torse habillé d'un corset rempli de deux coussins, et le fessier rembourré sous une jupe qui traînait par terre. Avec la corde, il avait relevé et attaché ses chaînes pour les enrouler autour de ses hanches, parvenant ainsi à les cacher sous sa jupe et à éviter qu'elles ne traînent par terre.

Modesto observa un moment le désordre qui régnait à la porte de la caserne : cloches, crécelles et alcool. Puis, faisant claquer deux bâtons dans ses mains, il commença à danser au milieu d'eux, se tortillant comme il ne l'avait jamais fait de sa vie, priant la déesse de Kaweka pour que ni ses chaînes ni aucun de ses coussins ne tombent, et que personne ne puisse deviner qu'il y avait quelqu'un d'autre caché sous cette femme noire moqueuse qui dansait avec un régime de bananes sur la tête en guise de chapeau, et qui s'amusait à tamponner les fêtards de ses énormes fesses. C'était ridicule, grotesque, mais c'était cela, le carnaval. Personne ne pouvait s'étonner de ce personnage caricatural, sauf si l'on découvrait sous cet accoutrement un esclave en train de s'évader.

La danse dura quelques minutes jusqu'à ce qu'apparaisse un groupe de musiciens noirs avec ses tambours, ses *bocúes* en forme de cône et ses congas en bandoulière. Ils les frappaient des deux mains en même temps qu'ils marquaient les pas de danse. Tout le monde les suivit, pour former un vrai spectacle chorégraphique. Il s'agissait de tambours occidentalisés, vestiges des anciens tambours sacrés africains blanchis par la volonté et la peur des maîtres du *black power*, mais ils étaient là, faisant résonner l'univers entier, appelant tous les Africains à suivre leur musique ancestrale. Ils furent nombreux à s'y joindre. Les sentinelles refusèrent les esclaves de la caserne, mais Modesto se mêla facilement au groupe, entrechoquant ses baguettes, et se cacha parmi la foule qui suivait la mascarade : la « *arrolladora* », appelait-on la foule de gens qui se joignaient aux participants masqués qui dansaient, chantaient et riaient, tapant sur des casseroles avec des cuillères ou n'importe quel bout de métal qui résonne. Modesto regardait à droite et à gauche, riait fort, dansait et criait, laissant les larmes couler librement sur ses joues.

Depuis les quartiers de la Reina Mercedes, ils se dirigèrent vers l'église de Santa Ana, et Modesto s'échappa au croisement de la première ruelle.

— Il y a une forge, par ici ? demanda-t-il à un groupe de jeunes danseurs et chanteurs.

Cette précieuse intuition qui avait guidé ses pas avant son emprisonnement à La Candelaria, restée en sommeil jusqu'ici, semblait renaître. Il sut qu'il pouvait faire confiance à ces gens.

— Personne ne travaille, aujourd'hui ! répondit l'un d'eux.

— Mais j'ai fait tomber un fer à cheval, insista Modesto en montrant le bas de ses jupes avec son plus grand sourire.

Quelques garçons se regardèrent. Modesto resta attentif à leur dialogue silencieux.

— Celui-là sait le faire. Il y travaille. C'est la forge de son père.

— Tu manies bien le marteau ?

Les jeunes ne furent pas surpris lorsque Modesto souleva ses jupes et leur montra ses chaînes. Le fils du forgeron frappa avec précision jusqu'à ce qu'elles sautent et révèlent les chevilles calleuses de l'esclave et sa peau d'ébène.

— Enfin ! souffla-t-il. Comment puis-je quitter la ville ?

Ils l'escortèrent jusqu'à la route qui menait à la Sierra Maestra, où des hommes discutaient et batifolaient avec des femmes noires.

— C'est la route qu'empruntent les habitants d'El Cobre, tous les mineurs qui viennent s'amuser à Santiago, par milliers avec leurs familles. Il faut juste que tu attendes qu'ils la retraversent au retour, à la tombée de la nuit. Tu les rejoins, et tu seras sorti de la ville ! Tu pourrais éviter les gardes, mais c'est pas conseillé. Tu pourrais tomber sur un soldat errant, qui s'est perdu.

« *Viva Cuba libre !* » murmura un des garçons à qui il avait donné son chapeau à la queue-de-cheval tressée. Puis Modesto partit se réfugier entre deux baraquements pour attendre la tombée de la nuit.

Les gamins lui avaient donné une chemise en loques noircie par le charbon de la forge dans laquelle il quitta la ville, au milieu d'un important groupe de mineurs, pour la plupart ivres et déguisés, avec femmes et enfants, presque tous recouverts de la couleur jaune orangé du cuivre pur.

Ainsi Modesto traversait le même lieu que Kaweka dix ans plus tôt, avec Porfirio et Jesús, et pénétrait dans une Sierra Maestra désormais pacifiée, aux mains des forces espagnoles. Il fut invité à manger et à boire. Il n'osa pas évoquer le nom de Kaweka. La guerre était finie, il restait quelques groupuscules de bandits que les Espagnols poursuivaient, ou non, selon qu'ils menaçaient ou pas les intérêts économiques des Blancs de Cuba. Mais il était persuadé que Kaweka n'aurait rejoint aucun de ces groupes de hors-la-loi.

Il ignorait où la trouver et, surtout, s'il y parviendrait avant les volontaires du marquis de Santadoma. Le lieutenant Marquez et ses hommes allaient passer la région au peigne fin. Connaissant don Juan José, ils ne lésineraient pas sur les moyens, et ce jeune officier n'aurait pas le courage de se présenter devant son colonel sans avoir su capturer sa proie – sa vie et son image publique à La Havane s'écrouleraient s'il décevait le noble dans cette mission.

Ils avaient fait halte sur le chemin d'El Cobre, dans une clairière au milieu de la jungle. Beaucoup continuaient de faire la fête, tandis que d'autres dormaient, ou discutaient. Personne ne semblait se soucier de lui. Si Kaweka décidait de se cacher dans un tel endroit, forte de son expérience, même si Modesto avait entendu dire qu'elle était restée infirme après l'assaut de La Candelaria, l'armée tout entière de Martinez Campos ne la trouverait pas. Les marrons se faisaient prendre dès qu'ils essayaient de vivre comme les Blancs, dans les palenques ou les petits villages où ils allumaient des feux, cultivaient les champs, élevaient des bêtes dans leurs parcelles de terre et finissaient par se livrer à des échanges commerciaux. Mais si un esclave se cachait dans les montagnes ou dans les marais, se nourrissait de racines et restait à l'écart du monde, il était presque impossible de le retrouver.

Kaweka aurait-elle pu prendre cette décision une fois la guerre terminée ? Non, se dit-il. C'est impossible. Il se leva et reprit le chemin de Santiago, heurté par quelques mineurs avinés. Kaweka était forcément retournée dans la Sierra del Rosario pour retrouver sa fille à l'endroit où elle l'avait laissée. Il n'y avait aucun doute. Les rebelles s'étant rendus, l'île pacifiée, Kaweka n'avait d'autre but que de retrouver et de libérer Yesa, et elle était capable de tout pour cela. Elle n'avait pu s'y consacrer jusque-là, mais maintenant que les hostilités étaient terminées, Yemaya ne pouvait plus rien exiger d'elle. Et une femme pouvait défier le monde à elle seule !

Et Modesto, lui, face à cette réalité, n'avait besoin que d'une chose : un bateau qui l'emmène à La Havane. Il prit tous les risques pour embarquer à bord d'un bateau à destination de la capitale. Le jour de Santa Ana, le carnaval avait pris fin, mais la ville se remettait encore des effets des premières grandes festivités après les restrictions liées à la guerre. Santiago de Cuba peinait à se réveiller de la frénésie du carnaval, et Modesto profitait de cet état de léthargie pour s'y déplacer avec audace. La fête avait battu son plein dans de nombreuses et vastes demeures, où des groupes de *mamarrachos*, histoire d'y aller, étaient entrés avec le consentement des domestiques, y avaient dansé, chanté, et bu tout ce qu'ils avaient pu trouver, tandis que les maîtres des lieux essayaient de protéger leurs biens, ou se joignaient à la fête. Maintenant portes et fenêtres étaient laissées ouvertes pour faire disparaître les odeurs musquées qui avaient imprégné les meubles et les bois nobles. Modesto n'y réfléchit pas à deux fois pour se sentir invité à entrer. Pas de gardien. À l'intérieur, quelques esclaves s'affairaient à ramasser les débris de la fête, à passer la serpillière et à nettoyer les meubles et les objets. Modesto aurait pu crier au milieu de cette pièce immense avec ses trois lustres de cristal au plafond, personne n'y aurait été attentif. Toutes les esclaves noires bâillaient, se déplaçaient encore plus lentement que d'habitude, comme des fantômes, incapables de réagir à quoi que ce soit, toute leur énergie ayant été dépensée pendant le carnaval. Certaines somnolaient dans des fauteuils ou dans un coin, jusqu'au moment où l'une des leurs les réveillait par un coup de pied. Une esclave le regarda, montrant du doigt sa chemise tachée de noir.

— Il est temps que tu te changes et que tu te mettes au travail, nègre, grommela-t-elle.

C'est justement ce qu'il avait l'intention de faire. Il monta à l'étage et se glissa dans la chambre des maîtres. Là, au milieu des effluves alcoolisés, il mit la main sur des vêtements de qualité. Ils étaient un peu trop grands pour lui, mais les nègres s'habillaient-ils sur mesure ? Enfiler des chaussures le fit souffrir. Les propriétaires de la maison, un couple âgé, avaient l'air morts sur la literie de luxe de leurs lits séparés, et il en profita pour voler un peu d'argent, une montre à chaîne, une paire de lunettes dont il n'avait que faire, un chapeau de paille et une mallette pour faire croire qu'il partait en voyage. Il y glissa quelques livres, des vêtements de rechange et les bijoux de la maîtresse de maison qui traînaient en désordre sur la coiffeuse.

Le claquement de ses chaussures sur le sol réveilla tous les esclaves, qui baissèrent les yeux et firent semblant de se remettre au travail. Il salua le portier en quittant la maison, tel un invité qui se serait attardé.

— Bonsoir, fit-il malgré le soleil qui brillait sur la ville.

— Bonsoir, monsieur, répondit obséquieusement l'homme.

Le trafic marchand entre Santiago et le reste de l'île était peu important. La politique de la terre brûlée menée depuis dix ans avait privé la terre de ses propres ressources, aussi les produits nécessaires à l'approvisionnement de la ville restée fidèle aux Espagnols étaient-ils importés. Les voyages de retour se faisant rares, le capitaine d'une goélette prête à partir pour La Havane accepta sans aucune question gênante le prix que proposa pour la traversée cet homme noir bien habillé, montre en or accrochée à son gilet, lunettes et mallette de cuir.

Le lieutenant Marquez n'avait pas eu tort de situer Kaweka dans les environs de Jiguaní, comme l'avaient avoué les déserteurs rebelles, mais au moment où les volontaires de La Havane se dirigeaient vers Santiago de Cuba pour organiser la chasse de la sergente, de son côté celle-ci prenait le chemin de Mangos de Baraguá, où le siège du gouvernement provisoire de la république était toujours en place. Elle devait avoir confirmation des rumeurs de reddition inconditionnelle qui lui parvenaient de part et d'autre.

Et la confirmation arriva : il n'y avait plus personne. Plus de soldats, plus d'armes, plus de gouvernement. Elle se rendit dans une maison où son propriétaire, un conseiller du gouvernement, s'était entretenu lors de la manifestation de Baraguá avec le président Calvar, Maceo et les autres chefs, avant que le Titan de bronze lui confie le commandement de la compagnie qui avait déserté en masse. C'est là que Maceo lui avait parlé, dans cette maison à la porte de laquelle elle se trouvait alors chassée à coups de pied par une vieille Noire qui lui criait :

— Va mendier à l'église !

Kaweka fit le tour du village. Les gens travaillaient paisiblement, comme si rien ne s'était passé. Personne ne l'arrêta, pensant qu'elle était sans doute une affranchie du pacte de Zanjón. Cependant, elle remarqua quelques regards sournois, et pour éviter qu'on la remarque trop, elle prit la direction de la Sierra del Rosario, comme l'avait supposé Modesto.

— C'est à presque mille kilomètres d'ici ! l'avertit, abasourdi, un porteur d'eau qui lui inspira confiance, et à qui elle demanda des informations sur la façon de s'y rendre.

Kaweka ignorait ce que représentaient mille kilomètres, et Modesto n'était pas là pour le lui expliquer. L'homme s'en aperçut :

— Il faut traverser presque toute l'île ! lui fit-il comprendre.

C'était une vraie référence, pour elle. Modesto en parlait souvent : « Nous avons traversé mille fois cette île maudite », disait-il lorsqu'ils s'arrêtaient pour se reposer.

« Ce n'est donc pas si loin que ça », conclut-elle alors en pensant à l'affranchi. Elle ignorait quel sort avait pu lui être réservé, mais elle pressentait qu'elle le reverrait. L'homme qui apparaissait et disparaissait de sa vie ne pouvait pas la décevoir.

— Dans quelle direction je dois marcher ?

L'homme hocha la tête en signe de capitulation :

— Toujours dans celle où le soleil se couche, répondit-il en désignant l'ouest, où la lumière déclinait déjà. Il y en a pour plusieurs jours. Plus d'un mois, sans doute.

Elle se mordit les lèvres. Pour la première fois depuis de nombreuses années, elle se sentait libérée de toute responsabilité. « Maintenant, il est temps pour moi de retrouver mon enfant », dit-elle à Yemaya.

Puis elle remercia le porteur d'eau, et partit, déterminée, à la poursuite du soleil.

« Mille kilomètres... moins un pas », murmura-t-elle.

24

Madrid, juin 2018

Concepción n'avait pas voulu les accompagner.

— Amusez-vous, les avait-elle encouragées.

Elles insistèrent, en vain.

— La nuit appartient aux jeunes !

Casa Lucio était l'un des restaurants traditionnels de Madrid, vers La Latina, rue Cava Baja, l'une des plus historiques de la capitale, aujourd'hui pleine de bars, de restaurants et de brasseries à l'ambiance nocturne festive. Aucune des trois amies n'avait jamais pu se permettre de déjeuner ou de dîner dans ce restaurant. S'y rendaient le roi, le président du gouvernement, des ministres, des artistes, des célébrités, de riches touristes, des sportifs, des toreros, bref le gotha, et la fine fleur de la société espagnole. C'était un endroit cher, exquis, réputé, somptueusement meublé, avec de nombreuses salles qui se répartissaient dans un désordre étudié. Un lieu aux tables hétéroclites, quelque peu décadent, terriblement madrilène, dans un quartier imprégné de l'esprit du Madrid des Habsbourg.

Lita avait peu d'espoir d'obtenir une table, sachant que la liste d'attente était interminable. Mais alors que, sur le chemin de son domicile, elle passait devant le restaurant, elle sauta sur l'occasion, entra et demanda au maître d'hôtel, qui la scruta de la tête aux pieds, une table pour le soir même.

— Ce serait pour combien de couverts ? demanda l'homme.

— Quatre… ou trois, corrigea-t-elle, imaginant déjà la réponse de sa mère.

— Vous avez de la chance, mademoiselle, nous venons d'annuler une table.

Elles étaient donc là, à la table qui leur avait été assignée, entre celle d'un présentateur de télévision accompagné de son épouse ou de sa maîtresse, et celle de messieurs à l'accent sud-américain, apparemment fort riches au vu de leurs poignets chargés d'or, et des bijoux de leurs compagnes.

— Comme à La Havane, trinqua Sara en levant la coupe de champagne qu'elle leur offrait.

— Nous reviendrons, promit Lita, en trinquant avec les autres.

L'indemnité versée par les Santadoma quelques jours après la réunion dans la tour de verre avoisinait les cent mille euros. C'était la raison de ce dîner. La banque avait également promis de verser une pension à vie de huit cents euros par mois à Concepción.

— C'est trop ! lui avait reproché Elena lorsque Lita les avait invitées à ce dîner.

— Ma mère, les chiens et moi avons été accueillis sans que vous nous demandiez le moindre euro.

— La volonté d'une marquise ne se discute pas, trancha Sara, mettant fin à toute discussion.

Ainsi célébrèrent-elles l'événement. Œufs brouillés, le plat qui avait fait la renommée mondiale du restaurant, un plateau bien garni de jambon ibérique et de poivrons del piquillo à partager en entrée. Sara opta en deuxième plat pour un cochon de lait rôti, Elena pour des travers de porcelet, et Lita se laissa tenter par des *cocochas al pil pil* de merlu, un plat qu'elle n'avait encore jamais goûté – le dessous du menton du poisson, à la texture gélatineuse et à la saveur exquise. Elles piquèrent toutes dans leurs assiettes respectives. Elles burent du vin rouge, deux bouteilles. Puis arriva le chariot de desserts variés.

— Je les veux tous ! s'exclama Sara en ouvrant les bras comme pour les embrasser.

— Puis-je vous préparer un assortiment ? proposa le serveur en souriant.

— Si vous en oubliez un seul… le menaça malicieusement Sara.

— Nous vous resservirons, si c'est le cas ! sourit le garçon.

Elles commandèrent du malvasia, un vin doux pour accompagner les desserts.

— On va finir ivres mortes ! s'amusa Lita.

— Je le suis déjà, constata Sara.

— On habite à deux pas, les rassura Elena, et on a toujours su retrouver notre maison.

— Et la bonne serrure.

— Parfois, ça n'a pas été si évident ! les taquina Elena.

— Aujourd'hui, ce ne sera pas le cas. Nous sommes entraînées, nous nous sommes retrouvées dans des conditions bien pires que celle-là. Il n'y a pas assez d'alcool pour nous, dans ce grand restaurant.

— On pourrait essayer… ?

Toutes trois se tournèrent vers la voix. Elle venait d'une très belle femme à côté d'un homme dans les quatre-vingts ans, au physique captivant.

— Mon père, Lucio, leur présenta la femme.

Pendant le dîner, les trois amies avaient vu cet homme passer d'une table à l'autre, le plus souvent accompagné de sa fille. C'était lui qui figurait sur les dizaines de photographies qui décoraient le restaurant, en compagnie du roi Juan Carlos, de plusieurs présidents du gouvernement, du président Clinton, de mille personnalités illustres. Il s'asseyait même aux côtés de certains convives pour discuter un instant. Elles n'avaient pas apprécié qu'il ne vienne pas à leur table, jusqu'à ce moment précis, où elles s'aperçurent que la salle s'était presque vidée tandis qu'elles parlaient et riaient en toute insouciance.

— Julián, ordonna Lucio à un serveur qui observait son patron, apporte la bouteille de whisky que nous réservons aux personnalités de marque. Puis, tirant une chaise pour s'asseoir à côté d'elles : Montrons à ces dames comment on boit dans les grands restaurants !

— Maria, se présenta la femme. Voici mon mari, Rafael.

Elle désigna un homme à lunettes, bedonnant, aux tempes fuyantes et au sourire malicieux qui, après s'être assis à son tour, ne tarda pas à leur poser un flot de questions, saupoudrées de blagues et de plaisanteries.

Quelques habitués se joignirent à leur petit groupe et, à la fin de la soirée, le restaurant étant fermé au public, elles réglèrent l'addition de leur repas seulement jusqu'au dessert. Lucio leur ayant précisé que la suite était offerte par la Maison (moment qu'il mit à profit pour prendre la main de Sara et rester avec elle). Leur table s'était prolongée jusqu'au couloir dans un méli-mélo de conversations croisées, assorties de whiskies et diverses boissons. Revint le jambon, et l'échine de porc ibérique, la *cecina* accompagnée de pain blanc à l'huile d'olive vierge et au gros sel.

— Le marquis de Santadoma... cita Lita à un certain moment, alors qu'elle échangeait quelques phrases avec l'un des convives qui s'étaient joints à la conversation.

Un silence se fit, que Lucio finit par rompre :

— J'ai quelques photos de moi prises avec lui... et avec d'autres.

— Alors vous êtes la... ? demanda Rafael en se tournant vers Lita.

— Elle-même !

— Démolissez-le ! C'est un salaud.

Elles étaient trop éméchées pour se souvenir des explications de Rafael, expert dans le monde de la finance. Après quelques échanges, il leur annonça que la banque Santadoma était en train de couler, que ses actions, toujours retirées de la bourse à cause de l'offre publique d'achat américaine, perdaient régulièrement de la valeur en raison du passif et d'une fuite inexorable des clients.

— Il est entre vos mains, vous le tenez ! conclut-il. Votre affaire sera bientôt un cas d'école qui s'étudiera !

Rafael devait avoir raison, car le lendemain matin, aux alentours de 11 heures, alors que l'alcool coulait encore dans le sang de Lita, la sonnerie de son téléphone la réveilla.

C'était Alberto Gomez. Elle attendit un moment de se sentir capable de se redresser dans son lit, tenta plusieurs raclements de gorge infructueux et répondit par un « bonjour » si rauque que l'avocat ne comprit pas à qui il parlait.

— Vous êtes réveillée ? lui demanda-t-il en montrant une certaine impatience.

— Non.

— Eh bien, j'ai besoin que vous le soyez ! (Il lui accorda quelques secondes avant de poursuivre :) Dix millions d'euros. C'est ce qu'ils nous offrent pour régler l'affaire, pour oublier toute plainte contre les Santadoma. Dix millions d'euros ! répéta-t-il plus fort.

Lita éloigna le téléphone de son oreille. « Il est entre vos mains ! Vous le tenez ! » Les mots de Rafael, au restaurant, lui revinrent à l'esprit.

— Demandez cent millions, ordonna-t-elle à son avocat.

— Mais... vous êtes sûre ?

— Cent, répéta-t-elle avec l'intention de raccrocher, mais elle se reprit à temps. Merci, Alberto. Faites-moi confiance.

Elle raccrocha, mais le téléphone sonna à nouveau.

— Je vous dis de me faire confiance !

— Qu'est-ce que tu dis ?

Lita secoua la tête, essayant de s'éclaircir les idées. C'était Pablo. Elle pensait que c'était l'avocat qui la rappelait après qu'elle avait raccroché. Entre-temps, elle s'était rendormie. Il était plus de midi et près d'une heure s'était écoulée entre les deux appels. La veille, Pablo l'avait contactée, mais la réception au restaurant était très mauvaise et elle n'avait pas eu envie de quitter ses amies pour sortir lui parler. Elle se disait qu'il voulait sûrement lui proposer une partie de jambes en l'air, maintenant que son ego était réparé, soit gâcher la fête avec les problèmes d'un boulanger ou d'un artisan du même acabit. Elle n'était pas prête à prendre ce risque.

— Que veux-tu ? finit-elle par lui demander.

— Tu as refusé dix millions d'euros !

En quoi cela le regardait-il ? Une poussée d'adrénaline la réveilla complètement.

— Non, répondit-elle avec autorité.

La réponse prit Pablo au dépourvu.

— C'est pourtant ce qu'on raconte.

— Je ne sais pas ce qu'on t'a dit, ni qui te l'a dit, mais qui que ce soit, tu peux leur faire savoir que je ne refuse pas ces dix millions, qu'ils peuvent me les apporter tout de suite, s'ils le veulent ! Il n'en manquera que quatre-vingt-dix de plus. Et qu'ils se dépêchent, car mon seul but est que ma mère en profite, que pour une fois dans sa vie elle se sente riche, favorisée par la fortune. Voilà pour mes cent millions !

Elle raccrocha une nouvelle fois et se laissa retomber sur le lit. Dix millions, c'est une fortune, pensa-t-elle avec un certain désarroi en regardant le plafond.

25

Cuba, route de la Sierra del Rosario, juillet 1878

Kaweka marcha longtemps en direction de l'ouest, fuyant ou suivant le soleil, en direction de ce palenque où la déesse l'avait contrainte de laisser son enfant. Elle avançait, insouciante malgré son statut d'esclave fugitive, vêtue d'un uniforme de rebelle avec ses galons de sergent défraîchis, et munie de sa machette à la lame bien aiguisée. Elle avait hésité lorsque l'occasion s'était présentée de voler des vêtements, mais elle avait préféré ne se séparer d'aucun des habits et symboles dont elle était fière, qui représentaient dix ans de sa vie consacrés à la lutte pour la liberté des esclaves, et à une guerre qui, pour elle, n'était pas encore finie. En chemin, elle rencontra deux chiens errants, différents des mastiffs espagnols des *rancheadores* et de l'armée. Ils étaient squelettiques, leur pelage était brun clair, clairsemé, sale et emmêlé, et leurs museaux étaient allongés comme ceux des renards. Ils s'approchèrent de Kaweka sans qu'elle ait eu besoin de les appeler, comme s'ils l'attendaient depuis longtemps derrière les buissons d'où ils avaient surgi.

Ils avançaient devant elle à vive allure, comme s'ils étaient terrorisés. Ils allaient et venaient, poussant des hurlements étouffés comme des cris de vieille femme, l'avertissant de toute présence suspecte ou menace, du plus loin que celles-ci se trouvent. Les chiens la guidaient. Ils lui indiquèrent également des repaires, et chassèrent quelques rats poilus qu'ils partagèrent. Elle trouva du miel et des fruits, et ils burent l'eau fraîche des ruisseaux. Elle dormit à la belle étoile, sans crainte, les chiens à ses côtés. Ainsi Kaweka poursuivit-elle son chemin pieds nus, ses pieds calleux depuis son enfance, la moitié de la journée le soleil dans le dos, suivant son ombre, et l'autre moitié aveuglée, ses yeux telles deux fentes fixées vers la lumière déclinante, sa machette dans la main droite, qu'elle frappait, soulevait, balançait, travaillant à adapter ses gestes de combat à son infirmité, maintenant qu'elle avait enfin accepté la réalité : la partie supérieure gauche de son corps resterait à jamais inerte.

La Havane, août 1878

Après toutes ces années de guerre et d'esclavage, Modesto eut envie de s'imprégner des sensations de la grande ville. En quittant le port, alors que le soleil du matin embrasait la vie trépidante qui régnait dans les rues, il s'arrêta, respira profondément, puis contempla les gens, les couleurs, les maîtres et les esclaves, les soldats, les riches aristocrates et les marchands ambulants, les porteurs d'eau, les tailleurs, les épiciers, les boutiques, les tabacs, les femmes noires exubérantes qui l'abordaient sans la moindre réserve, le prenant pour un riche affranchi.

Et ne l'était-il pas, après tout ? La ville entra en lui, et il s'y plongea. Il acheta aussitôt à l'une de ces jeunes vendeuses ambulantes, panier à la hanche, de la confiture de fruits au miel enveloppée dans une feuille de bananier. Il se rendit compte qu'il avait exhibé l'argent qu'il portait sur lui au moment de payer la jeune fille, qui lui fit des avances inattendues. Il fut tenté. Il n'avait pas vu de femme nue depuis longtemps, et celle-ci était jeune, avait de beaux seins fermes, et des hanches qui laissaient deviner ses fesses rebondies.

« Kaweka », murmura-t-il, chassant ces images de son esprit.

— Qu'est-ce que t'en dis ? lui dit la fille d'une voix caressante et en effleurant ses formes.

— Je ne peux pas, petite, lui répondit-il en lui donnant quelques pesos de plus.

Et il s'éloigna, sans savoir où se réfugier. Sans ses papiers, qui devaient être restés en possession de Rivaviejo, il ne pouvait pas aller dans une pension de famille. La figure de Rogelia lui revint à l'esprit. Il se souvint de ce moment où il avait voulu suivre Kaweka et où la sage-femme avait bloqué la porte de son large corps, se jetant sur lui pour l'en empêcher ; il était tellement ivre qu'il n'avait même pas pu la repousser. Il se souvint aussi du jour où il s'était enfui et était parti à la guerre, quand le médecin avait tenté de le vendre... Il haussa les épaules, pensant que tout ne s'était pas si mal passé entre Rogelia et lui. Elle n'avait aucune raison de lui en vouloir, elle avait même assumé et soutenu sa fuite à Oriente lorsqu'il était venu la trouver pour échapper à Rivaviejo. En fait, se dit-il en souriant, cette femme avait toujours été une sorte de refuge pour lui. Tout ce qu'il devait faire, c'était de ne pas lui parler de Kaweka.

— Espèce de fils de pute ! cracha la grosse femme en l'accueillant, effaçant du même coup le sourire avec lequel il avait eu l'intention de la surprendre. Qu'est-ce que tu veux ? Pourquoi t'es revenu ?

— La guerre est finie, tenta de s'excuser Modesto.

— Tiens, voilà pour toi, regarde, putain de nègre !

Elle se retourna et lui montra son dos lacéré, à peine cicatrisé.

— Qu'est-ce que j'ai à voir avec ça ?

« Le marquis », pensa-t-il à peine sa question posée. Il ne lui fallut qu'une seconde pour comprendre l'erreur qu'il venait de commettre. Les volontaires du régiment à la recherche de Kaweka étaient venus voir la sage-femme. Elle l'avait trahi, et elle le trahirait encore, il n'en doutait pas, tout en elle dégageait cette intention.

— Qu'est-ce que t'as à y voir ? Tout ! Les hommes du marquis sont venus te chercher ici, ils voulaient en savoir plus sur toi, sur la pute que tu protégeais, et même sur sa fille...

— Qu'est-ce que tu leur as dit ?

Il était horrifié par la possibilité que le marquis ait appris quoi que ce soit sur Kaweka et sur Yesa.

— Tu crois que j'étais en état de décider quoi dire et pas dire ?

— Tu as donc tout raconté, comprit Modesto. Bon rétablissement, lui souhaita-t-il en se détournant.

— Aide-moi à me rétablir, puisque c'est ta faute, tenta de l'arrêter Rogelia.

Modesto se dégagea de sa poigne et quitta les lieux.

Aussitôt, le cri sortit de la bouche de la sage-femme :

— Arrêtez-le, c'est un esclave en fuite !

Modesto regarda partout. Il était midi, La Havane était en pleine effervescence. Les gens s'arrêtèrent et tournèrent tous la tête et le regard vers lui.

— C'est un rebelle, un meurtrier ! insista la femme en plaçant ses deux mains sur la bouche en guise de haut-parleur.

Ils n'allaient pas tolérer ça. La Havane n'avait pas vécu la guerre, mais sans doute pour cette raison, ses habitants haïssaient les rebelles encore plus que les assaillants. Plusieurs hommes se ruèrent sur Modesto, qui eut du mal à courir avec ces souliers qui comprimaient ses pieds meurtris. Comme il tentait, dans sa course, de les enlever, un jeune Blanc se jeta sur lui et le plaqua au sol.

La prison royale de La Havane, située à l'entrée du port face à la mer et à l'air marin qui lui évitait les épidémies, était un bâtiment semblable à la caserne de la Reina Mercedes : vaste, de forme quadrangulaire, à la différence que celle-ci s'élevait sur deux étages, tous occupés par des cellules de prisonniers. Deux mille détenus pouvaient s'y tenir, classés par sexe, race et classe sociale. Il comportait également une caserne annexe de mille deux cents soldats. C'est là qu'il fut emmené, après avoir été battu, roué de coups de pied, dépouillé de sa mallette, de sa montre, de son chapeau de paille et de tous ses vêtements, aux mains du policier qui s'était chargé de lui.

Le directeur de la prison l'interrogea sur son identité, afin de l'inscrire dans le registre.

— Nom ?

— Juan José.

— Nom de famille ?

— Santadoma.

Le greffier et le directeur de la prison froncèrent les sourcils.

— Profession ? demanda le directeur d'un ton moqueur.

— Marquis.

— Tu veux que je t'écorche ? le menaça le directeur.

— Le marquis serait bien fâché que vous le priviez de ce plaisir. (Les deux fonctionnaires se regardèrent.) Et vous savez comment s'y prend Sa Seigneurie, ajouta Modesto.

Le marquis de Santadoma était bien connu dans la ville. Modesto adressa un sourire cynique aux deux hommes, car là où il en était, il ne pouvait que voir la vie avec une certaine dérision. Il avait retrouvé Kaweka. Il avait échappé au massacre de la sucrerie de La Candelaria en se mêlant aux esclaves. Lesquels le dénoncèrent. Il s'était fait prendre et avait vécu comme un animal. Il était parvenu à s'enfuir à nouveau quand il avait appris la disparition de sa bien-aimée, et maintenant la grosse et stupide Rogelia avait une fois de plus brisé son destin. Il ne pouvait pas rester dans cette prison pour finir, au titre d'esclave en fuite, assigné aux travaux des voies ferrées jusqu'à sa mort. Kaweka atteindrait la Sierra del Rosario et de là, d'une manière ou d'une autre, La Merced. C'était le lieu qui les unissait, ils s'y étaient aimés, et puisque le marquis connaissait l'existence de Yesa, il la chercherait et exercerait sa vengeance sur elle aussi. Il fallait qu'il se rende à la plantation, décida-t-il, au plus près de l'endroit où Kaweka se rendrait lorsqu'elle aurait compris que le noble l'avait devancée dans sa recherche de Yesa. Là, il l'attendrait, quand bien même il devrait, pour cela, se livrer à Santadoma.

Rogelia et le directeur de la prison se retrouvèrent au manoir del Cerro, tous deux avec le même message. Les y attendait Gracia, le secrétaire catalan du marquis aux cheveux hérissés et au sourire faux, qui les récompensa de quelques pièces pour leurs informations. Et alors que la sage-femme était déjà dans la rue, il augmenta la récompense pour que le directeur garde Modesto à l'isolement sans l'inscrire dans aucun livre, en attendant les instructions du marquis.

Cette même nuit, accompagné de deux autres hommes, Gracia attendit devant la prison que le directeur lui amène le prisonnier presque nu, menotté et bâillonné. Ses hommes le jetèrent dans un chariot couvert, tandis qu'une bourse contenant une belle somme changeait de main.

Sierra del Rosario, août 1878

— Tu arriveras peut-être trop tard.

Cette phrase venait d'être prononcée par le propriétaire de l'une des nombreuses plantations de café situées au sommet des terrasses qui gravissaient, tels des escaliers monumentaux, les pentes des vallées de la sierra. En contrebas serpentait un ruisseau chatoyant.

L'homme, un certain Celio, se souvenait de Kaweka avec une tendresse mêlée de gratitude. En effet, lors de l'une des nombreuses expéditions de celle-ci dans la région, elle avait obtenu la guérison de sa fillette malade – guérison à laquelle avaient renoncé tous les chirurgiens blancs.

— Qu'est-ce que vous voulez dire ? l'interrogea Kaweka, l'estomac noué.

— Il y a peu de temps, un homme appelé Narvaez est passé ici. Il a dit qu'il était le commandeur de la plantation de...

— La Merced, lui souffla Kaweka.

— C'est cela. Ils cherchaient une fille de treize ou quatorze ans qui aurait pu être capturée lors du raid de ton palenque. Désolé, je ne pouvais pas imaginer qu'il s'agissait de ta fille. Non, je ne lui ai rien dit, poursuivit-il, anticipant la question à venir de Kaweka. Je ne savais rien sur cette enfant. Je savais que les *rancheadores* avaient découvert le palenque et arrêté plusieurs nègres marrons, mais personne ne m'avait jamais parlé de cette petite fille.

Ils étaient assis à table, sur une terrasse qui surplombait la plantation de café et toute la vallée, spectacle que, en temps normal, on aurait qualifié de sublime. De la viande, des patates douces et des fruits avaient été servis en grande quantité à Kaweka, qui n'y touchait pas.

— Mange, insista Celio.

Kaweka n'en fit rien.

— Tu en auras besoin : cet homme, Narvaez, a parcouru toute la région, a parlé aux *rancheadores* et, d'après ce qu'on m'a dit, s'est rendu dans toutes les sucreries, tous les enclos et toutes les plantations de café des environs. Ici, il a vérifié les livres, demandé à voir les quatre esclaves que nous employons pour les interroger. Et il fait la même chose dans les villages où il avait appris qu'une adolescente y travaillait comme esclave. Personne ne sait s'il a trouvé ta fille. On m'a raconté que ses hommes cherchaient aussi à La Havane, dans les registres. Le propriétaire de La Merced semble porter un grand intérêt à ta fille, Kaweka. Je sais que ça ne me regarde pas, mais...

— C'est pour exercer sa vengeance sur elle.

Elle n'avait jamais imaginé qu'elle devrait un jour affronter le marquis pour retrouver sa fille. Elle sentit la peur monter en elle et, l'espace d'un instant, eut du mal à respirer. Comment ce salaud avait-il pu savoir ?

— Eh bien, si la fille, à un si jeune âge, n'est pas morte pendant l'attaque des chasseurs d'esclaves, reprit Celio, la ramenant ainsi à la réalité, et avec le nombre d'hommes qui la recherchent, je ne sais pas comment tu vas pouvoir la retrouver avant tout le monde.

Pour la première fois depuis qu'elle était assise, Kaweka porta un morceau de viande à sa bouche et se força à manger, pour reprendre des forces à mesure que sa peur se transformait en colère.

— C'est comme la guérilla, commenta-t-elle la bouche pleine, il ne faut jamais s'attaquer au plus fort, il suffit d'attendre, et de le surprendre.

Le lendemain, elle prit, avec les chiens, le chemin du domaine de La Merced.

26

Madrid, juin 2018

— C'est votre problème, monsieur Santadoma, déclara sans détour l'un des avocats de Stewart et de Meyerfeld.

La salle de réunion de la banque Santadoma était à nouveau bondée : acheteurs, vendeurs, avocats, conseillers.

— Qu'entendez-vous par là ? répliqua le professeur Contreras d'une manière aussi magistrale que circonspecte. Il me semble qu'il s'agit d'une affirmation tout à fait inadéquate, si je puis me permettre.

La tension entre le groupe des Américains et celui des Espagnols était palpable. Après la rencontre des premiers avec Lita et son avocat en vue de vérifier les preuves de la paternité de Concepción, et surtout après la somme de cent millions d'euros demandée par Alberto Gomez pour clore l'affaire et éviter que la plaignante ne réclame sa part d'héritage, les stratégies avaient radicalement changé : l'union entre les deux groupes, jusque-là solide, était en train de se fissurer.

Quelqu'un avait proposé de respecter les droits éventuels (et toujours hypothétiques, bien sûr, s'était-on empressé de préciser) de Concepción, et de poursuivre l'opération dans l'attente de la décision des tribunaux une fois engagée son action en justice. Cette possibilité comportait plusieurs obstacles juridiques du point de vue de l'héritage, peut-être surmontables, mais se heurtait à un autre, personnel celui-là, viscéral, que doña Claudia avait invoqué devant son fils le marquis : « Il faudra me passer sur le corps ! » La femme ne reconnaîtrait jamais et se garderait bien d'encourager qui que ce soit à penser ou à supputer que son mari ait eu une fille avec une Noire.

— Bien sûr que les seigneurs et maîtres forniquaient avec ces filles ! C'était monnaie courante, à l'époque, mais de là à admettre que leur sang coule dans les veines de leurs rejetons ! Jamais ! Tous ces Créoles ont trouvé des pères, qui ont accepté de l'être et ont été payés pour cela, et ils étaient traités avec égard, et profitaient de leur statut, supérieur à celui des autres employés. La mère de Concepción n'a pas fait exception : elle acceptait et profitait de tout. Mais elle restait une mulâtresse, et sa fille, une bâtarde.

— Vous l'avez donc toujours su, maman...

— Bien sûr. Et prie pour qu'un autre bâtard ne débarque pas ! Ton père était un homme fort viril !

— Oui, mais il n'est pas sûr que les autres bâtards puissent prouver quoi que ce soit, se défendit le marquis.

Il était conscient que la signature et les parts de sa mère étaient tout aussi essentielles à la réussite de l'opération que les preuves consistantes que Lita avait fournies aux Américains. Aussi insista-t-il :

— Dans le cas de Concepción, cependant, il y a des lettres, des photos et beaucoup d'autres éléments. Elle pourrait même demander un test ADN sur le cadavre de papa, et aller en justice !

— Je serai morte d'ici là, mon fils, minimisa-t-elle, surtout avec tous les soucis que tu me donnes. Sur ces mots la vieille dame se tut, feignant d'être à l'agonie, avant de se ranimer brusquement et de reprendre d'une voix ferme : Mais même si je meurs, tu ne vas quand même pas me dire que, pour une simple transaction, tu vas devenir le frère d'une négresse ? Que tes enfants seront les neveux de la descendante d'une esclave qui travaillait dans le domaine de tes ancêtres ? Veux-tu vraiment traîner le nom des Santadoma dans la boue pour quatre misérables pesetas ? (Don Enrique se ratatina dans le fauteuil où il avait tenté d'affronter sa mère.) Es-tu en train de me dire que tu vas vendre l'honneur de ton père et de ton grand-père, que tu vas salir *mon* honneur, l'honneur de celle qui t'a porté, et me présenter au monde comme une vulgaire cocue ?

— Mais vous avez dit que cela était normal, à l'époque.

— Oui, aussi normal qu'obligatoire de ne pas en parler, et a fortiori de reconnaître une quelconque paternité. Jamais !

Ainsi doña Claudia, veuve d'Eusebio de Santadoma, désigna-t-elle son propre avocat pour la représenter dans les négociations avec les Américains : Nestor Armas – un ami lui aussi issu d'une famille d'exilés cubains qui non seulement avait une grande pratique du droit, mais faisait partie de la noblesse et de ces aristocrates qui avaient vécu l'époque de la splendeur à laquelle Fidel Castro mit fin par l'attaque de la caserne Moncada de Santiago de Cuba.

Ce fut ensemble que doña Claudia et son fils le marquis, par un soudain regain d'esprit de classe, participèrent à détériorer les relations entre les Espagnols et les Américains. Santadoma en avait discuté avec Contreras, ils avaient élaboré la stratégie qui conduisit à ce premier affrontement entre les avocats.

Le problème, comme l'expliqua le professeur, était simple : les Santadoma n'étant pas responsables de l'apparition d'une nouvelle héritière – pour peu qu'elle le fût, ce qu'ils continuaient à nier –, ils ne pouvaient donc pas être tenus pour responsables des conséquences d'un fait qu'ils ignoraient. Il n'y avait pas eu mauvaise foi de leur part, de sorte que le contrat devait être exécuté dans les termes prévus et, de toute façon, Concepción finirait par obtenir un jugement favorable à ses intérêts dans un litige qui, selon leurs calculs, pourrait durer une dizaine d'années.

— Et les actions de la banque qui appartiennent ou pourraient appartenir à la señora Concepción Hermoso ? demanda un avocat des Américains.

— Laissons le juge se prononcer, répondit Contreras. Il peut décider de leur retrait de l'opération dans l'attente d'un jugement définitif, ou que nous présentions une garantie pour les dommages. Cela ne change rien. Finalement, un administrateur de ces actions serait nommé.

— Ce n'est pas gagné, commenta l'autre avocat de Stewart, qui suivait la conversation d'un air on ne peut plus sérieux, cette fois sans l'entremise d'un traducteur, étant donné que l'entretien se déroulait en anglais.

— Non, ce n'est en rien difficile, intervint alors Nestor Armas, auquel le marquis jeta un regard ombrageux – sa présence révélant la récente méfiance de sa mère à son égard. Ce qui n'est pas acceptable, c'est que les prétentions délirantes d'une servante mulâtre, et j'insiste, ces prétentions, ces divagations, ces fantasmes, répéta-t-il en agitant la main comme s'il parlait d'une folle, oui, toutes ces élucubrations ruinent, du moins mettent en péril une opération commerciale qui concerne un grand nombre de personnes, implique l'existence d'une offre publique d'achat et l'intervention des instances financières. Quel juge mettrait une telle opération en échec ?

— Et si nous tombons sur un juge progressiste ? avança un conseiller.

— Et alors ?

— C'est une affaire qui peut même avoir des retentissements politiques.

Avocats et conseillers se lancèrent dans une discussion interminable jusqu'à ce que Stewart élève la voix et reprenne son ton habituel dès que l'auditoire lui accorda son attention :

— Mais de quels titres parlez-vous ? La banque Santadoma est en faillite. Sa valeur réelle a chuté de plus de soixante pour cent depuis l'annonce de cet éventuel recours, avec toute la publicité et l'agitation que l'on sait. La banque EleCorp a perdu beaucoup d'argent à cause d'une fausse déclaration comme celle que vous avez faite dans le contrat, qui affirmait que tous les héritiers avaient signé...

— Mais on ne savait pas... s'excusa Contreras.

— Ne m'interrompez pas ! lui reprocha Stewart. Il est possible qu'ici, en Espagne, un procès dure dix ans. En Floride, aux lois et à la juridiction de laquelle je rappelle que ce contrat a été volontairement soumis, les choses vont beaucoup plus vite et se règlent plus simplement que sur ce vieux continent.

— Vous avez menti sur l'existence d'une éventuelle héritière, existence dont vous étiez tous au courant.

— Nous n'avons pas menti ! se récria le marquis.

— Sa mère, la première ! riposta Stewart.

— Elle ne le reconnaîtra jamais.

— Ça, j'en suis sûr ! Cette situation a touché beaucoup de Créoles et de Noirs américains, mais je ne peux pas parler au nom de leurs juges. Quant aux nôtres, ils l'ont très bien compris. En tout cas, il y avait suffisamment de preuves pour que vous n'ignoriez pas que Concepción faisait partie de la famille, à commencer par son grand-père, qui a rédigé le testament à l'origine de tout ce désordre. Il connaissait bel et bien la paternité de son fils, et savait pertinemment que Concepción était sa petite-fille ! En Amérique, nous sommes beaucoup plus pragmatiques et réactifs, aussi les excuses et les discussions vaines comme celles auxquelles vous vous livrez n'ont pas lieu d'être. Vous n'avez pas honoré vos devoirs, c'est tout ce que les juges verront. C'est pourquoi, ajouta-t-il en se levant de la table, nous annulons dès à présent l'achat de la banque Santadoma par la banque EleCorp. Nos avocats se chargeront des formalités administratives. Merci de votre attention.

Il prit congé avant que Contreras n'intervienne, visiblement sur les nerfs. Leur nouvelle stratégie n'avait en effet pas envisagé la possibilité du renoncement des Américains, qu'ils pensaient captifs des importantes sommes déjà investies dans l'opération.

— Vous allez perdre beaucoup. Tout ce que vous avez acheté jusqu'à présent...

— Pas du tout. Le vieil adage « La mauvaise monnaie chasse la bonne » se vérifie toujours, répliqua Stewart en souriant au vieux professeur.

— Nous récupérerons cet argent, s'étrangla Meyerfeld, dérogeant à son hiératisme habituel. Les Santadoma nous le doivent, mais ne vous en faites pas. D'ici... trois heures, précisa-t-il en consultant sa montre, surveillez le Nasdaq et le cours de l'action d'EleCorp.

L'Américain eut à peine terminé son discours qu'un de ses avocats avait déjà quitté la salle de réunion et expédiait des communiqués à toutes les autorités financières, espagnoles et américaines, sur l'échec des négociations de rachat de la banque Santadoma. Le service de presse de la banque EleCorp relaya aussitôt la nouvelle, que les médias reprirent dans leurs titres :

« EleCorp renonce à l'achat d'une banque esclavagiste espagnole. »

« La banque EleCorp s'engage dans une activité bancaire éthique et sociale propre au XXIe siècle. »

« La société américaine applaudit la décision d'EleCorp. »

Les médias et les réseaux sociaux répercutèrent les déclarations des dirigeants d'EleCorp, parmi lesquels Stewart, qui assuraient que leurs investissements réalisés jusqu'ici serviraient à empêcher une telle banque de continuer à opérer, en Espagne ou ailleurs. Furent mentionnés : la déclaration de Durban, le colonialisme espagnol à Cuba, le fait que l'Espagne ait été le dernier pays occidental à abolir l'esclavage. Le mouvement Black Lives Matter et diverses associations saluèrent le changement de cap de cette entité américaine. Les manifestations contre la banque cessèrent et, comme Meyerfeld l'avait annoncé, dès l'ouverture de la bourse de New York, les actions d'EleCorp et des sociétés de son groupe montèrent en flèche et se valorisèrent au point de retrouver leur cours antérieur et de compenser les pertes causées par les Santadoma.

Certains supputèrent que la direction d'EleCorp avait tout manigancé, qu'elle savait dans quoi elle s'engageait, et que sa stratégie était de passer pour une banque modèle. Sa participation n'était-elle pas déjà importante dans la banque espagnole ? Elle devait bien connaître son histoire. En toute sincérité, Stewart démentit ces accusations : EleCorp avait investi au siècle dernier, quand tout semblait clair et net. À l'époque, aucune Concepción Hermoso n'était susceptible de révéler l'origine de la fortune de Santadoma, mais, au cas où quelqu'un en douterait, ils demandaient pardon pour cela. Après tout, personne ne pouvait prouver qu'ils en avaient déjà connaissance, et à la vérité, la situation les obligeait à réagir rapidement. Il ne fut pas non plus nécessaire d'investir des sommes importantes pour transformer une structure quelque peu obsolète en une banque exemplaire aux yeux du grand public – la publicité et la communication furent assurées gratuitement par le marché lui-même. Les instructions internes au personnel concernant le comportement, le recrutement, les règles de conduite, les objectifs et même la tenue vestimentaire se concrétisèrent en quelques jours, au cours desquels EleCorp dut faire face à un changement d'image drastique.

Stewart possédait une maison à Key Biscayne, disposant d'un embarcadère privé. L'immense façade vitrée s'ouvrait sur une pelouse soignée qui descendait jusqu'au bateau de quinze mètres de long qu'il utilisait pour aller pêcher ou faire de la voile en famille. Cette activité et le golf l'occupaient lorsqu'il n'était pas à la banque, mais ce jour-là, un verre de whisky à la main, le regard perdu, il pensait à cette jeune femme mulâtre.

La dernière fois qu'il l'avait vue, c'était lors de la réunion avec son nouvel avocat où des preuves irréfutables leur avaient été présentées. Elles avaient toutes été transmises aux avocats du marquis, et à Contreras, le vieux professeur arrogant. Il avait appris qu'ils avaient indemnisé Regla et s'étaient engagés à verser une pension misérable à sa mère. Il s'était dit qu'il s'agissait d'une bande de minables, incapables de comprendre que même les grandes affaires pouvaient échouer à cause de stupidités comme celle-là : une pension offensante pour une personne qui se révélait être la petite-fille du marquis et avait travaillé comme bonne à tout faire pour la famille. Le tout accompagné d'une offre de dix millions. C'était beaucoup d'argent, mais rien en comparaison de ce à quoi Concepción avait droit en tant qu'héritière des Santadoma. Que valait un seul des immeubles qu'ils possédaient dans le centre de Madrid ?

Il ne fut donc pas surpris que Regla ait demandé cent millions, et pas davantage que les Santadoma refusent de payer ce prix. Ce n'était pas une question d'argent, mais payer une telle somme à Concepción leur retournait les tripes – quelque chose de viscéral qui excluait toute logique. La mère elle-même avait engagé un avocat réactionnaire pour contrôler les faveurs que son fils pourrait accorder à Concepción !

Madrid et les Santadoma étaient derrière lui maintenant, du moins mis à l'écart pour un temps. Les avocats se chargeaient de tout. Stewart s'efforçait d'être neutre dans toutes ses opérations : certaines échouaient, d'autres réussissaient, mais dans celle-ci il se sentait impliqué. Il ne s'agissait pas d'un groupe d'entrepreneurs ayant créé une application révolutionnaire ou de chercher des fonds pour une entreprise de tracteurs, mais d'esclavagistes dont l'empire avait été bâti sur le dos et la souffrance des Noirs. La première décision qu'il avait prise avait été de licencier l'équipe de conseillers qui avait omis de lui présenter ce « détail » dans le dossier de l'opération. Il avait refusé d'entendre leurs excuses.

Après cet échec, Stewart était déjà concentré sur de nouveaux défis. Pour autant, il ne parvenait pas à chasser Regla de son esprit.

— Tenez-moi au courant des événements avec ces Espagnols, demanda-t-il à sa secrétaire, qui acquiesça avec un petit sourire.

27

Cuba, Matanzas, plantation de La Merced, août 1878

S'approcher de cette terre avait provoqué chez Kaweka une angoisse, un malaise semblable à la première fois où elle y avait été débarquée, sur une plage de Jibacoa éclairée par la lune. Quelques jours après, dans l'exploitation sucrière de Ribas, le marquis l'avait choisie et se l'était appropriée. C'était il y a vingt-deux ans. Elle pensa à sa sœur Daye, morte pendant la traversée, à Awala, la jeune fille qu'elle avait protégée, et elle se demanda ce qu'elle était devenue. C'était une enfant fragile, sans doute plus faible que la plupart.

Pour toutes ces fillettes, pour Awala, Kaweka s'était battue pendant ces vingt-deux années qui n'avaient pas abouti à la liberté. Tous les esclaves étaient encore à La Merced qui s'était agrandie depuis la dernière fois qu'elle s'en était échappée avec l'aide de Modesto. Les installations étaient encore plus vastes, faisant du sucre l'activité la plus lucrative de la saccharocratie cubaine.

Ce n'était pas la saison des récoltes. Les esclaves travaillaient donc à la réparation des équipements, quand ils ne devaient pas transporter en vain des lits d'une baraque à l'autre. Du haut d'un bosquet, Kaweka observa la plaine où s'étendait la plantation : la maison principale, et les champs de canne délimités par des rangs de palmiers auxquels, à l'aube, étaient pendus un ou plusieurs Noirs, pantins fantomatiques insultant le soleil et le monde entier. Alors elle tomba à genoux. Les esprits guerriers de ceux qui avaient choisi de se supprimer plutôt que de rester prisonniers flottaient dans l'air. Kaweka les sentit l'entourer et la caresser, froids et vengeurs. Ce n'était pas la déesse qui lui avait tourné le dos, mais les esclaves eux-mêmes qui avaient sacrifié leur vie ici. Et entre ses larmes, elle vit mama Ambrosia, et fut incapable de décider si elle devait sourire ou pleurer. Sentir sa présence lui fit néanmoins du bien, et elle prit une grande inspiration comme pour s'emplir de son invisible substance.

Les chiens lui annoncèrent l'arrivée d'un groupe. Kaweka se leva rapidement pour se cacher dans le bosquet. C'étaient trois vieillards en haillons.

— Qui es-tu ? interrogea l'un d'eux, qui se tenait debout à l'endroit où Kaweka s'était agenouillée, comme si les larmes qu'elle avait versées lui avaient indiqué sa présence.

Elle les observa quelques instants : affamés, malades, attendant la mort. Elle les avait vus lors de son voyage à travers l'île, avait même parlé à certains d'entre eux : ces vieillards étaient les effets de la loi Moret, qui accordait la liberté aux esclaves de plus de soixante ans. Personne ne voulait de ces hommes, usés physiquement par des années de labeur. Ceux qui avaient vécu dans les sucreries et les enclos ne savaient rien faire à part couper la canne ou s'occuper des animaux. Et maintenant ils n'avaient nulle part où aller. La loi permettait aux vieux affranchis de rester chez leurs anciens maîtres, qui devenaient alors des employeurs et pouvaient les payer ou pas, à leur guise, et, dans la foulée, leur confier des tâches peu pénibles, assumant ainsi l'obligation de les vêtir, de les soigner et de les nourrir. Mais quand un affranchi abandonnait son ancien maître, il perdait tous ses droits. À l'exception des plus tenaces qui s'accrochaient pour survivre et finissaient comme gardiens dans les cases qui entouraient le domaine – la plupart de ces esclaves ne passaient pas le cap des soixante-dix ans. Kaweka le savait bien, car elle avait soigné beaucoup de ces vieux esclaves *emancipados*. Maintenant ils ne travaillaient plus, mais le maître devenu leur employeur devait subvenir à leurs besoins.

Mais que pouvait-il leur donner, alors qu'il maltraitait déjà les jeunes et athlétiques émancipés qu'il engageait ? Ces trois vieillards n'étaient plus que des cadavres vivants qui transportaient de maigres paquets d'herbes pour les animaux.

Leurs yeux vitreux fixaient le bosquet, et Kaweka finit par reconnaître en eux des hommes qu'elle avait croisés dans la sucrerie, qui étaient alors forts et énergiques, même si dix ans de travail au moulin leur avaient ôté leur vitalité.

— C'est moi, Regla, annonça-t-elle en sortant de sa cachette, la fille qui travaillait avec Ambrosia à la pouponnière.

La fille aux potions abortives, celle qui aidait les esclaves suicidaires ou qui voulaient s'enfuir, celle qui a invoqué les dieux pour demander la mort du fils du marquis, et qu'on enterra après...

— T'es vivante ! s'étonna l'un d'eux.

— Je suis là.

— Tu nous as manqué !

— Pourquoi tu es revenue ?

— Tu portes un uniforme de rebelle... Tu es libre ?

Elle ne répondit pas.

— Tu viens libérer l'émancipé ? demanda le premier.

Kaweka tourna vivement la tête vers le vieil homme.

— Quel émancipé ? Qu'est-ce que tu veux dire ?

— Mais oui, l'infirmier, celui qui est venu avec le docteur. Celui qui voulait t'acheter avant que tu t'enfuies dans les montagnes.

— Modesto ! s'exclama Kaweka, surprise au plus profond de son être. Modesto est à La Merced !

— Oui, aux ceps. Il y est depuis quelques jours.

Que faisait-il là ? Comment était-ce possible ? Mille questions émues et passionnées vinrent à l'esprit de Kaweka. La joie de le savoir en vie s'éteignit quand elle prit conscience de la ruse du marquis, qui l'avait mis au supplice du cep pour qu'elle tombe dans le piège.

— À qui le marquis tient-il le plus ? s'enquit-elle.

— Qu'est-ce que tu veux dire ?

— Une nouvelle esclave d'à peu près quatorze ans ? La maison principale est ouverte, or ce n'est pas la saison de la récolte. Pourquoi est-elle ouverte ? Quelqu'un l'habite ? Le marquis ? Il devrait être à La Havane. N'auraient-ils pas amené une jeune esclave ?

Ils firent tous non de la tête.

— On sait pas. Ce qui est sûr, c'est qu'il y a beaucoup plus de surveillants et de gardiens qu'avant, et même des soldats, ce qui n'a aucun sens, en dehors de la période de la récolte. À eux tous, ils sont bien une armée entière. Il se passe rien pour l'instant, mais Narvaez fait comme s'il allait y avoir un soulèvement.

— Et dans la maison ?

— L'infirmier y est, ce Modesto, on le sait parce qu'on passe par le patio pour apporter de l'herbe dans nos enclos, mais on est les seuls à le savoir. Des gardes le surveillent jour et nuit, comme si, avec une jambe bloquée dans le cep, il pouvait s'échapper ! On n'a pas le droit non plus de s'approcher de la maison.

— Mais vous pouvez demander. Il y a bien des esclaves que vous connaissez ?

— Oui, fit l'un d'eux, hésitant.

— Eh bien, tu connais la différence entre les esclaves de confiance des maîtres, et ceux qui travaillaient au moulin ? dit un autre.

— Il faut absolument que vous disiez à Modesto que je suis là, et découvrir s'il y a une nouvelle esclave dans la maison.

— Pourquoi ?

— On veut pas d'ennuis.

— Vous en aurez si vous ne le faites pas. Vous mourrez comme des chiens, les menaça Kaweka. Vous souffrirez plus encore que ce que vous avez subi dans vos misérables vies, et vos âmes seront éternellement prisonnières dans les ronces !

Les trois vieillards se souvenaient des pouvoirs attribués à Kaweka.

— Quel mal on t'a fait, femme, pour que tu nous menaces de tant de malheurs ? Quel rapport on a avec tes affaires ?

— Cet homme dont vous parlez, qui est en ce moment au pilori, il s'est battu pendant des années pour votre liberté. Ça ne vous suffit pas ?

— Et la jeune esclave ? Quel intérêt elle a pour toi ?

Kaweka n'avait pas envie de leur dire qu'il s'agissait de sa fille :

— C'est la nouvelle élue de la déesse. Regardez mon état… (Elle tendit son bras droit pour leur faire comprendre qu'elle était infirme du côté gauche, et aussi dépenaillée et affamée qu'eux.) Le marquis n'a pas le droit de l'asservir, il ne faut pas qu'elle tombe entre les mains des Blancs !

— Peut-être que quelqu'un de la maison pourrait nous donner une information. Oui… On pourrait demander, réagirent-ils en se consultant du regard. Mais il est impossible d'approcher ton ami. Les gardes ne le permettent à personne. Ils le laissent mourir de faim et de soif. Ils lui mouillent les lèvres de temps en temps pour le faire durer, mais ils ne lui donnent même pas le moindre morceau de pain. On dirait…

— … qu'ils m'attendent ! Inutile que vous preniez des risques. Allez-y avec un chien, faites croire qu'il vous suit depuis la brousse.

— Mais les chiens le dévoreront !

— Ils ne l'approcheront même pas.

Sur ces mots elle s'accroupit devant le plus petit des chiens, lui saisit le museau de ses deux mains et le transperça du regard.

— Dis-lui, dis-lui que je suis là, que je suis venue le sauver. Puis, se retournant vers les trois vieillards : Pour ce qui est de la jeune fille dans la maison, là, vous devez tout faire pour avoir des informations ! Je veux savoir ce qui se passe là-dedans.

— Et où on te retrouve ? Ici ?

Elle n'allait pas prendre le risque qu'ils la dénoncent :

— Non. Lui, il me trouvera, ajouta-t-elle en désignant l'autre chien. Vous n'aurez qu'à le suivre.

Le chiot se faufila entre les molosses et les esclaves, les soldats, les gardes jusqu'à arriver devant Modesto, dont il lécha le visage pour le réveiller de la léthargie dans laquelle la faim et le supplice du cep l'avaient plongé. Un seul de ses pieds était enserré dans la pièce de bois, ce qui lui permettait de s'asseoir et d'avoir un minimum de mobilité. Mais pour ne pas attirer l'attention, il resta couché.

— Kaweka est arrivée ? demanda-t-il au chiot, pensant bien que l'animal, qui s'était approché de lui et lui avait léché le visage, était envoyé par elle.

Le chiot recommença à le lécher.

— Et qu'a fait le nègre ? demanda le marquis, après qu'un de ses hommes lui eut raconté l'étrange événement d'un petit chien qui s'était couché à côté de Modesto.

— Le nègre a souri, lui a parlé et l'a caressé.

— Et l'animal est toujours avec lui ?

— Couché à côté de lui comme s'il était son maître. Il ne bouge pas d'un pouce.

Après quelques instants de réflexion, le marquis dit lentement, en articulant :

— La sorcière est arrivée !

En effet, d'où pouvait venir cet animal sinon d'elle... Le nègre était arrivé sans rien, et presque nu de la prison de La Havane.

— Elle est ici. Dans les champs de canne, dans les bois... Ou sous la terre, près de l'enfer. Va la chercher ! Engage plus d'hommes, Narvaez ! Amène-la ! Et tue ce putain de chien !

Depuis la plantation, Kaweka regarda se déployer les groupes de soldats, de vigiles, d'hommes blancs et de chasseurs d'esclaves accompagnés de chiens qui cherchaient dans toutes les directions. Les vieux l'avaient peut-être trahie, mais elle avait du mal à le croire. « Le chiot », conclut-elle. Elle avait sous-estimé don Juan José qui avait dû deviner. Mais au moins Modesto savait qu'elle était là, à quelques pas de lui.

Le petit chien ne revint pas, mais il restait le plus grand, qui la dirigea d'un endroit à l'autre pour éviter les sbires du marquis, la pressant par des gémissements incontrôlables, parfois sereins. Kaweka lui donna l'ordre de ne pas s'éloigner, le forçant, dans une version macabre du jeu du chat et de la souris, à revenir par le même chemin où soldats et chasseurs d'esclaves étaient déjà passés.

Les autres dogues aboyaient, mais s'embrouillaient et suivaient des pistes qui ne menaient nulle part.

Quelques jours passèrent. Le marquis se joignit à la poursuite. À cheval et accompagné de Narvaez, il fit le tour de l'exploitation sans cesser de proférer des jurons et des malédictions. Kaweka le trouva vieilli, c'était un homme visiblement torturé qui était passé si près d'elle qu'elle aurait pu le tuer comme elle tuait les soldats lors de ses combats contre les Espagnols. Il lui suffirait de couper d'un coup de machette les jarrets de son cheval pour que, à l'abri des regards, elle n'ait plus qu'à frapper le cavalier avant qu'il ne percute le sol, surpris par la chute soudaine et brutale de sa monture. Ensuite, elle pourrait affronter Narvaez, le frapper d'un coup de machette, puis arracher les tripes de ces deux Blancs. Elle caressa le tranchant de son arme, mais renonça. La mort du marquis ne ferait que compliquer la situation. Elle ne devait pas se manifester : son but premier était de récupérer Modesto et Yesa.

Quand ils se retrouvèrent dans la forêt, les vieillards lui annoncèrent qu'ils n'avaient rien pu trouver. Ils avaient interrogé tout le monde : ceux qui travaillaient dans la maison des maîtres, les proches, les amis. Personne ne voulait rien leur dire. La peur se lisait sur les visages : « Le maître ne dort ni ne se repose. Il insulte, crie et donne des coups de fouet à la moindre occasion. On ne peut risquer de donner des informations », tranchaient-ils.

Cependant, Kaweka pressentait que Yesa était vivante. Mêlée aux esprits des morts, caracolant parmi les arbres et les ronces, Yemaya était revenue. Elle chercha un ceiba, l'arbre sacré, et se souvint des rituels qu'elle avait appris et pratiqués avec Eluma pour établir son autorité et devenir une prêtresse de la santería, dans le palenque de la Sierra del Rosario. Cette fois-ci, il n'y avait pas de marrons, ni de tambours autour d'elle, mais elle fit son offrande, chanta et dansa en même temps que des myriades d'esprits et toutes les âmes des esclaves morts sur ces terres qui désiraient la remercier pour sa lutte. Kaweka, transportée de joie, leur demanda des nouvelles de sa fille. Elle vit, lui répondirent-ils, et elle est protégée contre le marquis.

Ces poursuites infructueuses se prolongèrent encore quelques jours, au cours desquels Kaweka se permit le luxe de narguer ses poursuivants. Elle les laissait s'approcher et envoyait son chien exciter les dogues. Les soldats et les *rancheadores* se fiaient alors au comportement de leurs chiens, s'affolaient, se lançaient des appels à l'aide, et Kaweka finissait par disparaître. Il arriva même que le marquis lui-même se laisse berner.

Ils en eurent tellement assez qu'un jour ils cessèrent leur chasse. Quelques-uns seulement continuèrent à parcourir les alentours à cheval, s'arrêtant ici et là.

— Le nègre Modesto sera mort dans trois jours ! vociféraient-ils. Et c'est toi qui l'auras tué !

Le chien, assis à ses pieds, levait la tête vers elle comme pour lui poser la question, et la menace qui résonnait dans l'air lui perforait le cœur. Les cavaliers la répétaient la nuit, dans une obscurité trouée de temps à autre par leurs lanternes. Elle se recroquevillait dans son refuge et frissonnait. Le chien hurlait à la mort.

Sa vie avec Modesto défila devant elle en une succession d'images, la plupart d'autant plus douloureuses que ces jours et ces nuits avaient été heureux. Cet homme noir qui dansait en marchant, et qui faisait vibrer tout son corps au rythme des tambours lorsqu'il la pénétrait. Ces mêmes étoiles étincelantes, qu'ils contemplaient tous deux allongés ensemble dans le camp de Jatibonico, tout lui semblait maintenant opaque dans le ciel pourtant dégagé. Qu'était-il devenu depuis l'attaque de la sucrerie de La Candelaria ? Depuis, tout s'était dégradé : l'avènement d'une prétendue paix qui n'avait abouti qu'à la réconciliation des Blancs et à la libération de quelques milliers d'esclaves ; sa blessure qui l'empêchait de se battre et rendait désormais impotente la moitié de son buste ; la reddition de Maceo. Et maintenant,

Modesto capturé, piégé par le marquis. Elle essaya d'imaginer son parcours pour qu'il se retrouve finalement entre les mains de l'aristocrate. Elle chassa ces images de son esprit : l'esclavage, le fouet, la tristesse – un malheur identique à celui dans lequel elle était tombée dès lors qu'elle avait renoncé à vivre à ses côtés, à compter sur lui, à l'aimer... Modesto ne savait pas qu'il était le père de Yesa, même si sa présence à La Merced devait avoir un sens qui échappait à la jeune femme.

L'un d'eux devait continuer à se battre pour la jeune fille. Elle ne pouvait renoncer à sa recherche, il fallait la protéger du marquis et lui rendre la liberté que lui avait donnée sa naissance dans un palenque et une communauté de marrons.

— Tu me le dois ! cria-t-elle dans la nuit à Yemaya. Vous me le devez tous ! cria-t-elle aux mille âmes d'esclaves qui l'entouraient.

— Qui est là ? demanda une voix à quelques pas de là.

Une lanterne éclaira la surface des buissons. Le chien se mit à grogner.

C'était donc elle, cette analphabète, cette infirme vêtue de l'uniforme d'un sergent rebelle, poursuivie par l'un des hommes les plus puissants de l'île qui ne renoncerait jamais à venger la mort de son fils. Il paierait des fortunes pour cela, achèterait des faveurs, engagerait des espions et tous les *rancheadores* de Cuba s'il le fallait, c'était elle, cette sorcière, qui se déplaçait à travers ces terres à la recherche de sa fille... Si Modesto ne savait pas qu'il était son père, personne d'autre ne le saurait non plus. Elle avait passé deux ans dans le palenque, assez longtemps pour donner naissance à l'enfant d'un marron. Qui pourrait imaginer qu'elle était enceinte lorsqu'elle s'était enfuie de la plantation ? Quel que soit le statut de Modesto, libre ou esclave, le marquis l'avait fait mettre aux ceps dans le seul but d'arriver à ses fins. Ce que Kaweka comprenait, c'est que Modesto avait plus de chance qu'elle de retrouver leur fille. Il n'était pas infirme, il n'éveillerait pas les soupçons, il pourrait se déplacer sinon librement, du moins furtivement, poser discrètement des questions, lire des documents… Modesto était intelligent, il réussirait.

— C'est moi, Kaweka, s'écria-t-elle en se rapprochant de la lumière. L'élue des orishas !

Elle attendit un instant une réponse, mais il n'y en eut pas. La lanterne resta immobile. Le chien avait cessé de grogner, tout en restant à l'affût du moindre mouvement.

— Dis à ton maître que je suis prête à échanger ma vie contre celle du nègre Modesto !

28

Madrid, juin 2018

La rupture des négociations entre les banques EleCorp et Santadoma devint la nouvelle financière la plus importante au niveau national. Les Américains avaient déjà mobilisé une armée d'avocats qui préparaient des procès en Floride. Le professeur Contreras était tétanisé, déconcerté par la tournure des événements, et les Santadoma, dont une grande partie de la fortune dépendait du succès de l'opération, voyaient se profiler le spectre de la ruine. Les actifs privés resteraient libres en principe, de même que les capitaux placés dans les paradis fiscaux, mais ils pourraient perdre les actions qu'EleCorp refusait désormais de leur racheter, les sociétés sous contrat et les entreprises immobilières dont ils avaient souscrit l'achat sur les conseils de Contreras, que tout le monde critiquait aujourd'hui pour son insouciance et son arrogance.

Les fonds vautours et les spéculateurs internationaux arrivèrent avec des offres à la baisse, largement inférieures à la valeur déjà dépréciée de la banque, profitant ainsi de la peur d'une famille qui commençait à se déchirer. La confiance presque aveugle que tous les héritiers du marquis, frères et cousins, lui avaient accordée jusqu'alors disparut – confiance que, curieusement, sa propre mère n'avait jamais partagée. Des alliances se formèrent, et chaque groupe engagea de nouveaux avocats qui exigèrent des fonds importants et des réunions d'urgence pour faire face à la crise. Speth & Markus, qui avait été écarté par les Américains, continua néanmoins à travailler pour les Santadoma. Le marquis justifia cette décision par le fait qu'ils connaissaient bien les méthodes de leurs ennemis, et que cela leur serait profitable, même s'il se souvenait de l'auditeur qui avait plaidé la cause de Regla, sans doute parce qu'il entretenait quelque lien avec elle qu'il ne souhaitait pas rompre.

Pablo lui-même hocha la tête lorsque, lors d'une de ces réunions d'urgence où les nouveaux avocats des meilleurs cabinets de Madrid étudiaient le processus, l'un d'entre eux déclara ce que tout le monde supputait :

— EleCorp a préféré se retirer de l'opération pour conserver son propre marché. Aux États-Unis, les gens sont très conscients de l'histoire des Noirs. Vous auriez perdu beaucoup d'argent. Ce qui se passe ici est une plaisanterie par rapport aux pertes que vous auriez subies là-bas, s'ils avaient acheté une banque fondée sur l'argent provenant de l'exploitation d'esclaves noirs.

— C'est quoi, ça ? commença le marquis. Je ne vous permets pas de parler ainsi !

— Nous sommes au XXIe siècle ! répliqua un autre avocat sans le moindre égard. Oui, les esclaves noirs, qui sont morts de leur travail pour vos ancêtres. Ce n'est pas le cas ? Vous voulez nous convaincre maintenant de ces foutaises d'évangélisation, de culture, et tout le tralala ? Ils mouraient, monsieur Santadoma, des millions sont morts ! L'homme respira profondément, comme s'il en avait besoin pour continuer sa harangue : Merde... ! lâcha-t-il avec toute la haine que lui inspiraient ses dernières paroles.

— Je n'ai rien fait de tout cela, se justifia le marquis.

— Personne ne vous en accuse, mais vous en profitez...

Le silence s'installa jusqu'à ce qu'une avocate, Carmen Rodés, connue pour son efficacité au tribunal, prît la parole :

— Passons aux choses sérieuses, monsieur Santadoma. (Personne, à l'exception de ses alliés et de Contreras, ne semblait disposé à le traiter en marquis.) Ne nous leurrons pas, il serait absurde de se cacher la réalité. La banque s'est construite sur l'esclavage. Et il s'avère que votre servante de toujours est en réalité votre demi-sœur.

— C'est faux !

Nestor Armas se leva d'un bond. Le vieux professeur était vêtu d'un costume beige et d'une chemise pastel, dans le style colonial qui semblait tant lui manquer.

— Taisez-vous ! lui cria-t-on avant qu'il ne dise mot.

Le marquis lui-même lui fit signe de se calmer.

— Je représente doña Claudia, veuve de Santadoma, revendiqua Armas.

— Eh bien, vous avez exprimé ce que vous aviez à dire. Vous pouvez rester et vous taire, ou partir. Nous avons tous pris note de votre opposition concernant la paternité de Concepción.

— C'est votre mère, señor marquis, ajouta Armas en essayant de faire appel à sa conscience.

— C'est pourquoi j'ai l'intention de défendre ses droits. À moins que vous la preniez en charge et la nourrissiez si tout cela tournait au vinaigre ? Vous paierez son chauffeur, ses services, ses maisons et tout le reste ? Tout cela à cause d'un putain de coup foireux de mon père !

— Pour en revenir au fait qui nous occupe, l'interrompit Carmen Rodés, les Américains se moquent de cette histoire de domestique, prétexte à la résiliation du contrat. Nous pensons, et nous en avons déjà discuté entre nous, les nouveaux venus, ajouta-t-elle en excluant Contreras, que tout cela aurait pu être réglé sans problème majeur.

— Cent misérables millions, lança l'un d'eux.

— Mais vous avez refusé.

— C'est ce qu'ils ont demandé, tenta de se défendre Contreras. Nous ignorions également s'ils auraient fini par l'accepter. Nous ne travaillions pas sur des certitudes.

— Et dans quel genre de négociation travaille-t-on sur des certitudes ? se moqua un avocat, resté silencieux jusqu'à présent.

— « Morte la bête, mort le venin », cita l'avocate Rodés. Tout le monde savait à quoi elle faisait allusion, mais on la laissa continuer : Les Américains se plaignent que l'arrivée d'une héritière inattendue bloque l'opération parce qu'elle ne l'accepte pas. Ce serait à débattre, mais aucun d'entre nous n'a envie d'entrer dans ces histoires. Mettons-nous d'accord avec cette dame, donnons-lui les cent millions qu'elle demande, et les Américains ne pourront pas dire que nous n'avons pas obtempéré, ils auront toutes les actions de la banque Santadoma...

— Qu'en pensez-vous ? demanda le marquis en s'adressant à Pablo. Croyez-vous que Regla parviendra à un accord, ou qu'elle intentera un procès ?

— Nous savons tous que la part de l'héritage revenant à Concepción serait bien plus élevée que cent millions d'euros. Pour parvenir à ce but, il faudrait qu'elles intentent un procès, ce qui est toujours risqué. (Pablo attendit l'approbation des avocats présents, qui acquiescèrent.) Je crois sincèrement qu'elle évitera le litige si elle le peut. Ce qu'elle veut avant tout, c'est que sa mère, aujourd'hui dans sa soixantaine, dispose de cet argent et puisse en profiter jusqu'à la fin de ses jours.

Des murmures fusèrent et plusieurs avocats approuvèrent à nouveau de la tête.

— Il va donc falloir négocier avec eux, déclara Rodés.

— En théorie, c'est valable, exposa l'homme qui s'était moqué de Contreras – un jeune homme impeccablement habillé, rasé, peigné, une Patek Philippe au poignet – sauf s'ils prétendent que tout ce bazar a provoqué une perte significative de la valeur des actions ? Nous ne devons pas l'oublier : ce qui a été acheté cent en vaut dix aujourd'hui.

Il semblait que cette réserve allait à l'encontre de leur stratégie, jusqu'à ce que Carmen Rodés fasse non de la tête avant de parler :

— Ces messieurs devront alors expliquer pourquoi leur réaction a été de l'inviter tous frais payés à un voyage de luxe à Cuba avec ses deux meilleures amies. Alors qu'ils connaissaient déjà l'existence de ces problèmes, après que la veuve de Santadoma eut insulté la fille de la domestique au cours d'une réunion officielle. J'ai écouté l'enregistrement de cette réunion au cours de laquelle la fille, Regla, c'est son nom, accusait déjà votre mère et vous-même, monsieur Santadoma, d'être en train de vendre à cette table une banque qui s'est construite sur la vie de ses propres ancêtres esclaves. Les gens d'EleCorp étaient donc au courant. Mais il y a plus. Lorsque cette jeune femme est revenue de Cuba, elle savait que sa mère était la fille d'un Santadoma. Son grand-oncle le lui avait confirmé, la première vidéo qu'elle avait rapportée de ce voyage nous le révèle. Et qu'ont fait les Américains ? Ils lui ont offert un travail dans leurs locaux et lui ont fourni une correspondance qui leur avait été remise sous le sceau de la stricte confidentialité et pouvait affecter ces relations personnelles, n'est-ce pas ?

Contreras approuva. Il avait lui-même inclus cette clause stricte dans toutes les opérations où l'une des parties pouvait avoir accès à la documentation de l'autre.

— En vérité, personne n'a vu ces lettres dans le dossier, et tout le monde a travaillé avec la même documentation, souligna le marquis.

— Une nouvelle inconnue, donc. Nous étudierons la question. Dans tous les cas, ces Américains voulaient-ils vraiment acheter, ou bien était-ce une tactique pour détruire la banque Santadoma ? Y avait-il une possibilité de conflit d'intérêts ? demanda-t-il carrément à don Enrique.

— À Miami, répondit celui-ci sans hésiter, nous avons un certain nombre d'intérêts communs. Les relations sont historiques, elles ont toujours existé, c'est pour cela qu'ils voulaient nous acheter. Oui, ils pourraient sans doute tirer un grand profit de la faillite de notre banque.

— Eh bien, voilà, messieurs, dit Carmen Rodés tout en se levant pour signifier la clôture de la réunion. Faisons un pacte avec la servante, et commençons à fabriquer une conspiration de la part des Américains contre la banque Santadoma. Il faut que nous puissions rassembler le plus d'informations possible, et nous avons peu de temps.

— Il sera difficile de prouver une conspiration, fit remarquer quelqu'un.

— Certes, mais ces gens sont très sensibles à la publicité négative et aux réactions du marché. Nous l'avons constaté. Jouons donc cette carte.

Pour la première fois depuis plusieurs jours, le marquis de Santadoma sourit. Aucun des nombreux avocats présents, dont Nestor Armas et Contreras, ne voulait soulever la question qui se poserait si Lita et Concepción acceptaient l'argent : les Santadoma reconnaîtraient-ils alors la filiation de cette dernière ? Et l'exigeraient-elles ? Il n'était pas non plus exclu qu'une fois leurs prétentions financières satisfaites avec une telle somme, ni la mère ni la fille ne veuillent plus avoir le moindre lien avec la famille Santadoma. C'est pourquoi tous décidèrent tacitement d'éviter cette question tant qu'un accord financier ne serait pas conclu.

— Les Santadoma acceptent de payer les cent millions réclamés.

Le bureau d'Alberto Gomez était sans commune mesure avec les installations de la banque, ou du dernier étage de la tour de verre américaine. Ici, le mobilier était ancien et fonctionnel. Le personnel se déplaçait à toute vitesse et en criant et, dans la salle d'attente – pièce équipée de simples chaises poussées contre les murs –, on trouvait toutes sortes de clients.

Pablo, dont la présence surprit beaucoup Lita, et Carmen Rodés avaient été désignés par le groupe Santadoma pour la négociation. En face, à la table, seuls étaient présents Alberto et Lita – Concepción s'étant excusée une fois de plus.

— Nous sommes satisfaits... commença l'avocat.

— Les Américains font marche arrière, l'interrompit Lita, ils rompent les négociations après votre refus de payer cette somme, et voilà qu'ils arrivent par surprise et l'acceptent. Ils ont donc besoin de nous à ce point ? Et si nous demandions deux cents ?

— Lita !

— Appelle-moi Regla, ici, Pablo. Je ne sais pas pourquoi tu es venu à cette réunion, mais...

— Parce que vous vous connaissez, l'interrompit l'avocate. Tout cela est un peu... contestable. On est en train de mêler à cette affaire des questions personnelles délicates.

J'admets et je vous avoue que l'histoire de votre famille, et en particulier celle de votre mère, m'a profondément touchée.

— Mais vous défendez les intérêts du marquis…

— Et je le ferai de mon mieux. Mais je ne suis pas, pour autant, insensible à l'injustice, croyez-moi. Nous avons tous porté nos fardeaux, et souffert. Sans doute pas autant que votre mère et vos ancêtres, mais c'est ainsi. Pablo, ajouta-t-elle en le désignant, est ici parce qu'il a travaillé sur ce dossier depuis le début. Il a conservé de bonnes relations avec les Américains et peut se rapprocher d'eux, et bien sûr, nous en sommes conscients, se rapprocher de vous également. Il est parfaitement prêt sur le plan professionnel et il nous a paru la meilleure personne pour tenter d'aplanir ces conflits personnels. Quant aux deux cents millions, oui, c'est vrai, vous pensez peut-être que vous nous tenez, que votre collaboration nous est indispensable. Mais ce n'est pas le cas, votre avocat vous le confirmera sûrement. Il y a d'autres options. Franchement, je vous conseillerais de ne pas trop tirer sur la corde, de peur qu'elle ne casse, mais vous pourrez discuter de cette question avec lui.

— Jusqu'où êtes-vous prêts à aller ? s'enquit Alberto. Le montant de l'héritage auquel doña Concepción a droit dépasserait largement cette somme.

— C'est possible, reconnut sa collègue, mais pour cela, il faudrait intenter un procès et le gagner…

— Oui, il est probable que vous ayez des preuves que vous considérez comme inattaquables, mais comme le dit la malédiction gitane : *Pleitos tengas y los ganes*, « Mauvais accord vaut mieux que bon procès ». Et il se pourrait que dans dix ans, lorsque vous aurez gagné, les Santadoma n'aient plus rien, que l'héritage ait disparu.

— La part de doña Concepción ne pourrait pas disparaître, elle ne garantit rien aux Américains ni à personne d'autre. Elle n'a rien signé.

— Je ne le conteste pas, concéda l'avocate, mais qui sait ce qu'il restera après un procès ? En tout cas, deux cents millions me semblent irréalisables, ajouta-t-elle comme pour s'excuser auprès de Lita. Nous ne voulons pas vous mettre la pression, mais le mieux pour tout le monde serait de clore ce dossier le plus rapidement possible.

Ce soir-là, Lita donna rendez-vous à Pablo. « Dans un restaurant », exigea-t-elle lorsqu'il lui proposa qu'ils se retrouvent chez lui. « Il s'agit de négocier, pas de baiser. » Une rencontre capitale.

Elle en avait parlé à Joseph Bekele, le président de l'association. « Beaucoup d'argent », s'était-elle contentée de lui dire, sans préciser le montant mirobolant dont il était question. « Alberto se charge de négocier la somme. » Bekele l'avait félicitée, tout en énonçant une condition fondamentale :

— Avant tout, Lita, il faut que cette affaire soit publique. Vous ne pouvez pas vous contenter de toucher l'argent en secret, ou comme s'il s'agissait d'une simple transaction. Les vôtres, vos sœurs et frères, et tous ceux qui ont souffert de l'esclavage, eux ou leurs parents, doivent avoir la preuve publique qu'il est possible de gagner. C'est ce qu'on a toujours dit. Toi et ta mère, vous êtes un exemple.

C'était vrai, et Lita le savait. Mais elle n'ignorait pas que le marquis souhaitait éviter une humiliation publique. Sa mère allait toucher une fortune, même si, à la surprise de Lita, elle ne semblait pas en vouloir. « J'ai seulement l'intention de continuer à travailler, ma fille. Juste besoin peut-être d'un petit coin pour quand je ne pourrai plus, pour ne pas être un fardeau pour toi, juste de quoi pouvoir me payer une maison de retraite. » Quant à elle, voulait-elle jouir d'un argent qui provenait de l'abus d'un Blanc sur une belle mulâtresse, la fille qui, d'après ceux qui l'avaient connue à Cuba, était la plus jolie femme de l'île ?

Cependant, elles pourraient faire beaucoup de bien avec cette formidable somme d'argent. La mère et la fille en discutèrent. Elles décidèrent d'en garder une partie, d'acheter un appartement pour que Concepción n'ait plus à travailler, et d'en placer un peu à la banque, un, deux ou cinq millions, pour ne pas avoir à se soucier de l'avenir. Il leur resterait alors une petite fortune à dépenser pour leur peuple, pour ces Noirs qui voyageaient jusqu'à cet entrepôt où travaillait Lita, ou jusqu'aux nombreux autres hangars du même genre, à la recherche d'un paquet de riz.

Elles se sentaient satisfaites, heureuses, jusqu'au moment où Concepción ajouta une condition :

— Il n'est pas nécessaire que le marquis apparaisse à la télévision en disant qu'il est mon frère...

— Maman, c'est l'objectif des associations qui nous ont aidées. Cette victoire doit être rendue publique.

— Nous aurons notre victoire, ma fille, nous aurons de quoi aider utilement notre peuple. Je ne comprends pas toutes ces choses dont tu me parles, cet accord de Durban et de Bekele, qui est un homme bien, j'en suis sûre, mais je ne me lasse pas de te le répéter : les Santadoma ont toujours été bons pour nous, et ce qui s'est passé il y a plus de soixante ans à Cuba, ce qui s'est passé dans l'île est resté dans l'île, ma fille. Ma mère ne m'a jamais parlé en mal de don Eusebio.

Lita avait demandé conseil auprès de ses amies, qui froncèrent les sourcils et firent non de la tête, lui signifiant qu'elle devait respecter la volonté de sa mère. Elles en discutèrent ensuite entre elles, et en arrivèrent à la même conclusion. Le succès était dans cette indemnisation, lui dirent-elles toutes les deux, et ce qui comptait, c'était le sentiment de sa mère, « pas les tiens, pas ceux de Bekele, pas ceux de l'Onu, pas ceux des Afrodescendants du monde entier ». Mais c'était bien elle qui s'était engagée vis-à-vis de Bekele, de l'Onu et de ces Afrodescendants, et cela restait un objectif primordial.

C'est ce qu'elle exigea donc de Pablo après leur rencontre dans un restaurant à la mode de Madrid, cher et plein de gens beaux et riches. Ils se firent la bise, s'assirent à table, commandèrent le dîner et commencèrent à échanger des banalités.

Ces formalités, cette conversation vide donnèrent à Lita l'occasion d'observer le jeune homme. Il dégageait toujours cet attrait qui l'avait séduite, et elle pourrait même tomber à nouveau sous son charme. Oui, elle l'aimait bien, et il s'était reconstruit. Mais elle n'était plus sûre de l'aimer encore. Elle regarda autour d'elle et comprit soudain que ce monde n'était plus le sien, et que cette ville n'était peut-être même plus la sienne. Alors que Pablo semblait y être chez lui, tandis qu'elle prenait désormais son petit déjeuner et son déjeuner dans les restaurants des zones industrielles de la banlieue de Madrid, comme ceux qui l'entouraient : des travailleurs blancs, espagnols, mais aussi noirs et musulmans, chinois, certains avec papiers, d'autres clandestins. Les conversations n'avaient rien à voir, les rires ne résonnaient pas de la même façon. L'air lui semblait lourd, chargé de maux, de labeur, de difficultés, et les plaintes de n'importe quel jeune Noir lui donnaient mauvaise conscience.

— Quelque chose ne va pas ? lui demanda Pablo, la ramenant alors à la réalité. Tu as l'air absente.

— Le mélange de tous ces parfums me donne le vertige.

Pablo, surpris, inspira fort.

— Si tu veux, je vais leur demander de nous changer de table.

— Je m'en accommoderai, dit Lita avec une ironie que Pablo ne saisit pas tout à fait.

Lorsque l'entrée arriva, deux énormes raviolis remplis d'épinards et de fromage, ils entamèrent la conversation :

— Je sais que Carmen et ton avocat sont en train de négocier un montant, mais, comme elle l'a dit, il ne peut pas dépasser de beaucoup les cent millions.

— Oui, oui. Ils se mettront d'accord. Le problème est de savoir comment ça se passera.

— Comment ça se passera ? Eh bien, ils vous indemniseront, c'est tout.

— Ça c'est évident, mais est-ce que, avec cette indemnisation, ma mère renoncera à son droit à la filiation et conservera son nom de famille ? Ou se fera-t-elle dans le cadre de son héritage, ce qui signifierait la reconnaître comme une Santadoma ?

Bekele avait insisté sur ce point – opinion à laquelle s'était joint Alberto Gomez, qui soutenait que d'un point de vue fiscal il y avait une différence entre le paiement d'une indemnité et la reconnaissance de la qualité d'héritier par voie judiciaire. Dans le premier cas, le coût en impôts pouvait être très élevé ; dans le second, en revanche, il fallait tenir compte des importants avantages fiscaux dont bénéficiaient les successions dans la Communauté de Madrid.

— Je veux que le marquis et doña Claudia reconnaissent publiquement que ma mère est la fille d'Eusebio de Santadoma ! déclara Lita.

Pablo joua avec son deuxième plat, des médaillons d'aloyau en sauce, qu'il déplaça d'un bord à l'autre de son assiette, et ne goûta presque pas. Lita, quant à elle, commença à déguster sa lotte à la mode basque tout en éprouvant une certaine culpabilité du plaisir que lui procuraient à la fois le goût exquis du poisson et la situation. Elle n'attendait que la réaction de Pablo, qui ne tarda pas :

— Tu sais très bien que le marquis le refusera catégoriquement.

— Alors il n'y aura pas de marché, répondit-elle tout en sachant qu'elle bluffait.

— Lita, nous parlons d'une somme d'argent considérable, qui risque d'augmenter après les négociations entre les avocats. Tu ne peux pas prendre ce risque.

— Tu ne comprends rien.

— Si, je comprends, ne t'y trompe pas. Il est évident que tout ce que tu as dit est vrai, et je ne veux même pas imaginer la vie de ta mère, ni celle de tes ancêtres, pas plus que la tienne, d'ailleurs. Mais tu obtiens, tu as déjà obtenu une réparation financière importante. Tu veux en plus l'humiliation publique du marquis ?

— Bien sûr !

— Il s'humilie déjà en payant, tu le sais. Tu le sais mieux que moi, même si je dois te rappeler que don Enrique n'a rien fait à ta grand-mère. Le vieux marquis lui a donné du travail et l'a aidée. Il t'a aidée aussi. Et c'est le père de don Enrique qui a eu cette relation avec ta grand-mère, il y a bien longtemps. Je doute même que le marquis l'ait jamais su jusqu'ici.

— Pablo… (Lita attendit que leurs regards se croisent pour continuer.) Pourquoi considères-tu humiliant pour le marquis de reconnaître que ma mère est sa demi-sœur ?

— Écoute, je ne considère rien, mais je sais que c'est comme ça, qu'on le veuille ou non ! Je respecte ta mère, je te respecte, mais, si tu conditionnes l'accord à cette déclaration, tu risques de le faire échouer.

Lita ne pouvait pas risquer cela. En somme, Alberto s'en chargerait. Ce qui était certain, c'est que si elles parvenaient à un accord elles devraient évidemment renoncer à tout droit d'héritage. Si elles intentaient un procès et le gagnaient, elles pourraient décider ce qu'elles voulaient, mais pour l'instant les Santadoma avaient besoin d'elles. Elle devait insister, et c'est ce qu'elle fit.

— C'est ce qu'on appelle du racisme, l'accusa-t-elle. En d'autres circonstances, si ma mère était blanche, on n'en ferait pas toute une histoire.

— Lita, il s'agit ici de vendre une banque, pas de lutter contre le racisme… On ne peut pas refaire le monde.

— Tu te trompes lourdement, répondit-elle en se levant, laissant son dessert intact. C'est notre… c'est *ma* condition.

Et en effet, c'était sa condition à elle seule, puisque sa mère n'exigeait pas de don Enrique qu'il reconnaisse quoi que ce soit. Mais elle s'était engagée auprès de Bekele, ainsi que dans un projet commun, universel, qui dépassait ses désirs personnels. Sa mère le savait, et elle ne pouvait pas se cantonner dans son respect révérencieux pour le marquis. Lita était sûre que, le moment venu, elle parviendrait à la convaincre.

Pablo se leva à son tour, poliment, laissant sa serviette sur la table.

— Peut-être pourrions-nous en discuter plus longuement ailleurs ? Chez moi, si tu veux.

— Non, merci. Donne au marquis et à tous les Santadoma une copie de la déclaration de Durban et de la résolution de l'Onu sur la Décennie internationale des personnes d'ascendance africaine. Je suis sûre qu'ils ne savent même pas qu'elles existent. Je suis une Afrodescendante qui vit encore les conséquences du colonialisme et de l'esclavagisme des Santadoma, de ce racisme qui humilierait le marquis s'il me reconnaissait comme sa nièce. Quelle humiliation ! Oui, c'est à nous de remettre le monde à l'endroit, et il faut que le monde entier le voie. Au fait, au passage, je suis déçue de ta position.

— Excuse-moi.

Pablo lui prit tendrement le bras ; Lita ne fit rien pour éviter le contact.

— Laisse-moi t'expliquer, discutons-en au moins. Ne t'en va pas. Nous pourrions en parler calmement.

Elle fit non de la tête. Elle s'attendait à sa proposition, mais à ce moment-là, elle ne ressentait aucun désir pour Pablo, et la conversation semblait ne plus pouvoir avancer. Elle avait posé ses conditions, elle n'avait plus rien à ajouter.

Elle l'embrassa sur la joue, sachant que ce serait son dernier baiser et que leurs chemins se séparaient. Elle se força pour approcher ses lèvres de son visage, et partit.

29

Cuba, Matanzas, plantation de La Merced, août 1878

Pendant la guerre, Kaweka avait souvent procédé à des échanges de prisonniers avec l'ennemi dont le déroulement était toujours complexe. Pour l'heure, elle n'imaginait pas comment parvenir seule à s'échanger avec Modesto. Car dès que le marquis la verrait, il s'emparerait d'elle, et rien ne lui garantissait qu'il relâcherait ensuite l'affranchi. Ce qui était sûr, c'est qu'il ne le ferait pas avant de la posséder.

Les cris des soldats et des gardes qui la poursuivaient changèrent :

— Le marquis accepte l'échange !

Elle avait besoin d'un otage, mais pas d'un soldat ou d'un vigile, pas même de Narvaez. Le marquis ne se souciait guère de la vie de l'un ou de l'autre. La Merced était devenue une forteresse apparemment imprenable, mais pas les exploitations voisines.

— Je la tuerai si quelqu'un s'approche de moi ! C'est la fille de la sucrerie San Luis ! Posez vos armes !

Kaweka et le chien avaient mis deux jours, aller et retour, pour se présenter à La Merced, machette brandie sous le cou d'une jeune fille blanche comme le lait, âgée d'une quinzaine d'années, qui s'était discrètement éloignée de la maison principale et de la vigilance de sa gouvernante pour céder à l'incitation au jeu proposée par le chien de Kaweka. C'était la fille du propriétaire de la plantation voisine, le San Luis. L'homme n'était pas un ami proche de don Juan

José, mais comme tous les riches planteurs blancs, ils se respectaient mutuellement.

Depuis qu'elle était passée devant la taverne sur le chemin de retour à La Merced, une foule de désœuvrés de la morte-saison la suivaient : ouvriers blancs, affranchis, esclaves, Chinois.

— Tu vas pas faire de mal à cette petite fille ? lui cria quelqu'un.

Cette question ne pouvait avoir été posée que par un Blanc libre, car les esclaves connaissaient si bien le sort de leurs filles qu'elles ne voulaient même pas les mettre au monde. Kaweka chassa de son esprit les doutes sur ce qu'elle allait faire ou pas ; ce qui comptait, c'était ce que redoutaient le marquis et ses gens. La seule question était de savoir si le marquis était prêt à risquer son prestige et son honneur auprès de la communauté blanche en laissant mourir une fille de sa classe pour sa vengeance personnelle. Il y avait trop de monde à La Merced pour que Santadoma puisse éviter que le bruit d'un tel drame se répande à Matanzas ou à La Havane.

— Déposez vos armes ! répéta Kaweka.

Ils pouvaient lui tirer dans le dos, au risque de percer la peau noire du squelette qu'elle était devenue et de tuer la jeune fille, qui ne cessait de gémir et de renifler. Elle avait pleuré toutes les larmes de son corps le long du chemin qui bordait les plantations. Elle avait essayé de s'échapper, mais avait été rattrapée par le chien qui l'avait mordue au mollet.

Narvaez apparut, et ordonna aux gens d'obéir à Kaweka, puis envoya quelques hommes dans la demeure seigneuriale pour avertir le marquis.

— La malédiction t'attend toujours, Narvaez ! cria-t-elle, la machette toujours appuyée contre le cou de la jeune fille, son bras gauche lui entourant la taille, cachant ainsi son infirmité.

— Eh bien, je suis toujours en vie ! riposta le commandeur.

Kaweka se dirigea vers la cour, entre les baraquements, là où se trouvait toujours le cep.

— Ne t'y trompe pas, homme blanc. La malédiction commencera après ta mort, quand les démons te hanteront sans laisser le moindre repos à ton âme immonde, et elle s'abattra sur toute ta famille. Dis à ces hommes de se retirer, lui ordonna-t-elle en désignant les hommes qui gardaient Modesto, à l'endroit même où était morte mama Ambrosia.

« Aide-moi, nounou », la supplia-t-elle en son for intérieur.

Modesto, que le scandale de l'arrivée de Kaweka avait sorti de sa léthargie, l'accueillit les yeux écarquillés, avec un sourire tendre.

— Je savais que je devais te revoir avant de mourir, dit-il lorsqu'elle s'approcha de lui.

— Qui a dit que tu allais mourir ? dit-elle en se blottissant contre le cep, loin du trou vide pour ne pas servir de cible aux tireurs du marquis, la jeune fille lui servant de bouclier.

— Depuis que tu as offert de t'échanger contre moi, les chances sont contre moi, remarqua-t-il avec une pointe de sarcasme. Même si tu n'as pas l'air de très bien t'en sortir.

Modesto se leva du sol sur lequel il était allongé depuis plusieurs jours, et le changement de position lui donna le vertige. Il attendit quelques instants, puis se rapprocha de Kaweka pour la couvrir davantage de son corps.

— T'as pas l'intention de faire l'amour maintenant, quand même ? se moqua-t-elle tout bas.

Narvaez et ses hommes tenaient à distance plus de deux cents personnes qui s'étaient rassemblées dans la cour.

— S'il y a une chose qui m'a gardé en vie toutes ces années, y compris le supplice du cep, c'est le souvenir du plaisir de te caresser. C'est l'extase que j'ai atteinte avec toi qui fait que mon sang coule encore dans mes veines, car si ma vie dépendait de mon cœur ou de mon cerveau, je serais déjà mort.

Les murmures des travailleurs et des esclaves cessèrent. Ni Kaweka ni Modesto n'eurent besoin de détourner leur regard l'un de l'autre pour en connaître la raison. Le marquis était planté au centre de la cour, avec son uniforme blanc du corps des volontaires de La Havane, les trois grandes étoiles de colonel brillant sur sa manchette, sabre et revolver à la ceinture, son chapeau de paille blanc sur la tête.

— Et maintenant, qu'est-ce que tu vas faire ? demanda Modesto à Kaweka.

Elle aurait voulu ne rien dire, simplement prendre le temps d'être auprès de lui, de le sentir, l'entendre respirer, sentir le contact de son corps, avoir le temps de parler, de le caresser, de l'embrasser, de lui déclarer son amour éternel. Au lieu de cela, elle appuya plus fort sur le cou de la fille la lame de la machette dont elle avait relâché la pression. L'adolescente répondit par un cri étouffé.

— Ce n'est pas la peine de t'acharner sur la petite ! s'écria le marquis.

Kaweka serra encore plus fort. Un filet de sang coula le long du cou de la jeune fille.

— Ce fils de pute a raison, lui murmura Modesto à l'oreille. Tu n'as pas besoin de lui faire du mal. Je ne te laisserai pas seule. Je mourrai avec toi. Sans toi, je suis mort.

— Approche-toi, lui demanda Kaweka. (Modesto pressa son oreille contre ses lèvres, de façon que l'adolescente ne puisse pas l'entendre.) Tu dois retrouver notre fille avant que ce monstre s'en empare.

Modesto resta figé. Kaweka embrassa l'intérieur de son oreille, tandis que des larmes coulaient sur les joues de l'homme.

— Pourquoi ne m'as-tu jamais dit que c'était ma fille ? Nous aurions pu partir à sa recherche plus tôt.

— Je ne sais pas. Sans doute parce que tu n'es pas venu au palenque.

— Je t'en ai déjà expliqué les raisons. Je l'aurais fait, mais Ambrosia me l'a interdit. De toute façon, tu as eu l'occasion de te rattraper par la suite.

— Je sais, mais tu l'as dit toi-même : Comment aurais-je pu t'empêcher de partir à sa recherche ? La déesse ne m'aurait pas permis de t'accompagner. Modesto, ajouta-t-elle après un moment de silence durant lequel elle vit défiler sa vie et le choix qui l'avait poussée à revenir à La Merced pour se livrer à la personne qu'elle haïssait le plus au monde. Je ne peux pas retrouver notre fille, conclut-elle. Je suis handicapée. Mon bras gauche ne répond plus, et je suis une esclave sans papiers. Je ne pourrai jamais la retrouver.

Le marquis, le commandeur, tous ceux qui étaient là les regardaient en silence : Kaweka ne lâchait pas sa machette, et la robe de la jeune fille était déjà tachée de sang.

— Et ta déesse ? elle ne peut pas nous aider, maintenant ?

— C'est Yemaya qui m'a amenée jusqu'ici. C'est la volonté des orishas.

— Elles veulent que tu meures ?

— Tu dois trouver Yesa, lui dit-elle, évitant de répondre à sa question. Lui, il ne l'a pas trouvée, malgré le nombre d'hommes et tout l'argent qu'il y met. J'en suis convaincue.

— Et je la trouverai, moi ?

Ils continuèrent à parler à voix basse.

— Marquis ! cria Kaweka, tenez votre parole !

— Laisse partir la jeune fille ! hurla don Juan José.

— Imbécile ! hurla le plus fort possible Kaweka.

Le noble se mit à trembler de rage, mais il n'osa rien répondre.

— Je vais vous dire ce que nous allons faire, marquis. Vous allez libérer Modesto. Quand je saurai qu'il est en sécurité, je relâcherai la fille, et vous ferez de moi ce que vous voudrez.

— Comment sauras-tu que je suis en sécurité ? Il peut me faire tuer dès que je passerai la taverne, et tu l'ignoreras. À moins que la déesse intervienne maintenant ?

— Non, mon amour. Les dieux sont capricieux. Yemaya est peut-être en colère, ou occupée à se divertir ailleurs. Tu te souviens d'Ambrosia ? Elle est morte ici même, à l'endroit où tu te trouves, et elle m'a dit à l'époque ce qu'aucun babalao ne m'a jamais confié : que si je pouvais contrôler la déesse, alors la déesse, ce serait moi. Non, je n'attends l'intervention d'aucune divinité. Tu vois ce chien, celui qui m'accompagne ? Il restera à tes côtés, et quand tu lui donneras l'ordre de retourner vers moi, je saurai que tu t'es échappé.

— Le marquis te tuera.

— Il y a longtemps que je suis morte, Modesto. Depuis que je ne peux plus me battre. Depuis que dix ans de guerre n'ont pas permis d'abolir l'esclavage. Depuis que les généraux blancs se sont rendus aux Espagnols, et nos hommes, même les Noirs.

— C'est là que tu te trompes. Regarde-les. Ils t'envient tous, ils te respectent. Ils savent qu'ils peuvent désormais retrouver leur liberté.

— Lutte pour la liberté de la seule personne qui nous intéresse, fuis avec elle jusqu'au palenque. Parle-lui de moi et demande-lui de me pardonner de l'avoir abandonnée... Marquis ! cria-t-elle à nouveau sans laisser à Modesto le temps de poursuivre, qu'est-ce que tu attends pour le libérer ?

Don Juan José de Santadoma réfléchit quelques instants, puis il fit un geste à Narvaez, qui s'approcha alors du cep et l'ouvrit.

— Au revoir, mon amour, lui souffla Kaweka. Prends ceci, lui demanda-t-elle en lui tendant le collier de Yemaya, ils le souilleraient, ici. Donne-le à notre fille.

Il fallut quelques minutes à Modesto pour garder l'équilibre une fois debout. Puis il se pencha sur elle et l'embrassa sur la bouche : un baiser salé, plein de larmes. L'eau. La déesse se mêlait à son amour, se plut à comprendre Kaweka, comme elle l'avait fait lors de leur réconciliation.

— Sauve-toi, lui ordonna-t-elle, tu as beaucoup à faire.

Personne ne fit obstacle à la démarche hésitante de Modesto. Le chien le suivait, parmi d'autres molosses de la plantation, si bien que personne ne fit de lien entre ce chien et les autres.

Narvaez interrogea le marquis, lequel, après avoir regardé Kaweka, et la lame de sa machette plaquée contre la gorge de la jeune fille, fit un mouvement de tête négatif. La Noire était une sorcière et, en tant que telle, pouvait deviner s'ils manquaient à leur parole. En fait, que lui importait cet esclave ? Modesto ne lui appartenait pas, et il lui avait déjà fait accomplir sa tâche : attirer Kaweka.

— Laissez-le partir, ordonna-t-il.

Narvaez obéit. Les esclaves qui entouraient la cour et observaient la scène le comprirent. Ils connaissaient tous la manière dont les Blancs communiquaient entre eux, car de ces signes dépendait la nature de leurs punitions... Dans ce cas, ils reconnurent le signal de la non-intervention. Stimulé par une telle position, quelqu'un encouragea Modesto :

— Cours, dépêche-toi, lui cria-t-on.

— Fuis ! lui cria un autre.

— Va-t'en ! insista un troisième.

Et le départ de l'émancipé devint une fête pour les esclaves noirs de La Merced, qui l'acclamèrent bien au-delà de la taverne.

— Tout le monde au travail ! vociféra Narvaez dès qu'il put se faire entendre. Je ne veux voir personne dans la cour !

— Et maintenant ? demanda le marquis à Kaweka, qui souriait encore, après le départ de Modesto.

— Eh bien, nous allons attendre, maintenant, dit-elle.

— Attendre quoi ?

— Que mon homme soit sain et sauf. Alors je relâcherai la demoiselle.

— Et comment sauras-tu qu'il est sain et sauf ?

— Tout comme je sais que tu mourras comme un chien.

Le marquis saisit son revolver. Kaweka resserra sa prise sur le cou de la jeune fille, qui poussa un cri. Au même moment, plusieurs cavaliers arrivèrent au galop dans la plantation. C'était don Marcelino Sainz, le propriétaire de la sucrerie de San Luis, accompagné de son fils, du contremaître et de plusieurs employés.

Il fallut une longue minute au père de l'otage pour prendre la mesure de la situation.

— Comment vas-tu, ma fille ? demanda-t-il du haut de son cheval.

Kaweka relâcha sa pression sur la machette pour que la jeune fille puisse marmonner quelques mots qui rassurent son père.

— Je te jure que je te tuerai, si tu fais du mal à ma fille ! cria-t-il à Kaweka, qui répondit à cette menace par un sourire caustique.

— Il ne se rend pas compte que je suis déjà morte ?

L'homme réfléchit, descendit de sa monture et se dirigea vers le marquis avec lequel il eut une longue conversation : ils pourraient essayer d'abattre la négresse, s'ils avaient le champ libre, proposa finalement l'homme de confiance de Santadoma.

— Et s'ils manquent leur coup, si la balle ne la tue pas sur-le-champ et que la négresse plante simplement sa machette dans le cou de… (Sa voix se brisa.) Nous attendrons, Juan José. Si elle ne l'a pas tuée jusqu'à présent, quelle raison aurait-elle de le faire si personne ne fait de mal au nègre ?

— Mais comment cette esclave saura-t-elle qu'il est sain et sauf ? demanda à haute voix le marquis.

— Il m'importe peu de savoir comment elle le saura. On ne risquera pas la vie de ma fille.

À la tombée de la nuit, des feux de joie furent allumés pour éclairer la cour. Kaweka resta des heures durant dans une attitude hiératique, menaçant le cou de la jeune fille du tranchant, puis de la pointe de sa machette sous son menton. Le bras gauche engourdi, insensible, sans réaction, elle bougeait le droit pour éviter qu'il ne s'ankylose lui aussi. Le marquis et les autres déambulaient fébrilement, fumaient, buvaient du café, veillant à ce que personne ne prenne d'alcool pour éviter les imprudences.

Il n'était pas encore minuit lorsque le chien se glissa parmi eux, atteignit Kaweka et lui lécha la joue.

— Va-t'en, dit-elle au chien en même temps qu'elle repoussa la jeune fille.

Puis elle se laissa docilement tomber dans le cep. Les sbires du marquis se précipitèrent pour lui arracher sa machette.

— Enlevez cet uniforme de traîtresse et brûlez-le ! ordonna le marquis. Entravez-la ! Et demain, rassemblez tous les hommes dans la cour.

— Tu devrais me la remettre, elle a offensé ma fille !

— Cette sorcière a offensé l'univers entier, et c'est moi qui la châtierai. Venez demain, si vous voulez. Maintenant, allons nous reposer.

Le lendemain matin, une tempête ininterrompue s'abattit sur la ville. « Yemaya », pensa Kaweka tandis qu'on la libérait des ceps pour la fouetter. Presque toute la population de La Merced, ainsi que celle des environs, de San Luis, et d'une autre plantation voisine, étaient venues assister au châtiment de Kaweka. Les nouvelles de la guerre avaient été censurées de façon permanente dans les plantations pour éviter tout soulèvement d'esclaves. Mais à présent, de nombreux Blancs, y compris des affranchis parmi les douze mille qui avaient rejoint l'armée révolutionnaire de la République de Cuba, étaient mêlés aux autres dans tous les moulins de la riche région de Matanzas, à la recherche d'un travail pour subsister.

Le nom de la sergente Kaweka s'était répandu de bouche à oreille. Ses exploits, qu'ils soient vrais ou le fruit de l'imagination la plus délirante, se multipliaient au fil des récits et témoignages de chacun. Elle était l'élue des dieux, affirmaient ceux qui l'avaient connue comme esclave à La Merced. On lui attribuait des morts souhaitées par plusieurs esclaves, des évasions héroïques, et même des guérisons magiques.

Aujourd'hui, absolument nue, cette idole n'était plus qu'un déchet humain : squelettique, décharnée, le côté gauche de son torse paralysé, une énorme cicatrice partant de son épaule gauche et descendant dans un enchevêtrement de chair et de plaies suturées vers ce qui avait été, autrefois, son sein.

Les hommes la traînèrent pour l'attacher, sur l'ordre du marquis, à un poteau où elle serait fouettée.

— Cette femme ne supportera pas trois coups de fouet avant de mourir, dit Marcelino Sainz au marquis de Santadoma.

— Cette sorcière peut en recevoir mille ! fut la réponse de celui-ci.

Et il ordonna à Narvaez de commencer le châtiment.

Le propriétaire de la sucrerie de San Luis ne prêta pas attention à ce spectacle macabre, mais considéra la foule entassée dans la cour. Il perçut alors une rancœur et une animosité rarement observées dans l'atmosphère d'un moulin à sucre de l'ouest de l'île.

— Les esclaves vont se révolter, prévint-il.

— Mes hommes y sont préparés.

Don Marcelino scruta les toits et les endroits stratégiques. Ils étaient là, tous ces soldats et chasseurs d'esclaves que le marquis avait engagés pour trouver une esclave qui s'était enfin rendue.

— Ça va être un massacre, avertit le propriétaire de San Luis.

— Non, il n'y en aura pas s'ils ne se rebellent pas, répondit l'autre. Cette femme a enlevé votre fille, l'a égorgée et a failli la tuer, et vous allez demander grâce pour elle ?

Marcelino Sainz se tut tandis que Narvaez continuait à fouetter un dos déjà en sang.

— Peut-être bien que les esprits me persécuteront, cria le commandeur à la suppliciée, mais le tien arrivera dans l'au-delà en bouillie !

Kaweka avait déjà dépassé le seuil de la douleur. Elle ne sentait plus que l'écoulement de la pluie sur son visage, qu'elle essayait de lever vers le ciel, suppliant Yemaya de mettre fin à sa vie.

Soudain, un coup de feu retentit, et un esclave noir qui s'était avancé d'un pas hors du cercle tomba mort dans une flaque d'eau, qui devint bientôt rouge. La foule recula légèrement. Deux autres coups de feu blessèrent deux autres esclaves. Les soldats apparurent, armés, prêts à agir, et la foule se resserra.

— Attends, ordonna le marquis à Narvaez.

— Décision pertinente, le félicita don Marcelino.

— Je ne crois pas. C'est maintenant que commence la véritable souffrance de cette sorcière.

— Qu'avez-vous l'intention de lui faire encore ?

— Regardez.

Pendant la punition, sans que personne ne s'en aperçoive, quatre petites esclaves avaient été amenées de la maison principale, toutes habillées de la même façon, leur tunique brune jusqu'aux genoux. Elles furent alignées devant Kaweka qu'elles durent maintenir debout.

— L'une de ces jeunes filles, s'égosilla le marquis, est Yesa, ta fille ! Ce sont celles qu'on a trouvées dans les environs de la Sierra del Rosario quand les chasseurs d'esclaves ont détruit le palenque. Tu croyais qu'elle serait libre ? Ha ha ! Vous, les nègres, vous serez toujours des esclaves ! Vous êtes paresseux et inutiles, incapables de vivre sans nous. De la pure racaille ! Tu m'appartiens, et morte, tu m'appartiendras encore ! Je jure devant Dieu et devant tous les saints que ta descendance sera esclave des Santadoma jusqu'à ce que la dernière goutte de ton misérable sang noir disparaisse de la terre !

Comme en pleine possession de ses moyens, Kaweka ouvrit les yeux et regarda attentivement ces quatre très jeunes filles. Elle invoqua Yemaya : les esprits l'avaient-ils trompée lorsqu'elle avait dansé autour du ceiba ? Ne lui avaient-ils pas assuré que Yesa était vivante et loin du marquis ? Les âmes des milliers de morts errant dans la forêt le lui avaient également fait comprendre. Ainsi, elle avait envoyé Modesto à la recherche de leur fille qui se trouvait maintenant là, esclave du marquis ! Pourquoi les dieux étaient-ils si cruels ?

Pendant qu'elle examinait les filles, don Juan José ordonna à Narvaez de poursuivre la punition. Le fouet s'abattit à nouveau sur son dos.

— Il n'est vraiment pas possible de savoir laquelle est la fille recherchée ? demanda don Marcelino.

— Non, répondit le marquis. Elles viennent toutes des palenques. Elles ont gardé de vagues souvenirs de la forêt, de leur petite enfance, mais sont incapables de se souvenir de leur nom africain, et si elles s'en souviennent, elles ne veulent pas le dire : elles ont été baptisées de noms chrétiens, les seuls qu'elles donnent aujourd'hui. Mais il est clair que l'une d'entre elles est sa fille, je n'en ai aucun doute.

Tout comme Kaweka n'en douta pas en remarquant la première des filles : petite, la peau couleur chocolat noir, ses yeux bruns fixés sur elle. Yemaya le lui confirma, crut-elle, en faisant jaillir son sang plus fort, qui éclaboussa l'enfant, mère et fille se retrouvant alors unies en une communion spirituelle du sang partagé.

C'était elle, Yesa. Esclave, mais elle vivait. Elle s'enfuirait comme elle, elle se battrait pour retrouver sa liberté, elle en était sûre. Modesto saurait où elle se trouve...

Kaweka, mourante, souriait au souvenir de son homme, mais alors qu'elle allait s'abandonner, la déesse la força à regarder la seconde fille. Surprise, elle ressentit le même frisson et la même union intime qu'avec la première. Elle hésita, leva les yeux vers le ciel, vers la pluie.

— Tu reconnais ta fille ? ricana le marquis, attendant un signe d'elle.

« Oui », pensa-t-elle. Elles étaient toutes ses filles. Unies par leur couleur, leur sang, le malheur de leur servitude. Alors, par une tragique ironie du sort, sa vie prit un sens, en même temps qu'elle allait la perdre. Elle regarda les esclaves dans la cour et leur sourit. Ils lui rendirent son sourire.

— Combattez, leur souffla-t-elle.

Certains levèrent un bras vers le ciel. D'autres lui crièrent des encouragements en lucumi.

Un autre coup de feu retentit : un autre mort.

D'autres coups de feu. D'autres morts.

Les gardes blancs, visiblement nerveux, menaçaient et insultaient les esclaves, pointant leurs armes sur eux, leur ordonnant de reculer.

— Juan José... l'avertit Marcelino Sainz.

Mais le marquis, les traits contractés par la colère, laissa Narvaez continuer à fouetter cette masse sanglante à travers laquelle glissait la pluie, le corps de Kaweka habité maintenant par Yemaya, la déesse des eaux.

— Dis-moi laquelle est ta fille ! vociféra le marquis en s'approchant du poteau, la main crispée sur la crosse de son revolver.

Kaweka, surprise par les cris, cessa de regarder les filles et vit des esclaves qui se jetaient sur les gardes, hurlant, réclamant vengeance contre le marquis.

La révolte lui redonna un peu de force. Elle serra les dents devant l'hésitation des soldats et des vigiles, qui, n'osant pas tirer dans sa direction de peur de blesser le marquis, avertissaient les esclaves de ne pas se joindre aux séditieux.

— Luttez ! Liberté ! les exhorta-t-elle, cette fois avec plus de force.

D'autres esclaves se joignirent à la révolte. Plusieurs tombèrent sous les balles des vigiles. Narvaez cessa alors de fouetter Kaweka pour se tenir à côté de son maître, menaçant de son revolver ceux qui marchaient vers eux. Les révoltés se rapprochaient déjà du marquis, des jeunes filles, de Kaweka et de Narvaez. Les tirs reprirent dans leur dos. Santadoma sortit son pistolet, en plaça le canon sur la tempe de Kaweka.

Les esclaves s'arrêtèrent.

Le marquis de Santadoma, fou furieux, les yeux rivés sur les esclaves qui l'entouraient, tira. La balle traversa la tête de la jeune femme et s'échappa sous la pluie, emportant avec elle une giclée de sang et de masse cérébrale.

— La voici, votre déesse ! rugit-il avant de pointer son arme dans la direction des Noirs et de tirer d'autres balles.

Narvaez, fusil en main, se joignit aux représailles. Des esclaves tombèrent. Un certain nombre s'agenouillèrent, mains sur la tête, et quelques secondes plus tard tous se soumettaient, demandant grâce à leur maître.

L'air hautain, le marquis traversa la horde, comme si rien ne s'était passé, et invita Marcelino Sainz à l'accompagner jusqu'à la maison principale.

— Ils vont nous servir à boire, proposa-t-il.

Les fouets se remirent alors à claquer, accompagnant les ordres des contremaîtres. Les esclaves se mirent en mouvement, du moins ceux qui le pouvaient, d'autres aidaient les blessés. Plusieurs cadavres restèrent abandonnés dans la cour.

Narvaez observa la scène. Il tourna son regard vers le cadavre de Kaweka, pendu au bout de la corde qui liait ses mains au poteau. Un frisson le parcourut des pieds à la tête, un haut-le-cœur lui noua l'estomac.

Les esprits de ces hommes couchés à ses pieds l'entouraient. Il sentit leur froide présence et, dans le bruit ininterrompu de la pluie, il crut entendre le rire de Kaweka, une jeune esclave qui avait su réveiller, mobiliser son peuple, et en pousser beaucoup à donner leur vie. Il comprit alors que plus rien ni personne ne les arrêterait sur le chemin de la liberté.

30

Madrid, juin 2018

La salle du conseil d'administration de la banque Santadoma où elle avait vécu des événements intenses était cette fois disposée différemment : le marquis avait donné l'ordre de démonter la table, et d'installer une estrade où allait se tenir la conférence de presse. Don Enrique de Santadoma y était déjà assis, présidant au milieu, le professeur Contreras et quelques cadres supérieurs de la banque d'un côté, Alberto Gomez, Lita et sa mère de l'autre. Tous avaient devant eux un petit micro de table. Concepción avait repoussé le sien le plus loin possible, comme si elle craignait que cet objet ne l'agresse.

Lita sourit tendrement en la regardant éloigner discrètement l'appareil de son ongle rouge tout juste manucuré.

— Je n'ai jamais fait de manucure, avait-elle résisté.

— Eh bien, aujourd'hui, il va se passer des choses que ni l'une ni l'autre n'aurions pu imaginer, maman.

Lita lui fit une coiffure, puis elles partirent, avec ses deux amies, faire du shopping dans les boutiques du centre de Madrid que Lita avait toujours contemplées d'un regard rêveur. Concepción choisit un ensemble coloré à motif fleuri, malgré son étonnement et sa frayeur quand elle lut le prix sur l'étiquette.

— Mais c'est cher !

— Vous pourrez vous en acheter une dizaine par jour à partir de maintenant, lui avait dit Sara.

En effet, les Santadoma avaient cédé : ils reconnaîtraient la filiation de Concepción, son statut d'héritière en tant que fille d'Eusebio de Santadoma, et ils la dédommageraient de cent vingt millions d'euros contre sa renonciation aux actions de la banque Santadoma et au reste de l'héritage. Elles avaient célébré l'événement la veille, malgré l'appel à la prudence d'Alberto Gomez. Celui-ci, arguant qu'il valait mieux attendre la signature de l'accord pour faire la fête, tentait de calmer les esprits. Mais la nouvelle s'était répandue parmi leurs soutiens, dont certains se présentaient maintenant chez Lita : l'avocat lui-même, Bekele exultant, en compagnie de son épouse, plusieurs membres de l'association et quelques personnes de l'association de Vallecas, deux manifestants avec lesquels Lita avait lié connaissance, sans oublier le couple gay de l'appartement d'en face. Concepción passait de l'un à l'autre, tandis que Sara et Elena essayaient de s'occuper de tout le monde après être descendues dans une supérette de nuit pour racheter de la bière et de l'alcool.

Bekele téléphona à la señora Vit, qui félicita d'abord Concepción, puis Lita. Le président était fou de joie : « Le monde entier doit savoir cela, il faut qu'on sache qu'il est possible de gagner ! » Concepción et Lita lui promirent de l'aide, des dons pour l'association, pour celle de Bekele et d'autres dirigées par des personnes qui les avaient approchées ce soir-là. Elles allaient être riches, très riches, elles le leur devaient en partie.

La soirée se prolongea. Lita et ses amies se laissèrent aller à imaginer ce que l'on pouvait faire avec autant d'argent. Ce fut le lendemain matin qu'elles achetèrent la tenue que Concepción porterait lors de l'événement public qui se préparait : une jupe rouge, aussi rouge que ses ongles, et une ample camisole de soie imprimée de mille fleurs aux couleurs vives – tenue qui tromperait la timidité de cette femme qui, lorsqu'elle se trouvait à la banque Santadoma, se sentait agressée par les regards portés sur elle.

Les chaises étaient disposées comme dans un auditorium, plusieurs journalistes étaient réunis, il y avait quelques caméras, la plupart de médias espagnols mais également américains, et de nombreuses personnes se tenaient debout au fond de la salle, parmi lesquelles Bekele, Sara et Elena.

Doña Claudia n'était pas présente. Son fils n'avait pas donné son accord et l'affaire avait été conclue dans ces conditions. Avec sa signature, les Américains n'avaient plus d'arguments pour résilier le contrat d'achat, et l'acte public qui devait avoir lieu calmerait le marché. L'affaire rétablirait la confiance des déposants et des investisseurs, et ferait du marquis de Santadoma une personne honnête et compréhensive, ce que le professeur Contreras essayait de soutenir en s'adressant aux caméras et aux journalistes :

— Vous devez comprendre que des affirmations comme celle de doña Concepción Hermoso doivent être abordées avec toute la prudence possible. (Lita éprouva une immense satisfaction en entendant cet avocat arrogant s'adresser à sa mère avec respect.) Au cours de ma carrière professionnelle, j'ai traité un certain nombre de cas de revendications de paternité contre des personnes célèbres, comme le marquis de Santadoma, et il s'est avéré que la plupart étaient de simples affabulations, voire de grossières tentatives de chantage. Dans ce cas, cependant, après une étude approfondie des preuves présentées, nous sommes arrivés à la conclusion que cette filiation était authentique, que doña Concepción Hermoso est la fille extraconjugale de don Eusebio de Santadoma et que, par conséquent, elle doit hériter du marquis de Santadoma au même titre que ses autres petits-enfants. C'est pourquoi, dans le présent acte et contre la signature des contrats, lui seront versés les cent vingt millions d'euros grâce auxquels les parties mettront fin à toute réclamation à ce sujet. Il est évident que l'état civil ne relève pas du droit privé des particuliers, aussi devrons-nous nous adresser aux tribunaux, ce à quoi la famille Santadoma n'apporte aucune opposition. Comme cela a déjà été énoncé, les preuves sont cohérentes, et les membres de la famille Santadoma ont signé le document reconnaissant la filiation de doña Concepción Hermoso et…

— Y compris doña Claudia ? intervint l'un des journalistes.

— Je vous prie de ne pas m'interrompre. Ensuite vous pourrez poser des questions, mais je dois vous signaler que doña Claudia, veuve de Santadoma, n'est pas une famille de sang, mais une famille politique, et qu'elle ne peut donc accepter ou refuser que peu de choses. Par cet accord, la famille Santadoma représentée par don Enrique ici présent, marquis de Santadoma, considère comme réparée une situation injuste – dont aucun d'entre les membres de cette famille n'avait connaissance –, estimant que l'indemnisation de cent vingt millions d'euros est suffisamment généreuse pour répondre à toutes les attentes de doña Concepción et de sa famille. Je me permets d'insister : il s'agit de cent vingt millions d'euros... conclut-il après avoir marqué une pause.

La répétition de ce chiffre colossal résonna dans la salle de conférences. Lita regarda Bekele et lut une satisfaction débordante sur son visage. Il s'agissait en effet d'une reconnaissance et d'une réparation publiques qui faisaient valoir aux yeux du monde les droits des personnes afrodescendantes. Il regarda ensuite Sara et Elena. L'une lui sourit et l'autre se permit même de faire un V avec ses doigts. Lita observa, derrière les caméras et les journalistes, ses collègues de la banque. Elle devina qui se réjouissait et qui se désolait de sa fortune, comme Gloria la responsable de la gestion des risques. « Maintenant, tu peux rester avec Pablo, si tu es toujours intéressée », avait-elle envie de lui dire malicieusement. Elle l'avait décidé : son monde n'était plus le même.

Les journalistes profitèrent de l'effet théâtral que Contreras avait provoqué pour entamer une série de questions qui se succédèrent dans le désordre sans donner la moindre possibilité de réponse :

— Bien que doña Claudia ne soit pas une parente de sang, nous sommes au courant qu'elle a toujours su que son mari avait eu une fille illégitime, qui travaillait comme domestique pour le marquis. Que dit M. Santadoma à ce sujet ?

— Le contrat contient-il des excuses ?

— Les droits de succession de doña Concepción sont ici reconnus. Mais qu'en est-il des esclaves morts dans la fabrique sucrière des Santadoma, qui ont permis d'asseoir leur fortune actuelle ?

— Les Santadoma ont-ils l'intention de se racheter d'une manière ou d'une autre ?

La question à peine formulée, le marquis de Santadoma répondit à la place de Contreras, par un discours qu'il semblait avoir préparé :

— L'esclavage a été un fléau qui a permis non seulement d'édifier des fortunes, mais aussi de contribuer à la prospérité coloniale. Je n'y ai pas participé, et je le réprouve de toutes mes forces. Je ne me sens pas coupable, et je ne crois pas que quiconque puisse me faire porter la responsabilité de ce qui s'est passé il y a des centaines d'années...

— À peine plus de cent ans, monsieur Santadoma, corrigea quelqu'un dans le public, peut-être Bekele.

Contreras se porta alors à la défense de son client :

— Nous sommes en train, ici, de réparer un cas concret : celui de doña Concepción Hermoso. J'insiste sur la générosité de la famille Santadoma. Nous aurions pu choisir d'aller au tribunal et de retarder la procédure. Nous aurions pu même gagner le procès. Au lieu de cela, nous avons transigé. Je ne pense pas que ce soit le lieu ou le moment d'engager une procédure générale contre l'esclavage en tenant la famille Santadoma pour responsable de pratiques abolies il y a de nombreuses années. Regardez les États espagnols, américains, anglais, portugais et français, qui ont au mieux profité des taxes sur la traite des esclaves et de son exploitation ultérieure. C'est ce que de nombreux pays d'Amérique latine sont en train de reprocher à l'Espagne, conclut-il, tentant de reporter l'attention de la presse sur la seule famille Santadoma.

— Mais... insista la journaliste.

— Non, l'interrompit Contreras. Ici, il est question de régler la situation de doña Concepción. Et en ces termes, nous allons conclure cet acte.

Le professeur présenta un parapheur au marquis, qui l'ouvrit, feuilleta le contrat, et le signa.

Puis il fouilla dans la poche intérieure de sa veste, en sortit une enveloppe et déposa sur la table un chèque bancaire de cent vingt millions d'euros.

Le parapheur fut passé à l'avocat Alberto Gomez, puis à Lita, qui le transmit à sa mère. Les caméras et les photographes s'approchèrent de la table.

Lita resta un moment à lire le document et le chèque qui l'accompagnait. Sa réussite l'excitait. Elle se souvint de toutes ses promesses : à Bekele, à l'ONG des Amis de l'Afrique oubliée, à d'autres associations qui défendaient cette cause.

— Tiens, maman. Tu as un stylo ? lui demanda-t-elle en avançant le parapheur sur la table, tout en cherchant le sien de la main.

— Je l'ai, ma fille, lui répondit Concepción en fouillant dans son sac à main.

Lita regardait les journalistes, et ne remarqua pas que sa mère était en train de sortir de son sac une vieille et longue boîte en fer-blanc qu'elle posa entre le contrat et le chèque.

— Tu es sûre de ce que tu veux, ma chérie ? interrogea-t-elle en ouvrant la boîte, et révélant ainsi le collier aux deux boutons de nacre blanche qui, malgré leur âge, étincelaient sous les projecteurs et les flashs des appareils photo.

— Maman… réussit à prononcer Lita d'une voix étranglée.

Concepción prit le bijou, et le passa au cou de sa fille.

Personne n'osa dire quoi que ce soit. Sara et Elena se regardèrent, stupéfaites.

Lita sentit une forte brûlure dans sa poitrine.

— Un siècle ou deux ont pu et pourront passer, mais ni ma mère ni moi ne partagerons le moindre profit d'une entreprise issue du colonialisme et de l'asservissement d'hommes noirs exploités comme des animaux, déclara-t-elle d'une voix de stentor. Au XXIe siècle, il ne peut exister de banque qui ait été fondée sur l'esclavagisme. La banque Santadoma doit disparaître sans laisser d'autre trace que celle d'un cancer chirurgicalement enlevé. Nous nous battrons pour réparer...

Le fracas de la chaise du marquis, qui tomba après qu'il se fut levé brusquement en marmonnant des jurons, étouffa le discours enflammé de Lita et provoqua en même temps la ruée des caméras et des journalistes vers lui. La dispersion de ces professionnels, qui jusque-là assiégeaient Concepción et Lita, permit à cette dernière d'observer ses amies. Elle les vit pleurer. Elle sentit la main de sa mère sur son genou, sous la table, qui l'incitait à continuer. Un agent de la banque arriva derrière elles et récupéra le chèque et le contrat.

— Tout vestige de l'esclavage qui survit aujourd'hui doit être condamné par la société ! Toute personne, société, entité ou pays qui a profité du sang des esclaves noirs doit s'excuser et réparer ses torts... Il n'existe aucune excuse. La lutte des Noirs pour atteindre cet objectif ne doit pas se relâcher. Nous restons un peuple défavorisé, un continent exploité, une race maltraitée et humiliée !

Au fur et à mesure qu'elle parlait, l'air de la pièce s'alourdissait. Puis elle les vit : les esprits virevoltant dans la salle, se mêlant aux personnes présentes, les frôlant comme des courants d'air, troublant les images des caméras.

— Les Santadoma tomberont. Ma mère et moi allons nous battre, nous le promettons, il n'est pas juste de profiter de la douleur et du sang des esclaves, et de prétendre ensuite ne pas se sentir responsable de leur mort !

Quelque chose s'approcha d'elle. Ce n'était pas un fantôme, mais une présence tangible et souriante, dont le côté gauche du torse était déchiré par une cicatrice qui lui déchirait le sein. L'apparition tendit la main vers le collier qui entourait le cou de Lita pour en caresser les deux boutons de nacre.

La présence de Kaweka s'évanouit d'entre les ombres en même temps qu'elle imprégnait Lita de son pouvoir. Une voie nouvelle et implacable s'ouvrait désormais devant elle, un chemin qui l'obligerait à donner sa vie comme l'avait fait Kaweka, libre à jamais.

31

Cuba, 1898

Soudain, le soleil se leva dans une clairière, et dans ce bain de lumière soudaine, je vis, au milieu des herbes jaunies, les branches des jeunes pins encercler joyeusement les troncs noirs des arbres tombés au sol : les jeunes pins, c'étaient nous !

José Martí, 1891

Modesto, comme beaucoup d'autres Cubains, célébra la reddition des troupes espagnoles à l'armée américaine par des fêtes, du tabac, de la nourriture, du rhum et des danses. La guerre d'indépendance avait commencé en 1895 avec le soutien explicite des États-Unis. Trois ans plus tard, en février 1898, l'explosion dans le port de La Havane du cuirassé *Maine*, qui tua plus de deux cent cinquante marins américains – massacre imputé à une bombe espagnole –, obligea le gouvernement espagnol à prendre parti non seulement financièrement, mais aussi dans la guerre contre l'Espagne.

L'armée espagnole, et surtout sa flotte sous le commandement de l'amiral Cervera, se battit avec l'honneur qui caractérisait les Espagnols. Cependant elle n'eut aucune prise sur la puissance américaine, qui, au cours d'une brève bataille de quatre heures au large de la baie de Santiago de Cuba, coula tous ses navires.

C'était là, dans les faubourgs de la ville qui mit trois semaines à se rendre après un siège féroce des mambises, les guérilleros cubains, que Modesto, la soixantaine passée, exerçait les fonctions d'infirmier dans l'armée révolutionnaire. Ce fut lui qui, avec l'aide de José Martí, décédé le premier jour du combat, déclencha cette nouvelle guerre. La « guerre nécessaire », comme l'appelait le poète, qui ne put voir que ses vers qui aspiraient tant à l'indépendance s'étaient réalisés, quand bien même il ne s'agissait pas de celle dont il avait rêvé, Cuba étant devenue une république sous la tutelle des États-Unis. Modesto, en tant qu'expert-infirmier, put visiter, avec une douloureuse nostalgie, l'hôpital Principe Alfonso et la caserne Reina Mercedes de laquelle il s'était échappé pour accourir au secours de Regla. Peu après, il apprit de la bouche d'un esclave noir de La Merced la présence des quatre jeunes filles envoyées par le marquis devant Kaweka.

— Elle a reconnu l'une d'entre elles ? demanda-t-il, plein d'espoir.

— Non, aucune. Elle est morte dans un sourire, après avoir regardé les quatre filles et encouragé les esclaves à se battre.

Et il lui parla de sa mort cruelle aux mains du marquis.

— Elle agonisait, et pourtant...

— ... elle continuait à se battre, termina Modesto, la gorge serrée.

Un long moment plus tard, il lui demanda :

— Et il n'est rien arrivé à ce fils de pute ?

— Non. Les autorités ont fait semblant d'enquêter sur la mort des esclaves, mais ont conclu qu'il s'agissait d'un soulèvement, et que seule la mort de Kaweka, instigatrice de la rébellion, pouvait y mettre fin et éviter que les choses empirent.

Modesto lutta pour ne pas s'effondrer de désespoir. À quoi bon être parti de La Merced, si Yesa était entre les mains du marquis... Kaweka n'avait pas reconnu sa fille parmi les autres. Il aurait préféré mourir avec la femme qu'il aimait et partager avec elle la douleur qu'il avait commencé à ressentir à l'instant où il avait ordonné au chiot de retourner à la plantation. Le marquis allait tuer sa bien-aimée, il le savait, alors qu'il devait l'abandonner à son sort pour partir à la recherche de leur fille. Pour autant il ne pouvait se pardonner d'avoir sacrifié Kaweka à ce but, de l'avoir abandonnée à la torture et à la mort, et rien n'atténuait sa douleur de l'avoir perdue.

Après s'être échappé de La Merced, il s'était caché dans la Sierra del Rosario. Il n'était pas libre, il n'avait pas de papiers. Dans la jungle, il vécut comme un esclave fugitif. L'ironie du sort voulait qu'il marche aujourd'hui dans les pas de Kaweka, sur les chemins qu'elle avait parcourus des années auparavant lorsqu'elle s'était enfuie au palenque avec Eluma. Dans la forêt, il pleurait Regla, et continuait à chercher secrètement Yesa.

— La fille de Kaweka ? lui répondit un jour Celio, le propriétaire d'une petite plantation de café où il s'était présenté en tant qu'infirmier.

Et Celio l'avait embauché et caché.

En 1880, deux ans après la mort de Kaweka, l'Espagne abolit l'esclavage sur l'île de Cuba, tout en établissant une période de patronage de huit ans pour les Noirs nouvellement libérés, au cours de laquelle ils devaient continuer à travailler pour leurs anciens maîtres, dans des conditions similaires – les châtiments physiques, les ceintures et les fers étaient toujours autorisés, ainsi que les mêmes longues et pénibles heures de récolte.

L'abolition permit à Celio de fournir des papiers à Modesto : celui-ci remplaça un esclave mort à la même époque, d'âge similaire, aux caractéristiques physiques proches, dont il adopta le prénom, Juan, auquel il ajouta le patronyme Miro, celui de Celio, l'homme qui lui avait officiellement octroyé sa liberté.

Pendant ces deux années, il alla de sucrerie en sucrerie, de plantation de café en plantation de café, où il était toujours le bienvenu en tant qu'infirmier, mais il n'eut connaissance d'aucune fillette qu'on aurait trouvée dans la Sierra del Rosario après l'attaque du palenque par les chasseurs d'esclaves. À moins que Yesa ne soit morte, il finit par penser qu'elle devait être l'une des quatre filles détenues par le marquis.

Plus le temps passait, plus il en était convaincu : Regla n'aurait jamais reconnu au vu de tout le monde son enfant parmi les quatre filles. Elle ne l'aurait jamais livrée au marquis. Pourquoi donner ce plaisir à cette canaille ? Regla se serait fait arracher la peau plutôt que de trahir Yesa.

Ainsi, désormais libre, Modesto se rendit à La Merced. Il devait les voir. Il n'avait pas les faveurs de la capricieuse Yemaya, mais il était sûr que, si Yesa était l'une des quatre, il la reconnaîtrait comme la fille de Regla : elle rayonnerait autant que sa mère. D'ailleurs, elle était aussi sa fille, comment pourrait-il ne pas sentir qu'elle était de son sang ?

Celio lui remit quelques sacs de café et lui prêta une mule avec laquelle, la barbe longue et touffue, le crâne rasé, la démarche lente et le corps voûté, Modesto se présenta à la plantation. Celio avait insisté sur ce dernier détail : « Surtout, le pas lent, comme si tu étais un vieillard fatigué de la vie. »

« Tu crois vraiment que les Blancs peuvent faire la différence entre un nègre et un autre ? Leur est-il déjà arrivé de poser leur regard sur un visage noir ? » Modesto se rappelait cette réplique qu'il avait lancée à celui qu'il considérait déjà comme un ami, qui lui avait répondu de façon désarmante : « Je suis blanc. » Et maintenant il s'efforçait de lui obéir, en se déplaçant lentement, le dos courbé. Il se présenta alors à un gardien qui le dirigea vers la maison de l'intendant, proche des baraquements.

En chemin, il croisa Narvaez. Le commandeur passa devant lui comme s'il n'existait pas. L'intendant, vieux et acariâtre, voulut se débarrasser de lui : ils avaient déjà des réserves de café, s'excusa-t-il comme pour le renvoyer. Modesto avait compté sur cette réaction.

— Essayez-le, señor, proposa-t-il en baissant le regard comme le faisaient les esclaves. Il est de très bonne qualité. Il provient de la sierra du...

— Où l'as-tu volé ?

Modesto espérait aussi ce genre de question. Il savait qu'on l'accuserait de vol.

— Je ne l'ai pas volé, je vous le jure ! Vous pouvez demander au propriétaire de la plantation de café. Il y a son nom dessus, dit-il en montrant les sacs, comme s'il ne savait pas lire.

— Bien, je vais vérifier, mentit l'autre. Pour l'instant, laisse les sacs ici.

Modesto s'attendait aussi à cette réaction, il connaissait bien ces personnages. Ils le tromperaient, joueraient avec lui, le dénonceraient pour garder le café sans payer, ou en payant le minimum. Leur ambition les perdait, leur orgueil les aveuglait.

— Va te restaurer avec les autres pendant que je prends ma décision, lui ordonna le vieil homme.

C'était la morte-saison. Il y avait peu de monde, à part les esclaves de Santadoma qui flemmardaient. Modesto avait transporté deux bouteilles de rhum sur sa mule. Il les partagea avec quelques Noirs assoiffés d'alcool, auxquels il offrit autant de verres qu'il fallut pour que leur langue se délie.

— Et les petites ? finit-il par demander après avoir écouté leurs récits chuchotés de la colère et du désarroi du marquis face au silence de Regla, une histoire qui, malgré le temps écoulé, le plongeait dans la tristesse.

— Elles sont là-bas, répondit l'un d'eux.

Modesto balaya du regard la cour des baraquements où, assis à même le sol, les Noirs s'entassaient pour manger. Il cherchait des jeunes filles de seize ans.

— Là, dans ce groupe, c'est Piedad, et là, c'est Leticia.

— Celle-là s'appelle Alfonsa, dit un autre esclave en désignant plusieurs jeunes filles assises en cercle. Il nous manque...

— Octavia. Là-bas.

Modesto leur laissa la bouteille de rhum après qu'ils lui eurent précisé qui était chacune d'entre elles. Il promena son regard d'une jeune fille à l'autre. Il voulait sentir la présence de Regla : elle l'aiderait. Il lui avait été facile de les trouver, et d'écarter Piedad et Octavia du premier coup d'œil – facile car elles étaient métissées, un de leurs parents avait été blanc ou mulâtre. Le marquis et ses hommes ne pouvaient pas savoir qui était Yesa, ne sachant pas que lui,

Noir bossale ramené d'Afrique, en était le père. Sa fille, par la force des choses, devait avoir la peau noir chocolat de sa mère ou noir ébène de son père.

Il en restait deux : Alfonsa et Leticia, une jeune fille noire et robuste, aussi petite que Kaweka. Ce pouvait être elle, rien ne s'y opposait. Il s'approcha d'elle. La jeune fille était assise par terre, elle mangeait dans sa gamelle avec d'autres esclaves qui se contentèrent de jeter un coup d'œil à Modesto.

— Qu'est-ce que tu veux ? lui demanda la jeune fille en se levant et en venant à sa rencontre.

Elle se comportait et l'avait interpellé avec une effronterie quelque peu inappropriée pour son âge. Elle lui rappelait Regla, par sa fermeté. Peut-être...

— Non, le coupa-t-elle lorsqu'il voulut intervenir.

— Qu'est-ce que tu veux dire ? Non, quoi ?

— Ce n'est pas moi !

Modesto fronça les sourcils. Leticia s'adressa à lui à voix basse, tout en s'étant éloignée des autres de quelques pas :

— Je t'ai vu parler à ces deux ivrognes, et leur donner la bouteille. Je les ai vus me montrer du doigt, ainsi qu'Alfonsa, Piedad et Octavia, et j'ai vu comment tu t'es approché d'elles et comment tu les as examinées. Une seule chose t'intéresse : les quatre filles.

Il hésita à répondre mais n'en fit rien ; il attendit que la jeune fille continue.

— Beaucoup ont posé des questions sur nous depuis ce qui est arrivé à cette esclave nommée Regla. On est connues.

— Tu es sa fille ? demanda directement Modesto en réponse au silence avec lequel Leticia termina son discours.

— Qu'est-ce que j'y gagne ?

Il lui restait une des bouteilles de rhum et quelques pesos. Il lui tendit le tout.

— C'est toi ? répéta-t-il.

— Non.

— Comment le sais-tu ?

— Mes souvenirs sont clairs. J'ai jamais mis les pieds dans ce palenque, et cette femme n'était pas ma mère. Je me souviens, vaguement, de mes parents. Nous vivions dans la vallée, pas dans les montagnes.

— Le marquis pensait que tu pouvais être sa fille.

— J'ai été volée. J'ai été séparée de mes parents. J'ai été violée à l'âge de douze ans, puis vendue, et ainsi de suite, jusqu'au jour où les hommes du marquis m'ont trouvée. On apprend à se taire et à ne rien dire, surtout si ce sont des Blancs qui posent les questions. Si on veut que je sois la fille de quelqu'un, je le suis. T'as pas été esclave, toi ?

— Pourquoi tu me racontes ça ?

Elle lui montra sa bouteille de rhum, et poursuivit :

— Tu trompes les Blancs. Je le sais. Je le vois bien. (Modesto jeta un coup d'œil inquiet aux gardes qui rôdaient autour d'eux.) Ne t'inquiète pas, ce sont des imbéciles, juste bons à manier le fouet.

— Si ce n'est pas toi, qui est-ce ?

— Depuis que le marquis a tué Regla, on a parlé mille fois de ça entre nous. Même le marquis a insisté plus d'une fois, pour savoir. Moi, je sais pas. Octavia, non plus. C'est peut-être Piedad. (Modesto l'avait déjà écartée en raison de son métissage, mais il ne fit pas de commentaire.) Ou Alfonsa. Elle se souvient de rien, en tout cas elle nous parle presque plus...

Leticia termina cette phrase par un geste de dégoût qui surprit Modesto. Sur un signe de tête il mit fin à la conversation, la remercia pour son aide et se leva.

— Si tu as l'intention de lui parler, l'avertit-elle, sache que son homme fait partie des gardes. Alfonsa a beaucoup changé.

Modesto se figea. Il réagit et regarda Alfonsa, qui se levait à ce moment précis. Son ventre bombé révélait qu'elle était enceinte, de quelques mois seulement, mais suffisamment pour qu'on le remarque. La fille de Regla enceinte d'un garde blanc ? « Son homme fait partie des gardes », venait de dire Leticia. Il ne s'agissait donc pas d'un viol commis par le négrier, mais de quelque chose d'autre. Sa méfiance dut se lire sur son visage, car Alfonsa fit une grimace.

Il fallait qu'il sache, décida Modesto. Le contraire reviendrait à considérer Yesa comme morte pour de bon. Il s'approcha et chercha sur les traits de la fille la femme qu'il avait tant aimée. Peut-être bien, oui... Elle avait quelque chose de Regla... Et de lui ? Difficile d'en être sûr. Quoi qu'il en soit, il s'approcha d'elle.

— Alfonsa ?

— Oui. T'es qui, toi ?

— Un vendeur de café.

— Qu'est-ce que tu veux ? vociféra la jeune fille.

Modesto hésita : si son amant était l'un des hommes blancs, sans doute ne devait-il pas lui révéler qui il était. Elle pouvait décider de le dénoncer, et alors le marquis, ou Narvaez lui-même, le découperait en morceaux. Soudain il prit conscience qu'il s'était déplacé avec agilité et qu'il tenait la tête haute, quoique, à l'exception d'Alfonsa, personne ne semblait lui prêter beaucoup d'attention. Néanmoins, il se voûta à nouveau, et baissa les yeux.

— T'as un problème ? s'étonna la jeune fille devant ce changement, élevant à nouveau la voix.

Il fit non de la tête. Il regarda attentivement la jeune fille et sentit que son attitude maussade relevait plus de la peur ou de la méfiance, que de sa personnalité. Qui était-il pour la juger ? Une belle jeune fille, seule, sans famille, marquée du stigmate d'être la fille de l'ennemie jurée du marquis, le noble propriétaire de cette grande exploitation... Quel recours avait-elle contre un Blanc qui l'aurait violée ? Et si ce garde exigeait qu'elle soit avec lui, comment pouvait-elle s'opposer à ses désirs ?

Modesto pensa aux innombrables humiliations subies par les esclaves, à la mort de Regla, aux corps pendus aux palmiers dans la lumière de l'aube, image suprême du désespoir... Alors, la tristesse et les doutes qui l'assaillaient à présent semblèrent adoucir l'attitude d'Alfonsa, comme si la jeune fille comprenait ce qui se passait dans sa tête.

— Tu as déjà été possédée par les dieux ? lui demanda Modesto.

Alfonsa n'eut pas le temps de répondre.

— Hé, qu'est-ce qui se passe, là-bas ?

L'un des vigiles criait dans leur direction.

— Va-t'en ! lui ordonna Alfonsa en chuchotant, presque sans bouger les lèvres.

Ils avaient attiré l'attention. Modesto dirigea son regard vers la cour : certains Noirs l'observaient, les deux ivrognes le montraient du doigt et semblaient se diriger vers lui. Si Narvaez intervenait, s'il s'approchait, il le reconnaîtrait. Il pensa à Regla, et l'appela. Combien de fois l'avait-il fait dans la sierra ? Elle ne revenait jamais. Il devait se contenter de son souvenir, de leurs moments passés, de son odeur et de ses traits qu'il essayait de fixer dans le temps. Lui n'avait pas les pouvoirs de Regla, et cette évidence se vérifiait une fois de plus. Pour autant, Alfonsa n'avait exprimé aucune surprise à sa question sur les dieux. Il la regarda, mais elle lui avait déjà tourné le dos et allait à la rencontre du garde qui avait crié. Était-ce Yesa ? Modesto était fasciné par sa démarche : bien qu'enceinte, elle semblait comme flotter au-dessus du sol. Ce ne furent que quelques pas, car le charme s'évanouit lorsqu'il la vit, docile, parler à l'homme blanc.

Il revint à la réalité et vit les deux ivrognes s'approcher, se soutenir l'un l'autre, élever leurs voix pâteuses et trébuchantes pour réclamer l'autre bouteille de rhum. Il attirait trop l'attention : le garde avec qui parlait Alfonsa ne cessait de le regarder. Les ivrognes étaient presque à sa hauteur, beaucoup de Noirs s'intéressaient à ce qui se passait, et cette jeune fille... Il n'avait rien senti de particulier chez elle qui lui permît d'affirmer qu'elle était Yesa. Il sentit les ivrognes à ses côtés.

— On veut... ! cria l'un d'eux.

— ... l'autre bouteille de rhum ! termina l'autre.

Quelques Noirs se levèrent à ces mots.

La fille de Regla ne pouvait pas être la bien-aimée d'un Blanc et attendre un fils de lui. Yemaya l'en aurait empêchée, se dit-il tandis qu'il était déjà le centre d'attention de la cour, là même où il avait été avec Regla, là même où elle était morte. Il remarqua qu'un des ivrognes tirait sur sa chemise. Non, cette fille ne pouvait pas être Yesa. Il aurait ressenti quelque chose, ne serait-ce qu'une émotion.

— Où est ta bouteille ?

La bouffée d'haleine fétide du Noir le frappa, le ramenant brusquement à la réalité. Il se demanda comment il allait s'en sortir.

— Le voilà, le rhum !

Leticia brandissait la bouteille en souriant à Modesto qui n'eut pas le temps de réagir, car elle disparut de son champ de vision, entourée d'hommes et de femmes. Il la remercia en son for intérieur et s'enfuit, se faufilant dans la foule. Il oublia le café, prit la mule et se hâta de regagner la Sierra del Rosario.

Aujourd'hui, vingt ans après la guerre des Dix Ans, Modesto est heureux de constater que ses attentes sont comblées par la liberté accordée par le pacte de Zanjón aux esclaves de l'armée des mambises.

En 1895, il n'y avait plus d'esclaves, ni même d'esclaves patronnés, et Modesto accompagnait une armée composée essentiellement de Noirs libres, qui se battaient alors pour leurs droits et leur futur, et non plus seulement pour servir de chair à canon.

Les femmes, dont beaucoup d'entre elles suivaient leurs hommes, aidaient les infirmiers à soigner les blessés, leur donnaient à manger et les encourageaient ; certaines, armées, combattaient aux côtés des soldats. Parmi elles, Modesto cherchait une trace de Regla, de sa force, de son élan, de son audace et de son dévouement... Malgré les années, il n'oublia pas l'impression qu'il avait gardée en quittant La Merced sur Alfonsa, cette jeune fille en qui il avait cherché des traits de sa bien-aimée, tout en doutant qu'elle puisse être sa fille, ne ressentant pas le moindre sentiment de paternité à son égard. Il s'était à nouveau intéressé à elle lorsqu'il avait appris que le marquis s'était installé dans son palais del Cerro, à La Havane, où lui-même s'était établi avec bonheur en tant qu'infirmier. Alfonsa avait perdu l'enfant du vigile blanc qui avait fini par l'abandonner, comme on pouvait s'y attendre. Elle avait ensuite épousé un mulâtre au service du marquis, dont elle resta l'épouse féconde pendant de nombreuses années. Ainsi son désir de découvrir Yesa s'estompa à mesure qu'il pressentait les difficultés que la jeune femme et sa famille pourraient affronter si cette origine incertaine était révélée. Le marquis, aussi vieux fût-il, était un ennemi suffisamment rancunier pour nourrir jusqu'à son dernier souffle sa haine envers Kaweka.

Modesto se força ainsi à l'oublier, ne voulant pas lui faire de mal ; il reconnaissait sa fille dans toutes les guerrières qui luttaient pour la liberté de Cuba. « Je l'ai retrouvée », disait-il la nuit à Regla, son visage vieilli, baigné de larmes. Les hommes et les femmes connaissaient la sergente Kaweka – le général Maceo lui-même avait loué ses qualités devant les troupes –, et beaucoup cherchaient à l'imiter dans leur lutte pour la liberté de Cuba, leur terre, une terre gorgée du sang de leurs frères et de leurs sœurs.

Elles étaient toutes Yesa, sa fille, celle qu'il avait conçue avec la femme qu'il avait aimée plus que tout au monde, se félicitait la nuit le vieil émancipé, émerveillé sous ces étoiles qui ne brillaient jamais pour les ennemis de Cuba.

32

Madrid

Lita et sa mère durent maintenir leur position et revendiquer la filiation de Concepción. Les paroles du marquis lors de la conférence de presse contrariée constituèrent la meilleure lettre d'introduction auprès des tribunaux espagnols.

Cependant, la première partie du procès n'était pas encore réglée que la banque Santadoma faisait faillite, et que l'État intervenait alors directement. Le discours de Lita, diffusé par les médias nationaux et internationaux, fut dévastateur : il n'y eut pas besoin de nouvelles manifestations ou d'autres mesures de pression dans les rues. Les clients et déposants qui étaient restés fidèles à la banque lui tournèrent alors le dos. Quant au marché interbancaire et aux autres investisseurs, ils ne soutinrent pas davantage les Santadoma, refusant tout crédit. Même les fonds vautours s'abstinrent devant la composante raciste qui entourait cette famille d'esclavagistes.

Les tribunaux de Floride, à la juridiction desquels les Américains et les Espagnols s'étaient volontairement soumis dans le cadre d'un contrat international, adoptèrent sans délai des mesures conservatoires pour que les Santadoma ne puissent pas dissimuler leurs actifs, et répondre des pertes subies par la banque EleCorp, ainsi que des lourdes indemnités consenties. Certains actionnaires de la banque américaine qui avaient entretenu des relations d'affaires avec le marquis et ses ancêtres subirent des pressions de la part de Stewart et des autres membres du conseil d'administration : ceux-ci les incitèrent à révéler la situation des sociétés basées dans les paradis fiscaux où les Santadoma dissimulaient leurs fonds. Don Enrique de Santadoma tenta de déplacer ses capitaux, mais sa structure d'administration était lente.

Les biens que la famille possédait en Espagne provenant directement de l'héritage du vieux marquis furent constitués, dans l'attente de la décision sur les droits de Concepción, en succession vacante soumise à l'administration judiciaire et au passif réclamé par la banque EleCorp en Floride.

Bien entendu, Contreras, Carmen Rodés et d'autres avocats de la famille intentèrent une action en justice pour conspiration. Les pertes économiques objectives et démontrables subies par EleCorp étaient si élevées que les juges prirent la plainte avec des pincettes, d'autant plus que Lita s'était rétractée sur l'origine des lettres entre Eusebio Santadoma et son père le marquis. Cette preuve était dans le collimateur des avocats de la famille, aucun autre employé n'ayant eu accès aux documents qui, selon le témoignage de Lita, lui avaient été remis par les Américains dans le cadre des négociations de la transaction.

— Je les ai trouvées dans un secrétaire, au sous-sol de l'immeuble où vivait et travaillait ma mère, expliqua-t-elle.

Le juge cacha un sourire. Les avocats semblaient perplexes. Il y eut un moment de flottement.

— Elle a donc volé les clés de ce local !

— En aucun cas ! C'est ma mère qui les avait. Je vous rappelle qu'elle y faisait le ménage.

— Elle a forcé le secrétaire !

— Il était ouvert.

— Tentative d'atteinte à la vie privée...

— Non, mais j'avoue que j'ai un grand défaut : la curiosité.

— Ces lettres appartenaient donc aux Santadoma ! continua Contreras.

— Laissez-la s'expliquer, demanda le juge au professeur.

— Merci, monsieur le juge. Quand j'ai compris la signification de leur contenu, j'ai compris que, si ces lettres appartenaient à quelqu'un, ce n'était pas à deux morts qui n'ont plus rien à dire, ni à leurs descendants qui ont été assez cruels et assez menteurs pour les cacher et empêcher qu'elles voient le jour. Car il est évident que, de même que je les ai lues, ils ont sans doute dû les lire. La seule personne à qui appartiennent ces lettres, maître, c'est ma mère, car don Eusebio de Santadoma y reconnaît sa paternité.

Tout s'effondra pour les Santadoma. Ceux qui les avaient jusqu'à présent soutenus rejoignirent ceux qui s'en étaient détournés. Le marquis eut beau faire état d'autres fortunes accumulées à Madrid, à Barcelone ou au Pays basque à l'égal de la sienne, rien n'y fit : la banque ferma, ses sociétés furent saisies, son argent bloqué, ses objets de valeur (tableaux, voitures, argenterie) inventoriés par le juge, qui fit preuve de la même curiosité que Lita et se rendit dans les sous-sols de la propriété pour superviser le travail des experts.

Il en fut de même pour les autres membres de la famille, qui accusèrent don Enrique de les avoir menés à la ruine. L'un de ses neveux l'affronta, et la famille dut séparer les deux hommes pour éviter qu'ils se battent : leurs cris et insultes firent trembler les imposantes fenêtres, et même frémir l'eau de la piscine de la luxueuse maison individuelle du marquis, aujourd'hui saisie, où les Santadoma se réunissaient et finirent par se déchirer. Le marquis et sa mère les avaient entraînés dans ce désastre !

— Empruntez de l'argent, suggéra doña Claudia à son fils, nous avons beaucoup d'amis !

Le marquis eut beau s'en défendre auprès de son épouse italienne en lui expliquant qu'il ne pouvait s'abaisser à faire une telle chose, celle-ci, contrariée, insista : « Enrique, aujourd'hui je n'ai pas pu payer le poissonnier qui nous a livré les courses de la semaine ! » Il se vit ainsi contraint de demander de l'aide à l'une de ses riches connaissances. Il se rendit donc chez les Ruz Pariente qui avaient vendu leurs actions avant que le scandale n'éclate, et réalisé ainsi une plus-value considérable. Manuel Ruz le reçut dans le bureau de direction d'une entreprise de bâtiment dont il était propriétaire, et commença à écouter le récit de son ami.

— Ce n'est pas la peine de continuer, le supplia-t-il lorsqu'il estima la série de drames – sa situation financière, sa femme et le poissonnier, sa famille, son neveu sur le point de le frapper, les bagarres... Écoute, Enrique, si tu me demandais de l'argent pour monter une affaire, quelque chose de productif, j'en parlerais à la famille, et je te soutiendrais, je te le jure. Mais pour l'instant, l'argent que je pourrais te prêter n'assurerait que tes dépenses courantes ; quant à maintenir la vie de luxe de ta famille, le faste... Ne te fâche pas, je t'en prie, ajouta-t-il en croisant les mains comme un petit garçon qui fait sa prière à l'Enfant Jésus avant de se coucher. Combien de temps vas-tu tenir... trois mois, quatre ? Que feras-tu après ? Et comment nous rembourseras-tu ? Non, je ne peux envisager un tel prêt. Je suis vraiment désolé.

Le marquis de Santadoma appela d'autres amis. L'un d'eux voulut bien prendre son appel : « Je ne peux pas, Enrique, les choses ne marchent pas très bien pour moi. » Dans les autres cas, il ne réussit même pas à franchir la barrière des secrétaires, et les portables semblaient tous avoir été déconnectés.

Pendant ce temps, les mauvais présages de Manuel Ruz se vérifièrent, et les liquidités manquèrent aux Santadoma pour faire face à leurs dépenses courantes, les siennes et celles du clan qu'il dirigeait jusque-là. Les factures pleuvaient : les écoles, les services publics, le gaz, l'électricité, l'eau, employés de service, chauffeurs, chevaux, voitures... Des responsables de clubs sociaux appelaient et rappelaient pour convenir d'un rendez-vous, insistant sur le fait qu'il serait indélicat de le faire par écrit. Des restaurants, des magasins refusaient les cartes de crédit. « C'est probablement une erreur. » « L'appareil ne fonctionne pas. »

Les avocats, qui n'avaient pas non plus été payés, demandèrent au juge de débloquer des fonds pour que la famille puisse vivre. Le juge accepta à une condition : ils devaient avoir le niveau de vie de tout le monde, correspondant à un salaire moyen.

Doña Claudia expira. Avant cela, son fils fit tout pour l'empêcher de témoigner au procès, et ses avocats présentèrent des certificats médicaux déconseillant sa présence au tribunal en raison de son âge, de ses maladies, de sa légère sénilité – l'un d'eux fit même état d'un début d'Alzheimer. Le juge, suspicieux, se rendit au domicile de la vieille dame accompagné d'un médecin légiste qui, sans nier l'évidence de son grand âge, certifia néanmoins sa capacité, tout en réservant la crédibilité de ses déclarations aux estimations du magistrat. C'est ainsi que doña Claudia, faisant fi des avertissements qui lui avaient été répétés *ad nauseam* par les uns et les autres, s'afficha sans vergogne devant la Cour en Cubaine blanche supérieure aux Noirs.

— Pour quelle raison particulière, en dehors de vos préjugés raciaux ? l'interrogea le juge.

— Mais parce qu'elle a séduit mon Eusebio pour parvenir à ses fins.

— Concepción Hermoso ?

— Qui d'autre ?

Tandis que Lita donnait une conférence à Barcelone sur le racisme et la xénophobie, les Santadoma assistaient aux funérailles de doña Claudia. Au cimetière, ils trouvèrent la frise de leur mausolée brisée, celle-ci représentant des esclaves en train de couper et transporter des cannes à sucre. Un graffiti rouge y avait été inscrit : « Ici reposent les esclavagistes et les négriers. Que les esprits mauvais ne les laissent jamais reposer en paix. »

Concepción gagna le procès. Les Santadoma ne firent pas appel. Après la déclaration de doña Claudia et les autres preuves, cela n'aurait eu aucun sens, d'autant plus qu'ils n'avaient pas de quoi payer les honoraires élevés de Contreras et des autres avocats.

— Enrique, dit le professeur, sachant qu'avec ces mots il mettait fin à une relation professionnelle dont il avait profité non sans cupidité, comment voulez-vous que j'organise la défense alors que votre propre mère a reconnu que Concepción était la fille de son mari ?

— Ma mère était folle ! s'insurgea le marquis.

— Un médecin légiste a certifié qu'elle ne l'était pas. Qui le démentira ?

Pendant que cette conversation avait lieu, Lita se rendait à Londres. Plusieurs associations l'avaient invitée à donner une conférence sur la Décennie internationale des personnes d'ascendance africaine.

Un public attendait Lita, impatient de rencontrer la personne qui avait vengé leurs ancêtres. Son agenda se remplissait de réunions, de conférences et de tables rondes dans le monde entier. Elle animait diverses manifestations. On lui proposa même d'écrire un livre sur sa mère. L'idée lui plut. Elle rencontra la señora Vit de l'Onu, qui l'encouragea à s'impliquer dans la défense des personnes d'origine africaine et dans la lutte contre le racisme et la xénophobie.

— Vous ne manquerez de rien, lui assura-t-elle.

— Peu m'importe.

En effet, elle n'avait besoin que de satisfaire ses besoins fondamentaux. Yemaya la nourrissait, illuminait sa vie. Elle vivait avec la déesse : elle captivait, ses paroles enchantaient.

« Nous déclarons, disait-elle toujours à un moment ou à un autre de son discours, récitant ce qu'elle connaissait déjà par cœur, que tous les êtres humains naissent libres et égaux en dignité et en droits, et qu'ils sont dotés du potentiel nécessaire pour contribuer de manière constructive au développement et au bien-être de leur société. Toute doctrine de supériorité raciale est scientifiquement fausse, moralement répréhensible, socialement injuste et dangereuse, et doit être rejetée au même titre que les théories qui cherchent à déterminer l'existence de races humaines distinctes. »

Puis elle rendait hommage à Yemaya et aux autres dieux africains qui avaient également été évoqués à Durban, et pendant qu'elle parlait, le souvenir de Bekele, le plombier qui s'était engagé dans sa cause, l'accompagnait :

— La religion, la spiritualité et les croyances jouent un rôle central dans la vie de millions de femmes et d'hommes, dans leur manière de vivre et de se comporter. La religion, la spiritualité et les croyances peuvent contribuer à la promotion de la dignité et de la valeur inhérentes à la personne et à l'éradication du racisme, de la discrimination raciale, de la xénophobie et de l'intolérance. Communiez avec les dieux noirs, nos dieux, les dieux qui ne nous ont pas été imposés ! criait-elle en levant le poing vers le ciel.

Elle était conviée à des cérémonies dans des lieux dont elle n'aurait jamais imaginé l'existence, en Afrique profonde, où Yemaya affolait les corps et les esprits.

Mais dès qu'elle le pouvait, elle retournait dans les restaurants des zones industrielles de Madrid, aux tables poussées contre les murs, où elle avait fini par inviter Sara et Elena. Celles-ci étaient désormais voisines de palier de Concepción : Lita avait acheté à sa mère, avec les revenus de ses conférences et des articles qu'elle publiait, l'appartement du couple d'homosexuels d'en face. Rares étaient les jours où la femme ne se présentait pas chez les amies de sa fille avec un plat, précédée de ses yorkshires.

— Je ne vous l'ai jamais dit, mais vous ne savez pas faire la cuisine, leur reprocha-t-elle pour la première fois.

— Rien de nouveau, mais tu restes avec nous pour manger, lui répondit l'une d'elles en la prenant par le bras.

Et pendant les presque deux ans où Lita voyageait en arborant son drapeau contre le racisme, elle vécut chez Concepción quand elle était à Madrid, et certains soirs, après un clin d'œil malicieux auquel sa mère répondait par des sourires ou de petites récriminations selon son humeur, elle s'échappait chez l'avocat Alberto Gomez avec lequel elle partageait une liaison amoureuse sereine. Aucun d'eux n'exigeait quoi que ce soit de l'autre, surtout après que Lita lui eut avoué, presque inconsciemment, comme si quelqu'un lui avait mis ces mots dans la bouche :

— Comment trouverais-je le temps de vivre un amour ?

Elle avait tenté de se reprendre, de s'excuser ; il l'avait embrassée en poursuivant :

— Je sais qu'il me sera difficile de m'opposer à ton destin, tu sembles appartenir avant tout à la communauté noire.

Elle réfléchit : était-elle donc la propriété de la communauté noire ?

— Peut-être, lui répondit-elle, mais je ne me donne qu'à toi. En tout cas, continue d'essayer, ajouta-t-elle avec douceur.

Après le procès, l'avocat convoqua la mère et la fille dans son bureau.

— Vous n'avez jamais signé de garanties ni cautionné quoi que ce soit vis-à-vis des Américains, expliqua-t-il une nouvelle fois à Concepción. Votre part de l'héritage des Santadoma, à l'exception bien sûr de la banque, qui a disparu, vous revient. Que voulez-vous faire de tous ces biens ?

— Je ne comprends pas, répondit Concepción.

— Les Santadoma, réitéra patiemment l'avocat, ont garanti la faillite de leur banque avec tous leurs actifs, qui constituent ce qui reste aux Américains. Mais vous n'avez rien fait à ce sujet : votre part, celle qui correspond à votre héritage, vous appartient. La plus grande partie de la propriété du quartier de Salamanca appartient aux Américains, mais une autre partie est à vous. Que faisons-nous de tout cela ? demanda-t-il en se tournant vers Lita.

— Moi ? Ce n'est pas à moi. Qu'en dis-tu, toi, maman ? dit-elle en se déchargeant de toute responsabilité.

— Je suis très bien comme ça, ma fille, nous avons déjà parlé d'y renoncer.

— Il s'agit probablement de plusieurs millions, fit valoir Alberto.

— Ils ne nous appartiennent pas, objecta Concepción.

— Une fondation ? proposa alors Lita.

Concepción acquiesça.

— Ce capital, argumenta-t-elle, doit revenir aux descendants de ceux qui ont généré toute cette richesse au prix de leur liberté, de leur souffrance et de leur vie.

NOTE DE L'AUTEUR

Une question essentielle qu'un auteur doit envisager lorsqu'il écrit une œuvre comportant des disparités linguistiques entre les différents personnages, autrement dit des dialectes, est la langue. Il semble qu'il n'y ait pas de problème en ce qui concerne les langues étrangères : l'auteur traduit généralement ses phrases dans la langue dans laquelle le roman est écrit, pour la meilleure compréhension du lecteur.

La difficulté survient lorsque nous rencontrons un personnage qui s'exprime dans un langage que le lecteur peut comprendre, et qu'il n'est donc pas nécessaire de traduire. Nous l'avons souvent constaté dans des textes hispanophones où certains interlocuteurs sont des esclaves, qui s'expriment dans une forme déviée, simplifiée, pittoresque, mais suffisamment intelligible de la langue espagnole.

Je ne prétends pas vouloir approfondir la question intéressante des langues parlées par les esclaves de Cuba au siècle de l'africanisation définitive de l'île sur laquelle est arrivé plus du double des hommes et des femmes qui ont été arrachés à leur terre dans les siècles précédents. Leurs langues étaient celles de leurs pays de naissance : le yoruba, l'abakua, le kongo, qu'ils utilisaient dans leurs relations intra-ethniques et surtout lors des fêtes religieuses.

À côté de ces langues est né à Cuba ce qu'on appelle « le parler bossale », utilisé par les esclaves dans leurs relations inter-ethniques, tout comme avec les Espagnols.

Alors qu'a été abandonnée la perception du langage bossale comme un espagnol altéré, jargonneux, les scientifiques sont partagés entre sa qualification de langue créole ou de pidgin élémentaire, ou langue de l'urgence. Je ne m'étendrai pas sur le sujet, n'étant pas qualifié pour le faire. Ce qui fait consensus, c'est que ce parler bossale était totalement hétérogène, improvisé, privé de syntaxe, fluctuant, et qu'il pouvait ressembler, ou pas, à l'espagnol.

Les exemples qu'il nous offre abondent. Dans certains cas, on peut effectivement percevoir dans le langage bossale un espagnol certes pauvre, populaire et rudimentaire, mais qui permet d'appréhender le sens ; dans d'autres, en revanche, le sens en est totalement indéchiffrable, et il est impossible de rattacher certaines expressions à la langue dont elles sont censées être issues.

Face à cette réalité, l'auteur doit s'interroger sur l'introduction dans son œuvre de la « langue » bossale, lorsque des échanges, des interactions interviennent entre les esclaves et les Espagnols. Ce dialecte ne peut être utilisé sous sa forme pure, sous peine de rendre le texte inintelligible. Il appartient alors à l'auteur de délimiter le niveau auquel fixer la possibilité de son usage.

Partant du constat de l'existence d'un parler bossale très éloigné de la langue d'origine, il m'a semblé que l'utiliser sous sa forme primitive constituerait une représentation caricaturale de ces populations qui, en plus d'avoir perdu leur liberté, ont été contraintes de chercher dans l'urgence un moyen de communication avec leurs oppresseurs, que le théâtre bouffon en vogue à l'époque a exploité en utilisant le langage « petit nègre ». J'ai donc décidé d'éviter cet écueil et d'utiliser l'espagnol classique pour tous ces échanges, tout en laissant entendre qu'il s'agissait d'une langue étrangère et distincte.

L'Espagne ayant été la dernière puissance occidentale à abolir l'esclavage dans ses colonies, j'ai toujours été frappé par l'idée que la génération de mes grands-parents a été témoin de certaines situations exécrables que nous repoussons généralement dans un passé reculé, comme si nous voulions les enfouir dans l'oubli, alors qu'elles sont proches de nous, et en partie toujours là. On peut en effet trouver des parallèles entre la condition des esclaves du XIXe siècle et celle des Noirs d'aujourd'hui, comme le suggère ce roman.

Explorer les conditions de vie des esclaves est une tâche ingrate qui présente au chercheur des dilemmes moraux difficiles à assumer. Suicides, avortements, sexualité forcée, punitions, l'esclavage en soi, sont inexcusables. Toutes les informations relatées dans le roman trouvent un appui documentaire – je souligne ici l'une de ces références, un exemple qui anéantit le stéréotype de l'esclave présenté à l'époque comme paresseux et nonchalant, défauts présentés alors comme consubstantiels à sa nature et sa race. On sait en effet aujourd'hui que ces esclaves souffraient simplement de fatigue chronique, qu'ils étaient physiquement incapables de réagir, qu'ils étaient vidés de leur énergie, définitivement usés.

Quant aux événements historiques relatés dans ce roman, je me suis efforcé d'en respecter la véracité, en particulier ceux de la guerre des Dix Ans à laquelle participe notre protagoniste, et où les esclaves qui furent enrôlés de gré ou de force dans les rangs de l'armée rebelle servirent de chair à canon. De nombreux auteurs s'accordent à dire que la signature du pacte de Zanjón, qui mit fin à la guerre, repose sur les succès militaires du général Martinez Campos et de ses troupes expertes. Il n'en reste pas moins qu'elle résulte également de l'essor des Noirs et des mulâtres, et de leur promotion à des postes élevés de l'armée rebelle (Maceo en étant le plus grand représentant), ainsi que de l'autorité que cette accession leur conférait sur les Blancs libres – signe évident du racisme qui régnait au sein d'une troupe incapable de surmonter cette discrimination malgré dix années de combat dans le même camp.

La « longue guerre », qui commença en 1895, fut un véritable désastre pour les troupes espagnoles : les maladies tropicales en furent la cause. Les chiffres des pertes avancés par les différents auteurs sont très disparates : de 60 000 à 145 000, en passant par 96 000. On s'accorde en revanche sur le pourcentage extrêmement élevé de décès dus aux maladies. Les morts au combat représentent 7 à 10 % des pertes totales de l'armée espagnole. Si l'on retient le chiffre intermédiaire de 96 000 morts, plus de 86 000 d'entre eux auraient été emportés par les fièvres ! Une véritable hécatombe, injuste, presque inutile pour ces pauvres jeunes Espagnols contraints de défendre une lointaine colonie esclavagiste.

La vie des esclaves à Cuba ne peut se comprendre indépendamment de leurs croyances religieuses. Les Blancs n'eurent aucun pouvoir sur les dieux africains, lesquels surent se fondre dans le paysage, fusionner avec les saints catholiques, se cacher derrière eux, et survivre ainsi au sein et dans le cœur de leur propre peuple. Il semble incontestable que l'un des plus grands, ou peut-être le seul et unique facteur de résistance culturelle des Noirs à la pression ethnocentrique de la société dominante ait été ce possible et nécessaire refuge dans leurs croyances religieuses.

La religion yoruba, son culte et ses rites sont complexes. Elle possède une multiplicité de divinités, dont mille sept cents au Nigeria. Leur nombre est nettement réduit à Cuba du fait du syncrétisme de la santería, néanmoins la relation réciproque de ces dieux à leurs fidèles est stupéfiante, très loin des religions monothéistes classiques, strictes et réglementées.

En effet, ces divinités sont dotées d'émotions et de sentiments humains. Dans leurs relations avec les hommes, elles peuvent se montrer capricieuses, gloutonnes, vengeresses, injustes, cruelles, méchantes, miséricordieuses, joyeuses, généreuses, exubérantes... Les exemples sont innombrables. Dans ce contexte, comment se présenter à un dieu qu'il faut flatter pour obtenir sa protection ? Et que penser d'un dieu qui peut se montrer hostile par pur caprice ? La faveur divine ne dépend pas de la bonté ou de la méchanceté de l'adepte, ni du respect de certains codes moraux. Les liens avec la divinité sont éminemment complexes, et j'essaie d'y faire écho dans le plus grand respect de croyances étrangères, tout en rappelant qu'une étude approfondie de la religion yoruba n'a pas sa place dans ce roman.

Selon l'Onu, plus de deux millions d'esclaves africains sont arrivés en Amérique espagnole entre 1520 et 1867, ce qui en fait le deuxième « importateur » d'esclaves après le Brésil.

La Conférence mondiale contre le racisme, la discrimination raciale, la xénophobie et l'intolérance qui s'est tenue à Durban en 2001 et dont les déclarations ont été soutenues par de nombreux pays, institutions, organisations nationales et internationales, ONG, ainsi que la résolution des Nations unies sur la Décennie internationale des personnes d'ascendance africaine, qui a commencé le 1er janvier 2015 et s'achèvera le 31 décembre 2024 sur le thème « Les personnes d'ascendance africaine : Reconnaissance, justice et développement », toutes ces initiatives sont autant d'outils précieux et efficaces donnant de la visibilité à cette cause qui lutte contre le racisme et demande réparation.

Il n'en demeure pas moins qu'en 2021, vingt ans après la conférence de Durban, le secrétaire général de l'Onu a lui-même affirmé que le racisme continue d'« imprégner les institutions, les structures sociales et la vie quotidienne dans toutes les sociétés » ; que « les personnes d'ascendance africaine, les communautés minoritaires, les peuples autochtones, les migrants, les réfugiés, les personnes déplacées et tant d'autres continuent d'être en butte à la haine, à la stigmatisation, à la désignation de boucs émissaires, à la discrimination et à la violence », et que « la xénophobie, la misogynie, les conspirations haineuses, la suprématie blanche et les idéologies néonazies se répandent, amplifiées dans les chambres d'écho de la haine ».

Kaweka et des milliers d'esclaves, sans abri, sans défense, se sont battus pour la liberté, qui pouvait sembler à l'époque un objectif inaccessible. Tous y ont contribué et y sont finalement parvenus, souvent au prix de leur vie. Souhaitons que la société d'aujourd'hui, en particulier la société aisée, celle qui dispose de ressources et de solutions, soit capable de déployer les mêmes efforts pour poursuivre l'éradication du racisme et de la xénophobie.

Pour finir, je tiens à remercier une nouvelle fois mon éditrice, Ana Liaras, pour son aide et ses conseils sur ce travail, ainsi que tous ceux qui ont rendu sa publication possible. Ma reconnaissance et ma gratitude vont, comme toujours, à Carmen, mon épouse, ma première lectrice et critique. À mes enfants, aux autres personnes qui me sont chères, et en particulier à tous les disparus du fléau de la Covid qui a bouleversé nos existences au cours de ces dernières années.

Barcelone, mai 2022

Cet ouvrage a été composé par
Atlant'Communication au Bernard (Vendée)

Impression réalisée par
CPI Brodard & Taupin
en janvier 2025
pour le compte des Éditions de l'Archipel
département éditorial
de la S.A.S. Écriture-Communication.

Pour plus d'information :
#lisez! engagé
www.lisez.com
Imprimé sur du papier issu de forêts gérées durablement.

Imprimé en France
N° d'impression : 3058957
Rang de tirage : 01
Dépôt légal : février 2025